KB121042

육왕

트랙의 왕, 러닝슈즈의 왕

육왕
陸王

이케이도 준   송태욱 옮김

비채

∘ **고하제야** ∘

미야자와 고이치 사장
도미시마 겐조 상무이사
야스다 도시미쓰 계장
미야자와 다이치 고이치의 장남

∘ **사이타마 중앙은행** ∘

이에나가 도루 교다 지점장
사카모토 다로 교다 지점 융자 담당
오하시 히로시 교다 지점 융자 담당

∘ **다이와 식품 육상부** ∘

기도 아키히로 감독
모기 히로토 육상부 선수
히라세 다카오 육상부 선수
다치하라 하야토 육상부 선수

∘ **그 외** ∘

게즈카 나오유키 아시아 공업 육상부 선수
오바라 겐지 아틀란티스 일본지사 영업부장
무라노 다카히코 아틀란티스 일본지사 슈피터
아리무라 도루 스포츠 매장 경영자
이야마 하루유키 실쿨 전 사장
미소노 조지 펠릭스 사장
다치바나 겐스케 다치바나 러셀 사장

아직 6월인데 한여름 무더위를 방불케 하는, 반짝반짝 빛나는 햇빛이 국도를 달리는 트럭 한 대에 내리쬐고 있다. 조수석에 앉은 미야자와 고이치는 조금 전부터 원망스럽다는 듯이 하늘을 올려다보며 안절부절못했다.

"괜찮을 거예요, 사장님. 있다니까요."

운전대를 잡은 야스다 도시미쓰는 미야자와를 곁눈으로 보며 무사태평한 어투로 말했다. 올해 마흔 살이 되는 야스다는 허물없는데다 주변을 잘 돌보는 성격이라 젊은 공장 직원들의 이해 조정을 도맡는다.

"모르는 거야. 요즘에는 난폭한 사람도 있으니 말이야."

미야자와가 말했다. "이미 몽땅 가져가서, 가보면 텅 비어 있을지도 모른다고."

"하지만 그쪽 사장이 팔겠다고 한 거 맞죠?"

"말하긴 했지. 하지만 사흘 전 이야기야. 올지 안 올지도 모르고."

끝까지 의심암귀가 되어 있는 미야자와에게 "그런 건 아무도 가져가지 않아요" 하며 야스다가 웃었다. "가져가봤자 돈도 안 되고, 다른 사람한테는 아무 가치도 없는 물건이니까요."

"그야 그렇지."

그래도 불안해하던 미야자와는 슬슬 도착할 때인가 싶어 앞유리 너머의 광경을 응시했다.

오전 9시 넘어 사이타마 현 교다 시내를 빠져나온 트럭은 정체에 휘말리기도 했지만 지금은 무사히 우쓰노미야 시내를 달리고 있다. 드문드문한 민가와 논이 교대로 나타나는 시골길로, 건너편에 공업단지가 보인다.

국도에서 현도縣道로 들어섰다. 그러고도 이십 분쯤 더 달렸을 무렵, 앞쪽에 아담한 상점가가 나타났다.

"아아, 있다 있어. 저깁니다, 사장님."

야스다가 그쪽을 가리켰다. 고풍스럽다기보다 쇠락했다는 표현이 어울리는 상점가에 마름모 두 개를 겹친 마크가 새겨진 간판이 보였다. 트럭 속도를 줄이고, 역사가 느껴지는 2층짜리 본채 건물을 지나 왼쪽 골목으로 들어선다.

안쪽 막다른 데에 널찍한 공간이 있었다. 그곳을 에워싸듯이 큰길 쪽에서 갈고리 모양으로 건물이 뻗어 있다. 지은 지 백 년은 넘었을 것이다. 메이지일본의 연호, 1868-1912년 시대 초등학교를 떠올리게 하는 건물로, 창은 햇살에 어둡게 가라앉아 있고 내부는 어두워 들여다보

9

이지도 않는다.

"자, 도착했습니다."

야스다가 건물의 물품 반입구에 트럭을 뒤로 세우고 시동을 껐다.

미야자와는 조수석에서 내린 뒤 유리창 너머로 건물 안을 들여다 본다.

바로 사흘 전까지는 여기서 직원 십여 명이 다비^{일본식 버선}를 만들었을 것이다. 하지만 지금 공장에는 인적도 불빛도 없다.

"어떻습니까?"

한발 늦게 다가온 야스다도 안쪽을 보더니 "있잖습니까?" 하며 히죽 웃고는 엄지를 세워 보였다.

창으로 들어오는 햇빛에, 소리 없이 먼지가 날리는 모습이 보인다. 바닥에는 판자가 깔렸고, 창에 얼굴을 가까이 대자 기름 냄새가 희미하게 코를 찔렀다. 눈이 익숙해지자 어둑한 공장 안에 늘어선, 검게 빛나는 몸통의 윤곽이 떠오른다. 독일식 재봉틀이다.

"있군."

미야자와도 나직이 말한다.

백 년 이상 전에 독일에서 신발을 꿰매기 위해 개발된 재봉틀로, 얼마 후 일본으로 건너와 거듭 개량되었다. 당시 허다하게 존재하던 다비 제조회사에서 다비를 바느질하기 위한 재봉틀로 다시 태어나 지금도 사용되는, 살아 있는 화석 같은 물건이다. 독일 제작회사는 진작 도산했기에 부품이 망가지면 일본 내 현존하는 재봉틀 부품을 전용하는 수밖에 없다.

"있기는 한데, 올까?"

손목시계가 10시 45분을 가리켰다. 약속 시각은 오전 11시다.

벽 높은 곳에 '히시야 다비'라고 쓰인, 쇼와일본의 연호. 1926-1989년 초기에 단 듯한 녹슨 간판이 붙어 있다.

히시야 다비는 업계에서 모르는 사람이 없을 만큼 전통 있는 다비 제조회사인데 닷새쯤 전에 1차 부도가 났다고 업계 동료가 알려주었다. 다비업체는 수가 적어서 가까운 현이라면 사장끼리도 안면이 있다. 곧바로 히시야 다비의 기쿠치 사장에게 전화했지만 연결되지 않았다. 간신히 통화가 되어 재봉틀 판매를 두고 협상한 것이 사흘 전 밤 10시가 지난 시각이었다.

폐업과 달리, 부도를 내고 도산하면 채권자가 몰려들어 공장에서 있는 것 없는 것 몽땅 가져가버리는 일이 있다. 그래서 걱정했는데 미야자와의 기우였던 모양이다.

그렇지만 약속 시간에 기쿠치가 나타나지 않으면 아무 소용없는 일이어서 초조하게 기다렸다. 오 분쯤 후, 구형 크라운 한 대가 들어오는 모습이 보였다.

운전하는 사람은 기쿠치 본인이다.

"이야, 두 손 들었어."

기쿠치는 내리자마자 성글어진 후두부 언저리를 긁적였다.

"큰일을 겪으셨네요." 미야자와가 말했다.

"도매상이 어디로 튀는 바람에 들어와야 할 돈이 들어오지 않았으니까."

눈을 크게 뜨며 그것이 얼마나 예상 밖 사태였는지를 표현해 보인다.

"그것참 날벼락이군요. 하지만 아직 '1차'잖아요."

2차 부도를 내면 은행 거래 중지 처분을 받는다. 히시야 다비는 거기까지 이르지는 않았다. 하지만 기쿠치가 고개를 가로저었다.

"이제 틀렸어. 우리도 쇠퇴 일로여서 어차피 언젠가는 접을 생각이었으니까."

이렇게 말하며 물품 반입구의 자물쇠를 풀었다. 그러고는 이영차, 하며 검은 페인트를 칠한 철문을 양쪽으로 열었다.

조용한 부지에 드르륵 하는 소리가 울리고, 어두운 동굴 같은 입구가 뻐끔히 나타난다.

"돈이 하루 늦게 마련되어서 민폐를 끼친 사람한테 지불하고 왔어. 은행에 빚이 좀 남았지만 공장을 처분하면 어떻게든 될 거야. 나는 은퇴하고."

기쿠치는 올해 예순다섯 살. 창업한 지 백이십 년이 넘은 히시야 다비의 4대 사장이었다. 초대 사장은 상공회의소 회장도 역임한 중진인데, 지난 오십 년간 눈에 띄게 쇠퇴하여 결국 폐업에 이르렀다.

"정말 아깝네요."

"시대가 변했지, 시대가. 그쪽은 다행이야. 장사가 번창해서." 기쿠치가 미야자와를 보며 말했다.

"그런가요."

기쿠치가 전류 차단기를 올려 불을 켰다. 야스다가 미야자와보다 먼저 재봉틀로 다가갔다.

"다해서 열 대일 거야."

기쿠치가 말했다. "여기 다섯 대, 창고에도 다섯 대가 있어. 고장

났을 때를 대비해 부품 확보용으로 됐는데, 그것도 가져갈 거지?"

"고맙습니다. 큰 도움이 될 겁니다. ……야스다, 부탁하네."

미야자와는 등 뒤의 야스다에게 이렇게 말하고는 트럭 짐칸에 올라탄 뒤, 둘둘 말아놓은 낡은 담요를 풀어 펼쳤다. 그사이 야스다와 기쿠치가 재봉틀 한 대를 옮겨와 짐칸에 실었다. 열 대를 다 옮기는 데는 한 시간쯤 걸렸다.

"앞으로 어떻게 하실 생각입니까?"

사례로 20만 엔을 건네며 미야자와가 물었다. 기쿠치는 "글쎄, 어떻게 할까" 하며 먼 곳을 바라봤다.

이야기로 봐서 집과 대지는 지킨 모양이지만, 유유자적한 노후 생활을 할 수는 없을 것이다.

"'고하제야'에서 채용해줘."

"무슨 농담을요."

미야자와는 웃으며 말했다. 그러고는 "다음에 정리되면 한잔하시죠" 하며 다시 트럭 조수석으로 미끄러져 들어갔다. 야스다가 경적을 한 번 울리고 큰길로 나간다.

"어떻던가, 저거?"

아까 지나온 상점가로 다시 들어서며 미야자와가 엄지로 짐칸을 가리켰다. "상등품입니다" 하는 답이 돌아왔다.

그 말을 듣고서야 아침부터 이어진 불안에서 해방되었다. 작게 한숨을 내쉬었다.

"됐어."

미야자와는 조그맣게 말하며 주먹을 꼭 쥐었다. 당면한 재봉틀 부품 확보는 해냈다.

"밥이라도 먹고 가지."

교다로 돌아가 회사 근처 단골 식당에서 늦은 점심을 먹었다.

한창 바쁜 시간도 지나 손님이 빠져나간 식당에서 나온 것은 오후 2시가 좀 안 된 무렵이었다. 점점 강렬해지는 햇볕을 손으로 가리며 차에 타려던 미야자와는 가게 옆 수로에서 분홍색 꽃을 발견하고는 문득 발을 멈췄다.

'슬슬 연꽃 계절이군.'

이런 생각을 하며 조수석에 몸을 밀어 넣었다. 두 사람을 태운 트럭은 십 분 거리에 있는 고하제야를 향해 다시 달리기 시작했다.

1장

≡

백년의 포럼

1

고하제야는 교다 시 중심지에서 약간 남쪽에 있는 스이조 공원과 사키타마 고분공원 사이에 옛날 그대로의 본사 건물을 두고 있었다.

정사원과 파트타임 근무자를 합쳐 스물일곱 명인 작은 규모다.

창업은 1차 세계대전 이전인 1913년. 이후 백 년 동안 면면히 다비 제작을 생업으로 이어온 노포다. 그렇지만 전통복 대신 양장이 주류가 된 지 오래인 세상에서 다비 수요는 진작부터 바닥을 기었다. 축제 의상 등도 손수 다루고는 있으나 역시 차츰 나빠지고 있다. 오랫동안 수익의 주축이던 지카타비다비 바닥에 고무 밑창을 댄 작업화도 안전화에 밀려 판매가 줄어드는 경향이다. 미야자와 사장에게 조금 전에 본 기쿠치의 처지는 결코 남 일이 아니었다.

일찍이 교다는 다비의 고장이었다.

다비가 일상적으로 신는 물건이던 무렵, 수많은 제작업체가 밀집해 있어 연간 팔천사백만 켤레, 일본에서 생산되는 다비의 80퍼센트 정도를 만들어낸 적도 있다. 그러나 시대와 복식이 변함에 따라 수요가 감소하여 체력과 연구가 부족한 곳부터 한 집 또 한 집 도태되었다. 그 결과 헤이세이_{일본의 연호. 1989-2019년} 시대인 지금까지 남아 있는 업체는 손에 꼽을 정도다.

조상에게서 물려받은 500평 부지에 마련한 목조 L자형 건물은 정면이 사무실과 창고이고, 정면에서 볼 때 왼편은 재봉틀이 늘어선 작업장이다.

사원 평균 연령은 오십칠 세다. 숙련도로 말하자면 숙련공 중의 숙련공으로, 가장 나이가 많은 사람은 일흔다섯 살이다. 재봉틀도 오래되었지만 사원도 오래되었다.

미야자와의 트럭이 돌아왔음을 알고 사무실 문에서 '겐 씨', 즉 도미시마 겐조가 뛰어나왔다. 경리 담당인 도미시마는 올해 예순두 살이다. 사십여 년째 근속중인 베테랑으로, 미야자와의 아버지인 전대前代 사장 때부터 일한 실권자다.

"상태가 좋네요. 역시 히시야 다비답군요."

짐칸 밧줄을 풀고 담요를 걷어내 안을 들여다본 도미시마는 다행이네요, 하고 덧붙였지만 다소 우울한 얼굴이었다.

"무슨 일 있었어요?"

오랫동안 같이 일해왔기 때문에 얼굴을 보면 속마음은 금방 알 수 있다.

"실은 반품이 들어와서요."

그 시선을 따라 눈을 돌린 미야자와는 창고 출입구 근처에 쌓여 있는 골판지 상자를 보았다.

"검침檢針 누락입니다."

무심코 혀를 차다가 마침 창고 안에서 모습을 드러낸 사람을 보며 "다이치!" 하고 소리를 질렀다.

한순간 지르퉁한 얼굴을 보인 다이치가 떨떠름한 태도로 다가왔다. 미야자와의 장남으로, 올해 스물세 살이다. 이 지역 대학을 졸업했지만 취직에 실패하고, 올 4월부터 고하제야에서 일하기 시작했다. 검침, 즉 제품에 바늘 같은 게 혼입되지 않았는지 체크하는 것이 다이치의 업무였다.

"너, 일을 어떻게 한 거야?"

가까이 온 다이치를 미야자와가 엄하게 꾸짖었다.

"그쪽에서 연락을 잘못해서 예정보다 빨리 가지러 온 거예요. 어쩔 수 없잖아요."

다이치가 변명했다.

"그럼 기다리라고 해야지."

미야자와가 가차 없이 말했다. "너는 여간해서는 바늘이 들어갈 리 없다고 안이하게 생각했겠지. 하지만 어쩌다 보면 들어가는 일이 있어. 검침 누락이라고 지적받으면 우리 체면이 말이 아니게 된단 말이야. 하는 일에 좀 더 책임감을 가져."

대답 대신 여봐란 듯한 한숨이 들려왔다. 어쩔 수 없이 가업을 잇는 중이라고 말하고 싶은 것이리라.

"자아, 사장님, 다이토쿠 백화점에서도 재검침이 끝나면 바로 출하해도 좋다고 했으니 이번에는……."

도미시마가 이렇게 말하고는 다이치에게 "자네는 얼른 검침을 끝내게. 차량은 준비해둘 테니까" 하며 마음을 써준다.

"겐 씨, 너무 응석을 받아주지 않도록 좀 부탁해요."

화를 참지 못하고 미야자와가 말했다. "저런 자세로는 어딜 가든 일을 제대로 해낼 수 없어요. 아주 따끔하게 말해주는 게 좋아요."

"취업 면접이 잘 안 되었는지 풀 죽어 돌아오는 걸 봤으니까요."

도미시마는 다이치를 어릴 때부터 예뻐한 만큼 조금 무른 구석이 있다. "사실 다른 데 가지 말고 고하제야를 이어주면 좋을 텐데요. 아, 죄송합니다."

도미시마가 미야자와를 힐끗 보더니 슬쩍 혀를 내밀었다. 그러고는 야스다에게 "그럼, 부탁하네"라고 전한 다음 미야자와가 더 뭐라고 하기 전에 재빨리 사무실로 도망쳤다.

아들한테는 물려줄 수 없다.

미야자와는 진작부터 그렇게 공언해왔다. 다이치가 여기서 일하는 것은 희망하는 회사에 취직할 때까지, 이른바 '임시'다.

세상에는 여러 가지 일이 있지만 모든 일이 점진적인 성장을 보일 수는 없다.

성장이 두드러지는 업종이 있는가 하면 반대로 쇠락해가는 업종도 있다.

아무리 좋게 본다 해도, 정말 안타까운 일이지만, 미야자와는 다비 제작은 쇠락해가는 업종이라고 생각한다.

자기 세대 정도는 어떻게든 먹고살 수 있다.

하지만 도저히 다이치 세대에도 그럴 거라고는 생각되지 않았다.

지금도 매출 감소에 시달리고 재봉틀 부품 하나 구하기 힘든 형편인데 자식에게 잇게 할 수는 없다.

"사장님, 잠깐 시간 괜찮으세요?"

사장실로 돌아가니 늘 열어두는 문 사이로 도미시마가 얼굴을 내밀었다.

소파로 옮겨가 탁자를 사이에 두고 마주 앉자 도미시마는 손에 든 서류 한 통을 미야자와 쪽으로 밀어 건넨다. 자금 융통 표다.

"드디어 왔나요?"

미야자와가 노안경을 쓰고 서류를 들여다봤다. "2000만 엔 정도일까요?"

"이달 말, 늦어도 다음 달 안에 빌려두지 않으면 부족할 것 같네요." 도미시마가 말했다.

알고 있는 일이긴 해도 막상 듣는 순간 위 언저리가 묵직해지는 것 같았다.

"지난주에 은행까지 간 김에 사카모토 씨한테는 내밀히 타진해봤습니다만."

사카모토 다로는 고하제야가 거래하는 사이타마 중앙은행의 융자 담당자다.

"내일이라도 다녀오겠습니다."

내키지 않지만 어쩔 수 없다. 은행 교섭은 경영자로서 미야자와가 해야 할 일이었다.

"다음 달 말까지 2000만 엔인가요?"

사카모토는 미야자와가 내민 서류를 가만히 들여다보았다.

미야자와가 싫어하는 순간이다. 지금 사카모토가 무슨 생각을 하는지, 의도가 무엇인지 전혀 읽을 수 없었다. 엑스레이 사진을 앞에 두고 의사 소견을 기다리는 것처럼, 도무지 기분이 진정되지 않았다.

"앞으로 실적은 어떨 것 같습니까?" 이윽고 얼굴을 든 사카모토가 물었다.

"보합, 아닐까." 미야자와가 대답했다.

사카모토는 천천히 자료를 옆에 놓고는 말했다.

"이 주일쯤 시간을 좀 주시겠습니까?"

그 자리에서 거절당할지도 몰라 은행에 대출받으러 올 때마다 불안에 시달리는 미야자와는 일단 가슴을 쓸어내렸다. 그런데.

"하지만 사장님. 앞으로 어떻게 하실 생각입니까?"

사카모토가 평소와 달리 진지한 얼굴로 물어서 미야자와는 일어서려다가 다시 앉았다.

"어떻게 하다니?"

은행의 융자 카운터다. '오십일매월 5일, 20일 등 5와 10이 붙은 날은 상거래 지급일이어서 사람이 몰린다'도 아니고 개점 직후이기도 해서 점내에 손님이 드물었다.

"이대로 고하제야의 사업이 잘 될까요?"

답변이 궁한 질문이 나왔다.

"백화점 신규 영업이라든가, 조금이라도 판로를 확대해갈 수 있으면 좋지 않을까 싶은데……."

"노력하고 계신다는 건 잘 압니다. 그런데 세상의 흐름으로 보면 다비나 지카타비의 장래성은 어떨까요. 다비 자체는 없어지지 않겠지만, 동물로 말하자면 멸종 위기종 같은 게 있지 않습니까?"

사카모토는 서른 살 정도로 젊지만, 하고 싶은 말을 한다. 지금까지의 만남으로 성격이 올곧다는 것을 알고 있었기에 화가 나지는 않았다.

"착실한 영업이야 물론 필요하지만, 좀 다른 발상으로 회사의 장래를 생각해도 좋지 않을까요?"

"다른 발상이라면 어떤……."

사카모토의 의도를 모르겠어서 미야자와가 물었다.

"신규 사업 같은 건 어떻습니까. 다비와 지카타비 제작을 계속한다면 십 년 후, 십오 년 후에도 지금과 같은 실적을 올리실 수 있을까요?"

미야자와는 끙끙거릴 뿐 말이 없었다. 그 무렵까지 고하제야가 힘차게 존속하는 그림은 상상할 수 없었다.

"솔직히 현재 영업 품목만으로는 힘들 거라 생각합니다. 뭔가 생각 좀 해주실 수 없겠습니까?"

뜻밖의 이야기다.

'뭔가'라고 하지만 아무것도 생각나지 않는다. 기껏해야 다비 종류를 늘리는 정도일 텐데, 그런 것을 신규 사업이라 할 수는 없다.

"생각해보라고 해도 참……."

팔짱을 낀 미야자와에게 "이대로라면 곧 융자가 불가능해질지도 모릅니다"라고 가차 없는 한마디가 이어졌다.

"이익률은 낮더라도 흑자지만, 매출은 감소하는 추세 아닌가요. 비용을 줄이고 움직이는 데도 한계가 있을 거라 생각합니다."

신규 사업은커녕 전통이라는 이름하에 '이걸로 됐다' 하고 납득해 왔다. 강습이나 전통 행사에 사용되는 다비를 만드는 것이 가업이고, 그것을 대신할 새 사업을 시작하겠다는 발상 자체가 없었다.

거품 경제 시대에 쓸데없는 데 손을 댔다가 무너져간 다비업체도 많아서 '착실히 다비를 만드는 것이 안전하다'라는 생각에 사로잡힌 적도 있다.

"간단히 조언을 드리자면……." 곤란해하는 미야자와를 차마 볼 수 없어 사카모토가 말을 이었다. "신규 사업이라고 해도 완전히 새로운 분야가 아닌 편이 낫습니다. 지역 사정이라든가, 장사의 감이 작동하는 일이 아니면 리스크가 높아지니까요. 가능하면 지금 있는 기술을 살리는 게 좋겠지요. 그럼 고하제야의 강점이 뭐라고 생각하십니까?"

다시 즉답할 수 없는 질문을 던져온다.

"뭘까, 그런 건 생각해본 적도 없어서."

사카모토가 쓴웃음을 지었다.

"생각 좀 해보세요. 뭔가 있을 겁니다. 그러니 회사를 백 년이나 이어올 수 있었을 겁니다."

"그야 그렇겠지."

말은 이렇게 했지만 역시 모르겠다.

"하지만 강점을 모르는데 신규 사업은 어렵지 않을까?"

미온적으로 나오는 미야자와에게 "가까운 것이 좋다고 해도 처음부터 가능성을 좁혀서 생각하지 않는 편이 좋습니다" 하고 사카모토가 조언했다.

"어차피 할 수 없다든가 우리한테는 무리라든가 하는 식으로 비굴하게 생각하지 말고, 이런 일을 할 수 있으면 좋겠다거나 이런 일을 하고 싶다거나 하며 일단 자유롭게 생각해보는 겁니다."

"자유롭게 말이지."

미야자와는 뜬구름 잡는 이야기라고 생각했지만, "아무튼 생각해보시죠"라는 사카모토 말에 등 떠밀리듯 그 자리에서 물러났다.

3

"어땠습니까, 은행은?"

사무실로 돌아와 근심스러운 얼굴로 겉옷을 옷걸이에 걸고 있자 도미시마가 물었다.

"일단 품의서를 올릴 모양이에요. 이 주일쯤 기다려달라더군요. 그리고 신규 사업을 생각해보는 게 좋겠다고요."

당돌한 이야기로 들렸음이 틀림없다. 눈을 크게 뜬 도미시마가 못마땅한 얼굴로 말한다.

"은행에서는 여러 가지 말을 하는군요."

신규 사업을 정면으로 마주하고 생각하려는 기색은 전혀 없다. 도미시마는 고집불통의 보수적인 남자다.

"우리는 다비 회사입니다, 사장님." 과연 도미시마가 예상한 그대로의 말을 건넸다. "강점이라면 끈질긴 것 정도지요."

"그렇지요." 미야자와는 무심코 웃고 말았다. "백 년이나 해왔으니 뭔가 있을 거라는데 알 수가 있어야지요."

도미시마도 고개를 끄덕였다. "알 수 없지요. 그걸 구실로 돈이라도 빌려주겠다거나 그런 속셈일지도 모르겠네요."

평소 은행과 거래하며 생각하는 바가 있을 것이다.

"사카모토 씨하고 무슨 일 있었어요?"

"아뇨, 그 사람은 뭐랄까, 보기 드물게 성실하지만, 그걸 보면 역시 회사 일밖에 모르는 사람 아닐까요? 지점장한테 무슨 말을 들었을지도 모르지요."

교다 지점의 지점장 이에나가 도루는 은행원이랍시고 콧대가 하늘을 찌르는, 어쩐지 싫은 사람이었다. 중소 영세기업을 무시하는 듯한 구석이 있었다. 지방은행이라 만나는 상대는 대부분 작은 회사뿐일 것이다. 그런 회사를 상대하는 장사로 먹고사는데도 오로지 내려다보는 시선이라 대하기가 쉽지 않다.

"일본에 일본 문화가 있는 한 다비는 없어지지 않습니다. 새로운 사업이라뇨. 당치 않은 일을 생각하기 전에 아직 할 일이 많이 있지 않을까요?"

"그것도 그렇지요."

사카모토의 말도 그럴듯하다고 생각하지만 회사에는 회사의 방식이 있다. 고하제야는 다비 외길을 백 년이나 걸어왔다. 자연스럽

게 시들어가는 거라면 상관없다. 쓸데없는 데 손을 대서 3대째 지켜
온 재산을 탕진한다면 조상을 볼 면목이 없다.

"내일, 도쿄에 좀 다녀올게요."

"아, 영업인가요?" 도미시마가 즉각 반응하며 "잘 부탁드립니다"
라고 머리를 숙인다.

어쨌든 적은 인원으로 꾸려가는 회사라서 영업은 미야자와의 중
요 업무 가운데 하나다. 백화점에서 전문점까지 영업을 돌고, 때로
는 현지에서 묵고 와야 하는 출장도 끼어 있어 무척 바쁘다.

"대량 주문 좀 받아와주세요."

"맡겨두시죠."

기세 좋게 말했지만 그리 간단치 않다는 것 정도는 서로 충분히
알고 있었다.

4

장마철의 묵직한 하늘에서 떨어진 비가 자동차 앞유리를 적시기
시작했다. 장마치고는 비가 적었지만, 그렇다고 일찍 끝나는 것도
아닌 모양이었다.

오전 9시를 조금 지난 시간이었다. 도호쿠 자동차도로는 도쿄가
가까워짐에 따라 속도가 줄더니 결국 외곽순환도로로 연결되는 곳
쯤에서 갑자기 정체가 시작되었다. 비상등을 켜 뒤따르는 차에 정체
를 알린 후 미야자와는 홀더에 꽂아둔 페트병을 꺼내 차를 입으로

가져간다.

마음이 울적한 것은 사실 비 탓만은 아니다.

어젯밤 사소한 일로 아들 다이치와 언쟁을 했다.

사이타마 시내에 있는 중견 전기기계 회사의 면접을 보러 가야 하니 회사를 쉬겠다고 해서 "우리 일손 사정도 있으니까 그런 일은 사전에 말해야지" 하고 엄하게 꾸짖은 것이다.

게다가 이야기를 들어보니 영업직에 응모했다고 하지 않는가. 스무 살이 넘은 아들의 구직활동에 부모가 참견해서는 안 된다고 생각한다. 하지만 공학부에서 한 전공 공부와 무관한 일자리를 잡으려는 아들에게 취직만 되면 아무 데든 상관없다는 거냐고 쓴소리라도 한마디 하고 싶어졌다.

"요즘 세상에 다비 만드는 회사에서 일하는 것보다 백배는 낫잖아요."

말대꾸를 해온 다이치에게 화가 치밀어 그만 언쟁이 되었다.

"아, 정말, 어쩔 수가 없다니까."

한숨 섞어 중얼거렸을 때, 문득 삼십 년이나 지난 일이 떠올랐다.

미야자와는 지방 대학을 졸업하자마자 도쿄의 대형 백화점인 다이토쿠 백화점에 취직했다. 갑자기 회사에 들어오는 것보다 다른 데서 일을 배우고 오는 것이 좋겠다는 아버지의 소개로 당시 거래가 있던 다이토쿠 백화점에 들어가 매장 담당자로 경험을 쌓은 것이다.

고객이 다양한 백화점 일은 어렸을 때부터 봐온 다비 제작업과는 전혀 다른 회사관을 갖게 해주었다.

'그때 나는 뭘 생각하며 일했을까.'

아무튼 문화충격을 받았다는 사실만은 기억하고 있다. 고하제야에는 일반 소비자에게 직접 물건을 파는 일 자체가 없었으니까.

그렇게 일을 배우던 시절에 지금으로 이어지는 뭔가를 익혀두었으면 좋았을 거라 생각해본들 사후약방문이다. 물론 젊은 자신이 허세를 부려봤자 아무것도 할 수 없었을지도 모른다. 하지만 미야자와는 생각한다. 지금껏 내 인생에 도전이라는 게 있었는지.

답은 '아니오'다. 어제 도미시마에게 동의했지만 말이다.

'백 년 전의 재봉틀로 아직도 먹고사는 회사가 어디 있겠는가.'

계속 서행하는 차 안에서 미야자와는 자조했다. 어쨌든 다이치는 자신과 다른 인생을 살았으면 싶다. 그러려면 고하제야는 안 된다.

"저번에는 폐를 끼쳐 정말 죄송했습니다."

사무실에서 고개를 숙이자 구매 담당자 야구치는 "앞으로는 좀 주의해주게" 하고 그다지 불평하지도 않고 사죄를 받아주었다. 품질 관리에 엄격한 다이토쿠 백화점 기준에서 보면 검침 누락은 분명 중대한 과오다. 경우에 따라서는 거래 재검토로 이어질 만한 사태지만, 상대가 오랜 지인인 야구치여서 살았다.

야구치는 미야자와가 백화점에서 일하던 무렵 친하게 지내던 동료로, 지금은 문화복식 부문의 매입을 전담하는 책임자다.

"하지만 희한한 일이네. 고하제야에서 검침 누락이라니."

미야자와는 아들 잘못이라고도 할 수 없어 "신입 사원한테 도와달라고 했더니" 하고 적당히 얼버무렸다. 그러고는 "아니, 정말 죄송했습니다"라며 무릎에 두 손을 대고 다시 한번 고개를 푹 숙였다.

"자자, 이제 됐다니까."

야구치는 하얀 와이셔츠를 걷어붙인 손을 세게 내저으며 "그보다 좀 성가신 일이 생겨서 말이지" 하고 어두운 표정을 지었다.

미야자와는 마음의 준비를 했다.

"실은 7층 매장 리뉴얼 공사로 '일본 전통복' 매장 면적이 30퍼센트쯤 줄어들지도 몰라."

탐탁하지 않은 이야기였다.

다이토쿠 백화점은 고하제야의 주요 거래처다. 이곳 매장의 축소는 매출 감소로 이어진다. 특히 본점 매장은 전국 최대 규모인 만큼 실적을 좌우할 중대사다.

"알고 있겠지만 전통복 업계는 몹시 어려운 상태네. 경영 재검토로 매장 면적당 매출을 올리자는 이야기가 나오면 불리하거든."

구입자 평균 연령이 높은 것도 전통복 매장의 특징이다. 게다가 압도적으로 여성이 많다. 다이토쿠 백화점에서조차 매장 재검토 대상이 되는 거라면 다른 백화점은 짐작하고도 남는다. 결혼식이나 성인식 등 행사 때도 지금은 대여가 주류다. 히시야 다비 같은 노포가 도산한 배경에는 그에 상응하는 현재의 엄중한 상황이 있다.

"연말 장사 전에 준비를 갖춰야 하니 늦어도 10월 중순쯤까지는 리뉴얼을 마치고 싶네. 그 후의 매입에 대해서는 다시 얘기하면 안 되겠나? 이런 말을 하는 나도 괴롭지만 말이야."

야구치와 면담을 끝낸 뒤 미야자와는 한숨을 내쉬며 주차장으로 돌아올 수밖에 없었다.

차를 몰아 다음으로 향한 곳은 긴자다. 백화점과 전문점을 돌고,

다시 시부야와 신주쿠의 단골 거래처에 얼굴을 내밀어봤지만 이렇다 할 성과를 얻었다고는 말하기 힘들다.

마지막으로 이케부쿠로의 백화점에서도 허탕을 치고 매장 담당자와 헤어지자 와르르 피로가 몰려왔다. 내려가는 엘리베이터로 향했다. 바지 주머니에서 휴대전화를 꺼내 보니 고등학교 3학년인 딸 아카네에게서 문자가 와 있었다. "잊어먹지 마"라는 첫머리를 흘끗 보고 용건을 생각해냈다.

스니커즈를 사달라는 부탁을 받았다. 미야자와가 고르는 것이 아니라 브랜드와 색과 사이즈가 지정되어 있었다. 문자에는 꼼꼼하게 사진까지 첨부되어 있었다.

관계자용 출입구를 통해 밖으로 나왔다가 도로 들어가 스포츠용품 매장에 인접한 운동화 코너로 향했다.

점원이 사이즈를 묻고 신발을 찾는 동안 미야자와는 할 일이 없어 매장을 둘러보았다.

쥐 죽은 듯 조용한 전통복 매장과 딴판으로 신발 매장은 화려하고 손님도 많다. 벽에 가득 전시된 신발은 도대체 몇 종류나 될까. 어느 것이나 1만 엔 전후이고, 수만 엔이나 하는 고급품도 있었다.

똑같이 '신는 것'이라도 업계가 다르면 이렇게까지 다른 걸까. 새삼스레 이런 생각을 하던 미야자와는 러닝슈즈 선반에 전시된 한 켤레에 눈이 끌렸다.

'이거 뭐지?'

신발 모양이 기묘했다. 일반적으로 신발이라고 하면 앞코 부분이 동그란데 그 신발에는 다섯 개의 발가락이 달려 있었다. 발뒤꿈치

부분 쿠션이 높은 신발이 많은데, 그 신발은 아주 납작했다. 히말라야 설인의 발 모양을 그대로 재현한 것 같았다.

"러닝슈즈를 찾으십니까?"

흥미롭게 보고 있으니 젊은 점원이 말을 걸어왔다.

"재미있는 신발이네요."

"비브람 사의 '파이브 핑거스'입니다."

점원은 익숙한 어조로 말했다. "보시는 대로 다섯 발가락 모양 그대여서 지금까지 그 어떤 신발보다 지면을 잡고 달리는 감각을 살리기 쉽습니다. 보기에는 좀 이상하지만 인기 상품입니다."

"인기 상품이라고요, 이게?"

미야자와는 손에 들고 찬찬히 들여다본다. 생각보다 가볍고, 보기에 따라서는 지카타비와 비슷한 것 같기도 했다.

"지금까지의 신발에는 없는 '맨발 감각'으로 달릴 수 있어서, 달려보고 나니 다른 건 신지 못하겠다는 사람도 있습니다. 한번 신어보시겠습니까?"

지카타비가 애용되는 것도 실은 같은 이유다. 맨발 감각으로 지면을 디딜 수 있기 때문이다. 신지 않아도 감촉은 알 수 있다. 지카타비는 다비에 비견할 만한 고하제야의 주력 상품이다.

"아니, 됐습니다. 고맙습니다."

가볍게 인사하고 그 자리에서 물러났을 때, 스니커즈 상자를 든 점원이 돌아왔다.

5

"성적은 그다지 좋지 않군요. 공부 외에 열심히 한 일 같은 건 없나요?"

면접관 질문에 다이치가 답했다. "축구 동아리를 했습니다. 동아리여도 리그에서는 아주 강팀이라는 말을 들었습니다."

"축구라……."

쉰 살 전후의 백발 섞인 남자였다. 옆에 또 젊은 사원이 한 명 있는데 보드를 안은 채 가만히 다이치를 보고 있었다. 다이치는 여러 번 경험해도 익숙해지지 않는 거북함을 느꼈다.

"그 강팀의 정규 멤버였나요?"

"아뇨, 키퍼 후보였습니다."

질문하는 남자가 급속히 흥미를 잃어가는 것을 알 수 있었다. 후보라도 시합에 출전한 적이 있으니 정규 멤버였다고 해도 되지만, 아무래도 그런 기지를 발휘하는 데 서투르다. 순진하다고 할까 요령이 없다고 할까. 정말 손해를 보는 성격이라고 자신도 생각한다.

지는 버릇이 생겨버린 다이치에게 면접은 이제 고통 이외의 아무것도 아니다. 확실히 대학 시절 성적은 시원찮지만 그렇다고 평균 이하인 것도 아니다. 말하자면 평범한 학생이었다고 생각하는데, 아무래도 면접에서 흔히 받는 짓궂은 질문을 받아칠 만큼의 '뭔가'가 자신에게는 부족한 것 같았다. 경험 탓일까, 성격 탓일까. 어느 쪽이든 하루아침에 갖출 수 없는 '뭔가'다.

"공학부를 졸업했는데 왜 영업직에 지원했죠?"

"기술을 알고 영업을 하면 유리한 점이 있다고 생각합니다."

다이치는 생각해온 이유를 말했다. 틀림없이 물어볼 거라 상정한 질문이었다. 대답을 잘했다고 생각했지만 남자는 아무 반응이 없었다. 보드에 뭐라고 쓴다. 그뿐이다.

"그런데 지금은……." 면접관이 이력서를 들여다본다. "이건 뭐지, 다비 회사?"

"예, 그렇습니다."

"왜 또?"

"가업입니다."

이렇게 대답하자 "대를 잇지 않아도 되나요?" 하고 재차 물었다. 이것도 상정한 질문이다.

"사양 산업인 데다 장래성도 없다고 생각했습니다."

"하지만 거기서 일하고 있지 않나요?"

"좋은 일자리를 찾을 때까지 임시로 일하고 있습니다. 놀고 있을 수만은 없으니까요."

"뭐, 다비 회사가 어렵긴 할 테니까요."

남자가 다소 무시하는 듯한 어조로 말한다. 그 후로 아무래도 좋은 질문이 두세 개 이어졌고, "인연이 있으면 인사부에서 연락이 갈 겁니다" 하는 사무적인 한마디를 끝으로 면접은 끝났다.

도무지 분위기가 고조되지 않는 면접이었다. 무엇보다 자신에 대한 면접관의 흥미를 전혀 느낄 수 없었다. 필기시험도 잘 봤다는 생각은 별로 없었다.

떨어졌군.

회사를 뒤로하고 드디어 비가 그친 하늘을 올려다보았다. 다이치
는 가슴에 번지는 실망감을 따돌리느라 애썼다.

지금까지 지원한 회사는 오십여 곳.

'내가 그렇게 가치 없는 인간인 걸까.'

다이치는 면접을 보기 전의 패기가 완전히 시들어 무거운 발을
질질 끌며 역으로 돌아가기 시작했다.

6

도쿄에서 단골 거래처를 다 돌고 가까운 인터체인지에서 고속도
로로 진입했을 때는 저녁 7시가 지나 있었다. 각 매장 구매자와는
오랫동안 알고 지냈기 때문에 거래에 관해 여러 이야기를 나눴다.
하지만 역시 다이토쿠 백화점 매장 축소 이야기는 충격이었다.

오랫동안 쌓아온 매출이 이렇게 하나, 또 하나 떨어져나간다.

문화니 전통이니 해봤자 세상의 변화나 추세는 그런 것과 상관없
이 소비자의 니즈를 완전히 새롭게 바꿔가는 법이다. 이게 시대의
흐름이라면 거역하려는 것 자체가 애당초 무리일지도 모른다.

수도고속도로에서 도호쿠 자동차도로로 들어간 무렵부터 정체가
풀리기 시작했다.

비는 그쳤다. 비는 이제 미야자와의 마음속에서 내리고 있다.

그러고 보니 다이치의 면접은 어떻게 되었을까.

운전하는 내내 가슴에 여러 단편적인 생각이 번갈아 떠올랐다가

사라졌다. 걷잡을 수 없이 무질서하고 의미조차 명확하지 않은 사념의 조각들. 그런 가운데 문득 조금 전에 본 다섯 발가락 러닝슈즈가 떠올랐다.

지면을 잡듯이 맨발 감각으로 달린다.

'그러고 보니 옛날에는 맨발로 달렸지.'

지금은 사라졌지만, 미야자와가 어릴 때는 운동회에서 맨발로 달리는 일이 드물지 않았다. 그렇게 생각하면 달리기와 맨발은 무관하지 않다고 할 수 있으리라.

게다가 애초에 '파이브 핑거스'도 어떤 의미에서는 다비 아닌가, 하고 생각했다. 고무밑창이 달려 있어서 모양은 다르지만, 이를테면 지카타비의 러닝슈즈판이다.

"시대를 잘 파악했으면 다비도 좀 더 인기를 끌었을지도 모르겠는걸."

차 안에서 미야자와는 혼잣말을 했다. 자신에게는 다비의 특성을 '달리기'와 연결하는 발상이 없었다. 전통이나 확신에 지나치게 사로잡힌 부분도 있었을 것이다.

'달리기'를 추구해 다섯 발가락 러닝슈즈에 이르다니, 보기 좋게 졌다. 제대로 했다면 내가 생각했어야 할 아이디어가 아닐까.

그런데도 미야자와는 달릴 때 신는 거라면 역시 일반적인 러닝슈즈가 알맞다고 믿어 의심치 않았다. 기존 관념을 뒤집은 상품을 시장에 투입하는 데는 상당한 용기와 결단이 필요했을 테지만, 그거야말로 신규 사업이라고 하기에 어울린다.

그때 미야자와에게 떠오른 것은, 아이디어와 착안점에 따라서는 자신에게도 아직 참여할 여지가 있지 않을까 하는 생각이었다.

러닝슈즈 매장의 활황을 볼 때마다 시장이 순조롭게 성장하고 있구나 싶었다.

지카타비 같은 러닝슈즈가 인기라면, 역으로 지카타비를 러닝용으로 개량해도 인기를 얻을 수 있을지 모른다. 지카타비라면 누구에게도 지지 않을 자신이 있다.

'우리도 만들 수 있지 않을까. 그런 상품……'

당치 않은 생각일까. 확실히 엉뚱할지는 모르지만 검토해볼 가치는 있다. 새로운 고객을 개척할 수 있을지도 모른다.

조금 전 본 매장에 고하제야의 지카타비가 늘어선 모습을 상상해봤다. 입가가 풀어진다.

전통을 지키는 것과 전통에 사로잡히는 것은 다르다.

그 껍데기를 깰 것이라면 지금이 그때 아닐까.

밤 9시가 못 되어서 집으로 돌아왔다.

"애들은?"

집이 묘하게 조용해서 아내 미에코에게 물었다.

"아카네는 학원에 갔으니 곧 돌아올 거야. 다이치는 그대로 친구하고 술 마시러 간다고 했고."

"그대로라니? 면접 끝나고 바로?"

어이없어서 묻자 미에코가 미간을 찌푸렸다.

"잘 안 된 것 같아."

식탁에 앉은 미야자와는 미에코가 건네준 캔맥주를 따서 컵에 따랐다.

"그건 어쩔 수 없지. 내가 면접을 보는 것도 아니고."

그러자 미에코가 뜻밖의 말을 한다.

"이야기 좀 들어주면 좋지 않을까?"

"나야 상관없지만 다이치가 나한테 얘기하려고 하겠어?"

"그렇지 않아."

미에코는 고개를 가로젓는다. "마음이 복잡하겠지. 당신한테 보란 듯이 보여주고 싶어서 무리하는 구석도 있을걸."

"나한테 보란 듯이 보여주다니 무슨 말이야. 다비 회사라면서 늘 무시하잖아."

"그 애는 사실 고하제야를 좋아하는 게 아닐까?"

미야자와는 놀라서, 마시다 만 맥주에서 고개를 들었다.

"뭐라고?"

"분명 좋아할 거야. 사실은 가업을 잇고 싶다고 생각한 것 같아. 당연히 저한테 이으라고 할 줄 알았는데 당신이 그러지 말라고 했잖아. 그래서 서둘러 일자리를 찾기 시작했는데 어딘가 잘 와닿지 않는다고 할까……."

그런 이야기는 금시초문이다.

"그렇다고 가업을 이으라고 할 수는 없잖아."

미야자와는 어이가 없었다. "다비 회사야. 앞으로 몇 년이나 계속할 수 있을지 생각해보라고. 그 녀석한테 도움이 안 돼."

"하지만 다비는 없어지지 않을 거라고 늘 말하잖아."

"뭐, 그거야 그렇지."

그런 의미에서는 미야자와 자신에게도 모순이 있다.

어쨌든 지금 이대로는 안 된다. 뭔가 생각하지 않으면.

돌아오는 길에 떠오른 러닝슈즈 아이디어가 필연성을 갖고 미야
자와의 가슴에 다가온 것은 그때였다.

2장

타라우마라족의 가르침

1

"그거야 뭐 가능성은 없지 않겠지요. 우리 회사에 마라톤 다비라는 게 있기도 했고."

이튿날 아침, 도미시마는 사장실에서 차를 홀짝이며 미야자와의 아이디어를 대충 듣고 나서 말했다. "다비를 신고 올림픽에 나간 사람도 있었을 정도니까요. 가나쿠리 시조^{일본 마라톤의 아버지라 불리는 선수}가 아마 그걸 신고 달렸을 겁니다."

"잘 아시네요, 겐 씨."

도미시마가 뜻밖의 박식함을 보여 깜짝 놀랐다.

실은 미야자와도 어젯밤에 조사해서 알았는데, 가나쿠리 시조는 1912년 스톡홀름 올림픽 마라톤에 다비를 신고 나갔다.

그러나 장거리 여행의 피로 등으로 인해 레이스 도중 일사병으로 기권하는 바람에 결국 결승점에 들어오지 못했다. 실신하여 농가에

40

서 보살핌을 받고 있다는 사실이 대회 본부에 알려지지 않아 가나쿠리의 공식 기록은 '실종, 행방불명'이었다.

1967년 3월, 반세기 이상이 지난 기념식전에서 형식적으로 결승점을 통과해 올림픽 마라톤 역사상 가장 긴 '54년 8개월 6일, 5시간 32분 20초 3'이 기록되었다. 당시 가나쿠리는 "골인할 때까지 손자가 다섯 명이나 생겼습니다"라는 유명한 스피치를 남겼다.

"가나쿠리 이야기는 아버님께서 자주 말씀하셔서 알지요."

"아버지가 그런 이야기를……."

의외였다. 덧붙여 말하자면 고하제야에도 마라톤 다비가 있었지만, 아버지 대에서 '생산 중단'이 되고 말았다. 지카타비를 기초로 한 제품으로, 앞에서 끈으로 묶을 수 있게 되어 있었다. 발끝은 둘로 갈라져 있고, 흰색이었다. 운동화와 지카타비의 중간쯤 되는 것이었다.

"옛날에 우리 회사가 만든 게 어딘가 있을 것 같은데, 좀 찾아주겠어요? 어떤 것이었는지 다시 한번 보고 싶어서요."

도미시마는 그다지 내키지 않는다는 표정을 보였다.

"마라톤 다비가 수익의 주축은 못 되잖습니까? 가능성이 있었다면 진작 그렇게 됐겠지요. 시대의 흐름이라고 하나요. 결국 운동화에 졌습니다."

도미시마는 이제 와 마라톤 다비를 부활시켜도 의미 없다고 생각하는 것 같았다. 하지만 시대의 흐름이라는 의미에서는 그 방향도 다시 달라진 게 아닐까, 다비에서 러닝슈즈로, 그리고 러닝슈즈에서 다비로. 파이브 핑거스가 좋은 예다.

"뭐, 그럴지도 모르지만 좀 검토해보고 싶어서요."

이렇게 말하자 도미시마가 눈을 가늘게 뜨고 담배연기 너머에서 미야자와를 봤다.

"마라톤 다비를 만들 겁니까?"

"뭐가 될지는 몰라요. 다만 이런 게 팔린다면, 달리기용 지카타비가 팔려도 이상하지 않겠지요."

인터넷으로 찾아 프린트한 파이브 핑거스의 사진을 손끝으로 톡톡 두드린 미야자와에게 "요즘 젊은 사람들 생각은 도무지 알 수가 있어야지요" 하는 대답이 돌아왔다.

"겐 씨에게 생각해달라고 말하는 게 아니니 좀 봐줘요. 나도 그런 것쯤은 아니까 돈은 최대한 쓰지 않을게요. 그럼 되겠지요?"

경리를 담당하는 도미시마 입장에서 보면 쓸데없는 경비가 가장 곤란하다. 미야자와도 쓸데없이 돈을 투입할 생각은 전혀 없다. 돈이 부족해지면 빌리러 가는 사람은 미야자와 본인이니 당연하다.

"다비만 하면 안 되겠습니까?"

그래도 도미시마는 찬성하지 않았다.

"안 된다고는 하지 않겠지만, 그것만 하는 건 재미없잖아요. 무엇보다, 따분해요."

"그 따분한 일도 백 년을 하면 기예가 됩니다." 도미시마가 대답했다. 참으로 완고한 사람이다.

"우리 회사도 백 년 전에 다비를 만들기 시작할 때는 남이 하는 걸 보고 흉내 냈어요. 장래를 생각한다면 옛것을 지키기 위해 옛날 것만 해서는 안 되겠지요."

미야자와가 말할 때 어떤 손님이 사무실로 불쑥 들어왔다.

사이타마 중앙은행의 사카모토다.

"안녕하십니까?"

미야자와를 보고는 가볍게 인사를 건넨다. 융자에 필요한 자료라도 가지러 왔을 것이다.

"그럼 저는 눈앞의 빚 때문에 일을 해야겠네요."

이영차, 하며 도미시마가 사장실 의자에서 일어났다. "같은 가나쿠리라도 이쪽은 자금 융통이니까요'돈의 융통'을 뜻하는 '가네구리金繰り'를 '가나구리'로도 읽을 수 있음을 이용한 말장난."

도미시마는 시시한 농담을 하며 탁자에 있는 파일을 안고는 사카모토가 기다리는 방으로 사라졌다.

"어떤가, 빌려주는 건가?"

도미시마와 협의가 끝났는지, 열려 있던 사장실 출입문으로 사카모토가 훌쩍 얼굴을 내밀었다. 융자를 신청한 것은 이틀 전. 그렇게 빨리 결론이 나는 일은 아니기 때문에 사소한 농이었다.

"좀 더 시간을 주시겠습니까?"

사카모토는 역시 은행원인 만큼 곧이곧대로 들은 표정이다.

"알아. 차라도 마시고 가게."

그럼 실례하겠다며 사장실로 들어온 사카모토가 탁자에 놓인 사진을 힐끗 보더니 "아, 파이브 핑거스네요" 하고 말했다.

"알고 있나?"

의외의 반응에 놀라 미야자와가 물었다.

"요즘 유행하는 겁니다. 이거 사시려고요, 사장님?"

미야자와는 사카모토 맞은편에 앉아 도미시마에게 한 이야기를 되풀이했다.

"자네 이야기도 있고, 신규 사업으로 생각해볼까 해서 말이야."

그러자 사카모토가 "그거 좋은데요" 하고 갑자기 흥분한 어조로 말했다. "어떤 러닝다비가 만들어질지 기대됩니다."

"하지만 그렇게 요란하게 할 수는 없어."

자기가 말하기도 뭐하지만, 영세기업의 도전이다. 돈이 없을 뿐 아니라 사람도 없다.

"착실하게, 우선은 러닝슈즈를 연구하는 데서 시작해보려 하네. 길은 멀지만 해볼 가치는 있겠지."

다비와 러닝슈즈는 언뜻 비슷하지만 다르다. 러닝슈즈 제작에도 통용될 고하제야의 기술은 봉제 기술 정도 아닐까. 그것도 만약 대량 생산을 하게 된다면 백 년 전 재봉틀을 사용할 수 없게 된다. 그렇다고 지금 단계에서 걱정해봐야 아무 소용이 없다.

"경쟁 제품 연구도 물론 해야겠지만 달리기에 대한 이해도 필요하지 않을까요?"

사카모토가 그럴듯한 지적을 했다. "아까 말씀하신 파이브 핑거스도 기발함만으로 만들어진 제품이 아니라 달리기 이론으로 뒷받침된 확신이 있어서 그런 모양이 됐거든요. 다른 신발을 보고 연구만 해서는 그렇게 되지 않을 겁니다. 러닝슈즈는 잘 달리려고 신는 거니까, 일단 달리기를 알 필요가 있을 것 같습니다."

정말 그렇다. 동시에, 즉흥적인 생각에 들떠서 해야 할 일을 냉정하게 살피지 않은 단순함을 반성할 수밖에 없었다.

하지만 달리기를 연구한다고 해도 어디서 시작해야 좋을까.

관련 책을 몇 권 읽어볼까 생각할 때였다.

"제 지인 중에 러닝 인스트럭터가 있는데 소개해드릴까요?"

사카모토가 손을 내밀어주었다.

"부탁할 수 있을까?"

"물론이죠. 사정을 얘기하고, 가능한지 물어보겠습니다."

2

7월 첫 번째 주말, 미야자와는 스포츠슈즈와 의류를 취급하는 요코하마 시내 가게로 아리무라 도루를 찾아갔다.

드디어 장마가 그치고 활짝 갠 아침이었다.

요코하마 스타디움이 멀지 않은 간나이 역 앞에서 사카모토와 만나 근처 상점가에 있는 아리무라의 매장으로 갔다. 토요일인데 휴일을 반납한 사카모토에게 미안했다.

"이렇게 거들어드리는 것도 즐겁습니다."

사카모토는 싫은 내색 하나 없이 택시로 십 분도 걸리지 않는 그곳으로 안내해주었다.

잡거빌딩 1층에 있는 깔끔한 매장이었다. 상품이 늘어선 안쪽에 조그만 공간이 있고, 탁자와 의자가 놓여 있었다. 벽에 걸린 액정 모니터에서는 어딘가 외국 마라톤 대회 모습이 흘러나왔다.

"기다리고 있었습니다."

아리무라와의 만남은 간단한 자기소개로 시작되었다.

고등학교 시절까지는 테니스부였는데, 고교 대항 경기 성적을 높이 평가받아 운동선수 특별전형으로 유명 사립대학에 입학했다. 그런데 팔꿈치 부상으로 은퇴를 할 수밖에 없었고, 원래 좋아하던 러닝에 흥미를 갖고 대학원에 진학해 최첨단 러닝 이론을 접했다.

대학원 수료 후 오 년간 스포츠웨어로 유명한 대기업에서 근무했다. 그 후 큰 결심을 하고 퇴직해 매장을 차렸으며 이전부터 하고 싶던 인스트럭터 일도 시작했다고 한다.

붙임성이 있는 아리무라는 "사카모토 씨한테 들었습니다만, 파이브 핑거스를 주목하셨다니 재미있네요" 하고 곧장 이야기의 본론으로 들어갔다.

두 사람의 만남은 사카모토가 아리무라가 주최하는 러닝 교실에 참가한 일이 계기였던 모양이다.

"예전에 마라톤 다비라는 게 있었는데, 그걸 부활시킬 수는 없을까 하는 생각에……."

사실 미야자와는 아리무라가 화를 내지 않을까 불안했다. 지카타비로 러닝슈즈 업계에 뛰어들겠다는 발상이 진지하게 달리기를 연구하는 사람에게는 실없는 이야기로 들리지 않을까 생각했기 때문이다.

그런데 아리무라는 화를 내기는커녕 오히려 열심히 귀를 기울여주었다.

"전문가가 보시기에, 제 아이디어가 잘될 가능성이 있을까요?"

미야자와가 주뼛주뼛 물어보았다.

"물론 있습니다."

아리무라는 진지한 얼굴로 대답한다. "다비 자체는 러닝에 어울린다고 생각합니다. 옛날에는 학교 운동회에서도 신은 모양입니다. 지금은 안전상 이유로 거의 없어졌지만요."

"안전상 이유요?" 뜻밖의 이야기에 미야자와가 물었다.

"작년에 요코하마의 어느 유명 중학교에서 건강에 좋으니 체육시간이나 운동회에서 다비를 신자는 이야기가 나왔습니다. 하지만 학부모가 반대했어요. 운동장에는 온갖 것이 떨어져 있으니 위험할 거라고요. 그래서 그만두게 되었습니다."

그런 이유로 다비가 채택되지 않았다는 말은 처음 들었다.

"그럼 시판되는 러닝슈즈는 안전한가 하면 그렇다고 단언할 수도 없습니다. 러닝이나 마라톤을 취미로 하는 사람이 늘어나는 만큼 발을 다치는 사람 역시 늘고 있다는 사실, 아십니까?"

미야자와는 의외의 이야기에 곧 흥미를 느꼈다. 아리무라는 전시된 신발 한 켤레를 가져왔다. 1만 엔 남짓의 가격표가 붙은 조깅슈즈였다.

"지금 가장 잘 팔리는 상품인데, 뒤꿈치 부분을 보세요. 쿠션이 들어가 두껍죠. 요즘 신발은 대부분 이런 쿠션을 채택하는데, 저는 이 구조 자체에 문제가 있다고 생각합니다. 잘못된 주법走法으로 이끌 가능성이 있거든요."

미야자와는 올바른 주법, 틀린 주법이 있을 거라고는 생각도 해보지 않았다.

"이 신발을 신고 달리면 발뒤꿈치로 착지한 뒤 발끝으로 차는 식으로 달리게 됩니다. '힐 착지'라고 하지요. 무게 중심을 두는 방식에 따라 다르겠지만 그렇게 달리면, 특히 초보자의 경우에는 '러너스 니Runner's knee'라 불리는 장경인대염腸脛靭帶炎이 생기기 쉽습니다. 주위에서 러닝을 한다는 사람에게 이야기를 들어보면 부상자가 많다는 사실에 놀라실 겁니다. 부상까지는 아니더라도 무릎이나 발목이 좀 아프다는 사람은 아주 많지요. 여러 이유가 있겠지만, 달리는 방식 자체가 문제인 사람이 적지 않을 겁니다."

"힐 착지가 신발 모양과 관련 있다는 건가요?"

"아무리 생각해도 그렇게 하라는 듯한 신발입니다. 신어보면 발뒤꿈치가 올라가 있으니까 자연스레 힐 착지가 되기 쉽지요."

아리무라는 말을 이었다. "그런 부상이 많다고 보고되는 한편, 최근에는 주법에 대한 해석이 진척되어 유명 선수는 어떤 식으로 달리는지 연구하고 있습니다. 그래서 아주 흥미로운 사실을 알게 되었죠. 예컨대 케냐 선수들은 발 중앙 부근으로 착지합니다. 올림픽에 출전한 일본의 일류 육상선수도 그렇습니다. 미드풋midfoot 착지, 또는 좀 더 발끝으로 착지하는 포어풋forefoot 착지를 하는 선수도 있습니다. 요컨대 그런 일류 선수는 부상당하기 쉬운 힐 착지 주법으로는 달리지 않습니다. 왜 포어풋, 미드풋 착지 주법이 더욱 빨리 달릴 수 있고 부상도 적을까요? 그게 인간 본래의 주법이기 때문입니다."

"인간 본래의 주법?"

미야자와는 무심코 말을 되풀이했다. 달리기에 관해 들으러 왔는데 아리무라의 이야기는 점차 확대되었다.

"미야자와 씨는 '타라우마라족'이라는 부족 이름을 들어보셨습니까? 멕시코 변경에 사는 부족인데, 장거리를 달린다는 사실 때문에 유명해졌습니다. 하루에 수십 킬로미터, 때로는 며칠 동안 울트라마라톤에 필적하는 거리를 달리는 일도 있습니다. 어떤 프로모터가 타라우마라족을 미국 울트라마라톤에 출전시켰더니 유럽과 미국 일류 선수에 못지않은 스피드로 완주했다고 합니다. 그런데 그들은 '와라치'라는 샌들에 가까운 허술한 신발을 신고 달립니다. 게다가 와라치를 맨발에 신고 장거리를 달리죠."

아리무라는 등 뒤편 서가에서 잡지 기사 스크랩 파일을 꺼내 와라치 사진을 보여주었다.

납작한 밑창에 자동차 고무타이어를 붙인 허술한 것이다. 게다가 끈으로 비치샌들 같은 것을 만든 다음 남은 끈을 발목에 동여맸을 뿐인 단순한 구조다. 도저히 장거리를 달리는 데 적합한 신발로는 보이지 않았다.

"그 부족은 정말 이걸 신고 마라톤에 출전했습니까?"

"물론이지요. 그리고 세계 일류 선수에 견줄 성적을 남겼습니다."

갑작스럽게 믿을 수는 없었다.

"이걸 신고 달릴 수 있다면, 지카타비를 신고도 가능하겠군요."

무심결에 이런 감상이 입 밖으로 튀어나올 정도였다.

"요컨대 그들이 미드풋 또는 포어풋 착지 주법으로 달리기 때문에 와라치로도 완주할 수 있는 겁니다."

"그런 주법은 어떻게 습득할 수 있죠?"

"신발을 바꾸는 겁니다."

의외의 대답이었다.

"지금껏 스포츠용품 제조사가 내놓은 뒤꿈치가 두꺼운 신발이 아니라 좀 더 밑창이 평평한 신발을 신습니다. 그러면 달리기가 자연스럽게 힐 착지에서 미드풋 착지로 바뀝니다. 지카타비도 바닥이 얇고 평평하니까 괜찮게 되겠지요."

"아까 인간 본래의 주법이라고 말씀하셨는데, 그게 대체 어떤 겁니까?"

미야자와는 궁금하던 것을 물었다.

아리무라가 끓여준 커피를 홀짝이며 사카모토는 즐거운 듯이 옆에서 두 사람의 대화를 듣고 있었다.

"그건 어떻게 인간이…… 아니 지금의 인류, 즉 호모 사피엔스가 살아남을 수 있었나 하는 문제와 직결됩니다."

아리무라의 이야기는 그칠 줄 모르는 샘처럼 솟아나 결국 유구한 역사에까지 이르려 하고 있었다. "진화 과정에서 이른바 원숭이와 사람이 나뉜 것은 칠백만 년 전으로 거슬러 올라갑니다. 그리고 나서 오스트랄로피테쿠스 같은 원인류猿人類가 출현하고, 다시 이백사십만 년 전이 되면 원인原人인 호모 하빌리스가 탄생합니다. 사실 이 시대부터 백만 년 정도 전까지는 동시기에 여러 종류의 원인류와 원인이 공존했습니다."

아에티오피쿠스, 로부스투스, 보이세이라 불리는 세 종류의 오스트랄로피테쿠스. 그리고 호모 하빌리스, 호모 루돌펜시스, 호모 에렉투스, 호모 에르가스테르라 불리는 네 종류의 원인.

미야자와는 지구상에 이만큼의 원인류와 원인이 공존하는 그림을 상상해봤다. 아마도 새로운 종류인 호모속의 원인이, 원인류인 오스트랄로피테쿠스와 맞닥뜨리는 일도 있었을 것이다. 그때 각각의 종 사이에서 어떤 관계가 생겨났을까.

"그런데 공존하던 원인류가 사라지고, 오십만 년 전에 호모 에르가스테르, 삼십만 년 전에는 호모 에렉투스가 멸절하고 맙니다. 그리고 다시 새로운 인간이 탄생하고, 드디어 이십만 년 전에 이르면 우리의 직접적 조상인 호모 사피엔스가 세상에 등장합니다."

"드디어 지금과 같은 세계가 된 거군요."

미야자와가 이렇게 말하자 "아뇨, 아닙니다" 하고 아리무라는 고개를 가로저었다.

"실은 최근 연구로 우리와 공존하던 인간이 그 밖에도 있었다는 사실이 알려졌습니다. 오십만 년 전부터 삼만 년 전까지 호모 네안데르탈렌시스, 삼만팔천 년 전부터 일만사천 년 전까지 번성한 호모 플로레시엔시스. 두 종류의 인간은 우리와 같은 공기를 마시며 지구상에 병존했습니다. 우리 조상은 종류가 전혀 다른 인간을 목격하고, 경우에 따라서는 얼마간 교류를 했을지도 모릅니다. 그런데 지금 살아남은 것은 호모 사피엔스 한 종류입니다. 다른 인간은 모두 사라지고 우리만 지구에 인간으로 살아남았습니다. 대체 왜일까요?"

"그게 주법과 관계있다고요?"

아리무라가 고개를 크게 끄덕였다.

"맞습니다. 우리 인류의 뇌 체적은 몸 전체에서 보면 2퍼센트 정도밖에 안 되지만 에너지는 20퍼센트나 사용한다고 합니다. 그럼 잡초나 수목만 먹어서는 충분하지 않고, 고기를 먹을 필요가 있습니다. 다시 말해 사냥을 해야만 하는데, 그러기 위해서는 장거리를 달려야 합니다. 그냥 달릴 뿐이라면 네안데르탈인도 할 수 있겠지요. 그런데 장시간에 걸쳐 장거리를 달릴 수는 없던 게 아닐까 여겨집니다. 마찬가지로 동물도 달리기는 합니다만, 예컨대 호랑이는 달릴 때 우리처럼 자유롭게 호흡할 수 없습니다. 앞발을 내디딜 때 들이쉬고 찰 때 내뱉는 등 아주 단일하고 부자유한 호흡만 할 수 있습니다. 그래서 인간보다 빨리 달릴 수 있는 동물도 장거리는 달릴 수 없는 것입니다. 그런 점에서 인간은 자유로운 호흡법으로 장거리를 달릴 수 있으므로 노리던 사냥감을 끝까지 바짝 추적해서 먹을거리를 얻을 수도 있습니다. 그것이 호모 사피엔스인 우리의 최대 강점이 아니었을까, 하는 거죠. 그들은 어떤 식으로 달렸을까요? 포어풋 내지는 미드풋 착지였습니다."

"그래서 인간 본래의 주법이라는 거군요."

미야자와는 감탄한다기보다는 오히려 감동을 느꼈다.

지금껏 달리기에 관해 그렇게 깊이 생각해본 적은 없었다. 인간은 왜 달릴까, 어떤 주법이 적합할까, 본래 어떻게 살아왔을까…….

달리기의 역사는 곧 인류의 역사로 이어진다.

"인스트럭터로서 제 일은 그런 인간 본래의 주법으로 부상당하지 않고 조깅이나 레이스를 즐기게 하는 것입니다."

이렇게 말을 맺은 아리무라는 자신이 주최하는 레이스도 소개해주었다.

"처음에 여기 올 때까지만 해도 불안했는데, 이렇게 용기를 얻을 줄은 몰랐습니다."

미야자와는 흥분을 감추지 못하고 덧붙였다. "아무쪼록 저도 달려

보고 싶은데 어떤 신발이 좋겠습니까?"

그러자 아리모토가 물었다.

"지금까지 달려보신 적은 있습니까?"

"아뇨."

미야자와가 변명 같은 말을 이었다. "특별히 운동을 하고 있진 않아서요. 바쁘기도 하고."

"그럼 우선 밖으로 나가 산책을 하시죠."

기운 빠지는 조언이었다. "시간을 내서 밖으로 나가면 자연히 걷게 되니까요."

"신발은요?"

아리시마가 웃었다.

"아무거나 괜찮습니다. 가죽 구두든 뭐든요. 갑자기 무리하지 않고 조금씩 시작하는 것. 그게 부상당하지 않고 오래 지속하는 비결입니다."

어쩐지 그것은 회사의 경영 방침과 일맥상통한 것 같았다.

3

신규 사업 아이디어를 가슴에 간직해둔 사이 순식간에 반년쯤 세월이 지나갔다.

그다지 돈벌이가 되지도 않는데 정신없이 바빴던 적도 있다. 하지만 이런 일은 원래 '하겠다'라고 결정하면 어느 정도 추진력을 갖고 진행해야 아이디어만으로 끝나버리지 않을 것이다.

규모가 작은 고하제야에서는 신규 사업을 이끌어가는 역할을 사원에게 맡길 수도 없고, 일단 하게 된다면 자신이 리더가 될 수밖에 없다. 그 점을 알면서도 꾸물거리며 결단을 내리지 못한 것은 다시한번 등을 밀어주는 계기가 없었기 때문이다.

달력은 2월에서 3월로 막 넘어갔으나 교다의 겨울은 아직도 한창 혹독했다.

하지만 겨울의 혹독함은 특별히 자연만 그런 게 아니었다.

다이토쿠 백화점의 매장 축소는 작년 10월 중순에 완료되었고, 역시나라고 해야 할까, 실제로 고하제야의 실적에 그림자를 드리웠기 때문이다.

다이토쿠 백화점 매출이 10퍼센트 감소했다. 고하제야 전체 매출에서 다이토쿠 백화점이 차지하는 비율이 30퍼센트 정도나 되기 때문에 뼈아픈 일이 아닐 수 없었다.

그리고 이날 미야자와는 시나가와 역에서 가까운 마라톤 대회장에 있었다.

아리시마가 꼭 나오라고 말해준 게이힌 국제마라톤대회다.

일본에서 손꼽히는 마라톤 대회로, 전세계 유력 선수도 모이는 대단한 이벤트다. 대회 운영위원회 텐트로 찾아가 주최자 측 일원으로 참여중인 아리시마에게 인사 겸 고맙다는 말을 전한 뒤, 출발 전 열기가 흘러넘치는 대회장 안을 둘러봤다.

참가자 수는 2만여 명이다. 미야자와는 지금껏 이런 종류의 이벤트에 흥미를 가진 적도 참가한 적도 없었다. 하지만 그 열기 한가운데 있으니 가슴이 두근거렸다. 러닝슈즈와 의류 업체에서 부스를 설치중이고, 폭넓은 연령층의 시민 주자들이 출발 전에 몸을 풀기 위해 가벼운 운동을 하고 있어서 대회장은 무척 북적거렸다.

"이거 굉장한데, 안 그래?"

옆에 있는 다이치에게 말하자 모호한 반응을 보였다. 다이치는 작년에 이런저런 회사에 지원했으나 부정기 채용은 문이 좁아 결국 합격 통지서를 받지 못한 채 해를 넘기고 말았다.

이틀 전, 그런 다이치에게 게이힌 국제마라톤대회에 같이 가지 않겠느냐고 물었다. 대회가 일요일이어서 거절할 줄 알았다.

"좋아요."

다이치는 무뚝뚝한 얼굴로 이렇게 대답하고는 따라왔다. 축구 동아리에서 만년 후보였지만, 원래 달리기에 흥미가 있는 모양이었다.

다이치가 레이스 전 긴장감에 휩싸여 있는 러너들을, 어딘가 눈부시다는 듯한 표정으로 바라보고 있었다.

"신발이 가지각색이구나."

미야자와는 이렇게 말하고는 "실은 작년부터 계속 러닝슈즈 업계에 진출할 수 없을까 생각하고 있거든" 하고 귀엣말을 했다.

"알아요. 겐 씨가 말해줘서요."

뜻밖에 다이치도 알고 있었다.

"겐 씨가 뭐라고 하던?"

"별말 없던데요. 그냥 그런 이야기가 있다고요. 그뿐이었어요."

역시나, 하고 생각한다. 도미시마가 신규 사업에 소극적이라는 사실은 알고 있다.

"그래……."

출발 시각이 가까워졌다. 맨 앞줄에 늘어선 초대 선수는 해외와 국내를 합쳐 약 마흔 명이다.

총성이 울리고 2만여 명이나 되는 주자가 출발하는 모습은 그야말로 장관이었다.

"어떻습니까, 미야자와 씨?"

선수들 등을 지켜보고 있는데 아리무라가 와서 말을 걸었다.

"멋진 대회네요. 마라톤 경기에 출전하고 싶어하는 시민 러너가 이렇게 많을 줄은 생각지도 못했습니다."

"이래 봬도 참가는 추첨입니다."

아리무라가 말했다. "응모자는 총 20만 명쯤이었습니다. 경쟁률이 이십 대 일로, 작년보다 높아졌지요. 이제 러닝은 가장 가까이에서 즐길 수 있는 스포츠인 셈입니다."

그 말대로일 것이다. 이렇게까지 러닝 열기가 높다는 사실을 몰랐다는 것이 신기할 정도였다.

시나가와를 출발한 선수들은 시내를 남하하고 얼마 후 다마 강을 건넌다. 그리고 대략 20킬로미터를 나아가 요코하마 시 나마무기 부근에서 반환점을 돈다. 실황 아나운서와 해설자를 태운 중계차가 보내는 레이스 영상이 대회장 안 모니터에 비쳤다.

한 시간 반이 지나자, 선두 그룹에서 케냐 선수 세 명이 뛰쳐나가려 했다.

미야자와는 모니터를 보며 특별히 주법을 주시했다.

확실히 그들의 주법은 흔히 보는 힐 착지와 다른 것 같았다. 미드풋 착지다.

그때였다.

"……뭔가 잘못된 것 같은데."

옆에서 보던 다이치가 중얼거렸다.

─아무래도 모기 선수의 모습이 좀 이상하군요.

거의 동시에 해설자 목소리가 귀에 들어왔다.

선두 그룹을 쫓아가는 두 번째 집단에서 한 선수가 탈락하려 하고 있었다.

흰색 유니폼을 입은 젊은 선수다.

"다이와 식품 선수인가."

미야자와는 번호표 위에 쓰인 회사 이름을 읽었다.

"모기 히로토야. 작년까지 도자이 대학에서 하코네 5구간을 달린 선수."

생각났다.

"다이와 식품에 들어간 건가."

"저런 식으로 지면 안 되는데."

처음에 미야자와는 다이치의 말이 무슨 뜻인지 알 수 없었다. 그때 아나운서의 한마디가 들려왔다.

─아아, 게즈카 선수와 순식간에 20미터 가까이 벌어지고 말았습니다.

게즈카?

화면에 클로즈업된 선수는 미야자와도 본 기억이 있었다.

"라이벌인가?"

미야자와가 혼잣말처럼 중얼거렸다. "5구간에서 서로 접전을 펼쳤을 거야."

게즈카 나오유키는 명문 메이세이 대학의 에이스다. 하코네 5구간은 산을 오르는 코스다. 가장 가혹한 레이스를 해야 하는 그 구간에서 도자이 대학은 모기 히로토, 메이세이 대학은 게즈카 나오유키라는 에이스를 투입, 특히 작년에는 대회 역사에 남을 만큼 우열을 가리기 힘든 대접전을 펼쳤다.

아마 그때도 게즈카가 이겼고, 메이세이 대학은 그 기세를 살려 왕로와 복로하코네 역전마라톤은 매년 1월 2일에 왕로 1~5구간, 1월 3일에 복로 6~10구간(각 구간 약 20킬로미터)을 달린다를 제패하며 완전 종합우승을 이뤄냈을 것이다.

모니터 속 모기의 모습이 점점 작아진다.

─무릎을 다친 걸까요.

아나운서 목소리다.

─이건 좀 무리인 것 같네요.

해설자가 이렇게 대답했을 때, 연도에 늘어선 사람들의 비명 소리와 함께 모기가 아스팔트 도로에 쭈그리고 앉았다.

다이치는 모기를 응원하고 있었는지 칫, 하고 혀를 찼다.

"무릎만 괜찮으면 분명히 모기가 더 나은데."

다이치는 분한 모양이었다.

"너무 신경 쓰는 거 아니냐?"

"명문 대학인지 뭔지는 모르겠지만 게즈카처럼 경박한 녀석은 싫거든요."

달릴 수 없게 된 모기에게 대회 관계자들이 달려가는 장면이 모니터에 비쳤다.

"모기와 게즈카가 대결하면 분위기가 고조됐을 텐데."

다이치의 한숨과 함께 화면은 선두 경쟁을 하는 케냐 선수들로
바뀌었다.

4

"저기, 겐 씨. 잠깐 할 이야기가 좀 있는데요."

이튿날 아침, 도미시마 책상까지 간 미야자와는 가까이 있는 의자
를 끌어당겨 앉았다. "전에 얘기한 마라톤 다비 말이에요. 개발팀을
꾸려보고 싶은데, 어떻게 생각해요?"

장부에서 얼굴을 든 도미시마가 노안경을 머리로 올리고는 미야
자와의 얼굴을 가만히 쳐다봤다.

"그거야 사장님 생각으로 된 거 아닌가요? 제가 이러쿵저러쿵할
이야기는 아니니까요."

본업에서 벗어나는 것이 걱정일 테지만 도미시마는 속마음을 내
비치지 않았다.

"그런가요? 그럼 그렇게 할게요."

미야자와는 이렇게 말하고는 "팀 멤버 말인데요" 하며 그 자리에
서 몇 명의 이름을 꺼냈다.

야스다 계장, 봉제과 리더인 마사오카 아케미, 그리고 아들 다이
치였다. 사이타마 중앙은행의 사카모토에게도 옵서버로 참가해달라

고 해보는 것이 미야자와의 구상이었다. 개발팀 리더는 미야자와 본인이 맡고, 우선 부정기적으로 모임을 가지면서 사업 계획을 다듬으면 된다.

"야스다나 다이치는 몰라도, 아케미 씨가 러닝슈즈를 알까요?"

아케미 씨는 올해 예순네 살이 되는 여성 사원. 평균 연령 예순 살인 봉제과를 통솔하는 기력 왕성한 아주머니로, 봉제 기술은 국보급이다. 제품 사양을 생각하고 시제품을 만들기 위해 절대적으로 필요한 존재였다.

"어떻든 얘기를 해보지요."

미야자와가 말했다. "머릿속으로만 생각하고 있어봤자 아무 소용도 없으니 행동을 해보려고요. 겐 씨도 함께해주시겠습니까?"

"뭐, 사장님이 그렇게까지 말씀하신다면……."

도미시마는 그다지 내키지 않는 것 같았다. 이내 자리에서 일어나더니 "아아, 그리고"라며 근처 선반에서 낡고 바랜 골판지 상자를 꺼냈다. "예전에 사장님이 말씀하신 우리 회사의 마라톤 다비입니다. 저번에 창고 정리할 때 나와서요."

그러고는 상자를 열고 내용물을 꺼내 가까운 탁자에 늘어놓았다. 사이즈가 작은 걸 보니 어린이용이리라.

"이런 거였구나."

어렸을 때 본 이후로 까맣게 잊고 있었다. 미야자와는 뜻밖에 복받친 생각에 도취되어 잠시 다비를 자세히 들여다보았다.

"나름대로 팔린 시기도 있었지만, 세상의 추세를 이기지 못하고 눈 깜짝할 사이에 사라졌지요."

섣불리 새로운 것을 시작해도 잘되지 않을 거라고 암암리에 말하고 싶은 듯한 어조였다.

미야자와가 보고 있으니 다른 사원들도 모여들었다. 옛날에 회사에서 만든 마라톤 다비라는 이야기를 듣고는 손에 들고 보기도 하며 신기해했다. 마침 야스다도 다가왔다.

"저기, 야스다. 마라톤이나 조깅용 신발을 개발하고 싶은데 도와주겠나?"

미야자와가 묻자 야스다는 순간적으로 놀라 어안이 벙벙한 표정을 지었을 뿐 "아, 예, 좋습니다" 하고 스스럼없이 대답했다.

"재미있을 것 같네요. 이걸 마라톤 다비라고 합니까? 이 디자인은 별로인데요."

야스다가 넉살 좋게 말하며 신기하다는 듯이 다비를 뒤집어보더니 덧붙였다. "아, 이름이 있네요."

바닥에 붙인 고무밑창에 상품명이 돋을새김 되어 있었다.

육왕陸王.

미야자와도 몰랐는데, 아무래도 옛날에 고하제야에서 제작한 마라톤 다비의 이름인 모양이다.

"이거야, 야스다."

미야자와가 얼굴을 들고 말했다. "이번에 개발하는 다비의 이름을 '육왕'이라고 할까? 어떤가?"

"괜찮은 것 같은데요."

주위에서도 찬성하는 소리가 나왔다. 생각지 못한 데서 새로운 다비의 이름이 정해졌다.

고하제야에서 제조했던 마라톤 다비를 현대에 되살린다. 신규 사업에 한 가지 낭만이 더해졌다.

"개발팀? 내가요?"

품질관리과로 가서 다이치에게 이야기하니 언짢은 얼굴로 거듭 되물었다. "왜요?"

"그야, 너 달리는 거 좋아하잖아. 해볼래?"

다이치가 제품 검사 하던 손을 멈추고 미야자와를 돌아보았다.

"다비인지 지카타비인지 모르겠지만, 그런 게 정말 러닝슈즈 업계에서 인정받을 거라고 생각하세요? 나는 그것부터가 믿음이 안 가요. 요즘 신발은 굉장해요. 정말 우리 회사가 대항할 수 있을 거라고 생각하시는 거예요?"

미야자와에게 다이치의 반대는 예상 밖이었다. 좀 더 마음 편히 응할 거라 생각했다.

"시간만 낭비할걸요. 다비 회사가 러닝슈즈를 만들다니, 팔리지도 않을 테고."

"낭비일지 어떨지는 해보지 않으면 모르잖아."

미야자와는 일방적인 주장에 화가 났다. "무작정 추측만으로 단정하는 거야?"

다이치도 화난 표정을 지었지만 반박은 하지 않았다.

"그만 됐다. 방해만 했구나."

미야자와는 분연히 방에서 나갔다.

5

미야자와가 개발팀을 모아 첫 모임을 연 것은 마침 새로운 회계 연도가 시작되는 4월이었다. 고하제야의 결산은 매년 3월이다.

종업식이 끝나고 야스다, 아케미와 함께 회사 근처의 단골 이자카야 '소라마메'로 갔다. 첫 모임이기도 해서 사카모토까지 가세하여 간단한 결성식을 했다.

"죄송해요, 아케미 씨. 별로 익숙지 않은 일에 끌어들여서요."

"별말씀을요. 명예로운 일이라고 생각해요, 저는."

아케미는 타고난 쾌활함으로 웃어넘겼다. "새로운 상품을 만들다니, 듣기만 해도 마음이 설레요. 안 그래, 야스다 씨?"

"그렇지요."

이미 맥주 첫 잔으로 볼이 붉어진 야스다도 흥분을 감추지 못한 채 빙긋이 웃고 있었다. "역시 재미있는 일을 하고 싶잖아요."

달리기를 위한 다비를 개발해 러닝슈즈 업계에 진출한다.

두 사람은 개발팀의 목표를 얌전히 듣고 있었다. 전향적인 반응에 미야자와는 내심 안도했다.

"다행이네요, 사장님. 전향적인 의견이 나와서."

미야자와의 심중을 헤아려 사카모토도 웃음을 띠고 있었다.

여기에 다이치도 가세해주었다면……

미야자와는 아들이 무슨 생각을 하고 있는지 전혀 몰랐다. 부자 관계가 언제 이렇게 어색해졌을까.

"그 후 나름대로 조사한 걸 정리해왔으니 취하기 전에……"

사카모토가 옆에 놓은 가방에서 자료를 꺼내 나눠주기 시작했다. "본점 조사부를 통해 대형 제조사에서 사정 청취를 했는데, 새로운 제품을 개발했을 때 판매량의 손익분기점은 사만에서 오만 켤레라고 합니다."

"그러니까 사오만 켤레를 팔아서 얻은 수익만큼의 자금이 개발비로 들어간다는 이야기로군."

미야자와의 요약에 야스다가 "한 켤레에 얼마 정도인가요?" 하고 물었다.

"1만 엔 정도라고 생각하면 되지 않을까요?"

사카모토가 말했다. "이 자료에서는 간단하게 어림잡아 계산했는데, 가령 1만 엔이라고 하면 이익이 30퍼센트로 3000엔, 그리고 광고비 등 경비를 빼면 순이익은 10퍼센트라고 합니다. 그러니까 1000엔이죠. 오만 켤레라면 5000만 엔입니다."

"그렇게 많이 들어요?"

금액을 듣고 아케미가 눈을 동그랗게 떴다. "돈을 마련할 수 있나요, 사장님?"

"돈은 어떻게든 해봐야지요."

대답은 했지만 통상 운영 자금 문제로도 몹시 고생중인 고하제야가 그 정도 자금을 간단히 조달할 수 있을 리 없다. 고심해봐도 어쩔 수 없는 일이다.

"그래서 제가 여기 있는 게 아니겠습니까."

사카모토가 자신 있는 태도를 보여 어떻게든 구원받은 기분이 들었다. 사카모토가 말을 이었다. "아울러 신발을 만들 때 가장 돈이 많이 드는 건 밑창이라고 합니다. 그리고 밑창과도 관계있을 것 같은데, 내구성 기준은 레이스용은 400킬로미터, 트레이닝용은 700킬로미터라고 합니다."

입 밖에 내지는 않았지만 미야자와는 속으로 압도되었다.

실내용 다비는 원래 발바닥 전체로 다다미 위를 스치듯이 걷는데 적합하다. 따라서 다비 바닥에는 펠트지를 붙이는 정도이고 그다지 보강도 하지 않는다. 지카타비는 바닥에 생고무를 붙이지만 주행 거리를 어느 정도나 견디는지는 몰랐다.

내구성은 아마 가까운 장래에 고하제야가 넘어야 할 벽이 될 것이다.

"상품 개발 진행 방식 말인데, 이것저것 숫자를 만지작거리기 전에 먼저 만들어보고 싶네."

사카모토의 설명이 일단락되기를 기다려 미야자와가 말했다. "시제품을 만들어 달려보는 거지. 그렇게 하면 여러 문제점이 보일 거라고 생각하네."

"그냥 만들어보라고 하셔도 뭘 어떻게 만들면 될지 난감한데요."

야스다가 가볍게 오른손을 들고 말했다. "상품 개발이라면, 어, 그러니까 뭐라고 하더라. 콘센트…… 아니, 그게 아니라……"

"콘셉트." 사카모토가 말했다.

"예, 그거!"

야스다는 담배를 쥔 채 손가락을 움직였다. "그런 게 필요하지 않을까요?"

"이야, 어려워졌는걸." 아케미가 겁난다는 듯 어깨를 움츠렸다.

"어려운 이야기가 아니에요."

미야자와는 무심코 웃어버렸지만, 이윽고 아리무라에게서 들은 주법에 대한 이야기를 꺼냈다.

"육왕의 콘셉트는 부상 위험이 적은 미드풋 착지가 실현되는 러닝슈즈입니다. 세일즈 포인트가 되는 것은 맨발 감각. 그리고 다비니까 가능한 이점인데, 종래 제품보다 더욱 경량화할 수 있죠. 또 하나, 다비 특유의 밀착감입니다. 일단 머릿속에 있는 이미지를 후쿠코 씨한테 부탁해서 일러스트로 그려봤습니다."

봉제과의 최고령자 니시이 후쿠코는 바느질 외에 또 하나의 얼굴이 있었다.

고하제야의 다양한 다비 디자이너로서의 얼굴이다.

다비는 하얀색만 있는 것이 아니다. 밖에서 신는 다비에는 다양한 무늬를 넣기도 하는데, 대부분 후쿠코가 디자인을 맡았다. 후쿠코에게는 선대 사장 때부터 이래저래 반세기 동안 고하제야의 다비를 디자인해온 실적이 있었다.

미야자와가 짙은 감색 바탕에 흰 무늬를 넣은 디자인을 보여주었다.

"잠자리인가요?"

흰 무늬를 보고 야스다가 물었다. "가치무시잠자리의 또 다른 이름. 불퇴전不退轉의 정신을 상징한다고 본다로군요."

가치무시라고 불리며 길하다고 여겨지는 잠자리는 고하제야의 다비에도 다양한 형태로 등장하는 아주 친숙한 곤충. 그것을 좀 더 크게 디자인해서 원 포인트 룩으로 삼았다. 끈으로 묶는 점이 다비와 다른데, 그 끈 또한 길한 색이라는 감색으로 정했다. 밑창에는 지카타비에 쓰는 생고무를 붙이기로 했다.

"이야, 느낌 좋은데요. 역시 후쿠코 언니라니까." 아케미가 감탄했다.

"좋아요, 만들어봐요" 하고 야스다가 힘을 불어넣었다. "일단 시제품을 만들어서 신어볼까요? 사장님, 시간 좀 주시겠어요?"

"부탁하네."

고하제야의 새로운 비즈니스가 조촐하게 움직이기 시작했다.

6

이 주 후, 기념할 만한 육왕 시제품 1호가 완성되었다. 오후 4시가 지난 시각, 거래처 영업을 마치고 돌아온 미야자와의 책상에 시제품이 대수롭지 않다는 듯이 놓여 있었다.

"어, 다 만든 건가."

감개무량하게 바라보고 있는데, 곧 노크 소리가 나더니 야스다의 얼굴이 나타났다.

"사장님, 보셨습니까?"

아무래도 미야자와가 회사로 돌아오기를 기다린 모양이다. 시제품에 대한 감상을 기대하는 표정이다.

"그래, 지금 보는 참이네. 수고했어."

사장님 사이즈에 맞췄습니다, 하고 기쁘게 말하기에 그 자리에서 신어본다.

"딱 맞는군."

발에 착 달라붙는 감촉이다. 걸어보니 바닥의 생고무가 바닥을 붙잡는 것을 확실히 느낄 수 있다.

"한 켤레는 은행의 사카모토 씨, 그리고 또 한 켤레는 에바타가 신고 달려보기로 했습니다."

"에바타?"

"무쿠하토의 에바타 말입니다."

'무쿠하토 통운'은 고하제야를 담당하는 운송업체로, 에바타는 그곳의 세일즈 드라이버영업사원 업무도 겸하는 운전기사다. 미야자와는 장신에 얼굴이 거무스름한 모습을 떠올렸다.

"알고 보니 고등학교 시절에 유명한 장거리 선수였던 모양입니다. 도자이 대학에서도 오라는 말이 있었을 정도로요."

"그건 몰랐군."

특례 입학을 할 수도 있었지만, 아버지가 일찍 돌아가신 뒤 혼자 몸으로 자기를 키워준 어머니를 편히 모시고 싶어 진학을 포기했고, 성과급으로 돈을 벌 수 있는 무쿠하토 통운에 취직했다고 야스다가 설명했다. 자신이 생각해도 단순한 구석이 있는 미야자와는 그 이야기만 듣고도 에바타가 좋아졌다.

"육왕 이야기를 했더니 두말없이 돕겠다고 했습니다. 죄송합니다. 사후 보고가 되었습니다."

"아니야, 고맙네."

이런 식으로 새로운 시도가 조금씩 확대되어가면 좋겠다고 미야자와는 생각했다. 넘어야 할 벽은 높아도 많은 사람이 협력하면 언젠가 분명히 넘을 수 있을 것이다.

"아빠, 뭐야 그거?"

미야자와가 들고 있는 육왕을 보고 딸 아카네가 아주 흥미롭다는 듯 물었다. 밤 9시가 지난 시각, 저녁을 마치고 하루가 일단락된 참이다.

얼마간 소화도 되었을 때, 자신도 시험 삼아 달려보려고 거실에서 육왕을 신었다.

"우리 회사 신제품이야." 미야자와가 대답했다. "어울려?"

"안 어울려." 딸의 평가는 가차 없다. "그것도 다비야?"

"다비는 다비인데, 마라톤 다비라는 거야."

"아아, 근데 그런 게 팔릴까?"

아카네는 흥미와 의문이 반반인 것 같았다.

"팔릴지 어떨지는 팔아보지 않으면 모르지."

농담을 하고 밖으로 나서자 4월 밤공기가 미야자와를 감쌌다. 쌀랑하지만 부드러운 늦봄의 밤이다.

신규 사업 시작까지는 시간이 걸렸지만, 작년에 인스트럭터 아리무라를 찾아간 후로는 걷기를 일과로 삼았다. 처음에는 그저 걷기만 했는데 최근에는 조깅슈즈를 사서 가볍게 달리는 일도 있다.

잠깐 달린 후 가로등 아래에 멈춰 서서 운동복과 다비를 내려다봤다. 익숙하지 않은 탓인지 화양절충和洋折衷인 기묘한 조합이다.

다시 달리기 시작했다.

지면의 미묘한 요철도 느낄 만큼 생고무 밑창은 섬세하다. 아니, 애초에 같은 생고무를 사용한 지카타비는 원예 종사자 등이 발가락으로 가지의 감각을 느끼는 데 알맞도록 만들어져 있다. 그보다 조금 더 딱딱한 소재를 사용했으니 섬세한 것도 당연하다. 반면, 밑창 두꺼운 조깅슈즈와 같은 쿠션감은 별로 없다. 딱딱하고 타협 없는 감각이 상쾌함을 넘어 아플 정도다.

1킬로미터쯤 떨어진 회사 근처까지 가서 아주 깜깜한 사옥을 곁눈으로 보며 달려 지나쳤다. 그대로 스이조 공원까지 약 400미터 길을 달려간다.

아리무라는 밑창이 얇은 신발을 신으면 힐 착지에서 벗어날 수 있다고 했다. 미야자와는 지금 자신의 주법이 어떤지 알 수 없었다. 다만 밤공기 속에서 자기 숨소리를 들으며 발을 앞으로 내디딜 뿐이었다.

숨이 차왔다.

하지만 그 이상으로 발끝, 엄지발가락과 네 발가락 사이 살갗의 고통이 미야자와를 괴롭히기 시작했다.

무시할 수 있을 거라 생각했는데 고통이 점차 커졌고, 삼십 분이 지났을 무렵에는 참을 수 없어서 달리기를 멈췄다.

일단 그렇게 되고 나니 걸어도 아프다.

'이거 안 되겠는걸.'

달리기를 위한 다비라면 장거리일수록 편안해야 한다. 내구성을 논하기 이전에 몇 시간 연속으로 달리는 것 자체가 무리였다.

공원 중간쯤에서 돌아오며 미야자와는 이리저리 해결책을 생각하기 시작했다.

"지면을 붙잡는 감은 좋은데, 발에 주는 충격이 너무 직접적인 느낌이 좀 있네요."

예상대로, 며칠 후 찾아온 무쿠하토 통운 에바타의 감상도 긍정적이라고는 말하기 어려웠다. 메모하던 야스다가 생각에 잠겼다.

"발가락 사이가 아프지 않았나?"

미야자와의 질문에 에바타가 "실은 그게 맨 먼저 마음에 걸렸습니다"라고 말했다.

"다만 그런 말을 하면 다비 자체를 부정하는 것 같아서……."

단골 운전기사여서 표현은 완곡하지만 전 육상선수답게 타협은 없었다. "그리고 발뒤꿈치가 너무 불편합니다. 발을 넣는 부분의 높이를 좀 낮추면 좋아질 것 같습니다."

모양을 바꾸면 디자인부터 다시 해야 한다.

야스다의 표정도 어두웠다.

"뭔가 부정적인 말을 했지만 사실 좋은 점도 있습니다."

운전기사 유니폼 차림의 에바타가 말했다. "처음에 발을 넣었을 때 밀착감은 굉장히 좋았습니다. 신으니까 기분이 정말 좋던데요."

"기분 좋은 말을 해주는군." 말과 반대로 야스다는 무뚝뚝한 얼굴이다.

"아니, 이 정도 일은 언제든지 협조하겠습니다. 또 시제품 있으면 말씀하세요. 필요하면 예전에 같이 육상 하던 친구들도 있으니 기꺼이 테스트해드릴 수 있습니다."

에바타는 가볍게 인사하고는 짐을 싣기 위해 잰걸음으로 창고로 사라졌다.

"뭐, 처음에는 다 이런 거겠지." 난처하게 됐다는 감상을 삼키고 미야자와가 말했다.

"마라톤 다비라고 했지만, 만든 것은 지카타비와 그다지 다르지 않잖아요. 과제야 여러 가지 있겠지요."

야스다가 말을 이었다. "발뒤꿈치 모양 변경은 시간을 좀 주십시오. 문제는 발가락 사이 부분의 마찰인데……."

팔짱 낀 채 생각에 잠긴 미야자와를 보고 야스다가 물었다. "어떻게 할까요?"

"글쎄……."

"안쪽에 바대를 대서 솔기가 피부에 직접 닿지 않게 할 수도 있습니다."

야스다는 생각나는 방책을 말했다.

"그런데 그게 근본적인 해결책이 될까?"

미야자와가 말했다. "다비 회사니까 다비 모양으로 만들었는데, 애초에 이건 일하는 사람이 가지나 막대기를 발끝으로 붙잡기 편리하게 만들어진 거지. 도로를 달릴 거면 다비처럼 두 갈래로 할 필요가 없을지도 몰라. 일반적인 신발과 마찬가지로 발끝을 둥글게 해도 되지 않을까? 애초에 다비에 친숙하지 않은 요즘 사람들한테는 그게 훨씬 신기도 편할 테고."

대답은 없다.

야스다 본인이 다비 모양에 애착이 있는 것이다.

"뭐, 그럴지도 모르지요. 아니, 아마 그렇지 않을까요."

잠시 후 이런 대답이 돌아왔다. 둘은 잠시 입을 다물고 있었다.

"둥글게 해볼까요?" 이윽고 야스다가 말했다. "후쿠코 씨한테 디자인을 고치라고 하겠습니다."

"그리고 밑창 생고무를 좀 더 두툼하게 하는 게 낫지 않을까. 너무 얇은 것 같거든."

미야자와는 생각을 말했다.

"에바타도 그런 말을 했지요."

야스다 역시 이렇게 말했지만 이내 다시 생각에 잠겼다.

문제는 무게다. 밑창을 두껍게 하면 무거워진다.

"요즘 러닝슈즈는 가볍지 않습니까? 가벼운 것은 한쪽이 150그램 정도입니다. 밑창을 두껍게 하면 충격을 완화할 수는 있지만 동시에 중량을 희생해야 하거든요."

"가벼움은 다비의 이점 중 하나인데 말이지."

"하지만 양립하지는 않죠." 야스다는 다소 조심스럽게 미야자와를 봤다. "이렇게 되고 보니 왜 신발 제작사에서 밑창에 거액의 개발비를 들이는지 수긍이 가네요."

그렇다 하더라도 고하제야에는 수천만 엔 단위의 개발비를 댈 여력이 없다.

"우리는 밑창으로 승부를 봐야 하지 않을까?"

미야자와가 묻자 야스다가 의외의 말을 했다. "하지만 밑창 개발에서는 기존 제작사를 절대 이길 수 없습니다. 오히려 고무밑창을 떼버리고 특수한 천 같은 걸로 하는 쪽이 우리다울 것 같은데요."

"특수한 천?"

그런 천이 있을까. 있다 한들 어디에 있을지 짐작도 되지 않는다.

"설령 그런 게 어딘가에 존재한다 해도 지금 당장은 없지."

미야자와가 탄식했다. "현시점에서 가능한 개량에 힘써보세."

일단 할 수 있는 일부터 해볼 수밖에 없다.

7

초여름을 방불케 하는 날씨가 된 그날 오후부터 비가 내렸다. 제법 빗발이 굵어서 사장실에서 보이는 부지 내 아스팔트에 물보라가 무수하게 튀었다.

도미시마는 언짢은 얼굴로 작업복에서 담배를 꺼내 물고 불을 붙였다. 뭔가 하고 싶은 말이 있다는 것은 분위기만 봐도 알겠다.

"무슨 일 있어요?"

이렇게 묻자 불과 몇 초, 망설이는 듯한 침묵이 이어졌다.

"다이치는 어떻습니까. 그 후 구직활동은요?"

미야자와는 얼굴을 들고 도미시마를 봤다.

"고생하는 것 같던데요."

실은 이날도 다이치는 면접 때문에 일을 쉬었다. 면접 본 회사는 헤아릴 수 없이 많다. 하지만 매번 떨어지기만 한다. 그 탓인지 점점 자포자기에 빠져 품질 관리 일도 어딘가 될 대로 되라는 식이다.

"꺼내기 어려운 얘기입니다만, 사원으로 월급을 받고 있다면 일을 제대로 해야 하지 않을까요."

도미시마가 말했다. "일하는 모습을 보고 저도 가끔 주의를 주기는 합니다. 하지만 지금 다이치는 전혀 집중하지 못하고 있습니다. 다른 사원 같으면 잘렸을지도 모르지요. 이래서는 기강이 안 섭니다."

지금까지 다이치를 특별히 돌봐주던 도미시마가 하는 말이었다. 무언가 일이 있었다고 보는 것이 당연하다.

"하시이 씨 같은 사람들이 무슨 말을 해서요."

하시이 요시코는 봉제과의 베테랑 직원이다. "사실 사장님께 말씀드리지 않았지만 검품 미스가 여러 번 있었던 모양입니다."

"왜 말하지 않았어요?"

미야자와가 놀라서 물었다.

"출하 전에 야스다가 알아내서 거래처에 폐는 끼치지 않았으니까요. 야스다 이야기로는, 사과는커녕 봉제과 작업에 문제가 있는 게 아니냐고 책임을 전가한 모양입니다. 그걸 옆에서 들은 사람이 있어서 하시이 씨 귀에 들어갔고요. 조금 전 하시이 씨랑 몇 명이 저한테 와서 우리 책임이라면 그렇다고 말해달라더군요."

무심코 얼굴을 찌푸렸다.

"그랬군요……. 미안합니다, 겐 씨."

미야자와는 고개를 숙였다. "다이치한테는 제가 얘기하겠습니다. 죄송하지만 이 일은 저한테 맡겨주세요."

"죄송합니다. 주제넘은 말을 해서요."

도미시마는 고개를 숙였다.

"아니요, 겐 씨가 말해주기 전에 제가 빈틈없이 해야 했는데. 죄송합니다."

미야자와는 이렇게 말하고는 이날 하루 중 가장 깊은 한숨을 내쉬었다.

"어떻게 됐어, 다이치는?"

그날 밤 미야자와는 집에 돌아오자마자 미에코에게 물었다. 저녁 8시가 지나 있었고, 가족은 이미 식사를 마친 후였다.

"안 된 거 아닐까."

미에코는 2층 쪽을 올려다보며 말했다. "아무 말도 하지 않고 올라갔어."

미야자와는 계단을 올라 다이치의 방문을 노크했다.

"다이치, 어떻게 됐어?"

침대에 드러누운 채 음악을 듣고 있는 다이치에게 물었지만 대답이 없다.

큰 소리로 틀어놓은 오디오 볼륨을 줄인 뒤 책상 의자에 앉은 미야자와가 다시 한번 물었다.

"어떻게 됐어?"

"안 됐어요."

귀찮다는 듯이 대답한다.

면접을 본 것은 1부상장 대기업 소닉의 경력직 채용이다. 대기업은 서류 심사 통과 자체가 어려운데, 그것을 통과하고 1차 면접을 치른 것이다.

"뭐라고?"

"연구직은 스태프 채용이래요."

"그게 무슨 소리야?"

"대학원 나온 사람을 보조하는 업무라던데요. 나도 지금부터 공부해서 대학원이나 가볼까."

사실 다이치 동료 중에는 대학원에 진학한 사람도 적지 않다. 아니, 오히려 학부를 졸업하자마자 취직을 선택하는 쪽이 적을 정도다. 하지만 그 길을 고른 것은 다이치 본인이고, 공부를 그다지 좋아하지 않는다는 이유도 있었다. 이제 와서 새삼스러운 이야기였다.

"저기, 다이치. 좀 들어봐."

면접 이야기는 흘려들은 미야자와가 얼굴을 옆으로 돌리고 있는 다이치에게 말했다. "너, 검품 미스의 책임을 전가했다며."

대답이 없다. "그런 태도는 곤란하지. 할 거면 진지하게 해. 그럴 생각이 없으면 그만두고."

다이치의 옆얼굴은 미동도 보이지 않았다. 움직임은커녕 눈도 깜박이지 않은 채 천장만 올려다보고 있다.

"너한테는 취업될 때까지 임시로 하는 일일지 몰라도 다른 사람들은 아니야. 진지하게 할 생각이 없으면 그만두고 구직에 전념하는 게 나아. 동료들 마음도 생각해야지."

괴롭다는 것은 안다. 하지만 진로는 자신이 생각하고 개척해나갈 수밖에 없다. 지금 무턱대고 손을 내밀어서 좋을 것은 없다.

인생에는 자기 힘으로 타개할 수밖에 없는 장면이 반드시 있다고 미야자와는 생각한다.

다이치에게 아니, 미야자와에게도 지금이 바로 그때일 것이다.

8

"디자인 좋은데요?"

예상 밖의 칭찬이 나왔다.

아리무라의 매장 안쪽 구석 탁자에는 새로운 디자인으로 다시 태어난 육왕이 놓여 있다. 다비의 발끝 부분을 둥글게 한, 외견은 일본풍 러닝슈즈라고 할까. 후쿠코다운 독특한 감각이 발휘되어 시선을 끄는 아름다움이 드러났다. 이미 다비가 아니라 러닝슈즈라고 미야자와는 생각한다.

그 신발을 다양한 각도에서 바라보고, 밑창 생고무를 손가락으로 눌러보기도 하며 아리무라는 품평을 했다.

"전화로 알려준 아리무라 씨 사이즈에 맞췄으니 한번 신어봐주실래요?"

미야자와가 청하자 아리무라는 "그럼 체면 불고하고" 하며 그 자리에서 양말을 벗더니 맨발에 육왕을 신었다. 그러고는 잠깐 달려보겠다며 밖으로 나갔다.

"어쩐지 즐거워 보이네요."

상점가로 사라지는 뒷모습을 보며 사카모토가 웃었다. "아리무라 씨는 달리는 걸 정말 좋아하는군요."

"저 웃는 얼굴이 시무룩해져서 돌아오지 않으면 좋을 텐데."

미야자와의 마음속에는 기대와 불안이 뒤섞여 있었다.

사실 바뀐 것은 디자인만이 아니었다.

지난 두 달 동안 다양한 사람에게서 의견을 듣고 육왕의 개량에 힘썼다.

발끝 모양은 물론, 여러 군데 사소한 수정을 거쳤다. 착화감과 내구성이 현저하게 나아졌다고 해도 좋으리라. 시제품 1호에 비하면 딴 물건이다.

무쿠하토 통운의 에바타에게 부탁하여 동료들에게도 신고 달려 보게 한 끝에 '이거라면' 하고 가까스로 합격점을 받은 것이 바로 지난주였다.

슬슬 상품화할 수 없을까.

그를 위해 아리무라의 의견을 들으려고 6월 첫 토요일, 사카모토와 함께 매장을 방문한 것이다.

십 분쯤 지나 아리무라가 돌아왔다.

"꽤 좋은데요."

솔직한 감상을 전한다. "밑창은 지카타비 같지만 전체적으로는 지카타비답지 않다고 할까요. 발과의 접점을 잘 처리하셨네요. 봉제도 잘되어 있고 디자인도 좋고요. 이거라면 젊은 친구들이 패션으로 신어도 이상하지 않겠는데요."

미야자와는 기뻐서 가장 알고 싶던 것을 물었다. "러닝슈즈로 팔릴까요?"

"글쎄요, 그건 좀."

아리무라는 고개를 갸웃하더니 벗어놓은 육왕을 다시 바라본다.

"생고무 밑창이 너무 얇지도 않고 너무 두껍지도 않은 걸 보니 상당히 검토를 거듭하신 모양인데, 내구성은 어떤가요?"

날카로운 지적이다.

"그 부분이 현재 과제입니다. 우선 착화감과 달릴 때의 감각을 봐 주셨으면 합니다."

미야자와가 솔직하게 말했다.

"이 밑창이면 300킬로미터도 못 버티지 않을까요."

아리무라는 단도직입적으로 말한다. "그냥 신었을 때, 밑창이 얇은 것은 시판중인 제품에 없는 느낌이라 나쁘지 않습니다. 밑창을 좀 더 두껍게 해서 내구성을 높이고 교정용 슈즈로 파는 건 가능할지도 모르겠습니다."

"교정용……인가요?"

은근히 품고 있던 기대가 쏙 멀어진다.

"어쩌면 러닝 초보자용으로도 좋을 겁니다. 달리는 방식에 문제가 있어 부상을 당했거나 부상 경험이 있는 러너한테 미드풋 착지를 익히는 신발이라는 식으로 판매할 수 있을 거라고 생각합니다."

"그건 수요가 어느 정도입니까?"

사카모토가 이렇게 물었다.

"구체적인 숫자야 알 수 없지요."

아리무라가 아무렇지 않게 말했다. "하지만 그런 틈새시장에서 출발해 노하우를 축적한 끝에 확고부동한 대형 제작사가 된 곳도 있습니다. 예컨대 뉴발란스가 그렇지요. 원래는 교정화 제작사였습니다. 고하제야가 그 뒤를 이을 수 없는 건 아니라고 생각합니다."

"그건 몰랐네요."

미야자와는 솔직하게 답한 뒤 "다만 앞으로 상품화를 어떻게 진행해야 좋을지 모르겠습니다" 하고 경영전략상 의문을 말한다.

"저는 경영 전문가가 아니라 단정적으로는 말할 수 없지만, 우선 실적을 내는 일 아닐까요?"

아리무라는 성공에 기묘한 계책은 없다고만 했다. "실제 경기에 나가는, 어느 정도 지명도가 있는 선수에게 훈련용으로 신게 하면 좋을 텐데요. 피드백을 받으며 개량을 진행해나가면 입소문이 퍼질 테고, 평가가 좋으면 잡지나 텔레비전 같은 매스컴에 소개되어 단숨에 불붙을 가능성도 있다고 봅니다."

"훈련용이라도 좋으니 이 다비를 신어줄 만한 선수가 없을까요?" 사카모토가 말했다.

아리무라가 끙끙거리며 잠시 생각한다.

"적어도 제가 직접 말을 걸어볼 수 있는 선수 중에는 그런 사람이 없어요. 다만……."

아리무라는 집게손가락을 세우며 말을 이었다. "주법으로 고민중이고, 부상 경험도 있는 선수라면 짐작 가는 사람이 한 명 있네요. 면식이 없으니 직접 교섭할 수는 없지만요."

"누굽니까?"

단단히 벼르고 나오는 미야자와에게 아리무라는 생각지도 못한 이름을 댔다.

"다이와 식품의 모기 히로토입니다."

"다이와 식품의 모기……."

미야자와의 뇌리에 지난번 관전한 게이힌 국제마라톤대회의 한 장면이 생생하게 되살아났다.

노상에 쭈그려 앉은 모기의 모습이 생생한 기억으로 남아 있었다.

"다이와 식품의 훈련장과 기숙사는 사이타마에 있을 겁니다. 회사에서 가까운 것도 고하제야에는 안성맞춤 아닐까요?"

그러나 그 모기 선수에게…….

주눅이 든 미야자와는 그저 멍하니 아리무라를 바라봤다.

3장

후발 주자

1

미야자와가 아게오 시에 있는 다이와 식품을 방문한 것은 장마가 잠시 쉬어가는 6월 중순이었다. 처음에는 바쁘다는 이유로 거절당했지만, 같은 사이타마 현의 업체라는 점 등을 끈질기게 어필한 끝에 "잠깐이라면" 하는 조건으로 결국 면담 약속을 얻어낸 것이다.

주차장에 차를 세운 뒤 '다이와 식품 스포츠관리센터'라는 팻말이 붙은 건물 쪽으로 계단을 뛰어 올라갔다.

입구 옆에 사무실이 있고, 유리창 너머로 다섯 개쯤 늘어선 탁자가 보였다.

작은 창을 열고 삼십대가량 여성에게 말을 건네자 "아아, 감독님과 약속하셨나요" 하고는 건물 안쪽을 힐끔 봤다.

"지금 손님이 와 계시거든요."

"2시 반에 뵙기로 약속한 고하제야의 미야자와라고 합니다. 기다려도 될까요?"

"네, 그렇게 하세요. 죄송합니다."

입구에서 슬리퍼로 갈아 신고 사무실로 들어갔다. '응접실'이라는 간판이 걸린 오른편 방으로 안내되었다.

조용히 소파에 앉아 있으려니 어디선가 거친 목소리가 크게 들려왔다. 이따금 요란한 웃음소리도 들렸는데, 아무래도 옆방에서 이야기중인 사람이 기도 아키히로 감독인 것 같았다.

이야기 소리는 약속 시간에서 십 분을 넘도록 이어졌다. 드디어 끝났나 싶더니 문을 노크하는 소리가 들려 미야자와는 일어섰다.

쉰 살이 넘어 보이는, 얼굴이 불그레한 사내가 들어왔다. 상하로 운동복을 입었고 머리는 스포츠머리다. 금테 안경을 낀 눈은 가늘고, 살집 많은 얼굴 양쪽에 안경다리가 매몰되어 있다.

"시간을 내주셔서 정말 고맙습니다."

기도는 미야자와가 내민 명함을 한 손에 받아들더니 "아, 예, 무슨 용건입니까?" 하고 쌀쌀맞게 묻는다.

"저희 회사는 교다에서 백 년 동안 다비를 만들어왔는데, 최근에 러닝슈즈를 개발했습니다."

"러닝슈즈……?"

기도가 의아하다는 듯이 끼어들었다.

"아직 시제품 단계입니다만, 러닝 인스트럭터의 조언을 들어가며 부상을 줄일 러닝슈즈를 만들어봤습니다. 이게 그 제품입니다."

미야자와는 지참해온 육왕을 종이봉투에서 꺼내 보여주었다. 기도는 손을 뻗어 한쪽을 집었지만, 특별한 말도 반응도 없었다.

"다비 본래의 장점을 살려 지면을 붙잡기 쉬운 구조로 되어 있습니다. 가장 큰 특징은 미드풋 착지라는 올바른 주법이 가능해진다는 점인데, 이러면 부상을 잘 당하지 않습니다."

기도는 잠자코 있었다.

"혹시 괜찮으시면 한번 시험해봐주실 수 있을까요?"

의자 등받이에 기대며 기도는 긴 숨을 토해낸다.

"선수는 각자 신발이 정해져 있어요."

"모기 선수는 어떻습니까?"

미야자와는 드디어 의중에 있는 이름을 꺼냈다. "지난번 게이힌 국제마라톤대회에서 다칠 때 대회장 모니터로 봤습니다. 발을 또 다치지 않도록, 훈련용으로 시험해보게 할 수는 없을까요?"

기도는 불쾌하다는 듯한 숨을 코로 내뿜었다.

"안 됩니다."

내뱉는 듯한 대답이다. "아니, 그쪽 회사에 뭐 다른 실적은 있습니까?"

"아니요. 실은 이제 막 제품을 완성해서요." 미야자와는 송구한 듯이 대답한다.

"그럼 주변 중학교나 고등학교 육상부 같은 데서 실적을 쌓고 나서 오는 게 순서일 텐데요."

"정상급 선수가 사용해야 좋은 물건을 만들 수 있다고 생각합니다. 어떻게 좀 검토해주실 수는 없을까요?"

"그건 어렵겠네요. 이제 됐죠? 좀 바빠서요."

엉거주춤 일어난 기도에게 "이거, 모기 선수한테 전해주시겠습니까?" 하고 서둘러 가방에서 새 다비를 꺼내 건넸다. 모두 네 켤레다.

"사이즈를 몰라서 몇 켤레 준비했습니다. 잘 부탁드립니다."

기도는 귀찮다는 얼굴로 힐끗 보더니 잠자코 받아들고는 미야자와에게 그만 나가달라고 했다. 오 분 정도의 만남이었다. 미야자와는 잠자코 물러날 수밖에 없었다.

감독실로 돌아가자 조금 전에 이야기를 나누던 남자들이 아직 기다리고 있었다.

"무슨 말썽이라도 생겼나요, 감독님?"

기도의 시무룩한 얼굴을 보고 상석에 앉은 양복 차림 남자가 말을 건넨다. 대형 스포츠용품 제조사인 '아틀란티스' 일본 지사의 영업부장 오바라 겐지다. 풍채가 좋아 자못 대기업 임원 같은 품격을 드러냈다.

그 옆자리에 있는 오십 줄의 마른 남자는 무라노 다카히코다. 수수한 회색 슬랙스에 베이지색 스웨터, 목에 사원증을 걸어 늘어뜨린 그는 아틀란티스의 '슈피터shoe-fitter'로, 다이와 식품 육상부의 러닝슈즈를 관리해주고 있다.

평소에는 무라노 혼자 와서 훈련을 보고 가지만, 가끔 오바라가 따라와 세상 돌아가는 이야기를 하고 간다. 오늘도 그랬다.

"물건을 팔러 온 다비업체 사람입니다."

맞은편 의자에 앉아 절반쯤 마시다 만, 완전히 식어버린 커피를 홀짝이는 기도에게 오바라가 물었다. "다비업체? 그게 뭔가요?"

"러닝슈즈를 만들었으니 써보라더군요."

손에 들고 있던 종이봉투에서 내용물을 꺼내 보여준다.

"이게 뭐죠? 지카타비 아닙니까?"

입이 거친 오바라는 이렇게 묻고는 무라노에게 말을 건다. "어이, 무라노. 다비 제작업체가 우리 업계에 들어왔다는 이야기 들어본 적 있나?"

오바라는 나이는 아래지만 직위가 위다. 대학 졸업 후 외국자본 계열 기업을 거치며 출세해온 오바라와 달리, 무라노는 고등학교 졸업 이후 조그만 제작업체를 시작으로 신발 업계를 전전해온 장인이었다. 아틀란티스라는 회사의 사풍이겠지만 아랫사람을 대하는 어조에 조심스러움이 없다.

"아뇨."

무라노는 자못 의외라는 듯이 고개를 옆으로 저었다. "들어본 적 없습니다."

"상대할 생각은 아니죠, 감독님?"

오바라는 반 농담으로 물으며 의심스럽다는 얼굴을 했다.

"설마요."

기도는 조금 전에 받은 명함을 탁자에 놓았다.

"고하제야? ……뭐야, 자그마한 다비업체 아닙니까?"

바로 휴대전화로 명함에 쓰인 이름과 주소를 찾아본 오바라가 말한다. "무라노가 모른다는 건 실적도 없다는 의미겠지요. 분수도 모르고 천하의 다이와 식품 육상부에 물건을 팔러 왔군그래."

"모기한테 신게 해달라던데요." 기도가 말한다.

"바보 같은 소리도 좀 작작 해야지."

오바라는 농담이라는 듯이 "그렇지요, 감독님?" 하고 거듭 확인한다. "우리는 전부터 다이와 식품에 다양한 지원을 해왔으니까요. 신발이나 옷도 제공해왔고요. 물론 시합 때뿐만 아니라 훈련 때도 우리 회사 제품을 써주길 바라고 있습니다."

"그거야 잘 알지요."

오바라의 집요함에 질린 기도에게 "그런데 모기는 어떻습니까?" 하고 무라노가 물었다.

기도의 표정이 싹 어두워졌다.

게이힌 국제마라톤에서 모기는 왼쪽 다리를 다쳤다. 오랫동안 선수들의 달리기와 부상을 지켜봐온 기도가 현장에서 살피고 진단한 바로는 '근육 파열'이었다. 그렇다면 별것 아니고 시간만 지나면 낫는다. 그런데 정밀 검사 결과, 생각지도 못한 진단이 내려졌다.

반건양근건半腱樣筋腱 부분 손상. 왼발 발목에 있는 힘줄 손상으로, 처음 들었을 때는 귀를 의심했다.

—선생님, 그건 단거리 선수가 자주 겪는 부상 아닙니까?

기도는 진단을 내린 팀 닥터 사이토 마사하루에게 질문했다. 장거리 선수인 모기가 그런 곳을 다칠 수 있느냐고.

—원인은 다양하니까요. 일률적으로 말할 수 없습니다. 다만 계속지금 같은 주법으로 달리면, 낫는다고 해도 언젠가 또 다칠지 모릅니다.

"주법 문제인가요?"

단순 부상이라면 모르겠지만 주법을 바꾸는 건 간단한 이야기가 아니다.

"시간은 더 걸리지 않을까……."

사이토와 주고받은 말을 떠올리며 기도가 말끝을 흐리더니 "모기가 무슨 말 안 하던가요?" 하고 거꾸로 무라노에게 묻는다.

무라노는 외길 삼십 년의 베테랑이다. 러닝슈즈 업계에서 카리스마를 자랑하는 데다 선수들이 잘 따랐다. 감독에게 말하지 못하는 고민을 털어놓는 선수도 적지 않다.

장인으로서 자존심 세고 일에 엄격하지만 선수에게는 항상 따뜻하게 대하는 것으로도 정평이 나 있다. 고객이 될 선수의 족형을 얼마나 보유하고 있는지가 슈피터의 인기를 가늠하는 척도라면, 지금 업계에서 족형이 가장 많은 사람은 무라노다.

"아뇨, 별말 안 했습니다."

이렇게 대답한 무라노를 기도는 물끄러미 바라봤다. 무라노가 늘 진실을 말한다고 볼 수 없었다. 선수에게 들은 고민을 감독에게 그대로 전해서는 신뢰를 얻을 수 없다. 무라노는 그런 미묘한 배려까지 터득하고 있다.

감독이 선수에게 진짜 평가를 전할 수 없는 일도 있고, 선수 역시 감독에게 본심을 감추는 일도 있다. 오히려 그럴 때가 더 많을지 모른다.

"애초에, 주법을 바꿨는데 이전 같은 성적을 낼 수는 있는 겁니까?"

오바라의 눈이 기도를 들여다본다.

아틀란티스가 선수에게 러닝슈즈를 후원하는 것은 당연히 홍보가 되기 때문이다. 우승 쟁탈전을 펼치는 선수라면 텔레비전을 비롯해 매스컴 노출 빈도가 높기 때문에 크게 홍보가 된다. 시제품 단계에서 일류 선수의 귀중한 피드백을 얻을 수 있다는 이점도 크다.

하지만 하위에 만족하고 있으면 타산이 맞지 않는다. 다리 부상이 낫는데도 전처럼 화려하게 활약할 수 없다면 아틀란티스도 지원을 계속할 의미가 없다.

"그건 해보지 않으면 모릅니다."

기도의 눈을 가만히 들여다보는 오바라가 머릿속으로 손익을 계산하는 모습이 눈에 보이는 듯했다.

2

"수고하셨습니다. 어떻게 되었습니까?"

사무실 현관에서 구두를 벗는데 야스다가 말을 걸어왔다. 미야자와가 돌아오기를 기다린 모양이었다.

"솔직히 오늘의 감상만 얘기하자면 전망이 희박해. 실적을 쌓고 나서 오라더군."

"역시 그렇게 됐군요."

다이와 식품으로 육왕을 판매하러 가겠다고, 어제 개발팀 회의에서 보고해두었다.

사이타마 중앙은행의 사카모토도 참석해서 이런저런 대화를 나누는 가운데, 관련 실적이 없다고 지적받는다면 그 점은 인정할 수밖에 없다는 이야기가 나왔다. 사카모토는 "나머지는 기도 감독의 인품에 달렸지요"라고도 했다. 협력적인 호인이면 좋겠다고 기대했

건만 허망하게 시들고 말았다.

"아무래도 제대로 상대해주는 느낌이 아니었네."

기도의 인상에 관해 솔직히 말하자 "그런가요……" 하며 야스다의 어깨가 처졌다.

"그럼 모기 선수용 러닝슈즈는 어떻게 됐습니까?"

"일단 받아주기는 했는데 그런 분위기라면 신게 할 가능성은 없다고 봐야지."

"좀처럼 일이 잘 안 되네요."

두 사람 사이에 묵직한 침묵이 흐르고 있을 때, 부지로 들어오는 하얀 경차가 보였다. 사카모토가 운전하는 은행 업무용 차량이다.

"아, 사카모토 씨네요."

야스다가 운전석을 보고 말했다. "다이와 식품에 간 일을 물어보러 온 게 아닐까요?"

아마 그럴 거라고 생각하며 미야자와는 짧게 한숨을 내쉬었다.

첫 판매가 완패였다는 사실을 알면 실망할 것이다.

하지만 막상 사장실에서 자초지종을 이야기하자 사카모토는 "이제 막 시작하지 않았습니까" 하며 오히려 격려해주었다.

"뭐, 그렇지. 모두 덕분에 육왕도 형태가 갖춰지고 있어. 이것도 사카모토 씨 덕이지. 앞으로도 잘 부탁하네."

미야자와는 사카모토의 표정이 일그러지는 것을 보고 문득 입을 다물었다.

"사장님."

사카모토가 허리를 펴고 얼굴을 들었다. "실은 말씀드릴 게 있어서요……. 제가 전근을 가게 되었습니다. 오늘 사령장이 나왔는데, 현 밖의 마에바시 지점으로 이동되었습니다."

갑작스러운 이야기다. 미야자와는 충격을 받아 무슨 말을 해야 좋을지도 몰랐다.

두 주먹을 무릎 위에 올린 사카모토도 정말 분한 것 같았다.

"고하제야의 신규 사업을 끝까지 지켜보고 싶었는데 정말 안타깝습니다. 죄송합니다, 사장님."

목소리를 짜낸 사카모토에게 무슨 말인가 해보려 했지만 소리가 나오지 않는다.

"그런가……."

결국 나온 것은 낙담 섞인 말이었다. "어쩔 수 없는 일이겠지."

자신을 납득시키려고도 건넨 한마디였다.

"은행원이니까요."

사카모토도 스스로 타이르는 듯한 어조다. "사령장 하나로 어디로든 가지 않으면 안 되거든요."

게다가 후임에게 인수인계할 시간은 사흘밖에 없다고 한다.

"본부로 갈 거라고 생각했네."

사카모토는 일을 잘하는 담당자였다. 사이타마 중앙은행의 교다 지점은 역사가 있고, 게다가 지점 중에서도 큰 지점일 것이다. 전임자는 별 볼 일 없는 녀석이었지만 본부의 영업추진부인가로 영전했다. 사카모토도 조직의 중심부로 갈 거라고 미야자와는 멋대로 생각하고 있었다.

"아니요. 지점에서 고하제야 같은 회사를 담당하여 은행원으로서 정말 즐거웠습니다."

사카모토는 이렇게 말하고 웃음을 띠었다. 하지만 어딘가 무리해서 짓는 듯한 구석이 있었다. 자신의 희망과는 다른 전근이리라.

"겐 씨, 전근이래요."

사장실에서 얼굴을 내밀고 말하자 도미시마가 한순간 어리둥절해하더니 서둘러 자리에서 일어나 다가온다. 손에 볼펜을 쥔 채다.

"뭐, 정말인가? 어디로 가는데?"

"마에바시랍니다. 마에바시 지점요."

미야자와가 사카모토 대신 대답했다.

"그런가. 유감이군. 자네가 담당하는 동안 최대한 빌려두려고 생각했는데."

얼마 전 고하제야는 새로 융자를 신청했다. 매출 예상이다 뭐다 자료를 제출했지만 좀처럼 결론이 나지 않고 있었다. 아무래도 지점장이 주저하는 게 아닐까 하는 것이 도미시마의 예상이었다.

"실은 그 점도 말씀드리려고 왔습니다. 그 융자는 내일 결재될 것 같습니다. 구두로는 지점장을 설득했습니다. 그 일만은 처리해두고 싶어서요."

"그런가, 그럼 살았네. 고마워."

도미시마가 만족한 듯이 고개를 끄덕이고는 "한숨 돌리겠네요, 사장님" 하고 말했다. 고하제야의 살림은 항상 쪼들린다.

"정말 여러 가지로 신세가 많았네."

미야자와의 마음에 끓어오른 것은 쓸쓸함만이 아니라 불안이었다. 사카모토 같은 우군을 잃는 일은 고하제야처럼 작은 회사에 뼈아픈 손실이다.

"신세 많았네."

미야자와는 사카모토에게 깊숙이 고개를 숙였다. "신규 사업은 자네가 있는 동안 좀 더 구체화하고 싶었는데."

"그렇게 간단히 진행된다면 누구나 성공할 겁니다. 그렇지 않으니 가치 있는 게 아닐까요?"

사카모토는 미야자와를 격려했다. "마에바시로 가도 계속 지원할 테니 반드시 성공시켜야지요. 다이와 식품의 모기 선수한테 신겨야지요."

미야자와는 사카모토가 내민 손을 세게 맞잡았다.

"왠지 안됐군요."

사카모토의 차가 부지 밖으로 사라질 때까지 지켜본 후 도미시마가 말했다.

"안되다니, 뭐가요?"

"마에바시 지점 말입니다. 사장님도 잘 아시겠지만 마에바시 역앞 상점가는 이제 손님 발길이 끊겨서 셔터 내린 거리가 되었거든요. 사이타마 중앙은행의 마에바시 지점은 실적이 나빠 은행 내에서유배지라고 부르는 모양입니다."

"사카모토 씨가 거기로 좌천된다는 건가요?"

미야자와는 깜짝 놀랐다.

"지점장하고 잘 맞지 않은 모양이에요."

도미시마가 의외의 말을 한다. "사카모토 씨는 거래처 내부로 뛰어드는 타입인데, 이에나가 지점장은 정반대니까요. 융자를 진행하는 자세를 포함해, 여러 가지로 마음에 들지 않았던 게 아닐까요? 가끔 지점장한테 혼나는 장면을 맞닥뜨린 적도 있고, 서류도 좀처럼 승인 도장을 찍어주지 않은 모양입니다."

"그건 괴롭힘이잖아요." 미야자와가 분개하며 말했다.

"그 지점장, 음습한 느낌이 들지 않습니까? 마에바시로 간다지만 지점을 떠나게 되어 잘된 일인지도 모릅니다. 사카모토 씨한테 교다 지점은 지옥이었을 겁니다. 은행은 안정된 직장이라고들 하는데 저라면 감당할 수 없었을 겁니다."

무심코 탄식하지 않을 수 없었다.

아들 다이치는 여전히 취직에 어려움을 겪지만, 들어가기 힘들기로 유명한 은행에 입사하더라도 그곳에는 그곳 나름의 고생이 있다. 세상은 생각대로 되지 않는 법이다. 이렇게 힘든 가운데서도 사카모토는 고하제야를 열심히 응원해주었다.

"앞으로가 문제네요."

도미시마가 탄식한다. "사카모토 씨가 지점장과 사이가 좋지 못했던 건 우리 대신 싸워준 까닭도 있다고 생각합니다. 다음 담당자도 그럴 거라고 보기는 힘듭니다. 은행이 좋은지 나쁜지는 담당자에 따라 전혀 다르니까요. 과연 어떤 사람이 담당자가 될지."

다시 말해 담당자 교체가 고하제야에 역풍이 되지 않을지 도미시마는 은근히 걱정하고 있었다.

"지금은 걱정해도 아무 소용없어요, 겐 씨. 무슨 일이 생기면 또 그때의 일이니까요."

3

운동장 옆으로 내놓은 벤치에 앉아 운동화를 벗고 수건으로 땀에 젖은 얼굴을 훔친다. 오후 5시. 육상부 훈련은 앞으로 한 시간이 절정이지만 모기가 동참하는 일은 없다. 얼빠진 기분으로 운동장을 바라보며 꼼꼼히 마사지하고 기숙사로 돌아간다.

"모기 씨."

기숙사 사물함에 운동화를 넣고 슬리퍼로 갈아 신었을 때 누가 불렀다. 돌아보니 기숙사 아주머니 마사에가 종이봉투를 들고 서 있었다.

"저기, 이거 도구실에서 굴러다니던데 모기 씨 거 아냐?"

모기는 마사에가 내민 종이봉투를 들여다보았다.

"어, 제 것 아닌데요."

봉투에 든 낯선 신발을 보고 모기가 말했다.

"어머, 그래?" 마사에가 의아한 듯 고개를 갸웃했다. "하지만 겉에 모기라고 이름이 쓰여 있어. 봐."

분명히 종이봉투 옆에 매직으로 크게 '다이와 식품 육상부 모기 히로토'라고 쓰여 있다.

"누가 선물로 가져오지 않았을까? 받은 사람이 건네주는 걸 잊어먹었나 봐."

"짐작 가는 데가 없는데요……."

모기가 모호하게 대답했다.

"러닝슈즈니까 받아두는 게 낫지 않을까. 자, 이거." 마사에는 종

97

이 봉투를 모기에게 들려주고 복도 안쪽에 있는 식당으로 사라졌다.

모기는 2층 자기 방으로 돌아가 짐을 바닥에 내팽개치고 카펫에 드러누웠다.

울적하다. 부상을 계기로 몰두중인 주법 변경도 아직 멀었다. 이만하면 되었다는 확신을 얻지 못하고 있다. 그렇다고 무리해서 달리면 부상으로 이어지기 때문에 코치나 트레이너에게서 훈련 프로그램 조정을 지시받았다.

모기는 지금까지 이십삼 년 인생을 말 그대로 계속 '달려' 왔다.

실업팀 육상선수였던 아버지의 영향으로 어릴 때부터 달리기 시작하여 초등학교, 중학교 때는 달릴 때마다 항상 일등이었다. 학급 대항 릴레이에서는 늘 마지막 주자였다. 장거리 선수가 된 것은 고등학교 시절 육상부 가쓰라다 감독의 영향이 컸다. '하코네'를 달린 적 있는 가쓰라다는 모기가 소속한 육상부를 맨땅에서 전국 수준까지 키워냈다. 모기 히로토라는 이름이 전국에 널리 알려진 것은 가쓰라다의 지도 아래 출전한 마라톤 대회에서 고등부 우승을 했을 때였다.

그때까지 모기에게 달리기는 취미 중 하나에 불과했다. 하지만 그 우승을 계기로 취미의 틀을 벗어나 자기실현의 수단이 되었고, 나아가 인생 그 자체로 변모했다.

고등학교 육상계의 유명 선수 된 모기 앞으로 하코네의 단골인 유명 대학에서 추천 입학 권유가 날아들었다. 고민 끝에 권유를 받아들여 도자이 대학교에 진학했고, 1학년 때 바로 하코네 역전마라톤 출전 선수로 선발되었다. 그리고 일명 '등산'이라 불리는 5구간에서 구간상區間賞을 수상하면서 일약 매스컴의 주목을 받는 존재가 되었다.

하지만 그때 모기 외에 또 한 사람, 1학년 러너로서 주목받은 학생이 있었다.

5구간에서 모기와 앞서거니 뒤서거니 하며 우열을 가리기 힘든 접전을 펼친 메이세이 대학교의 게즈카다.

그 후 삼 년간 5구간에서 모기 대 게즈카의 사투가 펼쳐졌다. 2학년 때는 게즈카에게 역전을 당했고, 3학년 때는 모기가 게즈카를 따돌렸다. 4학년 때는 심한 접전을 펼친 끝에 게즈카에게 역전을 허용해 2위로 떨어졌고, 그 바람에 학창 시절 최후의 하코네를 의미 있게 장식하지 못했다.

게즈카에게 져서 왕로 우승을 메이세이 대학교에 빼앗긴 도자이 대학교는 복로에서도 패배해 종합 우승의 꿈이 좌절되었다.

분했다. 게즈카의 헹가래 광경이 한동안 모기의 망막에 붙어 떨어지지 않았다.

그나마 유일한 구원은 게즈카도 명문 실업팀 아시아 공업에 입사한 일이었다. 대학을 졸업하고 육상계를 떠나는 선수도 있는데 게즈카는 사회인이 되어서도 달리는 쪽을 선택한 것이다.

다시 싸울 수 있다.

이번에는 기필코.

3월에 열린 게이힌 국제마라톤은 와신상담의 시간을 보낸 모기에게 결코 질 수 없는 레이스였다. 하지만 열의가 넘쳐 맹훈련을 한 바람에 다리에 부담이 가서 최악의 결과를 낳고 말았다.

운명이란 아이러니한 것이다. 설욕은커녕 선수 생명의 위기에 직면해 있다.

긴 한숨을 토해내고 문득 시선을 옆으로 돌린 모기는 조금 전에 받은 종이봉투로 손을 뻗었다.

'어떤 신발이지.'

러너에게 러닝슈즈는 항상 흥미의 대상이다. 예컨대 마라톤 풀코스인 42.195킬로미터, 그 장거리를 주파할 때 신발이 성적을 좌우하는 일은 왕왕 일어난다. 모기의 경험으로 차이가 드러나는 것은 35킬로미터 부근부터다. 가장 힘든 시간대를 러너 몸의 일부가 되어 보완해주는 것이다. 도구를 사용하지 않고 맨몸으로 싸우는 육상이라는 스포츠에서 러닝슈즈는 최대이자 유일한 무기가 되는 것이다.

종이봉투를 거꾸로 뒤집자 내용물이 우르르 카펫에 쏟아졌다.

"이게 뭐야?"

무심코 이런 말이 새어나왔다.

집어 들고 찬찬히 살펴봤다. 선명하고 짙은 감색 디자인은 나쁘지 않았다. 뒤집어 밑창을 보니 얇은 생고무가 붙어 있다. 밑창 두께가 얇고 신발은 가볍다.

모두 네 켤레다. 봉투에 모기에게 보낸다고 쓰여 있지만, 사이즈를 몰라 여러 종류를 챙겨 넣은 모양이었다. 실제로 그중 하나는 평소 모기가 신는 것과 사이즈가 같았다.

명함, 엽서 크기 카드에 손으로 쓴 메시지도 들어 있었다.

모기 히로토 씨.

처음 뵙겠습니다. 교다 시에서 다비를 제작하는 고하제야라는 업체입니다.

저희는 백 년 역사를 가진 다비 제작업체이지만, 이번에 러닝슈즈 '육왕'을 기획하고 개발했습니다.

지면을 붙잡는 독특한 감각과 기능성을 겸비하여 기존 러닝슈즈에는 없는 착화감을 구현했습니다. 인간 본연의 주법인 미드풋 착지를 실현할 수 있습니다.

부상당하지 않는 주법이야말로 승리를 향한 최단거리입니다. 괜찮다면 한번 시험해주시겠습니까. 수정 사항이 있다면 모기 씨가 납득할 때까지 고쳐나가겠습니다.

아무쪼록 잘 부탁드립니다.

고하제야, 미야자와 고이치

메시지 속 날짜는 이 주쯤 전이다.

신규업체는 모기를 비롯한 선수와 직접 접촉할 수 없어서 기도에게 가져왔을 것이다. 기도는 상대해주지 않고 그대로 방치하지 않았을까. 그것을 마사에가 우연히 발견하고 고지식하게 모기에게 전해준 것일까.

세세한 사정이 짐작되자 모기의 관심은 급속도로 희미해졌다.

요컨대 판매 전략인가.

신발을 종이봉투에 다시 넣었다. 잠깐 생각하다가 명함과 메시지도 함께 넣어 벽장 안에 던졌다.

부상을 당했다 해도 모기의 러닝슈즈는 아틀란티스에서 후원해주고 있다.

세계 일류 제작사의 제품에 교다의 다비 제작업체가 대항할 수 있을 리 없다.

"같잖군."

모기는 깊은 탄식을 뱉으며 드러눕더니 부상당한 발을 마사지하기 시작했다.

4

'신임 인사'라는 명함을 든 오하시 히로시와 사카모토가 인수인계 인사를 하러 온 것은 사흘 후였다.

"정말 신세 많았습니다."

사장실로 들어서자마자 고개를 깊숙이 숙인 사카모토 옆에서 오하시는 조금도 웃지 않고 앉아 있다. 무뚝뚝한 사람이었다.

얼마 전에 승인이 났다는 융자 서류도 잊지 않고 가져온 사카모토가 "이게 교다 지점에서의 마지막 일입니다"라며 바로 서류 내용을 기입해간다.

믿고 의지하던 담당자가 떠나고 새로운 담당자를 맞이한다. 오하시와 어떤 관계가 될지 모르지만, 그가 전근 갈 때까지 몇 년간 여러가지로 도움을 받을 수밖에 없다.

"오하시 씨는 전에 어디에 있었나요?"

미야자와가 묻자 "도다 지점입니다"라는 대답이 돌아왔다.

"거기서도 회사 상대로 융자를 담당했나요?"

"예. 오십여 곳쯤 담당했습니다."

"우리 같은 다비 제작업체는 이곳 교다 말고는 없지만, 이런 전통적인 업종은 해나가기 힘들 겁니다."

농담 삼아 말한 도미시마에게 "솔직히 그렇습니다"라고 오하시는 태연히 말했다.

사카모토와는 상당히 다른 타입이다. 사카모토는 따뜻하고 오하시는 차갑다. 미야자와는 담당자로 사카모토 타입이 더 좋지만 융자 담당자를 가릴 수는 없는 형편이다.

미야자와는 다시 사카모토에게 "지금까지 정말 고마웠네"라고 감사를 표했다.

"아뇨, 저야말로."

사카모토는 신규 사업을 지켜보겠다는 등의 말은 입에 담지 않았다. 오하시 앞에서 말하기가 곤란할 것이다. 오하시 입장에서 보면 담당이 자신으로 바뀐 뒤에도 전임자가 이리저리 접촉하면 기분이 좋지는 않으리라. 그런 배려를 하는 점도 사카모토답다.

두 사람이 탄 업무용 차가 빠져나가는 모습을 지켜보고 있으려니 후원자 한 명을 잃은 듯한 상실감이 밀려왔다.

만들어보기는 했지만 육왕이 궤도에 오를 전망은 보이지 않는다.

잠시 후, 불안에 시달리는 미야자와에게 인스트럭터 아리무라가 뜻밖의 안건을 전해왔다.

"실은 고하제야에 좋을 것 같은 소식이 있어서요."

미야자와의 휴대전화로 전화를 걸어온 아리무라가 말했다. "도쿄 신주쿠 구에 있는 '고세이 학원'이라는 사립학교를 아십니까? 꽤 알려진 명문 중고일관교중고등학교 과정이 함께 설치된 학교로, 대부분 사립이며 수업료가 비싸다입니다만."

들어본 적 있는 듯한 이름이다. 미야자와의 아이들은 둘 다 공립을 다녔고, 초등학교 입학시험도 중학교 입학시험도 보지 않았다. 그래서 유감스럽지만 학교 이름은 들어도 잘 와닿지 않았다.

"저는 그 학교에서 부탁을 받아 체육 시간에 러닝을 가르치는데, 2학기부터 지정된 신발을 재검토하자는 말이 나왔습니다. 미야자와 씨 이야기를 했더니 꼭 한번 들어보고 싶다고 해서요."

"기분 좋은 일이네요."

미야자와는 휴대전화를 쥔 손에 무심코 힘을 주었다. 그런 명문학교에서 채택된다면 판매에 탄력이 붙을 것이다. 뒤이어 육왕을 채택하는 학교가 더 나올지도 모른다.

"그쪽에 연락을 해뒀으니 만나보세요. 중고등학교를 합쳐 천팔백 명쯤 되니까, 파이가 꽤 크겠지요. 교육 현장에서부터 해나가는 것도 나쁘지 않다고 봅니다."

"정말 고맙습니다."

미야자와는 감사의 뜻을 전하다가 문득 의문이 떠올랐다. "저, 만약 우리가 하게 될 경우, 아리무라 씨가 중간에 들어가는 걸로 하면 될까요?"

다시 말해 중개 수수료를 준다는 의미다. 비즈니스의 소개 조건에서는 흔히 있는 이야기다. 아리무라도 매장을 갖고 있으므로 좋은 돈벌이가 되지 않을까.

"아뇨, 저는 사양하겠습니다. 백마진이고 뭐고 다 필요 없습니다."

아리무라는 단번에 거절했다. "그렇게 하면 저한테 유리한 쪽으로 개입했다고 비판이 나올 겁니다. 공명정대하게 하고 싶어요. 그게 오랫동안 일을 계속할 수 있는 비결 같은 거라고 생각합니다. 미야자와 씨 회사에서 직접 수주를 받는 게 좋습니다. 바로 연락해보세요. 정말 저에 대한 배려는 전혀 필요 없으니까요."

아리무라는 고세이 학원 담당 교사의 이름과 전화번호를 말하고는 전화를 끊었다.

열흘 후 미야자와는 고세이 학원을 찾아갔다.

담당자인 이다 나쓰오는 주임교사라는 직함을 가진, 체육이 아니라 수학을 가르치는 베테랑 교사였다. 수업 없는 시간에 오라고 해서 약속 시간은 오전 10시 15분으로 잡았다. 늦지 않으려 8시가 되기도 전에 출발했더니 10시가 못 되어 도착해서, 학교 근처에서 시간을 보냈다.

"아리무라 선생과 의논했더니 마침 좋은 업체가 있다더군요. 다비 감각의 러닝슈즈를 만들고 계신다고요."

아리무라가 고하제야를 좋게 소개해준 모양이다.

실물부터 보는 것이 중요하다는 생각에, 가져온 주머니에서 육왕을 꺼내 보여주었다.

"이야, 색다른 다비랄까, 러닝슈즈랄까. 일본풍이라 예쁘네요."

이다는 칭찬하며 미야자와의 개발 콘셉트 이야기에 흥미를 갖고 귀를 기울였다.

"역시 재미있네요. 지금 이 이야기를 보호자 연락회에서 다시 한번 해주실 수 있을까요?"

이다가 말했다. "제가 이야기해도 좋겠지만, 역시 미야자와 씨가 직접 들려주시면 다들 더 쉽게 이해할 것 같습니다. 그때 견적서도 가져오세요. 그걸 기초로 검토해보겠습니다."

미야자와는 제안을 기꺼이 받아들이고는 수첩을 펼쳐 이다가 말한 날짜와 시간을 적었다. 이 주 후였다.

학교를 뒤로하고는 차로 돌아가 야스다에게 연락했다.

"잘됐어. 프레젠테이션까지 끌고 갔으니까."

"해내셨군요, 사장님. 그런데 어디와 경합합니까?"

미야자와는 이 말을 듣고서야 그런 것을 전혀 물어보지 않았음을 처음으로 깨달았다.

"미안, 물어보는 걸 깜빡했네."

"뭐라고요?"

"아니, 우리 이야기를 잘 들어줘서 그만 우쭐해지는 바람에."

"아이고, 사장님."

전화 너머에서 야스다가 어처구니없어 했지만 목소리는 밝았다. "하지만 더 바랄 나위 없는 기회네요."

다이와 식품에서는 아무 소식도 없다. 문의해보려 해도 연결조차 해주지 않았다. 지금은 뭐라도 좋으니 실적이 필요하다. 아무리 선전 문구를 늘어놓아봤자 하나의 실적을 당해낼 수 없다.

"반드시 따내야지."

미야자와는 핸들을 쥔 손에 힘을 주었다.

6

미야자와가 집을 나선 것은 토요일 오전 7시가 조금 지나서였다. 장마가 그치고 구름 한 점 없이 쾌청한 아침이다.

고세이 학원에서 프레젠테이션을 하는 날이다. 잊지 않으려고 어제부터 자동차 뒷좌석에 육왕 샘플을 챙겨놓았다. 다비업체인 고하제야가 왜 러닝슈즈를 만들기 시작했는지, 왜 육왕인지. 보호자 대표와 교사들 앞에서 설명해야 한다. 그리고 수주를 목표로 한다. 처음으로 찾아온 커다란 비즈니스 기회다.

이다에게 들은 시각은 오전 10시 20분이다. 토요일이라 길이 막혀 평소보다 시간이 걸렸지만, 9시 조금 지나 신주쿠 구내로 들어와 학교 근처 주차장에 차를 세웠다.

시간이 남기에 근처 카페로 가 자료를 펼치고 프레젠테이션 내용을 복습했다. 그러고 있으니 갑자기 긴장감이 밀려들었다.

생각해보니 미야자와는 지금까지 이런 공모에 참가한 경험이 거의 없었다.

거래처는 선대부터 물려받은 백화점이나 전문점뿐이고, 신규 영업을 한다고 해도 대개는 아는 사람의 소개를 통했다.

"어떻게든 되겠지."

식기 시작한 커피를 한 모금 마시며 살짝 중얼거렸다. 하지만 수주 성패가 고하제야의 미래를 좌우할지 모른다는 현실은 그렇게 간단히 머리에서 떠나지 않았다.

맞설 수밖에 없다.

정확히 약속 시각 이십 분 전에 카페에서 나왔다. 걸어서 금방인 학교에 도착해 정문을 지났다. 접수처에 찾아온 이유를 말한 뒤 응접실에서 오 분쯤 기다렸다. 안내된 곳은 라운지 같은 개방적인 공간이다.

의자와 탁자가 죽 놓였고, 서른 명쯤 되는 보호자와 교원이 모여 있었다.

"아, 오셨네요. 방금 말씀드린 고하제야입니다."

저번에 만난 이다가 미야자와를 소개했다. "갑작스러우시겠지만, 고하제야의 상품에 대해 여러분께 설명해주시겠습니까?"

"오늘 이렇게 시간을 내주셔서 정말 감사합니다."

앞에 선 미야자와는 먼저 인사를 했다. 남녀 비율은 반반쯤일까. 중고등학생 아이를 둔 부모이므로 연령은 미야자와와 거의 동년배일 것이다.

"먼저 저희 상품을 봐주십시오. 이런 러닝슈즈입니다."

주머니에서 꺼낸 육왕에 전원의 시선이 모이는 것을 알 수 있었다. 자세히 보려고 머리가 움직이고 희미한 속삭임이 들렸다.

"어떻습니까? 좀 색다른 디자인이라고 생각하는 분도 계실 겁니다. 직접 손으로 들고 봐주십시오."

미야자와는 자료를 배포하고는 챙겨온 샘플 세 켤레를 참석자에게 돌리며 설명을 시작했다.

준비한 프레젠테이션 내용을 모두 이야기하는 데 이십 분쯤 걸렸을까. 처음에는 긴장했지만 진지하게 귀를 기울이고 때로 고개를 끄덕이기도 하는 좋은 반응에 기분이 풀려서 말도 점점 매끄러워졌다.

이야기를 대충 마쳤다.

"고맙습니다, 미야자와 씨."

이다가 일어나 감사를 표했다. "검토하고 연락드리겠습니다. 일부러 와주셔서 감사합니다."

"아닙니다. 아무쪼록 잘 부탁드립니다."

고개를 깊숙이 숙인 뒤 라운지를 뒤로했다.

잘되었다.

그렇다는 느낌에 뺨이 느슨해지고 무심코 웃음이 새어나왔다.

복도 맞은편에서 걸어오는 양복 차림 남자가 눈에 띈 것은 그때였다.

미야자와와 마찬가지로 교원의 안내를 따르던 남자는 이쪽을 보고 가볍게 고개를 숙인다. 상의에 단 특징적인 디자인의 배지는 미야자와도 알고 있었다.

아틀란티스인가…….

지나치는 순간, 남자가 뻔뻔스러운 미소를 띠었다. 혹 자기 앞에 누가 프레젠테이션을 하는지 사전에 정보를 얻었을지 모른다. 그 태도에서 대형 제작사의 자신감과 방자함을 간파한 미야자와는 경쟁

심이 끓어올랐다.

"몇 개 회사가 공모에 참가합니까?"

미야자와가 걸어가며 물었다. 교원의 대답은 "두 곳일 겁니다"였다. 그렇다면 고하제야와 아틀란티스뿐이다.

아틀란티스가 어떤 신발을 프레젠테이션할지 대충은 예상하고 있다. 지금 미야자와의 이야기를 들은 사람들이 과연 거기에 어떤 반응을 보일까.

곧 알게 된다.

학교를 나선 미야자와는 의기양양하게 교다로 돌아갔다.

7

"어땠습니까, 사장님?"

인터체인지 근처에서 식사를 마치고 회사로 돌아온 것은 오후 1시가 지나서였다.

"문제없어."

엄지를 세워 보이자 야스다가 환하게 웃으며 "앗싸!" 하고 자신도 마찬가지로 엄지를 세웠다.

프레젠테이션 당시 상황까지 전해주자 표정이 더 누그러졌다.

"따기만 하면 아주 큰 계약이니까요. 똑같은 주문이 여기저기 학교에서 들어오는 거 아닐까요? 양산 체제를 갖춰야겠는데요."

확실히 한꺼번에 천팔백 켤레나 처리하게 된다면 제작 체제를 재검토해야 한다. 즐거운 비명이다.

"아니, 그건 그렇고 오늘 밤엔 오랜만에 팀이 모여야 하지 않을까요? 프레젠테이션이 잘되면 미리 축하하자고, 아케미 씨하고 이야기했거든요."

"성급하기는."

미야자와는 어이없어했지만 "결과가 어떻게 되건 지금까지 분발했으니까요" 하며 야스다가 비위를 맞춘다. "게다가 에바타 씨도 오늘은 쉬는 날이라 한가한 모양입니다."

아무래도 미야자와가 모르는 데서 이야기를 해둔 모양이다.

"어디서 마실 건데?"

"소라마메는 어떻습니까?"

야스다가 말했다. "5시에는 여기 일도 정리될 거 같은데요."

프레젠테이션 준비로 이것저것 밀린 일이 많았는데 그 일을 해치우기에도 딱 좋은 시간이다.

"팀원들한테는 제가 연락해두겠습니다."

부탁한다고 말한 뒤 사장실로 들어온 미야자와는 쌓인 일을 집중적으로 처리하기 시작했다. 저녁에 "사장님, 슬슬 나갈까요?" 하고 야스다가 데리러 올 때까지 몇 시간이 눈 깜짝할 사이에 지나갔다.

술자리를 갖기에는 조금 이르지만 5시 15분쯤 회사에서 나와 도보로 십 분가량 걸리는 가게까지 걸었다. 여름이 다가왔음을 느끼게 하는 활짝 트인 황혼이다.

붉은 초롱을 내건 가게의 포렴을 들추고 들어가자, 낯익은 주인이 맞이하며 안쪽 방으로 안내했다.

"아, 사장님. 수고하셨습니다."

먼저 와 있던 무쿠하토 통운의 에바타와 아케미가 맞이했다. 채 앉기도 전에 야스다가 생맥주 네 잔을 주문했다.

"잘되었다면서요. 축하드려요."

아케미가 이렇게 말하자 미야자와는 아뇨, 아뇨, 하며 약간 당황했다.

"잘되었다는 것은 수주가 성사됐을 때 하는 말이니까요. 오늘은 프레젠테이션을 하고 왔을 뿐이라 어떻게 될지는……."

"하지만 사장님, 느낌이 좋다고 말씀하시지 않았습니까?"

야스다가 추궁하자 자기도 모르게 그만 싱글벙글하고 말았다.

"뭐, 내가 볼 때는 확실히 만점이었다고 생각합니다."

주문한 생맥주를 앞에 두고, 미야자와는 허리를 펴고 두 주먹을 무릎에 놓았다. "이것저것 다 여러분의 협력 덕분에 가능한 일이었습니다. 정말 고맙습니다."

"일단 건배할까요?"

기쁜 듯한 에바타의 제안에 잔을 부딪치며 성대하게 건배했다.

맛있는 맥주다. 목에 스며 퍼지는 알코올이 상쾌하다. 오늘 아침의 긴장을 생각하면 지금 이토록 기분 좋게 마실 수 있다는 것 자체가 기쁘다.

"그럼 먹어볼까요?"

아케미가 기세 좋게 말하며 메뉴판을 펼쳤을 때 미야자와는 탁자에 젓가락 한 벌이 더 놓여 있음을 알았다.

"누가 또 오는 건가?" 야스다에게 물었다.

"실은 사카모토 씨한테도 연락했습니다."

"토요일에 불러내면 미안하잖나. 모처럼 느긋하게 있을 텐데."

쓴소리를 들은 야스다가 "아니, 조금 전에 너무나 기뻐서 그만 전화를 하고 말았습니다" 하며 머리를 긁적였다. "하지만 정말 기뻐하면서 꼭 오겠다고 하던데요. 어차피 한가하다면서요."

사람이 좋아서 그렇다. 권유하면 딱 잘라 거절하지 못한다. "조금 전에 살짝 늦을 것 같으니 먼저 시작하라고 연락이 왔습니다."

야스다에게 악의는 없었겠지만 참 딱한 일을 했다고 생각했을 때, 미닫이문이 열리며 장본인이 들어왔다. "이쪽, 이쪽" 하며 야스다가 손을 들었다.

"늦었습니다. 그동안 연락도 못 드리고 죄송합니다."

전근한 지 한 달이 되었다. 사카모토는 전보다 좀 피곤해 보였다. 내부 사정은 잘 모르지만 낯선 데서 고생하고 있는지도 모른다.

"들었습니다, 사장님. 고세이 학원 프레젠테이션이 잘되었다면서요. 정말 축하드립니다." 새롭게 건배한 후, 사카모토는 웃음을 띠며 말했다.

"육왕 때문에 고생했으니까요."

야스다가 오른팔로 눈물 훔치는 동작을 하며 익살을 떨었다. 에바타가 "흥미를 보였다는 건 그만큼 러닝 도중 부상당하는 일이 늘고 있다는 뜻 아닐까요?" 하고 냉정한 판단을 내렸다.

"그럴지도 모르지." 야스다도 얌전한 얼굴로 고개를 끄덕인다. "그래서 육왕의 존재 의의가 있는 건가?"

"하지만 학교에 판매라니, 정말 멋진 아이디어입니다." 사카모토가 새삼 감탄한 듯이 말했다. "처음부터 일류 육상선수에게 신기기는 어려워도, 이렇게 차근차근 실적을 쌓아가는 건 좋은 전략이라고 생각합니다."

"저도 동감입니다." 에바타도 말했다. "아이들의 발이야말로 지켜줘야 한다고 생각하거든요. 게다가 어린 시절에 잘못된 주법을 배워버리면 어른이 되고 나서 부상을 당할지도 모르고요. 학교에서 가르치는 데는 육왕이 안성맞춤이라고 생각합니다."

"그냥 돈벌이뿐인 일이라면 시시하니까." 아케미가 말했다. "세상에 도움이 되고 있다는 기분을 느끼고 싶거든. 아이들이 육왕을 신고 운동장을 뛰어다니는 모습, 상상만 해도 짜릿하다니까."

"이봐요, 이봐. 아직 계약을 딴 게 아니에요, 아케미 씨."

미야자와가 쓴웃음을 지으며 말하자 "어디와 경쟁인가요?" 하고 사카모토가 물었다.

"아마 아틀란티스일 거야."

이름이 나온 순간, 분위기가 고조되던 자리에 다른 기운 한 줄기가 쓰윽 들어온 것 같았다.

"아틀란티스…… 말인가요?"

기세에 압도되었다는 듯이 야스다가 말했다. 미국의 유명 기업인 아틀란티스는 러닝슈즈뿐만 아니라 골프용품이나 각종 의류까지 취급하는 걸리버다.

"그쪽 평판은 어떻습니까?" 야스다가 물었다.

"모르지. 프레젠테이션을 들어본 것도 아니고."

아틀란티스 영업 직원이 옆을 지나칠 때 보인 뻔뻔스러운 웃음이 미야자와의 뇌리를 스쳤다.

"아틀란티스가 학교에 도매할 것 같은 러닝슈즈는 대충 상상할 수 있습니다. 밑창이 두꺼운 종래의 모델이겠지요. 시가로 5, 6000엔 정도일 텐데 학교 납품용이 되면 거기서 좀 더 내려갈 거라고 생각합니다." 에바타가 말했다.

"그거 참 난감하네요."

야스다가 다소 분한 듯이 말했다. 가격 경쟁이 되면 결국 체력 좋은 큰 회사가 이기기 마련이다. 아틀란티스와 고하제야는 코끼리와 개미만큼이나 차이가 난다. 비교 자체가 무의미하다.

"기업 규모는 다르지만, 러닝슈즈의 기능성이라는 점만 보면 호각 이상의 싸움은 되지 않을까요?" 사카모토가 응원했다. "이길 수 없는 공모가 아닙니다. 그렇게 어려우면 처음부터 부르지도 않았을 겁니다. 그쪽도 시간 낭비일 테니까요. 상품이 매력적이니까 부른 겁니다."

아틀란티스의 러닝슈즈가 늘 잘 팔리는 상품일지 모르지만 육왕의 콘셉트에는 새로움이 있다. 아이들 건강이나 안전을 생각한다면 육왕이 유리한 게 아닐까, 하고 미야자와는 생각한다.

"언제 결정된답니까, 사장님?" 야스다가 물었다.

"오늘 연락회에서 의논하고, 최종적으로 다음 주 초에 직원회의에서 정식으로 결정한다네. 월요일 오후에는 연락이 오겠지."

"월요일요? 그때까지 왠지 마음이 가라앉지 않겠는데요."

야스다가 이렇게 말하며 셔츠 주머니에서 담배를 꺼내 물고 불을 붙였다.

"수주하게 되면 바빠지겠네요. 배송은 꼭 무쿠하토 통운에 맡겨주
시길 부탁드립니다." 에바타가 말했다.

"뭘 그리 성급한 말을 하는 거야?"

아케미가 웃으며 에바타의 등짝을 탁 때렸다. 에바타가 야단스럽
게 앞으로 꼬꾸라지는 척해서 술자리에 웃음이 터졌다. 그 덕에 아
틀란티스라는 말을 듣고 가라앉았던 분위기가 사라져간다.

"하지만 염려스러운 건 운용 자금입니다. 사장님, 괜찮은 겁니까?
늘 겐 씨와 심각한 얼굴로 의논하시는 모습을 보면 걱정됩니다."

"뭐야. 보고 있었어, 야스다?" 미야자와는 머쓱한 듯 머리에 손을
가져갔다. "쓸데없는 걱정은 하지 않아도 되니까 자네는 품질만 생
각해."

"담당자가 사카모토 씨라면 걱정하지 않겠지만 말이야." 아케미가
말했다.

"힘이 되고 싶은 생각은 굴뚝같지만 교다 지점에서 버려진 몸이
니까요." 억지로 웃음을 띠고 손을 내젓는 사카모토는 어딘가 쓸쓸
해 보였다.

8

고세이 학원의 이다에게서 학수고대하던 전화가 걸려온 것은 월
요일 오전 11시가 지나서였다.

"사장님, 고세이 학원입니다. 2번요."

도미시마가 전화를 연결해주었을 때 미야자와의 가슴에 차오른 것은 기대보다는 불안이었다.

이 수주 여하로 고하제야의 미래가 좌우된다.

그 생각이 강해질수록 실패했을 때의 일을 고심하게 된다. 오랫동안 사장 자리에 있으면 항상 최악을 생각하게 되는 법이다. 미야자와도 예외는 아니었다.

"전화 바꿨습니다. 미야자와입니다. 지난번엔 정말 고마웠습니다."

미야자와는 먼저 예를 표했다.

"아니요, 저야말로. 지난 보호자 연락회에서 말씀을 듣고 난 후 검토를 했습니다. 결과를 알려드리려고요."

이다는 단도직입적으로 나왔다. "검토했습니다만, 이번에는 보류하기로 했습니다."

입을 다물 틈도 없이 미야자와의 시야에서 색채가 빠져나갔다.

"보류……."

자기도 모르게 중얼거렸다.

"기대에 부응하지 못해 죄송합니다. 고하제야에는 안타까운 결과가 되었습니다만 양해해주십시오."

"저기……."

이야기를 끝내려는 이다에게 미야자와가 물었다. "괜찮으시다면 이유를 물어봐도 되겠습니까? 앞으로 참고로 하고 싶습니다. 꼭 좀 부탁합니다. 저희 러닝슈즈는 어디가 문제였습니까? 여러분의 의견을 들려주실 수 없을까요?"

"글쎄요."

수화기 너머에서 머뭇거리는 시간이 끼어든다. "역시 가장 큰 것은 실적이 없다는 사실이겠지요. 러닝 중 부상을 미연에 방지하는 구조라는 점은 매력적이지만, 이걸로 정말 부상이 줄어들었다는 과학적 실증은 앞으로의 문제니까요. 저희 학교가 실험대가 되는 게 아니냐는 의견도 나왔습니다."

"실험대……."

털끝만치도 그렇게 생각해본 적 없었다. 핑계에 가깝다고 생각했지만 반론해봤자 어쩔 수 없는 일이다.

"가격은 어땠습니까?"

미야자와는 질문하는 목소리를 짜냈다. 스스로 한심하게 느껴질 정도로 약하고 떨리는 소리였다. "아틀란티스의 공급가가 얼마인지 알려주실 수 없겠습니까?"

"저희 학교 내부 정보여서 밖에 알릴 수 없습니다."

이다는 이렇게 말했지만, 미야자와가 너무나 의기소침해진 것을 딱하게 여겼는지 "절대 다른 데다 이야기하시면 안 됩니다" 하며 경쟁 상대의 가격을 알려주었다.

목소리가 나오지 않았다. 아틀란티스가 제시한 가격은 고하제야의 배 이상이었다.

가격에 진 것이 아니라 실력으로 진 것이다.

"그렇게 비싸도 괜찮습니까?"

"내구성을 생각하면 아틀란티스가 더 이득이라는 의견이 잇따라 나왔거든요."

이다는 말했다. "고하제야 제품은 밑창이 생고무잖아요. 확실히 싸기는 합니다만, 금방 닳거나 찢어지지 않겠느냐. 가격이 절반이지만 내구성도 절반이라면 결국 같다. 그게 대체적인 의견이었습니다. 외부인인 제가 말씀드리기 좀 그렇습니다만, 사실 아틀란티스에서 신개발 밑창을 가져왔기에 더 그렇게 생각했는지도 모르겠습니다."

"그 밑창은 아주 두껍지 않습니까?"

분한 김에 묻자 "그렇습니다" 하고 이다가 대답했다. "하지만 연락회에서는 그쪽이 더 낫다는 의견이어서요."

납득이 안 되지만 단순 메신저에 불과한 이다를 물고 늘어져봐야 아무 소용없다.

"연락해주셔서 감사합니다. 또 기회가 있으면 꼭 알려주십시오. 그럼 실례하겠습니다……."

수화기를 내려놓은 미야자와는 양 팔꿈치를 책상에 붙이고 잠시 머리를 싸쥐었다.

경영자로서 뭔가 생각해내야겠지만 지금 무엇을 해야 할지 전혀 떠오르지 않는다.

지금까지 눈앞에 펼쳐져 있던 길이 막히고 나니, 백 년이나 만들어오던 다비를 계속 만들다가 점차 악화하는 실적에 발버둥치는 현실만 남았다. 조그맣게 닫혀버린 세계에 푹 잠긴 채 암울한 현실과 싸우는 일상.

바로 일패도지 여지없이 패하여 다시 일어날 수 없게 되는 지경에 이름인 것이다.

노크 소리가 나고 도미시마가 얼굴을 내밀었다. 결과가 어떻게 됐는지 궁금했을 것이다. 하지만…….

미야자와의 얼굴을 보고 모든 걸 알아차렸는지 잠자코 들어와 소파에 앉았다. 담배에 불을 붙이고 연기를 들이마신다. 창밖에 보이는 주차장에 시선을 향한 채 천천히 토해낸다.

"그렇게 간단히 될 리가 없지요."

도미시마가 천천히 말했다. 미야자와는 잠자코 있었다. 간단히 되는 일이 아니니 본업에 전념하라고 하고 싶은 걸까. 아니면 한두 번 실패로 좌절하지 말라고 위로하려는 걸까. "그냥 안 되는 건 안 되는 겁니다. 질질 끌고 가는 게 제일 안 좋습니다."

미야자와는 가늘고 긴 한숨을 내쉬었다. "그럴지도 모르지요."

"가능성을 시험해보는 건 나쁘지 않다고 생각해요. 하지만 싹이 나지 않으면 그때는 본업인 다비, 부탁드립니다."

"지금도 하고 있지 않나요?"

무심코 미야자와가 응수했다. "신규 사업을 한다고 해서 본업인 다비 영업을 소홀히 한 적 있었나요?"

연기 너머에서 도미시마의 눈이 미야자와를 보고 있다.

아버지 대부터 일한 실권자다. 미야자와가 어릴 때부터 고하제야에서 주판을 튕긴 사람이다. 나름의 경의를 갖고 대해왔다고 생각하지만, 신규 사업에 보이는 냉담한 태도에 그만 감정이 솟구치고 말았다.

"확실히 그런 것 같긴 하네요."

도미시마가 시선을 피하며 말했다. "실례했습니다."

그러고는 일어나 가볍게 고개를 숙이더니 느릿한 걸음으로 사장실을 나간다.

뒷모습이 문 너머로 보이지 않게 되었을 때 쳇, 하고 미야자와는 혀를 찼다. 도미시마가 방해가 된다고 생각했다. 경리에 대해 잘 알고, 오랫동안 은행과의 창구 역할을 해왔으므로 소중히 여겼다. 하지만 솔직히 지금 저 사고방식은 미야자와와 양립할 수 없다.

미야자와는 책상에 둔 휴대전화를 들어 야스다에게 전화했다.

"저기, 고세이 학원 말인데, 잘 안 되었어. 미안하네."

수화기 너머에서 야스다가 침묵했다. 외출중이리라. 전화를 통해 북적임과도 비슷한 떠들썩한 소리가 전해진다.

"그런가요……."

몇 초간 충분히 침묵한 후 드디어 야스다가 대답했다. "처음부터 다시 해야겠네요."

"따라와줄 텐가?"

미야자와가 물었다. 토요일 저녁에 개발팀 멤버와 함께 미래의 꿈을 부풀린 일이 허무하게 떠오른다.

"당연하죠." 야스다가 굳이 밝은 어조로 대답했다. "다시 하면 되죠 뭐. 잡아먹히는 것도 아니고요."

"그건 그렇지. 미안하네."

"다른 사람들한테는 제가 알려두겠습니다."

통화 종료 버튼을 누른 미야자와는 짧게 한숨을 내쉬고 오른손으로 무릎을 탁 쳤다.

"졌다."

멋대로 혼잣말이 흘러나왔다. 두 손을 머리 뒤에서 깍지 끼고 의자 등받이에 기대어 천장으로 얼굴을 향한다. 그대로 미야자와는 언제까지고 눈을 감고 있었다.

"모기, 잠깐 좀 보세."

누가 불러 고개를 들어보니 노사카 계장이 플로어 출입구 쪽에서 손짓하고 있었다. 나란히 향한 곳은 소회의실이다.

노사카 아쓰시는 모기가 근무하는 다이와 식품 총무부 노무과의 계장으로, 모기를 비롯한 육상부의 관리를 맡고 있다. 관리를 맡고 있다 해도 다이와 식품은 대기업이다. 노사카 본인에게 육상부 인사 권이 있지는 않지만, 현장을 직접 보기에 그가 내놓은 의견은 거의 반박당하는 일 없이 승인된다는 소문이다. 물론 입사한 지 아직 이 년째인 모기는 "실세야"라고 선배에게서 들었을 뿐, 노사카가 그 힘을 발휘한 것을 본 적은 없다.

"어떤가, 그 후로?"

노사카는 부드러운 표정으로 물었다. "주법 개조는 잘 되어가고 있나?"

"상당히 좋아졌습니다만······."

"그렇게 간단한 문제가 아닌 모양이더군."

노사카는 팔짱을 낀 채 모기의 눈을 들여다보며 말했다. 아마 이미 기도 같은 사람에게도 물어봤을 것이다.

"주법을 확실히 제 것으로 하기 위해서는 일 년, 경우에 따라서는 이 년 가까이 걸릴 수도 있다고 생각합니다."

주법을 바꾸면 그에 맞춘 몸만들기도 동시에 진행해야 한다. 트레이너와 이인삼각으로 골반을 조정하거나 하면서 조금씩 몸을 바꾸고 주법에 익숙하게 만들어간다. 하루아침에 간단히 할 수 있는 일이 아니다.

"자네 목표로는 언제쯤 복귀할 생각인가?"

단도직입적인 물음이지만 모기는 대답할 수 없었다. 주법 개조는 아직 완성되지 않았다. 언제 완성될 거라는 명확한 시기도 드러나 있지 않다.

"내년 트랙 시즌까지는 복귀할 생각입니다만, 지금 단계로서는 조금……."

부드러운 노사카의 표정에서 순간적으로 시선만이 날카로워져 모기의 얼굴을 찔렀다.

"내년이란 말이지……."

대답을 비난하는 것 같기도 하고 뭔가 생각하는 것 같기도 하다. 냉철한 판단을 내리는 관리자의 얼굴이었다.

다이와 식품 육상부의 자리매김은 선전과 홍보활동이 아니라 지역 공헌에 있다. 항상 눈에 띄는 활약이 요구되는 선전이나 홍보와는 다르다 하더라도, 뛸 수 없는 선수를 언제까지고 육상부에 놓아둘 만큼의 여유는 없다. 그런 선별은 엄격해서 부상당해 뛸 수 없게 되면 입사 동기와 마찬가지로 영업이나 제작 일선에 배치된다. 그것은 동시에 육상 인생과 이별이라는 의미였다.

요컨대 노사카는 모기에게 그 가능성이 있는지 살피려는 것이다.

"상황이 변하면 알려주겠나. 이쪽도 대응해야 하니까. 주법 개조, 하루빨리 완성하고."

노사카는 일어나더니 모기의 어깨를 한 번 톡 두드리고 나간다.

하루빨리, 란 말이지.

혼자 남겨진 모기는 두 손을 꼭 쥔 채 고개를 떨구었다.

누구보다 그걸 바라는 사람은 바로 나다.

이러고 있는 동안에도 라이벌인 게즈카의 등은 멀리 작아져간다.

분함과 초조함에, 모기는 손가락이 하얘질 만큼 두 주먹을 꽉 쥐었다.

4장

결별의 여름

1

"유감스러운 결과가 되고 말았군요. 오히려 기분이 상하시지 않았는지 모르겠습니다."

미야자와의 마음을 신경 쓰며 "죄송하게 되었습니다" 하고 아리무라가 고개를 숙였다.

그날 미야자와는 요코하마에 있는 아리무라의 매장에 있었다. 고세이 학원에서 탈락했다는 연락을 받은 것이 며칠 전이다.

미야자와는 그때부터 계속 육왕을 어떻게 해나가면 좋을까 하는 생각에 지쳐 있었다.

좀처럼 생각이 정리되지 않아 매달리는 심정으로 아리무라를 찾아온 것이다. 아리무라와 의논하면 다음으로 이어질 힌트를 얻을 수 있지 않을까. 그런 기대를 품고서.

"들은 이야기로는 고하제야의 육왕에 찬성표를 던진 사람도 적지 않았다고 합니다."

경과를 이미 들은 모양인지 아리무라는 미야자와가 모르는 논의 내용에 대해 알려주었다. "생각하기에 따라서는 아틀란티스를 상대로 잘 싸웠다고도 할 수 있지 않을까요."

확실히 잘 싸웠을지 모른다. 하지만 한편으로는 무슨 일이 있어도 넘어야 할 벽의 존재를 뼈아프게 절감했다.

아틀란티스에는 있고 고하제야에 없는 것이 있다. 실적이다. 그리고 또 하나. 그 시행착오 속에서 미야자와가 통감한 최대의 과제는 밑창이었다.

"이 두 개의 벽을 넘지 않는 한 육왕은 성공하지 못할 거라 생각합니다. 하지만 지금 뭘 해야 좋을지 알 수가 없네요."

미야자와는 가슴속에 있는 것을 솔직히 털어놓았다. "아리무라 씨라면 뭔가 좋은 생각이 있을 것 같아서요."

아리무라는 좀 놀란 듯했다.

"이렇게 말하면 내치는 것처럼 들릴지 모르겠습니다만, 그걸 생각하는 게 미야자와 씨의 일입니다."

혹독한 의견이었다. "실적은 하루 만에 생기지 않습니다. 제조업체로서 오십 년 가까이 깊이 연구했기에 지금의 아틀란티스가 있는 겁니다. 오십 년 전에는 조그마한 회사여서 돈도 충분하지 않았을 테고, 지금 미야자와 씨가 안고 있는 것과 같은 고민으로 싸웠겠죠. 그걸 이겨내고 지금의 지위를 구축한 겁니다."

아리무라가 말한 대로다. "말씀하신 것처럼 밑창은 러닝슈즈의 혼입니다, 미야자와 씨. 하루아침에 생기는 해결책은 없습니다. 가볍고 튼튼하면서 유연성이 뛰어난 소재. 날마다 그걸 찾고 연구하는 사람들이 있을 겁니다. 공모에 입찰하기 전에, 보이지 않는 그 싸움에서 승리하지 못하면 이길 수 없습니다. 돈이 없으면 머리로 이겨야 합니다. 러닝슈즈 업계에 들어가려면 정정당당히 아틀란티스를 이기고 지위를 확립해야 한다고 생각합니다."

"아틀란티스를 이긴다……."

강력한 라이벌에게 도전해야 하는 현실이 닥쳤을 때 미야자와는 자기도 모르게 꽁무니를 뺄 것 같은 자세를 취했다.

도어벨이 울리고 어린 학생 무리가 안으로 들어왔다. 안면이 있는지 아리무라를 보더니 친근하게 말을 건넨다.

"바쁜 시간에 실례가 많았습니다. 정말 고마웠습니다."

도망치듯 밖으로 나온 미야자와는 더욱 어찌할 바를 모른 채 역까지 걷기 시작했다.

"그런 말을 들으시고 말았군요."

그날 밤 소라마메 카운터에서 야스다와 술을 마셨다.

요코하마에서 돌아와 밀린 일을 처리하면서도 아리무라가 한 말이 내내 머리 한구석에 자리 잡고 있었다. 혼자 안고 있기에는 너무 무거웠다.

"솔직히 내 생각이 너무 안이했어." 미야자와가 잔을 노려보며 말했다. "그런데 지금 이대로는 아틀란티스를 이길 수 없네. 자금력이 너무 차이 나니까 말이야."

"현실의 벽이군요."

"그렇지."

미야자와는 고민했다. "실적도 없고, 돈도 없고, 노하우도 없고."

"이야기가 나온 김에 말하자면 밑창도 없죠."

"뭐, 그렇지."

이런 심각한 상황에서도 우스꽝스러운 말을 할 수 있는 것은 야스다의 장점이다. 미야자와는 마지못해 고개를 끄덕였다.

"저도 밑창은 확실히 마음에 걸렸거든요."

야스다가 팔짱을 끼고 생각에 잠긴다. "다비는 기본적으로 밑창이 천 아닙니까. 거기에 생고무를 붙인 순간, 결국 다비가 아니라 슈즈가 됩니다. 다시 말해 그 시점에서 아틀란티스 같은 큰 회사와 경쟁하게 되는 거죠."

"하지만 밑창을 붙이지 않을 수도 없으니 말이야."

미야자와가 말했다. 흙 운동장에서의 단거리 달리기라면 모르겠지만, 아스팔트를 달리는 장거리 달리기에서는 노상 장애물에서 발을 보호하는 한편 지면에서 오는 충격을 흡수하기 위해 밑창이 반드시 필요하다.

"생고무가 괜찮다면 아틀란티스에서도 썼을 거고, 굳이 개발비를 들여 새로운 밑창을 만들지 않겠지."

미야자와는 씁쓸하게 야스다를 보며 말한다.

"사실은 처음부터 거기에 몰두해야 했을지도 모르겠군."

지금까지의 하루하루를 반성과 함께 돌아본다.

지카타비 밑창은 생고무다. 다비업체라서, 그거면 될 거라고 안이하게 단정 짓지는 않았을까. 내구성에 문제가 있다는 사실도 알았지만 가격을 내리면 된다고 간단하게 생각하지는 않았을까.

"돈이 없다는 게 세상에 변명은 되지 않으니까요."

야스다가 꽉 와닿는 말을 했다. 그것 역시 그렇다. "뭐랄까, 올 데까지 온 것 같은 느낌이에요. 그러고 보니 모기 선수한테 연락은요?"

미야자와는 고개를 가로저었다.

"어떤 의미에서 그쪽은 프로니까요. 동네 작은 공장이 느닷없이 F1 머신 팀에 부품을 공급하러 가는 거랑 같죠."

그 말을 듣고 보니 이제 끽소리도 나오지 않는다.

취기와 함께 밤은 깊어가기만 했다.

2

"수고하네."

운동장에서 나온 모기에게 말을 건 사람은 아틀란티스의 무라노였다.

"어떤가, 컨디션은?"

"뭐, 그럭저럭요."

웃는 얼굴로 묻자 모기가 모호하게 대답한다. 등 뒤에서는 육상부 훈련이 계속되고 있었다. 훈련 프로그램이 다른 모기만 혼자 마른 잔디에 앉아 꼼꼼하게 스트레칭을 시작한다.

옆쪽 벤치에 앉은 무라노가 "새 주법은 어떤가?" 하고 물었다.

"아직은 딱 맞는 느낌이 들지 않는다고 할까요……."

무라노를 신경질적으로 상대해봐야 아무 소용없지만, 지금 가장 받고 싶지 않은 질문인 탓에 모기의 감정이 뒤틀린다.

"밑창을 좀 바꿔볼까?"

스트레칭을 멈추고 모기가 드디어 무라노를 올려다보았다.

"그러면 달라질까요?"

"달라지지."

무라노는 단언했다. "뭐 때문에 나 같은 슈피터가 있겠나?"

지금껏 거기까지 미세하게 조정한 적은 없다. 하지 않아도 문제가 없었고, 실제로 레이스에서 생각대로 성적이 올라갔다. 주법이라는 소프트웨어와 러닝슈즈라는 하드웨어가 어느 정도나 관계있는 것인지 모기 본인이 다 파악하지 못한 부분도 있다.

"좀 보여주게."

신고 있던 신발을 벗어 건네자, 느긋한 어조와 달리 무라노의 눈은 장인의 그것이 된다. 신발 상태를 살펴보고 뒤집어 밑창을 본다. 손끝으로 만지며 마모 상태를 보는 모양이다. 닳은 모양을 보고 경험의 데이터베이스를 검색하여 나름대로 얼마간의 해결책을 찾아내려 하고 있다.

잠시 후 신발을 돌려준 무라노는 생각에 잠겼다.

실제로는 짧았을지 모르지만 상당히 길게 느껴지는 침묵이 지나갔다.

"조금 더 얇게 해볼까?"

무라노가 다시 입을 열었다.

"조금이라면?"

"5밀리미터쯤 얇게 해보면 좋을지 모르겠네."

어떻게 답해야 좋을지 몰라 모기는 대답을 망설였다.

"밑창이 얇은 쪽이 더 좋다는 말씀인가요?"

"전체적으로 좀 더 평평한 밑창에 가깝게 해보세."

문득 얼마 전에 본 러닝슈즈가 모기의 뇌리를 스쳤다. 교다의 다비업체에서 만들었다며 보내온 것을 보자마자 벽장에 던져 넣었지만, 편지 한 구절만은 묘하게 기억에 남아 있었다.

―부상당하지 않는 주법이야말로 승리를 향한 최단거리입니다.

그 다비업체가 미드풋 착지를 '인간 본연의 주법'이라고 쓴 것도 마음에 걸린다. 바로 지금 모기가 힘쓰고 있는 주법이었다.

"미드풋 착지나 포어풋 착지가 인간 본연의 주법일까요?"

모기는 궁금해서 물어봤다.

"어떤 의미에서 인간 본연이라고 하는지 모르겠지만, 오랫동안 안전하게 달릴 수 있다는 면에서는 확실히 그렇겠지."

무라노의 설명은 알 것 같기도 하고 모를 것 같기도 한 모호함을 남겼다. 하지만 상세한 해석은 그렇다 치고, 다비업체의 생각이나 제품 콘셉트가 꼭 틀린 것만은 아니라는 사실은 알 수 있었다.

"여러 문제가 있겠지만 조정하면서 해나가세."

생각에 잠긴 모기에게 무라노가 말했다. "서두를 필요는 없네. 서두르다가 더 악화되면 그야말로 돌이킬 수 없을 테니까."

"고맙습니다."

모기가 예를 표했을 때 "무라노 씨" 하고 멀리서 부르는 소리가 들렸다.

이날도 운동장을 찾아온 오바라가 손을 흔들며 무라노를 부르고
있었다.

아틀란티스의 영업부장 오바라는 이따금 회사로도 찾아오기에
알고는 있지만, 그다지 좋아할 수 없는 분위기의 남자였다. 부상당
하자마자 얼굴을 마주쳐도 제대로 인사도 하지 않았다. 달릴 수 없
는 선수에게 용무는 없다. 마치 그렇게 말하고 싶은 듯한 태도로 모
기를 무시한다.

다이와 식품 육상부에는 유명한 선수가 몇 명 있으니 모기 따위
를 상대하지 않아도 아틀란티스는 아무 문제도 없다는 뜻이리라.

무라노가 오바라를 어떻게 생각하는지 모르지만 순간적으로 떠
오른 우울한 표정에 속마음이 배어난 것 같다.

"다음에 올 때 가져오겠네."

무라노는 이렇게 말하며 일어서더니 "그럼" 하고 가볍게 손을 들
어 보이고는 멀어진다.

나이는 서른 살이나 차이가 나지만 형 같은 분위기다. 그 뒷모습
을 지켜본 모기는 마음 한구석에 생겨난 약간의 온기에 구원받은 기
분이 들었다.

"이봐, 우리는 자원봉사를 하는 게 아니라고."

무라노가 다가가자 다른 사람에게 들리지 않을 만큼 조그만 목소
리로 오바라가 잔소리를 했다.

무슨 일인지 알아채지 못하자 "모기 말이야, 모기" 하며 끝내 무서
운 얼굴을 한다.

"안 된다고 말했잖아. 부상에서 회복할 수 없을지도 모르니까 안 돼. 안 돼!"

오바라는 얼굴 앞에서 오른손을 내저어 보였다. "설사 복귀해봤자 전처럼 달리기는 어려울 게 뻔하다고. 저 녀석은 이제 유망주도 뭐도 아니야."

"그렇지 않습니다." 오바라의 꾸짖음에 무라노 역시 반론을 펼쳤다. "깨끗이 나으면 달릴 수 있을 텐데요."

"그게 언젠데." 오바라가 고압적으로 되묻는다. "언제일지 모를 복귀 때문에 대체 얼마를 쓸 생각이야."

"러닝슈즈 모양을 변경하면 달리기를 도울 수도 있습니다. 복귀를 앞당길 수도 있다고 생각합니다."

"그러니까 그게 언제냐고!"

무라노보다 열 살이나 어린 오바라가 분노하며 볼을 떨었다. "이봐, 당신은 피팅할 뿐이니까 무책임한 말을 할 수 있겠지. 하지만 우리한테는 회사에서 정해준 목표가 있어. 절대 허락할 수 없으니 알아서 해. 하고 싶으면 자비로 하라고. 당신들 슈피터는 내가 시킨 대로 일만 하면 되는 거야."

무라노가 반론의 말을 찾을 겨를도 없이, 오바라는 바로 등을 돌렸다.

멀어지는 뒷모습을 보고 있자니 억눌렸던 분노가 격류가 되어 무라노의 머릿속을 돌아다니기 시작했다.

올해 무라노는 쉰세 살이 된다.

간사이교토와 오사카를 중심으로 한 지역의 고등학교를 나와 맨 처음 근무한 곳은 고베 시내의 신발 제조업체였다. 처음에는 사원 이백여 명의 공장에 배속되어 숙련공 선배들에게 신발 만들기를 기초부터 철저히 배웠다. 분업이 철저한 큰 회사라면 한 켤레를 한 사람이 만드는 일은 거의 없지만, 중소기업이기에 모든 공정을 경험했다. 큰 회사에서라면 절대 얻지 못했을 경험과 기술을 익힌 것이다.

그런 무라노에게 전환의 계기가 찾아온 것은 이십대 후반이었다.

근무하던 회사가 도산했다. 채권자가 몰려와 공장 내 재봉틀을 비롯한 기계를 대부분 가져가거나 차압하는 아수라장을 목격했다. 그때까지 무라노가 갖고 있던 직업관은 소리를 내며 무너졌다.

인생은 한 번뿐이다. 하고 싶은 일을 하자.

그렇게 결심한 무라노는 전부터 좋아하던 스포츠슈즈 분야를 목표로 삼았고, 당시 중견기업에 지나지 않던 아틀란티스 제작 부문의 구인 공고에 응모, 기술력을 인정받아 보기 좋게 채용되었다.

미국 기업인 아틀란티스는 고베 시내에서 그럭저럭 운영하던 이전 회사와는 모든 것이 달랐다.

자동화 공장이 미국 본사와 아시아에 분산되어 있었다. 항상 숫자로 된 목표가 있고, 주주 감시에 노출되어 있다는 긴장감이 존재했다. 시장조사로 뒷받침된 제품 진용은 여러 갈래에 걸쳐 있었다. 러닝슈즈 하나만 놓고 봐도 트레이닝용부터 레이스용까지 여러 종류로 나뉘어 제품군에 빈틈이 없었다.

이전 회사에서는 상품 개발과 재고 관리도 사장이나 공장장의 감에 의존했으나, 아틀란티스에는 모두 숫자로 된 근거가 있었다.

속임수가 통하지 않는 만큼 엄격하지만 어떤 의미에서 명쾌한 조직이라고도 할 수 있었다.

아틀란티스에서 무라노의 직함은 '시니어 슈즈 마이스터'였다. 무엇을 뜻하는지 알기 어려운 직함이지만 일반적 직책으로 말하면 과장 정도의 대우일 것이다.

무라노의 일은 다이와 식품처럼 육상부가 있는 실업팀이나 대학 육상부를 돌며 아틀란티스 제품을 사용하도록 선수를 움직이고 후원하는 것. 그 때문에 소속이 영업부라 오바라가 직속 상사였다.

후원이 결정된 선수에게는 러닝슈즈가 무상 지급되고, 올림픽을 목표로 할 정도로 정상급 선수일 경우 족형을 떠서 발 모양이나 발등 높이, 디자인에 이르기까지 맞춤 사양으로 제작한다. 나아가 레이스 데이터도 기록하여 최적의 밑창 소재와 모양을 알아내 제공한다. 특별한 한 켤레를 제작하는 데 상당한 비용이 들지만, 올림픽이라는 화려한 무대에서 활약하면 아틀란티스 러닝슈즈의 영상이 전 세계에 방영되어 막대한 광고 효과를 얻을 수 있다.

육상선수에게 아틀란티스 후원 선수가 된다는 것은 어떤 의미에서 장래의 가능성을 인정받는다는 뜻이었다. 그런 선수들을 정기적으로 방문해 다양한 문제를 함께 극복하며 정상을 목표로 하는 것이 슈피터 무라노의 중심적인 활동이었다. 거기서 얻은 개발 데이터나 시행착오를 신제품 개발에 반영하는 것은 자동차 회사가 레이싱 대회에서 얻은 노하우를 시판 차량에 적용하는 것과 같은 구조다.

지금까지 무라노와 같이 달려온 선수 가운데 올림픽에 출전한 선수도 적지 않았다. 마라톤 등 국제대회에 출전하는 선수 중 절반 가까이가 무라노와 이인삼각으로 특별한 신발을 신은 경험이 있다고 할 만큼 그의 이름은 업계에 널리 알려져 있었다.

하지만 그런 무라노도 아틀란티스라는 회사에서 결코 혜택받는 지위에 있지는 않았다.

경영과 현장이 분리된 아틀란티스에서 영업부장 오바라는 미국 본사에서 채용한 경영 간부이고, 무라노는 일본 지사에서 채용한 현장 요원에 지나지 않는다.

아무리 오바라에게 화가 나도 저항하면 잘리는 쪽은 무라노다.

대우가 불만스럽지만 무라노가 이 일을 계속하고 있는 것은 슈피터라는 일을 좋아하기 때문이라고 할 수밖에 없었다.

무라노 일의 절반은 선수와의 커뮤니케이션이다.

한 선수가 어떤 성격이고 무엇에 흥미를 가지며 장래에 어떻게 살고 싶다고 생각하는가. 그것을 위해 자신은 어떤 도움을 줄 수 있는가.

무라노가 늘 들고 다니는 노트에는 후원중인 선수의 온갖 정보가 적혀 있었다. 신발과 직접 관련되지 않은 정보라도 선수의 사람됨을 이해하는 데 도움이 된다. 사소한 정보 수집과 커뮤니케이션을 축적하는 과정에서 무라노는 선수의 신뢰를 획득한다. 사소한 요청도 반영한 러닝슈즈를 제공하기에 계속 신어주는 것이다.

무라노는 늘 선수와 함께 싸워왔다.

선수가 내리막길이라고, 또는 부상을 당했다고 버리는 일은 없다. 일단 후원을 시작하면 '은퇴하겠다'라고 말하는 순간까지 그 선수와 정면으로 마주하고 계속 응원했다.

"시킨 대로 일만 하라고? 대체 그게 무슨 말이야."

화가 난 무라노가 중얼거린다. "운동장에까지 경영학을 끌어들이다니."

선수와 지나칠 때마다 말을 걸며 조금 전까지 앉아 있던 벤치로 돌아왔다.

"무라노 씨, 괜찮으세요?"

아직 스트레칭중인 모기가 무라노의 얼굴을 보며 말을 걸었다. 아무래도 언짢음이 겉으로 드러난 모양이다. 이 녀석은 좋은 놈이다. 이렇게 생각한 무라노는 "어, 저녁에 뭘 먹을까 하는 이야기였어"라며 소리 내 웃어 보였다.

3

앞으로 어떻게 해나갈지 계속 고민하던 미야자와에게 생각지도 못한 이야기가 날아들었다. 7월에서 8월로 바뀐 직후의 일이었다.

"사장님, 마치무라 학원이라는 곳에서 온 전화입니다."

그날 아침, 평소처럼 출근해 영업용 자료를 정리하던 미야자와에게 사무원이 전화를 연결해주었다. 마치무라 학원이라는 이름에서 짚이는 데는 없었다.

"마치무라 학원의 구리야마라고 합니다. 고세이 학원의 이다 선생에게서 소개를 받아서요."

얼마 전 고세이 학원과 마치무라 학원이 합동으로 개최한 연수회에서 이다와 만났는데, 묘한 일로 고하제야 이야기가 나왔다고 한다. 물어보니 고세이 학원과 마치무라 학원은 같은 재단 학교인 모양이다.

"마침 저희 체육 수업에서 다비를 쓰게 되어 업체를 찾고 있었습니다."

"문의해주셔서 정말 감사합니다."

미야자와는 수화기를 든 채 고개를 숙였다. 장사 이야기는 생각지도 못한 데서 연결되는 일이 있는데 이럴 때가 바로 그렇다.

"괜찮으시면 한번 뵙고 자세한 이야기를 했으면 합니다만."

다음 날 오후, 지바 현 사쿠라 시내에 있는 학교를 방문하기로 했다.

'고맙군.'

수화기를 내려놓은 미야자와는 새삼 사람의 인연을 생각하고 거기에 감사하지 않을 수 없었다.

이튿날 차로 회사를 나선 미야자와가 마치무라 학원에 도착한 것은 오후 3시가 지난 시각이었다.

주차장에 차를 세운 뒤 샘플과 자료가 든 골판지 상자를 안고서 클럽활동이 한창인 운동장을 가로질렀다.

하얀 반소매 셔츠를 입은 구리야마는 자못 교사처럼 보이는 남자였다.

"문의해주셔서 정말 감사합니다."

미야자와는 가져온 다비 샘플을 탁자에 늘어놓은 다음, 고하제야가 제작중인 다비의 종류나 품질, 실적을 상세히 설명했다. 러닝슈즈는 몰라도 다비라면 언제든지 자유자재로 설명할 수 있다.

구리야마는 이따금 감탄한 듯한 표정으로 들었지만, 미야자와는 이야기하는 중에 아무래도 이번 역시 공모임을 알아차렸다.

"자세히 설명해주셔서 많은 도움이 되었습니다. 보호자분들도 납득시켜야 하거든요."

표정에서 뭔가 걸리는 것을 느낀 미야자와가 물었다.

"무슨 문제라도 있습니까?"

"뭐, 미야자와 씨와는 관계없는 이야기인데 학부모님 가운데 여기서 다비를 신고 뛰어다니면 위험하다고 하는 분도 계셔서요. 교정은 말끔히 정비해두었다고 납득시키기는 했습니다만."

에두른 표현이지만 다비 채택을 결정하기까지 교내에서 다양한 논의가 있었던 모양이다.

하지만…… 미야자와는 재빨리 숨을 삼켰다.

예상하지 못한 아이디어가 떠올랐기 때문이다.

"그렇다면 한 가지 더 보여드릴 게 있습니다."

"이거 말고 말입니까?"

"차에 실려 있는데, 괜찮으시다면 가져오겠습니다."

"저는 상관없습니다."

구리야마의 대답을 듣고 곧장 주차장으로 돌아가서 뒷좌석에 둔 상자를 챙겨왔다.

"실은 이런 제품이 있어서요."

상자에서 꺼내 보여준 것은 육왕의 샘플이다.

"우와, 이거 재미있네요."

구리야마는 아주 흥미롭다는 듯이 찬찬히 살펴본다. 맨 먼저 눈을 끄는 잠자리 도안. 그리고 밑바닥을 보더니 생고무 밑창을 붙였음을 알고 눈이 휘둥그레졌다.

"신발 밑창이 제대로 있네요, 이 다비는."

"최근에 개발한 제품인데, 운동장에 뭔가 떨어져 있어도 밑창 덕분에 일반적인 다비에 비하면 잘 다치지 않을 겁니다. 착용감은 다비와 같고, 맨발로도 신을 수 있습니다. 수십 년 전에 마라톤 다비라는 러닝슈즈가 있었다는 걸 혹시 아시는지요? 그걸 현대풍으로 변형했다고 생각하시면 됩니다. '육왕'이라는 이름이 붙어 있지요."

"육지의 왕인 거네요."

살짝 웃던 구리야마는 별안간 진지한 얼굴로 돌아갔다. "수고스러우시겠지만 육왕의 견적도 받을 수 있겠습니까? 팩스로 주셔도 됩니다. 그리고 가능하다면 이 샘플도 잠시 갖고 있었으면 하는데, 괜찮으십니까?"

마치무라 학원과의 거래는 전혀 예상하지 못한 방향으로 향했다.

"어땠습니까, 사장님?"

미야자와가 회사로 돌아가자 맨 먼저 야스다가 사장실에 얼굴을 내밀었다. "잘 되었습니까?"

"아니, 역시 공모였어."

야스다의 표정이 어두워졌다. 아마 몇몇 다비업체에게 문의했을 것이다. 품질에서 뒤처질 리 없다고 생각하지만 가격 면에서는 알 수 없다. 다른 회사에서 주문을 따내려고 헐값을 제시할지도 모르기 때문이다.

"냉혹하네요."

"그건 그렇고, 야스다. 육왕 원가 견적서 좀 만들어주겠나?"

"육왕 말인가요? 다비가 아니고요?" 야스다가 멍하니 물었다.

"그래, 육왕. 견적서를 달라더군. 아주 급한 거니까 부탁하네."

사정을 전하자 야스다도 예상외의 전개에 놀라는 표정이었다.

"정말 장사는 어디서 어떻게 될지 모르는 거네요."

이렇게 말하고 자리에 틀어박힌 야스다는 한 시간쯤 지나 대체적인 원가를 계산해 돌아왔다. 그 가격에 고하제야의 이익을 더한다. 다비보다는 다소 비싸지만 소재가 다르니 어쩔 수 없다. 아마 여러 다비업체에서 제시하는 견적 중 최고가일 것이다. 하지만 가격을 다비와 같은 수준으로 내리면 고하제야가 적자다.

"사장님, 이거 밑져야 본전이네요."

정말 그렇다.

사흘 후 구리야마에게서 답변이 왔다.

"지난번에는 감사했습니다."

수화기 속 구리야마의 목소리는 그렇게 생각해서 그런지 들뜬 것처럼 들렸다. "검토 결과, 귀사의 육왕으로 결정했습니다. 부탁드려도 되겠습니까?"

설마.

멍해진 미야자와의 머릿속에서 뭔가가 터졌다.

처음으로 육왕이 팔렸다.

"정말 감사합니다."

미야자와는 수화기를 든 채 몇 번이고 고개를 숙였다. 복받쳐 오른 기쁨으로 만면에 희색이 돌았다.

4

"수고했다."

"수고하셨습니다."

서로 격려를 주고받으며 육상부 선수들이 운동장에서 나왔다.

평소라면 훈련이 끝났다는 충실감과 해방감으로 흥겨웠겠지만, 이날은 어딘지 팽팽한 분위기가 감돌았다.

다음 주 일요일, 유명한 여름 대회 중 하나인 '후지고코 마라톤'이 개최되는데 다이와 식품에서 초청 선수주최 측에서 출전을 요청하는 선수로, 소요 비용도 주최자가 부담로 한 명, 일반 선수로 두 명이 출전할 예정이기 때문이었다. 트랙 시즌이 한창일 때 표고 800미터에서 1000미터 고지대를 달리는 여름 마라톤이지만, 가을부터 시작되는 마라톤 시즌 전에 주목 선수의 동향을 점치는 대회이기도 했다. 출전 선수는 내일 가와구치 호로 이동하고, 토요일에 마지막 훈련을 하게 되어 있었다.

이날도 다른 프로그램으로 훈련하던 모기가 선수들과 함께 운동장에서 나오려는데, 누가 "모기" 하고 불러 세웠다.

아틀란티스의 오바라다. 영업용 웃음을 띤 채로 아주 친한 듯이 모기의 어깨에 손을 올리더니 "요즘은 어떤가?" 하고 물었다.

"뭐, 그럭저럭요."

무슨 말을 들어도 대답이 곤란하다. 훈련 프로그램의 차이는 오바라도 봤으니 알고 있으리라. 평소 좀처럼 말도 걸어오지 않는 사람이 무슨 용건인가 싶었다.

"전에 무라노가 말한 러닝슈즈 말이야."

오바라가 말을 꺼냈다. "그거 좀 더 기다려줬으면 하는데."

모기가 선뜻 의미를 이해하지 못하자 오바라가 눈살을 찌푸리며 난감하다는 표정을 지어 보인다. "이봐, 자네, 훈련 프로그램 조정중이잖아. 지금 줘봤자 레이스에 쓰지도 못하고. 그 주법이 완성되고 나서 주면 좋겠다는 거지."

얼마 전 무라노가 주법을 개선하기 위해 밑창을 바꿔보자고 제안해주었다. 주법을 빨리 완성시키기 위해서였을 것이다. 오바라가 말한 것과는 이야기가 다르다.

"하지만 무라노 씨가……."

"무라노가 좀 착각한 모양이군."

모기가 반론하려 하자 오바라는 멀리 있는 무라노 쪽을 보며 변명했다. "우리 같은 스폰서는 말이야, '레이스 출전 예정'이라는 전제가 있거든."

모기는 굳은 표정으로 오바라를 보았다.

"요컨대 내가 아틀란티스 스폰서에서 제외됐다는 건가요?"

"그런 말이 아니야."

오바라는 과장된 몸짓으로 놀란 척을 한다. "내 말은, 아무튼 빨리 나으라는 거지."

들기 좋은 거절의 말이다.

그때 무라노가 이쪽의 대화를 눈치챘음을 알았다. 이야기 나누던 선수에게 오른손을 들어 보이더니 잰걸음으로 운동장을 가로질러 다가왔다.

"모기, 무슨 일 있나?" 무라노는 오바라가 아니라 모기에게 말을 걸었다.

"저번에 당신이 약속한 신발 말이야." 모기가 대답하기 전에 오바라가 끼어들었다.

무라노의 안색이 바뀌었다. 두 사람의 어색한 관계가 전해져온다. 물론 아틀란티스 사내에서 모기의 러닝슈즈에 관해 어떤 대화가 이루어졌는지는 알 방법도 없다.

하지만 지금 무라노는 무서운 얼굴로 오바라를 노려보고 있었다.

"그런 거니까, 모기."

무라노 따위는 무시한 채 오바라가 다시 모기를 돌아보며 말했다. "우리는 언제까지든 기다릴 테니 아무튼 빨리 낫게."

그리고 모기의 어깨를 톡 두드리더니 만족한 듯이 웃으며 그 자리를 떠난다.

"뭐라던가, 우리 부장이?" 숨죽인 소리로 무라노가 물었다.

"뭐, 아무것도 아닙니다." 모기는 얼빠진 눈으로 대답한다. "러닝슈즈는 레이스에 나갈 수 있게 된 다음이라고요. 그런 당연한 이야기를 했을 뿐입니다."

무라노는 쳇, 하고 날카롭게 혀를 찼다.

"미안하네."

그러고는 고개를 숙였다. "자네 러닝슈즈, 오늘은 제시간에 맞추지 못했지만 제대로 만들 테니까……."

"이제 됐습니다."

모기가 무라노를 가로막았다. 될 대로 되라는 기분이었다. "전 별로 상관없으니까요."

말을 잃은 무라노에게 모기는 쓸쓸한 미소를 지어 보였다.

"비즈니스잖아요. 저도 아니까, 내버려두세요."

"저기 말이야, 모기…… 이봐."

뭔가 말하려는 무라노에게 등을 돌린 뒤 모기는 종종걸음으로 운동장을 떠났다.

일요일에 열리는 후지고코 마라톤에는 모기의 라이벌 게즈카도 출전 예정이라서 매스컴의 주목을 받고 있었다. 모기가 부상으로 이탈한 게이힌 국제마라톤에서 국내 3위라는 좋은 성적을 거둔 게즈카가 이번에는 어떤 모습을 보일지 세간의 관심사였다.

지금 스포츠지 어디를 봐도 모기의 이름은 나오지 않는다.

오바라의 이야기는 사실상 스폰서 종료 통보다. 자신은 확실히 세상에서 잊히려 하고 있다.

모기는 곧장 기숙사로 돌아갔다. 순식간에 무거워진 몸으로 신발장에서 슬리퍼를 꺼냈다.

아틀란티스 신발을 벗어 손에 들자 처음으로 이 회사의 러닝슈즈를 받았을 때가 떠올랐다.

"모기 선수. 앞으로 계속 자네를 후원하겠네."

다이와 식품에 입사한 직후였다. 오바라는 두 손을 비비며 다가와 "우리 제품을 신고 레이스에서 꼭 우승해주게. 그걸 위해 우리가 뭐든지 할 테니까" 하고 말했을 것이다.

뭐든지 할 테니까, 좋아하시네.

분노가 치밀어 오른다. 그 분노가 오바라를 향한 것인지 자신을 향한 것인지는 알 수 없었다. 격류를 거스르지 못하다 문득 정신을 차렸을 때, 모기는 손에 든 신발을 바닥에 내동댕이쳤다.

이제 이건 신지 않겠다.

나뒹구는 신발을 다시 주워든 모기는 가까이 있는 쓰레기통에 힘껏 내던졌다.

5

"왜 그런 말을 한 겁니까!"

니혼바시에 있는 회사로 돌아간 무라노는 짐을 놓지도 않고 오바라의 책상으로 돌진했다. 자동차를 타고 한발 앞서 돌아와 넥타이를 느슨하게 한 채 편한 표정으로 앉아 있던 오바라가 서류에서 천천히 고개를 든다.

무라노의 예사롭지 않는 분노에 주위에 있던 직원들도 무슨 일인가 하는 눈으로 이쪽을 보았다.

"무슨 얘기야?"

"모기 말입니다, 모기!"

무라노가 언성을 높였다. "일 좀 멋대로 하지 말아주시겠습니까?"

"멋대로라고?"

오바라는 볼펜을 툭 내던지고 의자 등받이에 기댔다. "멋대로 하는 건 그쪽일 텐데. 누가 부상당한 선수를 후원하라고 했지? 비용 들이지 말라고 했잖아."

"선수와 신뢰 관계는 어떻게 되든 상관없습니까?"

오바라와 이렇게 직접 언쟁을 벌인 적은 없었다. 하지만 지금 무라노는 정면으로 상사에게 맞서고 있었다. "우리 일은 그 신뢰를 기반으로 성립하는 겁니다. 아십니까?"

"당연하지."

오바라는 자못 당연하다는 어투다. "그건 당신이 말하지 않아도 충분히 알고 있어. 나는 모기한테 우리 회사의 기본 방침을 보여준 거야, 알았니? 아틀란티스는 장래가 유망한 선수한테만 스폰서를 해. 그렇지 않은 선수는 자비로 사야지. 당신같이 멋대로 하면 곤란해."

"부상당하기는 했지만 모기는 장래가 유망한 선수입니다. 현장은 우리한테 맡겨져 있을 텐데요!"

무라노는 분노로 목소리가 떨리는 것을 느꼈다. 머릿속 어딘가에서 자신을 억제하던 규율에서 벗어난 순간, 상사여야 할 남자가 엘리트연하는 배금주의자로밖에 보이지 않았다.

오바라의 눈동자 안쪽에서 거무칙칙한 분노가 부글부글 끓어올랐다.

분노를 풀어놓고 어깨로 숨을 쉬는 무라노를 향해 오바라가 입을 열었다.

"비용 절감은 회사 방침이야."

섬뜩할 만큼 조용한 어조다. "현장을 맡고 있다고 해서 멋대로 하면 곤란하지. 따르지 못하겠다면 현장에서 떠나게 할 수밖에."

"저는 삼십 년간 선수들과 함께 달려왔습니다."

무라노는 크게 심호흡을 했다. "당신은 그걸 뭐라고 생각합니까?"

"스폰서를 하는 선수와 몇 년이나 같이했는지, 어떤 경험을 쌓아왔는지는 관계없어."

오바라가 딱 잘라 말했다. "다시 한번 말하지. 이건 회사 방침이야. 잠자코 따라주기 바라네."

"그렇습니까. 알았습니다."

무라노가 말했다. "나는 상대를 보지 않는 방침에는 찬성할 수 없고, 옳다고도 생각하지 않습니다. 회사의 방침이 그렇다면 나를 제외하면 됩니다."

무라노가 이 말을 한 순간, 지켜보던 주변 직원들이 깜짝 놀라 숨을 죽였다.

육상계에서 무라노의 위치는 누구나 알고 있었다.

일류 대학을 나와 미국의 유명 대학에서 경영학 석사 학위를 취득한 오바라 같은 이를 대신할 사람은 얼마든지 있다. 하지만 삼십 년간 육상 현장을 지켜봐왔으며 그토록 많은 선수에게서 신뢰를 얻는 사람은 달리 없다.

"그런가? 뭐, 그렇게 말한다면 어쩔 수 없지. 이 건에 대해 내가 할 말은 아무것도 없네."

오바라는 무라노 따위는 무시한 채 보던 서류를 다시 들여다보기 시작했다.

지금껏 별로 생각하지 않으려던 의문이 무라노 안에서 터무니없이 크게 부풀어 오른 것도 그때였다.

대체 이 회사에서 나는 뭐란 말인가.

보람 많은 일을 맡았기에 말하지 않으려 했지만, 아틀란티스는 무라노를 줄곧 푸대접해왔다.

지금 자신의 처지, 자신의 존재가 도저히 납득되지 않아 부정도 긍정도 할 수 없는 어중간한 기분이었다. 책상으로 돌아가 짐을 놓은 무라노는 "먼저 가겠습니다"라는 한마디를 남기고 직장을 뒤로했다.

쫓아오는 사람은 한 명도 없다. 이 회사에서 오바라와 반목하는 것이 어떤 일인지 모두 알기 때문이다.

회사를 벗어난 무라노를 끈적끈적한 여름 밤공기가 감쌌다.

다음 일요일은 후지고코 마라톤이다.

'마지막 일이 될지도 모르겠군.'

무라노는 혼자 술집 거리로 향했다. 단골 가게의 포렴을 들추고 들어가 카운터에 앉아, 그저 생각만 계속했다.

6

"잘되었네요, 사장님. 기념할 만한 첫걸음 아닙니까?"

평소 차분하던 사카모토의 목소리에 조용한 흥분이 배어 있었다.

토요일 밤 소라마메에서 열린 조촐한 축하 모임 자리다. 미야자와를 비롯하여 야스다, 아케미, 무쿠하토 통운의 에바타갸 모였다. "휴일이니까 무리하지 않아도 됩니다" 하고 야스다가 말했는데도 사카모토까지 와주었다.

"장사의 인연이라는 게 참 재미있네요."

아케미가 진지하게 말했다. "이번 학교를 소개해준 게 우리를 떨어뜨린 고세이 학원의 선생이잖아요."

이전에 개발팀이 모인 것은 고세이 학원 공모가 끝난 후였다. 프레젠테이션 성공으로 수주를 확신했던 만큼 그야말로 일패도지였다. 그 밑바닥에서 기어 올라와 따낸 수주다.

"공모에서는 졌지만 나름대로 인정해주었다고 생각합니다."

미야자와는 자기 나름의 분석을 입에 담았다. "뜻밖에 들어온 수주이지만, 이걸 계기 삼아 학교를 중심으로 영업을 해나가고 싶습니다. 다만……."

갑자기 말끝을 흐리는 미야자와에게 모두 의아한 시선을 던졌다.

"무슨 일입니까, 사장님?" 야스다가 물었다.

"수주한 것은 좋은데 매입 대금이 필요하잖나. 겐 씨가 별로 탐탁지 않은 얼굴을 해서 말이야."

"왠지 의욕을 꺾네요, 그 이야기는." 실망한 야스다가 얼굴을 찡그리며 머리 뒤로 깍지를 끼었다.

"나이가 들었으니 여러 가지로 걱정되는 게 아니겠어요." 아케미도 탐탁지 않다는 듯이 말했다. "나는 회사가 좋아진다면 새로운 일을 자꾸 하는 게 좋다고 생각하거든요. 상무님처럼 머리가 굳은 사람한테 어떻게 말해야 좋을지도 모르겠어요."

"결과를 내면 도미시마 씨도 이해해주지 않을까요?"

사카모토는 이렇게 위로하고 나서 미야자와에게 말했다. "학교 현장부터 서서히 확대해가는 건 정말 좋은 아이디어라고 생각합니다. 다비와 친근해진 아이들이 어른이 되면 또 어딘가에서 다비를 사줄지도 모르지요. 미래의 잠재적인 고객을 붙잡는 쪽으로도 이어질 테고요."

"분명히 그럴 거야." 미야자와는 마시려던 잔을 탁자에 놓았다. "하지만 나는 모기 히로토 선수가 신어주면 좋겠네."

"그럼 그 자체만으로도 홍보가 되겠지요." 구석 자리에서 잠자코 듣던 에바타가 말한다. "전에 잡지에서 봤을 때 모기는 아틀란티스의 러닝슈즈를 신고 있었습니다. 그렇게 되면 어떻게 될까요? 아틀란티스에는 무라노 씨가 있으니까요."

"무라노 씨?"

미야자와가 묻자 "유명한 슈피터입니다"라는 대답이 돌아왔다.

"슈피터가 뭐죠?"

아케미가 바로 다시 묻자 "선수의 신발을 피팅해주는 전문가예요" 하고 에바타가 대답한다. "어떤 기업이든 유명한 선수한테 신게 하잖아요. 그래서 그런 전문가가 붙어 있는 겁니다. 그중에서도 무라노 씨는 더 각별하지요."

"그렇게 높은 사람이구나."

"높다든가 그런 건 아니에요." 에바타는 웃으면서 말했다. "저도 육상부에서 현역으로 활동할 때 무라노 씨하고 이야기 나눈 적 있는

데 정말 장인 기질이 있는 사람입니다. 게다가 선수를 굉장히 생각해주지요. 저 같은 경우는 사실 육상선수로서 이류였는데, 한 번 만났을 때 말한 내용이나 주법의 버릇 같은 걸 두 번째 만났을 때도 기억하고 있다가 조언해주기도 했습니다. 올림픽 출전 선수도 포함해서, 무라노 씨가 있으니 아틀란티스와 같이한다는 선수가 상당수일 겁니다."

"그런 사람이 모기한테 붙어 있다면 힘들지 않을까요, 사장님?" 야스다가 말했다. "감독도 상대해주지 않는 상황이라면, 아직 무명이지만 장래가 유망한 선수를 찾아내는 편이 나을지도 모르겠네요. 안 그래요, 에바타 씨? 누구 아는 사람 없어요?"

그러자 에바타가 끙끙거렸다.

"아니, 저는 현장을 떠난 지 상당히 되었으니까요. 동기 중에는 하코네를 달린 사람도 있지만, 지금은 거의 은퇴했고 현장에 남은 사람은 아주 소수거든요. 선수로서 상당한 성적이 없으면 지도자로 남을 수도 없으니까요."

"육상계도 냉엄하네요." 야스다가 낙담을 섞어 말한다.

"육상으로 먹고살 수 없으니까요. 그래서 나도 핸들을 잡고 있는 거고요."

에바타의 말은 묘하게 납득이 되었다.

"뭐, 모기 선수에게 접근하기 어렵다는 건 알겠지만, 그 전에 우리도 해결하지 못한 문제가 있으니까. 그걸 해결하는 쪽이 먼저일지 모르지." 미야자와가 말했다.

밑창 문제다.

생고무 밑창은 아이들이 운동장을 뛰어다니는 데는 적합하다. 하지만 일류 육상선수에게 제공하기에는 지나치게 약하다.

"결국 밑창 개발비가 많이 든다는 게 러닝슈즈 업계의 진입 장벽이겠지요."

사카모토의 해석은 자못 은행원스럽지만 틀리지는 않았다.

"개발비가 5000만 엔이었나요?" 야스다가 말했다. "우리한테 그런 돈이 있는 것도 아니고, 무엇보다 돈을 쥐고 있는 사람은 겐 씨잖아요."

"돈 문제만이 아니야." 미야자와가 말했다. "적합한 노하우를 가진 기술자, 나름의 연구 개발 기간 역시 필요할 거야. 생산 설비도 갖춰야 할 테고. 초기 투자로 5000만 엔이 아니라 1억 엔 정도 들지 않을까?"

"생고무를 잘 가공할 수는 없을까요?"

사카모토가 타협안을 냈지만 이미 검토가 끝난 일이었다.

"생각을 바꾸거나 할 수는 있지만, 생고무 자체의 무게는 어떻게 해볼 수 없을 거야. 구멍을 뚫어 가볍게 하는 방법을 생각해봤는데 기술이 없을뿐더러 내구성이 더 나빠질 뿐이지. 게다가 사실 한 가지 문제가 더 있다네."

미야자와의 발언에 모두의 시선이 모였다. "이대로면 경쟁 참가도 간단하지. 지금 육왕은 세련된 디자인에 생고무만 붙인 상품이니까. 디자인만 신경 쓴다면 어떤 업체든 참가할 수 있겠지."

"그렇지요." 야스다는 온순한 얼굴로 인정했다.

"다른 데서 흉내 낼 수 없는 밑창이 필요해. 특징적이고 기능적인 밑창이."

미야자와의 미간에 주름이 생기고 고뇌의 표정이 떠올랐다. "하지만 그런 밑창이 대체 어디 있을까?"

7

정오가 지나 기온은 25.5도, 바람은 거의 없다.

좋은 날씨로 산뜻한 일요일. 모기가 후지고코 마라톤의 출발 지점에 도착한 것은 오전 7시가 지난 시각이었다.

마른 여름 공기가 상쾌하다.

하지만 모기의 마음은 축 가라앉아 있다. 평소와 달리, 출발 시각이 다가옴에 따라 고양되는 기분도 집중력도 느끼지 못했다. 선수의 긴장이 전해질지언정 자신의 내면과 공명하는 일은 없다.

"모기, 가자."

총소리와 함께 뛰어나간 러너들을 멍하니 지켜보는데, 마찬가지로 이날 지원하러 온 선배 선수 히라세 다카오가 어깨를 두드렸다.

가까운 주차장에 세워둔 밴을 타고 결승 지점인 야마나카 호반으로 이동했다. 나머지 시간은 오로지 실황 중계를 지켜보며 '기다리는 일'뿐이다.

20킬로미터를 지났을 무렵부터 열 명쯤 되는 선두 그룹이 레이스를 리드하기 시작했다. 해외에서 초청된 선수 네 명이 줄곧 그룹 선두를 유지했다. 그 뒤에서 일본인 선수들의 진퇴가 시작되었다.

"페이스가 빠른데."

내비게이션을 텔레비전으로 전환해 함께 보던 히라세가 옆에서 감상을 말했다. 화면 오른쪽 위에 표시된 랩타임을 보니 과거 기록을 몇 초 앞서는 하이페이스다. 선두 그룹에 다이와 식품 선수도 두 명 있지만, 예상외의 페이스에 체력을 상당히 소모한 것 같았다.

하지만 지금 모기의 시선은 같은 팀 러너가 아니라 다른 러너를 향해 있었다.

게즈카다. 일본인 선두 그룹에 게즈카가 있다.

가장 유력한 올림픽 출전 후보라는 야마자키 마사히로를 몇 미터 뒤에서 따라가고 있었다. 게즈카의 폼은 조금의 흐트러짐도 없이 완벽하다. 포커페이스는 앞을 달리는 선수의 등을 향해 있다.

—게즈카 선수는 여유 있는 표정이네요. 치고 나갈 타이밍을 노리는 거 아닐까요?

해설자의 목소리에 흥분한 기색이 역력했다.

작년까지 하코네의 분위기를 고조시킨 인기 러너가 실업팀에 들어가 두 번째 마라톤 경기에서 당당한 모습을 보여주고 있으니 당연하다.

모기는 심한 선망과 질투를 느꼈다.

25킬로미터를 지나자 선두 그룹에서 탈락하는 선수가 나오기 시작했다. 게즈카는 아직 그룹 한구석에서 나아갔다가 뒤처지기를 되풀이하며 선두 주자들과 호각지세를 이루고 있다.

"이제 슬슬 갈까?"

히라세의 재촉을 받고 밴 밖으로 나간 것은 선두 그룹이 35킬로미터를 지났을 무렵이었다.

담요와 음료수를 안고 걸어서 오 분쯤 거리에 있는 결승 지점으로 향했다. 연도에는 벌써 몰려든 관객이 흘러넘쳤다.

결승선 뒤쪽에 서서 거의 직선인 코스를 응시한다.

얼마쯤 기다렸을까. 수백 미터 앞 커브에서 한 주자가 모습을 드러냈다. 관객의 환성이 일었다. 무수한 작은 깃발을 일제히 세차게 흔들기 시작한다.

"완자라 선수야."

옆에 있던 히라세가 이름을 말했다. 케냐 국적의, 국제대회에서 늘 상위 입상을 하는 선수다. 완자라보다 몇 초 늦게 아지랑이처럼 시야에 들어온 선수가 있었다.

한층 더 환성이 일고, 마지막 스퍼트에 엄청난 성원이 쏟아진다.

"믿을 수가 없군."

히라세가 혼잣말처럼 중얼거렸다. 수백 미터 거리에서도 알 수 있는 리드미컬하고 독특한 주법.

"게즈카……"

눈을 깜박이는 것조차 잊은 모기는 게즈카가 달리는 모습에서 시선을 뗄 수 없었다. 최후의 힘을 짜내는 그 모습이 점점 커진다.

모기가 선 위치에서는 알기 힘들지만, 선두와의 거리가 좁혀지는 것처럼 보이기도 했다.

"따라잡을 수 있을까?"

히라세가 말했다.

마지막 100미터가 남았을 때 두 주자의 거리는 15미터쯤이었다.

완자라의 마지막 스퍼트에 순간적으로 게즈카가 뒤처졌고, 거기서 레이스의 승패가 결정되었다.

그때, 모기는 뭔가 마법에라도 걸린 것처럼 골인한 게즈카를 향해 걸어갔다.

뭘 하고 싶은지 자신도 알 수 없다. 대학 시절 라이벌에게 자신이 여기서 보고 있었다고 전하고 싶었을 뿐인지도 모른다.

대형 타월을 걸친 게즈카를 텔레비전 카메라가 쫓아가고 있다. 모기 쪽으로 얼굴이 향한다. 게즈카도 모기를 알아봤으리라.

"축하해."

하지만 모기가 내민 오른손을 무시했다. 옆을 그냥 지나친다. 모기 따위는 거기에 존재하지 않는 것처럼 지나치더니, 이리저리 시달리며 관계자들에 파묻혀 보이지 않게 되었다.

너 같은 건 이제 내 상대가 아니야.

게즈카의 태도는 이렇게 말하는 것 같았다.

갈 곳 잃은 오른손을 슬쩍 내린 모기는 마지막 직선에 선수가 나타날 때마다 환성이 터져나오는 코스 쪽으로 멍한 눈길을 던졌다.

예전의 영광이 거짓말이었던 것처럼, 이제 모기에게 마음 쓰는 사람은 없다.

떠들썩하고 혼잡한 사람들 속에서 모기는 깨달았다.

나는 이제 과거의 선수인 것이다.

달릴 수 없는 선수는 선수가 아니다.

하코네 러너에서 일본을 대표하는 마라톤 러너로 성장한 라이벌. 모기는 그의 등을 쫓아가던 입장에서 그저 방관할 뿐인 입장으로 바꿰었다.

"이봐, 뭐 하고 있어!"

등을 찔리고 나서야 모기의 의식은 현실로 돌아왔다.

다이와 식품의 선수가 사력을 다해 골인하는 참이었다.

"담요, 담요!"

히라세의 말에 제정신을 차린 모기는 담요를 크게 펼쳐든 채 쓰러지는 선수의 몸을 받아내려 달려갔다.

8

조금 전부터 야스다가 초조해하며 몇 번이고 창 너머로 주차장을 확인하고 있다.

"아, 정말 늦는군."

이렇게 내뱉나 싶더니 가슴 주머니에서 휴대전화를 꺼내 검색한 번호로 전화를 걸었다.

"죄송하다, 죄송하다, 아무리 사죄를 해도 물건이 안 오면 의미가 없잖아! 대체 언제 오는 거야!"

아무래도 통화 상대는 섬유 도매점의 담당자인 듯하다. 착오가 생겨 그날 아침 제일 먼저 들어와야 할 재료가 늦어지는 바람에 고생해서 확보한 육왕의 생산 라인이 멈추고 말았다. 허둥지둥 통상의 다비 제작으로 바꾸기는 했지만, 제작은 처음부터 생각지 못한 차질을 보이고 있었다.

"계장님, 왔어요."

아무래도 야스다가 시켜서 밖에서 기다리고 있었는지 다이치가 사무실에 얼굴을 내밀었다. 야스다도 전화를 끊고 뛰쳐나갔다.

"대체 뭘 한 거야, 정말!"

호통치는 야스다의 목소리를 들으며, 미야자와는 생산 라인이 있는 작업장으로 향한다.

"아, 사장님. 어떻게 된 거예요?"

재봉틀에 붙어 있던 아케미가 미야자와를 보고 말을 걸어왔다.

"미안해요. 지금 도착한 모양이네요. 지금 바로 준비에 들어갈 겁니다."

미야자와는 이렇게 말했지만, 제조 공정을 생각하면 아케미 담당 작업까지 재료가 도달하는 것은 빨라야 오후가 될 듯했다.

아침부터 단단히 마음먹고 있던 만큼 이래서는 우두커니 고립된 것이나 마찬가지다.

"방금 다 같이 의논했는데요, 아무튼 오늘 계획한 수량을 보내줄 수 있나요? 잔업을 하게 될지도 모르지만 하게 해주세요."

아케미의 요청에 "미안하지만 부탁해요"라며 미야자와가 송구해했다. "다들 미안합니다. 부탁할게요."

"맡겨주세요!"

"무슨 일이 있어도 해낼 테니까요!"

곧바로 제각각 이런 말이 돌아왔다.

여기서 중견이라고 해도 좋은 아케미는 이 길에 들어선 지 삼십 년이고, 가장 연장자인 후쿠코는 반세기 이상이나 해온 숙련도가 있다. 성격은 모두 씩씩하다. 이전 공정이 늦어 바느질할 것이 없어지면 상대가 야스다라 할지라도 "뭘 하고 있어!" 하고 몹시 야단을 치는 굳건한 사람들이다.

운반용 카트에 한가득 재료를 싣고 다이치와 야스다가 들어왔다.

"자, 재단 들어갑시다!"

야스다의 한마디에 무라이 쇼이치가 재단기로 달려간다.

댕, 하고 배를 울리는 소리와 동시에 무라이가 조작하는 재단기가 양산에 들어갔다. 얼마 지나지 않아 육왕의 최초 틀이 뽑혀 나왔다.

족형용 펠트지는 한 번에 다섯 매를 겹쳐 뽑을 수 있다.

순식간에 무라이의 등 뒤로 재단된 재료가 산더미처럼 쌓였다.

"다이치, 순서대로 보내줘."

무라이의 지시에 따라, 다이치는 뽑아낸 족형을 봉제과로 운반했다. 생각보다 이른, 오전 11시 반이 지난 무렵이었다.

재료가 도착하자 발로 밟는 재봉틀 특유의 소리가 울리며 작업장은 갑자기 활기를 띠기 시작했다.

몰두하던 서류에서 얼굴을 든 순간 희미한 재봉틀 소리가 귀에 들어왔다.

저녁 8시가 넘어 있었다.

"벌써 시간이 이렇게 됐나."

고하제야의 종업 시각은 5시이므로 잔업이 이미 세 시간을 넘어섰다.

미야자와는 사장실에서 나와 작업장으로 향했다. 거기서 야스다를 발견하고는 "어떤가?" 하고 물었다.

조금만 더 하면 됩니다, 하는 대답이 돌아왔다. 과연 다들 표정에서도 피로한 기색이 배어 나온다. 가장 연장자인 후쿠코도 묵묵히 재봉틀을 밟고 있지만, 그렇게 생각해서 그런지 움직임이 무거워 보인다.

"앞으로 오십 켤레 정도만 하면 오늘 생산량은 끝나니까요."

이렇게 말한 야스다에게 미야자와는 "아니, 나머지는 내일로 돌리지 않겠나?" 하고 말했다.

"하지만……."

"한 시간 더 잔업을 하는 것보다 오늘은 그만 쉬고 내일과 모레 나눠서 삼십 분씩 더하면 되니까. 그러는 편이……."

그때였다.

"괜찮아요."

이런 소리가 미야자와의 말을 끊었다. 피로감이 밴 웃는 얼굴로 그렇게 말한 이는 다름 아닌 후쿠코였다.

"후쿠코 씨, 피곤하시지요. 고맙습니다. 여러분도."

미야자와가 말을 이었다. "오늘은 충분히 해주셨어요. 나머지는 내일 합시다."

재봉틀이 일단 멈췄다.

"후쿠코 씨, 어떻게 할까요?" 아케미가 물었다. "할 수 있어요?"

"아니, 이제 됐어요." 미야자와가 말을 막았다. "무리라니까요."

"할 수 있어." 하지만 후쿠코가 이렇게 대답하자 봉제과 사람들 시선이 아케미에게 모였다.

살짝 고개를 끄덕인 아케미가 미야자와를 돌아보더니 "하게 해주세요" 하고 한마디를 건넸다.

"중요한 신규 사업의 첫날이고, 괜찮죠, 여러분?"

전원이 고개를 끄덕이자마자 다시 재봉틀이 돌아가기 시작했다. 아케미도 손을 움직이며 "잘되었으면 하니까요. 그럼 우리 월급도 올려주세요, 사장님" 하고 말했다.

"예, 올려드리지요."

열정에 감동받은 미야자와가 대답했다. "올려드리겠습니다. 죄송합니다."

옆을 보니 야스다가 뭐라고 하려다가 그대로 말을 삼켰다. 아마 미야자와와 마찬가지로, 내일 하자고 말하려 했으리라.

"알았어요. 하지만 다들 다치지 않게 주의하세요. 부탁합니다."

야스다의 말에 각자 "네" "알았어요" 하고 대답한다.

미야자와는 완성된 육왕의 분류와 검품을 돕기 시작했다. 옆에서 야스다가 감격스러운 표정을 띤 채 말했다.

"굉장한데요. 근성이 있다고 생각했지만, 다들 제일 중요한 순간에는 미루지 않네요."

"승부처라고 생각해주는 거지."

미야자와가 손을 움직이며 대답했다. "모두의 기대에 부응해야 할 텐데."

"그러지 않으면 죽임을 당할 거예요, 사장님."

야스다가 농담처럼 말했다.

새로운 제품을 세상에 내놓고, 평가를 구한다.

리스크가 있는 어려운 일이다. 그러나 그 제품의 성패가 제작자의 열의에 비례한다면, 고하제야의 육왕은 다른 어떤 상품에도 지지 않을 것이다.

아무리 그렇다 해도…….

미야자와는 내심 날카롭게 혀를 찼다.

사원들이 이렇게 분발하고 있을 때 다이치가 없다니. 저녁에 면접을 보러 간 것은 어쩔 수 없지만, 조금 전에 곧장 돌아오겠다고 문자 메시지가 왔다. 회사에 들르라고 답장을 보냈는데도 감감무소식이다.

"바보 같은 자식……."

미야자와는 탄식을 섞어 혼잣말을 했다.

다이치는 자정 가까운 시각에야 집에 들어왔다.

잠지코 거실로 오더니 들고 있던 웃옷을 소파 등받이에 던져놓고 자신도 몸을 푹 가라앉힌다. 술 냄새가 진동했다.

"너 뭐 하는 거야? 이렇게 술에 취해 들어와서는."

"뭐, 가끔은 괜찮잖아요."

똑바로 앞을 보며 될 대로 되라는 듯이 대답한다.

한마디 해주려 했을 때였다.

"왜지."

다이치가 중얼대는 소리가 들렸다. "왜 면접이 잘 안 되는 거야."

멍하니 벽만 본 채 중얼거리며 고뇌하는 아들 모습에 화난 감정이 쓰윽 물러가고 말았다.

"오늘 면접에서 무슨 말이라도 들었어?"

무심코 물었지만 다이치는 한동안 대답하지 않았다. 잠시 후 가만히 앞을 향하던 시선이 살짝 아래로 떨어졌다.

"부모님 회사라고 해도 이제 일 년 조금 넘었는데 그만두고 싶으냐더라고요."

그런 짓궂은 견해도 가능할지 모른다.

"면접관이 처음부터 의욕이 없어 보였어요. 난 그렇게 가치가 없을까요?"

미야자와에게 하는 말이라기보다 자문에 가까웠다.

"조급해하지 마."

미야자와가 말했다. "이럴 때일수록 철저히 준비해야지. 그러다 보면 맞는 회사를 찾을 수 있을 거야."

"위로해줘서 고맙습니다."

이윽고 두 손으로 무릎을 탁 쳤다.

"아아, 너무 마셨어."

다이치는 이렇게 말하더니 벌떡 일어나 "오늘은 죄송했어요. 회사에 들르지 못해서요" 하고 한마디 남긴 뒤 자기 방으로 물러간다.

미야자와는 아들에게 어떤 말을 해야 좋을지 알 수 없었다.

다이치가 앉았던 소파에 앉아 깊은 한숨을 한 번 내쉬었다.

아들이 걱정되기는 하지만 지금은 사장으로서 해야 할 일이 있었다. 육왕 양산이다. 이번 일을 넘어서면 뭔가 보일 것이다. 아직 보이지 않는 회사의 미래를 미야자와는 똑똑히 확인하려 했다.

그런데.

"사장님, 사장님!"

사흘 후 아침. 출근한 미야자와가 자기 자리에서 서류를 보고 있는데 야스다가 노크도 하지 않고 뛰어 들어왔다.

"후쿠코 씨가…… 후쿠코 씨가 어젯밤 구급차로 병원에 실려간 모양입니다."

"뭐?"

벌떡 일어나는 바람에 책상 위 찻잔이 뒤집혔다. 개의치 않고 "어떤 상태야?" 하고 물었다.

"심장이 아닐까 합니다. 실은 얼마 전부터 안 좋다는 말을 들은 모양입니다."

"그런 이야기 들은 직 있어, 야스나?"

야스다는 창백한 얼굴을 가로저었다. "숨기지 않았을까요."

자기 자리에서 두 사람의 소동을 듣고 있던 도미시마도 다가왔다.

"다녀올게."

당장 움직이려던 미야자와는 병원 면회 시간이 10시부터라는 도미시마의 말에 멈춰 섰다.

"무리하게 일을 시켰으니까."

미야자와는 지난 며칠 잔업을 허가한 일을 후회했다. 봉제과 일은 팀플레이다. 집에 돌아가고 싶어도 누구 한 사람이 빠지면 어렵다. 그 점을 알기에 후쿠코는 무리하면서까지 응한 것이다.

왜 알아채지 못했을까. 이 바보 같은 놈. 자신을 질책하며 미야자와가 물었다.

"야스다, 오늘 라인은 어떻게 할 건가?"

최고령이라지만, 후쿠코가 담당하는 꿰매어 붙이기 공정은 특히 신경을 쓰는 디자인 부분이다. 신중하게 하면 못할 것도 없지만, 상응하는 속도를 요구하면 숙련도가 갖춰진 봉제과에서도 대응이 만만하지 않다.

그 대단한 야스다도 머리를 싸쥐었다.

작업장으로 가보니 후쿠코를 제외한 봉제과 직원이 모두 아케미 주위에 모여 있었다.

"아, 사장님. 후쿠코 씨가—."

미야자와가 찾아온 모습을 보고 아케미의 얼굴이 아주 심각해졌다. 입원 소식은 이미 그들 귀에도 들어간 모양이었다.

"방금 연락받았습니다. 미안합니다."

미야자와는 사과했다. "잔업을 부탁한 제 책임입니다. 정말 죄송합니다."

"아뇨, 사장님 책임이 아니에요. 제가 무리한 말을 해서예요."

아케미가 긴장된 표정에 떨리는 목소리로 말했다. 늘 쾌활하고 강한 성미를 자랑하지만 지금은 눈물이 그렁그렁했다. "후쿠코 씨, 실은 쉬고 싶었을 거예요. 하지만 사람들 앞이라 말할 수 없었겠지요. 제가 알아채야 했는데. 그게 이렇게 되어서…… 미안해요, 다들."

동료에게 계속 머리를 깊게 숙이는 아케미의 등 뒤에서 울음소리가 들리기 시작했다.

"아케미 씨 탓이 아니에요."

"아니에요, 아니에요."

직원들에게서 차례로 이런 말이 나왔지만 아케미는 좀처럼 얼굴을 들려 하지 않았다.

"이제 됐어요. 자, 이제 됐어요."

봉제과 '넘버 2'인 미즈하라 요네코가 울다 웃다 하는 표정을 지으며 아케미를 껴안았다.

"제대로 하고 있어요. 그렇지 않아요?"

"그래요, 아케미 씨."

주위에 있던 직원들도 아케미를 들여다보며 위로한다.

"미안하고, 고마워요."

손수건으로 눈을 덮으며 드디어 얼굴을 든 아케미는 "사장님, 죄송했습니다" 하고 다시 고개를 숙였다.

"누구 탓도 아니에요, 아케미 씨."

야스다가 손가락으로 코를 문지르며 말했다. "이렇게 되어 안타깝지만, 지금은 후쿠코 씨를 위해서라도 어떻게든 극복할 방법을 생각해봅시다. 자기가 없어서 제작이 늦어진다는 걸 알면 병원에서 빠져나오려고 할 테니까요."

"그렇겠네." 미즈하라가 웃으며 고개를 끄덕이고는 "자, 어떡하죠, 아케미 씨?" 하고 묻는다.

한번 흐느껴 운 아케미가 책임감 있게 나왔다. "내가 대신해서 할게요."

"그건 안 돼요." 미즈하라가 말했다. "아무리 아케미 씨라도 이미 힘에 부치잖아요. 이 이상 떠안았다가 아케미 씨까지 몸이 망가지면 큰일이에요."

"그런 말 하지 말고 하게 해줘요. 부탁이에요." 아케미는 가슴 앞에 손을 모았다. "그쯤 해야 마음이 놓일 것 같아 그래요."

야스다가 아케미를 만류하고 나섰다. "아케미 씨, 일의 순서를 생각해도 그건 무리예요. 효율이 안 좋아지거든요."

아케미는 입술을 깨물었다. 마음만으로는 극복할 수 없는 사정을 감안했기 때문이다. 작업 효율이나 생산 관리라는 거시적인 시점을 가졌기에 야스다의 의견은 설득력이 있었다.

"미사키 씨, 어때요?"

이름이 불리자 나카시타 미사키뿐만 아니라 다른 직원들도 놀란 표정을 지었다. 나카시타는 봉제과에서 가장 어린 스물여덟 살로, 베테랑 최고 실력자가 늘어선 봉제과에서는 이른바 '말석'이다.

"저…… 말씀이세요?" 나카시타는 당혹스러움을 감추지 못했다.

"그래요. 후쿠코 씨한테 은혜를 갚아야 할 때잖아요."

야스다가 말했다. 나카시타의 재봉틀은 후쿠코 옆에 있다. 고등학교 졸업 후 입사해 재봉틀은커녕 아무것도 모르던 나카시타에게 사회인의 마음가짐부터 기기 다루는 방법까지 하나하나 지도해온 사람이 후쿠코였다. 이를테면 후쿠코의 애제자인 셈이다.

"하지만 제가 후쿠코 씨처럼 잘할 자신도 없고……."

"해보겠어요?"

꽁무니를 빼는 나카시타에게 미야자와도 부탁한다. "제품 생산율은 신경 쓰지 않아도 돼요. 이 제품 자체가 도전이니까. 어떤가요, 아케미 씨?"

"괜찮을 것 같습니다."

아케미가 단호하게 답하자 나카시타는 긴장된 표정을 지었다.

"하지만 모두에게 폐를 끼칠지도 모르고……."

"지금까지 날림으로 일한 적 없잖아."

아케미가 말했다. "네가 어떻게 일하는지는 다들 알아. 그러니 실수해도 폐라고 생각하지 않을 거야. 실수 안 하는 사람은 없어."

모두 고개를 끄덕였다.

"괜찮을 거야."

"해보자."

격려가 계속되자 결국 "그럼 잘 부탁드립니다" 하며 나카시타가 고개를 숙였다.

야스다와 아케미가 중심이 되어 상세하게 일 순서를 정했다. 이내 무라이가 조작하는 재단기가 소리를 내기 시작했다.

어제 시작해 아직 끝내지 못한 공정부터 재봉틀이 움직였다. 나카시타는 자기 재봉틀 앞에 앉아 복잡한 바늘땀이 필요한, 수지 리본을 천에 올렸다.

곧바로 첫 바늘이 실을 꿰었다. 나카시타의 재봉틀은 마치 그 자체가 생물이고 의지와 두뇌를 가진 것처럼 곡선을 꿰매어간다. 속도는 느리지만 확실한 움직임이다.

첫 번째 재봉을 확인한 아케미가 웃음을 띠며 미야자와에게 고개를 끄덕여 보였다. 이 정도면 어떻게든 될 것이다.

말없이 마주 고개를 끄덕인 미야자와가 슬쩍 작업장을 뒤로했다.

"이봐, 모기가 다른 회사 신발을 신었어. 참 지조도 없군."

무라노가 선수와 의논을 마치고 혼자가 되자, 운동장 한구석에 있던 오바라가 옆으로 가더니 불쾌하다는 듯이 내뱉었다. 무라노도 조금 전에 봤다. 다른 회사라고 하는데 아마 아주 예전에 신던 낡은 러닝슈즈이리라.

모기와는 신뢰 관계를 구축했다고 생각하지만, 저번 일 때문에 맥없이 처음으로 돌아갔다. 이쪽 사정만 밀어붙이며 일방적인 태도를 보이면 당연히 선수는 멀어진다.

"당신, 관리를 어떻게 하는 거야? 너무 허술한 거 아냐?" 오바라가 입술을 깨문 무라노를 질책했다.

"허술하게 했다고는 생각하지 않습니다."

"당신이 어떻게 생각하는지는 중요하지 않아. 하지만 회사 입장에서 보면 허술했다고 볼 수밖에 없잖아."

자신이 아니라, 회사 입장에서 보면…….

거기에 오바라의 악의가 배어 있었다. ㄱ자 형태의 조직인 아틀란티스에서 직속 상사인 오바라에게 좋은 평가를 받지 못하는 것은 회사에서 좋은 평가를 받지 못한다는 것과 거의 같은 뜻이다.

오바라의 전임자들과는 잘 지내왔다고 생각한다. 그들은 관리직 업무에 충실했고, 무라노를 신뢰하여 선수와의 관계를 모두 내맡겼다. 무라노도 거기 부응해 상응하는 결과를 내왔다고 생각한다.

회사이므로 상사와 뜻이 맞지 않는 경우도 있을 것이다. 하지만 현장 사정에 어두운 오바라가 업무에 참견하고, 심지어 관리가 허술하다고 단정하는 것은 아무리 무라노라도 화가 치밀었다. 슈피터로서 오랫동안 많은 선수와 좋은 관계를 맺어온 실적에 대한 모독이다.

"미안하지만 나는 이 이상의 일은 할 수 없습니다."

치밀어 오른 분노에 냉정해지라고 스스로 타이르면서도 입에서는 결별을 예감케 하는 말이 나왔다. "만약 내 방식이 허술하다면, 전부터 말한 것처럼 나를 제외하면 되겠지요. 그리고 부장님이 납득할 만한 누군가를 쓰는 게 어떻습니까?"

"그런 건 당신이 말하지 않아도 알아."

오바라가 보내는 시선의 밑바닥에서 싸늘한 분노가 흔들거렸다. "누구한테나 적당한 시기라는 게 있어. 당신한테도 말이지. 언제까지고 자기 방식이 통용될 거라 생각하지 마. 뭐 곧 알게 되겠지만."

그때 기도 감독이 나가오는 모습이 보여서 무라노는 반박의 말을 삼켰다.

11

"어떤가, 야스다?"

작업장 앞 준비실에서 야스다를 발견한 미야자와가 말을 걸었다.

육왕 양산에 들어간 지 닷새가 된 날 저녁이다. 이날 봉제 작업은 조금 전 오후 5시 정각에 일단 종료했다.

"현재 기준, 약 구백 켤레입니다."

제작 관리표를 보며 야스다가 대답한다. 떨떠름한 표정을 지은 것은 생산 계획에 차질이 발생하고 있기 때문이다.

"미사키 씨는 어떤가?"

"잘하고 있습니다. 나름대로 전력을 다하는 것 같습니다."

칭찬했지만, 어조와 반대로 야스다의 표정은 어두워진다. "다만 누가 뭐래도 어려운 공정이니까요."

재작업도 많았음을 언외로 드러낸다. "원래라면 잔업을 부탁하고 싶은 상황입니다."

그러지 않는 것은 익숙하지 않은 일로 인한 피로 때문만이 아니었다. 잔업을 하면 공임이 늘어난다. 지금까지의 잔업 분량으로도 이미 비용은 계획을 넘어섰다. 이끌어가기가 쉽지 않다.

"그나저나 후쿠코 씨는 좀 어떻던가요?"

오후에 병문안을 가서 만난 후쿠코는 염려하던 것보다 건강해보였다. 잔업을 사과하자 "내가 한다고 한 거니까 괜찮아요" 하고 오히려 마음을 써주었을 정도다. 그렇다 하더라도 심부전으로 위중한 병세인 점은 변함이 없다고 한다.

"아드님과도 이야기했는데, 퇴원까지는 한 달쯤 걸릴 거라더군. 게다가 퇴원해도 곧장 직장에 복귀하긴 힘들겠지."

"타격이 크네요."

익숙하지 않은 신제품을 제작하느라 본업까지 압박을 당한다.

어떻게든 다들 분발해주게……. 미야자와는 마음속으로 절실하게 빌었다.

5장

밑창을 둘러싼 여행

1

사카모토가 미야자와의 휴대전화로 연락을 해온 것은 지독한 늦더위가 물러가고 드디어 가을다워진 무렵이었다.

"야아, 오랜만이군."

사카모토와 이야기하는 것도 한 달 만이었다. 마에바시 지점으로 전근한 이후 만나는 횟수가 부쩍 줄었다. "그쪽 경기는 좀 어떤가? 가끔 한잔해도 좋겠는데."

지난번 만났을 때 별로 힘이 없었다는 것이 떠올라 넌지시 이야기를 돌렸다.

"덕분에 그럭저럭요. 실은 사장님께 긴히 드릴 말씀이 있어서요."

"뭔가, 우리한테 융자라도 해주는 건가?"

미야자와는 가볍게 응했지만, 뒤이은 말에 자기도 모르게 의자에서 일어났다.

"새로운 밑창을 만들 수 있을지도 모르는 회사가 있습니다. 만나보시면 어떨까 싶어서요. 혹시 밑창 문제는 해결됐습니까?"

"그럴 리가."

미야자와는 짧게 대답하며 얼굴을 좌우로 흔들었다. "얘기해주게. 어떤 회산가?"

"전화로는 좀 그러니까, 자세한 건 내일 말씀드리겠습니다."

다음 날 저녁 6시에 회사에서 만나기로 하고 전화를 끊었다.

시간에 맞춰 회사로 찾아온 사카모토가 클리어파일에 든 자료를 꺼냈다. 표지가 거무스름해진, 어떤 회사의 낡은 팸플릿이다.

"실쿨?"

이름도 들어본 적 없다.

"모르시는 게 당연합니다. 마에바시에 있는 영세기업이니까요."

사카모토가 대답했다. "본업은 인테리어 쪽인데, 사장이 독특한 사람이고 어떤 특허를 갖고 있거든요. 이것 좀 보세요."

가방에서 사방 약 8센티미터의 큐브 모양 소재를 꺼내 보인다.

"가볍군……."

건네받는 미야자와의 입에서 이런 말이 흘러나왔다. 손바닥에 올려보니 눈으로 보고 예상한 것보다 훨씬 가벼웠다.

"살짝 눌러보세요."

단단한 촉감이 전해졌다. 그런데 탄력이 전혀 없지는 않고, 세게 눌러보면 살짝 꺼지는 감각이 있다. 물론 무게도 생고무와 비교가 안 될 만큼 가볍다.

"어떻습니까?"

사카모토가 진지한 얼굴로 물었다.

"대체 이 소재는 뭔가?"

보고 만지는 것만으로는 전혀 알 수 없다. 천연고무 가공품이 아니라는 점만은 확실하다. 하지만 아무리 살펴도 원 소재를 상상하기 힘들었다. 외견은 고무 같은데 지금까지 본 적도 만진 적도 없는 이상한 감촉이다.

"누에고치입니다."

미야자와는 자기도 모르게 얼굴을 들고 중얼거렸다.

"……누에고치. 이게?"

사카모토가 말을 이었다. "처음 봤을 때는 저도 믿을 수 없었습니다. 아실지 모르겠습니다만, 마에바시 지점은 고전을 면치 못하고 있어서요. 솔직히 말하면 불량채권이 산더미입니다."

거래처 중 80퍼센트 이상이 적자 결산을 하고 있고, 회사는 대부분 지난 십 년 동안 수입이 30퍼센트 넘게 줄었다……. 사카모토는 경영 환경의 참담한 상황을 이야기해주었다.

"제 눈앞의 불량채권 처리에 쫓겨 좀처럼 냉정하게 주위를 둘러볼 시간이 없었습니다. 그런데 최근에 자료 정리를 하다가 우연히 이 샘플을 발견했습니다."

창고 한구석 골판지 상자에서 발견했다는 그것은 거의 방치되어 있던 듯했다. 대체 무슨 소재일까 찬찬히 보고 있으니 함께 정리하던 계장이 가르쳐주었다. "아아, 실쿨이라는 회사에서 자체 특허 기술로 만든 견본이야"라고.

사카모토가 흥미를 보였지만 계장은 손을 내저었다. "그런 건 여기 있어봤자 방해만 되니까 내다버려."

그 샘플이 버려지지 않고, 지금 미야자와 앞에 있는 것이다.

"살펴보니 그 특허는 누에고치의 특수 가공 기술이었습니다. 천연섬유인 누에고치의 특성상 강하고 가볍고 방충 효과가 있습니다. 원래 누에고치니까 틀만 만들면 모양 만들기도 간단하고, 게다가 친환경적입니다. 바로……."

사카모토는 미야자와를 유심히 보고 있었다. "밑창 소재로 딱 맞을 것 같지 않습니까?"

"흥미롭군."

미야자와는 마음이 고양되는 것을 느꼈다. 종래 러닝슈즈 제작업체의 발상으로는 이런 천연소재에 다다르는 일은 없을 것이다.

이것으로 육왕 밑창을 만든다면 천연고무 소재 신발보다 훨씬 가볍고 강한 제품이 완성될지도 모른다.

미야자와는 설레는 마음을 누르고 사카모토에게 물었다.

"비용은 어떻게 될까?"

아무리 뛰어난 소재라도 너무 고가면 상품에 사용할 수 없다.

"원래 군마 현이 누에고치 산지이기는 한데, 이걸 가공하는 데 고급 누에고치는 필요 없고 지스러기 고치로도 충분히 가능할 것 같습니다. 확인해보지 않으면 뭐라고도 할 수 없지만 싸게 양산이 가능하다고 봅니다."

사카모토의 이야기대로라면 현실 가능성은 충분하다.

"사카모토 씨, 실쿨 사장을 만나게 해주겠나?"

미야자와는 몸을 앞으로 내밀었다. "밑창 시제품을 만들어달라고 직접 담판해보고 싶네."

"그게 지금은 가능할 것 같지가 않습니다."

사카모토는 그때까지 띠고 있던 웃음을 지우고 탄식을 내뱉는다. "이 회사, 이 년 전에 부도를 내고 도산했거든요."

2

실쿨의 사장 이야마 하루유키는 마에바시에서 나고 자랐다. 그 지역 공업고등학교를 졸업한 후 요코하마에 있는 섬유업체에서 십 년쯤 근무했다. 그러다 부친이 경영하던 인테리어 관련 회사를 이어받기 위해 돌아왔다.

당시 실쿨을 담당하던 은행원에게 사카모토가 물어본 바로는, 원래 남 밑에서 다소곳이 일할 만한 사람이 아니라 모험심 강한 장사꾼 기질이라고 한다.

인테리어 회사를 하며 한밑천 잡으려던 이야마는 섬유업체 근무 시절에 떠올린 아이디어를 기초로 누에고치의 특수 가공 기술을 고안, 그 특허를 받기에 이른다.

하지만 야망을 지탱하기에 인테리어라는 본업은 너무 작았다. 기술 개발로 자금력을 다 써버린 회사는, 자금 조달이 힘들어지자 잠시도 버티지 못하고 두 번째 부도를 낸 뒤 도산해버렸다고 한다.

"남의 일 같지 않군."

미야자와는 이야마의 도전이 자신의 도전과 겹쳐 보였다.

"도산했다면 특허 소유권도 제삼자한테 넘어간 거 아닐까?"

"조사해봤는데 그렇진 않은 것 같습니다."

사카모토가 대답했다. "사장된 특허라는 게 있지 않습니까. 결국 이야마 사장은 특허를 실용화하지 못했습니다."

은행의 채권 회수 현장에서는 우선 담보인 예금이나 부동산부터 처분하는데, 그 특허는 남아 있는 모양이다. 요컨대 채권자들이 가치가 없다고 판단한 것이다.

"법적 정리는 했지만 그 후 이야마 사장은 모습을 감추었다고 합니다."

도산 신청이 받아들여져 부채가 법적으로 말소되었다 해도 거래하던 상대에게 폐를 끼쳤다는 사실은 달라지지 않는다. 인간관계가 있기에 그 지역에 계속 살 수는 없다.

"행방을 아는 사람은 없나?" 미야자와가 물었다.

"지인이라는 거래처 사장에게 넌지시 물어봤습니다만, 아무래도 마에바시 근교에 몸을 숨기고 있는 모양입니다. 어느 회사에서 더부살이하며 일한다는 소문도 있습니다. 사원 기숙사 같은 데서 부인과 조용히 사는 거 아니겠느냐고요."

"하지만 모순되지 않나?"

미야자와가 의문을 제기했다. "사장된 특허라고 했지? 하지만 이런 샘플이 있다는 건 어딘가에 제작 설비가 있다는 뜻 아닐까."

"그 부분은 좀체 알 수가 없더군요."

사카모토가 침울한 얼굴로 대답한다. "다만 연구 개발 과정에서

이야마 사장이 그 지역 대학 교수와 공동으로 시제품을 만들었다는
이야기는 들었습니다."

"그럼 그 교수에게서 이야기를 들어보면, 특허 기술이 됐든 이야
마 씨의 소식이 됐든 뭔가 알 수 있을지 모르겠군."

"실은 이미 대학에 연락해서 교수에게 물어봤습니다. 그런데 특허
가 어떻게 됐는지는 모른다고 합니다. 이야마 사장의 행방도요."

역시 사카모토다. 미야자와가 그 자리에서 떠올린 정도는 이미 철
저히 조사했다. "이야마 사장의 부탁을 받아, 실험을 하고 데이터를
건넨 적이 두 번쯤 있다고 합니다. 그런데 그 이상의 교류는 없었고,
항간에 도는 이야기와 달리 공동 개발자도 아니라고 했습니다."

"누가 공동 개발자라고 했을까?"

"이야마 사장 본인 아닐까요?" 사카모토는 추측을 말했다. "요컨
대 권위를 얻고 싶었을 거라는 생각이 듭니다."

이야마는 특별히 연구자도 아니고, 말하자면 중소기업 경영자에
지나지 않는다. 자신이 취득한 특허로 세상에서 인정받고 싶다는 강
력한 욕구가 있는데, 그것을 위해 대학교수와의 '공동 개발'은 적절
한 선전이 될 것이다.

"그렇게 생각할 수도 있겠군."

어떤 의미에서는 눈물겨웠다. 동시에 지금의 자신과 비슷하다고
도 생각되었다. 미야자와 또한 새로 개발한 육왕을 세상에서 인정받
기 위해 고투중이라는 점에서 이야마와 전혀 다르지 않으니까. 하는
일은 달라도 두 사람 다 현 상황을 타파하기 위해 발버둥을 치고 있
었다.

"이 특허에 실용화 이야기는 없었을까?" 미야자와가 물었다.

"이야마 사장은 대형 기성복 기업이나 상사에서 특허에 눈독을 들이고 여러 가지를 제안했다며 자랑하고 다닌 모양입니다. 은행에 남은 자료에 하쿠스이 상사에서 보낸 제안서 사본도 있긴 했습니다. 그런데 그땐 이미 본업이 기울었습니다. 이야마 사장은 제안 이야기에 기대어 융자를 해달라고 거래은행과 교섭한 모양인데, 저희를 포함하여 진심으로 받아준 은행이 없었던 것 같습니다."

"중소 영세기업의 말로란 슬픈 거지."

미야자와는 자신의 어조에 빈정거림이 섞이는 것을 어떻게 할 수 없었다. 이야마가 걸어온 길은 앞으로 자신이 걸어갈 길일지도 모른다. 육왕의 장래성을 아무리 역설해봤자 거래은행인 사이타마 중앙은행에서 그 점을 알아주고 융자해줄 거라 생각하기 힘들다. 오히려 열심히 역설하는 미야자와를 쌀쌀하게 바라보고 있다가 이야기의 마지막에 틀림없이 이렇게 말할 것이다.

—사장님, 말씀은 알겠습니다만 담보는 있습니까? 담보가 있으면 융자해드릴 수 있는데요.

결코 길거리에 나앉게 될 일 없는 안전한 장소에 있는 자는 오늘, 그리고 내일, 그리고 모레, 하루하루를 필사적으로 사는 자의 불안을 모른다.

그들 눈에는 이야마도, 또 미야자와도 설설 기며 쓸데없는 노력이나 하는 가난한 경영자로만 보일 것이다.

"이야마라는 사람, 얼마나 분했을까?"

미야자와가 차분하게 말했다.

고생 끝에 개발해 취득한 특허로 한몫 잡자. 투기심이 있다는 말을 듣더라도 그것은 경영자의 꿈이라고 생각한다. 지금은 자금 조달이 힘들어도 언젠가 꼭 보답받을 날이 올 거라 믿기에 분발할 수 있다. 가슴속에서 치밀어 오르는 불안을 필사적으로 누르며, 희미한 희망만을 보며 고군분투했을 것이다.

사람이 필사적으로 살려고 하는 것을 부정할 수 없듯, 회사 경영자가 어떻게든 살아남으려 노력하는 모습 역시 결코 부정할 수 없다. 설령 허세나 거짓이 섞였다 해도, 인생을 거는 사람의 모습에는 어딘가 고귀함이 있지 않을까.

"그리고 남은 것은 이 샘플 하나로군."

어쩐지 이야마라는 경영자의 유품같이 느껴졌다.

"이 소재로 새로운 밑창을 개발하려면 몇 가지 넘어야 할 벽이 있을 겁니다."

사카모토가 이야기를 첫 부분으로 돌렸다. "우선 이야마 사장을 찾아내는 것. 그리고 일단 이야기를 해보는 것. 그 다음에는 기술을 육왕 밑창에 적용할 수 있을지 검토해보는 것. 가능하다고 해도 다음으로 설비 투자를 할 필요가 생깁니다. 거기에는 상당한 돈이 들어갈 것 같은데요."

"이야마 사장의 거처는 알아낼 수 있나?"

우선은 그것부터다.

"그건 저한테 맡겨주시겠습니까?"

사카모토가 말했다. "찾아낸다는 보장은 없지만 지인인 사장님들한테 연락처를 알게 되면 가르쳐달라고 해두었거든요."

소재를 처음 보았을 때 끓어오른 마음이 급속도로 식어버리고 불안해졌다. 그때였다.

"그리고 또 한 가지, 오늘은 보고드릴 게 있어서 왔습니다."

사카모토가 이렇게 말하더니 허리를 펴고 고쳐 앉았다. "실은 저, 은행을 그만두게 되었습니다."

"뭐?"

미야자와는 말문이 막혀 자기도 모르게 한 마디밖에 하지 못했다.

"왜요, 사카모토 씨?"

아케미가 물었다. "마에바시가 그렇게 힘들었어요? 그러면 교다로 돌아와요."

사카모토에게 자세한 이야기를 들으려고 개발팀 사람들에게 말해 소라마메로 자리를 옮겼다.

"아뇨, 그럴 수는 없습니다. 은행이니까요."

쓴웃음을 짓던 사카모토는 예전부터 생각한 일이라고 덧붙였다.

"이유는 뭔가?" 미야자와가 물었다. "애써 들어간 은행을 그만두다니 예삿일이 아니네. 이유를 말해주겠나?"

"굳이 말하자면 한계를 느꼈다고 할까요." 사카모토가 중얼거렸다. "어떻게든 거래처의 힘이 되어주려 해도 우리 조직은 너무 경직되어 있어요. 아무래도 저는 은행과 맞지 않는 것 같습니다."

사카모토는 자조하는 기색이었다.

"그쪽 지점장하고 뜻이 맞지 않았나?"

"아뇨, 그런 건 아닙니다." 사카모토는 부정했다. "저는 좀 더 꿈이 있는 비즈니스를 하고 싶습니다. 은행은 항상 회사의 과거만 평가합니다. 실적을 보고 담보를 보지요. 장래성을 판단해 융자하는 일은 결코 없습니다. 거기서 갑갑함을 느끼고 있었습니다."

"은행 사람들은 견실하니까." 야스다가 말했다.

"고하제야의 신규 사업을 좀 더 대대적으로 응원하고 싶은데 제가 할 수 있는 것은 기껏해야 빠듯한 운영 자금 정도 아니었습니까. 이런 조직에서는 아무리 어떤 회사에 장래성이 있다고 설득해도 신용해주지 않습니다. 실적이 없다, 그 한마디로 정리되어버리지요. 그러다가는 사실 대성공을 거둘 수도 있는 비즈니스까지 죽이게 됩니다. 그 점이 내내 불만이었습니다."

"그래서?"

미야자와가 물었다. "그래서 어떻게 할 건가? 확실히 뜻은 좋아. 자네의 꿈은 더 클지도 모르지. 하지만 보잘것없는 운영 자금조차 우리한테는 얻고 싶은 마음이 굴뚝같은 돈이라는 것도 사실이네. 그리고 자네 같은 은행원이 있어서 우리 일에 신경 써주는 데도 의미가 있다고 생각하네만."

"죄송합니다, 사장님."

사카모토는 고개를 숙였다. "하지만 이미 결정한 일입니다. 은행에는 이달 말에 퇴직하겠다고 말했습니다."

"마에바시 지점에서 담당하는 회사 중에도 자네 힘이 필요한 회사가 있지 않나?"

이렇게 말하자 사카모토는 입술을 깨물고 입을 다물었다.

"그나저나 앞으로 갈 데는 있나?"

"도쿄의 벤처캐피털로 가기로 했습니다."

이미 다음 행선지를 정해둔 모양이었다.

"벤처…… 뭐라고요?" 아케미가 말한다.

"벤처캐피털, 투자회사입니다." 사카모토가 대답했다. "앞으로 성장할 회사의 장래성을 믿고 투자하는 곳입니다."

"나는 머리가 나빠 잘 모르겠는데." 아케미는 묻는 것도 꾸밈이 없다. "그런 걸로 어떻게 돈을 벌지? 투자라는 게 그렇게 돈을 많이 벌어요?"

"많이 벌지 어떨지는 경우에 따라 다릅니다."

사카모토가 설명한다. "투자란 간단히 말하면 회사 주식을 사는 겁니다. 예를 들어 고하제야에 투자한 후 고하제야가 급성장해서 상장을 한다고 해보죠. 상장을 하면 대체로 주가가 오르기 때문에 그때 투자해둔 주식을 팔면 돈을 법니다. 상장하지 않아도 회사가 돈을 벌면 배당금을 받을 수 있지요. 그러면 저금해두는 것보다도 유리합니다."

"세상에는 참 여러 회사가 있네요."

이해했는지는 모르겠지만 아케미가 감탄한 듯이 말했다.

"덧붙여 말하자면, 도쿄캐피털이라는 회사 말인데요. 혹시 들어보신 적 없습니까?"

이 질문은 미야자와에게 한 것이었다.

"그러고 보니……."

확실히 들어본 적 있다. 하지만 금융기관이라고 하면 거래가 있는 것은 은행이고, 기껏해야 증권회사 정도이지 그 외에는 잘 모른다.

"그럼 그 도쿄캡틴이라는 회사를 통해 우리한테 투자해주면 되는 거 아니에요?"

아케미가 말했다.

"투자가 좋을지 다른 방법이 좋을지는 모르지만 도움이 되도록 해보겠습니다. 그렇지만 이번 달 말까지는 은행에 적을 두고 있을 테니 그동안 실쿨에 관해 최대한 정보를 수집할 생각입니다."

"좋아, 알았네."

미야자와는 무릎을 탁 쳤다. "사카모토 씨가 하는 일이니까. 생각에 생각을 거듭한 끝에 낸 결론이겠지. 그럼 이제 아무 말도 할 수 없지. 신천지에서 열심히 하게. 그러면 야스다……."

단정히 앉은 야스다가 어흠 하고 헛기침을 한 번 하고 나서 미야자와의 말을 이었다.

"그렇다면 지명을 받았기 때문에……."

"뭘 그렇게 지루한 소리를 하고 있어?"

아케미가 등을 툭 밀어서 야스다는 하마터면 맥주를 엎지를 뻔했다. 대신에 아케미가 소리쳤다. "자, 건배합시다! 사카모토 씨의 앞길을 축하하며…… 건배!"

사카모토는 새로운 길을 걷기 시작했고, 고하제야와 미야자와 앞에도 작은 가능성의 문이 출현했다.

사카모토에게서 실쿨에 관한 새로운 정보가 온 것은 얼마 지나지 않아서였다.

3

"실쿨 말인데요, 이야마 사장과 연락이 닿았습니다."

사업상 볼일을 보고 돌아와 회사 주차장에 차를 세운 미야자와는 운전석에 앉은 채 사카모토의 전화에 귀를 기울였다. "어느 사장님 한테 연락이 왔는데, 만나자고 했답니다. 처음에는 떠름한 기색을 보였으나 채권자가 아니라 특허에 관심 있는 사람이라고 했더니 만나는 데 동의했다고요."

이야마의 현재 주소는 모르지만, 다카사키 시내에 있는 호텔이라면 나올 수 있다고 한다.

"그쪽에서 조율하게 할 테니 사장님이 괜찮은 날짜를 몇 개 알려주세요. 빠를수록 좋을 것 같습니다. 상대 마음이 바뀌기 전에요."

바로 수첩을 꺼내 괜찮은 날짜를 이야기했다. 일단 전화를 끊은 사카모토는 한 시간쯤 후 다시 휴대전화로 연락을 해왔다.

"내일 오후 3시에 만나기로 했습니다."

장소는 다카사키 역 앞에 있는 비즈니스호텔의 라운지다. 알아보기 쉽도록 회사 로고가 들어간 종이봉투를 들고 있어 달라고 한다.

"그쪽은 어떻게 하고 온다던가?"

"경계하고 있습니다. 법적 정리는 끝났지만, 빚을 떼어먹은 사채업자한테 보복당하지 않을까 겁먹은 것 같습니다."

미야자와가 정말 안전한 사람인지 확인하고 나서 만날 생각일 것이다. 기분 좋은 소리는 아니지만 달리 선택지가 없다.

"잘 알았네."

미야자와는 이렇게 말하고 전화를 끊었다.

교통 정체도 없어서 약속 시각보다 삼십 분쯤 전에 다카사키 역에 도착했다.

다소 이르지만 지정된 호텔 라운지로 가서 별로 눈에 띄지 않는 데 놓인 4인용 자리에 앉았다. 의자에 고하제야 종이봉투를 놓고 커피를 시킨 뒤로는 이야마라는 남자와 어떻게 교섭해야 할지 계속 생각했다.

"일찍 나오셨네요, 사장님."

약속 시각 십 분쯤 전에 사카모토가 왔다.

"차로 와서 좀 빨리 왔네."

이렇게 대답하며 넌지시 라운지 주위를 둘러보았다. 어딘가에서 이야마가 관찰하고 있을 것 같다는 기분이 들었기 때문이다.

비즈니스호텔은 의외로 번창해서 평일 오후인데도 사람이 꽤 많았다. 특히 미야자와가 앉은 자리에서 보이는 로비는 체크인 시작 시각과 겹쳐서인지 아시아에서 온 여행객으로 무척 북적거렸다.

사카모토와 이야기 나누며 기다리는 중에 약속한 시간이 오 분쯤 지났다.

정말 올까.

문득 그런 생각이 들었을 때, 로비의 사람들 사이에서 한 남자가 빠져나오더니 라운지로 들어왔다. 초로의 깡마른 남자다. 미야자와에게 똑바로 날카로운 시선을 쏟은 남자는 의자 위 로고 찍힌 봉투를 보고는 물었다.

"고하제야입니까?"

미야자와가 일어나 자기소개를 하며 명함을 건네고, 사카모토도 소개했다. 은행 명함을 본 남자는 얼굴이 굳어졌다. 하지만 채권 회수 이야기를 하러 온 것이 아니라는 사카모토의 설명을 듣고는 잠자코 맞은편 자리에 앉았다.

실쿨은 이 년 전에 도산했다. 이후로 이야마가 어떤 생활을 해왔는지는 모르지만, 결코 안온한 나날이 아니었다는 사실만은 표정이 말해주었다.

날카로운 눈빛은 시의심으로 가득 찼고, 끊임없이 뭔가 살펴보려 했으며 안색도 좋지 않았다. 시선도 고정되지 않은 채 뭔가에 겁이라도 먹은 것처럼 계속 미세하게 흔들렸다.

고하제야의 업무 내용에 관해 대강 설명을 들은 이야마가 무뚝뚝한 어조로 물었다.

"그래서 특허 건과는 무슨 상관이요?"

"누에고치 특수 가공 기술 특허, 아직 갖고 계십니까?"

미야자와가 물었다.

"갖고 있는데, 그게 어떻다는 거요?"

커피를 입가로 가져간 채 눈을 홉뜨며 대답했다.

"그 특허를 저희가 쓸 수 없을까요?"

이야마는 잔을 받침대에 놓고, 탁자에 둔 미야자와의 명함을 찬찬히 들여다보았다.

"댁은 다비업체잖소. 그런 특허로 뭘 하겠다는 거요?"

"새 제품의 소재로 쓰고 싶습니다."

그게 무엇인지는 말하지 않았다. 말하지 않는 편이 낫다. 경솔하게 말했다가 이야마가 아이디어를 다른 업체에 제안하지 않는다는 보장도 없다.

　"소재라는 건 구체적으로 뭐요?"

　"이야기해드려도 좋습니다만, 그 전에 비밀 유지 계약을 체결할 수 있을까요?"

　사카모토가 묻자 말 같지 않은 소리라며 이야마가 일축했다.

　"내가 왜 그런 걸 체결해야 하는 거요. 나는 특허 소유자요. 당연히, 물어보고 싶은 건 물어볼 거요. 그게 마음에 안 들면 다른 데 알아보시오."

　"하지만 고하제야의 제작 비법에 관한 것이어서요. 일단 계약서를 써주실 수 없겠습니까?"

　"사람을 어떻게 보는 거요? 거절하겠소."

　이야마가 딱 잘라 거절하여 의논은 처음부터 위태로운 형세였다. "아니, 그런 계약을 체결해달라는 건 나를 신용하지 못한다는 뜻이잖소. 당신들은 신용할 수 없는 상대하고 비즈니스를 하려는 거요?"

　"물론 신용할 수 있는 분하고만 일합니다."

　미야자와가 의연히 말하며 이야마의 눈을 똑바로 보았다. "신용해도 좋은 거지요?"

　"당연하잖소."

　가슴 주머니에서 담배를 꺼낸 이야마가 100엔짜리 라이터로 불을 붙이고 연기를 뿜었다. 미야자와는 그 모습을 조용히 바라보았다.

　"알겠습니다."

미야자와는 가져온 종이봉투에서 육왕을 꺼내 보여주었다. "실은 저희 회사에서 이런 제품을 만들고 있습니다. 이 신발의 밑창을 이야마 씨의 기술로 만들 수 없겠습니까?"

이야마는 육왕을 들고 밑창을 바라보며 손끝을 가볍게 대보더니 이내 별로 흥미 없다는 듯이 돌려주었다.

"여기에 내 특허를 사용하는 건 무리 아니오?"

"이런 밑창에는 적합하지 않다는 말씀입니까?"

너무나 급작스러운 결론에 사카모토가 물었다.

"아니, 그런 말이 아니오."

"그럼 뭔가요?"

"먼저 묻겠는데, 이런 게 얼마나 팔리겠소?"

이야마가 사뭇 깔보는 듯이 웃음을 터뜨리고는 말했다. "천 켤레? 이천 켤레? 내 특허를 사용할 생각이라면 최소한 일 년에 5000만 엔은 지불해야 할 거요. 그럼 예산을 넘겠지. 그러니까 무리라고 하는 거요."

"5000만 엔요?"

미야자와는 이 교섭에 대한 기대가 급속하게 식는 것을 느꼈다. "해마다 지불하라는 건가요?"

"그렇소. 뭐 문제라도 있소?"

이야마는 의뭉을 떠는 어조로 웃어 보였다. 신경이 무뎌질 대로 무뎌진 사람의 추악한 웃음이다.

"이 특허는 아직 실용화되지도 않았죠?"

반론을 시도하는 사카모토의 목소리가 딱딱했다. 이야마의 요구가 너무 터무니없기 때문일 것이다. "사장된 특허인데 5000만 엔은 좀 지나치지 않나요?"

"가격을 정하는 건 내 쪽이오."

이야마의 반짝 빛나는 눈을 보고 미야자와는 생각했다. 이 사람에게는 도산으로 시작된 아수라장이 아직 계속되고 있는 게 아닐까.

지금 같은 빈곤의 밑바닥에서 특허 사용료로 재기를 시도하려는 것인지도 모른다.

"낼 수 없다면 포기하시오. 그러는 편이 나을 거요." 이야마가 뿌리치듯이 말했다.

"이 특허를 사용하겠다는 회사가 있나요?" 사카모토가 물었다.

"그런 건 당신들하고 상관없는 문제요."

이야마는 발끈하며 대답한다.

"특허 사용에 관해서는 이야마 씨한테 비용이 발생하지는 않을 거라 생각합니다."

사카모토가 말했다. "1억 엔이니 5000만 엔이니 하는 목돈 지불 대신 제품마다 몇 퍼센트씩 로열티를 지불하는 방식은 어떻습니까? 그럼 무리 없이 지불할 수 있고, 제품이 많이 팔리면 말씀하신 금액보다 더 많은 로열티가 발생한다는 장점이 있습니다."

과연 사카모토가 이야기를 잘 이끌어나간다.

"당신 동업자한테도 이 특허를 사용하게 해도 된다면 그렇게 하겠소."

이야마가 이렇게 말하며 미야자와를 보았다. "하지만 당신들은 댁의 회사에만 허락하라는 조건을 붙이겠지. 만약 그쪽 회사가 무너지면 나는 로열티라는 명목으로 쥐꼬리만 한 돈밖에 받을 수 없을 거요. 그렇게 되면 난감하지. 5000만 엔이면 5000만 엔. 그 이상을 내라고는 안 하겠소. 이건 내가 바라는 에누리 없는 사용료이고, 그 이상도 이하도 아니니까."

미야자와에게는 이야마가 어딘가에 빠진 사람처럼 보였다. 지금 계속 의논해봤자 이 틈은 메워지지 않을 것이다.

"조건에 대해 고민해보고 다시 만나도 되겠습니까?"

미야자와는 어쩔 수 없이 의논이 이것으로 끝이라는 듯이 커피를 마시고 의자 등받이에 기댄다. "다음에 연락하고 싶을 때는 어떻게 하면 됩니까?"

"내 휴대전화로 전화하시오." 이야마가 말했다. "다만 남한테 전화번호를 말하면 곤란하오. 나도 당신 비밀은 지킬 테니 당신도 지켜주시오."

이야마가 말한 번호로 그 자리에서 전화를 걸었다. 착신을 확인한 이야마가 번호를 등록한다.

모르는 사람에게서 걸려온 전화는 받지 않는다. 아니, 받을 수 없을 것이다.

"법적 정리를 했다고 들었는데, 지금은 안정되었습니까?"

미야자와가 물었다.

"글쎄, 어쩌려나."

위압적인 태도가 자취를 감추고 옆얼굴에 피로가 번졌다.

"지금은 어떤 일을 하고 있습니까?"

이야마가 미간을 찌푸렸다.

"뭐, 됐지 않소, 그런 건."

"특허를 사용하게 되면 이야마 씨에 관해서도 어느 정도는 알아둘 필요가 있을 것 같아서요."

미야자와가 말했다. "은행에서 돈을 빌릴 때도 특허 소유자의 현 상황은 꼭 물어보니까요."

"은행이라."

이야마는 싫다는 표정을 지었다. "나에 관해서는 정말 필요해지면 이야기하겠소. 지금은 필요하지 않을 테지."

이야마는 눈길을 돌렸다. 틀림없이 그 마음 어딘가에 어둠을 안고 있을 것이다.

4

"어떻게 생각하세요, 사장님?"

호텔 앞에서 이야마와 헤어진 후 사카모토가 물었다.

"신용할 수 있다고 단언은 못 하겠군."

솔직한 감상이다. "도박에서 잃은 걸 되찾으려 크게 거는, 그런 느낌으로 보이지 않던가?"

5000만 엔이든 1억 엔이든 모두 과장이다.

"5000만 엔이 있으면 사업을 다시 일으킬 수 있다, 그런 거요?"

"뭐, 그런 거겠지." 미야자와가 말했다. "그 사람 입장에서 특허는 다시 한번 붙잡고 기어오를 수 있는 유일한 돈줄일 거야. 그러니 싸게 팔지는 않겠다며 딱 거절했을 테고."

"투기심이 아주 충만하네요."

사카모토는 비아냥거리는 투로 말하며 코에 주름을 지었다. "특허를 사용하게 되면 그 사람하고 계속 어울려야 합니다. 가령 사용 계약이 삼 년이라면 삼 년 후에 또 사용료를 올리려고 들지도 몰라요. 원래 싸구려, 아니 은행조차 내버린 특허인데요."

확실히 그럴 가능성이 있다.

"가능하다면, 사용 계약이 아니라 사들이는 것보다 나은 방법이 없겠지만요."

당연하다. 신용할 수 있을지 모르는 상대의 특허가 사업의 성패를 쥐고 있다. 그런 상태에서는 안심하고 사업을 전개할 수 없다.

"어쨌든 좀 더 끈질기게 교섭해볼 수밖에 없겠지. 그러다 보면 이야마 씨도 속을 터놓고 이야기해줄지 모르고."

"저도 은행에서 일하며 많은 경영자를 봐왔습니다만, 그 사람이 그렇게 될 수 있을까요?"

사카모토는 드물게도 부정적이었다. "성실함이라고는 한 조각도 없는 것처럼 보이던데요."

도산을 경험한 경영자에게는 결정적으로 두 가지가 부족하다.

하나는 자금, 또 하나는 사회적 신용.

둘은 다른 것 같지만 실은 연결되어 있다.

신용이 없으면 돈도 모이지 않기 때문이다.

모이기는커녕 은행에 계좌 하나 개설하는 데도 고충을 겪는다. 도산 경험이 있는 사람이 임원직에 이름을 올렸다는 이유만으로 은행에서 신생회사의 보통예금 계좌 개설을 거절했다는 이야기도 가끔 들려온다.

이야마가 어떤 비즈니스를 계획중인지는 모르지만, 실현하는 데는 상당한 어려움이 따를 것이다. 다시 말해 지금 이야마가 믿을 수 있는 것은 현금뿐이다. 그 점을 알기에 5000만 엔이니 하는 거액을 언급했으리라.

"5000만 엔요?"

경위를 전해 들은 야스다는 분노를 주체할 수 없다는 듯이 입을 굳게 다문 채 고개를 가로저었다.

미야자와와 야스다 주위에는 골판지 상자에 든, 검품 대기중인 다비가 산더미처럼 쌓여 있다. 조금 떨어진 곳에서 검사기 앞에 진을 친 다이치가 한창 작업중이다.

"그런 금액은 말도 안 돼요."

야스다는 목소리를 짜내며 얼굴을 찌푸렸다. "애초에 사장된 특허인데 그만한 가치가 있을까요? 이야마라는 사람은 대체 무슨 생각을 하는 건가요."

"그쪽도 타당한 금액이라고는 생각하지 않을 거야."

"허세인가요?"

야스다는 잔뜩 짜증난 표정으로 창에 시선을 던진다. 가을 석양을 바로 옆에서 받은 부지가 오렌지색으로 물들어 있었다.

"가령 5000만 엔을 지불할 능력이 된다 해도 그런 놈한테는 주고 싶지 않네요. 터무니없어요."

장애가 너무 많다. 다른 것을 찾아보는 편이 나을지도 모른다. 하지만……

이 소재보다 나은 것이 과연 어딘가에 있을까?

미야자와는 망설임에 빠져들었다.

5

병실은 8인실로, 후쿠코의 침대는 바로 창가였다. 블라인드가 올라가 있어 창밖으로 병원 안뜰이 보인다.

"사장님, 나 같은 건 내버려두고 일이나 하시지."

요양을 해서 안색이 꽤 좋아진 후쿠코가 난처한 듯이 웃었다.

"아뇨, 아뇨, 그럴 수 없지요."

미야자와는 벽에 기대놓은 접이식 의자를 펼치며 고개를 가로저었다.

"후쿠코 씨 얼굴을 보지 않으면 쓸쓸해서요."

"말도 잘 한다니까."

후쿠코는 기쁜 듯이 웃었지만 곧 웃음을 거둬들이고는 "그런데 무슨 고민이라도 있어요?" 하고 물었다.

"얼굴에 드러나나요?"

미야자와는 후쿠코를 물끄러미 보며 쓴웃음을 지었다.

"대체로 사장님은 어렸을 때부터 숨기지 못하는 성격이었으니까요. 화나거나 슬프거나 하면 금방 얼굴에 드러난다니까요. 지금도 그래요. 그런 건 아버님하고 똑 닮았어요."

후쿠코는 미야자와가 어릴 때부터 고하제야에서 일했다. 아버지가 아무리 위험하니까 오지 말라고 해도 자주 작업장으로 숨어들어 사탕을 얻어먹거나 휴식 시간에 같이 놀았다. 그리운 추억이다. 피는 섞이지 않았어도 미야자와에게는 가족이나 마찬가지다.

"혹시 육왕 때문인가요?"

병상에서도 후쿠코의 감은 여전히 날카롭다.

"좀 벽에 부딪혀서요."

실쿨의 이야마와 나눈 이야기를 후쿠코에게 들려주었다. "욕심이 많다고 할까요. 도저히 사업 상대가 될 만한 사람이 아니더라고요."

"그것 참 곤란한 사람이네요."

후쿠코가 눈살을 찌푸렸다. 이래저래 반세기, 매일같이 착실하게 재봉틀을 밟아온 그녀 입장에서 보면 남의 약점을 간파하고 턱없이 많은 돈을 요구하는 심보는 뜯어고쳐주고 싶을 것이다. 그런데 의외의 말을 했다.

"하지만 처음부터 타락한 사람은 아니었을지도 모르겠어요."

"왜 그렇게 생각해요?"

"아무도 생각하지 못한 걸 끝까지 해낸 사람이잖아요. 그건 그것대로 대단한 일 아닐까요? 적어도 사장님이 유망하다고 할 정도의 물건을 만들었잖아요."

"하지만 터무니없는 거금을 요구해서 한몫 벌려고 한다니까요. 뻔뻔한 인간 같지 않아요?"

"그야 그렇지요."

후쿠코는 깨끗이 인정했다. "그 사람도 옛날에는 그렇지 않았을 거라는 말이에요. 새로운 걸 발명하기 위해 틀림없이 피나는 노력을 했을 테니까요. 그런 노력은 교활한 사람이나 마음가짐이 확고하지 않은 사람이 할 수 있는 게 아니에요."

"설사 그렇다고 해도 잊어버린 게 아닐까요?"

미야자와는 이야마를 믿지 못했다.

"그럼 포기하는 건가요?"

대답이 궁했다.

"어떻게 할지 고심하고 있어요. 한 번 정도는 더 만나볼 생각이지만요.."

그렇다 하더라도 상대의 양보를 끌어낼 묘안은 없다. 기껏해야 고하제야와 교섭이 결렬되면 아무것도 얻는 게 없음을 깨닫기를 기대하는 정도다.

"그럼 우리 회사를 보여주세요."

미야자와는 후쿠코의 제안에 깜짝 놀랐다. 신기하게도, 이야마에게 회사를 보여준다는 발상 자체가 전혀 없었기 때문이다.

"확실히 그럴지도 모르겠네요."

비즈니스 파트너라면 그렇게 하는 것이 당연하고, 고하제야를 알게 하려면 회사를 보여주는 것이 가장 빠른 방법임은 틀림없다.

하지만 회사로 초대해도 이야마가 응할지는 알 수 없다. 응하지 않는다면 그뿐인 일이다.

"좋은 힌트를 얻었어요. 역시 후쿠코 씨라니까요."

후쿠코는 기쁜 듯이 미소를 지었다.

병문안에서 돌아온 미야자와는 그날 밤 이야마에게 연락했다.

"아니, 이거 고하제야 사장님 아니십니까? 조건은 받아들일 수 있을 것 같습니까?"

이야마는 입을 열자마자 야유하듯이 말했다.

"아뇨, 솔직히 그 금액은 어려울 것 같습니다."

솔직하게 말하자 "뭐야" 하고 난폭한 대답을 한다. "깎아달라고 해도 그건 안 될 소리요."

이야마는 처음부터 미야자와가 도망칠 곳을 막고 나섰다.

"말씀은 알겠습니다만 다시 한번 시간을 내주실 수 없을까요? 괜찮으시면, 저희 회사로 오시면 어떨까 해서 전화드렸습니다."

"내가 왜 당신 회사로 가야 하는 거요?"

이야마는 부루퉁한 어조로 말했다. "용무가 있으면 그쪽에서 오는 게 예의 아니오?"

"가능하면 저희 회사를 봐주셨으면 해서요."

"회사를 보라고?"

이야마는 목소리를 높였다.

"특허를 사용하게 되면 비즈니스 파트너가 됩니다. 일을 진행하기 위해서도, 우선 저희가 다비 만드는 현장을 봐주셨으면 합니다."

"그럴 필요는 없소."

이야마는 딱 잘라 거절했다. "내 입장에서 보면 특허 사용 허가는 댁이 돈을 지불할 수 있느냐 그럴 수 없느냐로 선택할 뿐이오. 비즈니스 파트너니 뭐니 하는 이야기는 지불이 가능하다는 전제하에 성립하는 거고."

202

발붙일 데도 없다.

이 교섭은 성사되지 않을 것이다.

전화를 끊은 미야자와는 혼자 사장실에서 입술을 깨물었다.

6장

패자의 사정

1

이야마 하루유키의 아내 모토코는 다카사키 시내에 있는 건물청
소회사에서 아르바이트 직원으로 일하고 있었다.

출근은 오전 6시다. 유니폼으로 갈아입은 뒤 담당 건물 3층, 4층
의 화장실과 바닥을 청소한다. 일을 마치는 시간은 오전 10시, 일당
은 4500엔이다.

자전거를 타고 집으로 돌아와서는 늦은 아침과 점심을 겸한 식사
를 한 후, 쪽잠을 자고 다시 가까운 슈퍼마켓으로 나가는 것이 일과
였다. 슈퍼마켓에서는 창고 잡일을 하는데 오후 3시에서 7시까지
네 시간을 일하고 일당 3600엔을 받는다. 청소와 합쳐 하루 수입은
8100엔이다. 한 달에 이십오 일을 일하고 약 25만 엔을 번다. 그 돈
이 생활을 지탱하는 주된 수입이었다.

이 년 전 도산한 이래 남편이 일하러 나가는 일은 거의 없었다.

이야마는 개인 파산을 하여 어느 정도 생활비를 제외한 전 재산을 잃었고, 지금은 하시다라는 사람에게 의지하고 있었다. 이야마와 중학교 동창이라는 하시다는 현이나 시의 토목공사를 수주하는 업체를 운영하는데, 다카사키 시내에 있는 사원 기숙사의 방 하나를 이야마에게 내주었다.

사원 기숙사라고 해봤자 지은 지 이십 년이나 되는 목조 모르타르의 2층짜리 연립주택이다. 각 층에 네 세대씩이고, 침실 하나에 부엌 겸 식당이 하나 딸려 있다. 예전에는 독신 작업자가 살았지만 불황의 물결이 밀어닥친 지금은 정규직 사원으로 고용된 노동자가 거의 사라졌다. 이런 철거 직전인 건물에, 월 3000엔이라는 아주 싼 값으로 2층의 방 하나를 빌려준 것이다.

이 집의 좋은 점은 하시다가 경영하는 토목회사의 부지 안에 있는 데다 자재 적치장도 겸하는 탓에 관계자 이외의 사람이 출입하기 힘들다는 것이다.

법적 정리를 끝냈지만 이야마는 여전히 무허가 대부업자의 보복을 두려워하고 있었다. 이른바 사채업자들이다.

그리고 경솔하게 나다니다가 혹 도산으로 폐를 끼친 거래처 사람과 맞닥뜨리지 않을까 걱정하여 그런 일을 피하고 있기도 했다.

'내가 밖을 활보할 수 있는 건 거래처에 빚을 다 갚았을 때다.'

이야마는 이렇게 주장했지만 삼십 년 넘게 같이 살아온 모토코가 그 말을 곧이들을 리 없었다.

모토코가 청소 일을 마치고 돌아오는 오전 10시가 지나서 일어나는 이야마는 하시다의 사무실로 가서 신문을 보고, 정오쯤 돌아와 식사를 하는 것이 일과였다.

이따금 하시다가 부탁해서 사무실 일을 도울 때도 있지만, 대부분은 다다미 여섯 장 깔린 좁은 방에서 빈둥거린다. 그러다가 오후 2시가 지나 모토코가 다시 나가면 발포주를 꺼내 마시기 시작한다.

매일 그렇게 보내면서 대체 어떻게 빚을 갚는다는 말인지 이해할 수 없었다. 그러던 어느 날, 집에 돌아와 보니 하루 두 캔만 마시겠다고 약속한 발포주 빈 캔이 다섯 개나 널려 있었다. 모토코도 도저히 참을 수 없었다.

"여보, 언젠가 빚을 갚는다면서. 어떻게 갚을 생각이야? 정말 그럴 마음이 있으면 어디 나가서 일자리를 찾는 게 낫지 않아?"

사람을 만나기 싫은 것은 알겠지만 도산으로 폐를 끼친 것도 사실이다.

요컨대 모토코는 이야마가 체면을 세우고 있을 뿐이라는 사실을 간파했다.

"찾아봤자 제대로 된 일자리 같은 건 없어."

한쪽 팔꿈치를 괴고 드러누워 있던 이야마가 등을 홱 돌린다.

"제대로 된 일자리라는 게 어떤 일자린데, 여보?"

밥을 얻어먹으면서도 이야마는 모토코가 하는 일을 무시했다. 모토코의 목소리가 표독스러워진 것은 그런 점을 민감하게 느꼈기 때문이리라.

대답은 없다.

"저기, 나 좀 봐."

등을 돌리고 있는 남편의 발치에 앉아 말을 꺼냈다. "꿈을 좇는 것은 잠시 그만두지? 예전처럼 회사를 운영하고 싶은가 본데, 그럼 일 해서 밑천을 마련해야 하는 거 아냐?"

"뭐, 그것도 한 가지 생각이겠지."

"그럼 달리 어떤 생각이 있는데?"

물어도 이야마는 대답하지 않았다.

그럴 줄 알았어, 아무것도 없겠지. 마음속으로 이렇게 생각했을 때 이야마가 갑자기 몸을 일으키더니 모토코 앞에 앉았다. 웃음을 참는 듯한, 의미 있는 표정이 떠오르는 것을 보고 모토코는 뭔가 있음을 직감했다.

"저기, 사실은 말이야, 큰 거래가 될지도 모르겠어."

생각대로였다. 목소리를 죽이더니 정말 솔깃한 이야기를 슬쩍 알려주는 거라는 표정으로 아내를 본다.

어떻게 반응해야 좋을지 몰라 잠자코 있으니 이야마가 말을 계속했다.

"실은 말이야, 이런 사람한테서 연락이 왔어."

벽 근처에 둔 낡은 가방이 있는 데까지 엎드린 채 다가간 다음, 안쪽 주머니에서 명함을 한 장 꺼내와 모토코에게 보여주었다.

"도쿄제일상사?"

옛 재벌 계열의 대기업이다. "어떻게 된 거야?"

"나랑 연락하고 싶어하는 사람이 있다고, 모토베한테 들어서 말이야. 좋은 이야기가 오갈 듯하니 만나보라더라고."

모토베는 마에바시에 있는 자동차용 전기 부품 회사의 사장으로, 이야마의 오랜 지인이다. 대기업을 상대로 폭넓게 영업하며 행세깨나 하는 사람이었다.

명함의 주인공은 도쿄제일상사에서 자동차 관련 일을 하는 사람
이다.

"미국의 발동기 회사에서 새로 개발중인 요트 부품에 내 특허를
쓰게 해달라는 거야."

"요트?"

생각지도 못한 이야기에 모토코는 입이 떡 벌어졌다. "요트에 당
신 특허를 어떻게 사용하는데?"

"일단 바닥 소재. 그리고 선실 내부 장식에도 쓸 수 있지 않을까
하던데. 그 회사 요트는 전세계에 수출되니까 부품으로 채택되면 상
당히 팔릴 거야. 그게 아니어도 특허 사용료로 해마다 최소 수천만
엔은 굴러들어 오겠지."

모토코는 눈을 크게 떴다. 정말 그렇게 꿈같은 일이 생길까.

이 년 전, 마지막에는 불과 수십만 엔의 결제 자금조차 마련할 수
없었다. 겨우 그것 때문에 두 사람이 그때까지 수십 년에 걸쳐 쌓아
올린 것을 몽땅 잃었다.

방금 들은 말이 현실이 된다면 그런 행운도 없으리라. 하지만 도
산을 겪으며 싹튼 세상에 대한 불신, 도산 후의 아수라장을 경험한
모토코는 도무지 순순히 믿을 수 없었다.

"그 회사는 당신 특허를 어떻게 알았대?"

모토코가 물었다.

"모토베가 알려준 거지."

이야마가 대답했다. "어떻게든 재기의 계기를 만들었으면 한다고

말이야. 고마운 일이지."

"그래서 그건 언제쯤 결정되는데?"

지난 이 년간의 고생에서 벗어나고 싶다기보다는 일도 하지 않고 무기력하게 매일 집에서 술주정이나 하는 이야마를 보고 싶지 않다는 마음이 더 강하다.

이야마와는 가나가와 현의 상업고등학교를 졸업하고 취직한 요코하마의 회사에서 만났다. 벌써 삼십 년도 넘은 옛날 일이다. 그때 이야마가 일하는 모습은 성실함 그 자체였다. 아무리 귀찮은 일이라도 결코 수고를 아끼지 않았다. 같은 제작 라인을 맡은 일이 계기가 되어 사귀기 시작했는데, 이야마에게는 '언젠가 본가로 돌아가 가업을 키우고 싶다'라는, 모토코에게는 없는 꿈이 있었다. 얼마 후, 그 가업을 이으러 마에바시로 돌아가게 된 이야마가 자리를 잡으면 결혼해달라고 했다. 청혼을 승낙한 것은 그런 성실한 성품에 끌렸기 때문이다.

장사라서 부침은 있을 것이다. 벽에 부딪혀 도산하는 일도 있을 것이다.

불행히 이야마가 경영하던 회사도 그렇게 되고 말았지만, 어떤 의미에서는 어쩔 수 없는 일이었다. 그보다 모토코가 내내 걱정한 것은 그 일로 견실하던 이야마가 갑자기 문란해지고 보기 싫게 변해버렸다는 사실이다.

모토코는 사업이란 어떤 의미에서 도박과 비슷하다고 생각한다. 아무리 견실하게 하려 해도 돈을 벌지 어떨지는 해봐야 알 수 있다.

도산하기까지 몇 년간, 실쿨은 좋지 않은 상황으로 이어지는 내리막길을 굴러떨어진 것이나 마찬가지였다.

　적자가 커질수록 이야마는 성실하게 본업에 몰두하는 원점에서 멀어지고, 특허에 사로잡혀 단판에 승부를 내려는 사람이 되어갔다. 그런 경향은 도산하고 나서 더욱 강해진 것 같다.

　이전에 그랬듯 자신의 꿈은 이야기한다.

　하지만 그 꿈까지의 도정이 다르다.

　착실하게 나아가는 것이 아니라 일확천금을 노린다. 지금 이야마는 그것만 생각한다.

　"다음 달 안으로는 결론이 날 거야."

　가슴속이 복잡한 모토코에게 이야마가 말했다. "이걸로 한밑천 잡을 거야. 돈이 들어오면 그 특허를 사용한 신제품을 개발해서 파는 거지. 이 년 전에 폐를 끼친 사람들도 깜짝 놀랄 거야. 그러면 책상에 현금을 떡하니 쌓아두고 '폐가 많았습니다' 하며 한 사람씩 갚아주는 거지. 깜짝 놀라는 얼굴이 눈에 선하지 않아?"

　이야마는 이렇게 말하고는 등 뒤로 넘어갈 듯한 기세로 크게 소리 내어 웃었다.

　"그럼 교다의 다비 회사는 어떻게 할 거예요?"

　모토코가 물었다. 다카사키 역 앞 호텔 라운지에서 그 업체와 만났다는 이야기를 들은 것은 바로 얼마 전 일이었다.

　"아, 거긴 안 되지, 안 돼."

　이야마는 손을 내저었다. "거긴 가격 깎을 생각만 하거든. 이런 일은 싸게 팔면 그걸로 끝이야. 그런 소규모 제안을 받아들여 뭐 하겠어. 고작, 불면 날아갈 듯한 다비업체라고."

이 년쯤 전에 본인 또한 불면 날아갈 듯한 회사를 경영했다는 사실은 까맣게 잊은 채 이야마가 코웃음을 쳤다.

도쿄제일상사 이야기는 확실히 큰 건이라고 생각한다. 잘되면 좋다. 하지만 잘되지 않으면 꿈이 큰 만큼 낙담도 커지는 게 아닐까.

"여보, 도쿄제일상사는 정말 괜찮은 거야?"

"뭐야, 지금 의심해?"

이야마가 취한 눈으로 노려보았다. 모토코는 쓸데없이 말다툼을 하기 싫어 그대로 말을 삼키고 말았다.

담배 탓에 탁해진 공기를 환기하려고 부엌에 서서 개수대 위 창문을 열었다.

가을이 깊어져 쌀쌀한 바람이 들어왔다. 그 차가움에 목을 움츠린 모토코가 이쪽 방을 올려다보는 사람을 발견한 것은 그때였다.

이야마 부부가 사는 연립주택 부지는 콘크리트 벽으로 둘러쳐져 있고 살풍경한 문이 있다. 외판원 사절이라는 간판을 세웠지만 무시하고 들어오는 일도 가끔 벌어진다.

처음에는 신문이나 뭔가의 외판원인가, 하고 생각했다. 하지만 창이 열렸다는 것을 알아차려서인지 남자가 돌아서 천천히 걷기 시작했다. 그 뒷모습을 보고 모토코는 그게 아니라고 생각했다.

한손을 바지 주머니에 넣은 채 담배를 물고 천천히 걷는 모습이 아무리 봐도 건실한 사람으로 보이지 않았기 때문이다. 남자는 부지를 벗어난 곳에서 다시 한번 이쪽을 돌아보았다. 그러고는 물고 있던 담배를 바닥에 버린 뒤 길 건너편으로 사라졌다.

"여보, 무슨 일이야?"

모토코의 낌새를 눈치챈 이야마가 물었다.

"누가 이쪽을 보고 있었어."

이야마가 벌떡 일어났다. 모토코 옆에 서서 창 너머로 보이는, 아무도 없는 부지를 아주 조심스럽게 응시했다. 바짝 죄인 표정에 손에 잡힐 듯한 긴장감이 묻어 있었다.

"어디로 갔어?"

"방금 저 문으로 나갔어."

"어떻게 생긴 놈이야?"

창밖을 응시한 채 이야마가 물었다.

"거무스름한 양복 차림에 깡마른 남자."

이야마가 굳은 얼굴로 경계하는 모습을 보였다.

"아르바이트 오갈 때 조심해."

"빚은 제대로 정리했잖아. 그 사람들도 거기에는 따를 수밖에 없지 않아?"

이야마도 모토코도 개인 파산을 하여 법적 절차는 완료되었다.

"빚은 사라져도 원망은 사라지지 않아. 그런 놈들이야."

"경찰에 신고하면?"

"쓸데없어, 그런 건."

이야마는 창에서 떨어져 다다미에 책상다리를 하고 앉았다. 고개를 숙인 채 눈을 꼭 감고 끙끙거렸다.

"그럼 이제 어떡해?"

모토코가 물었다. "그쪽이 포기할 때까지 계속 기다려?"

"그러니까 지금 할 수 있는 일을 하는 거 아냐."

그것이 특허 관련 이야기임을 이해하기까지, 모토코에게는 천천히 셋을 헤아릴 정도의 시간이 필요했다.

"이 일이 잘되면 저놈들 손이 닿지 않는 곳으로 갈 수 있어. 앞으로 조금만 참으면 돼."

대체 언제가 되어야……

모토코는 무심코 벽에 걸린 달력에 눈을 주었다.

2

이틀 후.

청소 일을 끝내고 연립주택으로 돌아온 모토코는 안에서 들려온 소리에 문손잡이로 뻗으려던 손을 되돌렸다.

"이야기가 다르지 않습니까?"

열려 있는 부엌 창으로 들려오는 이야마의 목소리는 드높고 날카로웠다. 상대 목소리가 들리지 않은 것으로 보아 통화중이다.

"그러니까 우리가 어떤 상황인지 처음부터 알고 있었잖습니까?"

항의하는 소리가 또렷이 귀에 들어왔다.

상대가 누구인지는 안다. 이야마가 학수고대하던 교섭 결과를 알리는 전화라는 것도. 그리고 그 결과가 최악이 되려 한다는 것도.

모토코는 문 앞에 가만히 선 채, 필사적으로 상대에게 매달리는 이야마의 목소리를 들었다. 자신에게는 결코 보여주지 않는 연약하고 비참한 태도였다.

곧 통화가 끝나고 조용해졌다.

그 점을 가늠해 안으로 들어갔다. 안쪽 다다미방에서 등을 둥글게 웅크리고 있는 이야마의 모습이 눈에 날아들었다.

"다녀왔어."

대답은 없다.

모토코는 현관에 선 채 어떻게 말을 걸어야 좋을지 몰라 단어를 찾았다. 이야마가 심하게 낙담했음을 알아채고는 자기도 슬퍼졌다.

이야마 옆에 무릎을 꿇고 앉아 "잘 안 됐어?" 하고 울음 섞인 소리로 물었다. 말을 꺼내자마자 눈물이 흘러나와 자신도 놀랐는데, 더 놀랍게도 무척 분했을 이야마 역시 눈물을 흘리고 있었다.

대답은 없다.

"여보, 괜찮아. 또 특허에 흥미를 가진 사람이 나타날 거야. 다시 한번 분발하면 되지."

"시끄러워!"

이야마는 모토코가 어깨에 얹으려던 손을 뿌리쳤다. 모토코가 눈이 새빨개져 외쳤다.

"뭐가 시끄럽단 거야. 뭐가 시끄럽냐고. 나도 분하단 말이야."

한없이 솟는 눈물에 시야가 흐릿해졌다. 그 한복판에 이야마를 두고 모토코는 속수무책으로 울었다. "당신만 그런 게 아니라고!"

그때 다다미 바닥에 놓인 이야마의 휴대전화가 울리기 시작했다.

화면에 표시된 이름을 보더니 이야마가 날카롭게 혀를 차고는 바로 통화 버튼을 눌렀다.

"그러니까 댁 공장을 보러 가는 게 무슨 의미가 있냐 그 말이오."

상대 이야기에 귀를 기울이던 이야마가 이렇게 우겨댄 순간, 모토코가 잽싸게 이야마의 위팔을 꼭 붙잡았다.

"괜찮을 거야, 여보."

팔을 흔들며 모토코가 호소한다. "착실하게 해."

통화 상대는 이야마가 말한 다비업체일 것이다. 틀림없이 조그만 회사겠지만, 이야마의 특허가 어떤 일로 연결되면 돈이 약간 들어올 것이다. 밑바닥이라고 할 수 있는 지금 생활에서 보면 그것만으로도 고마운 일이다.

필사적으로 이야마를 설득하려는 목소리가 수화기에서 새어나왔다.

"당신도 참 집요하군그래."

이야마가 질렸다는 듯이 말하고는 끝내 뜻을 굽혔다. "그래서? 언제 가면 되겠소?"

3

다카사키 역에 약속 시간 오 분 전에 도착했으나 이야마가 먼저 와 있었다.

"바쁘실 텐데 정말 감사합니다."

미야자와가 차에서 내려 인사를 건넸다. 이야마는 일부러 빈정거리는 거냐며 자조하더니 "여기 타면 되겠소?" 하고 뒷자리가 아닌 조수석에 올라탔다.

회사에 도착하기까지 한 시간 남짓, 이야마는 말수가 적었다. 집으로 모시러 가겠다는 미야자와의 제안을 거절한 것은 집을 알리고 싶지 않았기 때문이리라. 어떤 생활을 하는지, 무슨 생각을 하는지, 이야마의 생활 실태에는 짐작할 수 없는 구석이 있다.

"우선 사무실에서 차라도……."

오전 10시를 조금 지나 고하제야에 도착했다. 사장실로 안내하여 소파를 권하자 "몇 명이나 되오?" 하고 이야마가 물었다.

"정사원은 스무 명입니다. 파트타임이 일곱 명이고요."

미야자와가 대답하자 "이 정도면 매출은 7, 8억 엔 정도 되나?" 하고 경영자였던 만큼 감이 좋은 모습을 보여주었다.

"그런 정도지요. 저희 상무를 소개해드리겠습니다. 겐 씨."

사장실에서 부르자 자기 자리에 앉아 있던 도미시마가 와서 인사와 함께 명함을 건넸다.

"도미시마입니다. 오늘은 잘 부탁드립니다."

사실 미야자와는 이 모습을 조마조마하게 지켜보고 있었다. 겉으로 정중하고 빈틈없는 태도이긴 하지만 도미시마는 이야마의 방문을 달갑게 여기지 않았기 때문이다. 예상한 대로, 인사를 대충 끝내고는 재빨리 자기 자리로 돌아갔다.

"나도 전성기 때는 점포를 다섯 개나 두었소."

문득 이야마가 말했다. "뭐, 망했으니 자랑도 안 되지만 말이오. 이 회사는 몇 년 됐다고 했더라?"

"얼추 백 년입니다. 제가 4대째입니다."

"계속 다비만 만들어온 거요?"

이야마가 물었다. 무시한다기보다는 선망 섞인 말로 들린 것은 기분 탓일까.

"바보의 외고집이지요. 짐작하시겠지만 전성기는 다이쇼부터 쇼와 초기였고 그때부터는 솔직히 점차 내리막길입니다. 옛날에는 사원을 이백 명이나 둔 적도 있었다고 합니다. 지금은 상상도 할 수 없지만요."

"쇠퇴 업종이라는 거로군."

이야마는 거침없이 말하더니 "그럼 자금 조달이 쉽지 않겠소?" 하고 제멋대로 물었다. "이 사옥도 유지 비용을 생각하면 개축하는 게 싸지 않나?"

이야마에게서는 독설만 나온다.

"중요문화재 지정을 노리고 있어서요."

농담인 척 대답했다.

회사가 작아도, 건물이 낡아도 제조업의 본질은 현장에 깃든다. 이야마의 결론이 어떻든, 그것이 현장을 보고 나서 내린 판단이라면 깨끗이 단념할 수 있으리라.

한 번 거절당했지만 재차 와서 직접 봐달라고 설득한 것은 그런 생각이 있었기 때문이다.

작업장으로 함께 나간 뒤 허리께까지 쌓인 천 앞에서 미야자와가 멈춰 섰다.

"이게 다비를 만드는 재료인 천입니다."

펠트. 그것을 쪽빛으로 물들인 외부 천과 하얀 바탕의 내부 천 모두 오랫동안 관계를 맺어온, 신뢰할 수 있는 업체에서 매입하는 일

등품이다.

"뭐가 다른 거요?"

손끝으로 천을 만지며 이야마가 물었다.

"부드럽고도 매끄러운 감촉, 그리고 견고함. 똑같아 보여도 오랫동안 써보면 차이가 드러납니다. 특히 쪽빛으로 물들인 이 천은 하뉴 시내에서도 발군의 기술력을 가진 업체에서 만든 최고급품이지요."

아아, 하고 이야마는 별로 흥미도 없다는 듯이 천을 집어 올렸다.

"주황색 같은 것도 있나?"

아무렇지 않게 묻는데, 그러고 보니 이야마가 학교를 졸업한 뒤 섬유 쪽 회사에서 근무했음이 떠올랐다.

재료 적치장을 지나 문을 열고 그 앞으로 안내했다.

이야마는 작업장 밝기에 눈이 부신지 눈을 깜박이며 그 자리에 잠자코 서 있었다. 바닥에 내려 쌓이는 것 같은, 잘게 써는 듯한 재봉틀 소리. 거기에 이따금 재단기의 거친 소리가 겹친다.

겹친 천을 금형으로 재단한 후 완성까지는 다시 열세 단계를 거친다. 그 작업을 해치우는 것은 후쿠코를 제외한 봉제과의 직원 열두 명이다.

"많이 낡았군."

이야마가 맨 먼저 주목한 것은 사용중인 재봉틀이었다. "몇 년도 거요?"

"창업 이래 계속 써왔습니다."

"백 년을?"

이야마는 놀라며 "부품은?" 하고 즉각 질문해왔다. "혹시 다른 낡은 재봉틀에서 부품을 빼내 조달하나?"

"그렇습니다."

태도는 건방지지만 지적은 정확하다.

"그것참 큰일이군."

이야마는 나직이 중얼거리더니 눈을 감았다.

소리를 듣고 있을 것이다.

갑피를 누비고 바닥을 꿰매 잇는다. 그리고 다비 바깥쪽을 따라 지그재그로 휘갑치기. 재봉틀을 밟고 있는 직원들은 누구 못지않은 베테랑뿐이다.

"소리가 참 좋군."

이야마의 입에서 처음으로 칭찬이 나왔다.

"잘 아시는군요."

"한때 나도 섬유 쪽에 있었거든. 큰 회사여서, 재봉틀 돌리는 사람들이 쭉 앉아 하루 종일 재봉틀 밟는 소리를 들었지."

이야마는 젊었을 때의 자신을 그리워하는 듯한 눈빛으로 바닥에 줄지은 재봉틀, 아케미를 비롯한 베테랑 직원의 숙달된 손끝을 지칠 줄 모르고 바라보았다.

"재봉틀도 오래됐지만 바느질하는 사람들도 오래 일해서 그런지 숙련되었군."

들으란 듯한 이야마의 말에 "보기에는 나이 들어 보여도 속은 아주 젊어요" 하고 아케미가 반응해서 웃음이 일었다.

"그래요? 그거 미안하게 됐소."

그러고는 뒷머리를 긁적이며 "아니, 좋은 일들 하시고 있군" 하고 덧붙인다.

"그야 좋은 다비를 신게 하고 싶으니까요. 우리가 만드는 것은 최고의 다비거든요. 안 그래?"

아케미가 묻자 "그럼요" "당연하지요" 하고 반응한다. 이야마도 "그럼 돌아갈 때 하나 얻어갈까?" 하고 가볍게 받았다.

이야마는 재봉 공정 하나하나부터 완성에 이르기까지, 간혹 질문을 섞어가며 시간을 들여 지켜보았다. 회사 견학을 꺼리던 사람처럼 보이지 않았다.

"어땠습니까?"

모든 것을 다 본 후 작업장 출구로 향하며 미야자와가 물었다.

"뭐, 그런 건가 싶소만." 쌀쌀맞은 대답이 돌아왔다.

"흥미를 좀 느끼셨습니까?"

"그냥 바느질하는 아주머니들이 재미있어서 봤을 뿐이오."

원래 뒤틀린 사람인지도 모르지만, 이야마의 말에 동행하던 야스다가 질려했다.

"그래도 뭐 다비 만들기를 외골수로 해온 이유 같은 것은 알 수 있었소."

이야마가 그렇게 말했을 때 아케미가 "앗!" 하고 소리쳤다. 미야자와가 놀라 멈춰 섰다.

"무슨 일이에요, 아케미 씨?"

야스다가 물었다. 아케미는 "실이 끌어당겨지지 않네" 하며 재봉틀 상부에 있는 미끄럼판을 통해 안을 들여다보고 있었다.

무라이가 달려와 들여다보더니 "반달집이군" 하고 혀를 차며 중얼거렸다. 그 자리에서 고장 난 부품을 꺼내 노안경을 끼고 살펴본다.

"마모돼서 윗실을 잡아채지 못하네요."

"부품은 있나?" 미야자와가 물었다.

무라이가 좀 보고 오겠다며 보관 창고로 달려갔다.

"창고를 나도 좀 봐도 되겠소?"

이야마가 묻기에 미야자와는 물론이라며 앞장서서 안내했다.

"재봉틀을 용케 이만큼이나 모았군."

창고로 들어선 이야마는 쭉 늘어선 백 년 된 독일제 재봉틀을 바라보며 한숨을 내쉬었다.

"폐업한 동료한테서 물려받은 겁니다. 전부 일반적으로는 하찮은 싸구려 물건에 지나지 않겠지만, 우리한테는 보물이지요."

거기 늘어선 재봉틀은 외형뿐이고, 주요 부품은 먼저 해체해 종류별로 나누어 보관중이었다.

"무라이 씨, 어떤가?"

부품을 들여다보는 무라이에게 묻자 "이야, 이거 반달집만 끊어졌네요" 하는 대답이 돌아왔다.

"괜찮은 거요?"

이야마도 물었다.

"아직 분해하지 않은 것도 꽤 있으니까요."

무라이가 히시야의 기쿠치에게서 싸게 매수한 재봉틀을 끌어내 윤활제를 뿌렸다.

"아, 이거 개조했네요."

무라이는 사양이 변경된 듯한 재봉틀을 불만 어린 눈으로 보았다.

그때였다.

"잠깐 줘보게."

그때까지 조용히 지켜보던 이야마가 무라이에게서 전동 드라이버를 받아들더니 "좀 뒤틀린 거 아닌가, 이거" 하며 가까이에 있는 나무망치로 조금씩 두드려가면서 솜씨 있게 분해해 나갔다.

"익숙한 솜씨네요."

야스다가 감탄한 듯이 말했다. 확실히 이야마의 손길에 미숙한 구석은 전혀 없었다. 재봉틀 구조에 대해 자세히 안다는 것은 미야자와가 보기에도 분명했다. 예전에 섬유 관련 회사에 다녔다고 하니 그때 수리법을 배웠는지도 모른다.

미야자와, 야스다, 무라이가 지켜보는 가운데 이야마는 재봉틀을 척척 분해해서 부품을 꺼냈다. "자, 보라고" 하며 무라이에게 건네주고는 바지에 묻은 먼지를 탁탁 떨었다.

"아, 정말 고맙습니다."

멍하니 받아든 무라이가 작업장으로 달려간다.

"정말 감사합니다."

생각지도 못한 전개에 미야자와도 고개를 숙였다. "잘 아시네요. 예전 회사에서 배운 겁니까?"

"아니, 이건 취미 같은 거요."

이야마는 가볍게 말하고는 손을 씻겠다며 세면실로 걸어간다. "옛날부터 기계 만지는 걸 좋아해서 말이지. 거금을 쏟아부어 특허까지 딴 결과가 이거요."

이야마는 이렇게 말하며 웃어 보였다.

마지막으로, 이야마를 전시 코너로 안내했다.

다비 만드는 법을 도식으로 만든 패널과 낡은 도구와 다양한 제품을 진열한, 견학용으로 만든 공간이다. 소량이지만 판매용 다비도 놓여 있다.

"근처 학교 학생들이 사회과 견학으로 찾아오기 때문에 알기 쉽게 전시해두고 있습니다."

완성품 다비에는 다양한 종류가 있다. 흰 다비, 감색이나 검은색 등 색깔이 있는 다비, 축제용 다비, 그리고……

이야마가 문득 걸음을 멈추고 마지막에 전시된 제품을 들었다.

육왕이다.

"근본적인 질문인데, 왜 러닝슈즈인 거요?"

미야자와는 지금까지의 경위를 간추려 이야기했다. 현재 얼마나 많은 러너가 있고, 동시에 얼마나 많은 러너가 부상을 당하는지. 부상을 왜 당하며, 인간 본래의 주법이란 어떤 것인지. 그에 맞는 신발이란 어떤 것인지.

"러닝슈즈 업계에 도전하고 싶습니다."

대답은 없다.

도산했다 해도 이야마는 경영자로서 선배다. 비약을 위해 새로운 것에 도전하려고 한 뜻은 같다. 이야마에게 방금 꺼낸 이야기가 어떻게 들렸을지 모른다. 황당무계했는지, 다소나마 현실성이 있는 이야기로 받아들여졌는지.

이야마는 생고무 붙인 밑창을 들여다보고 나서 육왕을 살짝 선반에 돌려놓았다.

"아무튼 분발하시게."

나는 상관없다는 듯한 한마디가 나왔을 뿐이다.

"이야마 씨, 이 밑창에 특허를 쓰게 해줄 수 없겠습니까?" 미야자
와가 다시 부탁했다.

부탁드립니다, 하고 야스다가 미야자와보다 먼저 고개를 숙였다.

이야마는 대답하지 않는다. 입을 꾹 다문 채 해야 할 말이 거기에
매달려 있기라도 한 것처럼, 얼굴을 들고 벽의 높은 곳을 쳐다보고
있다.

"오늘 참 좋은 것을 봤소."

이윽고 이야마가 말을 이었다. "특허에 대해서는 생각해보지. 댁
한테는 내가 제시한 금액이 무리라는 거고."

"죄송합니다. 보시는 대로입니다."

미야자와가 고개를 깊이 숙였다. "하지만 신제품에 담는 열정만큼
은 지지 않습니다. 최대한 보답은 해드릴 생각입니다. 아무쪼록 힘
을 빌려주십시오."

미야자와는 다시금 머리를 깊이 숙였다.

4

"고하제야는 어땠어?"

저녁 7시 반을 지나 집으로 돌아온 모토코는 이야마를 보자마자

그것부터 물었다.

"뭐, 그렇지."

겨울이 왔음을 느끼게 하는 쌀쌀한 밤이라 고타쓰를 꺼냈다.

"공장은 좋아 보여?"

장 봐온 봉지를 바닥에 내려놓으며 묻자 "글쎄" 하고 모호하게 대답한다.

"그래서?" 모토코가 손을 씻고 식재료를 냉장고에 넣으며 물었다.

"그래서라니?"

"당신 특허 쓰게 해주는 거야?"

대답 대신 한숨 소리가 들려왔다.

"아니면 싸게 넘기는 건 금지?"

"싸게 넘기는 건 금지지."

이야마의 입에서 어렴풋한 말이 나온다. "싸게 넘기지는 않지."

"그럼 거절할 거야?"

대답이 없다.

제안을 받고 공장까지 보러 갔다. 할 만큼 했으니 이제 모토코가 이러쿵저러쿵할 계제가 아니다.

이야마가 좋을 대로 하면 된다고 생각한다.

모토코는 더는 묻지 않고 부랴부랴 저녁식사 준비를 시작했다.

"요컨대 사람이 비뚤어져 있잖아요."

예상은 했지만 이야마에 대한 야스다의 평은 결코 좋지 않았다. "도산 때문에 마음의 부품까지 비뚤어진 게 아닐까요?"

"그럴지도 모르지." 미야자와가 대답한다.

결국…….

이야마는 마지막까지 특허 사용을 허락하겠다고 말하지 않았다.

"그렇게 간단하지는 않겠지."

"돈만 밝히는 비열한 사람입니다."

야스다가 이야마를 헐뜯는다. "뭐, 기계 만지는 건 그럭저럭했지만요."

그러고는 미야자와를 돌아보며 "그나저나 어떻게 할 겁니까?" 하고 물었다.

"글쎄, 어떻게 하지?"

미야자와는 한숨을 내쉬었다.

현장을 보고 고하제야를 알리는 데까지는 당초 마음먹은 대로 진행했다.

하지만 그것만으로는 이야마의 마음을 돌리지 못했다. 아마 사정이 있을 것이다. 도산하고 이 년이 지났다. 어딘가 재산을 감춰두지 않은 한 생활은 결코 녹록하지 않을 것이다. 상상할 수 없는 고생을 했을 테고, 지금도 계속되고 있을 것이다. 고가의 거래로 효율성 있게 돈을 벌고 싶다는 마음은 이해하지 못할 것도 없다.

"결국 돈인가요. 그럼 좀 어려울 것 같네요."

야스다가 말했다. "찾아보면 좋은 밑창 재료가 또 있지 않을까요? 이번 일은 일단 좋은 공부가 되었다고 생각하면 됩니다, 사장님."

미야자와가 아니라 오히려 야스다 자신에게 들려주고 싶은 말처럼 들린다.

"이게 러닝슈즈를 만든다는 일인 걸까, 야스다?"

미야자와는 절실하게 말했다. "이렇게 새로운 소재를 찾아다니는 거 말이야."

"아주 성가신 일에 깊이 발을 들여놓고 말았네요."

야스다가 갑자기 웃으며 이런 말을 했다.

그날 밤늦게까지 일한 미야자와는 평소처럼 집까지 가는 길을 걸었다.

멀리 스이조 공원 상공에 연무 낀 달이 떠 있다.

달을 올려다보다가 차가운 밤바람에 한층 더 쌀쌀함을 느끼는데, 호주머니 속 휴대전화가 울리기 시작했다.

상대를 확인한 미야자와가 발길을 멈추고 서둘러 통화 버튼을 눌렀다.

"아까는 신세가 많았소."

전화 너머에서 이야마가 말했다. "여러 가지로 생각해봤는데, 특허는 댁한테 사용하게 할 생각이오."

미야자와는 믿을 수 없다는 마음으로 그 말을 들었다. 꿈이라도 꾸는 걸까 볼을 꼬집어보고 싶을 정도였다.

"정말 감사합니다."

전화기를 든 채 고개를 숙인 미야자와에게 이야마가 말을 이었다.

"하지만 조건이 있소."

"조건요?"

미야자와는 얼굴을 들었다. "죄송합니다. 사용료라면 말씀하신 금액은 도저히 지불할 수 없을 것 같습니다. 다시 의논해주시면—."

"알고 있소, 그건."

이야마가 말을 가로막으며 말했다. "돈은 나중에 정하기로 하고. 내 조건은 그게 아니라 단 하나요. 나를 댁의 프로젝트에 참가하게 해주시오."

7장

실크
레이

1

삼가 아룁니다. 청추淸秋의 계절, 귀사가 날로 번창하심을 기쁘게 생
각합니다.

저는 이번에 도쿄캐피털 주식회사에 입사, 도쿄 본사 영업부에서
근무하게 되었습니다.
사이타마 중앙은행 마에바시 지점에 근무할 때 각별하게 두터운 정
을 베풀어주신 점, 진심으로 감사드립니다.
다양한 투자 업무를 통해 여러분께 도움이 될 수 있도록 미력하나
마 성심성의껏 힘쓰겠습니다. 많은 지도와 편달을 부탁드립니다.
일단은 결례를 무릅쓰고 서면으로 인사드립니다.

사카모토 다로

이번에는 잘되면 좋겠군. 힘내.

사장실에서 사카모토의 인사장을 읽은 미야자와는 마음속으로 이렇게 중얼거렸다.

2

귓속 깊은 데서 부풀어 오른 혈관이 조금 전부터 불쾌한 수축을 되풀이하고 있다. 폐부가 보내주는 산소는 끊길 듯 말 듯, 마치 가는 관처럼 되어버린 목을 태우고 심장의 수축을 확실히 전해온다.

어떤 시민단체에서 기획한 역전마라톤대회에 '팀 고하제야'를 만들어 참가하면 어떻겠느냐 제안한 이는 무쿠하토 통운의 에바타였다. 다섯 명이 한 팀이 되어, 구마가야 시의 '사이노쿠니쿠마가야 돔'을 출발해 한 사람당 평균 4킬로미터씩 이어 달리며 교다 시내를 도는 코스였다. 다양한 카테고리로 대략 700팀, 단순하게 계산해도 삼천오백 명이 참가했다니 러닝의 인기가 얼마나 높은지 새삼 놀랍기만 하다.

전원이 육왕을 신고 달리면 좋은 홍보가 되지 않을까 하는 것이 에바타의 주장이었다. 참 좋은 생각이라며 찬성은 했는데, 문제는 '누가 참가할까'였다.

말을 꺼낸 에바타는 육상선수 출신이니 당연하고, 다음으로 야스다. 그리고 야스다의 권유로 마지못해 다이치와 사카모토에게 말을 걸었다. 흔쾌히 참가 표명을 해준 것까지는 좋았다.

문제는 나머지 한 명이었다. 회사에서 여러 차례 말을 해봐도 좀처럼 참가자를 찾을 수 없었다. 그래서 결국 미야자와 자신이 참가하게 되었다.

아리무라에게 조언받은 걸 계기로, 미야자와도 조깅을 일과로 삼았기에 달리는 일에 예전만큼 저항은 없었다. 4킬로미터는 평소 달리는 거리보다 다소 길지만, 1킬로미터 정도 차이였다. 홍보가 목적이라면 기록은 둘째 문제다. 그렇다면 간단하다고 우습게 봤는데, 이것이 엄청난 잘못이었다.

레이스는 역시 레이스다. 혼자 멋대로 달리는 조깅과 달리 레이스에는 상대가 있다. 앞서 달리거나 앞질러 나아가는 러너들을 따라가려고 원래 페이스를 완전히 잃어버린 것이다.

오버페이스를 했으니 미야자와에게 마지막 2킬로미터는 지옥이나 다름없었다. 마침 11월치고는 지나치게 높은 기온이 가차 없이 체력을 빼앗아갔다.

조금 전부터는 달리지 말고 걸어갈까 망설이기 시작했다.

3킬로미터 이상 달렸을 텐데 결승선이 보이지 않는다. 사전 조사를 해뒀으면 좋을 거라 후회하지만 이미 늦었다.

무슨 일이든 그렇다. 종점을 알면 열심히 할 수 있지만 언제 끝날지도 모르는 고난을 계속 해나가기는 아주 어렵다.

"사장님, 힘내세요! 500미터 남았어요!"

그때 연도에서 격려가 날아들었다. 피로로 굳어진 얼굴을 돌리자 봉제과의 아케미 일행이 보였다.

앞으로 500미터.

그 500미터가 영원히 도달할 수 없는 거리로 느껴진다.

하지만 사원들 앞이다. 달릴 수밖에 없다.

미야자와는 손과 발이 따로따로 움직이는데도 달렸다. 그리고 마침내 최종 주자인 에바타에게 어깨띠를 건네자마자 아스팔트에 쓰러지고 말았다.

"지난 몇 달간 조깅으로 단련했는데 레이스가 이렇게 힘들 줄은 생각지도 못했어. 솔직히 나 때문에 어깨띠를 전하지 못하면 어떡하나 했다니까."

마라톤이 끝난 후 가까운 카페에 들어갔더니 자연스레 반성하는 모임이 되었다. 녹초가 된 미야자와에 비해 다른 멤버는 그 정도는 아니었고, 무쿠하토 통운의 에바타는 역시 전 육상부답게 아무렇지도 않다는 듯이 태연하기만 했다.

"그룹 안에서 자기 페이스를 지킨다는 게 초심자에게는 상당히 어려운 일이니까요."

에바타가 여유 있게 발언을 이어갔다. "하지만 모니터 모집에 목표대로 서른 명이 응모했으니 대성공 아닌가요?"

역전마라톤 참가 이야기가 나왔을 때 야스다가 주최 측과 교섭하여 출발 및 결승선이 되는 돔 밖에 부스를 만들기로 했다. 육왕을 선전하려 한 것이다. 팸플릿도 만들고, 모니터라는 형태로 삼십 명을 모집하는 걸 목표로 삼았다. 사람들에게 신겨봄으로써 피드백도 받고, 입소문의 확산으로도 연결하려는 것이다. 그런 의미에서 이번 이벤트 참가는 성공적이었다 해도 과언이 아니었다.

"반응은 어땠어요?"

부스를 맡긴 아케미에게 미야자와가 물었다. 부스에서 모니터 모집 외에 제품 판매도 했는데 오늘만 일곱 켤레가 팔렸다.

"평가가 상당히 좋았어요."

아케미는 하루 종일 좋은 날씨에 밖에 있었던 탓인지 볼 언저리가 볕에 타서 붉어져 있었다. "발에 좋다는 점에 주목한 것 같아요. 목표 삼은 그대로 아닌가요?"

캐치프레이즈는 '호모 사피엔스의 달리기'였다.

사카모토가 생각한 문구다. 배포용으로 준비한 팸플릿 500부에는 이 캐치프레이즈와 함께 러너가 당하는 부상 비율이나 증세를 상세하게 적고, 부상을 잘 당하지 않는 미드풋 착지를 실현하기 위한 간단한 해결책으로 육왕을 제안했다.

미야자와 스스로 말하기도 뭐하지만, 충분히 설득력 있게 잘 만들어졌다.

"그래도 일곱 켤레인가."

야스다가 이렇게 말하며 한숨을 내쉬었다.

"아니, 팸플릿을 보고 나중에 문의하는 사람도 있을 겁니다. 이런 행사에 참가할 때는 현금을 가진 사람이 적지 않나요?" 사카모토가 말했다.

"사카모토 씨 말처럼, 마음에 드는데 오늘은 수중에 돈이 없어서 나중에 다시 주문하겠다는 손님도 있었어요."

아케미가 말했다. 그러나 다른 감상을 말한 사람은 없었느냐고 미야자와가 재차 묻자, 좀 말하기 힘들다는 듯이 "지카타비 같다고 한 사람도 몇 명 있었어요" 하고 설명을 이었다.

이 한마디에 분위기가 다소 가라앉았다. 평소에 일반 소비자의 솔직한 의견을 접하지 못한 만큼 이런 감상에 타격을 받은 것이다.

"역시 생고무니까요."

야스다가 이렇게 말하고는 "어떻습니까?" 하고 미야자와에게 이야기를 돌린다.

이야마에게서 특허 사용 허락 연락을 받았다고 이미 모두에게 알려주었다.

"내일 만나기로 했어. 조건을 분명히 해야지."

"특허료를 슬쩍 가져갈 생각은 아닐까요?"

야스다는 아직 이야마에 대한 시의심을 불식하지 못한 듯하다.

"털어봐야 나올 것도 없어. 하지만 이 프로젝트에 참여하고 싶다고 했으니 일단 조건을 백지로 돌리고 의논하게 되겠지."

"솔직히 저는 별로 내키지 않습니다."

"재미있는 사람 같지 않았어?" 아케미가 팔짱을 낀 야스다에게 말했다. 세련되지 않고 개성이 강한 사람이라서 호오가 갈리는지도 몰랐다.

"우선은 거래 조건이네요."

평소와 같이 사카모토가 지당한 말을 했다. "고하제야에 무리일지 아닐지. 여기서 무리하면 나중에 힘들어질 뿐이니까요."

미야자와는 그 말 그대로라고 생각했다.

이튿날, 이야마와 일전에 만난 다카사키 역 앞 호텔 라운지에서 만나 논의하기로 했다.

약속 시각은 오전 10시다. 오 분 전에 갔더니 라운지 가장 안쪽, 눈에 띄지 않는 자리에 있던 남자가 손을 들었다. 이야마였다.

"생각을 바꿔주셔서 정말 감사합니다."

미야자와가 예를 표하자 "인사는 조건이 정해지고 나서요" 하고 무뚝뚝하게 받았다. 그러고는 낮은 목소리로 본론을 꺼냈다.

"먼저 댁의 희망을 들려주시오."

"켤레당 얼마라는 형태의 사용료를 지불하는 조건으로 해주실 수 없을까요?"

미야자와가 온종일 이리저리 생각한 조건을 말했다.

"이게 저희 최대치입니다."

이야마는 미야자와에게 가만히 시선을 고정한 채 입을 다물었다.

자리에서 벌떡 일어나는 건 아닐까.

그러나 "얼마에, 어느 정도 팔릴 거라 생각하오?"라는 물음이 돌아왔다.

"지금 교육 현장에 도매하는 제품은 가격을 낮춰 3800엔이고, 실적은 학교 한 곳, 학생 수는 천팔백 명뿐입니다. 하지만 새 밑창으로 새 버전이 완성되면―."

"에두른 설명은 됐소. 툭 까놓고 얼마 정도 받고 싶소, 당신은?"

이야마가 물었다.

"가능하면 6000엔에서 8000엔 전후 —."

"싼데."

이야마가 즉각 대답했다. "그 가격으로는 팔아도 이익이 안 날 거요. 당신, 특허를 쓰는 의미를 전혀 모르고 있소. 실크레이는 여기밖에 없는 거요."

"실크레이요?"

미야자와가 되물었다.

"특허로 제작한 소재의 이름이오. 내가 지었지. 비단인 '실크'에 점토인 '클레이'를 합친 조어요. 어떻소?"

"좋습니다."

좋은 이름이라 생각했다. 이름을 입에 담는 순간, 소재에 대한 이야마의 애정이 느껴졌다.

"그래서 좀 더 비싸게 팔라는 겁니까?"

"비싸게 팔라는 말이 아니라 적정 가격으로 팔라는 거요. 무턱대고 싸게 팔아서 좋은 일은 하나도 없소. 싸면 팔릴 거라는 생각은 장사를 모르는 사람의 착각일 뿐이지."

"알겠습니다. 가격은 검토해보겠습니다."

미야자와는 말을 이었다. "그리고 몇 가지 부탁이 있습니다. 우선 이 특허 말인데요, 경쟁하는 다른 회사에 제공하는 것은 보류해주셨으면 합니다."

중요한 부분이었다. 실크레이를 채택한 제조업체는 고하제야 한 곳이어야 경쟁력이 된다. 타사에 기술이 유출되면 순식간에 유사 제품이 가게에 늘어서는 상황도 벌어질 수 있다. 그래서는 의미가 없다.

"독점 계약인가?"

이야마가 이렇게 말하고는 "다른 것은?" 하고 묻는다.

"계약 기간 말인데요, 가능하다면 오 년이 어떨까요?"

"너무 긴데."

즉각 대답이 돌아온다. "길어야 삼 년이오. 그때 가서 연장할지 말지 결정할 거요. 삼 년이 지나도 아무 성과가 없으면 다른 회사와 공동 개발을 진행하고 싶소. 당신 회사와 동반 자살할 생각은 없으니까. 그때까지 장사가 안 된다면 깨끗이 포기할 거요. 그 정도 각오는 해야 하지 않겠소?"

지당한 주장이다. 고하제야 역시 삼 년 안에는 이야마가 만족할 만한 비즈니스로 성장시키고 싶고, 또 그렇게 해야만 한다.

"알겠습니다."

미야자와는 받아들였다. "다만 그러려면 저희 노력만으로는 아무래도 불안할 것 같습니다. 가능하시면, 기술 고문이라는 형태로 참가해주시겠습니까?"

오랫동안 다비만 만들어온 고하제야에는 그 외의 것을 생산할 만한 기술력이 없었다. 솔직히 이야마의 특허를 사용한다 해도 구체적으로 무얼 어떻게 하면 좋을지 몰랐다. 생산 설비업체를 찾고, 특허대로 설비를 완성할 수 있을까. 원재료가 되는 누에고치는 어떤 종류를 얼마나 어디서 매입하고, 생산 공정은 어떻게 관리하고, 성형成形은 누구에게 의뢰할지 하는 것들을 가르쳐줄 사람이 필요하다. 이야마 말고는 달리 생각할 수 없었다.

"좋소."

처음부터 그럴 생각이었는지 대답이 빨랐다. "애초에 당신들만으로는 무리요. 그렇게 간단한 물건이 아니니까."

"정말 고맙습니다. 고문료에 대해서는 검토해보겠습니다."

미야자와는 이렇게 말하는 데 그쳤다. "그리고 혹시 아시면 가르쳐주셨으면 합니다만, 실크레이 제작 설비를 신설하는 데 비용이 얼마나 들까요?"

"보통이라면 1억 엔. 싸게 잡아도 8000만 엔은 들 거요."

"8000만 엔……."

미야자와는 어안이 벙벙해져 금액을 입안에서 되풀이했다. 실크레이를 상품화할 수 있는 가능성이 희미해진다. 지금 고하제야는 신규 사업에 그만한 자금을 투입할 수 없다.

심중을 헤아리는 시선이 미야자와에게 쏟아진다. "포기인가?"

"솔직히 그만한 자금이 없고, 어떻게 조달한다 해도―."

이야마가 말을 가로막았다.

"걱정 마시오. 나를 고용하면 좀 더 싸게 해줄 테니까."

"그게 무슨 말씀입니까?"

이야마는 손목시계를 힐끗 보더니 "시간 있소?" 하고 물었다.

이 만남 말고는 오전에 일정이 없었다.

"차를 가져왔으면 좀 태워주시오."

"어디로 가십니까?"

"가보면 알 거요."

호텔 주차장에서 차를 타고 길 안내를 받으며 이십 분쯤 달리자 길 양쪽으로 논밭이 펼쳐졌다. 멀리 하루나 산이 바라다보이는, 넓기만 한 간토 평야의 한복판을 가로지르는 길이다. 좌우에 이따금, 민가들이 바싹 달라붙어 모여 있는 곳이 보였다. 간선도로에서 빠져나간 차는 곧 전원지대 외길로 접어들었다.

"저기 농로로 들어가시오."

그 말대로 돌아 들어간 곳에 커다란 농가 주택이 보였다.

예전에는 부농이었는지 부지 앞에 지붕 달린 문이 세워져 있다. 문 앞에 차를 세우자, 이야마는 지체 없이 내려 안으로 들어갔다. 햇볕 내리쬐는 좋은 날씨에 마당 흙이 하얗게 빛을 반사하고 있다.

열려 있는 안채 현관에서 이야마가 이봐, 하고 누군가를 불렀다. 빛 때문에 눈이 부셔서 시꺼멓게 보이는데, 거기서 이야마와 동년배로 보이는 작업복 차림 남자가 나타났다.

"이쪽은 교다에서 다비를 만드는 미야자와 씨. 지금 의논을 좀 하고 있었는데 말이야, 그걸 좀 보러 왔네."

"오랜만에 얼굴을 비치나 했더니 일인가요?"

시골 사람답게 호쾌하게 웃으며 부지 끝에 있는 창고까지 걸어가서는 드르륵 소리가 나는 문을 연다.

안에는 트랙터와 경운기가 늘어섰다. 그 옆에 비닐 시트로 엄중하게 밀폐된 산더미 같은 덩어리가 있는데, 내용물은 보이지 않는다.

이야마가 비닐 시트를 묶은 로프를 풀기 시작했다.

설마…….

미야자와도 드디어 이 방문의 목적을 깨닫고 이야마를 도와 시트를 걷어 올린다.

"이건……!"

길이 5미터쯤 되는 기계가 나타났다.

"실크레이 제작 기계요."

계기류가 빼곡한 조작판을 탁탁 치며 이야마가 말했다. 정기적으로 손질을 하는지 기계는 새것이나 마찬가지로 아름다웠다.

"때때로 움직이고 있으니 동작은 문제없을 거요. 다만 재료 살 돈이 없어서 물건은 만들지 못하지만."

"재료라면 언제든 말해줘요."

농가의 남자가 웃었다. 이야마도 웃으며 "이 사람은 내 매부" 하며 재미있다는 듯이 등을 탁 두드린다. "내 여동생의 남편이오."

"차라도 들까요."

매부라는 이의 말을 듣고 툇마루로 이동했다.

"이곳은 양잠 농가인가요?"

차를 기다리는 동안 물었다. 이야마는 "누에고치뿐만 아니라 여러 가지지" 하고 말했다. "계절에 따라 누에를 기를 때도 있고 밭일을 할 때도 있소. 옛날에 이 주변은 견직물로 윤택하던 곳이오."

남자의 이름은 야마베 히로시였다.

"재료는 히로시가 어떻게든 해줄 거요. 누에고치 생산 농가의 리더 격이지. 가열해서 굳히기만 하면 되니 고급 누에고치일 필요도 없소. 공급 루트는 확보할 수 있는 거지."

그렇게 된 일이군. 이야마의 이야기를 납득한 미야자와가 물었다.

"저 기계는 어떻게 된 겁니까?"

"그야 만들었지."

"그건 그렇겠지만 언제 만든 거죠?"

이야마가 도산한 경위에는 자신이 알 수 없는 다양한 사정이 있는 듯했다. 마침 야마베가 차를 가져와 미야자와 이야마에게 주고 자신도 그 옆에 앉았다.

"회사가 망하기 반년쯤 전이지. 고생해서 돈을 마련해 만든 거요."

사카모토에게서 들은 이야기와 일치한다.

"얼마 전 일입니다만, 실크레이의 실물 샘플을 봤습니다. 그 샘플도 저 기계로 제작한 겁니까?"

"지금 실크레이를 만들 수 있는 건 저거 한 대뿐이오."

샘플이 만들어진 사정을 알았다. 동시에 이야마가 "나를 고용하면 좀 더 싸게 해줄 테니까"라고 단언한 이유도 알았다.

"이야마 씨에게 컨설팅을 의뢰할 경우, 저 기계를 사용할 수 있다고 생각해도 되겠네요."

"뭐, 그런 거지."

이야마는 두 손으로 무릎을 탁 쳤다. "다만 기계 임대료는 받을 거요. 난 저것 때문에 빈털터리가 됐으니까. 조금쯤은 회수해도 벌은 받지 않겠지. 댁도 은행에서 돈을 빌려 처음부터 만드는 것보다는 훨씬 쌀 거요."

어둠 저편으로 사라지던 실현 가능성이 윤곽을 또렷이 드러냈다.

4

"아무래도 내키지가 않네요."

이야기를 들은 도미시마의 반응은 역시라고 해야 할지, 부정적이었다. "애초에 이야마라는 사람을 믿을 수 있습니까?"

"믿을 수밖에 없지요."

미야자와의 대답에 도미시마는 팔짱 낀 채 콧김을 길게 내뿜는다.

"도산한 이력이 있는 사람입니다."

"한 번 도산하면 그렇게 믿을 수 없어지나요?"

도미시마의 일방적인 단정에 미야자와는 두 손 들었다. 한 번 실패했다고 해서 믿지 않는다니. "이야마 씨는 법적 정리도 제대로 했고, 다 해결됐습니다. 문제없다고 생각하는데요."

"도산은 허리를 삐끗하는 것과 같습니다."

도미시마가 묘한 이야기를 꺼냈다. "어느 날 갑자기 나타납니다. 왜 그렇게 됐는지는 여러 이유가 있겠지요. 하지만 한 번 허리를 삐끗한 사람은 대체로 버릇이 되어 언젠가 또 앓습니다. 희한하게 회사 경영에서도 왕왕 같은 일이 일어납니다."

편견일까 경험일까. 뭐라고 판단하기 힘든 이야기다. 도미시마는 말을 이었다. "한 번 회사를 망하게 해서 폐를 끼친 사람이 누군가의 지원으로 다시 회사를 일으키려 하죠. '이번에는 기필코' 하며 재출발했을 텐데 몇 년 지나면 그 회사도 엉망이 되어 거래처에 또다시 폐를 끼친다. 이런 건 자주 듣는 이야기입니다."

"그건 겐 씨의 믿음 아닌가요?"

"아닙니다."

도미시마는 단호하게 말했다. "사장님도 기억하시겠지요. 교다 통상의 마쓰키라든가. 사키타마 신발 가게의 하나바타케. 그 사람들도 모두 한 번은 회사를 망하게 했습니다."

그랬다. 미야자와도 씁쓸하게 떠올렸다. 둘 다 예전에 고하제야 상품을 취급하던 회사인데, 어느 날 갑자기 도산해서 수백만 엔을 떼였다. 두 사람의 공통점은 도산 직전까지 시치미를 떼고 상품을 매입했다는 사실이다. 자금 마련이 힘들어 도산이 확실한 상황에서도 고하제야에서 상품을 매입했고, 판매 대금을 주머니에 넣은 채 야반도주했다. 사기나 다름없었다.

"두 사람 다 도산 이력이 있었지요. 다른 사람 소개로 어쩔 수 없이 어울렸지만 어처구니없는 사람들입니다. 우리 거래처 말고 다른 데서도 비슷한 이야기는 여러 번 들었습니다. 개인 파산 후 몇 년쯤 지나면 블랙리스트에서 지워지지만, 은행에서 도산 이력이 있는 사람한테 융자를 해주지 않는 것은 그런 경향 때문이라더군요."

도미시마는 단순한 억측이 아니라고 말하고 싶은 것이다.

"하지만 모두 그렇지는 않겠죠. 예외도 있을 겁니다."

"저는 정말 밑창이 완성될지 의심스럽습니다."

도미시마는 시의심덩어리 같다. "그런 패거리니까 이러쿵저러쿵하면서 몇 개월씩 컨설팅을 질질 끄는 게 목적일지도 모릅니다. 무엇보다, 그렇게 유익한 특허라면 왜 지금껏 제품 개발에 쓰이지 않았을까요? 대형 상사가 관련되어 있었지요. 돈 될 것 같은 일은 철저하게 파고드는 놈들입니다. 그런데도 손을 뗀 데는 뭔가 이유가 있을 겁니다."

"겐 씨. 그런 지적은 지당하지만요, 여러 가지로 검토했는데 우리한테는 실크레이라는 새로운 소재가 필요해요. 여기서 물러설 수 없

습니다."

도미시마는 축축한 시선을 던졌다.

"왜 일부러 위험을 무릅쓰려는 겁니까?"

정색을 한 어조로 말한다. "신규 사업이라고 하면 듣기에는 좋지만 실체는 적자입니다. 주문량이 늘어날 것 같아 투자하는 거라면 그래도 이해할 수 있어요. 하지만 전망이 전혀 없는 상태에서 경비를 더 떠안는 건 찬성하기 어렵습니다."

완고한 사람이다. 하지만 여기서 물러설 수는 없다.

"지난 십 년 동안 저희 매출은 계속 떨어졌어요."

미야자와가 말했다. "만약 새로운 일을 한다면 아직 체력이 있는 이 타이밍에 할 수밖에 없습니다. 위험이 없는 데에는 성장도 없으니까요."

잠시 대답이 없었다.

이윽고 나온 한마디는 "그럼 필요한 돈은 어떻게 합니까?"였다.

"이야마라는 사람한테 지불할 인건비. 부동산과 생산 설비 지급. 그리고 이왕 하는 거라면 그 사업에 사람을 붙여야 합니다. 몇 명을 쓸 생각입니까. 한 사람입니까, 두 사람입니까? 이래저래 순식간에 1000만 엔 정도가 들어갈 텐데 지금 그쪽으로 돌릴 돈은 없습니다. 은행에서 빌려야 합니다. 하지만 저는 은행을 납득시킬 자신이 없습니다."

설명할 수 없는 것이 아니다. 설명할 마음이 없을 뿐이다. 이렇게 생각했지만 여기서 도미시마와 다퉈봤자 아무 소용이 없다.

"알았어요. 그럼 내가 지점장한테 얘기할게요. 그럼 됐죠?"

"사장님 회사니까요."

도미시마는 빈정거림으로도 들리는 대답을 했다. "사장님이 그래도 된다고 하시면 그걸로 된 거 아니겠습니까?"

"그런가요. 내 회사인가요?"

미야자와는 싸늘하게 말했다. "그럼 내 마음대로 하겠습니다. 겐 씨도 사원의 한 사람으로서 가능한 범위 내에서 협력해야 할 테니 그런 줄 아세요."

"실패하면 돌이킬 수 없습니다, 사장님. 정말 괜찮겠습니까?"

도미시마는 여전히 이렇게 말했다.

"이미 정했어요. 나는 이야마라는 사람한테 걸 겁니다."

단호한 어조에 완고하기만 하던 도미시마도 그 이상의 반론은 삼 킨 듯했다.

5

"2000만 엔이면 되는데, 어떨까요?"

도미시마와 대화한 이튿날 아침, 미야자와는 사이타마 중앙은행 교다 지점을 찾아갔다.

그 정도 자금이 필요한 이유를 간단히 설명했으나 담당자인 오하 시는 표정 없는 얼굴로 대했다.

"아, 글쎄요."

오른손으로 볼펜을 돌리며 빛 없는 눈을 서류에 떨어뜨렸다. 미야자와가 건넨 육왕의 사업계획서다.

"이 서류대로 진행된다는 보증이 있습니까?"

"최대한 노력하겠지만 그런 보증은 없지요."

미야자와는 발끈하며 대답했다. 대체로 위험성 없는 비즈니스 같은 것은 없다. 은행원이 그런 당연한 사항을 묻다니 화가 난다.

"하지만 이건 무턱대고 하는 투자가 아니에요."

미야자와는 반론을 했다. "육왕은 실제로 만들어 판매중이고, 나름대로 좋은 평가를 받고 있습니다. 교육 현장에서의 계약 실적도 있어요. 그런 상황에서, 필요하니까 새 밑창을 개발하려는 거고요."

"하지만 지금 밑창으로도 팔리잖아요?"

오하시가 견본으로 가져온 육왕을 손에 들고 매정하게 말했다. "자금을 투자하기 전에 실적을 더 쌓는 게 옳다고 생각하는데요."

"아니, 저기, 오하시 씨."

미야자와는 정색하는 어조가 되었다. "밑창 소재는 그렇게 간단히 찾을 수 있는 게 아니에요. 지금 얻지 못하면 두 번 다시 만날 수 없을지도 모릅니다."

"그건 모르는 일 아닙니까?"

고지식해보이는 안경 너머, 웃음을 머금은 눈으로 이쪽을 보고 있다. 우스운 것이 아니라 무시하는 것이다.

이 남자는 처음부터 미야자와의 사업계획 따위는 상대할 마음이 없는 듯했다. 이리저리 변명만 하다가 결국 이 융자를 거절하고 싶다는 일념뿐이다.

"확실히 모르는 일이지요, 그건."

미야자와가 딱딱한 어조로 대답했다. "하지만 우리한테는 이 소재가 필요합니다."

오하시 어깨 너머, 플로어 안쪽 문으로 이에나가 지점장이 들어오는 모습이 보였다.

"당신하고는 대화가 안 될 것 같습니다. 지점장님하고 이야기하고 싶은데, 괜찮지요?"

뒤를 돌아보고 지점장을 확인한 오하시가 일어나 그쪽으로 갔다. 한두 마디 나누고 돌아오더니 "자, 가시죠" 하며 마지못해 지점장실로 미야자와를 안내했다.

"그렇군요. 새로운 사업에 지원하고 싶다, 그런 건가요?"

미야자와의 이야기를 다 들은 이에나가는 그대로 팔짱을 끼고 잠시 생각에 잠겼다. "하지만 미야자와 사장님, 이 사업은 리스크가 너무 크지 않습니까?"

오하시만큼 노골적이지는 않아도 이에나가 역시 미야자와의 사업계획에 부정적이었다.

"리스크는 알고 있습니다."

미야자와는 무릎 위에서 주먹을 쥐고 있다. "하지만 지점장님. 지금 이대로는 대형 기업의 밑창을 따라잡을 수 없습니다. 어떻게 해서든 독자적인 밑창을 개발해야 합니다."

"실례지만 대형 기업이라니, 어디입니까?" 이에나가가 물었다.

"예를 들면 아틀란티스라든가요."

미야자와는 아주 진지하게 대답했으나, 과장되게 몸을 뒤로 젖힌

이에나가는 입술에 히죽거리는 웃음을 띠었다. "그것참 크게 나오셨네요."

아틀란티스 같은 유명 기업을 상대로 고하제야 따위가 뭘 할 수 있겠나. 처음부터 이렇게 단정한 듯한 말투다. 물론 기업 규모에서도, 자금력에서도 큰 차이가 존재한다는 것은 미야자와도 잘 안다.

"기업 규모로 이기려는 게 아닙니다. 상품 콘셉트와 품질로 이기려는 겁니다."

미야자와가 발끈해 말했지만 다시 평가할 기미는 전혀 없었다.

"기업은 하루아침에 이루어지지 않습니다. 신규 사업에는 반대하지 않지만 속도를 좀 늦추는 게 어떻습니까."

이에나가는 타이르듯이, 그러면서도 어딘가 귀찮은 듯이 말했다.

"아뇨. 꼭 지금 해야 합니다."

미야자와는 역설했다. "제품의 과제를 아는데, 그 해결책이 눈앞에 있습니다. 비약할 수 있는 기회입니다."

"그 부분은 제가 알 수 없습니다." 이에나가가 슬슬 피했다. "은행 입장에서 볼 때, 이 사업 계획에 2000만 엔을 투입하는 건 귀사에 상당한 리스크가 될 거라 생각합니다. 향후 다비 사업의 운영 자금도 필요할 거고요."

이에나가는 눈을 치뜨며 앞으로의 자금 융통을 견제하고 나선다. 지금 이 돈을 빌려주면 운영 자금은 빌려줄 수 없다고 은연중에 말하는 것이다. 미야자와의 마음에 도미시마의 얼굴이 언뜻 떠올랐다.

"담보 여력이 있는 것도 아니고요."

더욱 다그치고 나오는 이에나가가 옆에서 오하시가 그럴 줄 알았다니까, 하는 얼굴로 이쪽을 보고 있다.

"저는 이 사업을 십 년 후 수익의 주축으로 삼고 싶습니다. 본업과 구분해서 지원해줄 수는 없겠습니까?"

어떻게든 붙들고 늘어져보지만 이에나가의 대답은 차가웠다.

"그럴 수는 없습니다. 신규 사업에서 손실을 내면 본업에도 영향을 미치지 않겠습니까? 2000만 엔을 희망하시는데, 변제 자금은 이 사업이 아니라 다비 판매 수익에서 나오는 거 아닌가요? 그러니 구분해서 지원할 수는 없죠."

틀린 말이 아닌 만큼 미야자와는 분통함을 느꼈다. 언젠가 본업을 능가하는 사업으로 만들어 보이겠다고 이 자리에서 아무리 씩씩거려봤자 이에나가는 귀를 기울이지 않을 것이다. 사카모토가 말했듯이, 요컨대 은행이 평가하는 것은 어디까지나 실적이지 장래성이 아니다.

"그래요? 그러니까 우리 사업의 장래성을 신용할 수 없다, 그런 말이네요."

미야자와가 오른손으로 무릎을 탁 치며 말했다. 그러자 이에나가가 완곡하게 반론하기 시작했다.

"아뇨, 그런 뜻은 아닙니다."

"그렇다면 보고 계시면 되겠네요."

이에나가와 오하시가 어리둥절한 표정을 지었다.

"융자를 해줄 수 없다면 예금을 해지하겠습니다. 제 명의의 정기 예금입니다. 괜찮죠?"

이에나가가 금세 못마땅한 얼굴을 했다.

"예금 말인가요……."

"무슨 문제 있습니까?"

미야자와 역시 화가 나서 목소리가 거칠어진다. "특별히 담보로 넣어둔 예금도 아닙니다. 개인적 정기예금이니까 어떻게 쓰든 내 마음 아닌가요?"

"그야 그렇지만……."

이에나가는 말하기 힘들다는 듯이 억지웃음을 띤다. "그렇지만 융자 시에는 사장님 개인 재산도 참고했기 때문에……."

"그러니까 앞으로 융자는 해줄 수 없다는 겁니까?"

무의식중에 목소리가 커진 미야자와는 정색을 하고 지점장을 노려보았다. "요즘 세상에 '구속 예금 은행에 채무가 있는 이용자가 마음대로 꺼내 쓸 수 없는 상태인 예금'은 없잖아요."

융자 담보도 아닌 정기예금을 멋대로 담보로 삼는 것은 올바른 방식으로 여겨지지 않을 것이다. 미야자와에게도 그 정도 지식은 있었다. 융자 담보로 설정되지 않은 예금이라면 해약과 인출은 예금자 자유다.

"아니, 그런 것은……."

이에나가는 잠시 머뭇거리다가 "하지만 앞으로의 일도 있으니까요" 하고 덧붙였다.

"댁들은 대체 뭐요?"

미야자와는 끝내 언성을 높였다. "은행은 거래처를 지원해줘야 하는 거 아뇨? 우리는 수익의 주축을 만들려고 필사적으로 노력하는데, 당신들은 그저 융자금을 보전할 생각뿐이야. 융자는 거부하면서, 예금 해약은 안 된다? 무슨 말도 안 되는 소리요."

"정기 예금을 담보로 설정하시면 어떻습니까."

오하시가 옆에서 터무니없는 소리를 했다. "그럼 납득할 수 있을 것 같은데요."

"당신 도대체 무슨 말을 하는 거요."

미야자와는 오하시의 얼굴에 구멍이라도 뚫을 듯이 응시하다가 "거래처를 무시하는 데도 정도가 있어야지" 하고 자리를 박차고 일어났다.

"아무튼 정기예금은 해약할 거요. 됐지요, 지점장."

이에나가가 혀를 찼다.

"이번뿐입니다, 사장님."

어떻게든 해약을 허락해주겠다는 태도에 미야자와의 분노는 더욱 타올랐다. 하지만 그 이상 감정적이 되어서는 얻을 게 없다고 생각해, 짧은 인사만 남기고 잰걸음으로 지점장실을 나왔다.

6

"달릴 때 위화감 같은 거 느낀 적 있어요?"

사이토의 질문은 늘 간결하다.

"아뇨."

모기는 무릎을 가볍게 구부린 상태로 진찰대에 앉아 있다. 사이토는 무릎에서 장딴지, 발목까지 촉진을 했다. 가끔 힘줄의 한 점을 누르며 "여기는 아파요?" 하고 묻기도 했다. 부상당한 직후에는 살짝 누르기만 해도 얼굴이 찌푸려지는 부위가 있었지만 지금은 통증도 사라졌다.

"괜찮은 거 같은데요?" 촉진을 마친 사이토에게서 나온 한마디였다. "본인도 그렇게 생각하죠?"

지난 몇 달간 사이토가 건넨 말 중 최고의 말이었다.

"훈련을 다른 프로그램으로 조정했으니까요."

"아니, 아직도 다른 프로그램이구나."

사이토는 자못 의외의 얼굴을 했다.

익숙해지지 않으면 진심인지 농담인지 알 수 없는 사이토식 발언이다.

"선생님이 그렇게 말씀하셨잖습니까?"

반년쯤 지내며 거기에 상당히 익숙해진 모기가 대답했다.

"아, 그랬나."

사이토는 슬쩍 시치미를 떼고는 "이제 슬슬 괜찮겠지. 새로운 주법도 몸에 밴 것 같고" 하고 덧붙였다.

코치에게서도 정보가 올라오고 있을 것이다.

"단, 무리해서는 안 돼요."

엄한 눈으로 일변한 사이토가 못을 박았다. "부상당한 선수는 꼭 만회하려고 무리를 하거든. 여기서 또 다치면 재기는 어려워요."

"조심하겠습니다."

모기가 머리를 숙였다. 사이토는 이제 관심이 없어졌다는 듯 진료 기록부에서 얼굴을 들지 않았다.

"무라노."

외출했다 돌아온 무라노가 자기 자리에 앉으려는데 기다리고 있었다는 듯이 누가 불렀다. 플로어 중앙에 있는 자리에서 오바라가 이쪽을 보고 있었다. 무슨 일이 있었나. 성난 얼굴빛을 보고 사태를 직감한 무라노가 오바라의 책상 앞으로 갔다.

"당신, 리서치를 어떻게 하는 거야?"

오바라가 손에 든 볼펜을 책상에 내던졌다.

"무슨 일입니까?"

무라노는 영문을 알 수 없었다.

"모기 말이야, 모기! 다이와 식품!"

오바라는 자리에 앉은 채 시비조로 무라노를 매섭게 쏘아본다. "오늘 우연히 가서 봤더니 다른 선수와 같은 훈련을 하고 있더란 말이지. 다른 프로그램으로 조정한 것에서 왜 복귀한 거야? 그런 이야기는 못 들었다고."

무라노가 무심코 놀란 티를 내자 오바라의 추궁이 이어졌다.

"카리스마 어쩌고 하는 말을 듣고 우쭐해져 있으니 이렇게 꼴사나운 일이 벌어지는 거야. 모기가 레이스에서 활약이라도 하게 되면 어떻게 책임질 생각이야?"

"책임요?"

듣고 그냥 넘길 수 없었다. "예상외로 빨리 회복한 게 왜 책임 문제가 되죠? 레이스에서 활약하면 좋은 일 아닙니까? 애초에 지원을 끊은 건 부장님이잖아요?"

"그건 당신의 잘못된 정보 때문이잖아."

오바라는 절대 자신의 책임을 인정하지 않는 사람이다. 이전에 어떤 자리에서 직접 말한 적이 있다. 미국에서는 잠자코 있으면 인정하는 꼴이 되고 만다. 자신에게 잘못이 있어도 인정하지 않고 자기주장을 해야 한다. 그것을 미국 유학에서 배웠다. 그렇게 하는 것이 미국식 정의라고 하는 듯한 어조였다.

생각해보면, 무라노 가슴속에 오바라에 대한 씻어내기 힘든 혐오감이 생긴 것은 그때가 아니었을까.

옳은 것은 옳고 그른 것은 그르다.

실수했을 때는 순순히 사죄한다. 무라노는 태어나 지금까지 그렇게 배워왔다.

미국식이든 뭐든 자신이 그른데도 억지 쓰며 책임을 회피하는 사람은 결코 존경할 생각이 없다.

그러나 회사라는 조직은 묘해서, 그런 사람이 상사로 있다.

그리고 지금 오바라는 자신의 판단을 부하인 무라노 탓으로 돌리며 질책을 되풀이하고 있다.

의자 등받이에 흐트러진 자세로 기댄 채 멋대로 화를 내며 당치 않는 이유를 늘어놓는 오바라. 무라노는 불쌍한 사람이라도 보는 듯한 시선으로 그 모습을 내려다보고 있었다.

"전부 제 잘못이라는 말씀입니까?"

오바라가 어떻게 자신이 옳고 무라노가 잘못했는지를 거침없이 늘어놓은 후, 무라노가 물었다.

"당연하지."

오바라는 논쟁에서 이겼다고 생각하는지 분노 어린 눈을 빛내며 볼을 붉혔다.

"그리고 책임을 지라고요?"

등받이에서 몸을 일으켜 책상에 팔꿈치를 괸 오바라가 고약한 웃음을 지었다. "사죄의 말 한마디라도 하는 게 어때?"

무라노는 눈살을 찌푸리고 아주 슬픈 표정을 지었다. 어찌된 일인지 얼굴을 일그러뜨리자 갑자기 웃음이 흘러나왔다.

"아틀란티스도 수준이 떨어졌군."

중얼거리듯이 이렇게 말하고는 조소와 분노에 동정까지 섞인 눈으로 자신의 상사인 남자를 똑바로 응시했다.

"그렇게 책임을 지라고 하신다면, 알겠습니다. 지죠."

무라노는 오히려 담박한 어조로 말했다. "그만두겠습니다."

"허어."

간들거리는 웃음이 안면에 들러붙은 오바라는 그만두겠다는 말을 들어도 전혀 놀라지 않았다. 오히려 그 말이 나오기를 기대하고 있었다는 듯이 몸을 내밀었다. "야, 이거 참, 유감이군. 그래서? 언제 그만둘 생각인데?"

"폐를 끼치게 될 테니, 다음 달 말까지겠죠."

두 사람의 대화에 사무실은 쥐 죽은 듯 조용해졌다.

"그렇게까지 마음 써주지 않아도 괜찮아."

오바라는 아주 빈정대는 투로 말하고는 "그만둘 거면 지금 당장이라도 그렇게 해"라고 덧붙였다.

만류고 뭐고 전혀 없었다.

무라노의 등 뒤에서 상황을 지켜보던 동료들 사이에서 수런거림이 일었다. 하지만.

무라노에게는 전혀 의외의 상황도 아니었다. 지난 반년 동안 계속 사직을 생각해왔기 때문이다. 오바라라는 상사에 대한 불만은 물론, 오바라를 전면 신뢰하고 그 평가에 아무 의문도 품지 않는 아틀란티스라는 회사에 대한 불신도 자기 안에서 어떻게 해볼 수 없을 만큼 부풀어 있었다.

대기업 병이라고 해야 할까.

매니지먼트가 중점이 되고, 관리직에 앉은 사람의 실력과 인간성보다 학력이나 직함이 중시된다. 현장 감각이 희박한 간부의 목소리에 가로막혀, 그때까지 세심한 지원으로 신뢰 관계를 유지해온 선수들과의 관계마저 불만족스럽게 되어가고 있었다.

오바라가 군림하는 아틀란티스 일본 지사에서 무라노는 육상계에서의 경력 때문에 이유 없이 미움받고 과거 유물처럼 취급되었다.

여기에는 이제 내가 있을 자리가 없다.

그만두고 싶다. 그 뜻은 아내에게도 전했다. 대답은 간결했다.

"하고 싶은 일을 하면 되잖아요."

두 아이도 이미 사회인이 되어 독립했다.

러닝슈즈에 대한 열정, 육상선수에 대한 공헌. 좋은 제품을 만들어 자신을 믿어주는 선수가 조금이라도 좋은 결과를 얻게 하는 일이 무라노의 기쁨이었다. 수많은 일류 육상선수의 신발류를 담당하고 국제대회, 나아가 올림픽까지 수행하며 누구나 인정하는 실적과 경험을 남겨왔다. 업계에서는 '카리스마 슈피터'라 불리며 인정받아왔건만, 아틀란티스에서 의외로 여겨질 만큼 냉대받은 것은 부정할 수 없는 사실이다.

그래도 장인 기질이 있는 무라노는 좋아하는 일을 한다는 이유 하나로 자신을 납득시켜왔다. 그러나 이제 한계다.

무라노는 자기 자리로 돌아왔다. 조심스러워 누구도 말 한마디 걸어오지 않았다.

오랫동안 근무한 회사를 그만두기로 했는데 왜 아무런 감회도 일지 않을까. 오로지 뒤틀린 감정, 살벌한 겨울의 황야 한복판에 있는 듯한 적막감만 느껴졌다.

7

무라노가 아틀란티스를 퇴직한 날 오후, 다이치는 시나가와에 있는 한 회사의 방문을 노크했다.

안에서 기다리던 삼십대 후반의 신경질적으로 보이는 남자가 들어오세요, 하고는 탁자를 사이에 두고 하나만 놓인 의자를 다이치에게 권한다.

"지망 동기부터 들어볼까요?"

약간 통통한 몸을 고급스러운 회색 양복으로 감싼 도와 일렉트릭 공업의 면접관은 은테 안경을 끼고 있었다. 그 안경 너머에서, 조금도 웃지 않는 엄한 시선이 다이치를 향하고 있다.

"대학교에서 전기공학을 전공했습니다. 대규모 전기 설비와 관련된 분야에서 활약중인 귀사라면 제가 좋아하는 일을 할 수 있을 거라고 생각했습니다."

"대학을 졸업한 후로 가업을 도왔군요. 왜 취직하지 않았습니까?"

예전 같으면 머뭇거릴 만한 질문이지만 지금의 다이치는 면접에 다소 익숙했다.

"저희 가업이 다비 제작업인데, 제가 뒤를 잇기를 기대하시기 때문입니다."

"우리가 채용하면 그 기대를 저버리는 거네요. 그만두는 문제를 두고 부모님은 아무 말씀도 안 했습니까?"

지극히 당연한 질문이라고 생각한다.

"일 년 반 동안 현장에서 일하며 여러 가지를 배웠습니다만, 역시 전기와 관련된 일을 하고 싶다는 생각이 강해졌습니다. 아버지도 그 점을 이해해주십니다."

다이치는 교활한 인간이 된 듯한 기분이었다.

내가 하는 말, 거짓말이잖아.

단지 면접을 통과하기 위한 거짓말. 실은 취직에 실패하여 어쩔 수 없이 고하제야에서 일하고 있고, 아버지도 한시바삐 취직하기를 바라는데 말이다. 아버지가 부탁해서 일하고 있다는 이야기로 어떻게든 바꾸었다.

면접 자리에서 미야자와 다이치라는 인간은 둘이다. 진짜 자신과 면접용으로 만들어진 가상의 자신. 면접에서는 완전히 후자가 되려 노력한다. 그럴수록 진짜 자신과의 모순에 울려 퍼지는 불협화음이 견딜 수 없이 커져간다.

"하지만 지금까지 일을 배웠잖아요. 일 년 반 만에 그만두면 허사가 된다고 생각하지 않으세요?"

"허사가 되지는 않습니다."

다이치가 말했다. "가업을 통해 사회인의 기초를 배웠습니다. 앞으로 그걸 제 인생에 살려나가고 싶습니다."

"그런데, 장남이죠?"

면접관은 입사 지원서를 힐끗 보고 물었다. "앞으로도 가업을 이을 생각은 없다는 뜻입니까?"

"잇지 않을 겁니다. 아버지도 그 점은 이해해주고 계십니다."

단호한 태도가 어떻게 비쳤는지는 알 수 없었다. 여전히 강철 같은 감정으로 만들어진 듯한 시선을 보내던 면접관이 다이치를 한참 응시하다가 말했다.

"뒤를 이을 생각이 없는 회사에 들어간 건 당신에게도, 그리고 아버님께도 불행이었던 거 아닙니까?"

다이치의 마음속 깊이 파고드는 한마디였다.

8

"사장님, 정말 괜찮은 겁니까?"

야스다가 이렇게 물은 것은 두 번째였다.

"괜찮다니까, 괜찮아."

미야자와는 얼굴 앞에서 손을 내저었다. "어쨌든 만일의 경우에 회사를 위해 쓰려던 예금이야. 지금이 그때일지도 모르지."

이래저래 십 년 넘게 회사를 경영하며 미야자와는 생각한 것이 하나 있다.

회사의 진짜 위기란 실제로 돈이 궁해지기 훨씬 전부터 시작되는 게 아닐까.

왕왕 그럴 때의 회사에는 아직 여유가 있다.

그 여유를 믿고, 해야 할 일을 게을리하고 필요한 개혁에 착수하지 않는다. 그래서 몇 개월, 아니 수년에 걸쳐 눈에 보이는 위기가 찾아오는 것은 아닐까. 그렇게 되기 전에 새로운 한 수를 두는 것이 경영자의 일 아닐까.

"계약 이야기는 이야마 씨한테 정식으로 전했습니까?"

그런가, 잘 부탁하오. 계약하고 싶다고 했을 때 이야마의 대답이었다. 편벽된 사람의 조심스러운 기쁨의 표현이다.

"형편 닿는 대로 이쪽으로 오시라고 했더니 다다음 주에는 오겠다고 했어."

"시간이 별로 없네요. 살 곳은 저희 쪽에서 준비해야 되겠지요?"

"내가 오후에라도 부동산을 돌아보고 와야지. 작업 공간은 봉제과 옆에 있는 빈 방에 마련할 생각이고."

바느질 직원만 백 명이 넘던 시절의 흔적 같은 방이었다. 지금은 창고 대신 물건을 쌓아두었지만 정리하면 문제는 없으리라.

"이야마 씨를 고문 직함으로 들일 거야. 다만 이야마 씨 혼자 다 할 수는 없으니 밑에 누군가 붙여줄 필요가 있어."

"그러지 않으면 노하우를 배울 수도 없고요."

미야자와가 고개를 끄덕였다.

"문제는 누구를 붙이느냐 하는 건데……."

미야자와는 인선을 고민하고 있었다. 이과계 지식이 있어 기계 만지는 데 능숙한 사람이라면 봉제과 무라이의 얼굴이 맨 먼저 떠올랐다. 하지만 무라이는 나이가 들었고 봉제과의 중요한 일을 맡고 있기도 하다. 야스다는 노무 관계로도 힘에 부쳐 도저히 그럴 여유가 없다. 그렇다고 새로 사람을 모집하면 비용이 더 들게 된다.

"새로 고용하면 회사에 정착할지 말지도 알 수 없으니까요."

야스다 말대로, 중소기업의 경력직 채용은 이직률도 높다. 미야자와도 면접만으로 뽑은 사람에게 중요한 일을 맡기기는 망설여졌다.

"한동안은 내가 함께 해볼까 하는데 어떻게 생각해?"

"다이치는 안 됩니까?"

야스다가 의외의 말을 해서 깜짝 놀랐다.

"다이치가 어떻게 할 수 있겠어? 계속 취직하려 하고 있고, 일하는 걸 봐도 그렇고."

며칠 전 밤에도 면접을 보고는 풀이 죽어 돌아왔다. 다이치의 나쁜 면접 운은 철근이라도 들어 있는 것처럼 흔들림이 없다. 아니, 운이라기보다는 어딘가 생각의 버튼을 잘못 눌렀을지도 모른다. 근무 태도도 여전하다.

"하지만 다이치는 공학부를 졸업했고 전기나 기계도 잘 알지 않습니까? 젊으니까 배우는 것도 빠르겠죠. 적임자라고 보는데요."

"하지만 그 녀석이, 할까?"

"그때 일은 그때 가서 생각하세요."

주저하는 미야자와에게 야스다가 말했다. "확실히 말하자면, 새 밑창 개발은 그렇게 간단한 일이 아니라고 생각합니다. 전문 지식도 없는 사람이 시키는 대로 움직인다고 한들 가능할 것 같지도 않습니다. 하지만 다이치라면 가능하겠죠. 중간에 취직이 정해지면 그때는 다이치가 누군가한테 물려주면 되잖아요."

미야자와는 그래도 주저했다.

정말 다이치에게 맡겨도 될까.

그때 야스다가 등을 미는 한마디를 건넸다.

"언제 없어질지 모르니까 좋은 일을 시켜주시죠. 다이치한테도 도움이 될 테고, 그런 일이라면 의욕도 보여주지 않을까요?"

야스다가 그렇게까지 말해준다면…….

어쩔 수 없다는 듯 미야자와가 말했다.

"얘기해볼까."

9

미야자와가 차로 집 근처까지 데려다주었을 때, 날은 진작 저물어 서쪽 하늘에 근소하게 주황색 빛이 남아 있었다.

구름 사이로 별이 보이고 차가운 북풍은 이미 한겨울 바람이라 해도 좋을 만큼 건조했다.

국도를 따라 오른쪽에 학교가 있다. 그곳을 지나면 연립주택이나 민가가 나오고, 거기 섞이듯 사무실이나 상점이 흩어져 있다. 오후 5시가 지난 시간이라 오가는 차량도 많은 데다 보도는 소음으로 뒤

덮이고 먼지투성이지만, 이야마의 발걸음은 전에 없이 가벼웠다.

조금 전까지 다카사키 역 근처 호텔에서 고하제야의 미야자와와 의논을 했다.

미리 전화로 알려온 내용이지만, 정식으로 고하제야의 고문으로 계약하고 싶다고 제안해온 것이다. 고문료, 거처 등 조건은 우선 이야마가 예상한 대로라고 해도 좋았다.

평소 버릇으로 쌀쌀한 태도를 보였지만, 고하제야로서 최대의 성의라는 사실은 이야마도 알고 있었다. 일확천금을 버는 일이라고 말하기 힘든 조건이지만, 앞으로 '예상외로 변할' 가능성은 있다. 이야마에게는 기분 좋은 도전이다. 지금은 아내의 아르바이트 수입에 의존하는 몸이지만 고문 계약으로 생활도 편해질 것이다. 거북했던 것이 풀리고 안도감이 밀려온다.

토목업자인 친구 하시다에게 빌려 쓰는 연립주택까지는 걸어서 오 분쯤. 이야마는 국도에서 오른쪽으로 돌려다가 문득 발을 멈췄다. 가로등에 근근이 비친 길을 따라 30미터쯤 간 곳에 하시다의 회사가 있고, 부지로 들어가는 문이 있다. 문이라고 해봤자 콘크리트 기둥 두 개가 양쪽에 서 있을 뿐이고, 철문은 열린 채였다.

그 건너편 전봇대 옆에 사람 그림자가 보였다.

순간적으로 등을 돌리고 도로 쪽 벽 그늘에 몸을 숨긴 이야마는 살짝 앞쪽을 살펴봤다.

연립주택 출입구에서 조금 떨어진 곳에 남자 두 명이 보이는데, 딱히 아무것도 하지 않은 채 서 있었다. 담배를 피우고 이따금 뭔가 말을 주고받으며 인기척 없는 길을 감시중이었다.

그놈들이다.

다시 등을 벽에 찰싹 붙인 이야마의 표정에서 조금 전까지 띠고 있던 온화한 웃음기가 싹 사라졌다. 그 대신 공포가 떠올랐다.

바로 그때, 이야마가 지나온 것과 똑같은 길로 다가오는 아내 모토코가 보였다. 이야마는 안색을 바꾸고 달리기 시작했다.

"무슨 일이야?"

"이쪽은 위험해. 돌아가야 해."

잰걸음으로 걷기 시작한 이야마 옆에서 자전거를 탄 모토코가 "있어?" 하고 눈치 빠르게 물었다.

"감시하고 있어. 두 명이야."

모토코가 눈을 크게 뜨더니 잠자코 방금 온 길을 되돌아가기 시작한다.

"뒤로 들어가자."

자재 창고도 겸하는 넓은 부지에 사옥이 있는데, 그쪽에도 작은 출입구가 있었다. 녹슨 대문에 자물쇠를 채워놓았지만 이런 일도 있을지 몰라 열쇠를 보관하고 있다. 뒤편 황무지와 부지 사이에 있는 좁은 비포장 길을 걸어 살며시 안으로 들어섰다.

장을 봐온 봉지는 이야마가 들고 잰걸음으로 계단을 올랐다. 집으로 들어가자마자 현관에 둘 다 털썩 주저앉았다.

"불 켜지 마. 그놈들이 알아챌 테니까."

눈이 익숙해지자 연립주택 복도에 있는 상야등 불빛이 불투명한 유리를 통해 실내를 희미하게 감싼다.

"언제까지 도망 다닐 거야? 경찰에 신고하는 게 낫지 않을까?"

이야마는 대답하지 않았다.

예전에 이야마가 손을 내민 무허가 대부업자, 높은 이자를 받는 그 불법 사채업자의 실체는 야쿠자일 것이다. 도산 한 달 전에 이야마가 빌린 돈은 200만 엔. 55만 엔은 변제했지만 나머지 150만 엔을 갚기 전에 자금줄이 막혀버렸다. 이후 법적 절차를 진행하는 중에 그들은 채권액을 신청하지 않았다. 위법한 대출이었기 때문이리라. 결국 이야마의 개인 파산은 그대로 확정되었다.

그렇게 도망치기는 했지만 과연 그들이 무얼 하려는지 알 수 없어서 섬뜩했다. 무언의 협박을 하는 것 자체가 목적일지도 몰랐다.

"손을 대지는 못할 거야. 그런 짓을 하면 경찰이 끼어드는 사건이 될 테니까."

이야마는 자신을 타이르듯이 말했다.

모토코는 대답이 없다.

"아무튼 이것도 앞으로 일주일만 참으면 돼. 다음 주에는 교다로 이사할 거니까."

어둑한 가운데서도 모토코의 표정이 확 깨어나는 것을 알 수 있었다.

"정해졌어?"

"조금 전에 고하제야 사장하고 얘기하고 왔어."

이야마는 미야자와와 정한 조건에 관해 얘기하고, 접어서 가방에 넣어둔 부동산 전단지를 어둑한 바닥에 펼쳤다.

"잘됐다. 잘됐어."

문득 모토코의 목소리가 흔들리더니 눈에서 눈물이 흘러내렸다.

오랫동안 같이 살았지만 모토코는 이렇게 간단히 눈물을 보이는 사람이 아니었다. 그것을 아는 만큼, 그동안 꾹 참아왔을 모토코의 마음이 가슴을 찌르는 것 같았다.

　"맥주라도 마실까?"

　이야마가 냉장고 문을 열었다.

　"컵으로, 조금만."

　모토코가 이렇게 말해서 350밀리리터짜리 맥주 캔을 하나 꺼냈다. 부엌에 있는 컵을 건네고는 반쯤 채워주었다. 자신은 나머지를 캔째 마셨다.

　"미안해."

　이야마가 한마디 툭 던졌다. 보기 드문 사과였다.

　모토코가 대답 대신 희미하게 웃음 지었다.

　맥주를 마시며 이야마는 레이스 커튼이 드리운 창으로 밤하늘을 올려다봤다. 이제 석양의 저녁놀은 없다.

　"다시 한번 해볼까?"

　이야마가 누구에게랄 것도 없이 중얼거렸다.

8장

시행착오

1

"창고 공간이 부족해질 것 같네요."

야스다가 미야자와 귓전에 대고 속삭였다. 대형 트럭이 뒤로 들어오나 싶더니 짐칸에서 한 아름이나 되는 '짐'이 운반되어 야스다가 지시한 창고 한구석에 쌓이고 있다.

내용물은 누에고치다.

이야마가 군마 현 내의 양잠업체나 전문상사를 경유하여 준비했다. 견사의 원재료로 쓰지 않는 누에고치 찌꺼기로, 대부분 값싼 수입품이었다.

미야자와는 누에고치가 원료라는 말에 재료비가 걱정이었는데, 실제로 매입해보니 야마베의 중개도 있고 해서 무척 쌌다.

그렇다 해도 기존에 사용하던 발포 고무 소재에 비하면 비싸다. 비용 절감이 앞으로의 과제였다.

짐은 다 합해서 열두 덩이다. 두 개씩 세로로 쌓으니 미야자와의 키를 넘을 만큼 높아 순식간에 창고 한구석을 다 차지했다.

이야마 부부는 사흘 전에 미야자와가 준비해둔 연립주택으로 이사를 왔다. 말이 이사지, 짐은 곁에 두고 쓰는 간단한 물건뿐이라 아주 단출했다. 부부의 생활이 어땠는지 상상할 수 있었다.

이야마와는 고문 계약을 맺었지만 근무 형태는 정사원과 같다.

도미시마는 시종일관 냉담한 태도를 보였으나 걱정하던 충돌은 없었다.

"나는 육왕을 일본 최고, 아니 세계 최고의 러닝슈즈로 만들기 위해 왔습니다."

이야마답게 허풍스러운 인사에 쓴웃음을 지었을 정도다. 이야마가 처음 출근한 날 조례에서 인사말을 할 때였다. 하지만 그 말이 봉제과의 아케미 등에게는 감동적으로 들린 모양이다. 야스다에 따르면 이야마의 평판은 더할 나위 없이 좋다고 한다.

한편 생산 설비인 이야마의 기계는 어제 반입되었다. 하지만 반입 직전에 바닥 강도가 부족하다는 점이 판명되었고, 아는 업자에게 부탁해 강행 공사로 끝내느라 또 부산을 떨었다. 하여튼 이것으로 고하제야는 새 소재를 만들 토대를 얻었다.

드르륵 하고 야단스러운 소리를 내며 옆쪽 출입구가 열리나 싶더니 다이치가 카트를 밀며 창고로 들어왔다.

미야자와가 이야마 밑에서 일하라고 하자 다이치는 귀찮다는 얼굴로 "예, 알았어요"라고 했을 뿐 딱히 거절하지도 않았다.

의욕이 있는지 없는지 알 수 없는 태도는 여전했다.

다이치는 한 변이 1미터쯤 되는 네모난 짐을 내려 들고는 카트에 실었다.

"가보시겠습니까?"

야스다가 묻자 미야자와도 다이치 뒤를 따라 얼마 전까지 창고 대신 쓰던 방으로 향했다.

'개발실'이라는 새 팻말이 붙은 출입구에 서니 기계를 향해 몸을 구부린 이야마가 보인다.

실크레이 제작 설비의 길이는 약 5미터. 이야마에 따르면 시제품을 제작하기 위한 사이즈로, 대량 생산을 전제로 한다면 더욱 큰 것이 필요하겠지만 당분간은 지금 설비로도 충분할 거라고 했다.

이야마가 취득한 특허는, 간단히 말하면 누에고치 소재의 성형 기술이었다. 하지만 밑창을 제작하려면 해결해야 할 과제가 있었다.

경도硬度 조정이다.

달리기를 전제로 한 밑창에는 목적에 맞는 최적의 경도가 있다. 당초 이야마가 시제품으로 만든 실크레이는 오로지 경도만 추구한 상태라서, 그 정도 조정이 새롭게 필요해졌다. 이야마의 말로는 기술적으로 무척 어려운 일인 모양이다.

들어가서 말을 걸자 이야마가 이마에 배인 땀을 팔로 훔치며 일어섰다. 목장갑은 이미 기름 범벅이고, 겨울이 눈앞인데도 하얀 반팔 작업복은 땀투성이였다.

이야마는 어느 정도의 샘플이 만들어질 때까지 몇 달이 걸릴 예정이고, 심지어 상당히 강행 작업일 거라고 했다.

"열심히 하는 것 같습니다."

그날 밤, 상의할 것이 있어서 사장실로 찾아온 야스다는 개발실 쪽을 힐끗 보며 이런 감상을 털어놓았다.

주 중반, 저녁 8시가 지난 시각이다. 사원은 대부분 귀가했지만 이야마와 다이치는 개발실에 틀어박혀 있었다.

"이대로 쭉 열심히 해주면 좋을 텐데."

"겐 씨는 전혀 신용하지 않는 것 같던데요."

미야자와는 야스다의 말에서 뭔가 감지되어 "무슨 일 있었나?" 하고 물었다.

"낮에 이야마 씨가 무슨 일인가로 경리과에 왔는데, 변변히 말도 붙이지 않더군요. 저도 잠깐 볼일이 있어 마침 옆에 있었는데 이야마 씨가 화내지나 않을까 조마조마할 정도였습니다."

"그런 일이 있었단 말이지."

미야자와는 탄식을 섞어 대답했다. "겐 씨도 참 완고하달까. 도산 경험이 있다는 사실만 두고 신용할 수 없다고 단정하거든."

"뭐, 저도 처음에 이야기를 들었을 때는 역겨운 놈이라고 생각했으니까요."

야스다는 코언저리를 손가락으로 긁었다.

"근본은 성실해. 놀다가 회사를 망하게 만든 건 아냐."

"압니다. 그저 겐 씨는 회사가 변해가는 게 두려운 거 아닐까요."

야스다는 이런 말을 한다. "지금은 상무이사라는 입장도, 경리 담당이라는 사내 영향력도 있잖아요. 겐 씨는 계속 그렇게 해온 사람입니다. 그런데 신규 사업이라며 돈 드는 고문이라 칭하는 사람이 들어왔어요. 자기 손을 벗어나게 되었죠. 그게 두려운 겁니다. 다시 말해 본인 경험이나 입장에서 내다볼 수 없어지는 게 두려운 것 같습니다."

미야자와는 뜻밖의 관찰에 약간 놀라며 팔짱을 끼었다.

"나이 든 사람의 마음속은 의외로 복잡합니다."

"다 아는 것처럼 말하네."

"저희 아버지가 그렇거든요."

야스다는 어깨를 가볍게 움찔해 보인다.

"그렇다 해도, 이미 움직이기 시작했으니까. 일단은 밑창 규격을 어떻게 할지가 첫 번째 과제야."

"무슨 생각이라도 있으십니까?"

"시간을 봐서 아리무라 씨한테 의논하러 가야지."

아리무라라면 밑창에 관한 지식도 풍부하고 얼마간 조언을 들을 수 있지 않을까. 실크레이 샘플을 가져가면 새 아이디어가 생겨날지도 모른다. 그런 희미한 기대가 있었다.

2

"좀 더 가져와."

기계를 들여다본 채로 이야마가 말했다. 창고로 향하던 다이치는 문득 벽시계를 올려다보았다. 이미 밤 9시가 지났다.

저녁에 근처 식당에서 밥을 먹어 배는 고프지 않지만 오늘도 잔업이다. 계기판을 들여다보고 있다가 일어서자 몸에 스며드는 듯한 피로가 느껴졌다. 이렇게까지 열심히 일하는 것은, 과장이 아니라 난생처음이다.

창고 불을 켠 뒤 한구석에 쌓인 '누에고치 찌꺼기'로 가득한 자루를 안듯이 들어 카트에 실었다. 11월 밤공기가 차가운 손가락처럼 목덜미를 어루만지고 지나간다. 휑뎅그렁한 부지에 상야등의 희미한 불빛 외에는 다이치가 일하는 방의 창문에서 새어나오는 빛만 비치고 있을 뿐이었다.

아무리 그렇다고 해도…….

다이치는 문득 한숨을 내쉬었다. 마음속에 불쑥 일어난 불안을 주체할 수 없었다.

'정말 할 수 있을까?'

고하제야가 이야마를 고문으로 맞이한 지 슬슬 이 주가 되어간다.

그동안 다이치는 누구보다 가까이서 이야마가 일하는 모습을 지켜봤다.

확실히 집념에는 무시무시한 구석이 있다고 생각한다. 재료 품질에서 공정 관리까지 전혀 타협이 없다. 하지만 작업 내용은 시행착오의 연속이었다. 제대로 된 샘플은 단 한 번도 제작된 적이 없었다.

요즘 이야마는 개발이 생각대로 진행되지 않자 시종 미간을 찌푸리고 있고, 말수도 적어졌다. 특허 기술이 있다 해서 고하제야에서 필요한 대로 곧장 생산까지 연결하는 것은 쉬운 일이 아닌 듯하다.

카트를 밀자 휑한 창고에 바퀴 소리가 울려 퍼졌다. 불을 끄고 사옥 본채로 돌아가던 다이치는 문득 부지 밖에 사람 그림자가 있음을 깨달았다.

기분 탓일까.

발길을 멈추고 응시했지만, 그곳에는 늦가을의 아주 맑은 하늘과 밤의 어둠뿐이었다.

결국 그날 다이치는 자정이 가까워서야 회사를 나설 수 있었다.

"수고했어."

돌아가기 직전에 이렇게 말한 이야마는 피로가 번진 얼굴을 셔츠 소매로 훔치더니 다시 움직이기 시작한 기계를 가만히 지켜보았다.

"고문님은 안 들어가십니까?"

"어어, 나도 이제 가야지."

"그렇습니까. 그럼 먼저 실례하겠습니다."

다이치가 가볍게 인사하고 방을 나설 때도, 이야마는 아주 진지한 눈빛으로 기계를 보고 있었다. 정말 들어갈 생각이 있는지 의심스럽다. 지금 그의 옆얼굴에 배어 있는 것은 집념 그 자체다.

정말 괜찮을까, 정말.

아버지는 이야마에게 많은 기대를 하는 것 같지만, 거기 부응할 수 있다는 확신은 전혀 가질 수 없다. 다이치는 떨쳐버리지 못한 의심을 안은 채 자전거를 타고 집으로 달리기 시작했다.

"다이치, 어땠어?"

미야자와는 여느 때처럼 자지 않고 다이치의 귀가를 기다렸다.

사운을 건 사업이다.

사실 직접 나서서 돕고 싶지만 실크레이 제작은 이야마와 다이치에게 맡겼다. 자신은 현장에 있어도 방해가 될 뿐이라고 스스로 타이르며, 이렇게 매일 귀가를 기다리는 것이다.

"어려운 거 아녜요?"

기진맥진한 얼굴로 부엌에 들어선 다이치는 "저녁은 밖에서 먹었는데 어쩐지 또 배가 고프네" 하며 남은 음식을 데우기 시작한다.

"어떻게 어렵다는 건데?"

미야자와가 물었다.

"어제도 말했지만 기본 프로그래밍부터 다시 하는 거니까요."

최적의 경도와 점도를 지닌 실크레이를 만들기 위해 설비를 재조정중이라는 이야기는 이전부터 들었다.

오랜 기간 본격적으로 움직인 적 없던 기계를 재가동하는 어려움도 있을 것이다. 미야자와 역시 그 점은 이해했다. 하지만 이 주가 지났는데도 갈팡질팡하고 있어서 언제쯤 실제로 샘플이 완성될지 알 수 없었다.

"그래서 전망이 서는 것 같던?"

"글쎄요."

다이치는 신통치 않은 얼굴로 말했다. "꽤나 초조해하는 느낌이기도 하고."

차츰 불안이 가슴으로 스며든다. 이야마가 열심히 작업한다는 것은 알고 있다. 오늘 낮에도 진척 상황을 묻자 "조금만 더 기다려주시오" 하고 태연하게 대답했다. 조정이 늦어지지만 나름대로 계산이 있을 거라 생각하게 한 것은 단순한 눈가림일까.

"어떻게 하면 경도를 제어할 수 있는지 이론으로는 안다는데요."

다이치는 입을 오므리고 말했다. "뭔가 잘못된 것 같거든요."

그때 미야자와의 가슴에 번진 것은 낙담만이 아니었다. 결코 인정하고 싶지 않지만, 이야마에 대한 불신 같은 것이 말도 형태도 되지 않는 미묘한 느낌으로 마음속 깊은 곳에 자리 잡기 시작했다.

하지만.

'넌 이야마 씨를 믿고 투자한 거 아니냐?'

미야자와는 마음속으로 자신을 엄하게 꾸짖었다. 도산 경험이 있으니 신용할 수 없다는 도미시마와 대립까지 했다. 그런데 약간 실패한 정도로 이야마에 대한 생각을 바꾸는 것인가.

"사람 보는 눈이 고작 그 정도냐?"

미야자와는 나지막하게 자조할 수밖에 없었다.

3

그날 미야자와가 아리무라의 매장을 방문한 것은 오후 3시를 지난 때였다.

오전 중에 도쿄 시내에서 거래처 미팅을 끝낸 후 JR로 요코하마까지 이동했다.

"정말 오랜만입니다."

매장에는 손님이 몇 명 있고, 아르바이트 점원이 응대중이었다. 계산대 쪽에서 인사를 건넨 미야자와의 눈에 안쪽 탁자에서 손님인 듯한 누군가가 아리무라와 대화중인 모습이 보였다.

"죄송합니다. 방해가 됐을까요? 잠깐 시간을 보내러 왔습니다."

미야자와가 조심스럽게 말했다.

아리무라가 "아뇨, 아뇨, 괜찮습니다. 괜찮으면 같이 앉으시지요" 하며 의자를 권했다.

미야자와의 목소리에 등을 보이고 있던, 먼저 온 손님이 뒤를 돌아보았다.

쉰 살 정도 되어 보이는 동년배 남성이다. 백발 섞인 머리에, 큰 키. 조깅슈즈를 신고 슬랙스와 폴로셔츠를 입은 소탈한 차림이다.

새 밑창에 대해 조언을 구하러 왔는데 먼저 온 손님이 있어서는 말을 꺼낼 수가 없다.

미야자와가 머뭇거리자 아리무라가 "자, 사양하지 마세요. 마침 잘됐네요" 하며 남자를 소개해주었다.

"이쪽은 아틀란티스의 무라노 씨입니다. 유명한 슈피터시죠. 이쪽은 교다에 있는 다비업체인 고하제야의 사장 미야자와 씨입니다. 신규 사업으로 러닝슈즈 업계에 뛰어들 생각중이십니다."

아틀란티스의 무라노……?

명함을 내밀던 미야자와는 갑자기 긴장했다.

무쿠하토 통운의 에바타에게서 이름을 들은 적 있다. 업계에서 알아준다는 뛰어난 사람 아니던가.

육왕에 관해 의논하러 왔는데, 하필 아틀란티스의 유명인과 마주치다니 운이 나쁘다.

미야자와가 속으로 혀를 찰 때였다.

"아리무라 씨, 멋대로 '전'을 빼면 곤란하죠"

아리무라가 쓴웃음을 지었다.

"아, 그렇죠. 사실 무라노 씨는 아틀란티스를 그만두었습니다."

아리무라가 의외의 사실을 밝혀 미야자와를 놀라게 했다.

"그만두신 거면, 정년퇴직입니까?"

그런 것치고는 너무 젊다.

"아뇨, 잘렸습니다."

농담이라고 생각했다. 하지만 이야기를 나누다 보니 잘렸다는 표현은 과장이어도 그리 동떨어지지 않은 사정을 알게 되었다.

"아틀란티스도 경솔한 짓을 했네요."

아리무라는 믿을 수 없다고 말이라도 하고 싶은 어조다. "현장과 경영은 좀체 연결되기 어렵습니다만, 무라노 씨의 힘을 제대로 가늠하지 못하다니 조직으로서는 끝났네요."

아리무라는 무라노를 높게 평가했다.

"그런 말을 듣는 게 그나마 유일한 위안이네요." 무라노는 쓸쓸하다는 듯이 플라스틱 컵에 담긴 커피를 홀짝이며 말했다.

"그럼 이제 아틀란티스와는 인연이 끊긴 겁니까?" 미야자와가 조심스럽게 물었다.

"그렇죠. 지금은 백수이고 한가해서, 신세 진 분들 찾아다니며 인사를 하고 있습니다."

무라노는 웃어보였다. "집에 있어도 거북하고, 이렇게 얘기를 나누면 뭔가 재미있는 아이디어라도 떠오를까 해서요."

"그렇습니까."

아무리 그래도 슈퍼터로 손꼽힌다는 사람이다. 와달라는 데가 많을 것이다. 그런 생각은 미야자와의 입을 더욱 무겁게 만들었다. 여기서 마음 편히 육왕 이야기를 했다가 만약 무라노가 아틀란티스 이외의 경쟁 회사에 재취직한다면 이쪽의 패를 보여주는 셈이다.

그때였다.

"아, 맞다. 무라노 씨, 고하제야 사장님께 조언을 좀 해주시면 어떨까요?"

다름 아닌 아리무라의 입에서 쓸데없는 제안이 튀어나왔다.

"아니, 저 같은 사람은 안 됩니다. 고하제야 나름대로 하고 계시는 게 있을 테니까요."

웃으며 겸손한 태도를 보이는 무라노에게 어떻게 대답해야 좋을지 알 수 없었다.

"벌써 다른 회사에서 제의가 있었죠?"

아리무라가 물었다.

"아뇨, 이제 큰 조직은 질색입니다."

무라노는 웃음기를 지우고 말했다. "좀 더 제 마음대로 선수들과 마주할 수 있는 일은 없을까 생각하고 있습니다."

유명 슈피터라니 얼마나 잘난 척하는 사람일까 싶었지만 무라노의 태도는 정말 진지했다.

그렇게 생각할 때였다.

"그럼 저와 함께 일해보시겠습니까?"

미야자와가 무의식중에 이런 말을 입 밖에 내고 말았다.

"예?"

무라노는 느닷없이 이해 불가능한 발언을 들었을 때처럼 멍하니 있었다.

"아니, 미안합니다. 죄송해요, 이상한 말을 했네요."

미야자와는 서둘러 사과하고는 마음속 동요를 숨기려고 앞에 놓인 커피를 입으로 가져갔다.

대체 무슨 말을 한 걸까.

급속하게 솟아오른 자기혐오에 무릎에 놓은 주먹을 꼭 쥐었다. 무라노는 아틀란티스의 간판 슈퍼터였다. 업계에서도 매우 유명인이다. 그 사람을 이제 막 신발을 만들기 시작한, 그런 의미에서 보면 업계 신용이 없다시피 한 미야자와가 스카웃하려 하다니. 주제넘은 짓이다.

무라노는 잠자코 있었다.

"죄송합니다. 바보 같은 말을 했습니다."

완전히 기분을 상하게 만들었다고 생각한 미야자와가 서둘러 말을 덧붙였다.

아리무라가 수습하며 도움을 주고 나섰다. "자아, 자. 그나저나 오늘은 뭐 할 이야기가 있으신 거 아니었습니까?"

"그렇긴 합니다만."

미야자와는 이렇게 말하고는 어떡해야 할지 주저했다.

"제가 자리를 비켜드릴까요?"

무라노가 마음을 쓰자, 미야자와가 "아뇨, 그건 죄송한 일이죠"라며 만류한다.

"실은 밑창용으로 이런 소재를 찾았어요."

될 대로 되라는 마음에, 들고 온 주머니에서 실크레이 샘플을 꺼내 탁자에 놓았다.

"흐음, 좀 봐도 되겠습니까?"

흥미가 생겼는지 아리무라가 양해를 구하고는 들어 살펴본다.

처음으로 나온 것은 놀란 듯한 말이었다. "코르크입니까?"

확실히 얼핏 보면 코르크처럼 보이기는 한다.

"밑창 신소재로 채택하려 생각중입니다. 가볍고 튼튼합니다. 천연
소재라서 환경에도 좋고요."

"이게 뭐죠?"

아리무라는 놀란 얼굴로 샘플을 무라노에게 건넸다.

잠자코 받아든 무라노는 손바닥으로 전해지는 감촉에 눈이 휘둥
그레지더니 아주 진지한 표정을 지었다. 손끝으로 표면을 눌러보기
도 했다.

"성형은 자유롭게 할 수 있습니까?"

무라노가 물었다.

"할 수 있습니다. 이론상으로는요."

미야자와는 조금 주저한 후 말을 이었다. "다만 밑창에 최적인 경
도 산출과 성형에는 시행착오를 거듭하고 있습니다. 실은 아리무라
씨께 그에 관한 의견을 듣고자 온 겁니다."

"이런 걸 잘 찾아내셨네요."

아리무라가 감탄한 듯이 말했다.

"우연히 지인이 소개해줬습니다."

"천연소재라고요?"

아리무라가 물었다. 미야자와는 이야기해도 될지 잠깐 망설이다

가 "누에고치입니다" 하고 대답했다. 무엇인지 안다 해도 어차피 특허 때문에 따라할 수는 없었다.

두 사람이 놀라는 소리를 냈다.

"견사로는 못 쓰는 누에고치 찌꺼기를 성형하니 가격도 쌉니다."

"흥미롭네요. 어떻습니까, 무라노 씨?"

아리무라가 살짝 흥분한 듯이 말했다.

무라노가 진지한 얼굴로 소재를 바라보고 날카롭게 지적한다.

"미야자와 씨는 얇은 밑창을 만들고 싶으시군요?"

"그렇습니다. 그만한 경도를 낼 수 있는 소재입니다. 어떨까요?"

무라노는 잠자코 실크레이 샘플을 탁자에 놓고는 잠시 말없이 바라본다.

"흥미가 생기는데요."

무라노는 그 한마디를 꺼내며 씩 웃었다. "도와드려도 될까요?"

예상외의 말에 미야자와는 여우에 홀린 듯한 얼굴이 되었다.

"무, 물론입니다. 아니, 대환영입니다. 그런데 진심으로 하시는 말씀입니까?"

"물론 진심입니다."

무라노가 말했다. "이 소재, 한눈에 반했습니다. 아리무라 씨도 협조하세요. 고하제야에서 혁명을 일으킬 테니까요."

아리무라는 쓴웃음을 지었다. "그 제품을 여기서 팔면 좋겠네요."

"뭐 상관없지만, 그건 새 슈즈가 완성되고 나서 얘기하시죠."

미야자와는 자신이 생각해도 놀랍게도, 무라노와 두 시간쯤이나 이야기를 더 나누었다.

무라노는 슈퍼터로서 쌓아온 실적이나 경험, 그리고 아틀란티스에서 일한 내용도 숨김없이 말했다. 이야기해도 괜찮을까 싶은 아틀란티스 사내의 일까지.

하지만 듣는 중에 점차 무라노의 의도가 들여다보였다.

숨기지 않고 다 털어놓음으로써 자신이 미야자와를 신용하고 있음을 전하려는 것 아닐까.

그렇다면 미야자와도 거기에 부응해야 한다.

무라노의 이야기가 얼추 끝난 후 미야자와도 고하제야의 설립부터 시작해 조금씩 축소되어온 실적, 거기서 벗어나기 위해 러닝슈즈 개발에 착수한 경위, 육왕 개발 콘셉트까지 무엇 하나 숨기지 않고 모두 이야기했다.

무라노는 장인 기질의 성실한 인품을 지닌 사람이다. 그 사실을 알게 된 것이 이 만남에서 가장 큰 수확이라 해도 좋았다. 무라노가 미야자와에게서 어떤 인상을 받았는지는 모른다. 하지만 업계에 새로 진출하려는 고하제야로서는 무라노가 협력해준다면 일당백의 우군을 얻는 셈이다.

난처해진 나머지 즉흥적으로 아리무라를 찾아간 것이 이런 만남으로 이어지다니. 진심으로 감사하지 않을 수 없었다.

"저한테는 꿈이 있습니다."

미야자와는 그만 우쭐해져서 말하고 말았다. "이 밑창으로 러닝슈즈를 완성해서 정상급 육상선수에게 신게 하고 싶습니다."

"그런 사람이라면 무라노 씨가 많이 아니까요."

아리무라의 말에 무라노도 웃으며 "예컨대 누가 좋을까?" 하고 농담을 섞어 말한다.

"다이와 식품의 모기 선수가 좋을 거라고 생각합니다."

미야자와가 말하자 무라노의 얼굴에서 웃음기가 가시고 매서운 시선이 이쪽으로 향한다. 뭔가 비위를 거스르는 말을 했을까. 내심 당황한 미야자와에게 무라노가 말했다.

"좋은 꿈이군요. 저도 그 꿈에 가세하겠습니다."

4

연일 잔업이 이어지고 있다.

"이제 와? 늦었네."

현관으로 맞으러 나온 모토코가 말했다.

"아니, 밥 먹고 다시 다녀올 거야."

이야마가 대답했다.

"또?"

모토코가 놀라 되물었다. 고하제야 고문이 되고 나서 이야마는 쉬지 않고 일했다. 젊은 시절이라면 몰라도 예순 가까운 나이에 계속되는 무리는 보디블로처럼 서서히 영향을 준다.

모토코는 두부와 파를 넣은 된장국, 그리고 돼지고기 생강구이에 샐러드를 더한 식사를 내왔다. 이야마는 묵묵히 그릇을 비운 뒤 다녀오겠다는 한마디를 남기고 집을 나섰다. "몇 시쯤 돌아와?" 하고 현관 앞에서 묻는 아내에게 "가능한 한 빨리 올게"라고밖에 할 수 없었다.

기진맥진하지만 쉴 생각은 들지 않는다. 아드레날린이 체내를 돌아, 세면대에서 얼굴을 보니 움푹 꺼진 눈구멍 속에서 두 눈만 사냥감을 노리는 동물처럼 번뜩였다. 연립주택 앞에 세워둔 자전거를 타고 오 분이면 갈 수 있는 회사로 돌아갔다.

작업장 출입구 근처 휴게실에서 다이치가 도시락을 먹고 있었다.

"좀 어때?"

가동중인 기계로 시선을 돌리며 물었다.

"지금은 순조로워 보이는데요."

이야마는 다이치가 무뚝뚝하지만 근본은 나쁘지 않은 녀석이라고 생각했다. 머리 회전도 빠르고 이해도 빠르다.

실크레이 샘플 제작에 착수한 지 벌써 한 달. 이제 12월 중순이다.

몇 번에 한 번 꼴로 샘플이 될 만한 시제품도 얻었지만 이야마가볼 때 우연한 산물에 지나지 않았다. 품질을 확실히 제어할 수 없다면 양산 설비로는 실격이다.

시계를 올려다본 다이치가 기계 상태를 보러 돌아갔다.

최종 공정인 냉각 단계에서 강화 유리 너머로 보이는 실크레이는 견사 본래의 빛깔을 띤 덩어리다.

이야마가 어렸을 때, 친구들 집은 대부분 여름이 되면 열심히 양잠 일을 했다. 문을 닫아 어둡게 만든 집이나 광 안에서 여러 단으로 겹쳐놓은 선반에 누에를 키웠다.

그런 환경이니 누에고치에서 얻는 견사는 천연섬유 중에서 가장 질기다는 지식도 어릴 때부터 갖고 있었다. 같은 굵기라면 강철보다 견사가 더 강하다. 게다가 잘 쏠지 않고, 천연섬유이므로 버려도 자연으로 돌아간다.

견사로 새 소재를 만들 수 없을까 생각한 계기도 그런 환경에 있었기 때문이다. 지금은 양잠업을 부흥시키고 싶다는 꿈도 이야마의 연구를 뒤에서 밀어주었다.

냉각 종료를 알리는 신호음이 울렸다. 다이치가 잠금 장치를 풀고 커버를 올려 생성된 실크레이를 내부에서 꺼낸 뒤 측정기에 올렸다.

"어떤가?"

다이치는 가늘고 길게 숨을 내쉬었다. 고개를 좌우로 흔든다.

이야마는 판에 올려진 실패작을 살짝 만져보았다. 의도한 경도와 미묘한 차이가 있었다. 무심코 탄식하고 두 손으로 탁자를 짚는다. 뭔가 부족하다.

"경도 제어가 정말 가능합니까?"

얼굴을 들자 잠이 부족하여 충혈된 다이치의 눈이 이야마를 향하고 있었다.

"뭐야, 의심하는 거야?"

"그런 건 아닌데요."

다이치는 목장갑을 벗어 옆에 놓인 의자에 아무렇게나 내던진다.

"그럼 뭐야?"

이야마도 신경이 곤두서 험악하게 말하고는 방금 꺼낸 샘플을 바닥에 놓인 플라스틱 케이스에 내던졌다.

"한 달 동안 생각해볼 수 있는 건 다 해봤잖아요. 프로그래밍, 설정 온도, 휘젓는 타이밍, 시간, 냉각까지의 시간 간격. 그런데도 뭘 어떻게 하면 경도를 제어할 수 있는지 전혀 몰라요. 아니면 모든 조합을 시험해보나요? 그럼 한 달은 고사하고 몇 년쯤 걸릴걸요. 재료도 공짜가 아니잖아요."

"알고 있어." 이야마가 내뱉었다. "그럼 너도 생각 좀 해."

"생각요? 대체 어떻게요? 실크레이를 발명한 사람은 제가 아니라 고문님 아니세요?"

다이치가 되물었다.

"알았어. 넌 이제 됐으니 들어가."

이야마는 방구석 작업 탁자에 뭉쳐 있던 다이치의 운동복을 집어 던져주었다.

"아니, 신경질 내시는 거예요?"

다이치의 입술이 떨리고 눈이 분노로 동요한다. "본인 잘못 아닌가요? 이 엉터리 설비를 가져온 건 고문님이잖아요."

두 사람은 몇 날 며칠 오로지 작업만 계속했다. 시제품을 만드는 데 거의 모든 힘을 쏟았다고 해도 좋다. 연속된 실패가 서서히 중압감으로 변해서 냉정함을 빼앗아간다. 개발실 분위기는 최악이었다.

"들어가라고 하시니 들어갈게요. 시킨 대로 하면 되지 않습니까."

"이제 됐다고."

이야마는 카트를 밀며 창고로 가서 새로 재료를 실었다. 작업을 시작했을 때 산더미처럼 쌓였던 원재료가 절반쯤으로 줄어 있다.

작업장으로 돌아와 보니 다이치는 이미 없었다.

묵묵히 짐을 내린 이야마는 시제품 제작 데이터를 열심히 보며 생각하기 시작한다. 이 시행착오가 언제 끝날지 이야마 자신도 전혀 알 수 없었다.

다이치에게도 짜증을 낼 만한 이유가 있었다.

그날 다이치는 갈피를 잡지 못한 채 망설이고 있었다.

발단은 이틀 전 저녁에 걸려온 전화 한 통이었다.

"도와 일렉트릭공업 인사부입니다."

처음에는 뭔가 잘못 들은 것이 아닐까 생각했다. 도와 일렉트릭공업이라면 한 달쯤 전에 다이치가 면접을 본 회사다.

빈말로도 느낌이 좋았다고 할 수는 없었기에 당시에는 떨어졌다고 생각했다. 인연이 있으면 연락드리겠다는 말을 들었지만, 일주일 이상이나 연락이 없었다. '아, 역시' 하고 여기는 것이 당연했다.

그런데 한 달 넘게 지나 연락이 왔으니 놀라움을 넘어 수상하다고 봐도 무리는 아니다.

"지난 면접 때는 고생하셨습니다. 심사 결과, 다음 단계로 올라가게 되어 연락드렸습니다."

전화를 걸어온 것은 저번 면접 담당이 아닌, 젊은 여성이었다.

"감사합니다."

여우에게 홀린 기분으로 대답하자 그 여성이 말했다.

"모레 저녁 7시에 본사로 와주셨으면 하는데, 괜찮으십니까?"

휴대전화를 쥔 채 머릿속으로 달력을 확인했지만 특별한 일정은 없었다. 실크레이 작업 탓에 또 잔업을 하게 될지 모른다는 가능성을 제외한다면.

"알겠습니다." 다이치는 이렇게 대답했다.

그런데 그 면접이 오늘이었다.

실은 어제 작업 상황을 보고 '빠지기는 좀 어렵겠구나' 하고 생각 은 했다. 하지만 일단 수락한 면접일의 변경을 요청하면 자신에게 불리할 것 같아 따로 연락은 하지 않았다.

내일, 몇 시간만 살짝 빠져나가 다녀오자.

그러나 좀처럼 이야마에게 말을 꺼내지 못하고 시간만 지나갔다.

결국 면접 시각이 임박한 저녁에서야 변경을 부탁하려 연락했다.

"오늘 면접을 변경하시고 싶다고요? 알겠습니다. 저희가 다시 연 락드리죠."

쌀쌀맞은 대답과 함께 전화가 끊어졌다.

빨리 연락하지 않은 데 대한 짜증 같은 것이 목소리에 배어 있는 듯했다. 그 자리에서 다른 날짜를 협의하지 않은 것도 상대의 의사 표시 아닐까.

첫 면접에서 성적이 좋지 않았음은 알고 있다.

채용 예정이던 사람이 오지 않아서, 떨어진 다이치가 구제받고 2차 면접에 올라간 것 아닐까. 그렇지 않아도 불리한 데다 막판에 약속까지 바꾸려 했으니 채용 가능성은 거의 사라졌다. 아마 후보자 가 몇 명 더 있을 테고, 다이치는 그 레이스에서 스스로 내려온 셈이 었다.

그 결과가 이야마와의 언쟁이었다. 정말이지 좋은 일 하나 없는 하루였다.

"멋대로 하라지."

다이치는 카트와 함께 창고로 사라진 이야마 쪽을 향해 내뱉었다.

그러고는 땀이 밴 옷 위에 이야마가 던져준 운동복을 걸치고 고하제야를 뒤로했다.

5

"샘플은 성공했어?"

기분이 풀리지 않은 채 집으로 돌아가자 여느 때처럼 맨 먼저 아버지가 물어왔다.

"아뇨."

시무룩한 얼굴로 고개를 한 번 가로저은 뒤 냉장고에서 맥주 캔을 꺼내 뚜껑을 땄다. 술이라도 마시지 않으면 견딜 수 없는 그런 기분이었다. 거실 구석에 크리스마스트리가 서 있다.

"처음부터 다시 하기로 한 거야?"

"아뇨. 들어가라고 해서 들어온 거예요. 고문님은 아직도 하고 있을걸요."

"그게 무슨 말이야?"

아버지가 눈살을 찌푸렸다.

"또 실패했거든요. 나한테 괜히 화풀이를 하더라고요."

이렇게 대꾸하자 대답 대신 커다란 한숨 소리가 들려왔다.

"틀려먹은 건지도 모르겠어요."

아버지가 소재에 건 기대는 알지만 솔직한 감상은 그랬다. "어떻게 해야 제대로 되는지 고문님도 모르고 말이에요. 그 기계로 할 수 있는지조차 알 수 없어요."

"하지만 샘플은 좀 만들었잖아."

"아직 멀었어요."

다이치가 말했다. "제어할 수 있는 수준이 아니에요."

괜찮은 수준까지 가는 것과 실제로 완성하는 것은 천양지차다. 결국 이야마의 기술로 만들 수 있는 것은 그때그때 운에 따라 나오는 고형물 정도 아닐까.

"이야마 씨도 그렇다고 해?"

아버지 표정에 불안한 빛이 떠올랐다.

"글쎄요. 하지만 할 수 있다고 생각하니까 일을 맡았겠지요. 그래서 아버지도 그대로 믿고 고용한 거 아니에요?"

이 한마디에는 물론 다이치의 빈정거림도 포함되어 있었다. "고문이잖아요. 고문은 가르치는 입장인데, 모르니까 같이 생각하라고 하던데요. 그건 고문도 아니잖아요."

잠시 반론이 없었다.

"자기가 할 수 없는 일을 할 수 있다고 하는 사람일까?"

진지한 눈빛으로 아버지가 물었다.

"내가 어떻게 알아요."

진절머리가 나서 내치듯이 대답한다. "이론적으로 가능해도 실제로는 불가능한 일도 있잖아요. 거짓말할 생각이 없어도 결과적으로 거짓말이 되는 일도 있다는 의미예요."

말하면서 마음속 어딘가가 울적했다. 다이치 또한 면접에서 '거짓말' 섞인 응답을 했기 때문이다. 나에게도 거짓이 있다. 그러므로 사실 이야마를 비난할 자격이 없다. 그 점은 알고 있다.

아버지는 말없이 팔짱을 꼈다. 언짢은 얼굴로 뭔가 생각하고 있다. "그렇단 말이지……."

얼마쯤 그렇게 있더니 불쑥 말했다. "한번 보고 올까. 아직도 하고 있으면 야식이라도 챙겨줘야겠다."

아버지가 나간 것은 밤 11시가 지나서였다.

"다이치, 혼자 가시게 할 거야? 네 일이잖아."

어머니 말을 듣고 다이치도 혀를 한 번 차고는 일어났다.

"쳇, 어쩔 수 없다니까."

이미 간 건 아니겠지.

회사에 도착할 때까지 다이치는 그런 생각을 했다.

이야마와 분위기가 험악해지던 그때쯤, 상황은 이미 막다른 길에서 갈팡질팡하고 있었다. 떠오르는 궁리도 조정도 다 했다. 몇 가지 있는 변동 요인은 조합이 무수히 존재해서 다 시험해볼 수도 없는 노릇이었다. 다시 말해 지난 한 달 동안 도저히 감당할 수 없는 데까지 몰려 있었던 것이다.

하지만 회사 부지에 들어서자마자 다이치는 예상이 보기 좋게 빗나갔음을 알았다. 개발실 불빛이 부지 내 아스팔트를 희미하게 비추고 있다.

다가가니 기계에 양손을 짚은 채 움직이지 않는 이야마가 보였다. 생각에 몰두한 옆얼굴은 진지함 그 자체였고 기백마저 흘러넘쳤다.

"이야마 씨는 포기하지 않았어."

아버지는 이렇게 말하고는 출입구로 향했다. 다이치도 그 뒤를 따라 작업장으로 들어갔다.

"뭐야, 들어간 거 아니었어?"

다이치를 보자 불쾌하다는 듯이 이야마가 말했다.

말투 때문에 치미는 반론을 꾹 참았다.

"아, 이거 갖다드리래요."

집에서 가져온 도넛을 탁자에 놓는다.

힐끗 보더니 이야마는 순간적으로 말을 삼키는 듯했다.

"미안했다."

이야마가 쌀쌀맞게 한마디를 꺼냈다. 다이치 뒤에 선 미야자와에게도 시선을 옮겼지만, 별달리 아무 말도 하지 않았다. 기계 위 보드를 치우더니 다시 팔짱을 끼고 생각하기 시작했다.

"저기, 아까는 죄송했습니다."

다이치가 나직이 말하자 이야마는 계속 옆얼굴을 보인 채 "어, 그래"라는 짧은 대답을 했다.

데이터가 표시되고 있었다.

다이치도 컴퓨터 책상에 앉아 테스트 데이터를 읽기 시작한다.

"부탁한다."

잠깐 말없이 그 모습을 바라보던 아버지가 이런 말을 남기고 천천히 개발실에서 나갔다.

이야마에게 아버지 요구에 여유 있게 부응할 만한 노하우가 없다는 것은 분명하다. 하지만 다이치는 그런 말을 해봤자 아무 소용이 없을 거라고 생각했다. 동시에 이렇게도 생각했다.

뭔가 새로 개발한다는 것은 애초에 이런 일일지 모른다고.

아무리 힘들더라도 이를 극복하지 못하면 다음으로 나아갈 수 없다. 그렇다면 계속 싸울 수밖에 없다. 시간과 체력이 허락하는 한.

지금 이야마는 스마트한 결말이 아니라 세련되지 않은 진지한 승부에 도전하는 것이다. 다이치도 드디어 그것을 알게 되었다.

'어쩔 수 없지. 같이 해볼까.'

이야마의 몰두와 열의 앞에서 다이치 또한 마침내 그런 마음이 들었다.

"정말 별거 아닌 것일 텐데 말이야."

이야마가 탄식 섞인 목소리로 중얼거렸다.

그럴지도 모른다.

하지만 사실은 '정말 별거 아닌 것'을 알고 극복하기까지가 '힘든 일'임이 틀림없었다. 다이치는 그 점을 깨달았다.

6

"모기 선수 되십니까? 저는 《월간 애슬리트》의 시마라고 합니다."

취재 창구인 홍보부에서 사전에 알려주어 그런 전화가 걸려올 줄은 알고 있었다.

《월간 애슬리트》는 모기도 구독중인 러닝 전문 잡지다. 시마는 목소리 느낌으로는 아직 젊은 여성 편집자인 것 같았다.

"실은 신년호 두 번째 특집으로 '실업팀 신성新星 러너 대담'이라는 코너를 기획중입니다. 그래서 아시아 공업의 게즈카 선수와 대담을 해주실 수 없을까 해서요."

"게즈카와 말입니까?"

대학 시절 몇 번 이야기를 나눈 적이 있는 정도다. 받아들여야 할지 망설였지만, 한 번쯤 진심으로 대화해보고 싶은 마음이 없는 것도 아니었다.

"저는 괜찮은데요."

시마는 기뻐하며 "그럼 게즈카 선수에게 연락해보고, 후보 날짜 정해지면 홍보부를 통해 말씀드리겠습니다" 하고는 전화를 끊었다.

일을 하러 돌아간 모기는 오후 2시까지 사무를 본 뒤 육상부가 훈련하는 운동장으로 향했다.

운동장에 누군가 불쑥 나타난 것은 다른 선수들과 함께 꼼꼼히 스트레칭을 시작했을 때였다.

무라노다.

평소와 다름없는 표정으로 모기에게 다가와 "컨디션은 어떤가?" 하고 웃는 얼굴로 말을 걸었다.

"뭐, 그럭저럭하고 있습니다."

아틀란티스의 후원이 끊겼기 때문에 무라노와 만나도 어색할 뿐이어서 무의식중에 피하게 되었다.

"다행이군."

무라노는 가까운 벤치에 앉아 한마디 했다. 표면적인 말이 아니라 마음속 깊은 곳에서 나온 말이다. 얼굴에 주름을 만들며 기쁜 듯이 웃더니 잠시 모기의 스트레칭을 바라보았다. 아틀란티스의 후원을 재개할 목적이라면 대답은 이미 정해져 있다. 하지만.

"사실 오늘은 인사하러 왔네."

의외의 말에 모기는 움직임을 멈추고 무라노를 봤다.

"인사요?"

"아, 회사를 그만두어서 말이야."

"예에?"

얼빠진 목소리가 나왔다. 다른 선수들도 어안이 벙벙한 얼굴로 무라노를 보고 있다.

"그게 무슨 말입니까?"

"회사에 불필요한 사람은 떠날 수밖에 없지."

말과는 반대로 무라노의 목소리는 담박했다. "급하게 결정되어 아직 후임은 정해지지 않았지만 곧 새로운 사람이 담당하게 될 테니 잘 부탁하네."

"그럼 무라노 씨는 어떻게 합니까?"

"글쎄, 어떻게 해야 할지."

무라노는 운동장으로 쓸쓸한 눈빛을 보냈다. 해 질 녘의 햇빛을 비스듬히 받은 연지색 트랙과 하얀 선이 눈에 스며드는 것 같다. "뭐, 전직하려 해도 이 나이에 고용해줄 회사도 없을 테고."

무라노는 마른 웃음을 흘렸다. "하여튼 머릿속은 러닝슈즈로 꽉 차 있는데 말이야."

"그럴 리가요. 무라노 씨 정도의 슈피터가 어디 있겠어요."

모기의 말에 무라노는 손을 내저었다.

"그렇게 말해주면 기쁘지만 현실은 만만하지 않다네."

무라노가 냉대받는다는 이야기는 다른 선수에게서 들은 적 있다. 그렇다 해도 아틀란티스에서 무라노 정도의 인재를 내보냈다는 사실은 놀라웠다.

"서둘러 다른 일을 할 수도 없으니 말이야. 오늘은 인사하러 왔지만 앞으로도 가끔 들르겠네."

무라노의 퇴사 소식은 팀에 충격으로 받아들여졌다.

아틀란티스의 러닝슈즈를 신은 많은 선수에게 무라노의 적확한 조언과 제품 지급은 생명선이라고 해도 좋을 만큼 중요했기 때문이다. 피팅뿐만 아니라 친절하게 이야기를 들어주고 때로 다양한 조언을 아끼지 않는 무라노는 정신적으로도 버팀목이었다.

그들은 대부분 아틀란티스가 아니라 무라노를 선택한 것이다. 무라노에 필적할 후임이 그리 간단히 찾아질 것 같지는 않았다.

그날 밤 식사를 마치고 방으로 돌아갔을 때 휴대전화가 울렸다.

"아까는 실례 많았습니다. 말씀드린 대담 말인데요."

《월간 애슬리트》의 시마였다. "죄송합니다만, 이번 건은 보류하기로 했습니다."

"보류요?"

실망했다기보다 놀라서 물었다. "게즈카 사정이 여의치 않나요?"

"아뇨, 그런 건 아닙니다만……."

시마는 미안하다는 듯이 말을 꺼냈지만 더는 잇지 못했다.

"그럼……?"

"실은 게즈카 선수 쪽에서 요청이 있어서요."

드디어 나온 말에 모기는 숨을 삼켰다.

"상대를 바꿔달라던가요?"

"아뇨, 그런 건⋯⋯."

시마가 얼버무리려 했지만 모기와는 안 되겠다는 말이 나왔음을 알 수 있었다.

커튼을 열어놓은 창문에 통화를 마치고 얼빠진 채 서 있는 모습이 비쳤다.

'그때 나를 정말 무시했지.'

후지고코 마라톤 대회에서의 한 장면. 게즈카에게 내민 채 허공에서 행선지를 잃은 오른손의 잔상이 뇌리에 들러붙어 있다.

그 순간 게즈카는 하코네를 달린 대학 에이스 러너에서 실업팀에서도 인정받는 일류 러너군에 합류했다.

모기 따위는 이제 라이벌이 아니라고 말한 것이나 다름없다.

게즈카의 등이 점점 멀어져간다.

자신은 가까스로 부상에서 복귀해 한참 먼 뒤쪽에서 다시 출발하려 하고 있다.

'역시 대담은 안 되나.'

분해서 시야가 흐릿해졌다. 모기는 입술을 깨물었다.

7

"내가 틀렸을지도 모르겠는데."

이야마가 나직이 중얼거렸다. 연말이 가까운 어느 날 저녁이었다.

오후부터 도쿄 북부에 눈이 내렸고 교다에도 5센티미터쯤 쌓였다.

이야마는 읽고 있던 데이터를 옆으로 치우고는 의자 등받이에 체중을 싣고 머리 뒤로 두 손을 깍지 끼었다. 수염이 덥수룩하고 얼굴은 피로로 핼쑥했지만, 반짝반짝 빛나는 눈빛이 창밖을 향하고 있다.

"틀리다니, 뭐가요?"

다이치가 묻자 이야마는 몸을 일으키더니 데이터 파일을 툭 던져주었다.

데이터를 출력한 종이에 이야마의 메모가 무수하게 흩어져 있다.

"경도를 높이려면 압축이 필요하겠지."

이야마가 잠긴 목소리로 말했다. "하지만 정말 그럴까?"

"정말 그럴까, 라뇨."

다이치가 어이가 없어 물었다. "압축해야 단단해지잖아요."

압축 방법, 강도, 시간. 기계 일부를 개량까지 해가며 지난 두 달 가까이 시제품을 만들어왔다.

"그러니까 애초에 그 전제가 어떠냐고 묻는 거야."

"그럼 달리 뭐가 있어요?"

이야마가 재차 몸을 일으키고는 종이 위 데이터 항목 중 하나를 손가락으로 톡톡 두드렸다.

"자견煮繭의 온도요……?"

자견은 누에고치를 찌거나 삶아서 가공하기 쉽도록 부드럽게 만드는 초기 공정이다.

"왜 그렇게 생각하시는데요?"

경도와 온도의 인과관계를 데이터에서 읽어내기는 어렵다.

의문이 들어 물었더니 "감이랄까"라는 대답이 돌아왔다.

이야마는 등받이에 체중을 실은 채 의자를 빙 돌려 다이치 쪽으로 향하고는 담뱃진으로 누레진 이를 드러내며 히죽 웃는다.

"좀 해볼까?"

그리고.

얼마 지나지 않아 이 발상 전환이 바로 그동안 요구되던 '정말 별거 아닌 것'임을 깨달았다.

물론 시행착오는 몇 번 있었다.

하지만 그때껏 뜬구름을 잡는 듯하던 실패와는 분명히 달랐다. 기록을 맡은 다이치에게도 확실한 반응이 전해졌다.

다이치는 샘플 데이터를 건넸다. 그러고는 이야마가 내용물을 노려보다가 조용히 얼굴을 들 때까지 기다렸다.

"괜찮지 않나요?"

다이치가 자연스럽게 이런 말을 건넸다.

대답은 없다.

이야마는 고개를 살짝 끄덕였을 뿐이다. 하지만 그 눈에 예기치 못한 눈물이 어려 있어 다이치도 가슴에 뜨거운 것이 차올랐다.

이야마가 어금니를 꽉 깨물고 오른손을 내밀었다.

다이치도 그 손을 세게 맞잡으며 울면서 웃는 표정을 짓는다.

내가 왜 우는 거지.

그렇게 생각했지만, 눈물은 다이치의 의사와 전혀 상관없이 그칠 줄 모르고 계속 흘러내렸다.

"정말 수고하셨습니다."

미야자와가 맥주잔을 들어, 어딘가 거북해하는 듯한 옆자리의 이야마, 다이치의 잔과 야단스럽게 부딪치며 건배했다.

금요일 밤, 이야마와 다이치를 위로하기 위해 열린 모임이다. 야스다와 아케미 등 육왕 개발팀 멤버 외에 이야마의 아내도 동석해 떠들썩한 자리가 되었다. 밑창의 기술적 해결이 전망된다고 하자 사카모토가 달려왔고, 무쿠하토 통운의 에바타도 일이 끝나는 대로 합류하기로 했다.

장소는 늘 모이는 소라마메.

"지금이니까 하는 말이지만, 정말 가능할까 의심했습니다. 죄송합니다."

야스다가 말하자 이야마가 쓴웃음을 지었다.

"뭐, 처음에 명함 대신 내놓는 선물에도 여러 가지가 있지."

멋쩍게 이런 말을 하는 이야마를 모토코가 기쁜 듯이 바라보았다.

"당신, 정말 잘됐어. 이렇게 즐거운 회사에서." 모토코가 진지한 얼굴로 말했다. "망하기는 했지만, 우리 회사는 이렇게 동료가 있는 느낌은 아니었잖아."

"아니, 직원이 이렇게 많으면 힘들어. 먹여 살려야 되니까."

이야마의 관점은 늘 어딘가 좀 삐딱했다. 하지만 진심에서 나온 말이 아니라는 것 정도는 미야자와도, 다른 멤버들도 이미 꿰뚫어보고 있었다.

"그러니까 이렇게 신규 사업을 열심히 하는 것 아닙니까. 십 년 뒤 생계 수단으로 삼아야 하니까요."

미야자와가 말했다.

"생계 수단이란 건 알겠는데, 좀 더 크게 생각해보지 않겠소? 세계 최고의 러닝슈즈를 만든다든가 하는 거 말이지."

이야마다운 호언장담이 돌아왔다.

"고문님은 허풍이 심하다니까요."

야스다가 농으로 돌려버리더니 이야마를 보며 히죽히죽 웃었다.

이야마에게 품고 있던 불신이 어떻게 되었는지는 모르지만, 적어도 고하제야로 온 뒤 보여준 분투에 대해서는 탄복할 수밖에 없을 것이다.

"일단 그러려고 여기 왔으니까."

이야마는 이날 만든 샘플을 종이봉투에서 꺼내 탁자에 놓았다.

"이야, 이게 신발 밑창이 되나요. 굉장하네요."

아케미가 어루만지며 말한다. "하지만 게다일본식 나막신를 만드는 것도 아니고, 이 네모난 덩어리를 어떻게 하는 거예요, 사장님?"

"깎아서 시제품을 몇 개 만들 겁니다."

미야자와가 말했다. "어느 게 최적의 밑창이 될지, 경도나 모양을 바꾸며 검토해서 점점 좁혀가는 작업이 되겠지요."

"하지만 밑창 모양이 여러 가지라 그렇게 간단하지는 않습니다."

야스다가 말했다. "기존 제품을 흉내 낼 수도 없고요. 육왕의 콘셉트인 '인간 본래 주법의 실현'을 위해 최적의 모양과 경도가 요구되는 거 아니겠습니까?"

"그게 어려운 부분이네. 그리고 러닝슈즈에 관한 지식이 가장 필요한 부분이기도 하지."

"정말 가능할까요?" 아케미가 걱정스럽다는 듯이 물었다. "신발 밑창이라니. 늘 신세 지고 있지만 직접 만들라고 하면 지식이 전혀 없는데요."

"다비에 관한 지식이라면 지지 않겠지만요." 야스다가 말했다.

"다비에는 밑창이 없잖아. 있다면 지카타비지." 아케미가 즉각 응수했다.

"지금까지는 지카타비에 쓰는 생고무를 가지고 두께를 궁리해서 만들었지." 미야자와가 말했다. "맨발 같은 감각이라고 했지만, 솔직히 다비의 연장선상에서 나온 말이었어. 하지만 지금부터는 달라."

"진정한 의미에서 러닝슈즈 제조사가 되는 거네요." 야스다가 미묘한 얼굴로 말한다.

"그렇지."

미야자와가 그 자리에 모인 모두에게 진지한 눈길을 보냈다. "다만 아직 노하우가 부족해. 특히 밑창이나 족형에 관한 노하우는 품질을 크게 좌우할 텐데, 제로부터 축적할 만한 시간이 없어. 그래서 어떻게 해야 할지……."

과연 무슨 말을 하려는 것일까. 아무도 진의를 파악하지 못하는 사이, 가게 미닫이문이 열리고 손님이 또 한 명 들어왔다. 미야자와가 눈으로 그 손님을 포착하고는 자리에서 일어났다.

"기다리고 있었습니다."

전원이 돌아본 곳에 파커 만년필을 꽂은 양복 차림의 백발 섞인 남자가 서 있었다. 편안한 운동화 때문인지 젊은 인상을 주었다.

"자, 들어오세요."

다른 사람들이 어안이 벙벙한 것도 상관하지 않고 미야자와는 남자를 불러들여 비어 있던 옆자리를 권했다.

"마침 밑창 이야기를 하던 참입니다."

생맥주 한 잔을 추가로 주문한 뒤 미야자와는 남자에게 이렇게 말했다. 그러고는 자리에 있는 사람들에게 남자를 소개했다.

"인연이 닿아, 밑창 및 족형 전문가와 자문 계약을 맺기로 했습니다. 소개하겠습니다. 이쪽은 무라노 다카히코 씨. 전 아틀란티스의 '카리스마 슈피터'입니다."

야스다가 눈을 동그랗게 떴다.

"전 경쟁자라는 말씀인가요?"

무심코 이런 말이 새어나왔다.

"전은 전입니다. 지금은 다르니까요."

무라노가 쓴웃음을 섞으며 말했다. 그러고는 다시 전원을 향해 "앞으로 신세 좀 지겠습니다. 무라노입니다. 잘 부탁드립니다" 하고 고개를 숙인다.

그때였다.

"아, 무라노 씨!"

목소리가 들린 쪽으로 고개를 돌리자, 어느새 찾아온 무쿠하토 통운의 에바타가 칸막이 좌석 옆에 선 채 놀란 얼굴로 이쪽을 보고 있다.

"아, 자네는 다카사키 상업고등학교 육상부에 있던―"

"에바타입니다."

에바타는 부동자세로 서서 그때는 신세 많았다며 고개를 깊숙이 숙였다. 그리고 얼굴을 들고는 물었다. "그런데 어떻게……"

미야자와는 아틀란티스를 퇴직한 무라노와 아리무라의 매장에서 만난 일부터 의기투합하여 자문 계약을 하기까지의 경위를 전했다.

"무라노 씨가 저희와……"

이야기를 들은 에바타가 눈물을 글썽일 만큼 감격했다. "굉장하네요, 사장님. 정말 굉장합니다."

"그렇게 말해주는 건 고마운데……"

에바타의 과장된 반응에 무라노가 살짝 쓴웃음을 지었다. "저야말로 이런 재미있는 일로 이끌어주어 감사합니다. 얼마나 도움이 될지 모르지만, 가능한 일은 하겠습니다. 잘 부탁합니다. 국내 최고, 아니 세계 최고의 러닝슈즈를 만들어봅시다."

미야자와는 무심코 야스다와 얼굴을 마주 보았다.

이상하게도 이야마가 입에 담은 말과 같았기 때문이다.

"좋네요, 마음에 들어요."

아케미가 기세 좋게 말하며 잔을 들었다. "사장님, 다시 한번 건배하죠. 뭔지 모르겠지만 저는 힘이 막 솟네요."

"지금보다 더 힘이 나면 어떻게 되는 거야?"

짓궂은 소리를 하는 야스다를 노려보며 아케미가 잔을 내밀었다.

"자, 건배합시다!"

암중모색으로 시작한 신규 사업이었다. 하지만 미야자와는 나아갈 방향에서 희미한 빛을 본 것 같았다.

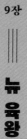

9장

뉴욕왕

1

얼어붙은 겨울이 지나고 교다에도 봄이 찾아왔다.

"일단 가져가서 검토해보겠지만, 안 된다면 어떡하시겠습니까?"

사이타마 중앙은행 교다 지점의 오하시가 진지한 얼굴로 물었다.

"안 된다니 무슨 말입니까? 정기적으로 빌리는 자금 아닙니까?"

미야자와가 발끈했다.

"지금까지라면 괜찮았겠지만." 오하시가 미야자와를 의미심장하게 힐끗 보더니 유들거리며 말을 이었다. "여러 '조건'이 바뀌어서 심사해보지 않으면 뭐라고도 할 수 없습니다."

미야자와 옆에서 도미시마 역시 자료를 앞에 둔 채 언짢은 얼굴을 하고 있다.

"조건이란 게 대체 뭡니까?"

미야자와가 물었다.

"예컨대 정기예금이죠. 얼마 전 해약하셨더군요."

미야자와는 화를 냈다. "그건 규칙 위반 아닙니까? 담보도 아닌 정기예금을 해약한 게 뭐가 나쁩니까? 은행에서 신규 사업에 융자를 해주지 않으니 부득이하게 해약해서 쓴 거잖습니까. 노는 데 쓰지 않았습니다."

"압니다."

오하시는 태연하다. "저 한 사람의 판단으로 융자를 결정하는 게 아니니까요. 여러 가지를 고려하는 사람도 있고요."

"그 여러 가지 고려 중에 담보도 아닌 예금을 해약하면 괘씸하다는 생각도 들어간 겁니까?" 머리에 피가 오른 미야자와가 물었다.

"예, 잘 알았습니다." 옆에서 도미시마가 끼어든다. "일단 검토해주세요. 그리고 얼마 안 되지만, 매월 적립하는 예금액을 늘릴까 합니다. 지점장님께도 그 부분을 잘 전해주시겠습니까?"

증액이라는 말에 오하시가 빙긋 웃었다. "알겠습니다. 지점장님께 전하겠습니다. 그럼 저는 이만."

오하시는 미야자와가 뭐라고 말하기 전에 재빨리 자리에서 일어났다.

"이봐요, 겐 씨."

오하시를 배웅한 후, 화가 치밀어 오른 미야자와는 사장실에서 도미시마와 마주 앉았다. "예금액을 늘린다니 무슨 말입니까? 그건 아니잖아요."

"은행이라는 곳은 융자를 승인할 이유를 찾습니다. 그걸 제공해줘야 됩니다."

도미시마가 재빨리 자리로 돌아가려 하기에 "잠깐만요" 하고 붙들었다.

"그놈들이 말하는 게 애초부터 이상하잖아요. 사이타마 중앙은행이 굴러가는 방식이 삼십 년 전과 똑같으니 말이에요."

"삼십 년 전이라면 정기예금을 해약하면 곤란하다고 확실하게 말했겠지요. 하지만 지금은 말하지 않습니다. 그게 다르지요."

도미시마가 자못 당연하다는 듯이 말해서 미야자와는 더욱 화가 치밀었다.

"그러니까 그런 생각이 이상하다고 하는 거 아니에요, 제가. 무엇보다 돈이 없으니 융자를 부탁하는데, 정기예금을 늘리다니 모순되지 않나요?"

"은행이란 원래 그런 데니까요."

오랫동안 경리로 일해온 도미시마에게는 수십 년간 은행 거래로 얻은 노하우가 축적되어 있는지 모른다. 하지만 은행도 처한 환경이 달라졌다. 실제로 대형 은행과 거래하는 사장들 이야기를 들어봐도, 요즘은 예금하지 않으면 융자해주지 않는 곳은 소규모 금융기관뿐이다. 아니, 소규모 금융기관도 그런 말은 꺼내지 않으리라.

"사이타마 중앙은행은 체질이 낡았으니까요. 입으로 말하지는 않아도, 융자할 때 예금 잔고가 얼마인지 신경 씁니다. 그래서 개인 정기예금도 들어두어야 하는 겁니다."

"그 예금을 해약하지 않았으면 어떻게 돈을 마련했겠어요."

미야자와는 마음속 깊은 데서 소용돌이치는 분노에 목덜미가 뜨거워지는 것을 느꼈다.

도미시마는 대답하지 않는다. 말없이 일어나 물러나려 한다.

"뭐 하나 묻고 싶은데요."

미야자와가 말했다. "겐 씨는 신규 사업을 어떻게 생각해요? 그리고 이야마 고문도요. 아직도 도산한 과거가 있으니까 신용할 수 없다고 생각해요?"

"저한테는 제 경험이 있습니다."

도미시마가 돌아보며 말했다. "그렇게 일을 해왔습니다. 당장 생각을 바꾸는 건 무리입니다. 게다가 제 본성이라는 것도 그리 간단히 들여다보인다고는 생각되지 않는군요."

도미시마는 살짝 고개를 숙이고 다시 등을 돌린다.

"우리 회사에 오고 나서 저렇게 열심히 일하는 것도 인정하지 않으세요?"

미야자와는 이렇게 묻지 않을 수 없었다.

"아뇨."

도미시마는 문손잡이를 잡은 채 등을 보이고 있다. "잘 해냈다고 생각합니다. 실례하겠습니다."

도미시마가 문을 탁 닫고 나갔다. 미야자와는 소파 등받이에 기대며 숨을 가늘고 길게 내쉬었다.

이내 노크 소리가 들리고 도미시마와 교대하듯이 야스다가 얼굴을 내밀었다.

"사장님, 무라노 씨가 왔습니다."

무라노가 오랜만에 고하제야를 방문하기로 한 날이었다.

"무라노 씨는?" 등 뒤에 아무도 없기에 물었다.

"아, 곧바로 개발실 쪽으로 갔습니다." 야스다가 쓴웃음을 지었다.

"아, 그래." 미야자와도 일어나 야스다와 함께 무라노를 쫓아갔다.

무라노는 이미 이야마, 다이치와 협의를 시작한 참이었다.

"어서 오세요. 여기 계셨습니까? 사장실에서 느긋하게 차라도 마실까 했는데요."

미야자와가 웃으며 말했다.

"물건 만드는 현장에 오면 아무래도 마음이 급해서요."

무라노는 가져온 큼직한 배낭에서 밑창 샘플을 꺼내기 시작했다.

"설계한 걸 설명하기 전에 이야마 씨와 미야자와 씨…… 아아, 헷갈리니까 다이치 군이라고 해야 하나. 암튼 두 분한테도 밑창이 어떤 건지 이해시키려고요."

무라노는 샘플을 탁자에 늘어놓았다.

"왼쪽이 엔트리 모델, 다시 말해 조깅을 막 시작한 초보자용입니다. 오른쪽으로 갈수록 레이스 모델입니다. 이 밑창은 제가 연구용으로 수집했는데, 아틀란티스 것도 있고 다른 유명 브랜드 것도 섞여 있습니다. 상품 평가를 기준으로 늘어놓으면 이런 식입니다. 문제는 육왕이 어디를 노리느냐 하는 점인데, 이것이죠."

이렇게 말하며 오른쪽 끝 밑창을 가리킨다. 엔트리 모델과 비교하면 밑창 두께, 소재, 형상이 전혀 다르다.

"요컨대 이것과 경쟁하는 거로군요."

이야마가 손에 든 밑창을 다이치도 뚫어지게 주시했다.

"아틀란티스에서 제작한 레이스 모델로, 'RⅡ'라고 합니다. 국내외 정상급 선수가 많이 쓰고, 국제대회에서 실적도 거둬왔지요."

"일류 선수도 이 시판 모델을 그대로 신습니까?"

다이치가 물었다.

"아니, 그건 아니네. RⅡ를 기초로 선수마다 맞추지. 족형을 떠서 발에 딱 맞는 형상으로 만들거나 달리는 버릇이나 기호에 맞춰 밑창 형상을 세밀하게 수정해서 제공하네. 아틀란티스에서는 올림픽 우승 후보가 되면 1억 엔 가까운 자금을 피팅에 투입하는 일도 있지."

"1억 엔요?"

다이치의 눈이 휘둥그레졌다. "그런 회사하고 경쟁하는 건가요?"

경쟁 자체가 무리 아닐까 하는 표정이다.

"금액 문제가 아니네. 그 금액은 이를테면 시행착오를 하는 사이에 쌓인 비용이고, 처음부터 정답을 안다면 그 정도 액수까지는 되지 않을 거야. 핵심은 선수들이 납득해서 이걸 신고 달려보겠다는 생각이 드는 신발인가 하는 점이지. 그래서 선수 본인에 관해 얼마나 아는지가 가장 중요하다네."

"선수 본인을 안다……?"

다이치는 무라노의 말을 되풀이했다. 아무래도 뭔가 석연치 않은 마음이 얼굴에 드러난다.

"선수의 버릇, 장점과 단점, 무엇보다 발의 크기나 모양, 그뿐 아니라 성격이나 목표까지 알아야 한다고 생각하네."

"목표요?"

다이치가 또 깜짝 놀란 얼굴이 되었다. "그것까지 필요한가요?"

"그렇지."

무라노는 자못 당연하다는 듯이 말했다. "우리 일은 그 목표로 향하는 선수와 함께 달리는 거니까. 어디로 가려 하는지, 뭘 하고 싶어 하는지도 모르면서 후원하기란 불가능하겠지. 그렇게 하는 일이 의미가 있겠나?"

질문을 받은 다이치가 숨을 참고 가만히 있었다. 무라노는 말을 잇는다. "우리가 제공하는 것은 신발이지만 신발이 아니네. 혼이지. 물건을 만드는 사람으로서의 마음가짐이랄까, 자존심이랄까."

다이치는 멍하니 서 있었다.

"하지만 그것도 제품에 자신이 있어야 하는 거니까. 일단은 그거지" 하며 무라노가 다이치의 어깨를 가볍게 한 번 쳤다. 그러고는 미야자와를 돌아보았다.

"나름대로 설계를 해봤는데 좀 봐주시겠어요?"

설계도를 탁자에 펼친다. 전부 다섯 장이다.

"왼쪽 넉 장은 장거리용 밑창입니다. 사이즈는 26센티미터로 만들었는데, 발바닥 폭을 좁은 것, 보통, 넓은 것, 아주 넓은 것 네 종류로 해서 넉 장입니다. 시판하게 되면 국내 사이즈로, 남성용은 240부터 290까지겠지요. 아틀란티스에는 310까지 있는데 당연히 그 사이즈는 수요가 많지 않습니다. 단거리와 비교하면 장거리는 발가락 주변에 다소 여유를 두어서 발가락을 사용할 수 있게 합니다. 그러려면 발끝을 젖힌 모양으로 할 필요가 있습니다. 이런 관점도 설계에 반영했습니다."

"그건 그렇고 상당히 얇은 밑창이군."

설계도를 보고 이야마가 말했다.

"얇게 한 거죠. 하지만 밑창 경도를 조정해서 얇은 데서 비롯되는 충격을 완화할 수 있기를 기대하고 있습니다. 다만 너무 부드럽게 하면 움켜쥐는 힘이 향상되는 반면, 쉽게 닳을 겁니다. 반대로 너무 단단하게 하면 잘 닳지는 않겠지만 움켜쥐는 힘이 약해지겠지요. 그 균형을 잡기가 어렵겠죠."

"어느 정도 팔릴까요?" 다이치가 물었다.

"이 상품이 세상에 얼마나 받아들여지는가에 따라 달라지겠지." 무라노는 얼굴에 웃음을 띠었다. 러닝슈즈와 관계된 이야기를 할 때 무라노는 정말 즐거워 보인다.

"다이치 군, 자네는 마라톤 경기에 출전한 적이 있나?"

다이치가 고개를 가로저었다. "아뇨. 작년에 회사에서 팀을 만들어 역전마라톤에 나가본 정도입니다."

"그럼 달리는 건 좋아하나?"

"네, 뭐. 축구 동아리였지만 역전마라톤이나 그냥 마라톤에는 흥미가 있고, 조깅 정도는 지금도 하고 있습니다."

"그렇군. 그거참 좋군그래. 계속하는 편이 좋을 거네. 관련해서 말하자면 조깅이나 러닝을 시작한 초보자가 '아아, 즐겁다' 하고 생각하는 스피드는 대체로 1킬로미터를 6분대에 달리는 정도라고 하지. 바람을 가르며 달리는 즐거움을 순순히 체감할 수 있는 스피드일세. 그 스피드로 마라톤 풀코스를 달리면 4시간 중반대 기록이 나온다네. 일본 전체에서 러닝을 하는 사람은 대략 2000만 명이라고 보는데, 그중 마라톤 풀코스를 4시간대에 달리는 사람이 마라톤 인구 중에서 제일 많지. 일설에 따르면 약 150만 명이라고 하네."

미야자와는 150만이라는 숫자를 들어도 그것이 어느 정도인지 아직 잘 와닿지 않았다. 무라노가 말을 이었다.

"그 가운데 당연히 좀 더 위를 지향하려는 사람이 있지. 4시간 벽을 깨려는 상승 지향이 강한 사람이라고 하면 되려나. 그 결과 실제로 3시간대에 주파하는 사람은 약 120만 명이지. 그렇다면 그중에서 2시간대에 도달하는 사람은 과연 얼마나 있을까? 10만 명 정도밖에 안 된다네. 숫자가 단숨에 감소하지."

"2시간대에 주파하는 장거리 러너는 전체에서 보면 엘리트 중의 엘리트라는 거군요."

야스다가 감탄한 듯이 말했다. "일단 그 10만 명을 구매 대상으로 하자는 말씀인가요?"

"아뇨, 여기에 속한 사람들은 거의 구매 대상이 되지 않는다고 보는 게 좋습니다."

무라노는 의외의 말을 했다. "물론 정상급 육상선수용이라는 점은 틀림없지만, 2시간대를 목표로 하거나 꿈꾸고 있는 3, 4시간대 러너들이 그 신발을 삽니다. 삼 년에서 오 년 경력이 있는 러너가 1300만 명쯤 된다고 보는데, 오히려 이 사람들이 실질적인 구매 대상이지요. 기록을 줄이고 싶은 러너가 조금이라도 위로 가기 위해 사는 겁니다. 어쩌면 초보자가 동경하며 살지도 모르죠. 어쨌든 진짜 대상은 정상급 선수가 아니라 그 이하 사람들입니다. 단, 그들이 사게 하려면 얼마간의 실적이 필요합니다. 가장 빠른 길은 정상급 선수가 신고 유명 대회에 출전해 우승하는 거지요. 그래서 대형 기업에서 정상급 선수한테 돈을 쓰는 겁니다."

"아, 그렇군. 재미있구만."

이야마는 이렇게 말하며 오른쪽 끝에 놓인 설계도를 보았다.

무라노는 발 폭에 따라 설계도를 네 종류 그렸다고 했다. 그런데 설계도는 다섯 장이다.

"그런데, 이 나머지 한 장은?"

이야마가 묻자 "그건 특별한 밑창입니다" 하는 대답이 돌아왔다.

"다른 것은 뒤로 하더라도 이 밑창의 시제품을 최우선으로 만들었으면 합니다. 경도를 다르게 몇 종류 정도요. 나머지 이야기는 그때 가서 하기로 하고요."

"이 밑창이 뭔데요?" 야스다가 물었다.

"그건…… 모기 히로토 모델입니다."

2

"들었어, 모기? 오늘 1만 미터 말이야."

저녁에 달리러 나가려던 모기에게, 기숙사 복도에서 마주친 선배 히라세가 말을 걸어왔다.

"어땠어요?"

'오늘 1만 미터'란 미야자키에서 열린 육상경기대회 '플래티나마일스'를 말한다. 실업팀과 학생부 정상급 선수가 경쟁하는 이 대회에 다이와 식품에서도 5000미터와 1만 미터 경기에 다섯 명이 참가한다.

중장거리 선수에게 봄부터 가을은 이른바 트랙 시즌이다. 다이와 식품 육상부도 11월에 동일본 실업팀 대항 역전마라톤을 시작으로 마라톤 시즌이 개막될 때까지, 스무 개가 넘는 대회나 기록경기에 참가하게 되어 있었다.

선수에게 큰 목표인 일본육상선수권대회나 세계육상선수권대회 참가 자격을 얻으려면 규정된 대회에서 '참가 표준 기록' 이상의 성적을 거두어야 한다. 그래서 어느 대회나 진지하게 임해야 했고, 플래티나마일스도 그런 대회 중 하나였다.

"게즈카가 27분 50초래."

모기는 자기도 모르게 발을 멈추었다. 초조함과 분함이 뒤섞인 복잡한 마음 탓에 표정이 어두워지는 것을 알 수 있었다. 라이벌의 좋은 기록을 듣고 순순히 기뻐하지 못하는 여유 없는 자신에게 혐오감도 느꼈다.

"그래요? 굉장하네요."

모기가 굳은 목소리로 말했다.

"세계육상선수권대회 출전 기준까지 5초 남았어."

히라세가 달리 쏟아낼 데 없는, 질투 어린 눈빛을 던졌다. 올해 스물여덟 살인 히라세는 재작년 3월에 고관절 부상으로 레이스를 떠났다. 대학 시절 하코네 역전마라톤에서 에이스 구간인 2구간을 맡은 적이 있으니 그 역시 게즈카가 활약하는 모습에 순순히 기뻐할 수는 없을 것이다.

게즈카의 기록이 5초만 더 좋았다면 세계육상선수권대회 출전이 확정되었을 터다. 한편 자신은 세계육상선수권대회는커녕 일본육상선수권대회에 출전할 가망도 없다. 아니, 본격적으로 1만 미터를 달리는 데 이르지도 못했다. 부상에서 회복되었다고 의사에게 보증을 받았고 주법도 완성 단계에 이르렀다고 생각한다. 지금 모기에게는 자신감이 필요할지 모른다. 또는 이제 잘할 수 있다고 여기게 될 계기가 필요할지도 모른다.

이튿날, 전원이 모이는 미팅이 열렸다.

"일본육상선수권대회를 위해 육상부 내에서 본격적으로 예선을 시행하려 한다."

기도 감독의 말에 선수들 사이에 긴장감이 감돌았다.

발단은 역시 전날 열린 플래티나마일스, 게즈카가 1만 미터에서 좋은 기록을 낸 그 대회다. 다이와 식품에서 참가한 선수는 두드러지게 생기가 없었다.

5000미터와 1만 미터 결승에는 간신히 한 사람씩 올랐으나 끈기도 없이 참패했다. 대학생 선수에게마저 뒤처진 레이스가 기도의 분노에 불을 붙였다.

기도도 초조할 것이다. 그 배경에는 결코 여유 있다고 할 수 없는 다이와 식품 본사의 살림 사정도 있다.

"이런 말을 하고 싶지는 않지만."

이렇게 한마디를 꺼낸 기도는 전원을 노려보았다. "육상부 같은 건 없애버리라고 말하는 임원도 있어. 이런 성적이라면 없어져도 할 말이 없지 않겠어?"

선수들 표정이 새파래졌다. "내부 예선에서 참가 표준 기록 B를 밑도는 사람은 일본육상선수권대회에 나가지 않는 게 좋을 거야. 그럴 경우 다른 선수를 대신 내보낼 수도 있어. 5000미터나 1만 미터,

또는 양쪽에 전원이 예선 참가하도록. 모기—."

기도가 ㄷ자 모양 탁자의 입구 쪽에 앉아 있는 모기를 힐끗 봤다.

"너도 나간다. 알았지?"

내부 예선이라지만, 부상 이후 모기가 처음으로 출전하는 레이스
였다.

3

밑창 샘플이 완성된 것은 4월 초였다.

이야마와 다이치가 시행착오를 거듭한 끝에, 드디어 납득할 만한
제품으로 완성한 실크레이 밑창 시제품은 모두 오십 개.

무라노는 하나하나 손바닥에 올린 뒤 무게를 재듯이 위아래로 움
직여보거나 양 끝을 잡고 구부려보며 마음에 들지 않는 것을 제외했
다. 남은 것은 삼십 개 정도였다.

"나쁘지 않네요."

미야자와에게 시제품을 건넨 무라노가 "일단 이 밑창으로 만들어
봅시다" 하고 말했다.

"전부요?"

미야자와가 깜짝 놀라 물었다. 삼십 켤레가 전부 모기 히로토 모
델이다.

"물론입니다."

무라노가 대답한다. "부탁드려도 되겠습니까?"

"당연하죠."

봉제과로 가져가 준비해둔 어퍼upper, 즉 신발 갑피에 밑창을 붙이는 공정을 거쳐 삼십 켤레의 육왕을 제작했다. 작업에만 이틀이 걸렸다.

마침내 미야자와는 작업대에 늘어놓은 완성품을 살짝 들어본다.

"가벼워."

저도 모르게 이런 말이 새어나올 정도로 가볍다. 자기 입으로 말하기도 무엇하지만, 감동적이라고 해도 좋다.

실크레이 밑창을 붙인 첫 러닝슈즈이기도 했다. '뉴 육왕'이 탄생한 순간이었다.

"왠지 눈물 날 것 같군."

그 모습을 애처롭다는 듯이 보던 이야마가 농담처럼 말하고는, 홀린 듯한 얼굴로 서 있는 다이치의 어깨를 툭 쳤다.

환희를 폭발시키듯이 기뻐하지는 않는다. 기술자답게 조심스럽고 겸허하게, 그러나 그런 만큼 더욱 그 자리에 있는 자의 가슴속 깊이 스며드는 감동을 간직하고 있다.

"문제는 모기 선수가 이걸 신어주느냐 마느냐, 그거네요."

야스다가 말했다. 바로 그 점이 문제였다.

4

이튿날, 미야자와와 무라노는 다이와 식품 육상부가 훈련중인 시영 운동장으로 찾아갔다.

트랙에서 대여섯 명이 무리를 지어 진지하게 훈련을 하고 있었다. 그중 모기도 있었다.

아틀란티스가 모기에게 후원을 끊었다는 것은 무라노의 정보로 이미 알고 있었다. 실제로 지금 모기는 아틀란티스 제품이 아니라 시판중인 국내 기업의 낡은 러닝슈즈를 신었다.

"감독님, 고하제야의 미야자와라고 합니다. 전에 한 번 인사를 드렸는데요."

트랙 옆에서 팔짱 낀 채 훈련을 지켜보는 기도에게 말을 걸었다.

"아, 예."

기억하는지 어떤지 모호하게 답했지만, 미야자와 옆에 선 무라노를 보더니 아니, 하고 놀란 듯한 소리를 냈다.

"안녕하세요. 오랜만입니다."

무라노는 오른손을 가볍게 들며 자못 친밀한 태도를 보였다.

"같이 왔어요?"

기도는 무라노와 미야자와를 번갈아 가리키며 물었다.

"이 회사 일을 돕기로 했습니다. 아틀란티스에서 잘렸으니까요."

"에이, 농담은."

웃어 보인 기도는 곧 웃음을 거두더니 "돕는다고요?" 하고 슬쩍 묻는다.

"이런 걸 만들어서요."

무라노는 미야자와에게서 상자를 건네받아 어제 막 만든 새 제품을 꺼내 보여준다.

"오호."

기도는 손에 들어 가만히 살피고는 밑창을 봤다.

"가볍죠?"

"가볍네요."

이런 응수가 이루어졌다. 객소리는 전혀 끼어들지 않는다. 속속들이 아는 사람끼리 나누는 소박한 대화다.

"모기한테 어떨까 싶은데요. 모기의 족형에 맞춘 겁니다."

기도가 놀라서 눈썹을 치켜올렸다. 무라노는 운동장에 있는 모기를 휙 가리키며 "괜찮죠?" 하고 물었다.

"아, 예."

싱거울 정도로 쉬운 승낙이었다. 미야자와가 기도에게 느끼던 벽이 전혀 없다. 새삼스럽지만 무라노의 존재감에 두려움과 감사의 마음을 갖지 않을 수 없었다.

방해가 되지 않도록 떨어진 곳에서 잠시 훈련을 지켜봤다.

미야자와는 어떤 타이밍에 선수에게 말을 걸어야 좋을지도 알 수 없었다. 삼십 분쯤 계속 지켜보고 있을 때였다.

"슬슬 가볼까요."

무라노가 말했다. "금요일 훈련 내용은 대체로 1만 미터 빌드업이고, 일단 휴식 시간이니까요. 기도 감독의 훈련은 늘 같으니까 알기 쉬워요."

"빌드업이 뭡니까?"

"일정 거리마다 속도를 올려가는 훈련 방법입니다. 예를 들어 1000미터마다 속도를 올리는 식이지요. 조금 전에 뛴 게 마지막 한 바퀴였을 겁니다."

과연 선수들이 속도를 늦추기 시작했다.

마지막에는 가벼운 조깅처럼 운동장을 한 바퀴 돌고 곧 트랙에서 나온다.

무라노를 본 선수들이 놀라기도 하고 웃음을 짓기도 하며 인사하고 이야기를 나눈다. 모기도 목에 감은 수건으로 땀을 닦으면서 다가왔다.

"수고했네."

무라노가 말을 걸며 물병을 건넨다.

"제 달리기는 어땠습니까?"

"좀 더 자신감을 갖는 게 낫지 않을까? 아직 망설임이 있는 것 같더군."

모기는 놀란 얼굴로 무라노를 보더니 "보이십니까?" 하고 물었다.

"그야 보이지. 하지만 좋은 폼이었네."

그러고는 모기의 발밑을 보며 "신발은 잘 맞나?" 하고 묻는다.

"특별히 불만은 없습니다."

무라노가 찾아온 목적을 모르는 모기는 문득 무라노 옆에 놓인 커다란 골판지 상자에 눈을 주었다.

"괜찮으면 한번 신어보겠나?"

이렇게 말하며 내용물을 꺼낸다. "족형에 맞췄으니 걱정하지 말게. 아틀란티스 건 아니네."

모기는 놀란 표정을 지었지만, 신고 있던 신발을 벗고는 무라노가 내민 한 켤레에 발을 넣어본다.

"굉장하네요. 엄청 가벼운데요."

그 자리에서 뛰어오르기도 하고 달려보기도 하는데 얼굴에 웃음이 번진다. "이건 어디 제품입니까?"

드디어 존재를 인지한 것처럼 모기가 미야자와를 봤다.

"고하제야의 미야자와라고 합니다."

이제야 미야자와는 자기소개를 한다.

"고하제야……."

모기는 뭔가 생각난 듯했다. "저, 예전에 한 번 보내주신—."

"기억합니까?"

미야자와는 기뻐서 물었다. "무라노 씨 도움으로 새로운 밑창의 러닝슈즈를 완성해서요. 괜찮으면 한번 시험해주겠습니까?"

"그래도 되나요?"

대망의 한마디다.

"다 해서 삼십 켤레인데, 지금 신어봐주겠나?"

무라노가 말했다. "대충이라도 좋으니 특별히 감촉이 맞는 걸 골라주게."

그 자리에서 번갈아 신어본 모기는 직감으로 몇 켤레를 고른다. 까다로운 육상선수다운 작업이었다. 모두 열 켤레를 골라냈고, 무라노가 그 번호를 메모했다.

"저기, 비용은요?"

모기가 조심스럽게 묻자 무라노가 웃었다.

"그런 건 필요 없어. 그보다 마음에 들면 신어주었으면 하는데. 후원해줄 테니까."

"저어……."

모기가 묻는 듯한 표정을 짓는다.

"물론입니다."

미야자와는 만면에 웃음을 띠고 대답했다.

후원하기를 꿈꾸던, 동경하던 선수가 육왕을 신어준다. 그 이상의 기쁨이 있을까.

"뭔가 느끼게 되면 꺼리지 말고 얘기해주게. 차차 개량해나갈 테니까."

무라노가 말을 덧붙였다. "지금 자네 주법에는 그 밑창이 최적일 걸세. 반드시 좋은 결과가 나올 거야. ……본격적으로 육상부 내에서 예선을 치른다던데."

운동장으로 오기 전에 안면이 있는 코치와 이야기를 나누나 싶었는데, 충실히 정보를 수집하고 있었다.

"1만 미터에 나갈 거지? 좋은 기회잖아. 의심만 하지 말고 가끔은 자신을 믿어보는 게 어떤가?"

모기가 깜짝 놀라는 것을 알 수 있었다.

대답은 없지만 무라노의 조언이 마음에 닿았음은 분명하다.

다시 훈련이 시작됐다.

미야자와는 운동장으로 돌아가는 모기의 발밑을 질리는 줄도 모르고 계속 지켜보았다.

모기 히로토가 신고 있는 육왕을.

짙은 감색에, 잠자리를 새긴 디자인.

미야자와의 꿈 하나가 실현되었다.

"새로운 RⅡ의 반응을 확인할 절호의 찬스입니다, 부장님."

부하 직원의 한마디가 오바라를 육상부 내부 예선을 보러 가게 만들었다.

부하의 이름은 사야마 준지. 퇴직한 무라노의 후임이다.

다이와 식품 육상부의 주요 선수 대부분에게 제품을 협찬중인 아틀란티스로서는 꼭 봐두고 싶은 레이스다. 앞으로 후원 계약을 검토하는 데 참고도 될 것이다.

"아아, 안녕하세요."

예선 시작 삼십 분쯤 전, 운동장으로 가서 기도에게 말을 걸자 평소와 달리 아주 긴장된 표정으로 돌아보았다.

"휴일인데 출근입니까?"

기도는 조금도 웃지 않는다.

"아, 예. 새 모델의 반응을 알고 싶어서요."

평소와 다른 분위기에 오바라도 억지웃음을 거둬들였다. 지난번 플래티나마일스에서 생긴 기도의 위기감은 육상부에도 공유되어 모두 표정이 긴장되어 있었다.

이거 좋은데.

오바라는 내심 회심의 미소를 지었다.

본격적으로 달릴수록 러닝슈즈의 진가를 알 수 있다. 레이스를 해야 알아낼 정보를 실업팀 내부 예선을 통해 알 수 있다면 이보다 편한 일이 없다. 돈을 지불해도 좋을 정도다.

사야마에게서 들은 바로는, 이미 어제 5000미터 예선도 신인 선수가 바짝 뒤쫓고, 선배 선수는 속도가 떨어지는 등 파란만장하게 전개된 모양이다.

오늘 1만 미터에는 다이와 식품의 에이스 다치하라 하야토를 비롯해, 마라톤 대회나 실업팀 역전마라톤으로 낯익은 선수도 다수 출전한다고 한다. 그동안 힘을 키워온 젊은 러너가 주축 선수에게 얼마나 따라붙을까. 보통 레이스에서는 맛보기 힘든 싸움을 기대할 수 있을 것 같았다.

그건 그렇고─.

오바라는 트랙 옆에서 가볍게 도약하며 몸을 푸는 모기를 보았다.

'모기도 예선에 나오는 건가.'

이런 의문이 생겼다. 그리고 '육상선수의 성쇠란 잔혹하군' 하고 생각한다.

각광받던 일이 거짓말인 것처럼 모기의 이름은 무대에서 멀어졌다. 부상으로 인한 장기 이탈 때문에 만회할 수 없이 뒤처지는 선수도 드물지 않다.

그에 비해 게즈카는 착실히 스타 선수로 도약해 일찍이 라이벌 사이이던 두 사람은 명암이 갈렸다. 이거야말로 인생의 축소판 그 자체가 아닌가.

오바라의 비즈니스 철학에서 세상은 항상 둘로 나뉜다.

이기는 그룹과 지는 그룹.

비즈니스에서는 이기는 그룹에 거는 일이 중요하다.

그런 의미에서 모기는 비참하게 지는 그룹이며 투자할 가치가 없는 상품이다.

자세히 보니 모기가 낯선 짙은 감색 러닝슈즈를 신고 있다. 어디 제품인지는 알 수 없지만 아틀란티스의 라이벌 기업이 아니라는 점만은 분명하다. 이름도 없는 브랜드의 싸구려 제품일까.

딱 어울리는 조합이라고, 오바라는 사뭇 깔보는 감상을 품었다.

지는 그룹의 업체와 지는 그룹의 선수.

그것은 오바라가 받드는 또 하나의 철학, '비즈니스란 항상 대등한 관계 위에 성립한다'와도 보기 좋게 합치한다.

그때 오바라는 입술에 떠오른 미소를 쓰윽 거둬들였다.

운동장에 생각지도 못한 얼굴이 나타났기 때문이다.

무라노였다. 한 남자와 함께 들어오더니 오바라를 알아보고 가볍게 고개를 숙여 보였다. 그러고는 조금 떨어진 곳에서 워밍업하는 선수들을 본다.

"뭐야, 퇴직자가 놀러 온 건가?"

오바라가 묻자 "일로 왔습니다" 하고 대답하더니 무라노가 옆의 남자를 끌어당긴다.

"소개하지요. 고하제야의 미야자와 사장님입니다. 이분은 아틀란티스의 오바라 씨, 일본 시장을 총괄하는 영업부장입니다."

옆에 있던 사야마와 함께 형식적으로 명함을 교환한 오바라는 조롱 섞인 투로 말했다.

"이번에는 다비 피팅이라도 하나?"

"새로운 러닝슈즈를 개발하고 있습니다."

오바라의 눈에 몹시 밉살스러운 빛이 드러났다.

카리스마 슈퍼터인지 뭔지, 오바라 입장에서 무라노 같은 사람은 결국 '현장 바보'일 뿐이다. 하는 일마다 방침을 따르지 않다가 제 발로 뛰쳐나간 사람이 아직도 현장에서 어슬렁거리다니. 더할 나위 없이 눈에 거슬린다.

"이번 R Ⅱ 는 꽤 좋아 보이네요."

리뉴얼 모델인 R Ⅱ 는 최근에 발매되었다. 무라노 퇴직 직후의 일이었다.

칭찬받아도 전혀 기쁘지 않다. 오히려 놀리는 듯한 무라노의 어투가 비위에 거슬렸다.

"무라노 씨가 피팅하고 싶었던 거 아닙니까?"

옆에서 사야마가 빈정거리듯이 말했다.

"아니. 그 중요한 임무는 자네한테 맡기지, 사야마. 선수와의 커뮤니케이션을 중요시하게."

진지한 얼굴로 조언을 해 보인다.

무라노의 선배 행세가 불쾌했는지 사야마는 "명심해두지요" 하고 대답하고는 입을 일그러뜨렸다.

운동장에 기도를 중심으로 선수들이 둥그렇게 모였다.

정각 3시를 막 지난 참이다.

이야기를 마친 기도가 손뼉을 짝짝 치고 트랙에서 나가자 선수들이 출발선에 늘어서기 시작한다.

명문팀인 만큼 뛰어난 선수가 많다.

곧 일제히 출발한 선수들이 트랙을 차는 마른 소리가 운동장에 퍼져간다.

오바라의 눈은 선수들이 신은 아틀란티스 제품에 강하게 고정되었다.

어때, 가볍지?

지금까지 나온 러닝슈즈 중 최고일걸.

득의만만한 오바라의 가슴에는 자화자찬의 말만 솟아났다.

6

예선에 나온 선수는 모두 열세 명. 지금 그룹을 이끄는 선수는 가세 나오유키였다.

모기에게 제품을 후원하겠다는 꿈을 품은 이래, 미야자와는 나름대로 다이와 식품 육상부에 관해 공부했다. 기억이 틀리지 않다면 가세는 사회인이 된 지 오 년째다. 대학 역전마라톤에서 명성을 떨친 선수로, 지난 플래티나마일스에서는 1만 미터에 출전해 유일하게 결승에 올랐다. 결과는 여의치 못했지만, 주목 선수 중 한 명이다.

"재미있겠는데요, 이거."

흥미롭다는 듯 무라노가 웃음을 머금었다.

"무슨 뜻입니까?"

"보세요, 에이스인 다치하라 하야토가 가장 후미에서 달리고 있잖아요. 레이스 전개를 읽으려고 그 자리를 잡은 거죠. 즉 완전히 실전을 방불케 한다는 말입니다. 한편 가세는 먼저 앞으로 치고 나갈 생각으로 평소보다 빠른 페이스로 리드하고 있습니다. 지난주 플래티나마일스가 상당히 분했던 거지요."

"1만 미터면 이중에서 누가 빠릅니까?"

"역시 가세겠지요. 마라톤을 중시해서 레이스에는 별로 나가지 않지만 다치하라도 좋습니다. 하지만 본래 실력으로 보면 가장 강력한 우승 후보는 무조건 모기일 겁니다."

무라노는 모기를 높이 평가하고 있다. 자문 제안도 그래서 받아들인 것이 아닐까, 하고 미야자와가 남몰래 생각할 정도다.

모기는 그룹 뒤쪽, 다치하라의 두 사람 앞에서 달리고 있다.

가세를 선두로 하여 거의 일렬이 된 선수들이 미야자와와 무라노 앞을 지나간다.

가장 뒤에서 달리던 다치하라는 3000미터를 지난 무렵부터 서서히 순위를 끌어올렸다.

"움직이기 시작했네요."

미야자와가 말했다. 다치하라 뒤에는 모기가 딱 달라붙어 있다.

당초 열세 명이 일렬로 달렸지만, 점차 줄이 늘어지더니 가세가 리드하는 레이스를 따라가지 못하는 선수가 나오기 시작했다. 그 상황은 5000미터를 넘어선 이후 서서히 두드러졌고, 7000미터를 넘어선 무렵에는 승패의 행방이 선두 다섯 명으로 좁혀졌다.

"페이스가 좋네요. 이십칠 분대가 나올지도 모르겠어요."

시계로 기록을 재던 무라노가 말했다. 출발한 뒤로 선두를 달리는 가세의 1000미터 랩타임을 계속 측정하는 무라노에 비해, 사야마는 그저 성원을 보낼 뿐 기술적인 쪽은 신경 쓰는 기미도 없다. 같은 슈퍼타라도 대응은 전혀 다르다.

"슬슬 치고 나오려나."

무라노가 이렇게 말한 직후, 앞에서 세 번째로 달리던 다치하라가 차츰 스피드를 올렸다.

가세와 나란한 것도 잠시, 제치고 앞으로 달려나간다. 톱 러너의 저력이다.

"여기서 따라잡으면 좋겠는데."

무라노가 이렇게 말했지만 모기는 치고 나가지 않는다. 다치하라가 스피드를 더 올려 2위와 거리를 벌리기 시작했다. 남겨진 선수 중에 모기도 있었다.

"좀 힘든가." 무라노가 말한다. 하지만.

모기가 스퍼트를 시작한 것은 1000미터를 남긴 지점이었다.

전반의 오버페이스 탓인지 3위로 내려간 가세와 나란히 달리는가 싶더니 순식간에 제치고 2위도 넘보았다.

모기가 피치를 올렸음을 알 수 있었다.

돌아보니 조금 떨어진 곳에 오바라가 시무룩한 얼굴로 서 있었다. 후원을 끊어버린 모기가 이렇게까지 잘 달리리라고는 예상하지 못했을 것이다.

"여기서부터가 승부처다!"

육상부 내부 예선이기도 해서 무라노의 성원은 조심스러웠지만 힘이 담겨 있었다. "달려!"

그때였다.

갑자기 모기의 스피드가 떨어지나 싶더니 다리를 끌며 코스에서 벗어났다. 땅바닥에 주저앉아 다리를 아무렇게나 내뻗었다.

안색이 변한 무라노가 달려갔다.

미야자와도 뒤를 따랐다.

설마…….

"어딘가, 장딴지야?"

먼저 달려간 트레이너가 마사지를 시작했다.

통증을 참던 모기는 분한 듯이 하늘을 올려다보면서 오른손으로 땅바닥을 세게 쳤다.

7

운동장 바깥쪽 조금 떨어진 곳에서 오바라가 언짢은 듯이 팔짱을 낀 채 시종일관 지켜보고 있다. 그 옆에서 사야마는 온순한 표정으로 상사의 반응을 살폈지만, 뭐가 그렇게 오바라의 심기를 거스르는지는 몰랐다.

아틀란티스가 후원하는 선수인 다치하라가 1위로 들어왔으니 좋은 거 아닌가. 이렇게 생각할 뿐이었다. 그때였다.

"이봐, 사야마."

오바라가 운동장을 주시한 채 낮은 목소리로 명했다. "모기 후원, 원상 복귀해."

"모기 말인가요?"

안색을 살피며 물었지만 대답은 없었다.

운동장에 나자빠진 모기 옆으로 달려간 관계자 무리에는 조금 전

만난 무라노와 미야자와도 섞여 있었다.

무라노를 볼 때마다 사야마의 마음에 잔물결이 이는 것은 지금껏 무라노에게 업무로 인정받은 적이 없다는 언짢은 자각 때문이었다. 무라노는 무슨 일이 생길 때마다 따로 뭔가 주문을 해왔다. 언젠가 성공해서 되갚아주고 싶다는 생각이 늘 마음속에 남아 있다.

"저 정도 달릴 수 있게 됐으니 다른 회사 신발을 신게 둘 수는 없지. 다시 후원해. 알았어?"

사야마는 상사의 지시에 고개를 끄덕였지만, 그때 오바라의 시선이 모기가 아니라 무라노에게 향한 것을 알고 가만히 숨을 삼켰다.

경영의 프로를 자처하는 오바라는, 오로지 현장에 열중하며 인정받는 무라노를 까닭 없이 싫어했다. 눈엣가시로 여겨 냉대하다가 끝내 회사에서 쫓아내고 말았다는 것이 주위 평가다.

그 시선을 털어내듯, 오바라는 "가자" 하는 한마디와 함께 재빨리 운동장을 뒤로했다.

기도가 달려왔다.

"쥐가 난 거야?"

감독의 물음에 "죄송합니다. 괜찮습니다" 하고 모기가 대답한다.

미야자와는 그 자리에 주저앉을 뻔했을 만큼 안도했다.

"다치하라의 기록은요?"

뒤이어 나온 말에서 모기의 집념이 느껴졌다.

"27분 55초야."

기도의 대답을 듣고 다시 "에잇!" 하고 분한 듯이 내뱉고는 입술을 깨문다. 모기는 마사지를 받으며 두 손으로 얼굴을 감싼 채 드러누웠고 말았다.

상당히 분했으리라.

잠시 후 얼굴을 찌푸리며 일어난 모기에게 미야자와는 무슨 말을 해야 좋을지 몰랐다.

"모기는 완주를 못해서 분한 게 아닐 겁니다."

돌아가는 차 안에서 무라노가 말했다. "그대로 달렸어도 1위가 될 수 없었고, 27분대도 나오지 않았을 겁니다. 그 사실이 분했겠죠."

게즈카의 기록 또한 강하게 의식하고 있었으리라.

"무슨 말을 해야 좋을지 모르겠더군요."

미야자와가 솔직히 말했다.

"패배한 러너한테 할 수 있는 말은 없지요."

무라노가 말한다. "패배는 패배입니다. 패배를 승리로 바꿀 수 있는 말은 없지요. 앞으로 정말 부활할 수 있을지는 모기 본인의 노력 여하에 달렸습니다. 우리가 할 일은 조금이라도 좋은 러닝슈즈를 제공하는 것뿐이고요."

이날의 진지한 승부에 모기는 고하제야 러닝슈즈를 신어주었다. 모기가 육왕을 선택해주면 상품화와 양산화로 가는 길이 단숨에 열릴지도 모른다. 미야자와는 그렇게 기대했다.

하지만―.

"간단한 일이 아닙니다."

무라노는 신중하다. "모기한테 피드백을 받고, 한 번의 수정에 몇 달이 걸리는 일도 있습니다. 가능한 한 하나하나 메워가야 비로소 하나의 제품이 완성되는 거지요. 지금부터입니다."

"구체적으로 피드백을 어떤 형태로 반영합니까?"

미야자와가 물었다.

"가령 아틀란티스의 RⅡ는 밑창의 겉창과 중간창에 미묘하게 경도가 다른 소재를 사용합니다. 겉창에는 단단한 스펀지러버, 중간창은 가벼운 스펀지 소재. 왜라고 생각하세요?"

"착지할 때 충격을 흡수하기 위해섭니까?"

"맞습니다. 일류 육상선수는 대부분 발 한가운데보다는 앞쪽, 특히 새끼발가락 쪽으로 착지하는 경향이 있습니다. 다시 말해 거기에 부드러운 소재를 쓰면 내구성이 떨어지게 되지요. 그래서 최첨단 러닝슈즈에서는 같은 스펀지 소재라도 다른 재질을 조합해 씁니다. 물론 업체마다 독자적인 기술이에요. 그렇게 밑창을 러닝 메커니즘에 합치한 구조로 만듭니다. 그런 개량이 바로 피드백 덕분이지요."

이튿날 무라노를 에워싸고 개발팀이 미팅을 가졌다.

"스펀지 소재란 뭡니까?" 야스다가 조심스럽게 물었다.

"합성고무를 기포를 이용해 부풀린 것이지요. 이론적으로는 구멍이 송송 뚫린 치즈 같은 이미지랄까요."

무라노는 이해하기 쉽도록 샘플을 앞에 두고 설명을 이었다. "내용물이 꽉 차 있지 않아서 부피가 같다면 이쪽이 더 가볍습니다. 중간창에 사용되는 스펀지 소재는 EVA나 폴리에테르계 우레탄일 겁니다."

EVA라는 명칭은 에틸렌, 비닐, 아세테이트의 머리글자에서 비롯되었다. 탄력성 있고 가벼워서 러닝슈즈 밑창에 쓰인다고 한다.

무라노가 아틀란티스의 신발을 샘플로 보여주었다.

"아무것도 아닌 소재 같지만 폴리에테르계 우레탄을 쓰는 데는 상당한 기술이 필요합니다. 이 부분의 기술력은 역시 아틀란티스를 인정할 수밖에 없지요."

"그러니까 하나의 밑창 안에 다른 재질이 같이 있다는 거네. 재미있군그래."

이야마가 아주 흥미롭다는 듯이 말하고는 밑창을 응시한다.

"실크레이를 기포로 부풀리는 것도 가능할 듯한데요."

다이치가 아이디어를 꺼냈다. "어쩌면 하나의 밑창 안에 단단한 부분과 부드러운 부분을 만들 수도 있고요."

"그게 가능하다면 최선이겠지."

무라노가 말했다. "이렇게 일부러 다른 재료를 쓰는 것도 밑창에 요구되는 수준의 경도와 탄력성을 하나의 소재로는 실현할 수 없기 때문입니다. 동일 소재로 구현 가능하다면 제작 비용을 낮출 수 있을지 모르지요. 미래에 큰 무기가 될 겁니다."

이야마는 팔짱을 낀 채 턱을 끌어당기며 눈을 감았다. 얼마쯤 생각했을까.

"까놓고 얘기해서, 우리 소재에 대해 어떻게 생각하시오?"

무라노에게 솔직히 물었다. "실크레이가 아틀란티스에서 개발한 이 밑창 소재를 이길 수 있다 보는 건가?"

무라노는 약간 짬을 두었다가 이야마를 똑바로 바라보며 단호하게 말했다.

"이길 수 없다면, 저는 여기 있지 않았을 겁니다."

"큰 착각을 한 것 같습니다."

미팅이 끝난 후 사장실로 돌아온 미야자와는 자조 섞인 웃음을 띠었다. "좀 더 간단히 양산할 수 있을 거라 생각했습니다."

"그건 좀 안이하지요."

무라노가 말했다. "다비도 요즘 시작한 업자에게 만들라고 하면 힘들겠지요. 고하제야 다비에는 백 년분의 노하우가 쌓여 있을 테니 손쉽게 흉내 낼 수 없을 겁니다. 러닝슈즈도 마찬가지입니다."

"조금 전 설명으로 아틀란티스의 대단함을 새삼 절감했습니다."

약한 소리로 들렸을까. 무라노가 갑자기 엄한 표정으로 변했다. "아틀란티스에 어떤 기술이 있는지 나는 알고 있었습니다."

그래도 자문이 되어 고하제야를 응원하고 있다. 무라노는 그렇게 말하고 싶은 것이다.

무라노가 없었다면 불완전한 제품으로 참가했을 테고, 경쟁하는 회사의 벽 앞에서 무참한 패배를 맛보았으리라.

미야자와가 발을 들인 러닝슈즈 업계는 여간해서는 타파할 수 없는 견고한 성곽으로 둘러싸여 있다. 고하제야 따위는 풍차에 맞서는 어리석은 기사로 보일 것이다.

"이 신발을 위해 회사를 세우고 제로부터 시작한다면 반대했을 겁니다. 하지만 미야자와 씨한테는 본업이 있지요. 장기전에서, 어떻게든 먹고살 만한 양식이 있다는 것은 무엇과도 바꾸기 힘든 강점입니다."

무라노는 잠시 말을 멈추었다. 사장실 응접세트에 앉은 채 뭔가 생각하는 듯 틈을 두었다.

"리스크 없는 사업은 없습니다."

비즈니스의 원칙이다. "나아가야 할 길을 정하고 난 뒤, 나머지는 최대한 노력하며 가능성을 믿는 수밖에 없습니다. 하지만 사실 그게 가장 힘들지요. 보증도 없는 걸 믿어야 하니까요."

무라노의 말이 빠르게 마음으로 스며든다. 지금 미야자와는 미래를 믿는 것의 어려움과 직면해 있다. 자칫 곤란한 현실에 완전히 꺾이고 말 것 같은 자신과의 싸움이기도 하다.

"말씀대로라고 생각합니다." 미야자와가 긍정했다.

"하지만 그건 모기도 같습니다."

무라노의 지적이 이어져서 미야자와는 깜짝 놀랐다. "아니, 모기만이 아니라 모든 러너한테도 타당한 일일지도 모르지요. 진지하게 마주할수록, 있는지 없는지도 모르는 자신의 재능이나 가능성을 믿을 수밖에 없습니다. 지금의 미야자와 씨라면 그들의 괴로움이나 불안을 이해하실 겁니다. 대기업의 안락한 환경에 있는 사람은 결코 알 수 없는 감각이기도 합니다. 의도한 게 아니었을지 모르지만, 앞으로 그 감각이 미야자와 씨의 재산이 되지 않을까요. 그나저나, 한 가지 물어보고 싶은데……."

무라노는 정색한 어조로 말했다. "미야자와 씨가 말하는 맨발 감각이란 어떤 의미입니까?"

"의미 말인가요?"

갑작스러운 질문에 미야자와는 당황했다.

"더할 나위 없이 발에 딱 맞는 느낌. 이 정도 설명으로는 좀 부족합니까?"

"발에 딱 맞는 느낌이란 어떤 상태라고 생각합니까?"

무라노가 다시 물었다.

"어떤 상태라뇨?"

"아니, 선문답을 할 생각은 없습니다."

그렇게 양해를 구하고 무라노가 말을 잇는다. "단지 발에 딱 맞게 하는 거면 수많은 족형 샘플 데이터를 모아서 최대공약수의 족형을 만들면 됩니다. 굳이 모기한테 부탁할 필요도 없습니다."

맞는 말이다. "그런데 시제품 제작 단계에서 모기한테 신긴 까닭은 실제로 달려본 후의 피드백이 필요해서 아니겠습니까? 많은 족형을 측정하는 일만으로는 얻을 수 없는 것입니다. 맨발 감각이라고 한마디로 말하지만, 우리는 서 있을 때의 감각을 목표로 삼는 게 아니라는 겁니다."

그 지적이 미야자와의 맹점을 찔렀다. "달리고, 차고, 밟는다. 가만히 서 있는 게 아니라, 움직임 속에서 착 달라붙는 느낌입니다. 멈춰 있을 때 딱 맞는다고 해봤자 그런 맨발 감각은 아무 의미도 없습니다. 격렬하게, 때로는 가혹한 조건에서 운동하는 가운데에서 비로소 진정한 맨발 감각이 요구되는 겁니다."

그때였다.

뭔가 미야자와의 가슴을 스치고 지나갔다.

가느다란 칼 같은 그 번뜩임이 사고의 어딘가에서 한 번 번쩍이나 싶더니 순식간에 멀어진다.

과연 무엇이었는지 정체를 찾아보려는 미야자와에게 무라노가
말했다.

"한번 세상에 나오면 평가는 확정되고 맙니다. 모기와 함께 좀 더
육왕을 마주할 시간을 주시겠습니까? 지금부터가 진짜 러닝슈즈 개
발입니다."

8

"자금을 얼마나 투입할 생각입니까, 사장님?"

며칠 후 도미시마와 의논을 하게 되었다.

재료 매입, 금형을 비롯한 설비 투자 등 앞으로 소요될 경비 때문
이었다. 신규 사업에 이 정도가 필요할 거라고 알리자 도미시마는
분수에 맞지 않는 장난감을 사달라고 조르는 아이의 부모 같은 시선
을 보냈다.

"저것도 필요하고 이것도 필요하고, 그런 식으로 지불하면 아무리
돈이 많아도 부족할 겁니다. 새로운 일을 한다면 좀 더 작은 것에서
시작하는 게 어떻습니까?"

"예를 들면요?"

미야자와가 물었다. "예를 들면 어떤 일요?"

"그걸 다 같이 생각하고 찾아가면 되지 않을까요?"

미야자와는 분노를 느꼈다.

"그래서 다 같이 생각하고 있잖습니까. 그러는 겐 씨는요?"

일단 말이 입 밖으로 튀어나오자 불만은 계속 이어졌다. "지금까지 행동한 건 없었잖아요. 매일 조금씩 줄어드는 회사의 실적을 숫자로 봐왔는데도요. 적어도 나는 고하제야의 미래에 책임을 지고 있어요. 겐 씨한테 그런 마음이 있어요? 보수적이어서 위험한 일은 그만두는 게 낫다, 그런 단순한 판단만으로 반응하는 거 아닌가요? 먹고살 수 있으면 된다는 식으로 가다가는 회사는 반드시 벽에 부딪힙니다. 현상 유지를 목표로 하면 현상을 유지하지 못해요. 조금이라도 성장하려고 노력해야 간신히 현상 유지를 하거나 조금 나아지는 정도지."

도미시마의 표정이 굳고 벗어진 이마가 벌겋게 물들었다.

"그러니까 저는 본업에 전념하고—."

"지금 고하제야는 진흙으로 만든 배입니다."

잠시 말이 막힌 미야자와는 도미시마를 응시했다. "언젠가 반드시 가라앉습니다. 마지막까지 살아남을 만한 힘이 없습니다. 누구보다 겐 씨가 잘 알지 않습니까? 지금이라면, 새로운 사업을 일으킬 정도의 체력은 간신히 있습니다. 지금보다 재무 상황이 더 안 좋아지면 그마저 못할 겁니다. 마지막 기회예요. 나는 거기에 걸어보고 싶습니다."

도미시마는 석고로 굳힌 듯이 움직이지 않았다.

안경 렌즈 너머에서 아주 투명한 눈동자가 미야자와를 보고 있다. 이해해주는 건가. 그렇게 생각했을 때였다.

"피는 못 속이겠네요."

의외의 한마디가 나왔다.

"무슨 뜻입니까?"

도미시마는 시선을 피하고 어깨 너머로 사장실 창을 보았다. 창밖으로 보이는 부지에서는 한창 짐을 내리고 있다. 다이치에게 지시하는 야스다의 목소리가 들린다.

"예전 이야기라서 말하지 않으려 했습니다만, 회장님도 일생일대의 대승부라며 새로운 사업을 일으키신 적이 있습니다."

회장이라면 미야자와의 죽은 아버지, 고사쿠를 말한다.

미야자와가 놀라 말없이 도미시마를 바라봤다. 아버지는 집에서 거의 일 이야기를 하지 않는 사람이었다.

"회장님이 마흔 정도 되셨을 때일 겁니다. 다비에는 미래가 없다며 신규 사업에 손을 대셨습니다. 대단한 기세였고, 회삿돈도 상당히 쏟아부었지요. 그때 저는 회장님 지시대로 은행에서 융자도 받고 정기예금도 깨고, 아무튼 온갖 수단을 다 써서 자금 마련에 협력했습니다. 하지만 결국 그 사업은 잘되지 않았습니다."

"그런 일이 있었나요." 처음 듣는 이야기다.

"빚투성이가 된 데다 본업을 돌보지 않아서 거래처도 몇 군데 잃었습니다. 문제는 신규 사업 실패가 아니라 본업이 받은 타격입니다. 그때 회장님이 말씀하셨습니다. 왜 말리지 않았느냐. 도미시마, 자네는 회사 재무를 알 텐데 왜 있는 힘을 다해 말리지 않았느냐. 그때 회장님은 분해서 눈물까지 비치셨습니다. 지금도 잊히지 않습니다. 회장님의 경영은 다른 회사보다 견실했지만 그 사업은 유일하게 실패했습니다. 그때 고하제야는 확실히 문을 닫을 뻔했습니다. 그 일이 없었다면 지금 고하제야는 훨씬 풍족했겠지요."

회상에 잠겨 있던 도미시마의 눈이 미야자와에게 돌아왔다. "저는 경리 업무를 하는 사람입니다, 사장님. 경리는 실패한 경우에만 눈이 가는 업보를 가진 일입니다. 하지만 잘 생각해보세요. 신규 사업이 확실히 성공했을 때 과실은 크겠지만, 실패하지 않는다는 보장은 어디에도 없습니다. 경리를 사십 년 넘게 해왔지만 이제 그런 생각은 질색입니다. 만약의 경우를 생각해 만류하는 것은 제 임무이고, 사장님이 어떻게 말씀하시든 그게 제 각오입니다. 아무쪼록 이해해주시기 바랍니다."

도미시마는 이렇게 말하고는 고개를 깊숙이 숙였다.

"겐 씨가 그런 말을……. 왠지 숙연해지네."

아내 미에코는 그렇게 말하며 미야자와 앞에 차를 내려놓았다.

"하지만 그런 신규 사업이 있었다는 사실을 당신이 몰랐다는 것도 좀 의외야. 무슨 사업이었대?"

미야자와의 표정이 일그러졌다. 미에코는 이상하다는 듯이 바라보았다.

"아니, 그게 말이야."

미야자와는 시선을 탁자에 떨어뜨리고 먼 곳을 보는 듯한 눈이 된다. "육왕이었어."

"육왕?"

미에코의 눈이 동그래졌다. "굉장한 우연 아냐?"

"그렇지. 아버지도 나도 같은 걸 생각하다니 말이야. 뭐라고 대답할 말이 없더라고."

마라톤 다비에 사운을 건 아버지는 운영 자금 명목으로 빌린 자금 1000만 엔을 투입했다. 전통적 다비업체에서 신발 제작업으로 전신을 꾀했지만 사업은 엄청난 실패로 끝난다. 창고를 가득 채운 재고 더미와 빚만 남고 고하제야는 자금 조달에 어려움을 겪게 된다. 문제는 그것만이 아니었다. 사업 소요 자금을 운영 자금에서 조달했다는 사실에 당시 거래은행이 반발했다. 자금 유용으로 여긴 지점장의 역린을 건드린 셈이 되어 거래가 끊기고, 고하제야는 도산 일보 직전까지 몰렸다.

아버지는 빌린 돈을 어떻게 쓰든 이쪽 마음 아니냐고 강변해 마지 않았다. 그 태도에도 문제가 있겠지만, 은행과 사장 사이에 끼어 가장 고생한 사람은 경리 담당 도미시마였으리라는 사실은 상상하기 어렵지 않다.

도미시마는 부채 변제, 급여나 매입 대금 등 운영 자금을 조달하느라 분주했다. 날마다 거래가 없던 은행을 돌며 거절당하다 가까스로 한 곳에서 자금을 지원해주겠다는 약속을 얻어냈다. 사이타마 중앙은행의 전신인 사이타마 상업은행이었다.

"겐 씨 입장에서는 사이타마 중앙은행에 도움받았다는 생각이 강하겠더라고."

그렇게 보면 은행에 대해 도미시마가 보인 과도하기까지 한 배려도 이해할 수 없지는 않다.

"성실하달까, 견실한 사람이니까."

미에코는 납득이 간다는 어투였다. "이번에야말로 같은 실수를 범하지 않으려고 사업에 반대하는 걸까."

"하지만 그래서는 곤란하지. 예전에 실패했다고 또 실패한다고는 할 수 없잖아."

"그거야 그런데, 꽤 힘든 일이잖아."

사정은 다이치에게서 들었을 것이다.

"뭐, 그렇지."

이야마와 무라노라는 믿음직한 두뇌를 얻은 한편, 돈을 포함해 속속 문제가 드러난다. 제품화는 그런 과제를 극복한 후의 일이다.

"부족한 돈은 어떻게 할 거야?"

미에코가 물었다.

"은행에서 빌릴 수밖에 없지. 기술적으로는 아직 멀었지만 교육 현장에서 채택된 실적도 있고 말이야."

미덥지 못하게 들렸는지 조금 짬을 두고 나서 미에코가 조심스럽게 물었다.

"그게 안 되면?"

또 정기예금을 깨야 할까.

미야자와는 나오려던 말을 삼켰다.

앞날이 보이지 않는 사업을, 그저 보고 있을 수밖에 없는 아내의 가슴속도 불안과 의문으로 가득할 것이다. 집안의 금융 자산도 그다지 윤택한 상황은 아니다. 사실 미에코가 이 사업을 어떻게 생각하는지 속마음을 확인하기가 살짝 두려웠다.

"그건 그때 생각해야지."

미야자와가 이렇게 말하자 심중을 헤아렸다는 듯이 미에코는 웃어 보였다.

"생각해보니 지금까지 쉬운 일 같은 건 없었네. 설령 잘 안 된다고 해도 이렇게 분발하고 있으니 얻는 것도 있겠지. 할 수 있는 데까지 해봐."

아내의 격려에 고개를 끄덕인 미야자와의 표정에서 불현듯 웃음이 가셨다.

"지금 뭐라고 했지?"

이렇게 묻는다.

"지금까지 쉬운 일 같은 건 없었다고…… 혹시 화났어?"

미야자와는 대답하지 않았다.

얼마 전 무라노와 이야기할 때 미야자와의 가슴을 스쳐지나간 번뜩임의 파편. 지금 그것이 또렷한 윤곽이 되어 돌아왔다.

"확실히 얻은 게 있었을지도 모르겠어."

진지한 시선으로 부엌 벽을 노려보던 미야자와의 머릿속에 생각지도 못한 발상이 또렷이 떠오르더니 급속한 기세로 확대되기 시작했다.

지금까지 미야자와는 백 년을 키워온 다비의 발상과 기술을 육왕에 살리려 기를 썼다.

물론 잘못된 것은 아니다.

하지만 실크레이라는 소재나 러닝슈즈에 관한 다양한 지식을 얻은 지금, 그것을 역으로 다비에 이용할 수도 있지 않을까.

그런 생각이 먼 우주 저편에서 날아온 혜성처럼 순식간에 미야자와를 사로잡고 매료시키기 시작했다.

코페르니쿠스적 전환이라고도 할 수 있는 정반대의 발상임이 틀림없었다.

10장

코페르니쿠스적 전개

1

한 달에 한 번씩 열리는 고하제야 '경영 회의'의 주역은 도미시마였다.

봉제과 아케미, 인건비와 노무 관련 담당 야스다, 그리고 고문이된 이야마도 참석했다. 매입이 너무 많다느니 잔업 시간을 줄이라느니 도미시마의 지적은 세세하다. 저항하는 사람이 없는 건 그 지적이 옳기 때문이었다.

"특별한 지출이 있을 때는 꼭 저한테 알려주시길 부탁드립니다."

끝맺는 말도 여느 때와 같다.

회의가 시작되고 한 시간쯤 지났을 무렵, 평소대로면 미야자와가 회의 종료를 선언할 예정이었다.

하지만 '그럼 이쯤에서 마치겠다'라는 대사를 기대하는 참석자의 시선을 받으며, 미야자와가 "한 가지만 더, 괜찮을까요?" 하고 평소와 다른 한마디와 함께 등받이에서 몸을 일으켰다.

"신제품을 개발하고 싶습니다."

도미시마가 서류 덮던 손을 멈추고 험한 얼굴로 이쪽을 봤다.

"사장님, 얼마 전 신규 사업을 시작한 참 아닙니까? 또 뭔가—."

발언을 손으로 제지한 뒤 미야자와가 말을 잇는다.

"새로운 지카타비입니다."

전원이 어리둥절한 표정을 지었다.

아케미가 눈을 동그랗게 뜨고 있다. 도미시마는 뭔가 말하려다 입 다무는 것을 잊고 만 것 같았다. 이야마 혼자 동요하지 않은 채 눈을 감고 있었다. 회의 시작 전에 내밀하게 아이디어를 이야기해두었기 때문이다.

"지카타비…… 말인가요?"

야스다는 이해할 수 없다는 말투였다. "왜 또요?"

"생고무를 사용하던 지카타비 밑창을 실크레이로 변경하는 겁니다. 생고무보다 가볍고 훨씬 튼튼하니까요. 그 대신 가격을 높게 책정해서 기존 고객이 바꿔 신게 하고, 경쟁사 고객도 끌어오고 싶습니다."

상당히 길게 느껴지는 침묵이 찾아왔다.

"좋은 것 같은데요."

아케미가 말했다. "변하지 않는 게 있는 것도 괜찮지만, 좋은 게 생겼다면 바꿔 나가야지요. 해봅시다."

"야스다는?"

"저도 찬성입니다. 그거면 비용도 안 들고, 해볼 가치는 있다고 생각합니다."

등을 펴고 아주 단정한 자세로 야스다가 대답했다.

"겐 씨는요?"

움푹 팬 눈구덩이 안쪽, 푸른 기가 도는 눈동자를 몇 번인가 빛내며 도미시마는 입을 꼭 다문 채 뭔가 계속 생각했다. 마침내 전원이 지켜보는 가운데 기개가 느껴지는 표정을 무너뜨리지 않고 말했다.

"해야 합니다."

아드레날린이 미야자와의 몸속을 빠르게 돌았다. 뜨거운 눈을 이야마에게 향한다.

"부탁합니다, 이야마 고문님."

고하제야의 새로운 도전이 시작된 순간이었다.

2

기온 22도, 습도 65퍼센트. 아지노모토 스타디움의 타원형 지붕에 잘린 하늘을 구름이 뒤덮었다.

일본육상선수권대회.

조후 지역은 최고기온 28도를 기록한 전날보다 기온이 6도쯤 내려갔고, 평소라면 오후 이맘때 심해지는 햇볕도 없다. 6월 장거리 레이스치고는 그런대로 괜찮은 조건이었다. 조금 전 제4코너 대기소를 통해 입장한 남자 1만 미터 참가 선수 서른일곱 명이 트랙에 모였다. 선수를 소개하는 방송에 오른손을 들거나 고개 숙여 인사한다. 참가자는 전원 국내 육상경기에서 중장거리를 책임지는 정상급 선수다.

출발은 오후 4시 50분.

선수 소개가 끝나자 출발 신호에 주의가 집중되었다. 긴장에 사로잡힌 경기장이 숨을 삼키는 가운데 '온 유어 마크On your mark'라는 목소리가 모기의 귀에도 확실하게 들렸다.

—'셋Set.'

신호로 쏘는 총포라고 하기에는 너무 먼, 마른 피스톨 소리가 들려왔다. 비스듬하게 두 줄로 서 있던 선수들이 일제히 출발하고 곧바로 긴 막대 모양의 덩어리가 된다.

시계 반대 방향으로 돈다. 육상 트랙 경기에서는 백 년 전부터 시계 반대 방향이 국제 룰이어서 따르고 있다.

처음에는 단조롭고 조용했다. 가슴에 번호표, 허리에 사진판정용 번호 표지를 붙인 선수들의 긴 줄 뒤쪽. 뒤부터 헤아리는 편이 빠른 위치에서 달리는 선수에게 모기는 시선을 쏟았다.

아시아 공업의 게즈카.

그 조금 앞에 모기의 팀메이트 다치하라가 있다.

촘촘하던 선수 간 거리는 출발한 지 십 분이 지나자 점차 벌어지기 시작했다. 그리고 십오 분이 지난 무렵에는 차근차근 순위를 올린 게즈카가 선두 그룹 조금 뒤에 자리를 잡았다.

"어, 다치하라가 치고 나간다."

이십 분이 지났을 무렵. 옆에 있는 히라세의 목소리는 스타디움에 메아리치는 성원에 지워질 것 같다. 다소 페이스를 올린 것처럼 보이기도 하는 선두 그룹, 그 중간쯤 있던 다치하라가 차츰 순위를 끌어올린 참이었다.

움직임을 민감하게 알아차린 러너 간 줄다리기가 시작되려 하고 있다. 그중에는 일본 기록 보유자인 야마자키 마사히로도 있었다. 첫 번째 우승 후보라는 평판이 높았다.

"아앗."

얼마 후 히라세가 낙담하는 소리를 냈다. 스퍼트를 했다고 생각한 다치하라의 순위가 서서히 뒤로 밀리기 시작했기 때문이다. 뒤쪽에 자리 잡고 있던 게즈카 근처까지 가볍게 밀려나더니 선두 그룹의 스피드를 따라가지 못했다.

그런 변동 속에서 게즈카는 야마자키 뒤쪽에 따라붙은 참이었다.

앞으로 치고 나가려 하지는 않는다. 야마자키 또한 선두로 나가지 않고 레이스 전개를 읽으며 치고 나갈 타이밍을 재고 있다.

러너들의 숨 막히는 접전이 펼쳐졌다. 페이스가 올라갈 때마다 가늘고 긴 구름이 찢어지듯이 선두 그룹에서 한 명, 또 한 명 밀려난다.

"굉장한데, 이거."

히라세가 흥분된 목소리로 말했다.

격렬하게 접전을 펼치는 가운데 야마자키의 뒤를 달리는 게즈카의 조용한 추격이 계속되었다. 스퍼트를 할 생각도, 피로가 엿보이는 표정도 없다.

이십오 분이 지나자 선두 그룹은 여덟 명으로 줄었다. 야마자키는 네 번째에서 달리며 게즈카의 추격을 허락하고 있었다.

언제 누가 스퍼트를 할 것인가. 긴박한 레이스가 이어지는 가운데 승부는 점입가경이다.

메인스탠드 좌석에 앉아 숨을 삼킨 채 경기를 지켜보는 모기와 히라세 앞을 지날 때, 선두 그룹은 다섯 명으로 줄어 있었다. 관중석의 환성이 최고조에 달한 것은 메인스탠드 앞을 지나 마지막 한 바퀴를 알리는 종소리가 울려 퍼졌을 때였다.

"나간다!"

히라세의 흥분이 환성에 뒤섞였다.

게즈카가 치고 나와 야마자키 앞으로 나가나 싶더니, 그대로 선두 선수를 제치고 1위로 올라선 것이다.

야마자키가 굉장한 기세로 그 뒤를 따라가기 시작했다.

치열한 싸움에 스탠드가 흥분에 휩싸였다.

두 사람은 차원이 다른 스피드로 달려 한 바퀴 뒤처진 선수까지 제쳤다. 접전은 마지막 코너를 돌아 최종 직선 트랙에 접어들었을 때 승패가 갈렸다.

일본 대표 러너에 걸맞은, 야마자키의 멋진 라스트스퍼트였다. 베테랑의 오기라도 해도 좋을지 모른다.

10킬로미터 가까이 달렸는데 대체 어디에 그런 에너지가 남아 있었을까. 두 눈을 의심하고 싶어지는 주력으로 게즈카를 제치더니, 한 번 돌아보며 뒤쪽 선수를 확인하는 여유까지 보였다. 그대로 결승선을 통과하고는 오른손 주먹을 하늘로 치켜올린다. 그 직후 들어온 게즈카는 하늘을 올려보고 분해하며 레이스에서 처음으로 감정을 드러냈다.

하지만 지금 게즈카보다 더 분한 사람은 모기였다.

레이스가 끝난 후의 떠들썩함과 잔뜩 긴장되었던 분위기가 단숨에 누그러지는 가운데, 자신이 트랙 위가 아니라는 사실이 그저 분하기만 했다.

히라세 역시 혼이 빠져나간 껍데기처럼 등을 둥글게 한 채 모기 옆에서 멍하니 경기장을 내려다보고 있다.

"히라세 씨."

모기가 말했다. "난 다시 여기로 돌아올 거예요. 레이스요."

대답은 없다.

다만 멍한 시선이 모기를 향할 뿐이다. 그 눈에는 아무리 들여다보아도 밑바닥이 없고 감정의 조각조차 떠오르지 않는다. 모기가 처음 보는 히라세의 모습이었다. 그런 생각을 했을 때, 히라세의 얼굴에 인격이 돌아온 것처럼 쓸쓸해 보이는 웃음이 떠올랐다.

"그래, 힘내."

흔해빠진 격려의 말을 건네고 모기의 어깨를 탁 친다. 다시 트랙으로 눈을 돌린 히라세는 무겁게 입을 다물고, 그 광경을 뇌리에 새기듯이 진지한 얼굴로 꼼짝도 하지 않았다.

—게이힌 국제마라톤대회다.

모기의 가슴에 명확한 목표가 떠오른 것은 그때였다.

다리 부상으로 탈락하고 다시 일어서지 못한 그 레이스야말로 지금의 자신을 극복할 자리로 어울린다.

기다려라, 게즈카.

모기는 경기장을 향해 맹세했다. 다시 한번 네 라이벌로서 부활할 테니.

열기가 식지 않은 경기장에서 여자 100미터 결승이 시작되려 하고 있다.

다이와 식품 선수가 출전하는 레이스는 이제 없다. 자리에서 일어난 모기는 느릿느릿한 걸음으로 스탠드 계단을 힘껏 밟고 경기장 출구를 향해 갔다.

레이스가 끝난 순간, 오바라는 만족스러운 표정으로 옆에 있던 아틀란티스 사원들과 가볍게 악수를 나눴다.

우승자 야마자키 마사히로는 경쟁사의 신발을 신었지만, 우승을 다툰 게즈카가 아틀란티스 러닝슈즈를 신고 출전한 첫 공식 대회였기 때문이다.

2위에 그쳤다 하더라도 볼 만한 레이스였다. 게즈카가 신은 선명하고 밝은 핑크색의 RⅡ는 흐린 날에도 충분히 빛났다. 학생 정상급 러너에서 국내 정상급 러너로 떠오르려는 선수가 과연 어떤 러닝슈즈를 신고 있을까.

조금이라도 흥미를 가진 사람은 아주 많았으리라. 그들 눈에 RⅡ를 신고 잘 달리는 모습은 더더욱 강렬한 인상을 남겼을 것이다.

"게즈카와의 계약은 옳았습니다. 아마 다음에는 꼭 해낼 겁니다."

한 사원이 말하자 오바라는 "이건 러닝슈즈의 승리야"라며 가슴을 쫙 폈다.

아시아 공업 육상부도 다른 여러 팀과 마찬가지로, 러닝슈즈 후원 계약은 개인이 맺게 되어 있다.

게즈카가 그동안 후원을 받던 라이벌 업체에서 조건을 두고 옥신

각신중이라는 정보를 오바라가 일찌감치 얻어냈고, 끈질기게 접근하여 보기 좋게 따낸 계약이었다. 지금쯤 스탠드 어딘가에서 계약을 빼앗긴 그 회사 사람들이 발을 동동 구르며 분해하는 모습이 눈에 선했다.

좋은 징조다.

복받치는 웃음을 참지 못하고 어깨를 떨던 오바라는 소리 없이 웃기 시작했다.

3

지카타비 신제품 '보병대장' 샘플이 완성되었다. 미야자와가 제안한 지 일주일 만의 일이었다.

제작 수량은 삼백 켤레. 5월 첫 토요일, 상당히 공세적인 가격을 설정해 도쿄 도내 가게에 도매로 내보냈다. 판매 상황을 본 뒤 가격 인하도 생각해보자고 했지만, 주말 이틀 사이에 삼백 켤레가 다 팔려 모두를 놀라게 했다. 전에 없던 판매 추세였다.

"지금도 반신반의해서……."

판매 상황을 보고 열린 미팅에서 주문서를 앞에 둔 야스다는 흥분이 지나쳐 다소 새파래져 있었다.

"그렇게 가볍고 신기 좋으면 조금 비싸더라도 사는 거지."

아케미가 말했다. 실크레이를 채택한 보병대장의 무게는 종전 제품의 절반도 되지 않는다. 작업을 시작한 아침에는 다른 점을 알기

364

어려워도, 피로가 쌓인 오후가 되면 무게 차이가 얼마나 몸에 부담을 줄여주는지 실감하게 될 것이다. 게다가 생고무 밑창에 비해 발이 뜨거워지지 않고, 땅바닥을 꽉 잡아주면서도 지형 변화를 직접 발바닥에 전해주는 유연함까지 갖췄다. 특히 위험이 따르는 현장이라면 피로 경감은 안전성과 직결된다.

게다가 천연재료를 바탕으로 한 하이테크 소재는 환경적응성도 높고, 갑피에 쓰이는 목면과 마찬가지로 태워도 유해 가스가 나오지 않는다.

2000엔대인 고하제야의 기존 상품보다 갑절 가까운 가격을 붙인 것은 개발비를 조금이라도 충당하려는 의도였다. 그래도 팔렸다는 것은 제품 가치가 가격에 상응한다고 평가되었기 때문이다.

"구입자와 같은 현장에서 일하는 동료들이 다음 날 찾아와 한꺼번에 이십 켤레 가까이 사가기도 했답니다."

야스다가 나카노에 있는 한 상점의 사례를 소개했다. "이건 팔릴 거라고 추가 주문한 수량이 약 이천 켤레입니다. 그걸로도 일주일을 못 버틸지 모릅니다. 앞으로 판매점을 늘리면 거래 문의가 더 많아질 텐데 어떻게 할까요?"

질문은 미야자와를 향한 것이다.

고하제야의 지카타비는 지금까지 국내가 아니라 베트남 협력 공장에서 제작하고 있었다. 고하제야만이 아니라 일본에서 유통중인 지카타비는 전량 아시아를 중심으로 하는 해외 생산품이라는 것은 이제 업계 상식이다. 고하제야 본사에서 만드는 보병대장은 이례 중의 이례다.

최초 삼백 켤레는 화재나 사고를 대비해 본사에 보관중인 예비 금형으로 제작했다. 원래대로 비용이 적게 드는 베트남 공장에서 라인을 늘려 양산하고 싶지만, 실크레이 제작 설비는 본사에만 있다.

"다비 제작 계획을 변경해서 오천 켤레를 만듭시다."

미야자와의 한마디에 야스다가 눈을 빛냈다.

"공격적으로 나가자는 말씀이시죠?"

"승부처야."

미야자와는 도미시마에게도 물었다. "어때요?"

"회사의 흥망은 이 일전에 달려있다러일전쟁 당시 도고 제독이 남긴 훈시로 유명한 문구, 이런 건가요?"

도미시마는 케케묵은 비유로 응했다. 하지만 표정은 긴장되어 있고, 눈에는 다시 젊어진 듯한 힘이 흘러넘쳐 보인다.

"이야마 고문님, 조속히 증산을 좀 부탁해도 되겠습니까?"

"알았소. 바로 시작할 테니 사이즈와 수량을 부탁하지. 참 재미있게 되었군그래."

이야마 목소리도 흥분으로 떨리는 듯했다.

곧바로 야스다가 생산 계획을 수정하기 시작했다.

"매입 대금이 정해지면 바로 알려주게. 지금은 내가 어떻게든 할 테니까."

도미시마가 흥분한 기색으로 말했다. 다소 헐렁한 셔츠의 가슴이 심호흡으로 오르락내리락했다.

"이제 바빠질 겁니다, 사장님. 풀가동해야 하는데 일손이 부족합니다."

야스다도 얼굴을 붉히며 기쁨의 비명을 지르는 듯했다.

발밑에서 솟아오르는 듯한 열기에 몸을 담그며, 미야자와는 지금 껏 경험한 적 없는 고양감을 느꼈다.

틀림없이 히트 상품이 될 것이다. 회사 실적에 전기轉機가 찾아온 다면 바로 이런 일 아닐까.

미팅을 마친 미야자와는 개발실로 돌아가는 이야마에게 말을 걸 었다.

"이야마 씨, 정말 고맙습니다."

대답은 없다. 오른손을 휙 들어 보였을 뿐, 비뚤어진 성격의 전직 경영자는 오래된 사옥의 복도를 유유히 걸어간다.

미야자와도 사장실로 돌아가려 할 때였다.

"그렇다 치더라도……."

도미시마의 잠긴 목소리가 들려 걸음을 멈췄다. 돌아보니 파일을 옆구리에 낀 도미시마가 이야마의 뒷모습을 지켜보고 있었다. 이내 그 시선이 미야자와를 향했다.

"발버둥도 쳐봐야 하는군요."

도미시마가 중얼거렸다.

"그게…… 살아간다는 것 아니겠습니까. 회사도 사람도 결국 같은 건지 모르지요."

미야자와가 말했다. 도미시마는 고개 숙인 채 잠시 침묵하다가 천 천히 자기 자리가 있는 사무실로 물러갔다.

4

일본육상선수권대회가 끝난 지 이틀 후, 모기를 만나러 무라노와 함께 시영 운동장을 찾았다.

오후 5시가 지나 산들바람이 불기 시작한 운동장에서 묵묵히 트랙을 도는 모기를 한 시간쯤 바라보았을까.

"겉창이 빨리 닳는 문제는 대응을 강구하고 있고."

무라노가 입을 열더니 "비 오는 날에 달려봤나?" 하고 묻는 등 다양한 조건에서의 인상을 상세하게 따져보기 시작했다.

착지 때의 안정성, 붙잡는 힘, 반발력. 밑창에 요구되는 요소는 다양하다.

경쟁사는 다른 소재를 조합하여 밑창을 만들지만, 육왕은 실크레이의 경도를 바꿔 대응할 수 있도록 이야마와 다이치가 검토중이었다. 준비해야 할 밑창은 트랙 경기, 장거리 등 다양한 상황에 따라 여러 갈래에 걸쳐 있다. 게다가 무라노는 레이스 당일 조건이나 도로 경기 코스에 따른 오르막길과 내리막길까지 고려하여 제작하는 방안을 제안했다. 고하제야의 전력을 다하는 지원 태세. 반대로 말하면 무라노가 모기에게 그만한 가치가 있다고 평가한다는 증거이기도 하다.

모기가 남긴 인상도 자세하다. 지적이 수십 군데에 이른다. 한 번 들을 때마다 무라노의 노트는 순식간에 빽빽이 채워진다.

"달리 뭔가 마음에 걸린 건 없나? 밑창에 관해서는 들었고, 갑피에 대해 뭔가 있으면 말해주게. 천 두께는 어떤가?"

"좀 더 탄탄했으면 좋겠다고 할까요. 왠지 모르게 위화감이 있습니다."

새로운 요청이 나왔다. "결국 밑창과 갑피로 발을 싸는 건데, 아무리 밑창이 좋아도 갑피가 탄탄하지 않으면 달릴 때 흔들리는 느낌이 들거든요. 안정성도 약해진 것 같습니다."

육왕의 갑피 소재는 가벼움을 우선해 나일론 소재를 사용했다.

"얇고 가벼운 건 좋은데, 뭐랄까 존재감이 없습니다. 좀 견고하고 보온성 좋고 통기성도 좋은 소재면 좋겠습니다."

자기도 모르게 탄식이 나왔다.

이상을 입 밖에 내기는 쉽지만, 실현하기는 쉽지 않다.

가벼운 데다 보온성과 통기성, 게다가 내구성까지 겸비한 소재라니. 미야자와는 짐작조차 되지 않았다. 애초에 그런 상반된 특성을 가진 소재가 세상에 존재할는지도 의심스럽다.

모기와 헤어진 후 의논도 할 겸해서 가까운 카페에 들어갔다.

"갑피 소재를 어떻게 할지는 어딘가 마음에 걸리는 문제라고 생각하고 있었습니다."

무라노가 말했다. "지금 소재를 사용한 것은 가벼워서입니까?"

"그렇습니다." 고개를 끄덕인 뒤 잠시 생각하던 미야자와는 바꿔 말했다. "아니, 솔직하게 말하면 달리 생각난 게 없었기 때문입니다. 섬유 쪽 지인을 통해 도매로 가져온 소재입니다."

"아, 그렇군요."

무라노도 고개를 끄덕이더니 뭔가 생각하며 커피 잔을 입가로 가져간다. "잘될지 어떨지는 모르지만 아틀란티스와 거래하는 업자를 소개하겠습니다. 만나보면 어떨까요?"

고맙다. 의식하고 있지는 않았지만, 실은 그 한마디를 기다렸는지도 모른다.

"그럼 간토 레이온의 담당자 연락처를 내일 전하겠습니다."

"간토 레이온입니까?"

유명 기업이어서 이름은 알지만 거래한 적은 없다. 만약 이번을 기회로 거래를 틀 수 있다면 이점이 있을 것이다.

"다만, 경쟁사에 납품하는 하이테크 소재를 고하제야에도 줄 거라고는 보장할 수 없습니다."

무라노는 못을 박았다. "간토 레이온에서 제작중이더라도 거기에는 각사의 노하우나 디자인이 얽혀 있습니다. 밑창만큼은 아니지만, 갑피 소재의 기능성도 분명 중요한 요소라서요."

"알겠습니다."

아무튼 가보는 수밖에 없었다. 이야기는 그 다음이다.

5

"러닝슈즈의 갑피 소재요?"

미야자와가 오미야 역 앞에 있는 간토 레이온의 지사를 찾아간 것은 사흘 후였다.

담당자는 오노라는 삼십대 중반 남자로, 직함이 주임이다. 무라노에게서 소개받은 사람은 영업본부장인데, 고하제야가 사이타마 현에 있기 때문에 간토 북쪽 비즈니스를 총괄하는 이곳 지사로 연결되었다.

"고하제야는 신발 제조업체가 아니죠?"

오노 앞 탁자에는 조금 전 미야자와가 내민 명함 한 장만 올려져 있을 뿐이다. 노트 한 권 없이 미팅 부스로 들어오더니 몸을 비스듬히 하고 팔짱을 낀 채 얼굴만 이쪽을 향해 있었다.

"본업은 다비 제작입니다."

미야자와는 지참해온 홍보 팸플릿을 꺼내 사업 내용을 간략하게 설명한 뒤 육왕 샘플을 꺼내 보여준다.

"이 러닝슈즈를 판매하려 합니다."

오노는 육왕을 들어 갑피 부분에 눈을 가까이 대고 손끝으로 만져보더니 도로 건네주었다.

특별한 감상도 없고 흥미가 생긴 것처럼 보이지도 않는다.

"밑창에 특징이 있습니다. 실크레이라는 새로운 소재를 사용했거든요."

"이거, 얼마나 만듭니까?" 무뚝뚝한 얼굴로 선하품을 하며 설명을 흘려들은 오노가 물었다.

"생산 계획은 앞으로 짤 겁니다. 다만 큰 거래처의 갑피 소재를 귀사에서 공급하신다고 들어서, 저희도 받을 수 없을까 해서요."

"뭐, 분명히 신발 제조업체와 거래를 합니다만, 어떤 회사든 양산이 전제입니다."

오노는 약간 불쾌한 어조로 말을 이었다. "다시 말해서, 소규모 발주는 취급하지 않아요. 어느 정도 단위 이상이어야만 거래를 검토합니다."

"어느 정도라면⋯⋯."

미야자와는 주뼛주뼛 물었으나, 오노가 알려준 단위에 기가 막혀 의기소침해졌다. "그런 규모로는 발주할 수 없습니다. 아직 개발 단계라서요."

"그럼 우리 말고 시제품에 대응 가능한 회사가 있지 않겠어요?"

쌀쌀맞은 태도였다.

자잘한 비즈니스 따위는 귀찮을 뿐이라고 말하고 싶은 것이다.

"어디 좋은 곳은 모르십니까?"

미야자와는 지푸라기라도 붙잡는 심정이다.

"아뇨. 우리는 큰 것뿐이라서 그런 건 알 수가 없죠."

오노는 말붙일 엄두도 내지 못하게 말하더니 손목시계를 봤다. "도움을 못 드려 미안합니다."

회사로 돌아온 미야자와는 부지 내 지정 공간에 차를 세우고는 무거운 발걸음으로 사무실로 들어갔다.

낙담과는 다르다. 온몸 구석구석까지 피로감의 막으로 뒤덮인 것 같다.

어떻게 된 일일까.

잠깐 고심했지만 좋은 생각이 떠오르지 않는다. 방을 나가 이야마와 다이치가 분투하는 개발실로 향했다. 보병대장에 쓸 밑창의 양산 준비로 분주했다. 이야마, 다이치뿐만 아니라 야스다도 옆에 서서 바쁘게 일하고 있다.

"아, 어떻게 되었습니까, 사장님?"

야스다가 방으로 들어선 미야자와에게 결과를 물었다가 "문전박대야" 하는 대답에 혀를 차며 얼굴을 찌푸렸다.

"정말, 회사가 쪼그맣다 이거지."

야스다는 손에 든 목장갑으로 의자를 탁 쳤다. "오만불손하네, 진짜" 하고 내뱉었지만 딱히 대안이 나온 것도 아니다.

"그쪽은 어때?"

옆에서 가동중인 기계에는 이야마가 붙어 있었다. 다이치와 함께 세세한 체크를 하느라 여념이 없다.

"순조롭소. 생산 계획대로지."

이야기에 귀를 쫑긋하고 있었는지 이야마가 기계 너머에서 얼굴을 내밀었다. 다이치는 아주 진지한 표정으로 보드에 뭔가 써넣고 있었다.

새롭게 제작하는 보병대장은 이미 어제부터 추가 생산되어 도쿄 도내 매장에 수시로 발송되고 있다. 생산을 계획한 오천 켤레가 전량 출하될 때까지 실크레이 제작 라인과 봉제과는 풀가동이다. 하지만 이 계획은 문제가 생길 가능성과 등을 맞대고 있었다. 원래 시제품용 기계라서 지금처럼 대량으로 실크레이를 제작한 적이 없다. 봉제과 역시 생산 계획 변경 탓에 인원 배치가 빠듯하다. 누구 한 사람만 병으로 빠져도 생산을 차질 없이 수행하기 힘들어진다.

그 외에도 미야자와가 걱정하는 문제가 있었다.

증산에 따른 매입 대금 증가, 즉 자금 마련이다.

6

"사장님, 사이타마 중앙은행의 오하시 씨가 왔습니다."

도미시마가 말을 걸어온 것은 그날 오후 3시가 지난 시각이었다.

"운영 자금이 필요하다는 말씀을 들었습니다."

오하시가 이렇게 말을 꺼내자 미야자와는 고개를 끄덕이며 답했다. "이 신제품이 잘 팔리고 있어서 말이지."

그러고는 사장실 선반에 놓인 보병대장을 보여주었다.

오하시가 얼굴을 가까이하며 물었다. "지카타비네요. 뭐가 다르죠?"

"한번 들어보시오."

미야자와가 시킨 대로 손에 들어본 오하시는 무표정하게 고개만 갸웃한다.

"이번에는 그쪽을 들어보시오."

옆에 있던 기존 지카타비를 들어본 뒤에야 "무겁네요"라고 말했다.

"그것만 무거운 게 아니라 지카타비는 다 그 정도 무게요. 다시 말해 새로운 지카타비는 우선 가벼운 게 이점이지. 밑창은 생고무보다 부드러워서 지면의 감각이 잘 전달되고. 게다가 내구성은 생고무보다 훨씬 뛰어나고 말이오."

"그렇게 많이 팔렸습니까?"

오하시가 아무렇지 않게 묻기에 많이 팔렸다고 대답했다.

"지금 새로 오천 켤레를 만드는 참이오. 판매 추이를 보면 보름도 못 갈지 모르오. 전에 없던 대히트지."

별 대답이 없다.

오하시는 지카타비를 뒤집더니 관심이 있는지 없는지 모를 얼굴로 밑창을 손톱으로 튕겨본다.

"3000만 엔쯤인데 부탁할 수 있을까요?"

오하시를 사이에 두고 반대쪽에 서 있던 도미시마가 말했다. "고치 매입 대금과 잔업 수당 등으로 비용 지출이 겹쳐서요."

실은 이 액수에 육왕 관련 자금도 포함되어 있었다. 보병대장의 히트로 도미시마도 납득한 상태에서 정한 금액이다.

도미시마가 차를 내오고, 오하시에게 소파에 앉기를 권했다. 그러고는 최근 시산표를 보여주며 상세한 설명을 시작했다.

"그게 실크레이라는 소재를 사용한 밑창인가요?"

이야기를 대강 들은 오하시는 잠깐 생각하더니 물었다. "운동화는 어떻게 됐죠? 지카타비를 만든다는 이야기였나?"

미야자와는 다시 발끈하며 오하시를 응시했다. 육왕 개발 자금을 부탁하러 갔을 때 보인 무뚝뚝한 태도가 떠올랐기 때문이다.

"그 지카타비는, 말하자면 부산물이오. 러닝슈즈는 따로 개발중이고. 당신들은 흥미가 없겠지만." 미야자와가 다소 빈정거리는 투로 답했다.

"그렇습니까?"

정말 흥미조차 없는 듯한 오하시의 눈길이 제품이 진열된 선반을 향했다. 미야자와는 최신판 육왕을 집어 들어 "이거요" 하고 탁자에 올려놓았다.

손을 뻗었지만 오하시는 그 가벼움에 대해 감탄의 말 한마디 하지 않는다. 밑창을 힐끗 보더니 육왕을 탁자에 돌려놓으며 무람없는 질문을 했다.

"잘되고 있나요?"

"여러 가지로 고전하고 있소. 그런데 당신도 달리기를 하나?"

"아뇨. 서재파라서요." 오하시가 곧장 대답했다.

거드름을 피우는 녀석이다. 미야자와는 이번에야말로 후려갈겨주고 싶은 것을 억지로 참았다. "인류는 달릴 수 있어서 살아남은 거요." 하고 말해봤지만 역시 생각대로 반응은 약하다.

"완성한 거 아닌가요?" 오하시가 육왕을 가리키며 재차 물었다.

"아직이오. 밑창도 개선해야 하고, 갑피 소재도 재검토중이고."

"어디 학교에 판매했다고 하지 않았나요, 사장님?"

"그랬지."

그런 것은 기억하는 모양이다.

"하지만 경쟁에 지지 않도록, 좀 더 좋은 걸 만들고자 노력하고 있소. 혹시 은행 거래처 중에 갑피 소재를 취급하는 회사가 있으면 알려주시오."

"뭐, 그러죠."

마음 없는 대답이 돌아왔다.

사카모토라면 정성껏 의논한 뒤 뭔가 도와줄 게 없는지 살피며 노트 하나라도 펼쳤을 텐데. 담당자 하나로 은행에 대한 인상이 이렇게 달라지나. 그런 생각을 하지 않을 수 없었다.

11장

펀치히터 다이치

1

그날 계획한 제작을 모두 마친 다이치가 뒤처리까지 끝내고 개발실을 나섰다. 밤 11시가 지나 있었다.

기진맥진하여 작업장 끝 벤치에 앉아 페트병에 든 물을 마신다. 상야등 근처에서 미친 듯이 날아다니는 나방을 응시하며 밤의 정적에 귀를 기울이자 발밑부터 피로가 기어 올라왔다. 목과 어깨를 돌리자 관절에서 소리가 났다. 두 팔을 뻗치니 굳은 어깨뼈 언저리가 당겼다.

줄곧 일만 한 하루였다. 오전 7시쯤 출근해 생산 준비를 하고, 쉬는 시간도 없이 밑창을 만든다. 긴장한 탓인지 시간도 눈 깜짝할 사이에 지나가는 것 같았다. 조금 전에 오후 5시가 지났다고 생각했는데, 정신을 차리고 보니 10시가 넘어 있다. 너무 바빠 시간을 잊고 집중해서 일하면 한 시간이 십오 분쯤으로밖에 느껴지지 않는다.

농밀하고 충실한 시간의 흐름이다. 그런 분주함이 힘겹기는커녕 즐거웠다.

"수고했어."

한발 늦게 개발실에서 나온 이야마가 다이치 옆을 지나 걸어가며 말했다.

"네. 수고하셨습니다."

나직이 말한 다이치에게 가볍게 오른손을 들어 보였다. 이야마도 피로가 짙게 배어 있었다. 교다의 여름은 덥다. 오늘 밤도 열대야다. 체력이 끝로 깎듯이 나날이 떨어져나간다.

예상외의 양산이었다. 새 지카타비는 날개 돋친 듯이 팔려나갔다. 고하제야의 실적도 급격히 회복되는 듯하다. 그 약진을 이야마와 다이치 두 사람이 떠받치고 있는 것이다. 다이치는 그 사실이 약간 자랑스러웠다.

다 마신 페트병을 쓰레기통에 던져 넣고, 긴장이 풀린 만큼 단숨에 무거워진 다리를 움직여 현관 자물쇠를 잠근 뒤 휑뎅그렁한 주륜장으로 향했다. 한발 앞서 나간 이야마의 모습이 힐끗 눈에 들어왔지만 곧 담장 너머로 사라져 보이지 않았다. 아무도 없는 회사는 쥐 죽은 듯 조용했다. 한여름 깊은 밤에 근처 국도를 오가는 자동차 소리만 흐릿하게 들려올 뿐이었다.

자전거 자물쇠를 풀고 페달을 밟은 다이치가 무슨 소리를 들은 것은 그때였다.

처음에는 무슨 소리인지 알 수 없었다.

하지만 고하제야 정문을 나섰을 때 상야등도 꺼진 어둠속에서 한

덩어리가 된 사람 모습이 눈에 들어왔다.

자전거를 멈춰 세웠다. 몸이 굳은 다이치의 눈이 어둠에 익숙해질 때까지는 시간이 걸렸다. 두 남자가 땅바닥에 쓰러진 남자를 발로 차고 있었다. 한 사람이 몸을 구부리더니 쓰러진 남자의 안면에 주먹을 꽂았다. 또 한 사람은 복부를 찼다. 쓰러진 남자의 몸이 부자연스러울 정도로 꺾였다.

숨을 삼켰다.

"이야마 고문님!"

날카로운 소리에 두 남자가 움직임을 멈추나 싶더니 다이치를 힐끗 보았다.

다이치가 자세를 갖췄지만 둘은 몸을 돌리고는 가벼운 몸놀림으로 그 자리를 떠났다. 상야등이 그 모습을 비췄다.

한 사람은 무늬 있는 셔츠에 흰색 바지 차림이었다. 또 한 사람은 이런 더위에도 위아래로 까만 양복을 입었다.

"고문님!"

다이치는 자전거에서 내려 아스팔트 바닥에 쓰러져 있는 이야마에게 말을 걸었다.

대답이 없다.

산소를 찾아 입을 움직이지만 말은 나오지 않았다.

"잠깐만 참으세요."

떨리는 손으로 휴대전화를 꺼내 119에 연락했다. 다시 아버지에게도 전화를 걸었다.

"곧 구급차가 올 거예요. 금방 오니까 힘내세요!"

절박한 다이치의 목소리가 밤의 어둠속으로 빨려들었다.

바닥에 드러누운 이야마를 내려다보았다. 희미한 불빛 속에서, 괴로운 듯이 끙끙거리고 있었다.

이내 이야마에게서 뭔가 말 같은 것이 흘러나왔다.

다이치는 쭈그리고 앉은 채 되풀이해서 나오는 그 소리를 필사적으로 알아들으려 애썼다.

이번에는 또렷이 들렸다.

"……미안하네."

"무슨 말씀이에요, 고문님?"

이렇게 물은 순간, 다이치는 멀리서 사이렌 소리가 가까워지고 있음을 깨달았다.

2

의사 선생님이 설명하실 겁니다.

병원 대기실에 있던 일행에게 간호사가 이렇게 말한 것은 새벽 1시가 지나서였다. 형사들이 찾아와 사정 청취도 끝냈다.

"부인이세요?"

얼굴이 새파래진 채 옆에 있던 이야마의 아내 모토코는 고개를 끄덕였다. 그러고는 미야자와, 다이치, 소식을 듣고 달려온 도미시마와 야스다를 돌아보며 불안한 듯한 표정으로 말했다. "괜찮으시면 가서 같이 들어주시겠어요?"

전원이 면담실로 들어가자 의사가 컴퓨터 앞에 앉아 기다리고 있었다.

"CT를 찍었는데 뇌나 장기에 이상은 없습니다. 생명에는 지장이 없지만, 한동안 입원하셔야 할 것 같습니다."

입원 기간이야 어쨌든 생명에 지장이 없다는 이야기에 모두 안도의 한숨을 내쉬었다. "다만 전신 타박으로 인한 골절도 몇 군데 있기 때문에 지금은 아무튼 안정이 필요합니다."

"저기, 어느 정도 입원해야 하나요?" 모토코가 걱정스레 물었다.

"적어도 삼 주는 해야 할 겁니다."

"삼 주요?"

모토코의 마른 입술이 되풀이했다.

"걱정하지 마세요. 저희가 보살펴드릴 테니까요."

미야자와가 모토코의 마음속을 헤아려 이렇게 말하고는 동의를 구하듯이 도미시마를 돌아보았다. 도미시마의 딱딱한 시선과 부딪쳤지만 달리 말은 없다.

의사 면담을 끝낸 뒤 병실로 향하는 모토코와 복도에서 헤어졌다.

"미안합니다, 겐 씨."

"아닙니다."

고개를 살짝 가로저은 도미시마는 조금 전과 같이 굳은 눈으로 짧게 한숨을 내쉬었다.

"어쩔 수 없습니다. 좋은 일도 있고 나쁜 일도 있는 거지요."

병원으로 옮겨진 이야마는 자신을 습격한 이인조가 예전에 돈을 빌린 사채업자라고 말했다. 도미시마는 자업자득이라고 말하고 싶을지도 모른다.

"하지만 삼 주나 입원해 있는 동안 제작은 어떻게 될까요. 고문님이 안 계시면 실크레이는 만들 수 없잖아요." 도미시마가 말했다.

야스다는 천장을 올려다보며 입술을 깨물었다.

그때였다.

"제가 할게요."

다이치의 말에 미야자와가 눈을 크게 떴다.

"네가? 할 수 있겠어?"

"할 수 있어요."

다이치가 귀찮다는 듯이 답하자 미야자와는 자기도 모르게 야스다와 얼굴을 마주 보았다.

"괜찮겠어, 다이치?" 야스다가 염려하듯 물었다.

"어떻게든 되겠죠. 이야마 고문님 머리는 멀쩡하니까 모르는 게 있으면 물어보면 되고요."

미야자와는 판단을 망설였다. 다이치의 말만큼 간단한 일로는 여겨지지 않았기 때문이다.

하지만 지금 고하제야에서 이야마를 대신할 수 있는 사람이 있다면, 몇 달간 일을 도와온 다이치뿐이다.

"애초에 노하우를 습득해두라고 한 건 사장님이잖아요."

불안해하는 시선을 깨닫고 다이치는 웃어 보였다. 사원들 앞에서 다이치는 미야자와를 '사장님'이라고 부른다.

"그야 그렇지만—."

"저도 아무 생각 없이 그냥 보고만 있지는 않았어요."

"알았어."

미야자와는 다이치를 응시한 채 말했다. "할 수 있는 만큼 해봐."

3

미야자와는 다이치와 함께 오전 7시에 출근해서 창고에 있는 재료를 개발실로 옮겼다. 분주하게 일을 시작한 다이치는 생산계획표를 체크하고 하루 치 재료 투입량을 계산했다.

"부탁한다."

다시 보니 잡다한 제작 라인이 아무래도 미덥지 못하다. 시제품용 기계로 양산하는 이 방식이 언제까지 통용될까. 미야자와는 물론, 아마 이야마도 다이치도 알 수 없을 것이다.

든든한 생산 체제라고는 말하기 힘들다.

보병대장에 쓰일 실크레이를 계속 양산할 것이라면 그에 맞는 제작 라인을 구축해야 할지도 모른다. 하지만 지금 고하제야에서 그정도 자금을 마련하기는 어렵다.

"겐 씨 생각은 어때요?"

그날 저녁, 미야자와가 사장실에서 도미시마의 의견을 물었다.

결재 서류를 든 채 잠깐 생각하더니 도미시마는 묘한 말을 한다.

"컵에 든 물이지요."

"무슨 말입니까, 그게?"

"현재 설비로 공급이 가능한 동안에는 끝까지 그걸로 변통하는 거지요. 설비 투자는 컵에서 물이 흘러넘치기 시작할 때 검토하면 되는 거 아닐까요."

"그러다가 비즈니스 기회를 놓치지 않을까요."

"일시적으로는 놓치게 되겠죠."

도미시마가 말했다. "하지만 최초의 컵은 계속 거기 있습니다. 손해는 나지 않습니다. 흘러넘치는 물을 어떻게 할 수 없을 때 컵을 또하나 늘리면 되는 거지요."

미야자와는 도미시마의 발언을 마음속으로 반추해본다.

스피드 경영 시대에 도미시마의 생각은 정반대 편에 있다. 옳은 건지 옳지 않은 건지 알 수 없다. 하지만 도미시마의 경험에 기초한 견해임은 틀림없다.

"어려운 경영 이론은 모릅니다. 하지만 이익을 놓치는 것은 손실이 아닙니다."

도미시마가 단언한다. "미래를 예측할 수 없다면 현실을 보고 결정할 수밖에 없지 않습니까? 지금 잘 팔리면 그걸로 됐다고 해야 합니다. 그리고 곧 사이타마 중앙은행 오하시 씨가 회사로 찾아올 테니 대응을 잘 부탁드립니다. 아마 융자 이야기를 할 테니까요."

도미시마는 가볍게 고개를 숙이고 조용히 사장실을 나갔다.

오하시는 거의 한 시간이 지나서야 고하제야로 찾아왔다.

"지난번 받은 운영 자금 건은 승인되었습니다. 감사했습니다."

사장실 응접세트에 앉은 오하시는 우선 이렇게 말하고 고개를 숙였다.

여느 때처럼 이러쿵저러쿵 트집 잡을 거라며 경계하던 터라 맥이 빠져 "정말 고맙네" 하고 무심코 도미시마와 얼굴을 마주했다.

"희한한 일이군. 순조롭게 결정되다니."

어딘가 빈정거림을 섞어 말한 미야자와에게 "'증운'이니까요"라는 답이 돌아왔다.

증운이란 '증가 운영 자금'의 준말이다.

간단히 말해, 매출 호조로 인해 늘어나는 매입 대금을 지불하기 위한 빚을 말한다.

매입 대금을 매출액에서 지불하면 될 것 같지만 그렇지 않다. 회사는 대부분 판매 금액 회수보다 매입 대금 지불이 먼저인 경우가 많기 때문에 대개 지급할 돈이 필요해진다. 고하제야도 예외가 아니었다. 매출이 늘어도, 줄어도 빚을 얻어 꾸려나가야 되는 것이 중소영세기업의 실태다.

"지점장님도 이런 자금이라면 언제든 지원하고 싶다십니다."

"그것참 기분 좋은 말 아니오. 그렇죠, 겐 씨?"

옆에 있는 도미시마에게 동의를 구한 미야자와는 "늘 이렇게 융자해주면 아무 문제도 없을 텐데" 하고 평소 은행에 불만을 느끼는 만큼 독설을 내뱉었다.

"여기, 계약서입니다. 잘 부탁드립니다."

금리는 결코 낮지 않지만 빌려주지 않는 것보다는 낫다. 미야자와는 오하시가 내민 계약서에 그 자리에서 도장을 찍어 돌려주었다. 일단 자금 융통에 대한 불안이 줄어서 가슴을 쓸어내렸다.

"오늘은 한 가지 더 드릴 말씀이 있습니다."

계약서를 가방에 넣기에 곧장 일어날 거라 생각했는데, 오하시가 탁자 너머에서 미야자와와 도미시마에게 무표정한 시선을 보냈다.

"저번에 신발 소재를 찾으셨는데, 발견하셨습니까?"

모기에게 지적받은 갑피 소재를 말한다. 무라노의 소개로 찾아간 간토 레이온에서 거절당한 후 여전히 아무것도 찾지 못해 난감한 상황이었다.

"아니, 아직."

미야자와가 대답했다.

"이런 것이 있습니다."

오하시는 옆에 둔 상자에서 샘플로 보이는 천을 꺼내 탁자에 펼친다.

메시 소재의 천이었다.

굵은 나일론 섬유로 짰는데, 손을 대보니 부드럽고 나긋나긋하다. 두께도 적당하고 보기보다 훨씬 가볍다.

"다치바나 러셀이라는 회사 제품입니다."

"섬유 쪽 업체인가?" 미야자와가 물었다.

"편물 회사입니다. 제가 전에 있던 지점에서 거래가 있었습니다. 얼마 전 사장님께 소재 이야기를 듣고 문득 생각나서 문의해봤더니 이걸 보내줬습니다."

"흐음."

미야자와는 건성으로 대답하며 샘플 몇 종류를 살펴본다.

"다치바나 러셀에서는 가능하면 검토해달라고 하고, 지점장님은 꼭 고하제야에 소개하라고 해서요."

"다치바나 러셀은 어떤 회사요?"

"벤처 기업입니다." 오하시가 말했다.

"벤처?"

도미시마가 되물었다. 표정이 그리 좋지 않은 것은 경리를 하는 사람의 완고한 기질 때문일 것이다. 설립한 지 얼마 안 된 벤처 기업만큼 도산 위험성이 높은 곳도 없다.

"잘나가는 회사인가요?"

도미시마가 신경을 쓰는 것도 무리는 아니었고, "솔직히 현시점에서는 그다지 이익을 내는 회사라고는 할 수 없습니다"라는 오하시의 반응 또한 정직했다.

"대형 섬유업체의 연구소에 근무하던 다치바나 사장이 퇴직하고 설립했습니다. 이제 설립 삼 년째인 신규 기업입니다."

"뭔가 독자 기술이라도 있는 거요?"

미야자와가 물었다. 벤처라고 하는 데는 뭔가 믿을 만한 노하우나 기술이 있을 것이다.

"편물 제조 신기술이 있습니다. 특허도 취득했고요. 원단에는 직물과 편물이 있다는 거 아시지요? 그 편물 중 '경편經編'이라는 제조 방식 쪽에 독자적인 기술이 있습니다."

"독자적인 기술?" 미야자와가 물었다.

"기술적인 세부 이야기는 저도 모릅니다. 다만 '더블러셀'이라는 편직이 가능한 새 기계를 개발해서요."

오하시가 펼쳐 보인 회사 안내 팸플릿에 거대한 원사 롤이 여러 개 늘어선 공장 풍경이 나와 있었다. 회사 소재지는 도다 시. 사장은 다치바나 겐스케, 사원은 이십 명이라고 적혀 있다.

"우리와 비슷한 규모네요." 도미시마가 말했다.

"매출은 10억 엔 정도입니다."

오하시의 대답이 도미시마의 추측을 뒷받침했다. "회사를 세운 지 얼마 안 되기도 해서 새로운 거래처를 찾고 있습니다. 샘플을 놓고 갈 테니 검토해보시겠습니까?"

그날 밤, 미야자와는 샘플을 무라노에게 보여주었다.

무라노는 한동안 진지한 눈으로 샘플을 보더니 가만히 얼굴을 들고 말했다.

"미야자와 씨. 이 소재, 괜찮을지도 모르겠네요."

4

사이타마 중앙은행의 오하시, 무라노와 함께 도다 시 교외에 있는 다치바나 러셀을 방문한 것은 그다음 주 화요일 오전이었다.

본사 겸 공장은 살풍경한 사각형 건물로, 설립 삼 년째인 회사치고는 낡았다. 중고 건물을 설비까지 한꺼번에 구입했을 것이다.

접수처에 용건을 말하자 곧 사장인 다치바나가 영업 담당자를 데리고 나타났다.

"잘 오셨습니다."

어딘가 간사이 사투리 억양이 있었다. 다치바나는 판에 박은 인사를 끝내자 "먼저 공장을 봐주십시오"라며 안내했다.

팸플릿에서 본 편물 기계가 늘어선 공장이다. 거대한 롤이 늘어서 있고 최첨단 로봇 편물 기계가 움직이는 모습은 SF 영화의 한 장면을 보는 듯했다.

다치바나는 점검중이라 멈춰 있는 기계 앞에 서서 사업 개요와 노하우에 관해 개략적으로 설명했다. 특히 자기 회사 기술에 대한 자신감이 인상적이었다. 사업 규모는 결코 크지 않아도 자신감이 흘러넘쳤다.

응접실로 돌아가자 다치바나가 탁자에 샘플을 펼쳤다.

오하시가 보여준 몇 종류 외에도 다양한 색상으로 삼십 종류가 넘었다. 모두 경편 편직 기술로 완성한 더블러셀 내지 트리코트 원단으로, 무늬와 촉감이 다양했다.

미야자와는 무라노와 함께 열심히 들여다본 뒤 가장 걱정되는 사항을 물었다. "발주는 어느 정도 단위부터 받아줄 수 있습니까?"

간토 레이온처럼 소규모 수주는 받지 않는다고 하면 그것으로 끝이다. 매입이 많으면 재고를 떠안을 우려가 있다. 하지만 다치바나의 대답은 간토 레이온과 전혀 달랐다.

"양이 어느 정도이든 상관하지 않습니다. 고하제야에서 필요하신 만큼 맞춰드릴 수 있습니다."

"정말입니까?"

미야자와는 환하게 웃으며 옆에 있는 무라노와 안도한 표정으로 마주 보았다. "고맙습니다."

"저도 러닝슈즈에 흥미가 있고 기술력은 자신 있는데, 대형 기업에서는 좀처럼 채택해주지 않아서요. 오하시 씨한테서 고하제야 이야기를 들었을 때, 함께할 수 있으면 좋겠다고 생각했습니다."

경영자보다는 어딘가 연구자 같은 분위기의 다치바나는 이렇게 말하며 진지한 눈으로 미야자와를 보았다.

"그렇게 말씀해주시니 다행입니다."

미야자와는 지참해온 고하제야 팸플릿과 육왕 샘플을 꺼내 개발 경위에 관해 상세히 설명하기 시작했다. 잠자코 들은 다치바나는 잠깐 생각하더니 상황을 간단히 요약한다.

"요컨대 지금 무게를 넘지 않되 좀 더 지지해주는 느낌이 있는 소재가 필요하다는 말씀이시네요."

"더 욕심을 부리자면 기능성도 추구하고 싶습니다."

무라노가 말을 이었다. "우선 통기성입니다. 땀을 흘리니 가능하면 물쿠지 않았으면 합니다. 그리고 상반되는 성질 같습니다만, 유연성과 내구성을 다 갖춘 소재면 좋겠습니다."

"그렇군요. 이걸 한번 봐주시겠습니까?"

다치바나는 샘플 몇 가지를 새로 펼쳐 보였다. "러닝슈즈 갑피에 쓰이는 것과 같은 종류입니다. 모두 가벼운 소재인데, 흥미로운 소재가 있으면 재고품을 드릴 테니 시제품을 만들어보시면 어떻습니까? 그런 다음에 발주해주시면 됩니다."

더 바랄 나위가 없는 제안이었다.

그 자리에서 무라노와 의논해 선택한 소재는 세 종류였다. 모두 부드럽고 강인한 더블러셀 천이다.

"시제품 테스트에 적어도 두 달은 걸릴 겁니다. 그때까지 기다려주실 수 있겠습니까?" 무라노가 물었다.

"물론입니다. 좋은 답변 기다리고 있겠습니다."

다치바나 러셀 방문은 기대 이상의 성과를 가져다주었다.

"오하시 씨, 좋은 회사를 소개해줘서 고맙소."

주차장에서 고마움을 표했다. 오하시는 평소 같은 무뚝뚝한 표정으로 "아뇨, 뭘" 하고 쌀쌀맞게 대답한다. "아직 거래가 시작된 것도 아니고요."

그렇지만 기술력 있는 소재업체와 연결된 의의는 크다.

"그건 그렇지만, 최근에야 알게 되었소."

미야자와가 말했다. "비즈니스라는 건 혼자 할 수 있는 게 아니오. 이해해주는 협력자가 있고 기술이 있고 열정이 있어야 하지. 제품 하나를 만드는 것 자체가 팀으로 마라톤을 하는 것 같은 일이오."

오하시는 미야자와의 말을 음미하듯이 잠깐 생각했다. 그러더니 "그럴지도 모르겠네요" 하고 그다지 의미가 전해진 것 같지도 않게 대답한 뒤 은행의 업무용 차량을 타고 돌아갔다.

"참 별난 사람이군요."

왼쪽으로 돌아 보이지 않게 될 때까지 오하시를 지켜보던 무라노가 문득 입술에 웃음을 머금으며 말했다. "하지만 저 사람도 협력자 중 한 사람인 셈이죠. 여러 사람이 있네요, 미야자와 씨."

"정말 그렇습니다. 하지만 정말 고맙네요, 정말."

이런 식으로 하나하나 벽을 넘다보면 언젠가 반드시 납득할 만한 제품이 완성될 것이다. 그것을 믿고 착실히 노력을 계속하는 수밖에 없다.

"모기, 밥 먹으러 가자."

히라세가 이렇게 말한 것은 토요일 저녁 6시가 지나서였다.

주방 아주머니가 주중에만 일해서 토요일과 일요일에는 기숙사 식당이 문을 닫는다. 선수들은 월요일에서 금요일까지 일과 훈련을 되풀이하는, 판에 박은 듯한 생활을 한다. 그러나 주말에는 각자 자유롭게 지낸다. 일주일분 빨래를 들고 집으로 돌아가는 사람도 있지만 애초에 지방 출신인 모기는 평소처럼 기숙사에 머물며 한가한 시간을 주체하지 못하는 것이 상례였다. 히라세도 마찬가지다. 갈 데도 없는 한가한 사람끼리 있다가 어느 한쪽이 권해서 둘이서 밥을 먹으러 나가는 일이 적지 않았다. 이날도 마찬가지였다.

"뭘 먹을까요?"

모기는 운동복 바지에 티셔츠. 편한 차림새다. 히라세 역시 비슷했다.

"비싼 데는 무리지."

히라세가 농담처럼 말했다. 둘 다 고급 레스토랑에서 식사하는 취향이 아니고 돈도 없기 때문에 실은 의논할 것까지도 없다. 행선지는 으레 역 앞 상점가로 정해져 있었다. 거기 늘어선 값싼 이자카야나 대중식당 중 어느 가게로 갈까 하는 선택지뿐이다. 어디를 가도 두 사람은 그곳 단골이었다.

결국 상점가 변두리에 있는 이자카야로 들어갔다.

조그만 가게지만 니혼슈日本酒를 좋아하는 주인이 전국 양조장을 찾아다니며 마음에 드는 술을 골라 들여놓은 점을 내세운다. 그 술을 싸게 파는 데다 안주도 맛있다.

술을 좋아하는 히라세와 달리 술을 별로 좋아하지 않는 모기는 두서없는 이야기를 늘어놓으며 안주만 먹게 된다.

생맥주로 건배하고 에다마메삶은 풋콩와 에이히레말린 가오리 지느러미를 시켰다. 다른 손님은 적었다. 토요일이기도 해서 어딘가 느긋한 분위기가 흘렀다.

알딸딸하게 취해 맛있는 음식을 먹으며 히라세와 대화를 즐긴다. 다이와 식품 육상부에서 히라세는 가장 친한 선배이고 의논하기 좋은 상대였다. 부상으로 힘들었을 때도 이 관계에서 얼마나 위로받았는지 모른다.

"그러고 보니, 너 어제 노사카 계장이 부르지 않았어?"

회사 이야기를 하던 히라세가 문득 생각난 듯이 물었다. 그때까지 때로 소리 내어 웃으면서 듣던 모기는 갑자기 입술에 떠오른 웃음을 거두고 말했다. "잘 아시네요."

"마키무라한테 들었어."

마키무라는 노사카와 같은 노무과에 근무하는데, 히라세와 입사 동기라서 친했다. "뭐, 괜찮은 거지? 부상도 회복되었고 말이야."

히라세가 모기를 힐끗 보며 조심스레 물었다. 질문 속 '괜찮다'란 다이와 식품 육상부 선수로서의 입장을 가리키는 것이다.

"컨디션이나 앞으로 레이스 예정 같은 걸 물었을 뿐이에요. 걱정했어요?"

웃으며 되묻자 히라세가 약간 쓸쓸한 시선을 보낸다.

"너까지 좌절하면 어떡하지 해서 말이야."

모기의 가슴에 의문이 떠올랐다.

"너까지라뇨. 무슨 말을 하는 거예요? 히라세 씨도 앞으로—."

"저기, 모기."

히라세가 말을 가로막더니 잔에 든 술을 가만히 보며 묵묵히 있었다. "나, 육상 그만둘 거야."

모기의 귀에서 가게에 울리던 엔카 소리가 스러지고 시야에서 색채가 사라졌다.

지금 히라세가 무슨 말을 하려는 건지 알 수 없었다.

아니, 알려고 하지 않았는지도 모른다.

"그만하려고."

다시 한번 말하고는 쓸쓸한 웃음을 띤 얼굴을 모기에게 향한다. "지금까지 고마웠다."

"……왜요?"

생각이 정리되지 않은 채 모기가 재차 물었다. "왜요?"

"지금의 너라면 묻지 않아도 알잖아."

일찍이 대학역전마라톤대회의 일류 러너였던 히라세는 다리를 다친 뒤 공식 경기에서 멀어졌다. 모기가 대학 사 년의 집대성이라 할 하코네 역전마라톤대회에서 달리던 무렵의 일이었다.

그 후 히라세의 선수 인생은 레이스 복귀와 부상 재발의 되풀이였다. 피나는 노력으로 부상을 극복했는데도, 한번 다친 고관절에 중요한 순간마다 부상이 재발해 손에 닿을 것 같던 기록에서 계속 멀어졌다.

일류 러너였던 히라세의 이름이 공식 경기 상위 기록에서 사라졌다. 싸우는 상대는 라이벌이 아니라 자신이 안고 있는 부상으로 변했다.

　"한계가 보였거든."

　먼눈을 한 채 히라세가 인정했다.

　뭔가 재치 있는 한마디를 해야 하는데 모기는 목이 바싹 말라 말이 나오지 않는다. 히라세가 말을 이었다.

　"지난번 일본육상선수권대회에서 게즈카가 달리는 모습을 보고 '아아, 이거 내가 나설 무대가 아니구나' 생각했어. 게즈카가 마지막에 졌지만, 그건 야마자키의 경기 진행이 뛰어났을 뿐이야. 누가 봐도 잠재력 있는 게즈카가 윗길이었어. 내가 부상을 극복한다 해도 그렇게 달릴 수는 없을 거야. 그 순간 갑자기 깨달았어. 아아, 이게 내 한계구나. 어느새 내가 올 수 있는 한계까지 와버린 거라고 말이지. 그걸 넘어서려다가 부상을 당한 거고 말이야."

　히라세가 이렇게 말하며 웃어 보였다. 눈물이 그렁그렁 떠오르기 시작한다. "지금까지 계속 물러날 때를 몰랐어. 한계일지 모른다고 생각하면서 또 한구석에는 아직 할 수 있지 않을까 하는 마음이 있었지. 아니, 솔직하게 말하면 지금도 전혀 없는 건 아니야."

　히라세가 말을 이었다. "지금까지 계속 이기기 위해 달렸어. 중학교, 고등학교, 대학교, 그리고 지금…… 지구를 한 바퀴 반 정도 달려왔는데도 그 녀석을 이길 수 없어. 그걸 깨달은 순간 마음에 구멍이 뚫린 거지. 흘러넘치던 기력이 그 구멍으로 빠져나간다는 걸 알았어. 모래시계처럼 말이야. 더는 계속할 수 없어."

히라세는 마음을 가라앉히려는 듯이 입을 다물고 조용히 술을 입으로 가져간다.

"하지만 좀 더 강해지고 싶었어. 강해지고 싶었다고……."

모기는 이토록 쓸쓸해 보이는 얼굴을 본 적이 없었다. "하지만 나는 이제 무리야. 그러니까 넌 무슨 일이 있어도 열심히 해줬으면 좋겠어. 내 몫까지 달려, 모기. 내 꿈은 너한테 맡길 테니."

히라세가 오른손을 내밀었다.

"히라세 씨……."

마음을 정리하지 못하는 모기를 히라세가 재촉했다. 모기가 주뼛주뼛 내민 오른손을 아플 만큼 세게 쥐었다. 마치 자신에게 깃든 에너지를 손바닥으로 전하려는 것처럼.

6

머리맡에 놓은 휴대전화가 진동할 때 이야마는 꿈속에 있었다. 꿈인지 생시인지 알 수 없는 모호한 감각에 농락당하며, 어린 시절 살던 집을 먼 데서 보고 있구나 싶었는데, 담당 의사가 나타나 입원중임을 상기시켰다. 멀리서 분명히 병원의 다양한 소음이 들려오는데, 자신이 입원했다는 사실이 희석되어버린 것처럼 현실감이 없다.

하지만 지금.

퍼뜩 눈을 뜬 이야마는 눈앞에 나타난 하얀 천장을 올려다보며 잠에서 깨어났다. 동시에 옆으로 손을 뻗었다. 반사적으로 몸을 일으키려 했는데, 굳어져 움직이지 않는 상반신의 무게와 전해져온 둔통 탓에 얼굴이 찌푸려졌다. 노안경을 끼고 휴대전화에 도착한 문자 메시지를 대충 훑어본다.

다이치가 보낸 것이었다. 기계 상태가 좋지 않다고, 원인을 모르겠다고 했다.

이야마는 잠시 생각에 잠겼다. 엄한 표정으로 휴대전화 화면을 노려보았다.

"무슨 일이야?"

커튼 너머에서 나타난 모토코가 이야마의 모습을 보고는 놀란 얼굴로 물었다.

"다이치한테 연락이 왔어. 잘 안 되나 봐."

"그래?"

모토코는 눈을 크게 뜨고 다소 난처한 표정을 지었다. 말없이 침대 옆에 있는 접이의자를 펼쳤다. 장 봐온 비닐봉지를 올리고 종이팩 포도주스를 꺼낸다. 이야마가 부탁한 것이었다. 모토코가 팩에 빨대를 꽂으려 했다.

"나중에. 거기 메모장하고 연필 좀 줘봐."

"다이치 군한테 맡겨두면 안 되는 거야?"

모토코가 걱정스러워 물었다. 이야마가 "당연하지. 내 기계인데. 유지도 고문료에 포함되는 거니까" 하며 움직이려다 신음을 흘리며 얼굴을 찡그렸다.

"아, 빌어먹을."

이야마는 연필을 쥔 주먹으로 시트를 힘껏 두드린다. "이런 일로 누워 있을 상황이 아닌데. 제기랄!"

짜증을 참지 못하는 남편을 향해 모토코가 난감하다는 시선을 보냈다.

"그러니까 하루빨리 나아야지. 퇴원하고 나서 그만큼 힘껏 일해서 갚아. 그렇게 해."

살짝 눈물을 머금은 모토코를 보고 이야마도 가슴속에서 차오르는 것을 참을 수 없었다.

나는 어찌 할 도리 없는 바보다.

그런 놈들한테 돈을 빌린 끝에 도망이나 다니고 뒤처리도 제대로 못 했다.

그 적당주의가 이런 형태로, 자신을 밑바닥에서 구해준 사람들에게 폐를 끼치는 결과를 낳은 것이다.

"대체 언제까지 누워 있어야 하는 거야?"

이날 이야마가 이런 질문을 한 것은 몇 번째였을까. 회진 온 의사에게 묻고, 간호사에게 묻고, 그리고 지금 답을 알 리 없는 아내에게도 묻는다.

답은 알고 있다. 나을 때까지다.

"나으면 금방 퇴원할 수 있어." 아내의 답변은 예상대로다.

"골절 같은 건 집에 누워 있으나 병원에 누워 있으나 똑같잖아." 이야마는 짜증을 내며 반론을 시도한다.

"조금만 움직여도 아프잖아. 집에 있으면 더 난감해. 나 혼자서는 화장실도 못 데려가잖아."

"화장실 정도는 혼자 갈 수 있어."

이야마는 진심으로 말했다. 상반신에는 골절이 있지만 다리는 괜찮다. 걸을 수 있다.

"못 가면서."

"갈 수 있다고."

이야마는 언짢아져서 고개를 돌렸다.

"정말 어린애 같다니까."

"어린애 아니야. 어엿한 어른이지. 어엿한 어른한테는 책임이라는 게 있어. 의리도 있고 인정도 있지. 세상에는 목숨보다 중요한 게 있는 거야."

모토코가 무슨 말을 하려는데 간호사가 커튼 뒤에서 얼굴을 내밀어서 중단되었다.

"이야마 씨, 자아, 식사입니다."

왜 병원 간호사는 다 큰 어른한테 어린애에게 하는 듯한 말투를 쓸까. 이야마는 그것도 마음에 들지 않았다.

"어머, 무슨 일 있으세요, 무서운 얼굴을 하고?"

얼굴을 들여다본 간호사가 말했다.

"내버려둬. 그리고 나는 어린애도 노망난 늙은이도 아니야. 어린애 대하는 말투로 말하지 말라고 했잖아."

"네에, 네. 죄송해요."

침대 위쪽 절반이 들어 올려지고 전용 테이블이 놓였다.

"대체 언제까지 이런 옥살이를 시킬 셈이야?"

독설을 퍼붓는다.

"나을 때까지요."

간호사는 웃음을 띠고 어린애 타이르듯 말한다. "어서 나아야죠, 이야마 씨."

7

개발실 탁자에 펼쳐놓은 설계도를 읽는 데 몰두하던 다이치는 문득 얼굴을 들고 자정을 지나는 시계를 올려다보았다.

"벌써 이렇게 됐나?" 혼자 중얼거린다.

설계도는 오후에 이야마의 아내 모토코가 "조금이라도 참고가 될까 해서요" 하며 가져왔다.

기계 상태가 좋지 않다는 문자에 대한 답이었다. 일주일간 고군분투했는데 가끔 나오는 동작 불량이 사라지지 않는다. 설계상 과실이 있는 게 아닐까 싶었지만 어디를 어떻게 수리해야 좋을지 짐작도 가지 않았다.

설계도는 장중보옥掌中寶玉이라고 할 수 있는 이야마의 노하우를 집적한 것이다.

이야마는 마에바시에서 인테리어 회사를 운영하는 한편, 오랜 시간에 걸쳐 실크레이라는 소재 개발에 심혈을 기울였다. 거액의 개발 자금을 투입하고 본업을 희생하면서까지 기술을 손에 넣은 것이다.

실크레이는 이야마의 인생이고, 관련 노하우는 이야마의 생명 그 자체라고 해도 좋을 것이다.

처음에 다이치에게 이 기계는 마치 블랙박스 같았다.

그러다 실크레이를 제작하며 시행착오를 거듭하는 와중에 점차 기술의 윤곽이 떠올랐고, 대략적인 틀도 이해할 수 있게 되었다고 생각했다.

하지만 이야마는 그 전모를 소상히 밝히려 하지 않았고, 설계도 같은 것은 부탁해도 보여줄 기미조차 없었다.

껄렁껄렁한 데다 말투는 거칠고 촌스럽다. 술을 마시러 가면 전형적인 주정뱅이 아저씨지만 다이치는 알았다. 이야마라는 사람은 실크레이에 관한 한 타협을 모르는 일벌레이며 책임감덩어리라는 사실을.

그래서 이야마는 설계도를 보낸 것이다. 이를테면 자신의 행동이 원인이 되어 전선을 이탈하게 된 일에 대한 이야마 나름의 참회인 것이다.

그 점은 그렇다 치고⋯⋯.

설계도 해독은 다이치에게 놀라움과 발견의 연속이었다. 순식간에 시간을 잊고 지식의 숲을 헤맨다.

'굉장하네, 이야마 씨.'

새삼 이야마가 실크레이 개발에 쏟은 정열과 지식에 경의를 표하지 않을 수 없었다. 이야마의 회사는 결코 편하지 않았을 것이다. 예전에 섬유 관련 회사에 근무했다고 들었지만, 그렇다 치더라도 이 정도 기술을 독학으로 쌓아올리기란 여간한 일이 아니었으리라.

설계도를 복사하고 나름대로 알아낸 내용을 적어 넣었다.

도면을 계속 노려보던 다이치가 드디어 어떤 한 점에 다다른 것은 벽시계 바늘이 새벽 1시를 지난 무렵이었다.

다이치는 고형물의 받침 접시가 되는 용기의 구조에 주목했다.

기계 패널을 열어 소재를 확인한 뒤 인접 공정과의 관련성을 하나씩 체크해나갔다.

용기 자체는 문제없어 보이지만 지탱하는 구조가 너무 취약한 것 아닐까. 그리고 또 하나. 용기 모양으로 인한 중심 위치, 즉 용기 두께와 가열에 어딘가 결점이 있는 것 아닐까.

공구를 꺼내 용기를 떼어냈다.

어제 한 번 검토했을 테지만 그때는 놓쳤다. 설계도도 없었고 착안점이 모호했다.

용기 회전축에 주목하며 펜 모양 라이트로 비춰보았다. 동작 불량이 과도한 부하를 일으켜 전기 계통의 이상을 초래했다. 이것이 다이치의 가설이었다.

"어디 해볼까."

방해가 되는 패널을 모두 떼어내고 주변 부품까지 떼어내는 대대적인 작업을 시작했다. 대담한 해체가 가능한 것도 설계도 덕분이다. 그것만 있으면 원상회복을 할 수 있다.

해당 부품에 도달한 다이치는 신중하게 기저부부터 떼어내기 시작했다.

한 시간이 눈 깜짝할 사이에 지나간다.

피로는 전혀 느끼지 않았다. 피로는커녕 처음으로 자명종 시계를 분해하는 아이처럼 흥분하여 아드레날린이 몸 안을 돌았다.

떼어낸 부품을 설계도와 신중하게 대조해본다.

"이건가……."

언뜻 봐서는 알 수 없는, 미미하지만 확실한 변형을 발견한 것은 그때였다. 부품을 지탱하는 밑부분 구조를 확인한 다이치가 연동되는 부품의 오류를 발견하기까지 시간은 얼마 걸리지 않았다.

이마에 솟아난 땀을 훔친다.

다이치가 설계도로 시선을 되돌리려다가 갑자기 얼굴을 들었다.

복도에서 무슨 소리가 들렸다.

사내에는 물론 다이치 말고는 아무도 없다.

개발실 문을 열고 복도로 나가본다.

불 꺼진 복도 안쪽은 어둡다. 건물 밖 상야등 불빛이 희미하게 닿을 뿐인 반투명한 어둠이었다. 거기에서 인기척을 느끼고 다이치는 흠칫했다.

"누구야?"

대답이 없다.

하지만 질질 끄는 듯한 발소리와 함께 상대의 윤곽이 점차 또렷이 떠올랐다.

"나야."

히죽 웃음을 띠며 말을 걸어온 그 사람은 다이치가 놀라는 모습을 오히려 재미있어하는 것 같았다.

"고문님!"

파자마 차림의 이야마가 복도 창틀을 오른손으로 짚은 채 간신히 몸을 지탱하고 있었다.

"병원은 어떻게 된 겁니까?"

"퇴원하고 왔지. 스스로 퇴원한 거지만 말이야."

이야마가 창백한 얼굴로 말했다.

"그래도 괜찮은 거예요?"

눈을 동그랗게 뜬 다이치는 거무스름한 멍이 있는 얼굴을 뚫어지게 쳐다본다.

"괜찮아. 내가 괜찮다고 하잖나. 누구도 막을 권리는 없어. 그나저나…… 상황은 어때?"

"잠깐만요. 이러다가―."

다이치는 당황한다.

"조용히 해. 됐으니까 설명이나 해봐."

이야마가 일갈했다.

"아, 정말 어쩔 수 없다니까."

다이치는 푸념을 늘어놓으며 이야마를 부축해 개발실로 돌아간다. 이야마는 발을 내디딜 때마다 얼굴을 찌푸리고 10미터쯤 걷는 것도 고통스러워했다. 그런데도 병원에서 멋대로 빠져나와 택시로 여기까지 왔다.

"용케 오셨네요. 아니, 회사에 제가 없으면 어쩔 생각이었어요? 혼자서는 할 수 없을 텐데요."

"그땐 또 그때지." 이야마가 말을 잇는다. "근데 기계는 어때?"

8

설계도의 문제가 되는 부분을 응시하는 이야마의 표정에는 귀기

마저 감돌았다. 잠자코 생각하기 시작했다. 얼마나 그렇게 있었을까. 마른침을 삼키며 의견을 기다리는 다이치를 올려다보고 말했다.

"잘했네."

"고문님은 그게 최대 찬사죠?"

좀처럼 남을 칭찬하지 않는 사람이다. 농담처럼 말한 다이치에게 "우쭐해하지 말게"라고 이야마다운 대답을 한다.

다이치가 다시 물었다. "부품을 교환하고 싶은데, 교체는 어떻게 하죠?"

"보관창고로 데려다줘."

"보관창고요?"

"이럴 때를 대비해 여러 부품을 버리지 않고 갖고 있거든. 보관창고에 뒀어."

생각 끝에 다이치는 개발실 옆 준비실에서 카트를 끌고 왔다.

고정 장치를 내려 카트를 세우고 접의자를 펴서 싣는다.

"딱히 편하지는 않겠지만요."

"훌륭해."

의자에서 일어난 이야마는 다이치의 어깨를 짚고 위태로운 자세로 접의자에 앉았다.

"좋아."

급조한 '휠체어'에 이야마를 태우고 보관창고로 향한다. 동업자가 도산이나 폐업할 때마다 모아둔 재봉틀이 쭉 늘어선 그곳에는 기름 냄새가 배어 있었다.

"저 벽 근처로 데려다줘."

이야마가 말한 곳에는 쭉 늘어선 나무상자에 부품이 무질서하게 들어 있었다. 평소 오지 않아 몰랐지만 실크레이 설비 반입 때 함께 옮겨온 모양이었다.

"여기서 쓸 만한 걸 찾습니까?"

"그렇지."

이야마는 태연하게 말했다. "별것 아니야. 내려줘."

그리고 통증으로 얼굴을 찌푸린 채 바닥에 무릎을 꿇고는 부품 더미와 마주한다.

"비슷한 것밖에 없는데요."

"시제품도 상당수 섞여 있으니까. 부탁해서 만들었는데 결국 사용하지 않고 내버려둔 것도 있어."

"그런 건 버려도 될 텐데요."

다이치가 질려서 말했다.

"어떻게 버리나. 이 잡동사니 같은 부품에 얼마나 많은 돈을 쏟아부었을 것 같아? 자네한테는 아무래도 좋은 나사 하나겠지만 나한테는 재산이야."

"의외로 쩨쩨하네요."

이야마는 농담을 무시한 채 빈 상자를 가져오게 했다. 그러고는 가까이 있는 부품을 꺼내 살피고 무관해 보이면 아무렇게나 던진다.

"부품은 생명선이야. 특히 한 대밖에 없는 이런 특별한 기계의 경우에는 말이지."

다이치도 부품을 선별하게 했다. "지금은 필요하지 않아도 언제 쓰게 될지 몰라. 그러니까 남겨두는 거야. 이 잡동사니도 기계의 일부 같은 거지."

"여기 재봉틀하고 같네요."

이야마는 순간적으로 입을 다물었다가 말을 이었다.

"그렇지. 하지만 착각하지 마. 대체할 게 없다고 해도 부품은 결국 부품이야."

"중요한 건 노하우인가요?"

다이치가 물었다.

"아니, 아니야."

이야마는 어디가 아픈지 얼굴을 찡그리며 대답했다. "사람이야. 절대 대체할 수 없는 건 물건이 아니라 사람이지."

"사람……."

다이치는 중얼거리듯이 그 말을 되풀이했다.

"어떤 회사도 마찬가지야. 그래서 사람을 찾을 때는 신중해지지. 그래, 자네는 구직중이라면서?"

이야마가 손을 움직일 때마다 얼굴을 찡그리며 물었다. "어떤 회사에 들어가고 싶나?"

"그야 크고 견실한 회사면 좋죠. 근데 뭐랄까, 지금은 그것도 잘 모르겠어요."

다이치는 속마음을 솔직하게 그대로 말했다.

"뭐야, 망설이고 있나?"

"당연히 망설이죠."

연전연패인 면접 이야기를 했다.

"면접에서는 내세울 게 없으면 꽤 힘들지도 모르지."

이야마가 에두르지도 않고 직접적으로 말했다. 다이치는 입을 다물었다. 내세울 것 없다는 평가는 인정할 수밖에 없었다.

학교에서 특별히 우수하지도 않았고 뛰어난 특기도 없을뿐더러 눈에 띄는 재능도 없다. 아울러 말하자면, 말주변이 없고 자신이 해온 것을 과장해서 말할 만큼의 요령도 없다.

"내가 보기에, 회사가 크니까 들어가고 싶다는 동기는 틀렸어."

이야마는 손을 멈추고 다이치를 보았다. "중요한 건 회사 규모가 아니라 자부심을 갖고 일할 수 있느냐 하는 점이야."

"자부심이요?"

적어도 지금 다이치에게 그런 것은 없다. 아버지가 경영하는 작은 회사에 몸을 두고 시키는 대로 일하고 있을 뿐이다.

땀이 밴 이야마의 이마가 형광등 불빛에 번들거렸다. 상자에서 부품을 골라 다른 상자에 옮겨 담으며 "자부심이 뭔지 아나?" 하고 다이치를 힐끗 본다. "좋은 학교를 나오고 좋은 회사에 들어간다. 그런 발상의 연장선상에는 회사 간판, 조직 내 직함이 있겠지. 수많은 놈들이 그런 데 자부심을 갖고 있을 테지. 그걸 짓밟혔을 때 고통도 있을 테고. 하지만 그런 자부심은 결국 얄팍한 것에 지나지 않아."

이야마는 말을 잇는다. "진정한 자부심이란 간판도 직함도 아니야. 자신이 하는 일에 대해 갖는 거지. 회사가 크든 작든, 직함이 근사하든 근사하지 않든 그런 건 관계없어. 자신에게서, 자신이 하는 일에서 얼마나 책임과 가치를 찾아낼 수 있느냐 하는 게 중요하지."

"저도 그런 일을 찾을 수 있을까요?"

그러자 이야마가 이상하다는 듯한 얼굴로 말했다.

"지금 하고 있잖아."

허를 찔려 그 얼굴을 물끄러미 마주 본다.

말이 나오지 않았다.

너무 엉뚱한 말을 들어서가 아니다. 그럴지도 모른다고 생각했기 때문이다.

"그게 아니면 이 시간에 이런 일을 하고 있을까?"

이야마의 이마에 구슬땀이 배어나온다. 더위만이 원인이라고는 생각되지 않았다. 부품을 집으려고 몸을 앞으로 구부리자 신음이 나온다. 잠시 움직임을 멈추고 통증이 지나가게 한다.

"괜찮으세요?"

어깨를 만져보니 땀으로 젖어 있다.

대답이 없다.

"고문님?"

"괜찮아."

이야마는 쥐어짜듯 대답하고는 집어든 부품을 다이치에게 던진다. "자, 이거라면 좀 개량해서 쓸 수 있을 것 같군."

"하지만 고문님, 오늘은 이만—"

이야마가 그 말을 가로막았다. "입 놀릴 틈 있으면 손을 놀려! 내 몸은 내가 제일 잘 알아. 타박이나 골절로 죽는 놈은 없어."

"그야 그럴지도 모르지만……."

이야마는 말을 들으려고도 하지 않고 연달아 상자에서 부품을 꺼냈다. 불빛에 비춰 치수를 확인하고는 다이치에게 건넨다.

"이것도 쓸 만하군. 이건 내가 볼 테니까 자네는 그 상자를 봐."

잠시 말없이 작업하다가 다이치도 드디어 쓸 만한 부품을 발견하고 얼굴을 들었다.

"이것도 괜찮겠는데요."

대답은 없다.

"고문님……?"

이야마가 몸을 앞으로 구부린 채 왼팔을 뻗어 옆에 있는 선반 기둥을 붙들고 있었다. 얼굴은 극도로 일그러졌고, 이를 드러낸 채 눈을 감고 있었다.

"고문님!"

왼손에서 힘이 빠지나 싶더니 이야마가 바닥으로 쓰러졌다.

격통이 느껴지는지 말이 되지 못한 소리가 목구멍 안쪽에서 뿜어져나온 후 산소를 찾는 것처럼 얕은 호흡이 시작되었다.

몸에 손을 대자 옷 위로도 상당한 열이 느껴졌다. 순식간에 몸을 떨기 시작했다.

위험하다.

회사 차로 병원까지 옮길까. 다이치는 순간적으로 생각했지만 혼자서 차까지 옮길 수가 없다.

119에 전화를 걸었다.

휴게실에 담요가 있는 것이 생각나서 서둘러 가져와 덮어주었다. 어찌할 바를 알 수 없는 길고 답답한 시간에 짓눌리는 것 같았다.

얼마 후 구급차 사이렌 소리가 들렸다. 다이치는 보관창고 문을 열고, 도움을 청하기 위해 슬리퍼를 신은 채 뛰쳐나갔다.

"왜 곧바로 병원에 알리지 않은 거야?"

다음 날 아침에 자초지종을 들은 미야자와는 이렇게 말했다. 하지만 "알릴 수 있었겠어요?"라는 다이치의 반론에 벌레라도 씹은 듯한 표정을 지을 수밖에 없었다.

이야마가 본인 의지로 빠져나왔다. 한번 정하면 흔들리지 않는 완고한 사람이다.

"뭐, 그럴지도 모르지만 병원에 간단히 말은 해줄 수 있었잖아."

병원에서는 환자가 사라져 큰 소동이 벌어진 모양이었다. 자택에 연락이 갔고, 소식을 들은 모토코가 회사에 갔을 거라고 짐작해 이동하려던 참에 구급차로 옮겨져 왔다는 것이다. 다이치가 연락하여 미야자와가 억지로 일어난 것은 새벽 4시가 지난 시각이었다.

이야마는 진통제와 수면제 처방을 받아 침대에서 자고 있었다.

"폐를 끼쳐 정말 죄송합니다."

모토코가 초췌한 모습으로 몇 번이고 고개를 숙였다.

"아뇨, 아닙니다. 저야말로 이렇게 신경 쓰시게 해서 죄송합니다."

미야자와가 답했다. "아무튼 엄청난 집념입니다. 고개가 절로 숙여집니다."

이야마를 처음 만났을 때는 좌절과 자금난이 원인이 되어 성격이 비뚤어진 사람으로만 보였다. 고문 계약을 맺을 때도 솔직히 망설임이 없지 않았다. 하지만 지금은 안다. 일에 대한 이야마의 정열은 틀림없는 진짜다.

"확신이 너무 심하다고 해야 할까요. 한번 마음먹으면 주위에 폐를 끼치는지 아닌지는 안중에도 없어요. 저도 앞으로는 단단히 일러두겠습니다."

모토코는 울었다 웃었다 하는 표정을 지으며 화를 내고 있었다.

"아, 아닙니다. 깨어나면 감사하다는 말 좀 전해주시겠습니까?"

미야자와는 기진맥진한 모토코의 상태도 신경 쓰여 다이치와 함께 자리를 떠났다.

차에 타자 다이치가 말했다.

"아버지, 죄송하지만 좀 도와주실래요. 지금 기계가 제대로 움직이는지 확인해두고 싶어서요."

아주 진지했다. 미야자와는 곧장 회사로 차를 달렸다.

아직 아무도 출근하지 않은 사옥으로 들어간 두 사람은 곧장 개발실로 향했다. 기계 커버는 열린 채였다. 분리한 내부 장치 하나가 바닥에서 짙은 쥐색 빛을 발하고 있었다.

다이치가 기계 내부를 펜라이트로 비춘다. 한숨도 자지 않았을 텐데 그런 기색은 전혀 보이지 않았다. 어젯밤 이야마와 함께 찾아냈다는 부품을 사용해, 분해한 장치를 설계도에 기초해 조립해나갔다. 작업은 대략 삼십 분 만에 끝났다.

"대단치 않은 오류라 다행이에요."

마음을 놓은 다이치가 미야자와가 보는 앞에서 재료를 투입하고 메인 스위치를 눌렀다.

버튼을 조작하자 모터가 고속으로 회전하는 새된 소리가 실내에 울려 퍼지기 시작한다. 탱크 내부 움직임을 확인하고 기계와 마주하는 상태로 옆 의자에 앉았다.

"이제 혼자 할 수 있으니까 집에 가서 식사라도 하고 오세요."

"말도 안 되는 소리 하지 마라."

미야자와는 의자를 끌어당겨 다이치 옆에 진을 쳤다. "어쨌든 고하제야의 미래가 달려 있어. 너야말로 사장실 소파에서 좀 자고 와. 한숨도 안 잤잖아."

다이치는 대답하지 않고 그대로 기계를 응시한다.

"몸 상한다, 다이치."

"아직 젊으니까 괜찮아요. 고문님도 몸을 돌보지 않는데 제가 어떻게 게으름을 피워요."

미야자와는 새삼 아들의 옆얼굴을 바라보았으나 아무 말도 하지 않았다. 다시 고개를 돌리고는 기계를 지켜봤다.

침묵이 찾아왔다.

"고문님 같은 사람이 왜 도산했을까요?"

다이치가 문득 물었다. "그렇게 열심히 일하는 사람이 말이에요."

"여러 사정이 있었겠지. 세상에는 그냥 열심히 일하는 것만으로는 보답받지 못하는 경우도 있는 거야."

"운이라든가요?"

"뭐, 그럴지도 모르지."

미야자와는 생각하며 대답한다. "그런 것도 있겠지만, 인테리어라는 업종 자체가 이야마 씨에게 안 맞았을 수도 있어. 가업을 이었다고 했지만 말이다."

미야자와는 잠시 멈추고 다이치를 힐끗 보더니 말을 이었다. "어쩌면 본인도 맞지 않는다는 걸 알고 있었을지 몰라. 그래서 가장 하고 싶던 소재 개발이라는 분야에 손을 댔겠지. 하지만 그 연구가 꽃을 피우기 전에 본업을 꾸려나갈 수 없게 되었을 거야."

"경영 판단을 잘못했다는 말이에요?"

"그렇다고 할 수도 있지. 하지만 경영이란 늘 앞날이 안개에 휩싸여 있어. 우리도 그렇잖아. 육왕을 위해 이렇게까지 사람과 돈을 투입했지만, 꼭 잘된다는 보장은 없어. 어떤 의미에선 도박이야."

"도박…… 그런 걸 하고 싶지 않으니까 다들 대기업으로 가는 걸까요?"

다이치의 말이 묘하게 미야자와의 마음에 스며든다.

"아니. 아닐 거다."

다이치가 다소 의외라는 얼굴로 돌아보았다. 뭔가 묻는 듯한 시선이다.

"무슨 일을 하든, 중소기업 경영을 맡든 대기업에서 월급쟁이를 하든 간에, 뭔가에 걸지 않으면 안 되는 때는 반드시 있는 거니까. 그렇지 않으면 일이라는 게 시시하거든. 인생이 재미없는 거지. 나는 그렇다고 생각한다."

"하지만 도박에서 질지도 모르잖아요."

"그렇지."

미야자와가 다시 다이치를 보았다. "그래서 인생의 도박에는 나름의 각오가 필요한 거야. 그리고 이기기 위해 전력을 다하지. 푸념도 하지 않고 남 탓도 하지 않고, 가능한 일은 모두 하는 거야. 결과는 진지하게 받아들이고."

"하지만 도산하면 본전도 못 찾잖아요. 고문님도 회사가 망해서 야반도주를 한 거나 마찬가지였다고 하잖아요. 본인이 직접 그렇게 말했어요."

"멋대로 결승점을 만들지 마라, 다이치."

미야자와는 조용히 타일렀다. "이야마 씨는 분명히 과거에 도산했지. 하지만 봐라. 지금은 훌륭하게 분발하고 있잖아. 자신이 개발한 소재를 위해, 병원에서 빠져나오면서까지 일을 완수하려고 하지. 굉장한 사람이야. 나는 그 사람을 존경한다. 너도 그렇지 않니?"

다이치는 깜짝 놀란 듯이 얼굴을 들었다.

대답은 없다.

뭔가를 음미하는 듯한 침묵이 이어졌다.

"그럴지도 모르죠."

이런 한마디가 흘러나왔다.

두 팔을 천장을 향해 뻗고 짧게 한숨을 내쉰 다이치는 자조 섞인 웃음을 지었다.

"뭐랄까, 저 자신에 대해 모르고 있었어요. 왜 남의 말을 듣고 나서야 비로소 알게 되었을까요."

미야자와는 원래 그런 거라며 가볍게 받았다.

"회사나 일을 선택하는 것도 하나의 도박일까요?" 다이치가 혼잣말처럼 말했다.

미야자와는 깊은 생각에 빠진 아들을 위로한다.

"하지만 말이다. 전력으로 분발하는 놈은 모든 도박에서 지지는 않아. 언젠가는 반드시 이기지. 너도 지금은 힘들지 모르지만 포기하지 마라."

다시 슬쩍 아들의 옆얼굴을 엿보았다. 지쳐 보이지만 긴장되어 있고 예리하며 사납다.

이내 일어선 다이치는 아주 진지한 표정으로 기계를 들여다보기 시작했다.

12장

공식 경기 데뷔

1

이날 경기에서 모기는 이십 분 이후에 걸었는지도 모른다.

9월 중순. 늦여름 석양이 기울어 짙은 오렌지 빛으로 빛나는 경기장에서는 1만 미터 경기가 막 시작되었다.

도쿄체육대학 육상 기록경기였다. 어엿한 공식 경기다.

미야자와 옆에 선 무라노는 한 손에 스톱워치를 들고 모기가 달리는 모습을 응시하고 있다.

경기 초반에는 오랜만인 공식 경기의 감각을 확인하려는 듯이 침착하고 여유가 있었다. 오히려 같은 그룹 선수들 뒤쪽에 자리 잡은 채 감질날 만큼 페이스를 억제했다.

그러다가 출발하고 십 분쯤 지났을 때부터 점차 순위를 올려갔다. 스피드를 따라가지 못하고 탈락해가는 러너들을 피해 그룹 안에서 점차 존재감을 드러냈다.

이십 분이 지났을 무렵에는 모기의 스피드가 한층 올라간 것 같았다.

"대단하군."

무라노가 씩 웃었다. 두 눈은 경기장을 도는 모기와 그가 신은 짙은 감색 러닝슈즈가 그리는 궤적을 열심히 쫓고 있었다.

다치바나 러셀에서 제공한 더블러셀 원단을 갑피 소재로 사용한 개량 모델이다. 그리고 밑창 두께는 무라노에 의해 트랙 경기용으로 조정되었다.

결코 화려하고 큰 무대는 아니다.

하지만 육왕의 공식 데뷔전이다.

모기의 러닝슈즈에 쏟아진, 지금 경기장에 와 있는 대형 기업 관계자들의 시선에서 미야자와는 그것을 느꼈다.

아무렇지 않게, 또는 거리낌 없이 모여든 시선은 '복귀한 러너가 무엇을 신었나' 하는 흥미에서 '뭐야, 저 러닝슈즈는?'이라는 의문으로 바뀌었다.

'본 적 없는 건데.'

'어느 회사 시제품인가?'

그런 생각이 들여다보이는 것 같았다.

아무도 모른다.

러닝슈즈의 이름도, 제조사도.

그런데 무라노가 피팅하고 모기 히로토가 신었다는 단순한 이유로 그들의 레이더에 걸린 것이다.

모기는 일 년 이상 전선에서 빠져 있었으니 이제 주목할 만한 선수라고 하기는 어렵다. 러닝슈즈에 대한 그들의 흥미는, 한순간 가치를 매긴 뒤 사라지고 친숙한 선수와 친숙한 업체의 동향으로 옮겨간다. 어디의 누가 새로운 기업의 제품을 채택한 것 같다거나 하는 식의 관심사.

하지만 지금 이 순간만은 경기장을 응시하는 업계 관계자가 모두 모기의 러닝슈즈에 주목하고 있을 것이다.

변화를 이룬 모기의 달리기와 함께 눈에 스며드는 듯한 짙은 감색이 경기장에 빛나고 있다.

모기의 스피드가 한층 오르더니 결국 선두 그룹의 수위에 섰다. 그러고는 차츰 격차를 벌려간다.

"저렇게 달려도 괜찮을까?"

달리는 모습을 보고 자기도 모르게 불안해진 미야자와가 중얼거렸다.

"이 그룹의 러너들은 어차피 모기의 상대가 아니니까요."

무라노가 가르쳐준다. "오랫동안 전선에서 이탈했으니 어쩔 수 없지만, 진짜 실력자가 달리는 것은 최종 그룹입니다. 모기 입장에서는 지금 러너들 스피드에 맞추면 자신의 목표 기록이 나오지 않게 되지요. 그러니 모기는 결코 피치를 올린 것이 아니라 자신이 정한 페이스를 지킨 것에 지나지 않습니다. 게다가 기록을 보니 미리 들은 경기 계획과 전혀 차이가 없습니다. 주법이 변했어도 달리기의 절대음감은 잃지 않았지요. 그걸 아는 것만으로도 충분한 수확이라고 생각합니다. 나머지는 스태미나 문제겠지요."

계획한 페이스대로 끝까지 달릴 수 있을까.

이십삼 분이 지났다.

이제 모기의 독주 태세가 되었다.

"페이스가 약간 떨어졌나?"

무라노가 혼잣말을 했다. 이날 목표 기록은 27분대였다. 그 기록을 깬다면, 좌절할 뻔한 육상계에서 부활하는 계기가 될 것임이 틀림없다.

나머지 두 바퀴. 기록에 도전하는 아주 중요한 국면에 들어서고 있었다.

무라노가 말했다. "여기서부터 필요한 것은 단 하나."

"뭔가요?"

"기세지요."

이렇게 말하자마자 눈앞을 지나는 모기에게 큰 소리로 성원을 보낸다.

"모기, 힘내!"

소리가 들린 건지 마지막 한 바퀴에서 모기의 피치가 얼마간 날카로움을 더했다. 기력을 다 짜내듯이 힘껏 달렸다.

"잘 뛰었어!"

결승선을 통과한 모기를 보고 무라노가 스톱워치를 확인한다. "좋아!"

27분 47초.

"축하합니다."

무라노가 내민 오른손을 맞잡았다. 미야자와는 아직도 쿵쿵거리는 심장의 고동 소리를 들으며 단숨에 긴장이 풀리는 것을 느꼈다.

경기장에서 모기가 이쪽을 돌아보고는 엄지손가락을 세운다. 하지만 기쁘다기보다는 긴장된 마음이 들뜰까 봐 억제하는 듯한 표정이었다. 모기가 숨을 고르고 안정되기를 기다렸다.

"잘 달렸어."

무라노가 다가가 말을 걸었다.

"감사합니다. 그건 그렇고……."

모기는 아직 신고 있는 신발을 가리켰다. "최곱니다, 이거."

"좀 보여주겠나?"

무라노는 레이스를 막 끝낸 신발을 점검하며 모기에게 세세하게 전문적인 질문을 한 뒤 그 답을 노트에 기록한다.

훈련 때 달리기를 보건대 모기 실력이면 27분대는 당연하다고 무라노는 분명히 말했다.

하지만 한판 승부인 레이스에서 그것을 재현하기란 사실 무척 어려우리라.

지금 미야자와가 목격한 달리기는 바로 재능을 부여받은 자만 연출할 수 있는 이십칠 분의 드라마임이 틀림없었다.

"우선은 대성공을 거둘 수 있었습니다. 감사합니다."

이튿날 밤, 미야자와는 무라노를 불러 소라마메에서 술을 마셨다.

무라노는 모기의 피드백, 테스트를 병행한 약 스무 명에게서 올라온 정보를 바탕으로 개선점을 정리해 자료를 새로 가져왔다.

뒤꿈치 부분 보강 방안에서 시작해, 끈 구멍 위치를 몇 밀리미터 비켜놓는다거나 겉창 부착 패턴의 일부 변경 등 세세한 것뿐이다.

큰 것은 없었다.

무라노의 지시가 세세해진다는 것은 육왕이라는 러닝슈즈가 완성형에 다가가는 증거라고 해도 좋았다.

"여러 일이 있었지만, 슬슬 양산을 염두에 두어도 좋을 시기가 된 것 같습니다."

무라노가 이런 말을 입에 담았다. 술을 마셔도 취한 기색이라고는 전혀 없이 진지한 얼굴이다.

미야자와는 그 말에 깊은 감회를 느꼈다.

드디어 권위자의 보증서가 나왔다.

염원하던 양산이다. 보병대장의 도움으로 한숨 돌렸지만, 가장 유력한 육왕이 움직이지 않는 한 출발선에도 서지 못한 것이나 마찬가지다.

"다이토쿠 백화점부터 공략할까요?"

야스다가 기다렸다는 듯이 말했다.

주요 거래처이고 일본식 복장 판매점에서 실적을 쌓은 지도 오래되었으니 처음으로 이야기를 꺼내기에는 최적의 상대다.

"그 전에 우선 생산 체제를 빈틈없이 만들지 않으면 안 될 거요."

뜻밖의 사고에서 드디어 복귀한 이야마가 말했다.

"당분간 생산 라인을 증설할 생각은 없는 거죠?" 무라노도 그 부분은 이해해주었다. "그럼 어느 정도 재고를 보유할 필요가 있겠군요. 주문에 부응하지 못하면 곤란하니까요."

그것은 동시에 리스크이기도 했다. 상품이 잘 팔리면 좋겠지만, 판매 부진에 빠질 경우에는 재고가 그대로 낡은 상품이 될 운명이기 때문이다.

"팔릴까요?"

야스다가 물어봤자 별도리가 없을 질문을 했다.

"그건 나도 모릅니다."

무라노가 말했다. "찬물을 끼얹을 생각은 없는데, 품질이 좋다고 꼭 잘 팔리는 게 아니니까요. 품질이 좋은 건 얼마든지 있습니다. 하지만 품질이 낮아도 잘 팔리는 건 없지요. 그게 현실이라고 여기는 편이 좋습니다."

고하제야의 본업인 다비 업계를 돌아보아도 마찬가지 말을 할 수 있다.

"무라노 씨도 예측이 불가능하군요."

야스다의 한숨에 무라노가 진지한 얼굴로 고개를 끄덕였다.

"장사는 원래 그런 겁니다. 그래서 재미있는 거 아닙니까?"

2

"그렇군요. 말씀은 알았습니다."

다이토쿠 백화점의 바이어 나카오카 신야는 펼친 노트에 미야자와의 이야기를 들으며 메모한 후, 손에 든 볼펜을 내려놓았다. 두 사람이 마주 앉은 탁자에 육왕 샘플이 놓여 있다.

나카오카는 전통복 매장 담당자인 야구치에게서 소개받았다. 완전히 신규 업자라면 만나기까지 조금 고생스러웠겠지만, 기존 거래가 있는 회사라는 이유로 별로 어렵지 않게 약속을 잡았다. 이십 분쯤 들여 실크레이라는 소재가 얼마나 뛰어난지, 어느 정도의 기능성이 있는지 역설했다.

"어떻습니까?"

미야자와가 조심스럽게 묻자 나카오카는 찌무룩한 표정으로 미간을 찌푸렸다.

"솔직히 말해서, 이게 팔릴 것 같지는 않네요."

비정한 한마디에 미야자와는 온몸에서 핏기가 싹 가셨다.

"러닝슈즈의 기능은 확실히 알겠는데, 고하제야는 브랜드 힘이 전혀 없잖아요. 게다가 자리매김도 문제입니다."

나카오카의 지적은 혹독했다. "얇은 밑창으로 볼 때 주요 타깃은 마라톤 풀코스를 4시간 이내에 끊는 마라토너겠지요. 아니, 좀 더 위일지도 모르겠네요. 하여튼 그런 사람은 취향이 확실하고 신발도 이미 정한 경우가 많습니다. 같은 회사라면 또 몰라도, 신규 기업 제품에 손댔다가 발에 안 맞는 건 질색이니까요. 그럼 러닝슈즈 선택에 무관심한 초보자 러너는 어떨까요. 고객 심리상 이렇게 뒤축이 얇은 상품은 팔기 힘듭니다. 부상 원인이 되기 쉬우니까요. 러닝 교실 같은 데서 초보자용으로는 뒤축이 두꺼운 것, 쿠션이 좋은 신발을 선택하라고 알려주거든요. 이건 정반대인 셈이니, 다시 말해 초보자도 멀리하게 될 겁니다."

"하지만 그렇게 해서는 러닝슈즈가 바뀌지 않습니다."

미야자와가 말했다. "초보자한테는 뒤축 두꺼운, 쿠션 좋은 신발이 좋다고 말씀하셨지만, 인간은 본래 달릴 때 뒤축으로 착지하지 않습니다. 잘못된 주법을 유발하는 신발을 초보자한테 권하면 안 된다고 봅니다."

"뒤축 쿠션은 잘못된 주법을 유발하는 게 아니라, 잘못된 주법을 쓰는 초보자의 부상을 막기 위한 거 아닙니까?"

나카오카는 주장을 굽히지 않았다. "초보자가 이 신발을 신으면 지금보다 부상이 더 늘어날 뿐입니다. 틀림없어요."

"맨발로 달리면 뒤꿈치로 착지하는 사람은 없습니다. 저희 회사의 육왕은 한층 맨발에 가까운 감각으로 달릴 수 있게 하는 러닝슈즈입니다. 그래서 교육 현장에서도 채택하고 있고요. 반드시 수요가 있을 겁니다."

"하지만 매장 면적은 한정적입니다. 놓을 공간이 없어요."

나카오카는 부정적인 태도를 무너뜨리려 하지 않았다.

"구석이라도 좋으니 놓아줄 수 없겠습니까? 팔리지 않으면 회수하겠습니다."

미야자와는 고개를 숙였다. 필사적이었다. "괜찮으시면 제가 매장에 서서 안내를 해도 됩니다."

"아니, 그런 문제가 아니라니까요."

나카오카가 손을 내저었다. "결론부터 말해, 우리 매장에서 팔기는 어렵겠습니다. 오늘은 이만 돌아가주시죠."

그러고는 미야자와의 반응도 확인하지 않고 일어났다가, 문득 생각났다는 듯 말을 이었다. "아, 맞다. 차라리 전통복 매장에 놓으면요? 고하제야 다비의 팬이 있을 테니 온 김에 사갈지도 모르지요."

"우리는 러닝슈즈 매장에서 겨뤄보고 싶습니다."

미야자와는 분한 듯이 목소리를 짜냈다.

"그렇다면 좀 더 실적을 올린 뒤에 와주세요. 미안합니다. 다음 약속이 있어서요."

나카오카는 대충 인사를 한 뒤 미팅 부스 문을 열고 엘리베이터 홀로 가는 통로를 손으로 가리켰다.

회사로 돌아가 다이토쿠 백화점에서 있던 일을 이야기했다.

"요컨대 육왕에는 브랜드 힘이 부족하다는 건가요?"

야스다는 이렇게 말하며 어깨를 떨어뜨렸다.

대기업도 아니고, 다비 업계에서는 오랫동안 버텼지만 러닝슈즈에서는 신참이다. 그런 회사가 만드는 신발에 브랜드를 요구해도, 없는 것은 없는 것이다.

"또 한 가지, 새삼 느낀 게 있어."

미야자와가 말했다. "러닝슈즈의 차이는 끝까지 파고들면 가격이나 기능이 아니라 사상성의 차이가 아닐까 하는 점이네."

"사상성요?"

야스다는 확 와 닿지 않은 듯했다.

"예컨대 아틀란티스에는 아틀란티스만의 독자적인 운동 역학 이론이 바탕에 있네. 그리고 그걸 실현하기 위한 러닝슈즈 설계가 있고. 육왕도 마찬가지 아닌가. 육왕이 추구하는 건 '인간 본래의 주법'이지. 본래 인간의 몸은 어떻게 달리는 게 자연스러운가, 편한가, 즐거운가. 그 결과 지금 같은 형태가 되었어. 신발 선택은 신는 사람이 어떤 생각에 공감하는가 하는 데서 비롯되는 거 아닐까."

"하지만 거기까지 알고서 사는 사람은 그다지 많지 않을 것 같은데요."

야스다가 조심스럽게 지적했다. 그 말대로였다.

"그래서 그걸 좀 더 전면에 내세울 필요가 있다고 생각하네."

미야자와가 말을 이었다. "육왕은 과연 어떤 러닝슈즈인가. 여러 곳에서 그 점을 좀 더 어필해나갈 수밖에 없겠지. 시간이 걸리더라도 그 수밖에 없어."

말은 그렇게 했지만 미야자와는 정신이 아찔해졌다. 그런 방식으로 세상에 고하제야의 존재 가치를 침투시키는 데 대체 시간과 노력이 어느 정도나 들 것인가.

하지만 살아남기 위해서는 그 수밖에 없다.

3

"이야, 안녕하세요. 늘 신세만 지고 있습니다."

아틀란티스의 사야마가 가벼운 어조로 도쿠하라 마코토 감독에게 인사하며 시바우라 자동차 육상부가 훈련중인 운동장에 시선을 보냈다. 오후 3시가 지나 일을 끝낸 선수들이 한창 워밍업을 하고 있었다. 가볍게 운동장으로 향하는 선수 중에 일본을 대표하는 마라톤 선수 히코타 도모하루도 있다.

"뭔가요. 요즘 한가하신가 보네요. 우리한테만 얼굴을 내밀고."

도쿠하라는 삼십대 중반의 젊은 감독이다. 선수로서 화려한 이력은 없지만 매니지먼트 능력을 인정받아 영업부에서 육상부 감독으로 옮긴 괴짜다.

"한가할 리가 없죠. 저번에 제안한 일, 어떻게 좀 부탁드립니다."

"아아, 그거요. 뭐, 생각해보죠."

의류 후원 계약. 요즘 사야마가 도쿠하라 감독에게 맹렬하게 밀고 있는 제안이었다.

시바우라 자동차 육상부는 실업팀 중에서도 손꼽을 만한 선수들이 있고, 유명 선수도 여럿 있다.

개인이 아니라 육상부 전체 후원 계약을 맺는다면, 다양한 기회를 통해 아틀란티스 제품 선전이 가능해진다는 점은 말할 것도 없었다.

그러니 무슨 일이 있어도 시바우라 자동차와 단체 지원 계약을 맺으라고, 오바라가 요즘 연일 독려했다.

"저희가 후원에 만전을 기할 테니, 선수가 개별적으로 이것저것 관리하는 것보다 훨씬 효율이 좋을 겁니다."

"뭐, 그거야 알지요."

도쿠하라가 다소 귀찮다는 듯이 말했다. "아무리 후원해줘도 선수는 선수대로 다른 기업과 개별적으로 계약을 맺고 있고, 게다가 러닝슈즈는 이미 그쪽 회사에서 후원받는 선수가 꽤 있잖아요. 그렇게까지 욕심을 부리면 어떡합니까."

"뭐 그렇긴 합니다만 위에서 하도 잔소리가 심해서요."

사야마는 엄지를 세우고 쓴웃음을 지어 보였다. 그러다 시야를 가로질러 지나가는 히코타를 보다가 그 발밑에 눈길이 못 박혔다.

"무엇보다 히코타가 신고 있어서 충분히 홍보가 되고—."

도쿠하라는 거기까지 말하고 사야마의 표정이 변한 것을 알아챈 듯했다. 그리고 그 시선을 따라갔다가 깜짝 놀라 목소리를 높였다. "아니, 어떻게 된 거죠?"

사야마는 대답이 없다.

비위 맞추는 웃음을 띠던 얼굴이 갑자기 험악해졌다. 도쿠하라에게 잠깐 실례하겠다며 양해를 구하더니 히코타를 부르며 걸어갔다. 아무리 아틀란티스의 슈퍼터라도 훈련중에 불러 세우는 것은 흔한 일이 아니라 히코타가 살짝 부루퉁한 얼굴로 트랙에서 나온다.

"저기, 그 신발은 뭐죠?"

사야마가 단도직입적으로 물으며 발을 가리켰다. 짙은 감색 러닝 슈즈. 아틀란티스의 R Ⅱ가 아니다. 어디선가 본 적 있는 것 같지만 기억나지는 않았다.

"좀 시험해보려고 지난주부터 신고 있는데요."

"시험해보다뇨. 농담은 그만두죠."

사야마는 입술에 억지로 일그러진 웃음을 지었다. "우리가 충분히 후원하고 있는데요. 훈련 때도 R Ⅱ로 부탁합니다. 최고잖아요?"

"뭐, R Ⅱ가 나쁘다는 게 아닌데, 최고인지는 모르겠습니다."

히코타는 힐끗 자신의 신발을 보고 대답한다.

"어디 러닝슈즈예요, 그거?"

"글쎄요."

히코타는 시치미를 뗐다. "어딘가의 아주 작은 업체입니다. 하지만 품질은 아주 훌륭합니다."

"뻔뻔하게 말도 잘하시네. 누가 가져왔는지는 모르겠지만 애초에 발에 맞지도 않겠죠. 시판하는 거 아닌가요, 그거?"

"아뇨, 제 족형으로 만들어서 완벽합니다."

족형이라는 한마디에 사야마가 강한 경계의 빛을 드러냈다.

"족형을 갖고 있다고요, 거기가?"

"갖고 있지요. 측정했으니까요."

사야마는 불쾌함에 볼 언저리가 경직되었다.

"무슨 일인지 모르겠네. 히코타 씨 족형은 우리한테만 있을 텐데. 후원 계약 위반 아닌가요?"

계약 위반이라고 살며시 전하려 했는데 자기도 모르게 말투가 거칠어졌다.

"훈련 때는 뭘 신어도 위반 아니잖아요. 그렇게 들었는데요."

히코타의 말에서 심상치 않은 기운을 느끼고 사야마의 눈은 더욱 굳어졌다.

"들었다? 그게 무슨 뜻이죠?"

"아틀란티스와의 계약은 후원받는 대신 레이스에서 의무적으로 RⅡ를 신는 것뿐이고, 훈련 때는 뭘 신든 자유라던데요. 아닌가요?"

"뭐, 그, 그거야 그럴지도 모르지만."

사야마는 생각지도 못한 반론에 우물거리며 말했다. 지적은 옳았다. 하지만 다른 선수에 대한 히코타의 영향력은 절대적이다. 훈련이라고 해서 간과할 수는 없다.

"저기, 히코타 씨. RⅡ에 뭔가 불만이라도 있어요?"

"나름대로 좋은 신발이라고 생각합니다."

얼마 전까지 히코타는 RⅡ를 절찬한 터다.

"하지만 이걸 신고 나면 RⅡ도 존재감이 희미해진다고 할까요."

다시 두 발을 노려본 사야마의 뇌리에 기억의 단편이 생생하게 되살아났다.

얼마 전 기록경기에서 모기가 신고 있던 러닝슈즈.

별안간 긴장을 느낀 것은 그 뒤에서 어떤 남자의 그림자를 민감하게 감지했기 때문이다.

"히코타 씨. 여기, 불면 날아갈 듯한 영세기업이에요. 그런 곳의 제품은 신용하기 힘들지 않을까요. 냉정하게 생각해봐요."

사야마는 무조건 설득하기 시작했다.

"하지만 무라노 씨가 자문이니까요."

히코타는 깨끗이 말해버린다. "무라노 씨가 이게 좋으니까 신어보라고 하면 신거든요, 저는. 실제로 무척 좋다고 생각하고요."

"무라노라뇨, 히코타 씨."

사야마는 분개했다. "무라노가 뭔데 그래요? 우리 회사 그만두고 아무도 상대해주지 않으니까 그런 회사와 일하는 거라고요. 내가 이렇게 찾아와 이야기를 들어주고 있으니 이제 옛날 사람은 잊어버려요, 예?"

억지웃음을 띤 사야마를 보며 히코타의 얼굴은 부루퉁해졌다.

"사야마 씨, 언제 저한테 기술적인 조언을 해주셨던가요?"

"하고 있잖아요?"

난처한 나머지 사야마가 대답했다. "RⅡ의 경우도—."

"그거 말인데요."

히코타가 말을 가로막았다. "사야마 씨가 추천한 것 중에 RⅡ 말고 선택지가 있었나요? 없었잖아요."

생각지도 못한 추궁에 사야마는 숨을 죽였다.

"RⅡ를 팔고 싶다는 회사 요구를 그대로 우리한테 돌릴 뿐이잖아요. 사야마 씨는 슈퍼터 아닌가요? 그럼 회사 방침이 어떻든 일단 선수한테 정말 잘 맞는지부터 검토해야 한다고 생각하는데요. 그리고 맞지 않는다고 생각되면 회사 방침을 거스르더라도 RⅡ는 권하지 말아야죠. 무라노 씨라면 분명히 그렇게 했을 겁니다. 우리를 최우선으로 생각해주니까요. 하지만 사야마 씨가 최우선으로 생각하는 건 회사 사정이죠?"

그 지적이 사야마의 가슴 깊숙이 박혔다. 히코타가 말을 잇는다. "저는 RⅡ가 우연히 딱 맞았지만 선수들 중에는 안 맞아서 고생하는 사람도 있습니다. 사야마 씨, 누구한테 어떤 불만이 있는지 알고나 있습니까?"

"아니, 그건 오해예요, 히코타 씨."

이제 방어 일변도가 된 사야마가 말했다. "RⅡ는 이제 막 리뉴얼 됐고, 아직 반응을 살피는 단계 아닌가요. 이런 단계에서 의견을 들었다가 오도할지도 모르고—."

"우리가 우습게 보여, 당신?"

히코타가 사야마를 똑바로 노려보며 갑자기 위협적인 목소리를 냈다. "당신이 너무 엉성하니까 하는 말이잖아. 세일즈맨 출신에 부장 신임도 두터운 모양이던데. 좋은 일이지. 하지만 말이야, 우리까지 아부의 도구로 삼는 건 그만둬."

등을 돌리려는 히코타를 사야마가 서둘러 불러 세웠다.

"잠깐 기다려요, 히코타 씨. 여러 오해나 엇갈림이 있었을지 모르고, 그 점은 내가 사과할게요. 그러니 앞으로도 잘 부탁해요. 다음 레이스에서도 물론 RⅡ로 말이죠. 후원에 만전을 기울일 테니까."

"한마디 더 해두겠는데."

히코타는 최후통첩이라고도 할 수 있는 한마디를 던졌다. "어떤 신발을 신을지는 최종적으로 선수가 정하는 거야. 우리는 당신들 광고해주려고 달리는 게 아니다 그 말이야. 우리는 자신의 인생을 위해 달리는 거라고. 잘 기억해둬!"

히코타는 이렇게 내뱉고는 달려서 자리를 떴다. 사야마는 어쩔 도리 없이 그 뒷모습을 지켜볼 뿐이었다.

이윽고 고개를 푹 숙이고 조그맣게 한숨을 내뱉었다. "젠장. 무라노, 이 자식……."

입에서 엉뚱한 원망이 흘러나온다.

얼굴을 든 사야마의 두 눈이 무라노를 향한 분노로 벌겋게 타올랐다.

"뭐가 카리스마야. 웃기고 있네, 진짜."

갑자기 머리 회전이 빨라진 사야마는 운동장 쪽으로 몸을 휙 돌리고는 이것저것 대책을 강구하기 시작했다.

4

"지난달은 열다섯 켤레뿐인가……."

분주함도 일단락된 수요일, 오후 5시가 지난 시각. 고하제야 회의실에서 열린 회의에서 야스다는 못마땅하다는 듯이 팔짱을 끼고 있었다. "이 정도인 걸까요?"

육왕 판매를 시작한 지 한 달이 지났다.

불과 얼마 전까지 늦더위가 심한 날이 이어졌는데 어느새 가을이 지나고 11월 하순이 되자 강한 북풍과 함께 짙은 겨울 분위기가 교다 거리를 감싸기 시작했다. 실내로 들어오는 가냘픈 햇빛은 마라톤 시즌의 도래를 예감케 했다.

"전문점 네 곳에서 열다섯 켤레면 결코 나쁘지 않습니다. 아무 사전 정보도 없는 단계에서 1만 2000엔이나 하는 신발이 팔린 겁니다. 굉장한 일이지요." 무라노가 말했다.

육왕을 취급하는 가게는 아리무라의 매장과 아리무라가 소개해준 도쿄의 점포 세 곳뿐이다.

"제가 잘은 모르는데, 인터넷 같은 데서 팔 수는 없나요?" 아케미가 물었다.

"인터넷 판매는 꽤 어려워."

발언한 것은 이야마다. "나도 예전에 회사 제품을 인터넷으로 팔려고 한 적이 있었는데, 상당히 화제가 되면 또 모르겠지만 그게 아니면 거들떠보지도 않거든."

"하지만 적어도 온라인에 정보는 올려야 한다고 생각해요."

다이치가 말했다. "인터넷에서 팔릴지 어떨지는 차치하고, 요즘은 쇼핑할 때 상품 정보나 평판을 인터넷으로 알아보거든요. 상점에서 휴대전화로 검색해보고 '아아, 이거 괜찮네' 싶으면 사기도 하고요.

근데 인터넷에 아무 정보도 없으면 그 상품에는 손대기 힘들어요. 상점에서 팔린 건, 인터넷 정보는 없지만 신뢰하는 점원이 권했기 때문일 거예요."

"전적으로 동의합니다."

무라노도 호응했다. "대면 판매 채널 확대에는 어느 정도 시간이 걸리겠지만 착실히 정공법으로 갈 수밖에 없습니다. 교육 현장을 주축으로 선택한 것은 착안점으로서도 좋고, '인간 본래 주법의 추구'라는 육왕의 콘셉트를 설명하기에도 알맞다고 봅니다."

체육 수업에서 육왕을 도입한 곳은 읍면의 학교뿐이지만 호평하는 목소리가 커지고 있다고 한다.

"꾸준히 쌓아갈 수밖에 없다는 뜻인가요?" 야스다가 물었다.

무라노가 고개를 끄덕였다. 그러고는 "나도 보고할 게 하나 있습니다" 하고 말을 꺼냈다.

"시바우라 자동차의 히코타가 여러분께 전하는 말이 있습니다. 훌륭한 러닝슈즈라고요. 그렇게 전해달라고 했습니다."

생각지도 못한 성원이었다.

"마음에 들었답니까?"

미야자와가 자기도 모르게 목소리를 높였다. 무라노의 조언을 받아 새 족형으로 시제품을 만든 것은 보름쯤 전이었다. 히코타에게서 인정받게 되면 미치는 영향이 클 것이다.

"후원 운운하는 이야기는 나중 일이더라도, 이렇게 한 사람 한 사람 팬을 늘려 나가면 정상급 육상선수들의 육왕에 대한 평가가 정해질 겁니다. 그들의 귀중한 피드백도 있지요. 우리한테는 나쁠 게 없

습니다."

"일이 재미있게 됐군."

이야마가 말했다. "머지않아 아틀란티스를 깜짝 놀라게 해줄 수도 있겠는걸."

5

"모기, 컨디션이 좋아 보이네."

훈련을 끝내고 운동장에서 기숙사로 향하는 계단을 막 올라가려고 할 때였다. 누가 불러 뒤를 돌아본 모기는 목소리의 주인에게 살짝 미간을 찌푸렸다. 아틀란티스의 사야마가 영업용 억지웃음을 짓고 서 있었기 때문이다.

"안녕하세요."

한마디 하고는 등을 돌리자마자 "어때? 아틀란티스의 러닝슈즈를 다시 한번 신어보겠어?" 하는 사야마의 말이 따라왔다.

"아뇨, 저는……."

모기가 돌아보며 말했다.

"미안했어."

사야마가 고개를 숙였다. "지금까지 서로 오해가 있었던 건 사실이고, 우리가 실례되는 일을 한 건 여기서 사과하지. 억지로 신어보라고는 안 하겠어. 괜찮다면 신어봐줘. 그리고 한 가지 말해두지."

사야마는 모기가 신고 있는 육왕을 가리켰다. "그 회사에서는 자네를 계속 후원하기 어려울 거야. 이걸 봐."

사야마가 갈색 봉투에 든 서류를 내밀었다.

"이건……?"

"자네가 신고 있는 걸 만드는 고하제야의 신용정보."

사야마는 의외의 말을 했다. "봐두는 게 좋을걸. 고하제야의 매출
이 어떻고 얼마나 이익을 내고 있는지, 어느 정도 규모의 회사인지
우리와 비교해보면 좋을 거야. 그 회사가 자네를 후원하기 위해 얼
마나 기를 쓰는지 모르고 있어. 장담하는데, 그 회사는 업계에서 언
제 퇴출당해도 이상하지 않은 상태야. 아니, 퇴출은커녕 언제 도산
해도 이상하지 않지. 그렇게 되면 누가 자네를 후원할까?"

모기는 침묵을 지켰다.

"러닝슈즈가 맞고 맞지 않고, 좋고 나쁘고 하는 기준도 물론 중요
하지. 빼놓을 수 없는 요건이고. 하지만 회사를 선택하는 기준은 그
뿐만이 아니야. 아니, 그 이전에 좀 더 중요한 게 있잖아. 도산 위험
성이 있는 회사와 후원 계약을 맺는 것은 스스로 목을 조르는 거나
마찬가지야. 이름 없는 선수라면 그렇게 해도 괜찮을지 모르지. 하
지만 자네는 모기 히로토잖아. 정상급 육상선수한테는 그에 어울리
는 그릇이라는 게 있지. 자네와 고하제야는 미스매치야. 그걸 알아
야 해."

사야마는 아틀란티스 로고가 들어간 상자를 떠맡기듯이 억지로
건네고 황혼 녘 운동장에서 멀어져갔다. 열어보니 새로운 러닝슈즈
가 들어 있었다. 눈에 스며드는 듯한 선명하고 밝은 핑크색이다. 분
명히 게즈카도 신은 아틀란티스의 RⅡ다.

그날 밤 볼 생각도 없던, 사야마가 준 자료에 손을 뻗은 것은 특별히 이유가 있어서는 아니었다. 단순히 일시적인 기분이라 해도 좋다.

하지만.

매출액과 이익의 추이. 추정 자산과 부채.

모기는 총무부 소속이라서 거래처 기업의 신용정보를 접할 기회가 적지 않다. 그다지 잘 알지는 못해도 재무 내용을 판단할 정도의 기본 지식은 있었다.

신용조사 회사에서 알아본 고하제야의 재무 상태는 모기의 상상을 훨씬 밑돌았다.

사야마의 이야기를 곧이곧대로 받아들인 것은 아니다. 하지만 고하제야의 뼈대가 결코 반석에 놓이지 않았다는 사실을 숫자가 여실히 말해주었다.

─미스매치야.

사야마의 말이 언제까지고 가슴속에 들러붙어 떨어질 줄 모르는 오점 같았다.

운동장에 황혼 전의 빛이 비스듬히 비친다. 그것이 타는 듯이 빛나는 한순간을 맞이하나 싶더니 급속하게 밤의 장막이 내려오고, 조명이 교교히 켜지기 시작했다.

트랙을 묵묵히 달리던 모기가 코스에서 벗어났다. 옆에 있던 무라노를 발견하고는 살짝 고개 숙여 인사하며 다가갔다.

"무라노 씨, 혹시 오늘 저녁에 시간 좀 있습니까?"

무라노는 살짝 놀랐다. 모기가 먼저 만나자고 하는 일은 아주 드

441

물었기 때문이다.

무슨 일이 있나 싶지만 그 자리에서 묻지는 않았다. 한 시간쯤 훈련을 지켜보다가 한발 먼저 운동장을 떠나 약속 장소인 근처 패밀리 레스토랑에서 모기를 기다렸다.

삼십 분쯤 지나서 운동복 차림의 모기가 나타났다. 손에 갈색 봉투를 들고 있었다.

"저기…… 무라노 씨, 하나 물어봐도 될까요?"

식사를 끝내고 커피가 나오고 나서야 본론을 꺼냈다.

설탕과 우유를 충분히 넣은 커피를 젓던 무라노가 손을 멈추고 다음 말을 기다렸다.

"왜 고하제야에서 자문을 하는 겁니까?"

드디어 질문이 나왔다.

"왜라니, 그야 돕고 싶어서지."

무라노는 좀 생각하고 나서 덧붙였다. "좋은 콘셉트가 있고, 진지하게 좋은 러닝슈즈를 만들려고 하네. 좋은 일이지."

"하지만 그건 비즈니스잖아요."

모기가 의외의 말을 하더니 들고 온 봉투에서 서류를 꺼냈다.

무라노는 눈살을 찌푸렸다. 그때까지 엎어져 있던 봉투 겉면에서 아틀란티스 로고를 봤기 때문이다. 사야마 같은 사람이 뭔가 꼬드긴 것이 틀림없다. 서류로 손을 뻗은 무라노는 표지만 보고도 조그맣게 탄식했다. 넘겨보지도 않고 모기에게 돌려주었다.

"고하제야의 실적이 안정과는 꽤 거리가 먼 것 같습니다. 그런 회사에서 후원을 받으면 오히려 무거운 짐이 되지 않을까 해서요. 어떻습니까?"

"먼저 말해두겠는데, 자네 말처럼 이건 분명히 비즈니스야. 고하제야의 실적은 아틀란티스에 비하면 전혀 안정된 수준이 아니네. 그야 그렇겠지. 한쪽은 전세계에 사원을 만 명이나 둔 기업이고, 한쪽은 기껏해야 수십 명 규모의 중소기업이니까. 어쩌면 내 월급조차 받지 못하게 될 가능성도 있어. 하지만 그걸 알고도 자문 권유를 받아들였네. 거기에는 이유가 있어."

모기는 무라노에게 시선을 고정한 채 가만히 듣고 있었다.

무라노가 말을 이었다.

"기업 규모는 작고 실적도 좀 부족하지. 하지만 러닝슈즈를 만드는 자세나 열의는 아틀란티스보다 고하제야가 더 위라고 생각하네. 자네한테 보여주고 싶군. 밑창을 붙여 한 켤레를 완성했을 때 그 사람들이 기뻐하는 얼굴 말이야. 어떤 의미에서 아틀란티스는 너무 큰 기업이네. 관심사는 오직 실적과 눈앞의 이익이지. 사물을 측정하는 척도도 돈이고, 새로운 제품을 개발하는 이유도 실적 향상을 위해서네. 그래서 기능적으로 거의 나아지지 않았는데 새 이름을 붙이고는 정말 혁신적인 것처럼 팔기까지 하지. 나는 그런 건 일부러 추천하지 않았지만, 회사 방침에 반하는 행위였네.

하지만 신발은 사람이 신는 거야. 러닝슈즈는 달리는 사람이 신지. 자신이 담당하는 선수한테 조금이라도 더 좋은 러닝슈즈를 전하기 위해 만드는 것이 본래의 자세라고 생각하네. 아틀란티스 러닝슈즈는 품질도 나쁘지 않고 기능성도 분명 좋을 거야. 하지만 그들은 러너를 위해 신발을 만들지 않네. 그런 신발에는 영혼이 없어. 그냥

443

공산품이지."

이렇게 단언한 무라노는 진지한 눈빛으로 모기를 봤다. "나는 그런 걸 파는 데 지쳤네. 회사는 작더라도 러너를 똑똑히 마주 보고 조금이라도 좋은 것을 얼마 안 되는 예산으로 만들어간다. 그런 일이 참 좋다고 생각했네. 그래서 돕고 있는 거고."

모기는 약간 고개를 숙인 채 무라노의 이야기를 가만히 들었다.

"자네가 아틀란티스의 RⅡ를 신어보고 싶으면 꺼릴 것 없네. 꼭 시험해보게. 여러 이야기를 했지만, 어떻게 만들었는지는 신는 사람과 상관없지. 본인이 좋다고 생각하는 걸 신으면 돼. 그뿐이야."

무라노는 마음속을 다 털어놓았다고 생각하지만, 모기가 어떻게 받아들였는지는 알 수 없다.

패밀리레스토랑을 나와서 택시를 탄 뒤 기숙사 앞에서 모기를 내려주고 혼자 역으로 향했다.

모기가 아틀란티스로 돌아갈지도 모르겠다고 생각했다.

그렇게 된다 해도 비난할 수는 없다.

고하제야가 그렇듯이 모기도 필사적이다. 정에 휩쓸릴 일이 아니다. 최선이라고 생각하는 선택을 하는 것이 당연하다. 누구도 이의를 제기할 자격은 없다. 새해역전마라톤대회까지 두 달도 남지 않았다. 지금의 모기라면 출전 멤버로 뽑힐 것이다.

최선을 다한 지금, 무라노가 할 수 있는 것은 모기가 내린 답을 존중하는 일뿐이었다.

6

"좀체 잘 안 되네."

아내 미에코는 이렇게 말하며 부엌에서 보이는 작은 뜰에 먼눈을 향했다.

일요일 아침이다.

식사를 마친 미야자와는 드물게 아무것도 하지 않고 멍하니 앉아 있었다. 쓸쓸해 보이는 옆얼굴과 낙담한 모습이 애처로울 정도다.

미야자와를 때려눕히다시피 한 사건은, 겨우 시간을 내 다이와 식품 육상부가 훈련중인 시영 운동장으로 나간 금요일에 벌어졌다.

미야자와는 운동장을 둘러싼 그물 뒤쪽에 있었다. 초겨울 햇살이 비스듬히 비치는 운동장이 역광 방향이라 선수들이 모두 검은 실루엣이 된 바람에 표정은 보이지 않았다. 트랙을 달려 지나가는 숨소리, 지면을 찰 때의 가벼운 신발 소리가 겹쳐 들려올 뿐이다.

햇살에 부신 눈을 가늘게 뜬 채 그물 틈으로 운동장을 바라보던 미야자와가 드디어 모기의 실루엣을 찾아내 그 모습을 쫓았다.

오렌지색으로 폭발하는 석양을 등지고 달려오는 모기의 윤곽이 점점 확실히 보였다.

미야자와의 심장이 뛰기 시작했다.

모기의 러닝슈즈.

점차 짙어가는 땅거미 속에서 모기가 신은 신발은 짙은 감색이 아니라 선명한 핑크색이었다.

RⅡ다.

미야자와를 알아봤는지는 알 수 없다. 모기가 앞쪽을 지나 멀어져
간다.

충격을 받은 나머지, 발밑에서 시선을 뗀 미야자와는 도망치듯이
자리를 떠났다.

무라노에게서 "어쩌면" 하는 이야기는 들었다.

하지만 현실이 되고 보니 충격은 상상 이상이었다.

미야자와 마음속에서 육왕이라는 신규 사업은 차근차근 쌓아올
린 장대한 건축물이나 다름없다. 그것이 한순간에 무너져 모래가 되
고 파묻혀 질식할 것 같았다.

시바우라 자동차의 히코타처럼 새롭게 평가해줄 선수도 있으니
괜찮지 않은가.

자신을 이렇게 타일러도 소용없었다.

그리고 동시에 깨달았다.

미야자와에게 육왕은 곧 모기 히로토였음을.

좌절을 맛본 모기가 육왕을 신고 부활한다.

무의식중에 이런 시나리오가 만들어지고 굳어져 어느새 불문율
처럼 되어 있었다.

모기와 고하제야의 운명을 겹쳐놓고 생각했는지도 모른다.

부상으로 최전선에서 이탈한 러너와 불황 업종에 만족하던 고하
제야. 버림받은 둘이 연결되어 끝내 부활을 이룬다.

하지만 지금 장밋빛으로 보이던 꿈이, 도금이 벗겨져 빛 바랬고
현실의 본바탕이 드러났다.

심한 패배감이 마음을 뒤덮는다.

미야자와에게 손을 내밀어주는 사람은 아무도 없다. 이 상황에서 벗어나는 것은 다른 사람이 아니라 미야자와 본인의 힘으로만 가능하리라.

"결국 이게 세상이겠지."

미야자와가 자조하며 푸념했다.

"모기 씨와 이야기하는 게 좋지 않았을까?"

미에코가 말했다. "대화도 없이 돌아온 건 좀 아쉽네."

"놀라서 약간 패닉 상태에 빠져서 말이야."

미야자와는 심정을 토로했다. "도저히 그럴 수 없었어. 모기 씨도 말하기 힘들 것 같았고. 무라노 씨와 이야기를 나눈 뒤에 아틀란티스 러닝슈즈를 신었으니 본인 나름의 답이겠지."

"하지만 망설이고 있었을지도 모르잖아."

미에코의 말에 미야자와가 문득 얼굴을 들었다.

"망설여?"

"그래. 모기 씨는 성실한 사람 같아. 견실해 보인다고 할까. 우리를 걱정해주는 것도 애초에 육상선수 같지 않았고. 육왕을 신든 RⅡ를 신든, 깔끔하게 이야기해서 마음 정리를 하게 해줘야 하지 않을까?"

미야자와는 찻잔을 탁자에 놓고 잎이 떨어지기 시작한 뜰의 나무에 의미 없는 시선을 던졌다.

"그래, 당신 말이 맞아."

이윽고 한마디 중얼거리고는 다시 한번 자기 마음을 정리하기 시작했다.

"결국 아틀란티스로 돌아간 거야?"

3000미터를 한 번 달리고 휴식에 들어갔을 때, 기도 감독이 러닝 슈즈를 보며 말을 걸어왔다.

수분을 보충하고 가볍게 넓적다리를 두드리던 모기가 "모처럼 받은 거라서요"라고만 대답한다.

땀을 닦은 몸을 북풍이 식히고 간다. 모기는 패딩점퍼를 걸치고 숨을 고른다. 기도는 그 이상은 묻지 않았다.

모기가 아틀란티스의 RⅡ를 신고 훈련한 지 일주일이 지났다. 달린 거리는 이미 100킬로미터를 넘었을 것이다.

"어때, 괜찮지?"

언제 왔는지 사야마가 친한 듯한 어투로 말을 걸며 다가왔다.

"뭐, 지금까지는 나쁘지 않다고 할까."

모기는 모호하게 대답했다.

"이봐, 좀 더 확실히 '좋다'라고 말해줘. 최고 아냐?"

사야마가 가볍게 말하며 고약한 웃음을 지었다. "그야 당연하지. 만드는 회사가 다르니까."

암암리에 고하제야를 깎아내린다.

모기는 얼굴을 숙인 채 또 무슨 말을 꺼내기 전에 다시 트랙으로 나갔다.

RⅡ는 나쁘지 않다. 하지만 사실 러닝슈즈의 차이를 판별하는 것이 그다지 간단한 일은 아니었다. 훈련 때는 미세하게만 느껴지던

위화감이 마라톤 풀코스 중 35킬로미터 지점을 지나면 확실한 감각으로 전해진다. 진정한 의미에서 러닝슈즈의 성능이 발휘되는 것은 바로 그때부터다. 당연히 맞지 않는 러닝슈즈는 부상의 원인이 되기도 한다.

체력과 기력의 한계와 싸우는 가운데 러닝슈즈는 최대이자 최후의 무기다. 어떤 소재를 사용했는지, 어떤 계측치가 나왔는지 하는 문제만 중요한 것이 아니다. 자신의 발, 자신의 주법, 자신의 감성과 맞는지 맞지 않는지. 예민해진 감각의 세계다.

하코네 역전마라톤대회에서 게즈카와 치열한 접전을 펼쳐 유명해졌지만, 모기의 관점은 항상 마라톤 풀코스에 고정되어 있었다. 고등학교 때부터 장거리를 뛰어왔기에 러닝슈즈의 중요성은 잘 안다.

지금 모기가 RⅡ를 신고 있는 이유는 단 하나다. 어떤지 판별하고 싶었기 때문이다. 좋으면 선택하고, 아니면 선택하지 않을 것이다. 훈련용이나 가벼운 조깅용으로 쓰는 방법도 있으리라.

"모기, 자네가 다시 우리 러닝슈즈를 신어줘서 부장님도 굉장히 기뻐하셔."

훈련이 끝날 때까지 운동장에 붙어 있던 사야마가 다시 말을 걸어왔다. "사실 자네 정도 되는 러너가 말이야, 고하제야 같은 쪼그마한 회사 걸 신으면 안 되지."

잠자코 있으니 또 고하제야 험담을 늘어놓기 시작한다.

"잘 보라고, 그 회사는 금방 업계에서 퇴출될 테니."

사야마는 모기의 어깨를 한 번 툭 치고는 의기양양한 표정을 지었다. "앞으로의 일은 걱정 마. 우리가 보살펴줄 테니. 알았지?"

"생각해보겠습니다."

쌀쌀맞게 대답하자 사야마 얼굴에 초조함이 번졌다.

"뭐야, 우리 러닝슈즈를 신는 거 아니었어? 좋은 말 좀 해줘."

"특별히 거드름을 피우는 건 아닙니다. 조금이라도 좋은 걸 신고
싶습니다. 그런 생각을 하고 있을 뿐이에요." 모기는 사야마의 태도
를 반박했다.

"조건이 있으면 말해봐."

사야마는 정색한 얼굴로 엉뚱한 말을 했다. "희망 사항이 뭐야. 연
간 몇 켤레나 필요해? 열 켤레? 좀 더? 아무튼 우리는 후원 재개로 인
식하고 있으니까 부탁할게. 지금 신고 있다는 것은 그런 뜻이니까."

"그럼 반납하겠습니다."

"아니, 그건 좀 봐줘." 사야마는 얼굴 앞으로 양손 손바닥을 들어
보였다.

그런 경박함에 모기는 그만 짜증이 났다.

"사야마 씨도 평가가 간단한 일이 아니라는 것 정도는 알죠? 그래
도 사용하라니 강매랑 똑같지 않습니까."

"미안하네, 미안해."

사야마는 야비한 웃음을 지으며 사과했다. "아무튼 이번 새해역전
마라톤대회만큼은 이걸 신어봐. 이렇게 부탁할게. 나한테도 입장이
있어서 말이야."

예선인 동일본대회에서 예상대로 좋은 성적을 올린 다이와 식품
육상부는 이미 새해역전마라톤대회 출전이 정해졌다.

"입장은 누구한테나 있는 거 아닙니까?"

모기가 말 붙일 엄두도 못 내게 만드는 대답을 했다. "애초에 멤버로 뽑힐지 어떨지조차 모르는 데다 예선도 뛰지 않았고요."

"아니, 왜 또 이러시나. 신중을 기하느라 일부러 뛰지 않게 했다고 들었는데. 저기, 모기. 툭 까놓고 말해봐. 어떻게 생각해, 고하제야 말이야."

사야마는 등을 돌린 모기를 따라와 물었다.

"불면 날아갈 것 같은 영세기업이라고 말하고 싶죠?"

사야마는 안도하는 표정을 지었다.

"그래. 만약 계약을 한다면 그런 영세기업과 안전한 대기업 중 어디가 좋겠어? 그 점은 생각해봤을 거 아냐."

"물론이죠. 이제 됐습니까? 몸이 식어서요." 모기는 귀찮다는 듯이 대답했다.

"아아, 미안하네."

사야마는 서둘러 물러간다. "그것만 들으면 충분해. 공통 인식이라고 하나? 서로 그건 확인했으니 말이야."

약간 반칙을 하는 느낌이지만 오바라에게는 모기와 재계약은 문제없다고 보고했다. 모기의 태도에 따라 공수표가 될 참이었지만, 이런 상태라면 문제없을 것이다. 사야마는 가슴을 쓸어내리며 중얼거렸다.

"꼴좋게 됐군, 무라노."

다이와 식품 육상부에서 새해역전마라톤대회 등록 선수의 후보 발표가 있었다. 레이스를 보름 앞둔 12월 중순의 금요일이다.

창밖으로 보이는 미루나무는 잎이 완전히 떨어졌고, 간토 평야를 지나가는 거센 북풍에 가지가 크게 흔들리는 황혼 녘이다.

전일본실업팀 대항 역전마라톤, 통칭 새해역전마라톤은 설날 텔레비전으로 중계도 되는 아주 큰 대회다. 여기서 잘 달리면 러너로서 주목도가 한달음에 높아진다. 모기에게는 완전 부활이라는 인상을 강하게 심어줄 기회이지만, 우선 다이와 식품의 구간 주자로 뽑혀야 한다.

새해역전마라톤은 모두 7구간. 누가 어디를 달릴지는 감독이 정한다. 최근 기록, 실적, 컨디션 등 다양한 요소가 감안될 것이다.

1구간은 베테랑인 나이토. 규정에 따라 유일하게 외국인 선수가 출전할 수 있는 2구간에는 케냐인 선수 오뤼크. 3구간은 또 한 명의 베테랑 가와이. 최장거리인 '꽃의 4구간'은 에이스 다치하라. 그리고 5구간은 미즈키.

"6구간, 모기 히로토!"

기도의 목소리가 방에 울려 퍼졌을 때 모기는 가벼운 감전이라도 당한 것처럼 등줄기를 세우고 일어섰다.

"전력을 다해 싸우고 오겠습니다."

12.5킬로미터라는 비교적 짧은 구간을 맡은 것은 부상에서 회복한 직후 가세했고, 거리적으로 가까운 1만 미터 경기에서 좋은 기록

을 냈기 때문일 것이다.

거리는 짧다고 해도 6구간은 고저차가 있는 난코스다. 동시에 승패를 결정하는, 최종 주자로 이어지는 중요 구간이기도 하다.

그리고.

"7구간, 히라세!"

히라세는 멍해서 대답도 하지 못했다. 모기와 마찬가지로 예선에서는 뽑히지 못했다. 기도의 서프라이즈다.

"네, 저요?"

익살맞은 태도로 두리번두리번 주위를 둘러본다.

얼마 전 히라세는 올 시즌을 끝으로 육상 인생에 마침표를 찍겠다고 표명했다. 사전에 들어서 알고 있던 모기는 놀라지 않았지만, 히라세가 분위기 메이커인 만큼 부내에 끼친 충격은 적지 않았다.

퇴부는 정해졌지만 히라세는 지난번 경기에서 최근에 없던 좋은 기록을 세웠다. 3구간을 맡아본 경험도 있으니 선발될 가능성은 있다고 모기도 예상하고 있었다.

"라스트런이다, 히라세."

기도가 말했다. "후회가 남지 않도록 달려. 지금까지 쌓은 모든 걸 끌어내 다 불살라!"

히라세는 무슨 말을 하려고 일어섰지만 감독의 말에 몹시 감동했는지 입술만 깨물었다.

"여러분, 오랫동안 동료로 있어줘서 고맙습니다. 최고로 즐거웠습니다. 알찼습니다. 분발하고 오겠습니다!"

끝내 참지 못한 눈물이 히라세의 볼을 타고 흘렀을 때 누구랄 것도 없이 박수가 터져나와 한동안 그칠 줄 몰랐다.

고양된 마음으로 미팅이 끝나자 그대로 모여 근처 이자카야로 몰려가는 선수들도 있었다. 모기는 일단 기숙사 방으로 돌아가 예민해진 감성으로 앞으로의 일을 이리저리 생각했다.

히라세의 말은 지금도 뇌리에 여운이 남아 있다.

십 년 후나 이십 년 후, 나도 언젠가 이것이 라스트런이라고 결심하는 때가 올까. 아니, 부상을 당하거나 몸이 고장이라도 나면 의지와 상관없이 좀 더 빨리 끝날지도 모른다.

인생에는 무슨 일이 일어날지 모르는 것이다.

그러므로 지금 이 순간을 소중히, 최선을 다하는 수밖에 없다.

같은 이유에서 아틀란티스의 RⅡ를 시험해봤다. 고하제야의 육왕이 훌륭하다는 것은 알고 있다. 하지만 그것을 넘어서는 러닝슈즈가 있다면 그쪽을 선택해야 한다.

신발이 좋으냐 나쁘냐 하는 문제는 그것을 지탱하는 스태프나 슈퍼터의 열의만으로는 평가할 수 없다. 아니, 오히려—.

러닝슈즈의 가치는 러닝슈즈 자체로 결정된다.

회사가 아무리 커도, 후원 태세가 아무리 확실해도 레이스에서 효과를 나타내는 것은 러닝슈즈의 성능과 궁합이다. 그 외의 어떤 것도 아니다.

감정론이나 경제적 합리성만으로는 레이스에서 이기기 어렵다.

그때, 생각에 잠겨 있던 모기의 휴대전화가 울리기 시작했다.

고하제야의 미야자와 사장이다.

"이제야 좀 틈이 나서요. 괜찮으면 식사라도 함께하겠습니까?"

미야자와는 약간 조심스럽게 말을 꺼냈다.

9

이튿날 미야자와가 데려간 곳은 역 앞 상점가에 있는, 모기도 가본 적 없는 일식당이었다. 무라노도 함께였다.

"송구합니다. 이렇게 좋은 곳으로 데려와주셔서요."

모기가 미안해하며 말했다.

"아니, 축하하는 자리니까요."

미야자와가 의외의 말을 했다.

"축하요?"

건배를 끝내고 모기가 묻자 미야자와 대신 무라노가 대답했다.

"정해졌지? 새해역전마라톤 출전. 축하해."

"그걸 어떻게······?"

"어제 기도 씨한테 슬쩍 들었어. 요즘 기록이라면 선발되는 게 당연하다고 생각하네."

놀란 모기에게 무라노가 내막을 밝혔다. 그러고는 미야자와를 힐끗 본다. 미야자와가 옆자리에 놓은 손잡이 달린 종이봉투에서 색지를 꺼냈다.

"이거 우리 사원들이 보내는 응원 메시지인데, 받아주겠어요?"

생각지도 못한 선물이었다.

주뼛주뼛 손을 뻗은 모기의 눈에 손으로 쓴 메시지가 차례로 날아든다.

—구간상 기대합니다. 마사오카 아케미
—힘차게 달려 라이벌을 제쳐라! 이야마 하루유키
—우리가 뒤에 있어요. 후회 없는 레이스를 펼쳐주세요. 니시이 후쿠코
—모기 씨에게서 절대 포기하지 않는 용기를 얻었습니다. 미야자와 다이치
—좋은 신발을 만들기 위해 여러 생각을 말해주어 고맙습니다. 진심으로 감사드립니다. 앞으로도 잘 부탁합니다. 야스다 도시미쓰
—새해역전마라톤대회 출전 축하합니다. 최선을 다해주세요. 모두 응원하고 있습니다. 도미시마 겐조

열기가, 러닝슈즈를 만드는 사람들의 뜨거운 마음이 전해진다.

"다들 모기 씨를 응원하니까. 그리고 이거, 우리 사원들이······."

미야자와는 종이봉투에서 뭔가 꺼내 모기에게 건넸다. 색깔이 선명한 운동화 끈이 비닐주머니에 들어 있다.

"봉제과 사람들이 특별히 짠 모기 히로토 버전이라더군요. 잘은 몰라도 일부러 신사에서 필승 기원을 하고 받은 모양이에요. 부적 대신 삼아주세요."

사원들이 다 같이 의논해서 만들어주었다고 한다.

"정말 감사합니다." 모기는 손에 꼭 쥐고 진심으로 예를 표했다.

"그리고 한 가지 말해두겠는데, 육왕을 꼭 신는 게 아니라는 점은

나도 사원들도 납득하고 있어요."

미야자와는 온순한 얼굴이 되어 있었다. "이번에 타사 러닝슈즈를 선택한다 해도 나나 우리 사원들의 응원하는 마음은 변함없을 거예요. 다들 그걸 알고, 메시지를 보내자고 했으니까. 그것만은 잊지 말아주세요."

"미야자와 씨……."

모기의 가슴에 따뜻한 것이 차오른다.

"가끔은 괜찮지 않을까요, 이런 것도."

미야자와가 말을 이었다. "육왕을 기획하고 시행착오를 거듭하면서 여기까지 왔어요. 그 과정에서 여러 가지를 배웠지만, 그중에서도 특히 크게 배운 게 있다면 사람과의 관계입니다."

의외의 한마디였다.

"돈벌이만을 위해서가 아니라 어떤 사람이 마음에 들어서, 그 사람을 위해 뭔가 해주는 거죠. 기쁘게 해주려고 뭔가를 하는 겁니다. 보수가 이것뿐이니 이만큼만 한다는 사람도 있지만, 그런 문제가 아니에요. 돈 같은 건 제쳐두고, 납득할 수 있는 걸 납득할 수 있을 때까지 만드는 거죠."

미야자와의 눈이 맑아 보였다. "사장이 이런 말을 하면 안 될지도 모르지만, 이해타산이란 결국 돈 이야기예요. 그보다는 좀 더 즐거운 일, 힘은 좀 들어도 재미있고 멋진 일이 있더군요. 육왕이 그걸 가르쳐주었어요. 모기 히로토를 응원한다면, 육왕을 신고 안 신고를 떠나 순수하게 응원하자. 그게 지금 나의, 아니 사원 모두의 생각입니다. 무라노 씨가 우리 같은 작은 회사를 도와주는 것도 무척 기뻤죠. 여기저기 큰 회사에서 오라는 곳이 많았을 텐데. 우리는 돈도 없고 자그마한 회사지만, 그래서 더욱 강하게 큰 꿈을 꿀 수 있어요. 억지 쓰는 걸로 들릴지도 모르지만, 그저 고마운 일입니다."

"세상에서 돈이라는 가치관을 없애면 정말 필요한 것, 소중한 것만 남겠지요."

모기는 생각을 순순히 입 밖에 냈다. "알아챌 수 없을 만큼 당연한 것 중에 정말 소중한 게 있을지도 모릅니다. 사람의 유대도 그런 것 아닐까요?"

울컥 복받치는 것을 참으며 모기가 말을 이었다. "여러분 기대에 어긋나지 않도록, 절대 후회 없는 레이스를 펼치고 오겠습니다. 응원해주십시오!"

13장

===

새
해
의
결
전

1

사야마가 그 사실을 처음으로 안 것은 이듬해 1월 1일, 새해역전
마라톤대회의 무대가 될 군마 현으로 이동하는 신칸센 안에서였다.

—오늘 아침, 멤버 변경 있음. 게즈카가와 모기가 같은 6구간을
달릴 예정.

다른 짧은 연락 사항의 마지막에 쓰인 한 문장을 보고 사야마는
놀라서 "앗" 하고 소리를 질렀다. 어제 개회식 때부터 현지에 가 있
던 스태프가 보낸 문자메시지다.

"최신 정보입니다, 부장님. 이것 좀 봐주세요."

옆에 있는 오바라에게 내용을 보여준다.

"게즈카는 미출전 아니었어?"

어제, 즉 12월 31일 정오에 마감된 구간별 최종 엔트리에서 게즈카는 어디에도 등록되지 않은 '보결 선수'였다.

"아시아 공업은 선수층이 두터워서 쓰지 않는 거 아닌가. 게즈카의 피로를 감안한 줄 알았는데."

"아니요. 기요사키 감독은 성깔이 만만치 않은 사람이니까요. 라이벌인 다이와 식품이 6구간에 모기를 등록한 걸 확인하고는 일부러 대결시킨 건지도 모릅니다."

아시아 공업의 기요사키 도쿠지로는 육상계에서 널리 알려진 감독으로, 이기기 위해 수단과 방법을 가리지 않는 것으로도 유명하다. 어제 오후에 열린 감독 회의 이후 출전자를 변경하려면 심판장 허가가 필요하지만, 등록 선수의 컨디션 난조를 이유로 삼는 일 정도는 해치울 것이다. 기요사키가 권위로 밀어붙이면 마치 갑작스러운 사고라도 일어난 듯이 처리되리라는 것도 상상하기 어렵지 않다.

"그 능구렁이가."

오바라는 숨을 훅 내쉬고는 회심의 미소를 지었다. "하지만 덕분에 재미있어졌군."

하코네 역전마라톤에서 전설의 라이벌이던 게즈카와 모기. 두 사람이 싸움의 무대를 실업팀으로 옮겨 다시 격돌한다. 매스컴에서 그냥 내버려둘 리 없다.

둘의 싸움은 텔레비전에서도 길게 다뤄질 것이다.

"모기도 RⅡ지? 크게 광고가 되겠군."

사야마는 바지 주머니에서 손수건을 꺼내 이마에 번진 땀을 닦았다. 한겨울인데도 식은땀이 났다. '모기가 정말 신을까' 하는 일말의 불안감 때문이었다.

아니, 지난번 느낌으로 보면 틀림없어. 사야마는 자신을 이렇게 타이르며 힘껏 고개를 끄덕였다.

"무, 물론입니다. 홍보부에서 카메라맨도 불렀을 테니 게즈카와 모기의 대결을 나중에 홍보 자료로 삼아도 좋을 겁니다."

자기가 생각해도 썩 나쁘지 않은 아이디어를 꺼냈다. "상당히 임팩트 있지 않을까요?"

"그거 좋군. 최고야."

오바라가 손가락을 튕겨 딱 소리를 내며 말했다. "쇼 타임이다!"

2

6구간의 기점인 기류 시 시청 앞에서 기다리는 미야자와를 향해 어딘가 당황한 듯 보이는 다이치가 달려왔다. 오전 9시 반이 지날 무렵이었다.

"저기서 관계자끼리 대화하는 걸 들었는데 아시아 공업의 6구간 선수가 바뀐 모양이에요."

"이렇게 갑자기?"

눈이 동그래진 미야자와를 대신해 무라노가 진지한 얼굴로 물었다. "누구로 바뀌었나?"

"게즈카인 모양입니다. 하코네 대결의 재현이라며 분위기가 고조됐습니다."

무라노가 미간을 찌푸린다.

"진짜야? 라이벌과 대결한다고? 갑자기?"

미야자와 옆에서 야스다가 얼빠진 소리를 지른다.

아케미가 불안한 듯한 얼굴로 물었다. "무라노 씨, 어떤가요?"

무라노는 팔짱을 끼고 잠깐 생각하더니 말했다.

"일부러 대결시켰을 가능성이 있겠네요."

"모기 선수보다 게즈카가 더 위라고 생각했을까요?"

아케미가 볼을 부풀리며 불만을 드러냈다.

"적어도 아시아 공업의 기요사키 감독은 그렇게 생각하겠지요."
무라노는 다소 말하기 힘들다는 듯이 덧붙였다. "그리고 아마 사람
들도 대부분 그렇게 생각할 겁니다."

"웃기지 말라고 해요. 우리 모기 선수가 질 리 없지 않습니까, 무
례하기는."

"자아, 자아, 아케미 씨."

미야자와가 정색하며 화낸 아케미를 달래고는 무라노에게 물었
다. "모기 선수는 괜찮을까요? 오랜만의 무대에서 이렇게 되다니요."

"괜찮지 않겠지요."

"그렇게 남 일처럼 말하지 마세요."

야스다가 추궁했지만 무라노의 눈은 아주 진지했다.

"이 또한 모기가 극복해야 할 시련입니다. 일류 선수일수록 여러
가지 압박을 받지요. 예를 들어 올림픽 국가대표로서 나라를 짊어지
고 달리는 선수의 마음은 어떨까요. 보통 사람이라면 짓눌릴 것 같
은 중압감 속에서 싸우는 겁니다. 모기가 이 정도에 패배한다면 일

류 러너가 될 자격은 없는 거지요."

무라노는 단호한 어조로 말을 이었다. "레이스는 늘 냉혹한 겁니다. 육체적으로도, 정신적으로도 궁지에 몰린 상태에서조차 자신의 달리기를 해야 일류죠."

"아아, 왠지 내가 더 긴장되네요." 아케미가 핫팩을 두 손으로 격렬하게 문지르며 말했다. "원래 심장이 약하니까요. 좀 봐주세요, 사장님."

"누구 심장이 약하다고요? 우리 좀 봐주세요, 정말."

옆에서 야스다가 우스꽝스러운 말을 지껄이다가 아케미가 굉장한 기세로 째려보자 입을 오므린다.

"이야, 무라노, 오랜만이군."

다짜고짜 이런 말이 끼어든 것은 바로 그때였다.

남자 두 명이 서 있었다. 아틀란티스의 오바라와 사야마다. 무라노의 뺨 언저리가 굳어졌다.

"이야, 레이스하기 좋은 날씨네요. 으음, 고하제야라고 했던가?"

오바라는 미야자와를 향해 만면에 미소를 지으며 여유 있는 태도를 보였다.

"정말 레이스하기 좋은 날씨네요. 기온도 높지 않고, 바람이 좀 강한 게 걸리지만 여긴 원래 이렇습니다." 미야자와가 답했다.

"이 바람이? 역시 시골 사람은 말하는 게 다르네요."

오바라가 무례한 말투로 대꾸하고는 미야자와 뒤쪽에 있는 사원들에게 거리낌 없는 시선을 보낸다.

"잘은 모르지만 우리 회사에 있던 무라노가 신세를 지는 것 같던데. 이런 사람이 도움은 되나요?"

"물론입니다. 신제품 개발에 힘을 보태고 있지요."

"그래, 그래요. 그것참 다행이네."

오바라는 엷은 웃음을 띠며 고개를 끄덕였다. "어쨌든 너무 우수해서 아틀란티스에서는 별 쓸모가 없었지요. 그렇지 않나?"

그러고는 심술 고약한 눈으로 무라노를 힐끗 보더니 "잘됐네, 어울리는 직장을 찾아서"라고 덧붙였다. 뒤에서 사야마도 고하제야 사람들을 깔보듯이 보며 히죽거렸다.

야스다와 아케미의 안색이 변했다.

"뭐야, 잘난 척하고 말이야."

아케미는 조그맣게 말했다고 생각하겠지만, 그 목소리는 미야자와 귀에 확실히 들렸다. 오바라에게도 들린 모양인지 얼굴은 웃는데 눈에 분노가 어렸다.

오바라가 말했다. "그나저나 여러분은 응원하러 온 겁니까? 수고가 많으시네. 누구를 응원하러 오셨을까."

"모기 선수요, 모기 선수! 아틀란티스 신발 같은 것에 질 것 같아요?" 더는 참을 수 없다는 듯 아케미가 언성을 높였다.

"아니, 못 들은 건가?"

오바라가 사야마 쪽을 힐끗 보더니 밉살스러운 시선을 아케미에게 돌렸다. "모기는 오늘 아틀란티스 러닝슈즈를 신어요. 그래도 응원해주신다니 고맙군. 안 그래, 사야마?"

"여러분. 우리가 만든 응원용 작은 깃발이 있는데, 같이 쓰시겠습니까?"

"필요 없어요, 그런 건!"

아케미가 사야마의 익살을 딱 잘라 거절했다.

"모기 선수가 육왕을 신지 않는다는 건 역시 사실인가요, 사장님? 이미 정해졌나요?"

"신을지도 모르고 안 신을지도 모르죠. 우리는 늘 응원할 테니, 최고라고 생각되는 걸 신으라고 전했어요."

사야마가 끼어들었다. "그렇다면 정해졌네요. 모기는 R Ⅱ를 높이 평가하고 있으니까요. 여러분, 열심히 응원해주세요."

그때 어딘가에서 "아, 왔다" 하는 소리가 들려왔다.

도로 건너편에서 선수 수송 버스가 천천히 다가오는 참이었다.

6구간 출전 선수 서른일곱 명이 버스에서 차례차례 내리기 시작했다. 성원이 어지러이 날아들고 박수가 터져나왔다. 게즈카가 모습을 드러내자 그 소리는 한층 커졌다.

표정 하나 바뀌지 않고 유유히 내려선 게즈카에게는 이미 스타의 관록 같은 것이 감돌았다.

느지막하게 모기도 버스에서 모습을 나타냈다.

"모기 선수!"

아케미가 소리쳤다. 미야자와를 포함해 모두 박수를 보내려 했다. 그러나 그 움직임은 모기가 신은 러닝슈즈를 보자마자 마무리도 짓지 못하고 사라졌다.

두 팔을 몸 옆으로 늘어뜨린 야스다가 나직이 말했다.

"역시 R Ⅱ를……."

오바라와 사야마가 선수들에게 다가가며 미야자와 일행을 돌아보았다.

"뭐야, 저 우쭐대는 표정! 아, 불쾌해!"

아케미가 미워 못 견디겠다는 듯이 내뱉고는 미야자와를 보며 한탄했다. "아, 정말 실망이에요. 이러니저러니 해도 모기 선수가 육왕을 신을 거라고 생각했어요. 믿고 있었는데."

당장이라도 울 것 같은 목소리다.

"아니, 그런 말 하지 말아요. 모기 선수도 최선을 다하고 있으니까. 그러니 최선의 선택을 한 거예요. 다음에는 육왕을 신을 수 있게 열심히 하면 되지 않겠어요."

"그런 말은 해봤자예요."

아케미가 석연치 않은 얼굴로 말하는데 무라노가 "잠깐만요" 하며 대화를 제지했다.

중계 지점 근처 갓길에 주저앉은 모기가 신고 있던 R Ⅱ를 벗더니 배낭에서 뭔가 꺼내는 참이었다.

오바라와 사야마가 기가 막힌다는 표정으로 그 광경을 보고 있다.

아케미는 모기의 움직임을 조용히 눈여겨보고 있었다. 그때였다.

"봐!"

손으로 가리킨 채 소리치고 뛰어오르며 박수를 치기 시작했다. "육왕이야, 육왕! 다들 봐요. 모기 선수가 육왕을 신으려고 해요."

"좋아!"

야스다와 다이치가 동시에 소리를 지르며 하이파이브를 했다.

"아, 정말 조바심만 내게 하고."

설날 휴가를 반납하고 응원하러 온 이야마도 겨우 웃음을 지었다.

"꼴 좀 봐. 아틀란티스 놈들. 뭐야, 바로 내부 분열이야?"

야스다가 오바라 쪽을 향해 내뱉듯이 말하며 비웃었다.

표정이 확 변한 오바라가 사야마를 혼내고 있었다.

"잘됐네요."

무라노가 힘껏 악수를 나누며 미야자와에게 안도의 웃음을 지어
보였다.

3

"잠깐만, 모기."

사야마가 다가가서 "무슨 생각이야?" 하고 나지막한 목소리로 물
었다. 창백한 볼을 떨며 노기를 띠고 모기를 노려본다. 그 뒤에서 이
쪽을 보는 오바라 역시 아주 불쾌한 표정이다.

"RⅡ를 신겠다고 하지 않았어?"

사야마가 비난조로 말했다.

"약속하지 않았습니다."

모기는 시원스레 말하고 도전하듯이 사야마를 마주 보았다. "나에
게 맞는 걸 신겠다, 이렇게 말했을 텐데요. 이게 그 답입니다."

"그런 이야기는 못 들었어!"

사야마가 언성을 높였지만 눈은 흔들리고 있었다. 상사의 시선에
신경 쓰는 것이 분명했다. 모기의 반론이 옳더라도 화를 내야만 하
는지도 모른다.

"거기까지."

무라노가 무서운 표정으로 사야마 앞을 가로막고 섰다. 사야마를 똑바로 노려보며 묵직하게 말한다. "곧 레이스야. 슈피터가 선수를 방해할 셈인가?"

카리스마 슈피터의 묵직한 일격이다. 사야마는 다음 말이 안 나와 입을 다물었다.

하지만 모기가 선수 대기실로 사라지자 기어코 덤벼들었다. "무라노 씨, 왜 훼방입니까? 옛집 일을 방해하는 건 좀 그만두시죠."

"당신들 일을 방해할 생각은 없네."

무라노는 예전 동료와 상사를 번갈아 응시했다. "레이스를 앞둔 선수한테 분별없는 말은 하지 말라는 거네. 우리 장사가 어떻든 모기하고는 상관없어. 어떤 의미에서 모기는 육상 인생을 걸고 달리는 걸세. 도로 레이스에서 러닝슈즈는 선수를 돕기 위해 존재하네. 돈벌이를 위해서가 아니야. 조금이라도 모기…… 아니 어떤 선수든 마음을 어지럽히는 자는 용납 못 해. 그뿐이네."

"꽤나 훌륭한 말을 하는군그래."

사야마를 밀치고 앞으로 쓱 나온 오바라의 몸이 분노로 부풀어 올랐다. "아틀란티스의 전 사원이 아틀란티스를 방해한단 말이지. 신의칙에 어긋나는 짓을 아무렇지 않게 하는 주제에 잘난 척 설교라니. 뭔가 착각하는 거 아냐?"

오바라가 말을 잇는다. "다비업체인지 뭔지 모르겠지만 불면 날아갈 듯한 영세기업 같은 데 도움 줄 여유가 있다면 제대로 된 직장이라도 찾아보는 게 어때. 하기야 당신 같은 사람을 고용해줄 데가 있어야겠지만."

무라노는 오바라의 모욕을 정면으로 맞받았다. "마음껏 지껄이시죠. 어떤 회사에 소속되었든 그런 것과는 관계없으니까. 난 한 사람의 슈피터로서 내가 맡은 러너를 위해 전력을 다할 뿐이오. 불면 날아갈 듯하다? 모기는 아틀란티스가 아니라 우리 고하제야를 선택했어. 우린 회사 크기가 아니라 품질로 승부하니까."

"무라노 씨 말이 맞아요!"

아케미의 기세 좋은 목소리가 날아들었다. "회사 좀 크다고 그게 뭔데요. 우쭐대기나 하고 말이야. 당신, 다비 만들 수 있어?"

"웃기지도 않는군."

오바라는 고개를 돌리며 밉살스러운 미소와 함께 내뱉었다. "당신들, 지금 얼마나 어울리지 않는 장소에 와 있는지 모르는 모양이네. 여기는 일류 러너와 일류 기업이 격전을 벌이는 곳이야. 우쭐대는 건 그쪽이라고."

"그 말투는 뭐야. 처음부터 큰 회사가 어딨어. 당신네 회사는 느닷없이 대기업이 됐어? 웃기고 있네, 정말."

"아케미 씨. 이제 그만해요."

미야자와가 말렸다. 오바라의 얼굴이 순식간에 시뻘게졌다.

"애초에 잘난 척한 건 저 사람이잖아요."

"자아, 자. 여기는 경기장이지 우리가 언쟁할 장소가 아니니까요."
미야자와가 나서서 달랬다.

"맞아. 잘 아는군그래."

오바라가 말꼬리를 잡으며 빈정거렸다. "오늘 레이스에서 어떤 결과가 나올지 그 눈으로 똑똑히 확인하시지. 이 세계는 어제오늘 참가한 약소업체가 싸울 수 있을 만큼 만만하지 않으니까. 레이스가 끝나고 나면 본인들이 얼마나 세상물정에 어두운지 알겠지."

오바라는 손목시계를 힐끗 보더니 "그럼 그런 줄 아시고" 하고는 사야마와 함께 자리를 떠났다.

"뭐야, 저 태도는! 짜증나!"

아케미가 발을 구르며 화를 냈다. "꼭 갚아주겠어! 아아, 분해!" 하며 옆에 있던 야스다의 어깨를 탁 쳤다.

"아야야. 부러지면 어떡하려고 그래요? 괴력이라는 걸 자각 좀 하세요." 야스다가 야단스럽게 엄살을 부린다.

"시시한 얘기나 할 때야? 야스다 씨도 뭐라고 좀 했어야지. 저 자식은 우리뿐만 아니라 무라노 씨까지 무시한 거라고."

대화를 듣고 있던 무라노가 말리며 나섰다. "고맙습니다, 아케미씨. 그 마음만으로 충분합니다. 오늘은 육왕의 메이저 데뷔전이니 저런 놈들은 잊어버리고, 응원 부탁드립니다."

"맡겨두세요."

아케미는 오른손으로 가슴을 톡톡 치고는 배낭을 내려 접힌 천을 꺼냈다.

"다이치, 좀 잡아줘."

옆에 있는 다이치의 도움을 받아 펼쳐보니 현수막이었다.

'용기를 줘서 고맙습니다! 달려라, 모기 히로토!'

언제 만들었을까. 폭 5미터는 됨 직한 대형 현수막이었다. 독특한 필체로 보아 아케미가 직접 쓴 것이 틀림없다. 오른쪽 구석에 '고하제야 일동'이라고 쓰여 있고, 꼼꼼하게 육왕의 일러스트까지 들어가 있다.

"굉장하네요." 미야자와가 감탄했다.

"휴식 시간에 다 같이 만들었어요."

아케미가 약간 수줍어하며 말했다. "모기 선수는 부상으로 밑바닥까지 떨어졌지만, 포기하지 않고 이렇게 부활하려 하잖아요. 필사적으로 노력한다는 이야기에 공감하는 직원도 많아요. 설날이라 다 같이 응원하러 오지는 못하지만, 그 대신 텔레비전에 비칠지도 모르는 대형 현수막을 만들자고, 누가 먼저랄 것도 없이⋯⋯."

미야자와는 가슴이 뜨거워졌다.

봉제과 직원 중에는 '여장부'가 많다. 모두 만사 순조로운 인생을 살아온 것은 아니다. 고생하며 혼자 힘으로 아이들을 키워온 사람도 있고, 병을 극복한 끝에 일하는 것 자체에서 기쁨을 찾는 사람도 있다. 남편의 병, 부모 수발에 지쳐 희망을 잃을 뻔한 사람도 있다. 하나의 인생에는 무수히 많은 고생거리가 있다.

그런 사람들이 모기의 삶에서 용기를 얻는다. 납득할 수 있었다. 심지어 미야자와 본인도 그랬다.

"우리는 진심으로 모기 선수를 응원하잖아요. 저런 장삿속인 놈들한테 어떻게 지겠어요." 아케미는 기세등등했다.

"좋아요, 힘껏 응원합시다." 미야자와의 대답과 동시에 바로 근처에서 공기를 진동시키는 북소리가 들려오기 시작했다.

신년을 축하하고 새해역전마라톤 주자를 격려하는 기류 야기부시 축제다.

바람은 좀 불지만 상공을 올려다보면 구름 한 점 없는 새해의 푸른 하늘이다. 조금 전에 확인했을 때 기온은 3도였다. 건조하고 팽팽히 당겨진 듯한 공기를 북소리가 진동시키며 큰 무대의 분위기를 고조시킨다. 그때였다.

"아아, 출발하네요."

태블릿피시로 텔레비전을 보고 있던 다이치가 말했다.

화면 속, 서른일곱 팀의 1구간 출전 선수들이 출발선에 서 있다.

군마 현청 앞을 출발하여 전체 7구간 총 100킬로미터를, 어깨띠를 이어가며 달리는 새해역전마라톤. 사실상 역전마라톤의 최강자를 결정하는 중요한 경기다.

금빛 1번 번호표를 달고 있는 것은 작년 우승팀, 연패를 노리는 시바우라 자동차다. 게즈카가 있는 아시아 공업, 베테랑인 재패닉스, 그리고 모기가 있는 다이와 식품 등 실력파 팀이 격전을 벌이니 좋은 레이스가 될 것은 틀림없다.

오전 9시 15분.

총소리와 함께 선수들이 일제히 출발했다.

다이와 식품의 첫 번째 주자 나이토 히사오는 안정된 달리기로 정평이 난 베테랑 러너다.

이윽고, 출발 직후부터 뛰어나간 세 팀을 쫓는 두 번째 그룹에서 상황을 살피는 신경전이 시작되었다.

미야자와가 있는 6구간 출발 지점까지의 거리는 72킬로미터다. 이곳에 도착하기까지 약 세 시간 반을 들여 다섯 명의 주자가 어깨띠를 이어준다.

선두 그룹을 형성한 세 명의 주자가 군마대교를 건넜다. 출발 직후 뛰쳐나가 이미 앞서거니 뒤서거니 접전을 되풀이하지만, 시간이 흐를수록 두 번째 그룹이 조금씩 차이를 좁히고 있다.

"저, 무라노 씨. 처음부터 뛰쳐나갈지 도중에 스퍼트를 할지, 그것도 팀마다 작전입니까?" 다이치가 물었다.

"빠른 게 가장 중요하겠지만, 지금 선두 그룹을 형성한 세 선수에게는 공통점이 있다네. 다음 주자가 일본인이라는 거지."

의문스럽다는 표정을 짓는 사람들을 향해 무라노가 말을 이었다.

"새해역전마라톤 규정상 2구간에서는 외국인 선수가 뛸 수 있어. 그래서 각 팀에 소속된 외국인 러너를 2구간에 배치하는데, 대부분 유력한 선수지. 게다가 2구간은 8.3킬로미터, 전 구간 중 최단거리라서 엄청나게 고속 레이스가 되지. 국내 선수뿐인 팀에서는 2구간에서 외국인 선수에게 뒤지지 않기 위해 1구간에서 가능한 한 거리를 벌려두고자 하는 거네."

다이와 식품도 두 번째 주자로 세계육상대회 입상 경력이 있는 실력자 오뤼크를 배치했다. 아시아 공업이나 재패닉스 같은 강력한 팀에서도 경기를 제패하기 위해 2구간에 외국인 선수를 투입하는 것이 정석이었다.

1구간을 맡은 나이토는 베테랑다운 견실한 달리기로 페이스가 올라간 두 번째 그룹에서 중간을 유지했다.

"나이토는 영리한 선수야."

태블릿피시로 상황을 확인하며 무라노가 말했다. "첫 번째 주자로서 자신이 어떤 기대를 받는지 알아. 잘 달리고 있는 것 같군."

"5등인가요? 선두와 차이도 그렇게 크지 않으니까 오뤄크라면 단숨에 치고 올라갈지도 모릅니다." 다이치가 말했다.

"큰 차이로 우승해버리지 뭐."

아케미가 기세 좋게 말한 그때였다.

"아, 앞으로 나갔다."

다이치의 한마디에 두 사람은 화면으로 시선을 돌렸다. 8킬로미터 지점을 지난 참이다. 두 번째 그룹 중간쯤에서 숨을 죽이던 나이토가 쑥쑥 앞으로 나가 그룹 선두로 나서려 하고 있었다.

"발동 걸었나. 이제 시작이야." 무라노가 말했다.

나이토의 배후를 노리듯이 치고 나온 그림자가 있었다. 우승 후보인 재패닉스와 아시아 공업 선수들이다.

아케미는 열기를 띠기 시작한 전개에서 눈을 떼지 못한 채 손수건을 꼭 쥐었다. 우승 후보 팀의 격렬한 승부에 설날 한가한 분위기는 싹 사라졌다. 조슈지에서 진지한 승부가 펼쳐지려 하고 있다.

"1구간부터 이렇게 긴장되니 6구간까지 버틸 수 있을까 몰라."

아케미가 불안한 듯 가슴을 들썩였다.

"버텨요, 버텨. 아케미 씨가 버티지 못하면 여기 있는 누구도 버티지 못한다니까요. 아얏!"

아케미에게 팔이 꼬집힌 야스다가 얼굴을 찌푸렸다.

"하지만 좋은 레이스가 되지 않을까?"

미야자와가 말했다. 아니, 좋은 레이스가 되었으면 한다. 모기의 복귀전에 어울리는, 긴박한 레이스가 전개된다면 그보다 나은 것은 없다.

이윽고 태블릿피시 화면에 2구간 중계 지점이 비쳤다.

1구간을 다 달린 선수들이 차례로 어깨띠를 전해준다. 받아든 사람은 대부분 외국인 러너다. 다이와 식품의 두 번째 주자 오뤼크는 4위로 어깨띠를 받고는 마치 부스터라도 탑재된 듯한 기세로 최고 속도를 내며 앞 선수를 따라잡기 시작했다.

"굉장한 대시네요. 생각해보면 트랙 경기의 1만 미터보다 짧은 거리니까요."

야스다가 말했다. 세계육상대회에서 좋은 기록을 보유한 선수가 모두 나와 2구간에서 싸운다. 이 8.3킬로미터만 차원이 다른 레이스로 보인다. 세계적인 엘리트 선수의 경연이다.

라이벌들의 추격을 어떻게든 피한 오뤼크가 3위라는 좋은 위치에서 3구간 가와이에게 어깨띠를 전해주었을 때, 레이스는 한 시간쯤 지나 있었다.

"기온이 좀 올랐군." 무라노가 새파란 하늘을 올려다보며 말했다.

"9도입니다." 다이치가 가져온 온도계를 보고 말했다. 수첩에 적어넣은 무라노는 고개를 내밀고 주위를 둘러보았다.

바람이 다시 좀 강해졌다.

"이만 가라앉으면 좋을 텐데."

바람은 달리기에 큰 영향을 미친다.

맞바람일까, 뒤에서 부는 바람일까. 바람 세기는 어떨까.

사전에 검토하여 치밀하게 계산한 레이스 전개도 자연 조건으로 인해 어쩔 수 없이 현장에서 변경되기도 한다. 선수의 응용력과 지혜가 시험되는 장면이다.

레이스는 아직 초반이다. 진짜 싸움은 이제 시작이다.

"이 정도 팀들이 겨루는 경기입니다. 분명 한두 번의 변화가 있을 겁니다."

무라노는 멀리 파란 하늘을 바라보았다.

4

모기는 눈을 의심했다.

대합실 텔레비전에 고통스러운 듯이 달리는 에이스 다치하라의 모습이 비치고 있다.

4구간. 최장 22킬로미터를 주파하는 이 구간 러너에게는 뛰어난 주력과 코스 후반 오르막길이나 풍향을 극복할 지혜가 필요하다.

다치하라는 이따금 오른쪽 가랑이 근처에 손을 대며 10킬로미터 지점을 통과하는 참이었다.

구체적으로는 모르겠지만, 몸에 얼마간 이상이 발생한 것은 틀림없으리라.

"이거 안 좋은데."

모기를 곁에서 챙겨주고 있던 팀메이트 하시이가 걱정스럽다는 듯이 말했다. 아직 거리는 반 이상이나 남았다. 3위로 달리는 다치하라는 조금씩 뒤처져 텔레비전 화면에서도 뒤쪽 선수가 바짝 다가왔음을 알 수 있었다.

지금까지는 거의 상정한 대로 레이스가 전개되었다. 여기에 와서 설마 하던 사고가 생긴 것이다.

모기는 그 광경에서 억지로 시선을 뗐다. 조금 떨어진 곳에서 게즈카가 히죽거리며 보고 있다.

라이벌 팀의 속도 저하에 대한 기대감, 같은 구간을 달릴 모기에 대한 우월감이 그 표정에 또렷이 떠올랐다.

"여유롭군, 게즈카 저 녀석."

그것을 알아챈 하시이가 날카로운 말로 혐오감을 드러냈다.

—까불지 마, 게즈카.

모기의 마음에 풍파가 일었다. 다시 화면을 올려다보았다.

다치하라의 몸이 크게 흔들리고 있다. 그의 달리기는 애처롭다. 불과 십 분쯤 사이에 세 명에게 추월당해 순위가 6위로 내려갔다.

"워밍업하러 갑니다."

모기는 하시이에게 이렇게 말하고 대기실 밖으로 나갔다.

삼십 분쯤 후, 레이스 전개를 모니터링 하던 하시이가 침울한 표정으로 다가와 말했다. "5구간으로 넘어갔어."

가볍게 달리는 모기의 롱패딩 자락이 바람에 젖혀 올라갔다. 울창한 나무도 흔들리기 시작했다.

바람이 점차 거세지고 있었다.

날씨는 요물이다. 평탄한 코스를 난코스로 표변시키는가 하면, 선수의 체력을 빼앗아 레이스 감각도 흩트린다.

게즈카 역시 대기실에서 나와 말없이 워밍업을 시작했다. 모기가 있다는 사실은 안중에 없는 듯이 돌아보지도 않는다.

잠시 후 하시이가 다시 상황을 알리러 왔다.

"지금 8위야. 선두와 차이는 2분 30초. 가자, 모기!"

엄중한 전개다. 하시이가 내민 오른손을 세게 맞잡고는 중계 지점으로 이동했다. 눈을 감고 연도를 가득 메운 관객의 성원과 열기에 휩싸이는 고양감에 몸을 담갔다.

긴장은 하고 있다.

하지만 그 이상으로 지금 모기의 몸을 감싸는 것은 감동이다.

이 장소로 돌아올 수 있었다는 기쁨.

다시 한번 달릴 수 있음에 대한 감사.

모기는 하코네역전마라톤에서 달렸을 때, 흥분과 설렘으로 몸이 떨리던 그 감각을 절실히 떠올렸다. 대학역전마라톤의 화려한 무대 이후 삼 년. 좌절하고 꿈도 희망도 잃어본 자신에게 이제 무서운 것은 없다.

모기가 응시하는 것은 여기서 12.5킬로미터 앞에 있는 6구간의 결승점뿐이다.

거기서 기다리는 히라세에게 조금이라도 순위를 끌어올려 최후의 어깨띠를 전해준다. 그러기 위해 모든 것을 내던진다.

커다란 환성과 함께 도로 건너편에 선두로 달리는 재패닉스 선수의 모습이 나타났다.

"2분, 2분."

하시이가 말을 건다. 선두와 차이는 2분.

"모기 선수! 힘내요! 모기 선수!"

중계 지점의 인파 쪽에서 큰 소리가 들려 돌아보았다.

유달리 커다란 현수막이 시야로 날아든다.

미야자와가 고개를 끄덕이며 박수를 보내고 있다. 무라노가 강한 의지가 담긴 눈빛으로 고개를 끄덕였다. 그 입이 움직였는데 소리는 들리지 않아도 알아들을 수 있었다.

—가자!

연도에서 또 환성이 일었다. 모기 앞에서 게즈카가 어깨띠를 받아 뛰어나간다.

"육왕, 힘내!"

무라노 옆에 있는 여성이 다시 큰 소리를 질러 모기는 주먹을 가볍게 쥔 오른손을 쑥 내밀었다.

팀메이트 미즈키가 전해줄 어깨띠는 이제 50미터 앞까지 다가왔다. 그때였다.

"고! 모기!"

무라노가 외치는 소리가 확실히 들렸다. "고!"

선명한 짙은 감색 러닝슈즈가 코스에 내려섰다. 우아한 도움닫기를 시작한 모기의 손에 사력을 다해 가져온 어깨띠가 건네진다.

앞을 향한 모기의 뺨에 순식간에 얼음덩어리 같은 바람이 부딪혀 왔다. 귀를 스쳐 지나가는 바람 소리와 연도의 성원이 아스팔트를 차는 발소리를 완전히 지워버렸다.

정확한 피치를 새겨가기 시작한 모기의 감각에서 환성도 바람 소리도 사라졌다. 존재하는 것은 수십 미터 앞에 보이는 선행 주자의 번호표뿐이다.

역전마라톤대회 출발로부터 3시간 29분.

6구간을 맡은 모기의, 육왕의 싸움이 시작되었다.

5

"달려, 모기! 달려!"

목청껏 응원하는 미야자와 일행의 시야에서 모기의 모습은 급속하게 작아져갔고, 이내 보이지 않게 되었다.

"10.5도입니다. 기온이 더 올랐네요." 다이치가 하늘을 올려다보았다.

"바람이 문제겠군."

무라노도 하늘을 보았다. 오후가 되면서 바람이 더 강해진 것 같았다. "하지만 바람이 부는 게 나을지도 모르겠어."

뜻밖의 말에 미야자와가 무언의 질문을 건넸다.

"레이스가 어려워져 모기한테 유리할 테니까요."

"그게 무슨 뜻이지?"

중계 지점을 떠나 회사 차량으로 돌아가며 이야마가 물었다.

"코스의 거리나 고저 차가 일정할 경우, 일류 장거리 선수라면 어느 지점을 어느 정도 랩타임으로 통과할지 초 단위로 압니다. 그런 감각을 크게 흐트러뜨려서 예상 이상으로 소모시키는 게 자연 조건, 오늘로 한정해 말하면 바람이지요. 바람이 불지 안 불지는 당일에야 알 수 있습니다. 그래서 선수 개인의 대응력이 문제가 되지요."

"모기 선수는 대응력이 있다는 뜻인가요?"

아케미가 묻자 무라노는 고개를 끄덕였다.

"주력은 당연한 거고, 모기의 장점은 현장에서의 능력이라고 생각합니다. 하코네역전마라톤에서 좋은 성적을 올린 것도 달리기 실력

이상으로 상황을 분석하고 대응하는 냉철함 덕분이지요. 모기는 생각하고 판단하여 달리기를 제어할 수 있는 러너입니다. 바람이 불어 코스가 어려워질수록 그 힘이 발휘되겠지요."

"보세요. 한 명 제칩니다."

다이치가 흥분을 억제한 목소리로 태블릿피시 화면을 가리켰다. 바람이 상당히 강한지 번호표가 가슴에 딱 들러붙어 있다.

"저렇게 빨리 달려도 괜찮을까요?"

야스다가 불안한 마음을 입 밖에 냈다. 그 점은 미야자와도 걱정이었다. 아무리 대응력이 있다 해도 오랜만의 큰 무대다. 레이스 감각이 곧바로 돌아온다는 보장도 없지 않은가.

"새해역전마라톤 6구간은, 예전에는 주력으로 따지면 일곱 번째, 다시 말해 가장 힘이 떨어지는 선수가 맡는 구간이었지요. 여전히 그렇게 판단하는 팀도 있을지 모르지만, 최근에는 자리매김이 좀 달라진 것 같습니다."

무라노의 해설에 "그게 무슨 뜻인가요?" 하고 야스다가 아주 흥미롭다는 듯이 귀를 기울였다.

"6구간은 마지막 주자에게 전해주는 최후의 보루인데, 실은 고저차도 심하고 구불구불한 곳이 있어서 의외로 어려운 구간이지요. 우승을 노리는 팀 입장에서 보면 6구간을 어떻게 달리느냐에 따라 승패가 결정될지 모릅니다. 우승은 6구간에서 결정된다는 사람도 있을 정도로요."

"그 구간을 모기 선수한테 맡겼다는 건 감독의 신뢰가 두텁다는 뜻이겠죠, 무라노 씨?" 아케미가 물었다.

"물론 신뢰는 하겠지만 이유는 다른 데 있지 않을까요. 모기한테 중요한 복귀전입니다. 기도 감독은 외국인 선수도 뛸 수 있는 2구간을 제외하고, 모기의 특기인 1만 미터에 가장 가까운 구간을 맡겼을 겁니다. 동시에 게즈카 역시 가장 자신 있는 거리죠."

게즈카라는 이름이 나오자마자 아케미가 불쾌한 듯이 콧구멍을 벌름거렸다.

텔레비전 중계에서는 앞쪽에서 달리는 두 러너 뒤로 모기가 다가오는 참이다. 어깨띠가 펄럭이지 않도록 한쪽 끝을 러닝팬츠 안에 넣은 채 선글라스를 낀 모기의 표정은 미야자와 일행 앞을 떠날 때와 전혀 다르지 않았다.

—제쳤다! 또 제쳤습니다. 모기 히로토!

실황 중계자의 외침과 함께 화면에 순위가 나타났다. 6위다.

"잘 달리고 있어."

무라노가 한마디 했다.

"좋아!"

운전중인 야스다가 핸들을 두드렸다.

"멋있다! 안 그래? 멋지지 않아, 모기 선수? 멋있지?"

아케미가 흥분을 억누르지 못한 모습으로 옆에 있는 다이치에게 대답을 강요했다.

중계 화면이 좀 떨어진 위치에서 찍은 영상을 내보낸 순간이었다.

"나왔다!" 다이치가 말했다.

아케미가 뭐라고 외치며 박수를 치자 다이치부터 이야마, 미야자와, 무라노까지 가세한다.

"우리 육왕이 달리고 있어요, 사장님!"

기뻐하며 돌아본 아케미는 눈물을 글썽이고 있었다. "저거 우리가 만든 거예요."

"아아, 그렇지. 그래요."

미야자와는 몇 번이고 고개를 끄덕였다.

육왕……

완성하기까지 얼마나 열정과 시간을 쏟았던가.

이 러닝슈즈는 고하제야의 영혼 그 자체다.

그것이 지금 전국 육상 팬이 지켜보는 가운데 모기의 놀라운 쾌주를 떠받치고 있다.

육왕에 담긴 것은 러닝슈즈로서의 성능만이 아니다. 개발에 종사해온 사람들의 꿈, 모두의 꿈이 이 한 켤레에 응축되어 있다. 그러므로.

"달려." 미야자와는 염원하듯이 말했다. 마음껏 달려. 모두의 마음을 싣고.

"기분 탓일까요? 어쩐지 저 신발이 생기 넘쳐 보이네요."

아케미가 울먹였다. 사랑스러운 아이의 성장을 지켜보고 감동한 어머니 같다. "모기 선수가 신어줘서 굉장히 기쁜 것처럼 보이지 않아요? 저렇게 경쾌하게 빛나고. 저게 우리 육왕이에요. 정말 멋있죠? 모기 선수도, 육왕도."

"좋아, 모두 다야."

이야마가 똑바로 앞을 향한 채 단언했다. "우리 모두야. 저걸 만든 전원이 멋있어. 모두 지혜를 모아 해냈지."

"뭐야, 뭐야, 이야마 씨. 울어요?"

울다 웃다 하는 표정으로 아케미가 손수건으로 눈을 비벼댔다.

"우는 거 아냐."

이야마는 눈에 눈물을 가득 머금고 말했다. "울 틈 있으면 응원하라니까."

─또 한 명 제칩니다! 다이와 식품의 모기, 세 명째 제쳤습니다! 드디어 아시아 공업의 게즈카를 잡았습니다. 하코네의 라이벌이 무대를 바꿔 다시 격돌합니다!

아나운서의 실황 중계와 함께, 순위를 끌어올려 여전히 쾌주를 계속하는 모기를 카메라가 비추기 시작했다.

"중계가 부추기는군."

핸들을 꽉 쥐며 야스다가 쓴웃음을 지었다.

"드디어 RⅡ와의 격돌인가."

무라노가 아주 진지한 표정으로 화면을 들여다보고 있다. 클로즈업되는 모기의 표정을 응시하고 상황을 읽었다. 그 모습은 과연 '카리스마'라고 불릴 만한 풍격이 있다.

모기의 접근을 알아챈 게즈카가 속도를 올렸다.

나란히 달리기 시작하여 선명한 핑크색의 RⅡ와 짙은 감색의 육왕이 교차한 순간이 있었다. 하지만 순간적으로 뛰쳐나가며 그것을 피한 것은 게즈카 쪽이었다.

절대 앞지르게 할 수 없다.

그런 기백이 게즈카의 달리기에 감돌았다.

그 후 모기는 게즈카 배후에 따라붙은 채 앞으로 나가려고 하지 않았다.

"게즈카가 다시 속도를 올렸네요." 다이치가 말했다.

제칠 것 같은데 제칠 수 없다. 속 쓰리는 신경전이 시작되려 하고
있었다.

결승 지점의 휴게소 내에 설치된 텔레비전 앞에 사람들이 모여
있었다.

"대단한데, 모기. 저 정도면 구간상을 받지 않을까?"

누군가의 중얼거림에 오바라가 더욱 불쾌해했다. 벌컥 성을 낸 채
선명한 핑크색과 짙은 감색 러닝슈즈가 앞뒤로 달리는 전개를 응시
하고 있었다.

위험하다.

위험을 감지한 사야마가 자리를 떠나려는데 그보다 먼저 오바라
가 불렀다.

"사야마."

사야마가 돌아보았다. 저도 모르게 도망치고 싶게 만드는 두 눈이
번쩍이며 자신을 향하고 있다.

"이게 네가 해냈다던 그 일이야?"

"아, 아뇨. 그……."

오바라가 드러낸 굉장한 분노에 사야마는 횡설수설했다. "죄송합
니다. 설마 마지막에 모기가 배신할 줄은."

모기를 나쁜 놈으로 만든 것은 사야마 특유의 방편이다. "RⅡ를
신겠다고 분명히 말한 걸로 알았는데—."

"알았다고?"

사야마는 얼굴을 들 수 없었다.

"봐."

오바라가 등 뒤의 텔레비전을 턱으로 가리켰다. "저 지저분한 짙은 감색은 뭐야?"

짙은 감색. 고하제야의 러닝슈즈 이름은 입에 담기조차 꺼려진다는 듯이 오바라가 말했다. "저런 게 텔레비전 화면에 나오다니. 업계에 대한 모독이야."

사야마는 직립부동으로 고개를 숙인 채 반성하는 태도를 보였다.

계속 이곳에 있으면 긴장으로 호흡곤란이 생길 것 같았다.

담배라도 피우고 올까 싶어 슬쩍 자리를 피하려 할 때였다.

"사야마."

오바라의 목소리가 불러 세웠다. "똑똑히 봐. 그런 것도 제대로 못하는 거야, 너는."

6

"아아, 정말. 빨리 제쳐버려, 모기 선수!"

숨 막히는 레이스 전개에 아케미는 자못 애가 타 말했다.

"페이스가 좀 떨어진 것 같네요."

야스다가 조금 걱정스러워 말했다. "전반에 너무 빨리 뛰어서."

게즈카 바로 뒤쪽에 따라붙은 채 벌써 3킬로미터 가까운 거리를 달리고 있다.

우열을 가리기 힘든 격전을 벌인, 삼 년 전 하코네역전마라톤 5구간의 재현이다. 텔레비전 중계에서도 자꾸 두 사람의 라이벌 대결을 부추겼다.

"정말 타산적이야, 매스컴은."

야스다가 얼굴을 찌푸리며 혐오감을 드러냈다. "부상으로 레이스를 떠나 있을 동안에는 상대도 해주지 않았으면서 시청률을 올릴 전개가 되니까 순식간에 달려드네."

"원래 그런 거죠."

무라노가 말했다. "매스컴이라기보다 세상 자체가 그렇지요. 간단히 잊어버리고 간단히 이용하거든요. 흥미가 없어지면 눈길도 주지 않지요. 하지만 그런 세상이야말로 우리 고객이지요."

"그래서 장사가 어려운 거야. 고정 고객을 소중히 해야 하거든. 회사를 말아먹은 내가 말해봤자 설득력이 없을지도 모르지만 말이지." 이야마가 말했다. "

"아뇨, 이야마 씨니까 설득력이 있지 않을까요?"

아케미가 정색을 했다. "저는 전부터 생각했는데요, 실패한 사람은 성공만 해온 사람이 할 수 없는 귀중한 경험을 한 거 아닌가요? 모기 선수와 게즈카 선수를 비교하면 세상에서는 계속 정상을 달려온 게즈카 선수를 더 높이 평가할지도 모르지요. 하지만 좌절과 실패를 모른다는 약점도 있지 않을까요?"

"멋진 말을 하네요, 아케미 씨."

이세사키 시내에 있는 니시쿠보 중계 지점 근처 주차장에 차를 세우며 야스다가 말했다. "실패가 인간을 성장시킨다면 나 같은 사람은 좀 더 성장해도 좋을 것 같은데."

"야스다 씨는 단순한 실수잖아. 그런 걸로 성장하겠다니 너무 뻔뻔해요."

도보로 오 분쯤 떨어진 중계 지점에 도착했을 때는 수위를 달리는 선수가 국도 50호의 시카 교차로를 통과한 참이었다. 4위 게즈카, 5위 모기. 순위는 변함이 없었다.

서풍이 강해져서 중계 지점에 늘어선 노보리좁고 긴 천의 한 끝을 매달아 세운 장대가 갈가리 찢길 것처럼 펄럭였다. 모기가 게즈카 뒤에 바짝 붙어 쫓아간 지도 그럭저럭 십오 분여에 이르렀다.

"앞으로 십오 분 정도일까요."

다이치가 말하자 무라노도 손목시계를 보고 오후 1시가 지난 시각을 확인한다. 6구간 예상 기록은 약 37분이다. 모기와 게즈카의 싸움은 이미 후반전에 이르렀다.

"힘겹게 전개되네."

태블릿피시 화면을 들여다본 야스다가 엄한 표정을 지었다.

"무라노 씨, 이제 어려울까요? 모기 선수가 제칠 수 있을까요?"

아케미는 분한 듯이 입술을 깨물었다.

곧바로 답하지 않고 잠깐 상황을 지켜본 무라노가 다시 시간을 확인했을 때.

앗, 하고 다이치가 짧은 소리를 냈다.

"움직였다!"

야스다를 밀어 제치다시피 하며 아케미가 태블릿피시를 들여다본다. 미야자와의 눈에도 게즈카 후방에서 뛰쳐나가 쓱 옆으로 나란히 늘어선 모기의 모습이 날아들었다.

"좋아, 달려!"

미야자와는 무심코 소리를 질렀다.

게즈카가 속도를 올려 잠깐 앞으로 나아가기 시작한 모기를 후방에 두려고 한다.

"앞으로 나가!"

무라노가 드러낸 혼신의 기백이 전해진 것처럼 모기가 다시 속도를 올렸다.

연도에서 큰 환성이 일었고 모기와 게즈카의 발이 격렬하게 교차하기 시작했다.

"달려! 달려!"

야스다가 주먹을 꼭 쥐었다. 다이치는 우열을 가리기 힘든 격전에 숨을 죽였다. 이야마가 지르퉁하게 얼굴을 찌푸리며 입술 끝으로 담배연기를 토해냈다.

"모기 선수! 모기 선수!"

아케미가 뛰어오르며 필사적인 성원을 보낸다.

모기의 몸이 살짝 앞으로 나온 것은 그때였다.

따라잡으려고 속도를 올린 게즈카를, 스퍼트를 한 모기가 단숨에 떨쳐낸다. 게즈카와 거리가 조금씩 벌어지기 시작했다.

게즈카가 괴로운 듯한 표정으로 모기를 따라잡으려 하지만, 그 노력을 허사로 돌릴 만큼 멋지게 달린다.

"제쳤다! 모기 선수가 제쳤어요!"

뛰어오르며 기뻐하는 아케미는 꼭 쥔 손수건을 눈에 대며 얼굴을 찡그렸다.

"좋아!"

야스다가 미야자와, 무라노, 다이치, 이야마와 하이파이브를 한다.

이야마는 만족스럽다는 듯이 몇 번이고 고개를 끄덕이며 새 담배에 불을 붙이고 자못 맛있다는 듯이 피웠다.

"지금부터야."

무라노는 아직 긴장된 표정이다. 앞으로 2킬로미터.

"정말, 정말 잘 제쳤어. 멋지다."

아직도 아드레날린이 미야자와의 몸속을 돌고 있다.

"그나저나 체력이 굉장하네요."

야스다가 몹시 감탄했다.

"바람입니다. 바람을 이용한 거죠."

무라노의 대답은 의외였다. "5킬로미터를 지나고 나서 바람이 서풍으로 변해 강한 맞바람이 됐지요. 모기는 게즈카 앞으로 나갈 수 없던 게 아니라 일부러 나가지 않았을 겁니다. 체력을 축적하고 있었던 거지요."

"모기 히로토, 엄청나군."

이야마도 흥분에 창백해졌다.

"대단하네요."

무라노는 긴장된 표정으로 말했다. "그리고 아직 더 위를 목표로 하고 있으니까요."

"또 제쳐요."

다이치의 한마디에 시선을 돌렸다. 모기가 앞 러너를 바짝 따라잡은 참이었다.

환성이 일어 미야자와는 도로 건너편을 응시했다.

흰색 오토바이 두 대를 필두로 사람의 모습이 조그맣게 나타났다. 선두는 재패닉스의 러너였다.

중계 지점이 갑자기 어수선해지면서 마지막 주자들의 긴장이 절절히 전해져온다.

"아케미 씨, 현수막!"

야스다의 말에 손수 만든 현수막이 다시 조슈지에 펼쳐진다.

"모기 선수!"

아케미가 외쳤다.

3위 선수와 격렬한 경쟁을 되풀이하며 순식간에 윤곽을 드러낸 모기의 모습이 미야자와 일행의 시야에도 확실히 날아들었다.

"제쳐, 제쳐!"

모두의 응원을 받으며 모기가 최후의 힘을 다 쥐어 짜내 마지막 50미터를 질주했다. 마침내 3위 선수를 제치고, 끊어질 듯이 팔을 휘두르는 마지막 주자 히라세를 향해 달려온다.

미야자와의 시야에서 짙은 감색 러닝슈즈가 번져 보였다.

어깨띠를 건넨 모기의 몸이 도로에 쓰러졌다.

"나이스 런!"

무라노가 소리를 질렀다.

대회 스태프가 걸쳐준 담요를 뒤집어쓴 채 웅크리고 앉은 모기를, 미야자와가 조금 떨어진 데서 보고 있었다. 말이 나오지 않는다.

가슴속 깊은 데서 복받쳐 오르는 뜨거움에 뭔가 한마디라도 하면 눈물이 나올 만큼 마음이 흔들렸다.

미야자와 옆에서 다이치도, 야스다도, 그리고 이야마까지도 혼을 빼앗긴 것처럼 꼼짝 않고 서 있었다.

"해냈어요, 사장님! 기뻐요. 정말 기뻐요."

아케미는 빨개진 눈으로 흐느껴 울었다.

무라노가 박수를 치기 시작했다.

그 소리에 이끌려 선수들에게 보내는 성원과 박수가 물결처럼 퍼져간다.

미야자와는 박수 치는 손을 멈출 수 없었다.

이것은 미야자와 일행의 승리이기도 하다.

새해역전마라톤대회라는 큰 무대에서 육왕은 훌륭하게 역할을 다했다. 미야자와를 비롯한 사원들의 고생과 노력, 그리고 독특하고도 선진적인 소재가 모기의 달리기를 멋지게 떠받쳐주었다.

세상에서 보면 사소한 성과일지도 모른다. 하지만 백 년에 이르는 고하제야 역사에서 새로운 미래를 개척하는 중요한 한걸음이 되었음은 의심할 수 없었다.

마침내 고하제야의 러닝슈즈 제작업체로서의 경력이 시작되었다.

7

오바라의 아주 불쾌한 시선이 가만히 텔레비전을 향하고 있었다.

아시아 공업의 마지막 주자가 뛰어나가는 것과 동시에 게즈카가 쓰러진 참이었다. 담요를 덮어준 몸은 멀리서 보면 버려진 걸레처럼 보인다. 거기서 비어져 나온 러닝슈즈의 선명함이 오히려 무참하다.

사야마는 몸이 오그라드는 심정으로 오바라의 반응을 엿보았다.

예상대로, 돌아본 오바라의 눈에서 부글부글 끓어오르는 분노가 당장이라도 터져나올 것만 같았다.

그때였다.

"모기가 신은 신발, 어디 거야?"

타이밍 안 좋게 근처에서 관람객이 꺼낸 한마디가 귀에 들어왔다. 사야마는 무심코 혀를 차고 싶어졌다. 모기의 활약으로 무명의 약소업체가 각광받게 될지도 모른다.

"사야마. 이대로 내버려둘 생각은 아니겠지?"

오바라의 말에 사야마는 몸이 굳었다. "상대는 어디서 굴러먹었는지도 모를 영세업자야. 부끄럽지도 않아?"

사야마가 고개를 푹 숙였다. 오바라는 "눈에 거슬리니까 부숴버려"라고 일갈하고는 발길을 휙 돌려 인파 속으로 떠나갔다.

"말하지 않아도 안다고."

오바라의 등을 지켜보며 사야마가 내뱉었다.

텔레비전을 보는 사람들에게서 환성이 일었다. 다이와 식품의 히라세가 시바우라 자동차의 다키이와 나란히 선 참이었다.

둘의 달리기가 사야마에게는 회사끼리의 필사적인 경합으로밖에 보이지 않는다.

히라세가 다키이를 제치고 점차 차이를 벌리기 시작한 것까지 확인한 뒤 사야마는 휑하니 등을 돌렸다.

"우와, 제쳤다!"

마지막 주자인 히라세가 앞으로 나아가자마자 다이치가 주먹을 불끈 쥐었다. "달려!"

결승점은 열전의 결과를 지켜보려는 관객으로 가득했다.

미야자와 일행도 모기의 달리기를 지켜본 뒤 이쪽으로 이동해왔다. 모두의 관심은 오직 실업팀 일본 최고, 역전마라톤의 최고 팀을 결정하는 싸움의 행방에 모아졌다.

2위 시바우라 자동차를 제친 히라세가 혼신의 힘을 다해 재패닉스를 뒤쫓는다. 레이스도 종반이다. 완만한 내리막길이 이어지던 코스가 후반으로 가면서 오르막길로 바뀌어 선수들 체력을 앗아간다.

"잘 달리고 있어요."

슈퍼터로서 오랫동안 히라세를 담당해온 무라노가 말했다.

하지만 미야자와는 역전이 어려울지도 모른다고 생각했다. 최근에 없던 접전이라지만 선두와 일 분 가까이 차이난다. 게다가 재패닉스 최종 주자 모치즈키는 국내에서도 손꼽히는, 한 수 위의 러너다.

"기도 감독은 1위 상태로 히라세한테 어깨띠를 넘기기를 기대했을 겁니다."

무라노가 말했다. "그랬다면 그만한 적임자는 없습니다. 오산은 4구간의 다치하라였을까요. 거기서 순위가 뒤처진 점이 뼈아픈데, 그런 사고는 역전마라톤에서는 늘 일어납니다. 평소 꼼꼼히 준비해서 오는 다치하라도 그런 일이 있다는 겁니다. 나무랄 수는 없지요."

미야자와는 시계를 봤다.

오후 1시 47분을 지난 시각이다. 선두를 달리는 모치즈키는 50호 국도를 질주하여 노나카마치 교차로를 통과하려 하고 있다.

"앞으로 십오 분입니다."

무라노가 말했다. "2시 2분이 결승점이 될 겁니다."

"힘내요, 히라세 씨." 아케미는 손가락이 하얘질 만큼 손수건을 꼭 쥐고 있다.

"하지만 히라세의 신발은 아틀란티스 거예요."

"우리가 응원하는 모기 선수가 응원한다면, 우리도 응원하는 게 당연하지." 아케미가 헤살을 놓는 야스다를 험악하게 노려보았다. "상관없어, 그런 건."

"뭐 억지 같기도 하고 아닌 것 같기도 하고……."

야스다가 고개를 갸웃해 보여서 쓴웃음을 지었을 때, 미야자와는 문득 인파 속에서 생각지도 못한 얼굴을 보았다.

"다치바나 씨!"

다치바나 러셀의 사장 다치바나였다. 느닷없이 누군가 말을 걸어 놀란 다치바나도 얼굴을 돌렸다. 목소리의 주인공이 미야자와라는 것을 알고 "아아, 안녕하세요" 하고 인사하며 다가왔다.

"다치바나 씨도 오실 줄은 몰랐습니다. 응원하러 오셨습니까?"

"아니, 뭐. 어떤 건가 싶어서요. 거, 우리 소재를 쓰고 있으니까요." 다치바나가 다소 모호한 대답을 했다.

"보셨습니까? 대활약중입니다." 사원들을 소개하는데 야스다가 가슴을 펴며 이렇게 말하더니 "전부 다치바나 러셀 사의 훌륭한 소재 덕분입니다" 하며 고개를 깊숙이 숙였다.

"아뇨, 아뇨, 무슨 말씀을요."

다치바나는 난처한 듯이 손을 들어 보였다. "조금 전에 봤습니다만, 우리 회사 따위는 문제가 아니더군요. 여러분이 해오신 노력의 결정체라고 생각합니다. 정말 좋은 걸 봤습니다."

"미리 말씀하셨으면 중계 지점에서 같이 응원할 수도 있었을 텐데요." 미야자와가 말했다.

"아뇨, 아뇨. 무슨 그런……."

다치바나가 스스러워하며 고개를 가로저었다. "이 경기로 고하제야의 러닝슈즈가 주목받으면 좋겠네요. 저희 납품만으로는 부족해지지 않겠습니까?"

"그런 일은 없을 겁니다."

미야자와가 힘주어 말했다. "이제 저희는 일편단심 다치바나 씨뿐입니다. 앞으로도 좋은 제품을 만들 테니 잘 부탁드립니다."

다치바나의 표정이 미묘하게 일그러진 듯했지만, 확실히 의식되기 전에 미야자와의 의식에서 빠져나갔다. 대화에 어색한 틈이 끼어들자 다치바나가 레이스로 화제를 돌린다.

"선두를 노리기에는 너무 벌어졌나요?"

"아뇨, 아뇨, 이제부텁니다." 야스다가 말했다.

미야자와는 격렬해진 레이스 전개에 정신이 팔려 다치바나가 드러낸 미세한 분위기 변화를 마지막까지 알아채지 못했다.

8

히라세의 얼굴이 오른쪽으로 기울기 시작했다. 괴로운 시간대에 이르렀을 때의 버릇이다.

3위로 출발한 히라세가 2위 시바우라 자동차를 따라잡은 것은 최종 구간의 삼분의 이 정도를 지났을 때였다.

견실한 히라세치고는 오버페이스다. 그래도 끝까지 달릴 만큼의 각오가 있으니 치고 나갔을 것이다.

은퇴 레이스에 거는 히라세의 마음은 동료들도 다 알고 있다. 선두의 등을 쫓는 히라세의 표정은 비장할 정도로 긴장되어 있고, 눈동자 안쪽에서 드러나는 빛에는 귀기마저 감돌았다.

히라세는 자신의 한계에 도전하고 있었다.

앞서 달리는 재패닉스의 모치즈키가 자신보다 뛰어나다는 사실을 충분히 아는 싸움이다.

모기는 알고 있었다.

히라세는 히라세 자신을 위해 달리고 있다는 것을.

중학교, 고등학교를 거치고 대학교에서 사회인으로. 히라세가 걸어온 육상 인생의 집대성을 위해, 거기에 마침표를 찍기 위해. 한 발 한 발에 몸과 마음을 다 걸고, 그동안 기울여온 정열, 애정, 그리고 미련을 잘라버리려 하고 있다. 소중히 해온 것과 스스로 결별하기 위해.

모기는 문득 옆에 선 기도 감독의 옆얼굴을 힐끗 보았다가 숨을 삼켰다.

모니터를 보는 기도의 눈에서 참지 못한 눈물이 떨어지는 것을 봤기 때문이다. 평소의 위엄과 난폭함을 벗어던진 채 만감이 교차하는 마음으로 히라세를 응시하는 그 모습에는 감독으로서의 애정이 흘러넘쳤다.

떠들던 선수들이 감독의 눈물을 알아채고 말을 잃었다.

멀리 연도를 메운 응원객들의 환성이 일어났다.

선두 모치즈키의 모습이 보였을 것이다. 승리를 확신한 재패닉스 팀이 환희를 폭발시키기 위해 결승 테이프 뒤에 진을 치기 시작했다. 동료들과 함께 모기도 결승선 근처로 이동했다.

히라세는 아직 보이지 않는다.

그때였다.

"응원하자!"

환성을 지우는 기도의 굵은 목소리가 날아들었다. "히라세는 지금 필사적으로 달리고 있다. 응원하자! 히라세!"

기도는 두 손으로 메가폰을 만들어 스스로 결승선 저 멀리를 향해 소리쳤다.

마침내 모치즈키 뒤쪽에 히라세의 모습이 보였다.

"달려! 달려엇!"

기도의 응원이 그때까지의 침울함을 지웠다. 정신을 차리고 보니 모기도 "히라세!" 하고 외치고 있었다.

그리고 외쳤다고 생각하니 눈물이 흘러나왔다.

두 번 다시 히라세를 응원하는 일은 없을 것이다. 그 사실이 뚜렷한 무게를 갖고 가슴을 덮쳐왔기 때문이다.

모치즈키가 결승 테이프를 끊고 재패닉스 선수들이 환희의 포옹을 시작했다.

"가자."

기도의 한마디를 신호로 모두 결승선 뒤로 가서 히라세를 기다렸다. 어깨를 겯고 히라세의 이름을 연호하는 동안 모기는 속수무책으로 눈물을 흘릴 수밖에 없었다.

결승선 앞 마지막 100미터. 사력을 다한, 마지막 혼신의 달리기였다. 그대로 동료들이 기다리는 곳으로 쓰러지듯 골인한다. 히라세는 복받치는 것을 참을 수 없어 기도와 부둥켜안고, 모기와 동료들과도 부둥켜안았다. 그러고는 오른팔로 눈물을 닦더니 방금 달려온 코스를 향해 직립부동 자세를 취했다.

"정말 감사했습니다!"

히라세는 허리를 깊숙이 굽힌 채 한동안 고개를 들지 않았다.

"야, 멋진 레이스네요."

차례로 골인하는 선수들에게 시선을 보내던 다치바나는 누가 말을 걸어와 뒤돌아보았다.

언제 왔는지 한 남자가 히죽거리고 있었다.

"새해 복 많이 받으세요. 레이스 구경하십니까? 열심이네요."

아틀란티스의 사야마다. 그렇다고 대답하자마자 끓어오를 것 같던 두근거림이 급속하게 시들어버리는 것을 다치바나는 알 수 있었다. 마음속 어딘가를 압박받은 듯한 불쾌감이 치밀어 올라, 설날 아침에 일부러 여기까지 온 이유를 뼈저리게 깨달았다.

사야마와는 작년 연말이 다가온 어느 날에 만났다. 아틀란티스 구매과 소속이라는 사람과 함께 다치바나를 찾아왔다. 그리고 지금.

"안건은 검토해보셨습니까, 사장님? 괜찮지 않나요? 더할 나위 없는 제안이라고 자부합니다만."

사야마가 말했다.

"글쎄요. 그런가요."

다치바나는 모호한 웃음을 지었다. "정확히 검토한 후에 연락드리겠습니다."

"기다리겠습니다, 사장님."

사야마가 간사한 목소리로 말했다. "우리 구매 담당 직원도 다치바나 러셀 제품에 전폭적인 신뢰를 보내고 있어요. 어떻습니까, 근처에서 차라도 한잔하시겠습니까? 차를 가지고 오지 않으셨으면 술은 어떤지?"

"아, 아뇨. 가족을 내팽개치고 와서요. 이제 돌아가야지요."

다치바나가 시계를 보며 말했다. 그러고는 "또 연락드리겠습니다, 그럼" 하고 사야마에게 정연하게 고개 숙여 인사한 뒤 결승 지점의 인파 속으로 도망치듯이 사라졌다.

14장

아틀란티스의 일격

1

정월 초하루 뒤로 토요일과 일요일이 이어져서 고하제야의 시무
식은 1월 6일에 열렸다.

"이제 육왕 주문이 쇄도하는 거 아닐까요? 대응할 수 있을지 걱정
되더라고요."

새해 인사도 하는 둥 마는 둥 야스다가 성급한 걱정을 입에 담는
다. "후쿠코 씨도 무사히 복귀했고 알맞은 타이밍이네요, 사장님."

병으로 장기간 이탈해 있던 후쿠코의 복귀는 새해를 맞이한 고하
제야에 최고의 낭보였다. 출근한 후쿠코를, 봉제과 전원이 눈물로
맞이하는 광경은 보고 있던 미야자와마저 울컥할 정도였다.

"그걸 김칫국부터 마신다고 하는 거야, 야스다."

나무라기는 했지만 사실 미야자와도 지금까지 이상의 수주를 은
근히 기대하지 않은 건 아니었다.

새해역전마라톤에서 모기가 그만큼 주목을 받았다. 육왕도 아마 세상에 인식되고 높은 평가를 받을 것이 틀림없다. 하지만.

"사장님, 이것 좀 보세요."

오전에 사내 휴게실에서 열린 간단한 신년회 자리에서 야스다가 편의점에서 사왔다며 스포츠신문을 보여주었다. 〈스포츠타임스〉와 〈일간스포츠〉다.

"새해역전마라톤 후속 기사가 실렸는데요."

〈스포츠타임스〉의 해당 페이지를 펼쳐 보여준다.

— 게즈카, 구간상 놓친 원인은 컨디션 난조

〈일간스포츠〉는 이랬다.

— 게즈카, 감기 무릅쓰고 출전, 설마 하던 구간 2위

"너무한 거 아닌가요?"

야스다가 분개했다. "꼭 게즈카의 컨디션이 나빠서 진 것처럼 썼네요. 진 건 진 건데, 승패가 정해지고 변명이라니 꼴불견 아닙니까."

레이스 전날에 사전 등록 선수의 급병으로 인해 감독이 6구간을 맡겼으나, 컨디션이 완벽하지 않은 사실을 숨기고 출전해서 뜻밖의 고배를 마셨다는 것이 기사 내용이었다.

"컨디션이 좋았으면 모기를 이기는 게 당연하다고 말하는 거나 마찬가지예요."

야스다는 분해서 얼굴을 일그러뜨린다. "어떻게 생각합니까, 무라노 씨?"

신년회에 맞춰 회사에 와 있던 무라노는 신문을 대충 훑어보고는 매서운 얼굴로 한숨을 내쉬었다.

"분하지만 어쩔 수 없죠. 매스컴은 원래 이런 거예요, 야스다 씨."

"하지만 이렇다면 모기 선수도 못해먹을 거 아니에요."

"게즈카는 육상계 스타입니다."

무라노가 말했다. "모기가 이긴 게 아니라 게즈카가 졌다. 이게 지금 매스컴의 논조이고, 인기를 생각하면 어쩔 수 없지요. 지난 일 년 동안 게즈카는 순조롭게 스타덤에 올랐습니다. 본인의 노력도 있을 테고요. 부상으로 전열에서 이탈해 지금껏 세상에서 잊혀 있던 모기와 대우가 다른 건 당연하지요."

"무라노 씨 말대로지." 이야마가 단호하게 말했다. "세상이란 말이야, 차갑고 냉담한 거지. 주목받고 싶으면 스스로 스타가 되는 수밖에 없어. '울지 않으면 울게 해 보이겠다, 두견새_{센고쿠시대 3대 무장의 성격이 드러난다는 하이쿠에서 유래된 표현.}' 이런 거지."

그 말은 야스다가 아니라 곧바로 미야자와에게 향했다.

2

"저번에 부탁드린 일 말인데요. 어떻습니까, 사장님?"

아틀란티스의 나카하타가 자부심이 느껴지는 젠체하는 말투로 말했다. 옆에서 사야마가 빙그레 웃는 얼굴로 이쪽을 보고 있다.

"말씀은 고맙습니다만 솔직히 아직 결정하지 못했습니다."

다치바나는 울적한 표정으로 대답하고는 나카하타가 건넨 제안서 문면으로 다시 시선을 옮겼다.

아틀란티스가 개발하는 신제품에 다치바나 러셀의 소재를 사용했으면 한다는 것이 두 사람이 찾아온 이유다.

기쁜 제안은 틀림없다. 하지만 거기에는 한 가지 조건이 있었다.

아틀란티스와의 전속 계약. 타사에 제품을 납품해서는 안 된다는 것이다.

"망설일 일이 아니잖아요, 사장님."

사야마는 고개를 비스듬히 기울이고 다치바나를 들여다보듯이 말했다. "신제품은 RⅡ의 양판 모델입니다. 아틀란티스의 주력 상품이라고 해도 좋지요. 거기 상응하는 발주량이 보증됩니다."

그 양은 눈앞에 있는 서류에 기재되어 있다.

"하지만 지금 저희는 다른 업체에 납품하고 있어서요."

"혹시 고하제야 말씀입니까?"

어디서 정보를 얻었는지 사야마가 말했다. "그런 영세기업과 거래해서 무슨 좋은 일이 있겠습니까? 불면 날아갈 듯한 다비업체잖아요. 귀사가 거래할 만한 상대가 아니지요."

"저희도 시작한 지 얼마 안 된 벤처입니다."

다치바나는 무리하지 않고 이렇게 대답했다. "상대가 작아도 소중한 고객이고요."

"의리가 두터운 것은 좋습니다. 한데 사장님, 비즈니스적으로 그게 정답일까요?"

나카하타가 말했다. 은테 안경을 쓴 이지적인 용모가 다치바나를 정면으로 응시하고 있다.

"저희 회사는 삼십 년간 러닝슈즈를 만들었고, 아시다시피 세계적인 기업 중 하나로 손꼽힙니다. 제조기업으로서 앞으로도 계속 존재할 테고, 더 발전해나갈 겁니다. 저희 비즈니스 파트너가 되면 계속적인 납품 체제를 갖추게 됩니다. 실례지만 그건 귀사에 중요한 수익의 주축이 되겠죠. 아닙니까?

"뭐, 그거야 그렇겠지요."

다치바나가 머뭇거리며 대답했다. 말하지 않아도 잘 안다. 어느 쪽과의 거래가 이익이 될지는 생각해볼 것조차 없었다.

"정말 아틀란티스와 계속 거래할 수 있다고 보장하십니까? 조건이 엄격해서 거래가 끊기는 경우도 있다고 들었습니다."

타사 이야기는 구입처나 사장들 사이에서 지겹도록 들었다.

아틀란티스에 소재를 납품할 수 있다면 당장의 이익은 크겠지만, 아틀란티스의 평판이 좋은가 하면 결코 그렇지 않다.

비용 절감 요구가 가혹해서 같은 소재를 납품하는 동안 이익은 매년 일정한 비율로 점점 깎여간다. 납기에 까다로운 한편, 급한 요구에 대응하지 못하면 발주를 줄인다. 거래 자체가 단기간에 끊기는 일도 있다고 한다. 오래도록 비즈니스 파트너로 존재하려면 나름의 헌신과 박리다매 상거래에 익숙해지려는 노력이 필요한 것이다.

사야마와 나카하타의 감언이설에 간단히 넘어갈 만큼 달콤하기만 한 제안은 아니었다.

"적어도 신제품 발매 후 일 년 간은 거래를 보증하겠습니다."

그러나 나카하타의 한마디에 다치바나는 조용히 생각에 잠겼다.

"신제품 제작은 언제부터입니까?"

"곧 시작할 겁니다. 그 전에 소재 납품처를 확정해야 해서요."

사정은 알겠지만 다치바나에게도 고하제야와의 신뢰 관계가 있었다. 예, 그렇습니까, 하고 말할 수는 없었다. 새해역전마라톤에서 고하제야의 열의를 알게 된 만큼 더욱 그랬다. 아틀란티스와 계약하면 그들의 믿음을 저버리게 된다.

"알겠습니다. 다만 저희도 사정이 있고 고객에게 폐를 끼칠 수는 없으니까요."

"한 가지 궁금한 게 있는데요." 사야마가 정색하고는 허리를 쭉 폈다. "대체 고하제야와 거래액이 얼마나 됩니까? 아마 우리는 그 열 배, 아니 백 배쯤 될 겁니다."

"아니, 하지만—."

"좀 주제넘은 소리 같지만, 회사가 비약할 절호의 기회라고 생각합니다." 다치바나의 반론을 가로막으며 사야마가 말했다. "보잘것없는 거래 때문에 멀뚱멀뚱 기회를 놓칠 겁니까?"

다치바나는 말을 삼켰다.

"아무 문제도 없을 겁니다." 사야마가 다그쳐온다. "귀사 소재를 우리 제품에 사용하게 해주세요. 우리가 목표로 하는 건 새해역전마라톤 정도가 아니라 올림픽 금메달입니다."

다치바나의 마음속 깊이 박힐 만큼 무게 있는 말이다. "귀사 소재를 사용한 신발로 금메달을 따면, 굉장히 큰 홍보가 됩니다. 사업도 단숨에 커지겠죠. 나아가 상장까지 기대할 수 있을 테고."

상장……. 그 한마디에 결국 다치바나는 반론을 삼켰다.

"갑피 소재?"

사야마의 보고를 듣고 오바라는 의자 등받이에 기댄 채 의아하다는 듯이 물었다. "고하제야의 소재 채널을 봉쇄하려는 거야?"

뭔가 생각하는지 잠깐 사이를 두었다가 "재미있군" 하고 한마디가 나왔다.

"다치바나 러셀인가 하는 회사에서 납품받을 수 없게 되면 고하제야는 어떻게 되지? 달리 구입처는 있나?"

"간단히 찾지는 못할 겁니다."

사야마는 일그러진 웃음을 지었다. "들은 이야기를 종합해보면, 간토 레이온에 거절당했다가 다치바나 러셀의 도움을 받게 된 상황이니까요."

고하제야에서 간토 레이온에 거래를 요청했다는 이야기는 우연한 기회에 듣게 되었다. 무라노가 소개한 어느 회사와의 거래를 지사에서 거절했는데 괜찮으냐고, 간토 레이온 측에서 먼저 문의가 온 것이다. 담당자에게 연락해 고하제야가 다치바나 러셀에서 소재를 매입중이라는 사실을 알아내는 것은 그리 어려운 일도 아니었다.

"당장 다치바나 러셀과 계약하라고 구매부장한테 말해두지."

결단이 빠른 오바라가 사야마를 안심시켰다.

새해역전마라톤에서 오바라의 노여움을 샀지만, 걱정한 것보다 매스컴이 모기에게 주목하지 않아서 그 분노도 진정되었다.

게즈카를 동 세대의 톱 러너로 평가한 매스컴의 대우는 달라지지 않았다. 게즈카에게 러닝슈즈를 후원하는 아틀란티스로서 이만큼 좋은 상황도 없다.

이제는 사야마에게 순풍이 불고 있다.

고하제야, 모기, 그리고 무라노······.

이놈 저놈 할 것 없이 모두 눈에 거슬리는 놈뿐이다.

"어디 두고 보자."

책상으로 돌아간 사야마의 입에서 나지막한 웃음이 새어나왔다.

3

"잠깐 긴히 드릴 말씀이 있어서요."

사이타마 중앙은행의 오하시가 여느 때와 같은 무뚝뚝한 얼굴로 찾아온 것은 설날에 장식했던 소나무를 치운 1월 상순이었다.

"뭔가. 새해가 되자마자 융자가 어렵다는 이야기를 하러 온 건 아니겠지?"

미야자와는 준비하고 기다렸지만 오하시는 손을 내저으며 말했다. "아뇨, 그게 아닙니다. 다치바나 러셀 일입니다."

"다치바나 씨?" 의외의 이름이 나왔다.

"어제 의논할 일이 있다고 지점을 찾아왔습니다. 무슨 이야기 못 들으셨습니까?"

"아니, 전혀."

고개를 가로저은 미야자와에게 오하시는 약간 망설이는 모습을 보였다.

"그렇습니까? 미리 말씀드리는데, 이 일은 제가 사장님께 이야기할 입장이 아닐지도 모릅니다. 그저 빨리 알려드려야 제대로 대응할 수 있지 않을까 해서요."

빙 둘러서 이야기하는 모습에서 다소 답답함을 느끼며 미야자와는 다음 이야기를 기다렸다.

"실은 그…… 갑피 소재 말인데요……. 다치바나 러셀에서 납품을 중단할지도 모릅니다."

"뭐라고?"

사장실 팔걸이의자에 파묻히듯 앉아 있던 미야자와가 자기도 모르게 엉거주춤 일어났다.

"대형 러닝슈즈 업체에서 신개발 제품에 다치바나 러셀 소재를 쓰고 싶다는 제안이 들어왔다고 합니다. 다치바나 러셀로서는 그걸 받아들이는 편이 사업에 이익이 되는 셈이라서요."

그야말로 아닌 밤중에 홍두깨였다.

"말 같잖은 소리 말게. 그럼 우리는 어떻게 되나. 다치바나 씨도 그 정돈 알고 있을 테고."

"그래서 저한테 의논하러 온 겁니다. 고하제야는 앞으로 어떻게 될까 해서요."

말도 안 되는 일이었다.

육왕 시판 개시, 새해역전마라톤대회로 데뷔. 앞으로 궤도에 오를까 말까 하는 중요한 시기다. 소재 납품이 끊기다니 당치도 않다.

"대형 업체라는 데는 어딘가?"

미야자와가 분연히 묻자 오하시는 대답을 주저했다.

"아, 그게…… 실은…… 아틀란티스입니다."

미야자와는 "그게 무슨 말이야" 하며 분노를 드러냈다.

"그럼 뭔가? 다치바나 씨가 라이벌 회사로 갈아탔다는 말인가?"

말하는 사이에 새로운 생각이 떠오른다. "아틀란티스는 우리가 타치바나 러셀과 거래가 있다는 것을 알고 그런 제안을 한 거 아닐까?"

"그럴지도 모르겠습니다."

오하시는 어디까지나 신중한 말투다. "다만 그 일은 다치바나 씨도 모르는 것 같습니다. 아는 것은 다치바나 러셀에게 상당히 매력적인 제안이 틀림없다는 사실입니다."

"거액 거래로 돈을 벌 수 있다고 지금까지 쌓은 신뢰 관계를 간단히 저버리겠다?"

미야자와는 울분을 풀 길이 없었다.

"아니, 다치바나 사장님도 그렇게는 결정하지 못해 의논하러 왔던 거라서요."

겨울인데도 오하시는 손수건으로 이마를 두드렸다.

"다치바나 러셀을 소개해준 것도 그쪽 아닌가. 책임지고 설득해주게."

"저도 설득했습니다만……."

오하시는 곤혹스럽다는 표정을 지었다. "죄송하지만 다치바나 사장님과 직접 이야기를 해보시겠습니까?"

"아틀란티스도 하는 짓이 상당히 지저분하지 않습니까?"

야스다가 조용한 어조로 분노를 표했다.

"그런데 아틀란티스에서 우리와 다치바나 러셀이 거래중인 걸 어떻게 알았지?"

이야마의 말을 듣자 생각난 것이 있었다.

"간토 레이온일지도 모릅니다."

미야자와가 말했다. "연말쯤 간토 레이온 영업부에서 전화가 왔는데, 어디에서 소재를 매입했는지 문의했습니다."

"그때 다치바나 러셀이라는 이름을 댔다고?"

이야마는 의미심장하게 눈을 흡떴다.

"예. 이제 와서 뭘, 하는 마음도 있고 해서 그만."

미야자와는 분한 듯이 말했다.

"그래서 다치바나 러셀과는 이야기를 해본 거요?"

담배에 불을 붙이며 이야마가 물었다. 작업장 뒤쪽에 있는 흡연구역이다. 다이치도 함께였다.

"아뇨. 조금 전에 사장에게 전화했는데 받지 않아서요."

"이런 상황이라면 설령 거래를 계속한다 해도 지금까지와 같은 조건은 아닐지도 모르겠네요, 사장님. 비용이 늘어날지도 모르겠습니다." 야스다가 말했다.

"결국 마지막에는 이치로 밀고 나갈 수밖에 없지 않을까?"

이야마가 냉정히 결론을 냈다. "거래 조건에선 이길 수 없으니."

"그렇게 이치로만 밀고 나갔다가 타협이 안 되면요?" 야스다가 물었다.

"그때는 다른 데를 찾아볼 수밖에 없겠지."

이야마의 어조는 담박했지만 한 점을 응시하는 눈매는 날카로웠다. 다른 데를 찾아본다 해도 간단하지 않다는 것을 충분히 알기 때문이다.

실적이 약간 불안하지만 무시하고 소규모 주문도 받아준다. 한편으로는 기술력과 품질이 뛰어나고 비용도 문제가 없다. 과연 이런 회사가 또 있을까.

"신규 거래처를 찾는 것보다 다치바나 러셀을 설득하는 게 훨씬 편하지 않을까요?"

다이치가 미야자와의 마음에 떠오른 것과 전적으로 같은 생각을 입 밖에 냈다.

"일단 만나서 툭 까놓고 얘기해보지 뭐."

며칠 후, 다치바나와 연락이 되었다. 오후 3시에 약속을 잡은 미야자와는 야스다가 운전하는 차를 타고 한 시간 전에 회사를 출발했다.

4

"새해역전마라톤대회 때는 제대로 이야기도 나누지 못하고 실례 많았습니다."

응접실로 안내된 미야자와는 표정이 어딘가 어색해지는 것을 느끼며 이렇게 인사했다.

"아닙니다. 저야말로 실례했습니다. 마침 저희도 뵙고 싶다고 생각하던 참입니다."

다치바나의 목소리는 그렇게 생각해서 그런지 딱딱하게 들렸다. 웃음을 띠지도 않았다. 그 모습을 보니 미야자와가 찾아온 뜻을 이미 알지 않을까 하는 생각이 들었다.

"덕분에 육왕도 무사히 정식 데뷔를 했습니다. 다치바나 씨의 협력 덕분에 가능한 일이었다고 생각합니다. 정말 고맙습니다."

미야자와는 고개를 숙였다. "앞으로 더 좋은 러닝슈즈를 만들고 싶습니다. 계속해서 잘 부탁드립니다."

대답이 없다.

다치바나가 잠자코 찻잔을 차탁에 놓더니 "그거 말인데요" 하고 정색한 어조로 말을 꺼냈다.

"고하제야와의 거래, 3월까지로만 해주면 안 되겠습니까?"

예상은 했지만 막상 듣고 보니 그 요청은 무겁기만 했다. 여기부터가 승부다.

"아틀란티스에게서 우리를 정리하라는 말을 들어서입니까?"

미야자와가 일부러 묻자 다치바나는 얼굴이 얼어붙으며 시선을 피했다.

"다치바나 씨."

미야자와가 말을 잇는다. "저희는 소재를 납품받지 못하면 제작이 멈추고 맙니다. 대신할 소재를 찾는다 해도 귀사만큼 품질이 유지되는 회사가 있을 거라 생각되지는 않습니다. 설령 있다 해도 우리 같은 회사와 거래를 해줄지 알 수 없습니다. 마음을 돌릴 수는 없겠습니까?"

"말씀은 알겠습니다."

다치바나가 고뇌를 드러내며 목소리를 짜냈다. "다만 저희도 사정이 있어서……."

"사정이라는 게 뭐죠?"

옆에서 야스다가 물었다.

"올해 창업 사 년째입니다만, 당장 실적이 안 좋은 상태여서요."

다치바나는 미간을 찌푸리며 엄중한 표정을 지었다. "상장을 바라보는 점도 있어요. 저희 주주에는 벤처캐피털도 이름이 올라 있습니다. 그들을 납득시키기 위해서도 아틀란티스에서 대규모 주문을 받고 싶은 마음이 굴뚝같습니다."

"아틀란티스는 우리 라이벌 회사입니다. 다치바나 씨, 알고 계시지요?"

미야자와는 단도직입적으로 말했다. "우리와 끝내고 라이벌 기업으로 갈아타겠다는 말인가요?"

다치바나가 희미하게 얼굴을 찡그렸다. 하지만 그것도 순간이고, 곧 기력을 짜내듯이 미야자와를 마주 봤다.

"그렇다면 우리를 도와주십시오."

예상외의 한마디가 나왔다. "고하제야에서 육왕을 개발하기 위해 얼마나 노력해왔는지 압니다. 저도 배신은 하고 싶지 않습니다. 하지만 회사는 살아 있지 않으면 의미가 없습니다. 가족과 사원을 위해서도 살아남아야 합니다. 이 일을 두고 나름대로 고민도 했고, 여러 가지로 생각도 했습니다. 그래도 역시 지금 저희에게는 아틀란티

517

스의 제안이 고맙습니다. 앞으로 저희 수익의 주축이 될지도 모릅니다. 거기에 걸어야 하지 않을까 하고……."

"우리는 안 됩니까?"

미야자와는 무릎을 앞으로 내밀며 물었다. "우리와 함께 성장해나가는 선택지는 없을까요?"

육왕이라는 프로젝트와 관련된 사람, 회사. 모두 하나의 목표를 지닌 팀이다. 물론 다치바나 러셀도. 미야자와는 그렇게 믿어왔다.

하지만 실제로는 각 사람, 각 회사에 어쩔 도리가 없는 사정이 있다. 세파에 노출되어, 밖에서는 짐작할 수 없는 노력을 계속해왔을 것이다. 초췌한 다치바나의 표정에서 그런 사정을 알아챈 미야자와는 조용히 눈을 내리깔았다.

"정말 죄송합니다."

다치바나의 기어드는 듯한 목소리가 들렸을 때 미야자와의 가슴을 친 것은 '아아, 이거 틀렸구나' 하는 생각이었다.

"저도 나름대로 고민하고 고민한 끝에 내린 결론입니다. 고하제야에는 폐를 끼치지 않도록, 3월까지는 최대한 소재를 제공하겠습니다."

"잠깐만요. 다치바나 사장님." 야스다가 참지 못하고 끼어들었다. "아틀란티스와 거래하는 것은 좋습니다. 하지만 그게 우리와 거래를 계속하는 데 무슨 문제가 됩니까?"

"타사에 소재를 납품하지 않는 게 아틀란티스의 조건입니다."

"아틀란티스는 늘 그런 조건을 겁니까?"

미야자와는 그릴 리 없다고 생각했다. 야스다가 그 생각을 대변하듯 물었다.

"그건 모르겠습니다. 다만 저희한테는 조건을 내걸어서요. 받아들일 수밖에 없습니다."

"우리와 거래중이란 걸 아틀란티스에서 알고 있죠?"

"그야, 뭐……." 다치바나는 말끝을 흐렸다.

야스다는 미야자와를 힐끗 보고 나서 말을 이었다.

"아틀란티스에서는 우리를 방해하려고 그런 이야기를 한 겁니다. 다치바나 러셀의 기술이나 품질을 기대하고 한 일이 아닐지도 모릅니다. 그런 거래에 장래성이 있을까요?"

"압니다."

다치바나가 짜내듯이 대답했다. 잠시 눈을 감았다가 크게 뜬 그 표정에는 결연함이 깃들어 있다. 자기 의지를 관철하려는 마음이 자연스럽게 드러났다. "하지만 우리가 살아남고 성장해가기 위해서는 이 결단이 틀리지 않다고 생각합니다."

서로 노려보는 사이로 침묵이 끼어들었다.

"그렇습니까? 잘 알았습니다."

미야자와는 작게 한숨을 내쉬고 무릎을 탁 쳤다. "다만 다치바나 씨, 당신의 결단은 우리한테 꽤 피해가 됩니다. 당면한 중대사를 위해 다른 일이 희생되는 건 어쩔 수 없다 해도, 사업을 하는 사람으로서 용납하기 힘듭니다. 3월까지는 말씀하신 것처럼 거래합시다. 하지만 그 이후에는 무슨 일이 있어도 다시는 거래하지 않겠습니다."

평소 온후한 미야자와가 드물게도 엄중히 결별의 말을 전하며 다치바나를 정면으로 응시했다.

5

"내가 잘 몰라서 하는 말인데, 다른 회사에 만들어달라고 할 수는 없어요?"

아케미가 누구에게랄 것도 없이 물었다.

"그렇게 간단한 일이 아닙니다, 아케미 씨."

질문의 명쾌함과는 반대로 무라노의 표정은 아주 복잡했다. "한번 정한 사양을 그렇게 간단히 변경해서는 안 됩니다. 더구나 회사 간 거래 관계 때문에 어쩔 수 없이 변경하게 되는 건 더욱 중대한 문제입니다."

다치바나 러셀의 거래 중단이 정해진 뒤 긴급하게 열린 개발팀 회의다.

"그건 그렇고, 아틀란티스는 정말 지저분하네요."

야스다는 분노를 억누르지 못한 표정이었다.

"그걸 말로 하면 싸움에 져서 꼬리 내리고 도망친 개가 멀리서 짖는 거나 마찬가지야."

이야마가 의연하게 딱 잘라 말한다. "경쟁사의 주요 구입처에 더 좋은 조건을 제시해서 돌아서게 만드는 것도 훌륭한 전략이지. 비즈니스는 먹느냐 먹히느냐 싸움이야. 지저분하다는 말을 들어도 다치바나는 거기 응한 거고. 불평할 입장이 아니지. 우리가 그 이상의 조건을 내걸 수 없었던 건 사실이니까."

회의실에 묵직한 침묵이 깔린다.

"이야마 고문님 말씀대로지요." 도미시마가 마른 목소리로 말했다. 그리고 모두를 둘러보고는 천천히, 묵직하게 한마디를 던진다. "우리에게 이것은 하나의 패배입니다."

미야자와는 등을 찔린 것처럼 얼굴을 들고 그 말의 무게와 고통을 음미했다. 도미시마가 말을 이었다. "아틀란티스를 향해 원통함을 토해내고 온갖 쓰라린 말을 쏟아내봤자 아무것도 생기지 않습니다. 시간만 지나고 마음이 우울해질 뿐이지요. 행동이 있어야 합니다."

"겐 씨 말이 맞습니다." 미야자와가 미팅 테이블을 둘러싼 모두를 위엄 있게 둘러보았다. "3월까지 다치바나 러셀을 대신할 곳을 찾을 수밖에 없습니다. 처음부터 다시 하는 겁니다."

"가망은 있는 건가요?"

아케미가 물었다.

"일단 목록은 만들어왔습니다."

미야자와가 인터넷으로 검색해서 정리한 편직물 제조사 목록을 나눠주었다. "순서대로 알아보려고 합니다."

"3월 거래 중단 때까지 다치바나 러셀에서 소재를 최대한 매입한 다면, 그 재고로 어느 정도나 버틸 수 있지?" 이야마가 물었다.

"여름 정도까지겠지요." 야스다가 대답했다.

"만약 그때까지 새로운 업체를 찾지 못하면 생산 중단인가?"

이야마는 엄중한 표정으로 목록에 오른 회사명을 노려본다.

육왕에는 튼튼하고 유연성 있는 고품질의 러셀 편물이 요구된다. 여기에 집착하지 않는다면 세상에 소재는 얼마든 있지만 미야자와 는 거기에 손을 뻗을 마음이 없다. 물론 그 자리에 있는 누구에게서 도 그런 타협안은 나오지 않았다.

"하지만 이 목록에 있는 회사를 하나씩 사장님 혼자 찾아다니는 건 시간도 걸리는 데다 그다지 좋은 생각이 아닌 것 같습니다."

야스다가 말했다. "저와 나눠서 돌아보시겠습니까?"

"잠깐만, 야스다 계장이 회사를 하루 종일 비우는 건 그만둬야 하지 않을까. 현장을 도맡아 관리할 사람이 없어지는 거잖아."

아케미의 지적은 지당했다. 야스다는 재료 구매부터 진행, 검품에 이르기까지 상세히 살피는 제작 현장의 핵심이다. 어떤 의미에서 그가 없을 때의 구멍은 미야자와가 없을 때보다 크다.

"새 회사 찾는 일은 나한테 맡겨. 야스다는 현장을 지키고."

"그건 그렇지만……."

야스다가 팔짱을 낀 채 떨떠름한 기색을 보일 때였다.

"저도 해볼까요?"

생각지도 못한 목소리가 들렸다.

다이치다.

놀라는 분위기가 되자 말을 꺼낸 당사자는 눈을 동그랗게 떴다.

"아니, 왜요? 실크레이 제작도 궤도에 올랐고, 약간 짬을 낼 수 있게 되었으니까, 그—."

"네가 교섭을 할 수 있겠어?" 미야자와가 의문을 표했다.

다이치가 바로 반론했다. "할 수 있어요. 지금까지 육왕을 함께 만들어왔고. 만나서 대화해보고 잘될 것 같으면 사장님한테 연결해주면 되는 거잖아요. 사장님이 바쁜 곳에 찾아갔다가 문전박대와 다를 바 없는 대우를 받고 돌아올 걸 생각하면 훨씬 낫죠. 자랑은 아니지만 저는 면접에서 떨어지는 데는 익숙하거든요."

"그거랑 이건 다르잖아."

미야자와는 어이없어하며 말했다. "이건 신규 사업이 되느냐 안 되느냐 하는 중요한 교섭이야. 나한테는 책임이 있고. 아직 수습 정도인 너한테 어떻게 맡길 수 있겠어? 안 그래요, 겐 씨?"

미야자와가 도미시마에게 동의를 구했다. 그때였다.

"시켜보면 어떻습니까?"

"이봐요, 겐 씨, 아니—."

의외의 대답에 미야자와가 뭐라고 하려는데 도미시마가 "괜찮지 않을까요?" 하며 가로막았다. "다이치는 계속 개발을 도와서 실크레이 제작도 잘 알죠. 확실히 기술적인 부분은 사장님보다 더 잘 이해할 겁니다. 그건 교섭에서 무기가 되겠지요. 다이치 말처럼 가망이 있어 보이면 사장님께 바통을 넘기면 됩니다."

미야자와는 말을 삼키고 팔짱 낀 채 천장을 올려다본다. 얼마쯤 그렇게 있었을까. 다이치를 향해 얼굴을 돌렸다.

"그럼 어디 해봐."

다이치는 대답 대신 여느 때와 달리 긴장된 얼굴로 끄덕였다.

6

"너, 어떻게 할 거야? 결국 아버지 회사를 물려받는 거야?"

히로키의 질문에 희미한 모멸이 섞여 있는 것 같아 다이치는 마시려던 사워 잔을 카운터에 놓았다.

대형 전기회사 개발부에서 일하는 히로키와는 중학교 때부터 친구다. 같은 대학에 진학해 축구부 동료로도 지내서 지금도 한 달에 한두 번은 이렇게 만난다.

"특별히 그럴 생각은 없어."

"그럼 좀 더 진지하게 구직활동을 하는 게 좋지 않냐?"

"진지하게 하고 있다니까."

다이치가 잔을 쥔 손을 바라보았다. "근데 아무래도 잘 안 돼."

"너한테 필사적인 마음이 없어서 그런 거 아니야?"

히로키의 지적은 늘 가차 없다. 하지만 다른 사람이 했으면 화날 법한 말도 순순히 받아들여지는 것은 악의가 없음을 알기 때문이리라.

"무슨 일이 있어도 들어가고 싶다는 마음이 전해져야 면접관도 뽑아주지. 회사 입장에서 채용은 키우는 데 돈과 시간이 들뿐더러 평생 임금으로 수억 엔이나 나가는 굉장한 투자거든. 네 생각만큼 간단한 일이 아니라고."

저녁 7시에 만나 들어온 이자카야다. 한 시간 가까이 지나 히로키도 다이치도 그런대로 취했다.

"간단하게 생각하는 건 아냐."

다이치가 이렇게 말했지만 히로키는 다이치의 반론을 무시하고 말을 이었다. "대체로 넌 어중간하단 말이야. 취직이 잘 안 된다면서 기꺼이 다비회사를 돕고 있잖아. 취업이 안 되어도 곤란하지 않다는 거지. 면접을 하면 말이야, 그렇게 미적지근한 녀석은 금방 알게 돼. 위기감이 없다고 할까."

히로키는 작년에 입사자 모집 담당으로 일한 경험을 이야기했다. 그다지 좋은 경험은 아니었는지 말하면서 코를 찡그렸다.

이렇게까지 이야기를 듣자 아무리 다이치라도 불끈 화가 치밀어 반박했다.

"어쩔 수 없지. 뭐 기꺼이 돕는 것도 아니고. 애초에 취직될 때까지 빈둥빈둥 놀고 있을 수만은 없잖아. 나도 열심히 한다고."

"그래그래. 그래서 너 나한테 뭐 물어볼 게 있는 거 아냐?"

다이치의 말을 흘려들으며 히로키가 물었다. 사실 오늘 술이나 한잔하자고 제안한 사람은 다이치였다.

"메트로 전업에 서류가 통과됐어."

"뭐, 정말?"

오뎅탕을 들쑤시던 젓가락을 놓고 히로키가 얼굴을 들었다. 놀람과 희미한 선망이 그 얼굴에 섞여 있다.

메트로 전업은 대형 비철금속 제작이 본업이지만 사업 분야는 정보통신, 자동차 관련 부품, 산업 소재 등으로 폭넓었다. 실적도 호조를 보이는 우량 기업이다.

"경력직 채용 모집이 있어서 응모해본 거야. 다음 주에 면접이 있는데, 분위기가 어떤 회사인가 싶어서."

히로키의 회사도 메트로 전업과 같은 업계다.

"메트로는 우리보다 훨씬 더 견실한 회사야."

히로키가 문득 심각한 얼굴로 재떨이를 가까이 끌어당겼다. "사풍은 뭐랄까. 느긋하다고 할까 정통파라고 할까. 사원을 소중히하는 회사라서 월급도 많지."

히로키가 이야기하며 분한 표정을 짓는 것을 다이치는 은근슬쩍 보고 있었다.

"가능하다면 내가 이직하고 싶을 정도야."

뜻밖에 내비친 그 표현이 자못 진심처럼 들려서 "너희 회사는 어떤데?" 하고 물었다.

"뭐, 글쎄."

의자 등받이에 기대 눈을 천장으로 향한 히로키는 담배연기를 길게 내뿜었다.

"이런저런 게 있다고 해야 하나."

"이런저런 거라니, 그게 뭐야?"

"이런저런 게 있어, 회사라는 곳은."

웃는 다이치를 향해 히로키가 말했다. 그 눈에 본 적 없는 깊은 그늘이 깃들어 있었다. 천천히 연기를 빨아들인 뒤 담배를 재떨이에 비벼 끄더니 히로키는 마치 자신을 타이르듯이 중얼거린다.

"편한 일은 없거든."

"하지만 너희 회사가 망할 일은 없잖아."

다이치는 히로키를 격려하듯이 말한다. "우리 집처럼 회사가 작으면 정말 힘들어. 항상 벼랑 끝에서 힘껏 버티는 느낌이야."

"네가 회사의 실속 같은 걸 어떻게 알겠냐."

히로키는 다소 쓸쓸하게 웃었다.

"알아. 네 생각만큼 나도 마음 편하진 않다고. 지금 새로운 제품을 팔기 시작했는데 굉장히 힘들거든. 그야말로 이런저런 일이 있어서 말이야. 아, 그러고 보니……."

다이치는 의자에 축 늘어진 숄더백에서 외근 때 사용하는 육왕 팸플릿을 꺼냈다.

"뭐야, 이거. 다비로는 안 보이는데."

"러닝슈즈. 육왕이라고 하는데, 아주 대단해. 밑창은 새롭게 개발한 실크레이라는 소재인데 가볍고 내구성도 있는 뛰어난 물건이야. 갑피는 러셀 편물의 고급 소재로 만들었지. 내가 실크레이 개발을 도왔는데, 이게 굉장히 힘들어서 말이야."

다이치는 밑창 개발의 고투를 이야기했다. "결국 완성했는데, 이번에는 갑피 소재를 재검토하게 됐어. 다음 주부터는 내가 구매 담당이야."

잠자코 듣던 히로키가 말했다.

"너 왠지 달라진 것 같다."

새 담배를 꺼내 불붙이지도 않고 손끝으로 가지고 놀며 뭔가 생각하던 히로키가 "다음 면접은 붙을지도 모르겠다"라고 불쑥 말을 잇는다.

"됐어, 그만해."

다이치는 마음이 가라앉았다. "이상한 기대를 받으면 피곤해져."

면접에 계속 떨어지는 사람 마음은 당사자만 안다고 생각한다. 하지만 지금 다이치의 가슴 어딘가에 남아 있는 감정이, 그때까지 구직활동에 대해 갖고 있던 것과 어딘가 다른 것도 사실이었다.

안정된 대기업에 취직하는 편이 유리하다고 생각하는 한편, 고하제야에서 하는 일도 재미있다는 사실을 깨달았기 때문이다.

"미안."

침묵을 지키는 다이치에게 히로키가 사과했다. "이제 말하지 않을게. 아무튼 생각한 대로 하고 와. 이걸 놓친다고 해서 그다음이 없다고 여기지는 마라, 다이치. 세상에 회사는 얼마든지 있으니까."

　다이치는 히로키의 얼굴을 넌지시 보았다. 그 말은 누구도 아닌 히로키 본인을 향한 것이 아니었을까 하는 생각이 들었기 때문이다.

15장

고하제야의 위기

1

"새해역전마라톤의 6구간, 멋진 경기였습니다. 부상을 이겨낸 당당한 복귀전이었다고 보는데, 모기 선수 생각은 어떻습니까?"

소탈하게 청바지에 폴로셔츠를 입은 《월간 애슬리트》의 여성기자가 카페 테이블 맞은편에서 물었다. 모기 앞에는 마시다 만 커피잔과 '라이터, 시마 하루카'라고 인쇄된 명함, 그리고 오랫동안 사용했는지 군데군데 도장이 벗겨진 IC 레코더가 마이크를 이쪽으로 향한 채 놓여 있다.

"물론 불안도 있었습니다만, 좋은 결과를 냈다고 생각합니다." 모기가 대답했다.

"구간상 유력 후보였던 게즈카 선수를 제치고 달렸습니다. 게즈카 선수에 대한 인상은 어땠습니까?"

결국 그건가.

《월간 애슬리트》는 이전에 게즈카와의 대담 기획을 타진해온 적 있다. 무산된 것은 게즈카가 모기를 상대로 택하지 않았기 때문이다. '이제 내 라이벌이 아니다.' 잡지 기획이라는 형태를 통해 게즈카에게 그렇게 선고받은 것이나 다름없었다.

"게즈카 선수가 달리는 모습이 이상하다고 생각했습니까?"

"아뇨. 그렇게는 생각하지 않았습니다." 모기는 솔직히 대답한다. "다만……."

"다만?"

"골인 후에 쓰러지는 방식이 좀 마음에 걸리기는 했습니다."

"달리고 있을 때는 컨디션이 안 좋다는 걸 느끼지 못했다는 말씀인가요?"

"네, 뭐." 모기가 모호하게 고개를 끄덕였다.

"동세대 러너 가운데 모기 선수가 제일 주목하는 사람은 누구죠?"

거의 유도 심문이다.

"역시 게즈카 선수입니다."

유도대로 응해주는 자신의 사람 좋음에 스스로 어이없어하며 모기는 식어가는 커피를 한 모금 마셨다.

"하코네 이후 성사된 이번 라이벌 대결은 아주 볼만했습니다. 또 무대를 옮겨 두 선수의 대결을 볼 수 있으면 좋겠네요. 모기 선수의 다음 목표는 뭡니까?"

"게이힌 국제마라톤입니다."

시마가 노골적으로 얼굴에 호기심을 드러냈다.

"그러고 보니 재작년 게이힌 국제마라톤에서 부상을 당하셨지요.

설욕전인가요?"

인터뷰어 입장에서 보면 당연한 발언이다.

설욕전인가……. 모기는 그런 게 아니라고 생각했다.

"지난 대회 때는 기권하는 바람에 생각대로 뛰지 못한 게 사실입니다. 하지만 그때의 분함을 풀려고 달리는 것과는 조금 다른 듯합니다."

"다르다?"

이상하다는 듯이 시마의 오른쪽 눈썹이 올라간다.

"새로운 자신을 위해 달린다고 할까요."

모기는 마음 안쪽을 조용히 응시하며 말을 골랐다. "부상 때문에 이제 달릴 수 없을지 모른다고 생각한 때도 있었습니다. 하지만 여러 사람의 힘을 빌려 여기까지 왔습니다. 부상의 원인인 주법도 바꿨고 러닝슈즈도 바꿨습니다. 이번 레이스에서는 새로운 저를 보여드리고 싶습니다. 설욕이라기보다는……."

모기는 지금 상황에 어울리는 말을 찾았다. "리셋입니다. 선수로서의 원점으로 돌아가고 싶습니다."

"리셋요?"

시마는 적절히 고려한다는 듯이 중얼거리더니 아주 진지한 얼굴로 모기를 응시하며 말했다. "용기가 필요했겠네요. 익숙한 데다 성과까지 거둔 주법을 바꾸다니, 힘든 일이지요. 과거 자체와의 결별이라고 해도 좋지 않을까요?"

마음속 깊은 곳에 있는 생각을 알아맞혔다. 모기는 새삼 눈앞의 잡지사 기자를 뚫어지게 보았다.

"맞습니다. 하지만 달리 선택지가 없었습니다."

시마는 고개를 끄덕이며 뭔가 생각하더니 바로 옆에 놓인 노트로 시선을 떨어뜨린다.

"아직 결론을 내기에는 이를지도 모르지만, 그 선택이 옳았다고 생각하나요?"

"옳은지 그른지 답을 찾기 위해 달리는 겁니다."

모기는 신중하게 대답했다. "역전마라톤 구간상 수상은 정말 기쁩니다. 하지만 고등학교 시절부터 마라톤을 동경해왔기에 제 목표는 어디까지나 마라톤입니다. 체력, 기술, 어느 것을 봐도 속임수는 통하지 않습니다. 장거리 러너로서의 진가가 문제일 거라고 생각합니다. 그런 극한의 레이스에서만 진짜 답을 찾을 수 있습니다."

"다음 게이힌 국제마라톤이 모기 선수에게 중대 기로가 될지도 모른다는 뜻인가요?"

그 말의 무게를 음미하며 모기는 고개를 끄덕였다.

"육상 인생이 걸려 있다……. 그렇게 생각합니다."

2

그 회사는 신요코하마 역에서 가까운 건물에 본사를 두고 있었다.

약속 시각은 오전 10시. 자리에 나온 영업사원은 이십대 중반의 젊은 남자였다.

"이런 러닝슈즈의 갑피 소재를 찾고 있습니다."

어색한 인사와 자기소개를 한 후 육왕 샘플을 보여주고 본론을 꺼냈다. 오무라라고 소개한 남자는 "좀 색다른 신발이네요" 하며 진기한 듯이 손에 들어봤다. 하지만 바로 테이블에 놓인 다이치의 명함을 다시 한번 보고는 "다비 회사시죠?" 하고 이상하다는 듯이 물었다.

"작년부터 러닝슈즈 업계에 뛰어들어서요."

다이치가 대답했다. "다이와 식품의 모기 히로토 선수, 아십니까? 지난번 새해역전마라톤 6구간에서 구간상을 받은 선수인데, 당시 신은 것이 이 신발입니다. 우리 회사에서 후원하고 있습니다."

"오호."

오무라는 그다지 흥미 없다는 듯이 반응하더니 "이제 제품화되었다는 말씀인데, 지금 이 소재는 어떻게 하고 있습니까?"라고 지극히 당연한 질문을 했다.

"사이타마에 있는 다치바나 러셀에서 매입하고 있습니다만, 그쪽 사정으로 거래가 3월 말까지만 가능합니다. 그래서 소재를 제공해 줄 회사를 찾고 있습니다."

너는 구매하는 입장이니까 가슴을 쫙 펴. 아침에 회사를 나올 때 이야마가 해준 말이다. 하지만 눈앞에 있는 오무라의 태도는 도저히 '파는' 사람으로 보이지 않고 오히려 다이치가 '파는' 분위기였다.

"아아, 다치바나 러셀요. 압니다. 하지만……."

오무라는 고개를 갸웃했다. "도중에 거래를 중지당하다니 보통은 있기 힘든 일 같은데, 이유가 뭡니까?"

"아틀란티스와 거래하게 되었다고요."

다이치가 말했다. "전속 계약이 조건이라서 우리와 더는 거래할 수 없다고 했습니다."

의자 등받이에 기댄 오무라는 다이치에게 감정 없는 눈을 향하며 의심을 드러냈다. "그게 가능한 일일까요? 다치바나 러셀도 그 소재가 없으면 귀사가 곤란하다는 걸 알고 있겠죠? 그런데도 거래를 중지하다니 믿을 만한 이야기가 아닌 것 같은데요. 뭐 다른 이유가 있는 거 아닙니까?"

"다른 이유요?"

다이치가 멍하니 물었다.

"지불 문제라든가, 뭐 그런."

요컨대 고하제야에 원인이 있었던 게 아니냐고 억측하는 듯하다.

"그런 일은 없습니다. 우리는—."

다이치는 부정하려고 했다.

"뭐, 자세한 이야기는 됐습니다. 들어도 별수 없으니까요."

오무라는 귀찮다는 듯이 말했다. "유감스럽지만 우리는 좀 어려울 것 같습니다."

재빨리 결론이 나왔다.

심지어 사내 검토도 아니고 그 자리에서 거절했다.

"저기, 어째서입니까?"

다이치는 무시당한 기분이지만 그래도 평정을 가장하며 물었다.

"이유는 여러 가지입니다."

오무라는 아무래도 좋다는 듯이 말을 이었다. "제품화되고 있다지만 양산까지는 아직 멀었죠. 다시 말해 규모가 맞지 않습니다. 그리고 실제로 거래하게 되면 신용 조사 같은 것도 시행하고 조건을 통과해야 하는데, 우리는 거래 기준이 좀 엄격해서요."

신용 조사 이야기가 나올지 모른다고, 도미시마에게서 이미 들었다. 요컨대 고하제야에는 신용이 없다고 말하고 싶은 것이다.

"한번 조사해보셔도 상관없습니다."

"귀사에서야 상관없을지 모르지만 조사에도 비용이 드니까요. 조사 자체를 위에서 승인하지 않을 겁니다. 그다지 영업 이익이 날 것 같지도 않고요."

다이치는 대답할 말이 궁해 입을 다물었다. 그래도 어떻게든 물어본다. "매입 대금을 현금으로 지불한다는 조건을 걸어도 안 되겠습니까?"

교섭이 어려워지면 밑져야 본전이라 생각하며 던져보라고, 아버지에게서 들은 제안이었다.

"그런 작은 비즈니스는 하지 않습니다. 이만 돌아가주시겠습니까. 좀 바빠서요."

대답이 하도 냉담해서 더 말을 붙일 엄두도 나지 않았다.

3

미야자와는 사장실 의자에 앉은 채 암담한 심정으로, 창밖 부지 내 광경에 시선을 주었다.

2월 하순, 곧 3월인데도 여전히 북풍이 부는 추운 하루다. 건너편에 보이는 창고는 문이 잠겨 있다. 여름철이라면 창을 다 열어놓고 하는 가벼운 작업도 지금은 보이지 않는다.

회사에 깔려 있는 이 묵직한 분위기는 뭘까.

새해역전마라톤을 맞이하기까지 미열이 나는 듯한 그 흥분이 지나가고, 쇠퇴와도 비슷한 조용함과 피로가 얇은 피막처럼 고하제야를 뒤덮기 시작했다.

6구간 구간상을 탔는데도 모기에 대한 세상의 평가는 미야자와 일행의 기대를 밑돌았고, 육왕에 대한 주목 또한 마치 아무 일도 없었던 것 같았다.

맥이 빠진다고 해야 할까, 부당하다고 해야 할까. 이럴 리가 없다는 생각을 떨치기 힘들었다. 아무리 이것이 현실이라고 마음을 가라앉혀도 마음속 어딘가에 납득하지 못하는 자신이 있다.

거기에 다치바나 러셀 문제도 겹친다.

소재 찾기는 난항이고, 뜻대로 진척되지 않는 나날이 이어졌다.

일이 잘 안 될 때는 이러는 것인가.

자금 융통이 불안정해져서 조마조마한 일은 일상다반사였지만, 이렇게 무력감을 느낀 적은 없었다.

'그런 의미에서 지금이 최대 위기일지도 모르겠군.'

작은 회오리바람이 먼지를 날려 올리는 모습을 보며 미야자와는 마음속으로 중얼거린다.

현 상황을 타개하기 위해 기폭제가 될 뭔가가 필요하다.

특별히 소재를 납품해줄 신규 거래처가 아니어도 상관없다. 육왕에 대한 새로운 주목이어도 좋고, 3월에 개최되는 게이힌 국제마라톤대회에서 모기 선수가 활약하는 것이어도 좋다. 아무튼 지금 바라는 것은 '계기'다.

'인생에는 산도 있고 골짜기도 있다. 나쁜 일만 있는 건 아니다. 반드시 좋은 일도 있을 것이다' 하고 미야자와는 단순히 자신을 타이르려 한다.

그때 타닥타닥 하는 발소리가 들리더니 "사장님!" 하고 노크도 없이 야스다가 굳은 얼굴로 뛰어들었다.

"사장님, 잠깐 좀 와보세요."

무슨 일이 있다는 것은 얼굴만 봐도 금방 알 수 있다.

잰걸음으로 야스다와 함께 개발실로 향했다.

"무슨 일인데?"

미야자와가 질문한 것과 실크레이 제작 장치 건너편에서 이야마가 기름에 더럽혀진 얼굴을 든 것은 거의 동시였다.

이야마는 곧바로 대답하지 않고 시선을 기계에 둔 채 일어났다. 새까매진 목장갑에 스패너가 쥐어져 있다.

실내가 움츠러들 만큼 추웠다. 창이 열려 있었다. 간토 평야에 휘몰아치는 찬바람이 방으로 불어들어 탁자 위 노트가 바스락바스락 소리를 내며 펼쳐진다. 한바탕 바람이 잦아지자 탄 냄새가 미야자와의 코를 찔렀다.

"결국…… 일이 나고 말았어……."

힘이 빠져 두 팔을 축 늘어뜨린 이야마에게서 이런 말이 흘러나왔다. 기계를 빙 돌아가 미야자와도 내부를 들여다본다. 그리고.

숨을 삼켰다.

까맣게 그을린 내부에 열로 몹시 휘어진 부품이 쑥 나와 있다. 그 내부를 무참하게 뒤덮은 것은 하얀 소화제다.

"이야마 씨."

미야자와에게 이야마가 충혈된 눈을 향한다.

"결국 죽을 때가 닥친 거지. 제기랄!"

두 손으로 기계를 탁 내리친 이야마의 볼이 떨리기 시작했다.

바람 소리가 적막을 두드러지게 했다.

미야자와가 경험한 가장 침울한 적막 속을, 거센 북풍만이 비웃듯이 지나갔다.

새벽 2시가 넘어서도 이야마의 복구 작업은 계속되었다.

환하게 밝힌 개발실에서 미야자와는 가만히 작업을 지켜보았다.

이야마가 개발한 실크레이 제작 장치는 지난 몇 달 동안 풀가동하여 고하제야의 기둥을 지탱해왔다. 실적에 대한 기여가 커서 제작이 멈추면 지난 반년의 약진에도 급브레이크가 걸린다. 그때.

짤그랑.

공구가 바닥에 구르는 마른 소리와 함께 바닥에서 서서히 일어난 이야마가 분해한 기계 부속품을 내려다보았다. 그 옆에는 외근에서 돌아오자마자 복구 작업에 가세한 다이치가 창백한 얼굴로 서 있었다. 미야자와의 묻는 듯한 시선을 받아도 이야마는 입을 다물고 있다. 농후한 피로의 기색을 드러낸 채 천천히 목장갑을 벗어 탁자에 살짝 놓더니 옆에 놓인 의자에 털썩 주저앉았다.

"어떻습니까?"

미야자와가 겨우 물었다. 이야마는 안면에서 생기가 사라졌고, 움푹 들어간 눈구멍은 빛의 영향까지 더해져 토우의 눈처럼 어두웠다.

"사용 가능한 부속도 없지는 않지만 심장부가 당했어. 복구는 어렵겠군. 부품을 교환하면 복구할 수 있다거나 하는 차원이 아니오. 솔직히 지금 이건 그냥 쇠 부스러기일 뿐이지."

기계를 돌아본 이야마는 단언했다.

미야자와는 마치 육친의 사망 선고를 듣는 듯한 충격에 큰 타격을 입고 쓰러질 듯이 탁자에 기댔다.

"저기, 그럼 이 기계는……."

야스다가 깜짝 놀라며 말했다.

"이제 쓸모없어."

이야마는 분명히 이렇게 말하고 한 손을 이마에 댄 채 움직이지 않았다.

말할 기력도 잃고 모두 입을 다물자, 무거운 정적이 실내를 지배하기 시작했다.

"사장님……."

야스다가 매달리듯이 말했다. 기력 잃은 표정으로 미야자와의 대답을 기다린다.

"오늘은 일단 돌아갑시다."

미야자와는 간신히 말했다. "일단 머리 좀 식히고, 내일 겐 씨도 함께 좋은 방법이 없을지 검토해봅시다. 그래도 되겠습니까, 고문님?"

이야마의 답답한 얼굴이 희미하게 움직이며 알았다는 의사를 전해왔다.

4

"곤란하게 되었네요."

보고를 들은 도미시마가 엄한 표정으로 중얼거렸다.

하지만 이야마가 사죄하며 고개를 숙이자 "아니, 고문님 탓이라고 생각하지 않습니다" 하고 확실히 말했다.

"원래 시제품 제작 단계의 기계였습니다. 양산에는 걸맞지 않은 것을 조심조심 써왔으니 이렇게 되는 상황도 예측했어야지요. 그건 저희 쪽 일입니다."

"그건 그렇지만 나도 판단이 안이했소."

이야마는 분명 원통한 표정이다.

"아니, 겐 씨 말대로입니다."

미야자와가 말했다. "뒷전으로 돌린 일은 제 책임이라고 생각합니다."

이야마와 도미시마 외에 개발팀 멤버들이 회의실 탁자를 둘러싸고 있다. 모두를 향해 고개를 숙인 미야자와는 논의를 앞으로 이끌었다.

"먼저 하나 확인해두고 싶습니다. 고문님, 기계를 되살릴 가능성은 없습니까?"

"조금이라도 가능성이 있을까 싶어 노력해봤지만 어쩔 도리가 없었소. 구동 부분만이 아니라 메인 제어판까지 나가버렸어. 그 둘을 수리하는 건 처음부터 다시 조립하는 것과 별반 다르지 않지. 다만 앞으로 일을 생각하면 오히려 그쪽이 싸게 먹힐 거요."

"하지만 그 기계는 이야마 씨 소유물이잖아요."

아케미가 지적했다. "우리가 파손한 거나 마찬가지인데 변상은 어떻게 하면……?"

"그건 발상이 거꾸로요."

이야마가 딱 잘라 말했다. "오히려 기계 대여료까지 받고 있으면서 고하제야에 피해를 주는 게 더 문제라고 생각하오."

"양산에도 견딜 기계를 제작한다면 비용이 어느 정도 들까요?"

미야자와가 중요한 질문을 했다.

"1억 엔 가까이 들겠지."

회의실 분위기가 쓰윽 무거워졌다.

"1억 엔……."

야스다가 먼눈을 들었다.

고하제야에 얼마나 큰 금액인지 모두 알고 있다.

"실제로 한다면 다시 설계할 필요도 있소. 1억 엔으로 해결되면 감지덕지라고 생각하는 게 나을 거요." 이야마가 말을 이었다.

"가령 1억 엔을 준비할 수 있다면 완성까지는 얼마나 걸립니까?" 미야자와가 물었다.

"제작사 수주 상황에 따라 다르겠지만 최소 석 달쯤."

미야자와는 왈칵 피곤한 기분이 들어 의자 등받이에 기댔다. 지금은 2월. 곧바로 발주하여 순조롭게 진행된다 해도 완성이 5월이라는 것이다.

"보병대장의 밑창 재고는 어느 정도나 있지?" 야스다에게 물었다.

"한 달 치 정도입니다."

미야자와는 머리를 싸쥐었다. 입술을 굳게 다문 도미시마가 팔짱을 낀 채 고개를 푹 떨구었다.

"육왕 밑창은 어떤가요?"

무라노가 물었다. "몇 켤레분이 남았죠? 모기 모델은요?"

"이십 켤레는 되려나. ……죄송합니다."

야스다의 대답에 무라노는 미야자와를 똑바로 응시했다. "미야자와 씨, 새 설비를 도입할 수 있습니까."

설비 투자를 하겠다고 단언하면 경솔하게 떠맡은 일이 된다. 일년 매출액 7억 엔, 이익이 적은 고하제야에 1억 엔 규모의 설비 투자는 난제다.

그 정도 자금은 없으니 만약 실행한다고 하면 빚이다. 하지만 그만한 빚을 지면 매달 변제가 무겁게 덮쳐 눌러 이자 지불로 허덕이게 된다.

아니, 그런 빚을 얻을 수 있을 것 같지도 않다. 그렇지 않아도 운영 자금 조달로 고생하는 마당이다.

"되도록 빨리 검토해서 알릴 테니 일단 시간을 좀 주세요."

미야자와는 명확한 언급을 피하는 게 고작이었다.

회의가 끝난 후 일단 사장실로 돌아갔지만 아무 일도 손에 잡히지 않았다. 미야자와는 응접세트의 팔걸이의자에 몸을 파묻었다.

노크 소리가 들리더니 도미시마가 살짝 얼굴을 내밀었다.

미야자와의 답을 기다리지도 않고 들어와 맞은편 소파에 앉아 담배에 불을 붙였다.

설비 투자 이야기를 하러 왔을 것이다.

"어떻게 생각해요, 겐 씨?"

미야자와가 물었다. "1억 엔을 빌릴 수 있을 것 같습니까?"

도미시마는 곧바로 대답하지 않고, 담배 끝에서 피어오르는 연기 너머에서 눈을 가늘게 떴다.

"경리 담당자 입장에서 말하자면 빌릴 수 있느냐 없느냐 문제가 아니지요."

미야자와는 시선만 들고 도미시마의 다음 말을 기다렸다. "빌려야 하느냐, 빌리지 말아야 하느냐. 그 검토가 먼저여야겠지요."

잠자코 그 말을 음미했다. 도미시마의 잠긴 목소리가 이어졌다. "우리의 일 년 매출은 아시는 대로고, 이익이 좀 늘었다 해도 대단치는 않습니다. 이 상황에 빚이 1억 엔 더해지면 해나갈 수 없습니다. 대단히 무리입니다."

"그러니 실크레이 관련 사업을 포기해라, 그런 뜻인가요?"

"그 편이 훨씬 안전하다는 겁니다."

"지금까지 그만큼 돈과 시간을 써왔는데도 말인가요?"

미야자와가 물으니 도미시마는 반쯤 놀란 듯한 얼굴로 눈을 동그랗게 떴다.

"그만한 돈으로 끝났다, 하고 생각할 수는 없습니까?"

미야자와는 침묵을 지키다가 이윽고 입을 열었다.

"뭐, 겐 씨 의견은 알겠습니다."

그 말에 도미시마는 말없이 방을 나갔다.

"기계에서 불? 아니, 큰불로 번지지 않아 다행이군요."

이에나가 지점장의 첫 반응이었다. 설비 투자의 가능성을 찾으려 방문한 사이타마 중앙은행 교다 지점의 응접실이다. "화재가 나면 현장 검증이다 뭐다 큰일이고, 자칫하면 조업 정지니까요."

아무도 없을 때 발화해서 사옥이 불타는 사태도 일어날 수 있었다. 거기에 생각이 미치자 미야자와는 고개를 깊숙이 떨구었다.

"말씀대로입니다. 위기관리를 좀 더 철저히 하겠습니다."

"그래서 설비는 어떻게 되었습니까?"

담당자인 오하시가 옆에서 물었다. "복구는 언제쯤 되요?"

"실은 그 일로 은행 측 의견을 문의하러 왔습니다."

미야자와는 정색을 하고 이에나가와 마주한다. "발화한 설비는 아쉽게도 이제 쓸 수 없게 되었습니다. 실크레이 제작을 재개하려면 새로 양산용 기계를 도입해야 해서요."

"그래서요?"

이에나가는 다음 이야기를 예감했는지 눈을 번쩍 뜨고 다음 이야기를 재촉한다.

"설비 투자에 1억 엔 가까이 들 겁니다. 거액입니다만, 투자하지 않으면 육왕도 보병대장도 제작할 수 없습니다. 어떻게든 지원을 검토해주실 수 없겠습니까?"

실내에 데면데면한 침묵이 찾아왔다.

"1억 엔입니까? 1억이라……."

이에나가는 이렇게 말하며 오하시에게서 고하제야의 신용 거래 파일을 건네받았다. 페이지를 넘기는 마른 소리가 이어지는 동안 미야자와는 위장 언저리를 조르는 것 같은 답답함을 견뎌야 했다. 얼마나 그렇게 있었을까.

"사장님."

서류에서 눈을 든 이에나가가 미야자와를 똑바로 응시하며 싱겁게 말을 이었다. "이건, 무리네요."

말을 삼킨 미야자와를 향한 어조는 지독히 담담했다. "우선 지금 그만한 융자를 받으면 귀사는 재무를 꾸려나갈 수 없습니다. 분수에 맞지 않는 빚은 회사를 망하게 합니다. 1억 엔 투자는 리스크가 너무 큽니다. 성공할지 어떨지도 모르는데 말이지요."

"아니, 어떻게든 성공해 보이겠습니다."

미야자와가 반박했다.

"그건 해보지 않으면 모르는 일이지요."

이에나가는 불문곡직하고 말했다. "사업의 마력에 눈이 먼 경영자는 다들 그렇게 말합니다. 그리고 실패합니다."

"외람되지만 지점장님, 저희 회사에는 보병대장이라는 히트 상품이 있습니다. 육왕도 일본을 대표하는 육상선수한테 인정받으려 하고 있습니다. 지금 철수하면 그 고객들을 배신하게 됩니다."

"저울질할 일은 아니지만, 지금 말씀하신 고객들이 고하제야를 지탱할 수는 없습니다. 확실히 말씀드리죠. 지금 구상하신 사업 계획, 그러니까 이 설비 투자는 무모하다고 생각합니다. 그만두세요."

입을 다문 미야자와를 구슬리듯이 이에나가가 말을 이었다. "은행에는 '빌려줄 때도 친절, 빌려주지 않을 때도 친절'이라는 말이 있습니다. 빌려주는 것만이 은행 일은 아닙니다. 때로 경영자의 실수를 지적하고 계획을 재검토하게 하는 것도 은행 일입니다. 바로 지금 고하제야를 위해 존재하는 격언이라고 생각합니다."

"아무리 부탁드려도 힘들겠습니까?"

정색하고 묻는 미야자와에게 이에나가는 조용히 고개를 가로저었다.

"설비 자금은 융자해드릴 수 없습니다. 고하제야를 지키기 위해섭니다."

6

"지금은 가업을 돕고 있습니까? 어떤 일을 하죠?"

메트로 전업 면접관은 우치야마라는 삼십대 중반 남자였다. 면접이 시작된 지 십 분쯤 지났다. 지금까지 지망 동기 등 형식적인 이야기를 했는데 우치야마 눈에 어떻게 비쳤는지는 알 수 없다.

"제작 개발 현장에 일 년쯤 있었습니다. 현재는 구매 업무를 맡고 있습니다."

다이치가 대답하자 우치야마는 의외라는 듯한 표정을 지었다.

뻔하고 지루한 면접에서 처음으로 예상외의 것을 발견했다는, 그런 작은 놀람이 얼굴에 드러난 것이다.

"구매라면 어떤 일입니까?"

"저희 회사가 개발한 러닝슈즈의 갑피 소재를 공급해줄 회사를 찾고 있습니다."

"갑피……?"

"신발의 발등 부분입니다. 아, 이것인데요."

발치에 둔 가방에서 늘 갖고 다니는 육왕 샘플을 꺼냈다.

"아하, 재미있는 신발이네요."

우치야마는 좀 봐도 되겠느냐고 묻더니 손에 들고 찬찬히 살펴보았다.

"가볍군요."

그리고 한마디를 건넸다.

"밑창에 비밀이 있습니다."

다이치가 육왕의 밑창 쪽을 가리켰다. "그 부분에 저희 회사에서 개발한 실크레이라는 소재를 사용합니다. 시중의 어떤 러닝슈즈보다 가볍고 튼튼합니다. 덧붙여서 말씀드리면 친환경적입니다. 누에고치로 만들었으니까요."

"누에고치? 이게요?"

우치야마 얼굴에 이번에는 확실한 놀라움이 깃들었다.

"그렇습니다. 원래 누에고치를 굳히는 기술은 있었지만, 반쯤 사장된 특허였습니다. 실크레이라고 명명된 고형물의 생성에서 시작해 밑창으로서 최적 경도를 만들어냈습니다."

우치야마는 수중의 인사 자료에 눈을 떨어뜨리고는 말했다. "다비 제작업체라고 했는데, 이 정도 제품을 개발하기까지 힘들었겠네요. 개발 인원은 몇 명 정도입니까?"

"실크레이 특허 기술을 보유한 고문과 저, 두 사람입니다. 물론 저는 조수입니다. 날마다 한밤중까지 일한 끝에 간신히 개발했습니다."

다이치는 우치야마가 뭔가 다 기록할 때까지 기다렸다가 말을 이었다. "그 러닝슈즈는 육왕이라는 상품명으로 제품화되었고, 현재 다이와 식품의 모기 히로토 선수가 신고 있습니다."

"개인적인 흥미에서 질문하는 건데, 다비 제작업체에서 러닝슈즈를 만들었다는 이야기는 처음 들었습니다. 다른 데서도 그런 움직임이 있습니까?"

"없습니다."

다이치가 대답했다. "아버지…… 사장님이 일으킨 신규 사업입니다. 지난 일 년쯤 개발팀, 그래봤자 대단한 규모는 아닙니다만 거기서 개발을 도맡았습니다. 처음에는 꿈같은 이야기라고 생각했습니다. 그런데 실크레이 특허 기술을 가진 인물이 가세했고, 업계에서 모르는 사람이 없는 슈피터 무라노 다카히코 씨가 가세했습니다. 러닝 인스트럭터, 금융 관계자, 나아가 처음에는 반대하던 경리 담당 상무까지 끌어들이면서 사업이 점점 모양을 갖춰가는 과정을 체험할 수 있었습니다. 그 귀중한 경험을, 이 회사에 도움이 되도록 살려보고 싶습니다."

다이치는 실크레이 제작이 풍전등화라는 사실을 덧붙일지 망설였다. 하지만 결국 그 점은 말하지 않은 채 "좋은 경험을 했네요"라는 우치야마의 감상에 입을 다물었다.

"취직을 하지 못한 덕분에 외려 아주 드문 경험을 하셨네요. 그런 사람과 이렇게 만날 수 있다니 뭔가의 인연이겠지요."

지금껏 들어본 적 없는 전향적인 발언이었다. "사내에서 검토한 후 인연이 닿으면 2차 선발 이후 면접 일정에 대해 다시 연락드리겠습니다. 오늘 수고 많았습니다."

다이치가 자리에서 일어나 깊숙이 고개를 숙였다. 뜬구름 잡는 것만 같던 면접과 달리 처음으로 명확한 반응을 느낀 순간이었다.

7

"자랑은 아니지만 은행이 돈을 빌려주지 않을 때 경영자의 마음은 내가 잘 알지."

이야마는 거기에 자신의 과거가 비치기라도 하는 것처럼 찻잔을 매섭게 노려보았다. 무라노가 저녁에 회사를 찾아준 김에 이야마도 불러 앞으로의 일을 이야기하고 있었다.

"아무리 실적이 나빠도 돈만 있으면 도산하는 일도, 뭔가 포기하는 일도 없고."

사장실 소파 한편에 앉아 이야마가 말을 잇는다. "하지만 그런 회사는 없지. 돈을 무한히 쓸 수 있는 상황도 없고. 뭐, 잘난 척 말하지만 내가 그걸 깨달은 건 실제로 회사를 망하게 하고 나서야."

"돈을 무한히 쓸 수 있는 상황은 없다……."

한마디가 미야자와의 가슴에 크게 울렸다.

그럴지도 모른다.

설령 대기업이라도 신규 프로젝트에 자금을 무한히 투입하는 일은 없을 것이다. 영세기업인 고하제야라면 더욱 그렇다. 그러므로 제한된 자금원으로 잘 변통해야 한다.

"그렇다 해도 실크레이 기계는 이 비즈니스의 핵심이잖아요. 돈이 없다는 이유로 단념할 건가요?"

무라노의 말은 정중했지만 열렬한 노여움이 자연스럽게 드러났다. "아틀란티스와의 싸움은 어떻게 할 겁니까? 부전패인가요?"

평소와 다른 가혹한 지적이었다. "아니, 아틀란티스 같은 건 아무래도 좋아요. 문제는 우리를 믿고 신발을 신어주는 선수입니다. 모기에게 후원하는 것도 그만둡니까?"

미야자와는 입술을 깨물었다.

물론 그러고 싶지 않다. 하지만 마음만으로 타개할 수 있을 만큼 사태가 만만하지 않다.

"사장 생각대로만 된다면 경영은 간단하겠지."

대답이 궁한 미야자와를 이야마가 거들고 나선다. "하지만 실제는 그렇지 않아. 이상과 현실의 딜레마야. 무라노 선생도 그건 알아주라고."

"그거야 알지요."

무라노는 아주 진지했다. "하지만 그렇다고 선수한테 피해를 줄 수는 없어요. 선수들은 필사적이거든요. 살기 위해 달린다고 해도 좋아요. 사느냐 죽느냐 싸움을 하는 선수들과 같이 해나가려면 우리도 똑같이 사느냐 죽느냐 하는 각오가 필요한 거 아닐까요. 그렇지 않으면 안이하게 후원 같은 걸 해서는 안 되지요. 돈은 그렇다 치고, 지금 미야자와 씨한테 그런 각오가 있는지 묻고 싶군요."

마음에 날카로운 칼을 들이댄 것 같았다.

숨이 막혀 답할 수가 없다.

1억 엔이나 되는 설비 투자는 너무 버겁다. 자칫하면 직원과 그 가족을 길거리에 나앉힐 수 있다.

미야자와는 어깨에 책임이 왕창 내려앉은 것 같았다.

"물론 가능하다면 후원하고 싶습니다."

미야자와는 최대한의 답을 말했다. 그때였다.

"가능하다면?"

무라노는 볼펜을 탁자에 탁 놓고 두 손을 무릎에 올렸다. 올곧고 거짓 없는 시선이 미야자와를 꿰뚫었다. "가능하지 않다면 선수를 버리겠다?"

"모기 선수한테는 미안하게 생각합니다."

미야자와는 진심으로 말했다. "하지만 나는 사장으로서 사원도 지켜야 합니다. 그들을 길거리에 나앉게 할 수는 없거든요."

"그런가요……. 그렇다면 이제 우리의 사명은 끝난 것 같군요."

무라노가 이야마를 향해서도 물었다.

"고문님은 앞으로 어떻게 할 생각입니까?"

"글쎄……. 이대로 끝난다면 다음 일을 찾을 수밖에 없겠지."

이야마가 소파에 기대 팔짱을 꼈다. "다만 난 당신 마음도 알지만 미야자와 씨 입장도 이해할 수 있어. 기계가 이렇게 돼버린 책임이 내게 있어서 하는 이야기는 아니지만, 미야자와 씨를 책망할 수는 없지 않겠소. 미야자와 씨가 선수나 직원들을 떠받치려는 마음은 진짜일 거야. 그런데 마음처럼 할 수가 없는 거지. 살아남으려면 뭔가는 포기해야 하니까. 고뇌의 선택에 몰린 사람이 감당할 괴로움과 슬픔이 어떤 건지, 그것도 알아주었으면 좋겠군."

생각지도 못한 말이었다. "단 이거 한 가지는 말해두겠소, 미야자와 씨. 포기하면 여기서 끝나는 거요. 뭐든지 그래. 스스로 끝을 정하지 마시오. 그런 건 그냥 도망일 뿐이니까."

무라노는 이야마의 얼굴을 가만히 응시했다. 그러다 갑자기 "먼저 실례하겠습니다" 하고 자리에서 일어났다.

"이대로 입 다물고 있을 수는 없습니다. 모기한테는 내가 말하겠습니다. 그래도 되겠지요?"

불문곡직한 어조에 미야자와는 그저 자신을 납득시키려는 것처럼 조그맣게 고개를 끄덕일 수밖에 없었다.

무라노가 있던 자리가 빠끔히 비어 있다.

공허하고 깊다. 미야자와에게는 꼭 마음에 뚫린 구멍처럼 보였다.

"할 수 없지. 결국 경영자의 고민은 경영자만의 것이니까."

이야마가 통절히 말했다. "이해를 바라는 건 염치없는 짓이지."

"무라노 씨는 이해해주었으면 했는데……."

이야마는 곧바로 대답하지 않았다. 미야자와는 벽의 한 점을 뚫어지게 바라보았다.

"철저하게 선수 입장에서 생각한다. 그게 무라노라는 사람이지. 그러니 됐소. 계산이 아주 빠른 녀석이라면 신용할 수 있었겠소?"

그렇다고 생각한다. 하지만.

"그렇게 열심히 육왕을 응원해주었는데 팀이 깨지는 건 한순간이네요."

다시 대답이 없다.

"……그럴지도."

짧은 한마디가 나직이 돌아온다. "하지만 모든 것에 책임을 져야 하지. 좋을 때나 나쁠 때나 정면으로 받아들일 수밖에 없소. 가혹한 거 같지만, 회사 경영이란 그런 일이지. 당신은 날 부처님이나 뭐라고 생각하겠지만 말이오. 은행이 돈을 빌려주지 않았다든가 하며 남 탓을 하기는 쉽소. 하지만 어차피 핑계야. 공허할 뿐이지."

그러니 싸워라. 이야마는 그렇게 말하고 싶었을 것이다.

가능하다면 미야자와도 그러고 싶다.

하지만…… 어떻게 싸우라는 걸까. 미야자와는 계속 고뇌했다.

8

"모기, 이게 왔다."

훈련이 끝난 후 기도 감독이 《월간 애슬리트》를 휙 건네주었다. 지난번 취재에 응한 그 잡지다.

"감사합니다."

기도는 "그래" 하고 나직하게 답하고는 빠르게 감독실 쪽으로 걸어갔다. 평소 같으면 기사를 소재로 농담이라도 한마디 할 법한데 그마저 없다.

게재된 부분에 포스트잇이 붙어 있다.

모기의 사진이 조그맣게 들어간, 간단한 인터뷰 기사다. 한 시간은 이야기했을 텐데 실린 분량은 아주 적다. 게다가 읽어보니 정말 자신이 이렇게 말했는지 의심스러운 내용이었다.

—게즈카 선수는 동세대에서 가장 빠른 러너이고 제 목표입니다. 새해역전마라톤에서는 제가 이겼지만 나중에 컨디션이 나빴다는 이야기를 듣고, 그래서 그랬구나 하고 납득했습니다.
—게이힌 국제마라톤에서는 지금까지의 일은 리셋하고 달리고 싶습니다. 결과를 내고, 게즈카 선수에게 다시 라이벌로 인정받고 싶습니다.

목덜미가 확 뜨거워졌다.
그 기자는 질문과 답변을 형편에 맞게 짜깁기해서 모기가 진짜 말하고 싶던 것과는 뉘앙스가 전혀 다른 기사를 만들어냈다.
기사는 이렇게 끝맺었다.
"일찍이 하코네 '등산 코스'에서 우열을 가리기 힘든 격전을 벌인 모기는 부상을 안고 전선에서 이탈했다. 마침내 밑바닥에서 부활하여, 게즈카에 대한 도전자 지위를 확립하기 위해 투지를 불태운다."
그 페이지에는 모기 외에도 또 다른 동세대 육상선수 두 명이 같은 톤으로 소개되었다. 심지어 제목은 '게즈카 나오유키 세대 러너'이다. 어디까지나 게즈카의 들러리로 취급한 것이었다.
'대체 이게 뭐야.'
서둘러 앞 페이지를 펼쳐보니 게즈카의 얼굴이 큼지막하게 실려 있었다. 세 페이지에 걸친 긴 인터뷰를 통해 칭찬은 물론 앞으로 일본 육상계를 짊어질 거라며 치켜세우고 있었다.

기도 또한 틀림없이 이 기사를 읽었으리라. 그래서 그렇게 무뚝뚝한 태도를 취한 것이다. 어쩌면 모기가 정말 그렇게 답변했을 거라 착각했는지도 모른다.

'웃기지 마.'

잡지를 꽉 말아 쥐고 얼른 감독실로 향한 모기가 문을 노크했다.

"실례하겠습니다, 감독님!"

책상에서 서류를 펼치고 있던 기도가 얼굴을 들었다. "이 기사 말인데요, 저는 이런 발언을 하지 않았습니다. 내용이 슬쩍 바뀌어 있어서…… 항의하고 싶습니다."

기도는 책상에 두 팔꿈치를 괴고 모기의 눈을 똑바로 보았다.

"내버려둬."

예상외의 한마디가 튀어나왔다.

"하지만 이대로 두면 게이힌 국제마라톤대회에 출전하는 동기까지 왜곡되어 전해지는—."

"아무래도 좋아."

기도는 단정했다. "자, 이게 세상에 나간다는 거야. 세상은 그런 거고. 마음에 들지 않으면 힘으로 굴복시켜. 그러려면 네 달리기를 보여줄 수밖에 없어. 달리기로 게즈카를 제쳐. 부상인지 컨디션 난조인지 모르겠지만, 변명도 할 수 없게 철저하게 무너뜨려!"

모기는 기도의 눈 속에서 분노로 불꽃이 타오르는 것을 봤다.

"그런 쓰레기 잡지에 항의할 시간 있으면 가서 달려. 네가 납득할 수 있는 상황은 네 힘으로 끌어올 수밖에 없어. 나도, 누구도 못 도와줘. 너밖에 없는 거야. 그러니까 힘내! 죽을힘을 다해 달려!"

시야를 덮고 있던 피막에 기도가 던진 돌멩이가 구멍을 뚫었다. 그런 기분이었다.

모기는 어안이 벙벙해진 채 기도를 응시하며 숨을 크게 들이쉬고는 두세 걸음 물러섰다. 거기서 몸을 직각으로 하다시피 고개를 숙인 뒤 발길을 돌려 밖으로 나왔다.

그대로 달리러 갔다. 주택가의 인적 없는 조용한 길을 그저 달리기만 했다. 신발 소리가 차례차례 겹치는 규칙적인 소리를 들으며 무심하게 계속 달렸다. 마음속 잡음이 사라질 때까지. 얼마나 달렸을까. 기숙사로 돌아온 모기는 사람 그림자가 하나 있음을 알아채고 속도를 줄였다. 딴 세상에 풀려나 있던 혼이 현실로 끌려왔다. 계속 달리면서 가로등 아래 선 사람을 응시한다.

남자가 수건을 건넸다.

"고생하는군."

모기는 고맙다고 짧게 답한 뒤, 무라노가 내민 스포츠음료 페트병을 입으로 가져간다.

"언제부터 계셨습니까."

"한 시간쯤 됐나."

제법 놀란 모기에게 무라노가 말을 이었다. "밥이나 먹으러 가세. 옷 갈아입고 오게."

그리 멀지 않은 상점가에 있는 대중식당으로 향했다. 무라노가 가끔 데려가는 곳이었다.

"할 얘기가 있네."

무라노는 주문을 마치고 모기에게 말했다. "육왕을 후원할 수 없게 될지도 모르겠네."

모기는 "네?" 하고만 말한 채 할 말을 잃었다. 들은 말을 음미하기 이전에 사고 자체가 멈춘 것 같았다.

"두 가지 문제가 있네. 우선 갑피 소재를 납품하던 다치바나 러셀이라는 회사가 아틀란티스에 붙었어. 고하제야에 납품을 멈추고, 아틀란티스에 독점 공급하라는 게 조건이었다더군."

"그런 조건이…… 통하나요?"

아틀란티스라는 이름이 나온 순간 모기의 표정이 변했다.

"상식적으로는 통하지 않지."

무라노에게는 오랫동안 러닝슈즈 제작업체에 근무해온 지식과 경험이 있다. "그런데 다치바나 러셀은 설립한 지 얼마 안 된 약소기업이고, 매출을 올릴 생각에 그 조건을 받아들였지. 고하제야에서는 대신할 업체를 찾고 있지만 난항이네."

"찾을 수 있겠습니까?"

"언젠가는 찾을 수 있을지 모르네만 시기는 알 수 없지. 이건 그래도 나은 편이야. 현안은 나머지 하나 쪽이네……."

무라노는 정색하며 등을 곧게 폈다. 가게 구석에 있는 테이블석이다. 주중이기도 해서 손님은 절반쯤 찼고 가게 안 텔레비전에서는 예능 프로그램이 방영되고 있다.

"밑창을 제작할 수 없게 되었어."

표정이 굳어진 모기는 입을 다물고 있다. "기계 고장……. 화재로 참혹하게 망가져서 수리가 불가능하네. 제작을 재개하려면 설비를 새로 들여야 하지. 하지만 지금 고하제야에 그만한 투자는 너무 부담이 커서 말이야. 아무래도 어려울 것 같더군."

"얼마나…… 필요합니까?"

모기는 주뼛주뼛 물었다가 약 1억 엔이라는 대답에 다시 말문이 막혔다.

"미야자와 사장님은 뭐라고 하십니까?"

"고민하고 있지."

무라노는 생맥주 잔을 입으로 가져가며 대답했다. "다만 지금은 양자택일을 할 수밖에 없는 상황이네."

"양자택일요……?"

모기가 망설이듯이 물었다.

"사업을 계속할지 단념할지. 후원을 계속하려면 설비 투자가 필수야. 하지만 그건 회사에 부담이 너무 큰 데다 자칫 도산할 위험도 생기겠지. 설비 투자를 하지 않으면 고하제야는 이전처럼 전통적인 다비업체로서 근근이 사업을 계속할 수 있겠지."

무라노는 잠시 입을 다물고, 그 말의 의미를 납득시키려는 듯이 모기를 봤다. "요컨대 그쪽이 고하제야로서는 무난한 선택일 걸세."

"육왕은 이제 만들 수 없다는 말씀인가요?"

"결정 난 것은 아니지만, 이대로 가면 그럴 가능성이 높네."

무라노는 잔을 쥔 손가락에 힘을 주었다. "정식으로 결정되지도 않았는데 이런 말을 하는 것은 안 좋을지도 모르겠군. 하지만 앞으로의 일을 생각하면, 지금 정보를 제공해둘 필요가 있다고 생각했네. 불공정한 일은 하고 싶지 않으니까."

모기는 대답하지 않고 가만히 테이블에 시선을 떨어뜨린 채 한참을 있었다. 얼굴도 들지 않았다.

"……그렇습니까."

이윽고 쓸쓸한 듯이 미소를 짓는다. "아틀란티스 사야마 씨의 정보가 틀린 건 아니었네요. 고하제야는 작은 회사라 위험하다는 신용 정보 말입니다. 이렇게 되고 보니 옳았다는 말이 되네요."

"나도 설마 이런 일이 벌어질 줄 몰랐어."

무라노는 솔직히 말하고 모기에게 고개를 숙였다. "미안하게 됐네. 결과적으로 자네를 혼란스럽게 만들고 말았어. 게이힌 국제마라톤에서 신을 러닝슈즈는 처음부터 다시 생각하는 게 나을 거야."

모기는 심하게 동요했다.

10

"막다른 골목에 들어선 기분이네."

미야자와의 입에서 깊은 탄식이 흘러나왔다. 술을 마시는 속도가 평소보다 빠르다. 소라마메에 온 지 삼십 분밖에 지나지 않았는데 이미 중간 크기 생맥주 잔을 두 개 비웠고 방금 얼음 넣은 소주를 주문한 참이다.

테이블 반대쪽에는 오랜만에 고하제야를 찾아온 사카모토가 진지한 표정으로 미야자와와 마주 앉아 있다.

"이에나가 지점장은 늘 우리를 눈엣가시로 여기고 융자를 꺼려왔잖나. 이번에 빌려주지 않는 게 친절의 발로라니 웃기지도 않아. 진지한 얼굴로 그런 말을 하니 말이야."

미야자와가 자포자기하듯이 말하고는 잔의 술을 조금 마셨다. "자네는 어떻게 생각하나? 역시 빌려주지 않는 편이 낫다고 보나?"

사카모토에게서 돌아온 것은 침묵이다.

어떻게 대답할지 생각하는 걸까. 다시 술을 입으로 가져가려던 미야자와는 자신을 응시하는 엄중한 시선을 느끼고 잔을 내려놓았다.

"대출하는 쪽이 좋은가 나쁜가 생각하기 전에, 좀 더 중요한 게 있지 않나요?

사카모토의 어조는 평소보다 상당히 딱딱했다. "사장님의 의지는 어디로 갔습니까? 너무 많이 빌렸다거나 담보가 어떻다거나 하는 이야기는 제쳐두기로 하죠. 사장님은 어떻게 생각하십니까? 이 사업을 계속하고 싶은가, 하고 싶지 않은가. 제일 중요한 문제는 그겁니다."

사카모토답지 않은 강한 어조에 미야자와는 살짝 숨을 삼켰다. 표현은 다르지만 무라노가 들이댄 질문과 거의 같았다.

"물론 사업은 계속하고 싶네."

미야자와가 말했다. 그 마음에 변함은 없다. "하지만 거기에는 리스크가 있네. 회사를 도산시킬지도 몰라. 이 사업이 없어도 먹고살 수 있네. 하지만 회사가 없어지면 사원과 그 가족이 길거리에 나앉게 돼."

"그렇게 생각하시면 단념할 수밖에 없지요."

사카모토가 냉정한 어조로 말했다. "더 고민하실 필요도 없지 않습니까? 모기 선수한테는 사죄하고, 무라노 씨나 이야마 씨와 맺은 계약은 파기해야죠. 개발팀은 해산한다고 선언하시면 되고요. 아닙니까?"

자기도 모르게 입을 다문 미야자와에게 사카모토가 말을 이었다.

"지금 신규 사업은 존폐 위기에 빠져 있습니다. 하지만 만사 순조롭게 성장하는 사업 같은 건 없습니다. 이걸 극복해도 똑같이 아슬아슬한 결정을 내려야 할 상황이 언젠가 또 찾아오겠지요. 회사 경영이란 그런 일의 되풀이입니다. 어디까지 가도, 얼마나 지나도 끝 같은 건 없습니다. 헌데 다비를 제작하던 때도 그렇지 않았습니까? 똑같이 리스크를 무릅쓰는 일이면, 가능성이 있는 편이 낫습니다. 그렇게 생각해서 신규 사업을 결심하신 거 아니었습니까?"

미야자와는 눈을 깜박이는 것조차 잊고 사카모토를 똑바로 바라보았다.

그랬다.

다비 제작에 집착한다는 폐색감. 축소되는 시장, 이렇다 할 것 없는 실적, 미미한 이익…….

거기에 한계를 느껴서 도전했는데, 어느새 그 상황이 역으로 안정적이라 여겨졌다.

"뭘 하는 거지, 난?"

자기혐오의 심정을 토해낸 미야자와가 혀를 차며 천장을 올려다본다. "어떻게 좀 안 될까⋯⋯."

끙끙거리는 미야자와를 향해, 사카모토가 굳은 표정에 정색한 어조로 말했다.

"긴히 제안드릴 게 있는데 들어주시겠습니까?"

숨을 한 번 삼킨 사카모토의 눈에 강인한 의지가 깃드나 싶더니 생각지도 못한 말을 꺼냈다.

"회사를⋯⋯ 파시겠습니까?"

16장

허리케인의 이름은

1

"판다고……?"

희미하게 혼란을 보인 미야자와에게 사카모토는 계속해서 진지하게 말을 이었다.

"회사를 판다는 말에 모든 걸 내놓는다는 이미지를 갖고 계실지도 모르겠습니다. 하지만 그런 매수만 있는 건 아닙니다. 예컨대 자본을 받아들여 매수 기업 산하로 들어가되 사장으로 계속 일한다거나 사원 고용은 유지한다거나 하는 식으로 교섭에 따라 조건이 다양하고—."

"나한테 고용 사장이 되라는 건가?"

설명을 가로막고 미야자와가 말했다.

"기분이 상하셨다면 사과드립니다. 죄송합니다."

사카모토는 고개를 숙였다. "하지만 생각해보십시오. 대형 자본

산하로 들어가면 자금 문제는 일단 해결되고 실크레이도 계속 제작할 수 있습니다. 큰 기업의 계열사로서 신용도가 늘어나는 한편 사원은 고용이 안정됩니다. 게다가 백 년 된 다비 제작업체라는 장점 위에 새로운 브랜드가 더해집니다. 검토할 가치는 있지 않을까요?"

도전하는 듯한 눈빛이 미야자와를 향했다. "중요한 문제입니다, 사장님. 적어도 이야기는 들어봐주셨으면 좋겠습니다. 검토하신 후에 거절하시면 됩니다."

"대체 우리 회사를 매수하고 싶다는 곳이 어딘가?"

"저희 회사와 거래가 있는 곳입니다만, 이 자리에서는 말씀드릴 수 없습니다. 내일 회사로 다시 찾아뵐테니 비밀유지 계약을 맺어주시겠습니까? 그때 정확히 설명해드리겠습니다."

"알았네."

미야자와는 수첩을 꺼내 스케줄을 확인한다. "내일 오후 4시 이후라면."

"그때 찾아뵙겠습니다."

그리고 사카모토는 더는 관련된 이야기를 언급하지 않았다.

이튿날.

약속 시각에 나타난 사카모토는 가방에서 비밀유지 계약서를 꺼내 미야자와 앞에 내밀었다.

서명하고 돌려주자 교환하듯 팸플릿 한 통을 건넨다.

"고하제야에 관심을 보인 곳은 이 회사입니다."

"펠릭스……?"

미야자와는 팸플릿에 있는 회사명을 입에 담았다. 미국에 본사를 둔 신흥 어패럴 기업이다. 아웃도어 쪽에 사명과 동일한 브랜드 '펠릭스'를 내놓고 있다.

이런 회사가 왜 고하제야를 주목한 걸까.

"아시는지 모르겠지만 펠릭스 사장은 일본인입니다. 일본에서 대학을 졸업하고 미국으로 건너가 현지 기업에서 일하다가 창업한 분입니다."

팸플릿에 따르면 사장 이름은 '미소노 조지'다. 미야자와보다 다섯 살쯤 어리고 아직 사십대다. 미야자와는 그 사실에 적지 않은 충격을 받았다.

아직 역사가 일천한 신흥 기업이 백 년을 이어온 노포를 매수하려 한다. 자본력의 차이보다는 사장으로서 수완의 차이를 느꼈다.

사진 속 미소노는 감색 양복에 흰 와이셔츠, 노타이 차림이다. 굳게 다문 입과 눈에 깃든 강렬한 빛. 수완 있는 기업가 분위기가 감돌았다.

문득 이전에 어떤 잡지에서 본 것 같은데, 하며 미야자와는 기억을 더듬었다.

구체적인 내용은 잊었지만, 적극적이고 과감한 벤처기업 경영자 이미지를 보며 자신과는 전혀 거리가 먼 존재라고 생각하던 일이 왠지 모르게 머릿속에 남아 있었다.

"왜 우리지?"

미야자와는 의문을 입에 담았다. "미국에 본사를 둔 글로벌 기업일 텐데. 사이타마 시골구석에 있는 이런 조그만 회사를 군이 왜 매수하려고 하지?"

"그만한 필요가 있어서입니다."

"필요?"

"펠릭스 브랜드라면 육왕은 좀 더 팔릴 거다, 미소노 씨는 그렇게 생각하고 있습니다."

"그러니까, 고하제야가 아니라 펠릭스 제품으로 팔겠다?"

회사는 삼켜진다.

그렇게 생각했다. 백 년을 이어온 노포의 실질적인 종언이다.

눈을 감은 채 나지막하게 신음 소리를 흘리던 미야자와의 귀에 '뒤로, 더 뒤로' 하는 야스다 목소리가 들렸다. 구내로 들어오는 트럭 엔진 소리, 아케미와 다이치의 말소리가 뒤섞이기 시작했다.

한가한, 당연할 만큼 예사로운 평일 오후가 갑자기 사랑스럽게 느껴진다.

사원이 삼십 명쯤 되는 조그마한 다비 제작업체, 고하제야.

미야자와가 선대에게서 이어받은 가업이고, 사원은 모두 가족이나 마찬가지다. 그 회사를 전혀 모르는 사람에게 판다고 알리면 다들 어떻게 생각할까.

"돈 때문에 팔지는 않네."

미야자와가 쥐어짜듯 말했다.

"사장님 마음은 이해합니다."

사카모토는 얌전한 표정으로 고개를 끄덕였다. "그래도 미소노 사장을 만나 이야기를 한번 들어보시면 어떨까요. 미소노 사장도 꼭 대화를 나눠보고 싶다고 했습니다."

"만나봤자 시간 낭비일 거야."

미야자와가 부정적으로 대답했지만 사카모토는 물러서지 않는다.

"상관없습니다. 미소노 사장은 육왕을 개발한 분과 만나보고 싶기도 한 것 같습니다. 상호 경영자입니다. 이런 이야기는 치워두고, 만나서 대화하는 것 자체가 유익한 일 아닐까요?"

그럴까.

한쪽은 글로벌로 뻗어나가는 어패럴 기업의 경영자. 다른 한쪽은 보잘것없는 다비 제작업체. 너무 다르다.

"미소노 사장은 일본 법인을 살피러 가끔 옵니다. 다음 주 화요일에서 금요일 사이에 시간을 내주실 수 있다면 식사라도 대접하겠다고 했습니다."

미야자와는 잠깐 생각하고 대답했다.

"식사는 상관없지만, 매수 제안에는 그다지 적극적이지 않다고 똑똑히 전해주게."

회사 이야기는 차치하고, 미소노가 과연 어떤 인물인지 희미하게 호기심이 들었다.

"알겠습니다. 그쪽 의향도 물어보겠습니다. 시간 내주셔서 감사합니다."

사카모토는 정중히 고개를 숙였다.

2

"사카모토 씨는 무슨 일로 온 겁니까?"

차로 사카모토를 역까지 데려다주고 회사로 돌아오자 도미시마가 서류에서 얼굴을 들고 물었다.

"아아, 잠깐 육왕 일로요."

미야자와는 모호하게 대답했다.

"바쁠 텐데 일부러요?"

도미시마는 아주 살짝 의심스러운 표정을 지었을 뿐 하던 일로 돌아갔다.

사카모토가 찾아온 이유는 입이 찢어져도 도미시마에게 말할 수 없다. 아니, 도미시마뿐만 아니라 회사 누구에게도 말할 수 없다. 사카모토, 펠릭스 미소노와의 비밀 사항이다. 하지만 비밀을 안고 있으려니 사원들과의 사이에 보이지 않는 벽이 생긴 것 같은 기분이었다. 그것이 지금까지 경험한 적 없는 답답함과 함께 마음으로 닥쳐오는 듯했다.

"사장님. 잠깐 의논드릴 일이 있는데요."

야스다가 말을 걸어와 사장실로 돌아가려던 미야자와는 걸음을 멈췄다.

힘겹게 말을 꺼낸 것 같은 야스다를 손짓으로 재촉해 사장실에서 마주 앉았다.

"이번 게이힌 국제마라톤은 어떻게 하시겠습니까?"

"어떻게 하다니?"

미야자와는 매수 이야기에서 사고를 전환하여 물었다.

"아케미 씨를 비롯해 직원들이 모기 선수를 응원하러 가고 싶다고 합니다. 설비 투자 건이 있으니 어쩌려나 해서요."

미묘한 문제인 만큼 야스다도 신중한 말투다. "새해역전마라톤 때
는 육왕을 신든 안 신든 응원하자고 했는데, 또 그래도 될지 여쭤보
고 싶습니다."

마음에 쓸쓸함이 퍼지는 것을 느끼고 미야자와가 입을 다물었다.

꼭 부탁한다. 이렇게 말하고 싶지만 그 한마디가 목구멍 어딘가에
걸려 좀처럼 나오지 않는다.

러닝슈즈 후원을 할 수 없게 될지도 모르는데 고하제야 직원들이
응원하는 것이 타당할까. '겉'만 응원한다고 오해를 사지는 않을까.
오히려 모기에게 실례가 되지는 않을까.

"이봐, 야스다. 사업을 계속하는 거 말인데—."

미야자와가 이야기를 시작했다.

"힘들다고 말하고 싶으시죠?"

야스다가 앞질러 말했다. "다들 알면서도 응원하고 싶다는 겁니
다. 모기 선수 생각을 그만두지 못한다고 할까요. 다들 고집불통이
라 한번 마음먹으면 좀처럼 물러서지 않는다고 할까요."

미야자와는 눈을 내리깔고 한숨을 한 번 내쉬었다.

이런 작은 어긋남 하나하나가 자신이 수완이 없다는 방증이다.

"다들 응원하러 가고 싶다면 그래도 좋겠지."

미야자와는 얼굴을 들고 말했다. "단 이번 레이스에서 모기 선수
는 아마 육왕을 신지 않을 거야. 그건 각오해둬."

고하제야의 현 상황은 무라노가 모기에게 이미 전달했다. 무라노
에게서 모기는 아틀란티스로 돌아가겠지요, 하는 말을 들었다.

"잘 알았습니다. 하지만 사장님."

야스다가 조심스러운 시선을 던졌다. "뭔가 방법이 없을까요? 확실히 지금 저희한테는 1억 엔이나 되는 설비 투자가 너무 부담스러울지 모릅니다. 하지만 그걸 하지 않으면 앞으로 나아갈 수 없다고 생각합니다."

평소와 다른, 심각한 어조다.

"그렇겠지."

미야자와는 허리를 펴고는 팔짱을 끼며 천장을 올려보았다. "가능하다면 나도 해보고 싶어. 다만 아무래도 제대로 안 되었을 때 일을 생각하게 되거든. 만약 육왕이 계획대로 팔리지 않으면 우리의 자금 융통은 단숨에 막히고 말겠지. 난 그게 두렵네."

그러자 야스다가 아주 진지한 얼굴로 미야자와를 보며 말했다.

"저희 때문에 죄송합니다."

"특별히 자네들 때문만은 아니야."

미야자와는 서둘러 말했지만 야스다가 분한 듯이 입술을 깨무는 모습에 자기도 모르게 뒷말을 삼켰다.

"뭐, 회사가 작으면 여러 가지로 고생하는 거지."

말을 흐렸다. 그래서 회사를 키우기 위해 승부수를 던진 것 아니었나, 하는 자기모순이라고밖에 할 수 없는 생각이 가슴을 찌른다.

할 수 있는지는 별문제이고, 할지 안 할지를 먼저 걱정해야 한다는 것은 안다. 하지만 불안과 부정적 사고의 진창에 빠져 앞으로 나아갈 수가 없다.

펠릭스의 미소노는 스스로 창업한 회사를 당대에 국제적인 어패럴 기업으로 키워냈다. 한편 자신은 세상에서 다비가 사라지는 현실을 무시한 채 전통이다, 백 년의 노포다 하며 조금씩 나빠지는 경영을 계속해왔다. 결국 전통이라는 한마디로 도망치며 변명해온 데 지나지 않는 것 아닐까.

회사 경영이란 일종의 재능이라고 미야자와는 생각한다.

재능 있는 경영자는 어떤 회사든 성장시키고 크게 만들 수 있다.

그렇다면 성장시키지도 단념하지도 못한 채 근근이 재산을 지켜온 자신은 대체 무엇인가. 말 그대로 무능한 경영자 아닐까.

"나야말로 미안하네, 야스다."

거기까지 생각이 미친 순간, 이런 말이 나왔다. "나 같은 사람이 사장을 하는 탓에 휘둘리기만 하고, 정말 미안해."

씁쓸해서 얼굴이 찌푸려진다.

정말 재능이 없다고 생각한다면 미소노에게 맡겨야 하지 않을까.

고하제야는 영세기업으로도 만족했지만 펠릭스 산하로 들어가면 비약적으로 성장할지도 모른다. 그렇다면 최소한 그 길을 터주는 것이 경영자의 일 아닐까. 재능 없음을 자인한다면 깨끗이 물러나는 것도 방법 아닐까.

중요한 것은 살아남는 일이다.

가업이기 때문이라든가 백 년의 노포이기 때문이라든가 하는 것은 아무 의미도 없다.

가업에 매달려 노포를 소중히 해왔다고 하면 듣기에는 좋지만 실적은 지지부진하다. 과연 이 정도로 사원과 그 가족이 만족할까.

"사장님 탓이 아닙니다. 이번 일은 어쩔 수 없습니다."

마음이 따뜻한 사람이다. "그럼 아케미 씨한테는 응원해도 괜찮다고 말해두겠습니다" 하고는 야스다가 방에서 나갔다.

문이 닫히자 미야자와는 책상에 엎드려 머리를 싸쥐었다.

3

사카모토가 일러준 가게는 신주쿠 역 근처 일식당이었다.

역에서 도보로 칠팔 분 거리였다. 어수선한 지역 반지하에 자리하고 있었다. 룸으로 안내받아 가보니 두 남자가 미야자와를 기다리고 있었다.

사카모토와 또 한 사람이 미야자와가 들어가자마자 일어났다.

"처음 뵙겠습니다. 미소노라고 합니다."

예의 바르게 고개를 숙인다.

펠릭스 사장 미소노 조지다. 젊은 나이에 세계적 기업을 만들었다는 이력과 달리 겉보기에는 화려함과는 무관한 인상이다. 빈틈없는 양복 차림이지만 거드름 피우는 구석 또한 전혀 없다.

"고하제야의 미야자와입니다. 초대해주셔서 감사합니다."

미야자와는 자신도 정중하게 고개를 숙였다. 그러고는 권해준 의자에 앉아 새삼스레 테이블을 사이에 두고 미소노와 대면했다.

"사카모토 씨를 통해 무례한 제안을 드려 실례가 많았습니다."

미소노는 다시 한번 고개를 숙였다.

"저희도 여러 사정이 있어서요. 사카모토 씨가 잘 알고 있으니 이미 전해드렸겠지요. 미소노 씨는 예전에 잡지 인터뷰 기사를 보고 알고 있었습니다. 뵙게 되어 영광입니다."

"아, 어떤 기사였는지 모르겠습니다. 사실 인터뷰라는 게 수상한 거라서요."

미소노는 쓴웃음을 지었다. "기자나 라이터라는 사람들은 선입관을 갖고 듣는 편이라, 제가 어떤 이야기를 해도 결국 뛰어난 경영자라는 식으로 쓰고 맙니다."

생맥주로 건배를 하며 확실히 그런 식으로 쓰여 있었다고 생각했다. 미야자와는 잠자코 다음 이야기를 기다렸다.

"저는 좌절한 인간이었습니다."

미소노는 의외의 말을 했다. "미국을 동경해서 고등학교 때 일 년간 유학을 갔습니다. 귀국한 뒤 일본에서 대학을 졸업했습니다만, 취업은 뉴욕에 본사가 있는 어패럴 기업을 선택했습니다."

미소노는 미야자와도 아는 회사 이름을 말했다. 한 벌에 수십만 엔이나 하는 고급 브랜드다.

거기서 오 년 만에 매니저 자리까지 올랐지만, 다른 회사에 매수된 후 새로운 경영자의 전략에 적응하지 못하고 퇴사를 결심했다. 그 후 신천지로서 선택한 곳이 당시 미국에서 성장중이던 어느 슈퍼마켓 체인이었다.

부자를 상대로 하는 고급 브랜드에서, 일용품을 취급하는 슈퍼로. 대담한 이직이었다.

"그런데 퇴직한 고급 브랜드를 잊을 수가 없더군요."

미소노는 당시 일을 떠올리며 진지하게 이야기했다. "저는 신규 출점 프로젝트를 맡았습니다. 후보지를 조사하고 상권 내 주택지를 돌며 경쟁 상대를 확인하고, 그 지역 관청과도 교섭하는 일이었어요. 다만 저는 일률적으로 메가 스토어를 내는 게 좋다고는 생각하지 않았습니다. 지역에 따라 요구되는 사항은 다를 거라서 예컨대 80퍼센트는 다른 스토어와 같은 물건을 진열하더라도 나머지 20퍼센트는 지역 특색을 살리는 식으로 차별화를 꾀하고자 했습니다. 그게 어려웠지요."

"구체적으로 무얼 했습니까?"

미야자와가 자기도 모르는 사이에 이야기에 빨려 들어 물었다.

"예를 들어 지역에서 인기 있는 햄버거 가게가 있다고 해보죠. 그 가게를 찾아 출점하게 하는 겁니다. 대체로 자금이 없다거나 하는 여러 사정을 안고 있지만, 그 부분만 해결해주면 지점의 인기 점포가 됩니다. 나아가 같은 레스토랑이어도 지역에 따라 메뉴를 바꾸기도 합니다. 그런 세세한 전략을 세우는 게 제 특기였습니다. 처음에는 저 자신을 잊을 정도로 일에 열중했는데, 정신을 차리고 보니 삼 년째가 되어 있었습니다. 확실히 일은 재미있었지만 역시 처음 취직한 회사가 머리에서 떠나지 않았어요. 다시 한번 브랜드 상품을 취급하는 일을 해보고 싶었습니다. 이직도 생각해봤지만 슈퍼마켓 업무로 그때까지 없던 유통 경험과 지식, 게다가 인맥을 얻었으니 차라리 창업을 해보자고 생각했습니다."

"그게 펠릭스입니까?"

미야자와는 테이블에 놓인 영어 명함을 보며 물었다.

"아니요."

의외의 대답이었다.

"다른 회사입니다. 재니스라는 이름이었습니다."

"재니스?"

미소노의 표정에 문득 그늘이 진 것 같았다. "당시 저는 서른 살로, 이전 회사에서 알게 된 디자이너 출신 아내와 둘이서 그 회사를 세웠습니다. 자택 겸 본사를 플로리다에 두고 아내가 디자인한 백을 제작하고 판매했습니다. 재니스는 회사 이름인 동시에 브랜드 이름이기도 했는데, 실은 아내 이름입니다."

미소노의 목소리는 무척 침울해졌고, 도서관에서의 대화처럼 낮아졌다. "저는 자신만만했고, 고급 백을 파는 데는 누구한테도 지지 않을 노하우가 있다고 자부했습니다. 첫 회사에서 익힌 브랜드 전략과 두 번째 회사에서 연마한 유통 노하우에 마케팅 능력까지 갖췄으니 반드시 잘 팔 거라고 생각하고, 주도면밀하게 준비해나갔습니다. 우선 아내와 둘이서 독일로 가 최고 품질 가죽을 매입해 샘플을 제작했습니다. 최종적으로는 직영 매장을 내는 게 꿈이었지만, 일단은 고급 백화점 바이어의 마음에 들어야 합니다. 그렇게 판매 루트를 정하고 브랜드 이미지를 만들어내기 위해 다양한 궁리를 했습니다. 전략이 맞아떨어져 재니스의 수작업 백은 순식간에 팔려나갔고, 소수이기는 하지만 고객 신뢰를 얻는 데도 성공했습니다. 그래서 은행에서 돈을 빌려 작은 공장을 만들고 양산 체제를 향해 첫걸음을 내디뎠습니다. 그때까지는 좋았지요. 그런데 생각지도 못한 벽에 부딪혔습니다."

차려진 음식에는 손도 대지 않고 미소노가 깊은 한숨을 내쉬었다. "디자인으로 갈등을 겪었습니다. 회사를 설립하고 일 년쯤 지나 아내는 디자인 분위기를 바꾸겠다는 말을 꺼냈습니다. 그때까지는 제 이미지에 맞춰 만들었을 뿐 자기 본래의 것은 아니라고 주장했습니다. 당연히 반대했습니다. 애써 더할 나위 없는 출발을 보인 브랜드입니다. 그 디자인과 이미지로 고객이 달려드는데 돌연 콘셉트를 바꿔버리면 그때까지의 고객을 배신하게 됩니다. 쌓아올린 것을 제 손으로 부수는 짓이나 마찬가지죠. 아내는 그 말을 들어주지 않았습니다. 매월 채무 변제를 해야 하는 몸이니 거기서 멈춰 서는 것도 허락되지 않았습니다. 결국 제가 뜻을 접는 형태가 되어—애초에 아내 이름을 브랜드 이름으로 했으니까요— 새 디자인을 채택하기로 했습니다. 큰 도박이었지요. 예상대로, 새롭게 디자인된 가방은 아주 참신했습니다."

무거운 침묵이 끼어들었다. 미소노가 말하는 것은 봉인하고 싶은 과거의 실패이리라. 하지만 진짜 자신을 이해해줄 수 없을 것이기에 말하지 않는다. 그런 결의가 눈 속에서 소용돌이치는 듯했다.

"그래서 회사는 어떻게 되었습니까?"

미야자와는 숨을 삼키며 물었다.

"최초 고객의 재주문율이 참담했습니다. 고객에게 지지받지 못하면 바이어의 지지도 얻을 수 없습니다. 결국 새로운 판매 루트와 협력자를 구해 미국 전역을 돌아다니게 되었지요. 하지만 그마저 오래는 이어지지 못했습니다. 정말 세상에는 예상치도 못한 것이 기다리는 법입니다."

미소노가 다시 묵직하게 숨을 내쉬었다. "아내가…… 세상을 떠났습니다. 새로운 디자인 이미지를 찾아 멕시코에 가 있을 때 허리케인을 만났습니다. '카테고리 5'라는 거대 허리케인에 수백 명의 사상자가 났는데, 아내도 그중 한 명이었습니다. 저는 모든 것을 잃었습니다. 아내도 회사도 재산도. 모든 것이 사라져 바로 실의의 밑바닥에서 발버둥 치며 괴로워했습니다."

미소노는 다시 그때 심정에 빠져드는 것처럼 얼굴을 일그러뜨렸다. "저를 구해준 사람은 예전에 파티에서 알게 된 어느 벤처캐피털리스트였습니다. 제가 처한 궁지를 알고 다시 한번 해볼 마음이 있다면 자금을 제공해주겠다고 했습니다. 투자회사는 사업 계획에 투자하는 게 아니다, 사람에게 투자하는 거다. 그 한마디가 얼마나 고마웠던지. 거기서 재도전이 시작되었습니다. 그리고 창업한 것이 펠릭스입니다."

그 회사를 불과 십수 년 동안 훌륭한 기업으로 성장시킨 미소노의 수완은 진짜다.

"순풍에 돛 단 듯한 인생은 없지요."

미소노는 이제 차분히 이야기를 이어갔다. "특히 경영은 더 그렇습니다. 언제나 괴롭죠. 지금도 그렇습니다. 하지만 저한테는 모든 것을 잃은 경험이 있습니다. 절망을 안다는 게 제 강점이 되고, 빼놓을 수 없는 아이덴티티가 되었으니 참으로 아이러니합니다."

술잔을 입으로 가져간 미소노는 흥분된 마음을 진정시키려는 듯이 한 모금 마셨다.

미야자와는 미소노가 단숨에 털어놓은 과거에 압도당해 그저 고개만 끄덕이며 귀담아 들을 수밖에 없었다.

동시에 자기 인생과의 차이를 느꼈다. 미소노는 미국을 동경해 그

곳에서의 성공을 꿈꾸며 혼자 바다를 건너갔다고 한다. 반면 자신은 지금껏 오십여 년 인생을 대부분 교다에서 보냈고, 애초에 뭔가 동경해 도전하는 일 자체가 전혀 없다고 해도 좋을 정도다.

미야자와 앞에는 늘 다음으로 나아갈 길이 준비되어 있었다. 학교를 졸업하고, 백화점에서 일을 배우고, 가업을 잇는다. 그렇게 준비된 레일 위를 벗어나지 않고 안온하게 걸어왔다. 그것이 미야자와의 인생이었다.

태어났을 때부터, 그리고 사장이 되었을 때부터 고하제야의 포렴이 미야자와를 지켰다. 하지만 동시에 새로운 도전에서 멀어지게 하는 울타리 역할도 했던 것 같다.

미야자와가 그 울타리를 넘어 새로운 땅으로 나아가려 한 첫 시도가 육왕이었다.

그러나 단 한 번의 시도조차 마음대로 되지 않았다. 품었던 꿈은 현실의 혹독함 앞에서 희미해지며 사라지려 하고 있다.

자신에게 없고 미소노에게 있는 것이 있다면 대체 무엇일까.

지식일까, 재능일까. 뜻일까, 근성일까.

어느 것도 미소노에게 미치지 못할지 모른다. 하지만 미소노와 미야자와의 결정적 차이점은 좀 다른 데 있는 것 같았다.

일종의 각오다.

마치 죽음을 응시하는 듯한 시퍼렇게 날이 선 각오.

"지금까지 일은 잘 알았습니다."

미야자와는 정색한 어조로 말했다. "펠릭스를 훌륭한 기업으로 키워낸 공적은 멋지다고 생각합니다. 저 같은 사람은 발끝에도 미치지 못합니다."

미야자와는 특별히 공치사도 아닌, 생각을 그대로 말했다. "한 가지 묻고 싶습니다만, 펠릭스라는 회사명은 어디서 온 겁니까?"

미소노가 얼굴을 들었다. 먼눈이 미야자와의 등 뒤로 향했다. 아무것도 아닌 공간을 바라본 그 짧은 순간, 뭔가가 이 남자의 마음속 깊은 곳을 스쳐갔다고 미야자와는 생각했다.

"펠릭스는 아내의 생명을 앗아간 허리케인의 이름입니다."

미소노가 말했다. "결코 잊을 수 없고, 잊어서도 안 되는 원점이자 인생의 묘표墓標 같은 겁니다. 그래서 굳이 그 이름을 붙였습니다. 회사를 경영하다 보면 꺾일 것만 같은 벽에 여러 번 부딪히지만, 나는 지지 않는다. 운명에 도전하고 물리쳐주겠다. 펠릭스라는 이름은 그런 분노 같은 것을 북돋아줍니다. 제 원동력인 셈이죠."

미소노의 눈에서 처음에 느낀 온화한 성품과 무관한, 걸쭉한 감정이 느릿하게 소용돌이쳤다.

한 사람의 무시무시하기까지 한 정념이 섬뜩한 박력을 갖고 미야자와에게 호소해오는 것 같았다.

"무서운 분이시네요. 미소노 씨."

스스로 놀랍게도 미야자와는 중얼거리듯이 이렇게 말했다.

이 사람은 항상 과거와 싸우고, 성공함으로써 그것을 부정하려 한다. 하지만 결코 이기는 일 없는 싸움 아닐까. 거기에 미소노가 안은 딜레마가 있다. 미야자와는 아무래도 그렇게만 생각되었다.

"뭐가 무섭습니까? 전 그저 한 명의 경영자에 지나지 않습니다."

이렇게 말할 때의 미소노는 방금 보여준 어두운 감정의 여운조차 보이지 않고 아주 환한 표정으로 돌아와 있었다.

"지금 이야기로 미소노 씨가 어떤 사람인지 어렴풋하게나마 알게 된 것 같습니다."

미야자와가 말했다. "다시 근본적인 이야기가 됩니다만, 귀사에서 저희 회사를 매수하는 게 어떤 장점이 있다고 생각하십니까?"

미소노에게서 순간적으로 보인 온화한 표정이 사라졌다.

"단도직입적으로 말씀드리면, 가장 흥미가 있는 것은 고하제야의 기술력입니다."

다비 봉제 기술을 사기 위해 제안한 것이 아니다. '기술'이 무엇을 가리키는지는 물어볼 필요도 없었다.

"실크레이가 펠릭스의 사업에 공헌할 수 있다는 건가요?"

"맞습니다."

미소노는 이렇게 말하고는, 옆자리에서 봉투를 집어 든 사카모토가 그 안에서 뭔가 꺼내 건네주기를 기다렸다. 펠릭스의 제품 카탈로그로, 미소노가 펼쳐 보인 페이지에는 아웃도어 의류 등이 게재되어 있었다.

"한결같은 품질 향상, 이것은 회사 설립 이래 지켜온 테마입니다. 제품의 일부만 게재되어 있는데, 펠릭스에는 용도별로 다양한 신발이 있습니다. 내구성을 중시한 트레킹용 슈즈, 젖은 바위에서 미끄러지지 않도록 밑바닥에 펠트를 붙인 낚시용 슈즈, 러닝슈즈 중에서도 트레일용으로 특화된 슈즈, 그리고 샌들, 부츠……. 요구점은 공통적입니다. 신기 쉬우며 가볍고 튼튼할 것. 그리고 친환경적일 것. 저가를 세일즈포인트로 삼을 생각은 없습니다. 펠릭스는 그런 브랜드가 아닙니다. 자연을 사랑하는 사람은 가격이 좀 높아도 정말 좋은 걸 찾습니다. 그들이 우리 고객입니다. 그 필요성에 실크레이가 딱 맞습니다."

미소노는 열변을 식히려는 듯이 찬물을 입에 머금었다. 의자 등받이에 기대고는 정색한 시선을 미야자와에게 향했다. "제 입으로 말하려니 이상합니다만, 저는 연구를 상당히 열심히 하는 편이었습니다. 계속 시장을 바라보고 저희 회사 제품에 맞는 소재가 없을까 찾아왔습니다. 그러던 어느 날 한 친구가 재미있는 신발이 있다며 고하제야의 제품을 소개해주었습니다. 그래서 지난번 일본에 왔을 때 전문점에서 한 켤레를 구매해 R&D 부문, 그러니까 연구개발 부문 연구자들에게 건네 평가하게 했습니다. 제가 감상을 물었을 때, 그들이 얼마나 흥분했는지 보여드리고 싶군요."

미소노는 그때처럼 눈을 빛내며 미야자와를 보았다. "솔직히 처음에는 동일하거나 그 이상인 소재를 사내에서 개발하라고 지시했습니다. 일본 시골구석에 있는 작은 회사가—실례합니다— 만든 것이다, 우리가 만들지 못할 리 없다고 생각했으니까요. 그러자 R&D 책임자가 말했습니다. 개발에 막대한 시간과 비용이 들 것이다, 가령 오 년 이상 소요되어도 괜찮다면 저희 또한 가능할지 모른다, 하지만 전략상 지금 바로 필요하다면 이 기술을 사는 편이 빠르다, 하고 말이지요."

미소노는 고하제야를 매수함으로써 시간을 사려 한 것이다. "그 자리에서 매수를 검토하게 했습니다. 기술자, 마케팅 담당, 재무 담당으로 구성된 검토 팀을 만들어 정보를 수집한 후 다양한 관점에서 검토한 끝에 최종 결론을 이끌어냈습니다."

미소노가 허리를 펴고 말투를 가다듬었다. "미야자와 씨, 저희와 함께해주시겠습니까? 승낙하신다면 당장이라도 투자할 준비는 되어 있습니다. 오해하시지 않도록 말씀드리는데, 사장직은 계속 맡으시면 됩니다. 다비 제작이라는 현재 업태를 계속하셔도 괜찮습니다. 아니, 펠릭스 고급 제품의 봉제 공정을 부탁할 수도 있다고 생각합니다. 전향적으로 검토해주신다면 구체화된 제안을 드릴 수 있을 겁니다."

미야자와는 어떻게 대답을 해야 좋을지 망설였다.

"잠깐만요."

오른손을 내밀어 미소노를 제지했다. "정보를 수집했다고 하셨는데, 저희 회사는 미소노 씨도 모르는 상황에 직면해 있어서……."

"기계 고장 말씀인가요?"

놀랍게도 이미 알고 있었다.

사카모토인가.

사카모토를 바라보니 똑같이 경악한 것 같았다.

"어디서 그런 정보를……. 사카모토 씨는 아닌 것 같습니다만."

"어딘지는 말씀드릴 수 없습니다. 얼핏 들은 거니까요."

고하제야 사원과 접촉했다고는 생각할 수 없다. 그럼 무라노인가 싶지만 펠릭스의 정보 수집력이 거기까지 뻗어 있다고는 생각되지 않았다. 그랬다면 미야자와 귀에도 들어왔을 것이다.

"기계 고장 이야기를 듣고, 쓸데없는 참견이지만, 고하제야에서 독자적으로 설비 투자를 하기에는 짐이 좀 무거운 게 아닐까 생각했

습니다."

미소노의 의견은 단도직입적이다. "대량 생산을 전제로 한다면 견고한 대형 라인 설비가 두세 개는 필요합니다. 수억 엔은 투자해야 합니다. 그것도 한꺼번에요. 실크레이를 대량으로 생산하고 시장에 유통시키려면 지금 생산 규모로는 영향력이 부족합니다. 저희 신발류의 전용 소재로 대량 제작해서 실크레이라는 기술 자체를 세상에 알리는 겁니다. 고어텍스처럼 그 자체가 하나의 브랜드가 되게 만드는 거지요. 고하제야가 곧 실크레이인 거죠. 그리고 전세계 펠릭스 매장에서 그것을 팝니다. 경쟁사가 나타나기 전에요."

중요한 점이라는 듯이 미소노가 오른손 엄지를 세웠다. "어떤 소재도 영원히 정상 자리에 있을 수는 없습니다. 혁신자로서 선행 이익을 얻을 수 있는 기간은 그렇게 길지 않다고 보는 편이 낫습니다. 지금 최고의 소재가 수년 후에도 최고의 소재일 거라고는 말할 수 없습니다. 라이벌 회사에서도 날마다 새 소재 개발에 힘쓰고 있으니까요. 실크레이를 보고 철저히 연구해서 더 나은 걸 세상에 내놓으려 하겠지요. 거기에 대항하기 위해서는 또 새로운 설비 투자가 필요해집니다. 고하제야와 펠릭스가 함께할 때 장점은 그겁니다. 아틀란티스가 라이벌이라고 들었습니다. 솔직히 지금은 코끼리와 개미의 대결이겠지요. 저희와 합치면 대등하거나 능가하게 될 겁니다. 펠릭스에는 아틀란티스보다 뛰어난 마케팅 능력과 개발력이 있습니다. 고하제야 측 피드백을 살려 다음 한 수를 신속하게 노릴 만한 자금력도 있습니다. 나쁜 구상은 아니라고 생각합니다."

미소노의 말솜씨에 압도되는 느낌이었다. 말 그대로다. 이치에 맞는 이야기다.

미야자와는 거절할 생각으로 여기 왔다.

하지만 그 의지가 흔들리기 시작했다.

이 사람의 인간성에는 분명히 발을 들여놓을 수 없는 영역이 있다. 이해할 수 없는 부분도 적잖이 있을 것이다. 하지만 지금 이 사람이 전개한 논리에는 경청할 만한 비즈니스상 진리가 숨 쉬고 있는 게 아닐까.

미야자와의 마음속에서 백 년의 포렴이 흔들렸다.

그때, 미소노의 이야기를 머릿속으로 반추하던 미야자와에게 한 가지 의문이 솟아났다.

"실크레이를 그렇게까지 평가해주시다니 정말 기쁘고 고마운 일입니다." 미야자와가 말했다.

"그런데 한 가지 착각을 하고 계신 것 같습니다. 실크레이는 저희 회사 기술이 아닙니다. 특허 보유자는 회사 밖의 분입니다. 그분과 교섭하면 귀사도 실크레이를 제작할 수 있을 겁니다. 그편이 훨씬 효율적이지 않을까요?"

"실크레이 특허가 어느 분 소유인지는 잘 압니다."

미소노는 과연 그 점도 철저히 조사했다. "하지만 저희가 원하는 것은 실크레이 특허뿐만 아니라 그 제작 노하우도 포함한 것이고, 그것이 고하제야에 있습니다. 귀사에서 실제로 실크레이를 제작하고 있고, 저는 그 실적을 높이 평가합니다."

"그렇습니까? 뭐, 그렇게까지 말씀하시니 검토해보기로 하지요."

석연치 않은 뭔가를 느끼며 미야자와가 대답했다. 미소노는 새롭게 술을 시켜 공손히 잔을 들었다.

4

그날 밤늦게 미야자와가 집으로 돌아왔을 때 다이치는 캔맥주를 앞에 두고 거실 소파에 앉아 있었다. 이 시간에는 자기 방에 틀어박혀 음악을 들으며 컴퓨터로 무얼 하고 있는 경우가 많은데 희한하다고 생각했다.

"오빠, 면접 잘됐나 봐요."

윗옷을 벗는 미야자와에게 딸 아카네가 귀엣말을 했다.

밤 11시대에 시작하는 뉴스 프로그램이 나오고 있었다. 다이치는 편하게 쉬며 그것을 보고 있다.

"어떻게 됐어?"

미야자와가 말을 걸었다.

"왠지 모르게 느낌이 좋아요."

표면상으로는 쌀쌀맞음을 가장하지만 표정에 득의양양한 마음이 배어 나왔다. 그 얼굴을 힐끗 봤다.

"잘됐구나."

"그리고 오늘 소재를 도매해주겠다는 회사가 한 곳 있었는데, 어떻게 할 거예요?"

진의를 헤아려보는 듯한 다이치의 시선에 미야자와는 떠오르려던 웃음을 지웠다.

"어딘데?"

"다테야마 직물이요."

"정말이야?"

미야자와는 무심코 되물었다. 중견 직물업체이지만 기술력으로는 정평이 난 회사다. 단 거래처를 엄격하게 선별한다는 평판이 있어서 고하제야 따위는 협상 자리에 오르지도 못할 거라 단정하고 있었다.

"우리 설비가 가동되고 있지 않다는 건 설명했지?"

걱정스러워진 미야자와가 확인차 물었다. 다이치는 "당연하죠"라고 기가 막힌다는 표정으로 대답하더니 오늘 일을 들려주었다.

"러닝슈즈 갑피 소재 말인가요?"

남자는 다이치가 내민 팸플릿을 찬찬히 들여다보았다. 히야마 가즈토라는 이름의 자재 영업부장이다. 삼십대 중반에 벌써 부장이 되었을 만큼 수완가라는 인상이었다. 게다가 영세기업인 고하제야를 상대로 젠체하는 구석이라고는 찾아볼 수 없었다. 그것은 정중한 말씨에도 드러났다.

"판매 규모는 어느 정도입니까?"

"막 시작 단계인 사업이랄까요. 이제부터인 셈입니다."

다이치는 지금까지의 경위를 숨김없이 설명했다. 설비 투자를 두고 고심중인 상황이라는 말도 덧붙였다.

"요컨대 설비가 완성되어 재생산하게 되면 우리 소재를 매입하고 싶다는 말씀이죠?"

그럼 생산 준비를 갖추고 와라. 이렇게 말할 거라 예상했으나 히야마는 잠깐 입을 다물었다. 그리고 다이치가 내민 육왕 샘플을 손에 들었다.

"이게 실물입니까? 재미있군요. 이걸로 아틀란티스와 경쟁하려는 거네요."

"실제로 다이와 식품의 모기 선수와 후원 계약을 맺었습니다. 역전마라톤 같은 거 좋아하십니까?"

"예, 좋아하고 자주 봅니다."

히야마의 대답이 기뻤다.

"올해 새해역전마라톤 보셨습니까? 6구간에서 모기 선수가 라이벌 게즈카 선수와 접전 끝에 이기고 구간상을 탔습니다. 그때 신은 러닝슈즈가 이 육왕입니다."

히야마는 이야기를 들으며 육왕 안에 손을 넣고 갑피 소재에 손끝을 대보았다. 어느 정도 품질인지 확인하려는 것처럼.

"그렇군요. 잘 알았습니다."

육왕을 돌려주며 건넨 한마디에는 이 이야기 전체를 단념한 듯한 울림이 있었다.

거절당하는 건가.

다이치는 내심 준비하고 기다렸다.

"긍정적으로 검토해보겠습니다."

예상외의 답변이었다. "어떤 의미에서 이 신발은 돌파구네요. 일단 사내에서 논의하겠습니다만, 저는 꼭 진행해보고 싶습니다."

"감사합니다." 기대 이상의 평가에 다이치는 자기도 모르게 고개를 숙였다.

"설비가 진행됐을 때, 구체적인 조건에 대해 얘기하시죠. 그러면 되겠습니까?"

"물론입니다. 그렇게 해주시면 큰 도움이 되겠습니다."

기대하고 있겠습니다, 하며 히야마가 내민 오른손을 다이치는 기쁘게 맞잡았다.

"상당히 우수한 직원 같던데요?"

다이치에게 "이 얼빠진 녀석아" 하고 미야자와가 어처구니없다는 듯이 말했다.

"히야마 씨는 히야마 집안 사람일 거다. 다테야마 직물 창업자 말이야. 영업하러 나갈 때 상대 회사 정보는 머리에 넣어둬야지."

"그래요?"

미야자와는 무심코 몸을 일으킨 다이치의 어깨를 톡 쳤다.

"뭐, 그건 그렇다 치고. 잘했다."

원래라면 기쁜 순간일 것이다. 하지만 미야자와는 가슴속 깊은 곳에 묵직한 것이 내려 쌓이는 심경을 어떻게도 하기 어려웠다. 몇 시간 전 미소노와의 일이 뇌리를 스친다. 육왕을, 아니 고하제야를 어떻게 하면 좋을지 고민스러웠다.

"어떡할 거예요, 아버지?"

다이치가 물었다. "육왕에 대한 평가는 높다고 생각해요. 지금 문제는 도저히 해결할 수 없나요?"

야스다도 같은 말을 했다. 매수 제안이 들어왔다고 말할 마음이 들지 않는 이유는, 그 제안을 어떻게 평가할지 미야자와 본인도 결정하지 못했기 때문이다.

"생각중이야."

이렇게 말했을 뿐, 미야자와는 "그나저나 면접이 잘되어 다행이다" 하고 다이치에게 이야기를 돌렸다.

"아아, 다음은 최종 면접인데, 메트로 전업 임원들도 나올 모양이에요."

부엌 달력에서 날짜를 확인하자 이미 다이치가 '최종 면접'이라고 적어놓았다.

그리고 일주일 후에는 게이힌 국제마라톤이다.

고하제야에서 응원단이 몰려나갈 그 레이스에서 모기는 아틀란티스의 RⅡ를 신을 것이다.

틀림없는 패배의 순간이다.

하지만 미야자와는 패배의 수렁에서 기어오를 한 가지 수를 쥐고 있다.

펠릭스 산하로 들어가는 것.

과연 그래도 좋을까. 미야자와는 계속 고민했다.

17장

고하쩨야 회의

1

"사장님, 들어가도 되겠습니까?"

오전 8시 반, 도미시마가 사장실 문을 노크했다. 미야자와의 출근 시간을 가늠한 듯한 타이밍이었다.

"예, 들어오세요."

도미시마의 떨떠름한 표정을 본 순간 '뭔가 있군' 하고 생각했지만, 내민 서류를 보고는 길게 숨을 들이쉬었다.

지난달 시산표다.

"적자인가요?"

수백만 엔 적자였다. 한 달에 이만한 액수에 이르는 경우는 드물지만 이유는 들을 것도 없다. 실크레이 제작이 중단되었기 때문이었다. 제작 계획은 좌절되었는데 매입해둔 소재는 창고에 산더미같이 쌓여 있다. 제작 판매가 멈춰 있으니 적자가 되는 것은 당연하다.

"이대로 가면 이번 달도 적자입니다. 지난달은 전반에 다소 매출을 올렸지만 이번 달은 제로니까 적자폭은 확대될 겁니다."

"운영 자금은요?"

미야자와는 마음에 걸리는 것을 물었지만 "저번에 빌린 돈이 있으니 일단 그럭저럭 견딜 수 있을 겁니다"라는 대답을 듣고 내심 가슴을 쓸어내렸다. 이 타이밍에 은행에서 자금을 조달하려 한다면 힘든 교섭이 될 것이다.

"사장님, 생각하고 계십니까?"

도미시마는 다소 에둘러 표현했다.

"생각하다니요?"

미야자와는 진의를 헤아릴 수 없었다.

"앞으로의 사업 전개에 대해서 말입니다."

주름진 눈구멍 안쪽에서 도미시마의 심지 있는 시선이 이쪽을 향했다. "신규 사업은 어떻게 하실 겁니까. 이대로 실크레이 제작이 중지되면 당연히 육왕도, 보병대장도 제작할 수 없게 되겠지요. 그 경우 쓸데없는 경비를 어떻게 할까 해서요."

"미안합니다. 창고에 있는 재료는—."

"아뇨, 그건 됐습니다. 알고 있습니다."

도미시마는 이렇게 단언하고는 미야자와가 예상하지 못한 한마디를 입에 담았다. "전 인건비를 말하는 겁니다."

미야자와는 도미시마를 응시한 채 답할 말을 잃었다.

"고문 말인가요?"

늙은 지배인이 고개를 끄덕이는 모습을 확인하고 미야자와는 의자 등받이에 기대며 천장을 매섭게 노려본다.

"실크레이 제작 고문으로 계약했을 겁니다."

도미시마가 말했다. "실크레이를 제작하지 않게 되면 계약도 지속할 필요가 없다고 봅니다. 고문료에 사택 비용, 게다가 제작 설비 사용료까지. 그것만으로도 매달 100만 엔은 됩니다. 무라노 씨와의 자문 계약도 그렇습니다. 저희에게는 결코 적은 금액이라고 할 수 없습니다."

미야자와는 나지막하게 끙끙거리는 소리를 냈다.

잘 안다. 하지만 둘 다 미야자와의 꿈에 공감해준 동료다. 협력을 부탁한 사람은 미야자와다. 도미시마의 말을 받아들이면 일방적인 사정으로 그들의 성의를 배신하게 된다.

"저기, 겐 씨. 설비 자금 1억 엔, 정말 조달할 수 없을까요?"

미야자와가 다시 물었다.

도미시마는 어처구니없다는 표정을 지으려다가 미야자와의 진심을 헤아렸다. 뭔가 생각하고 있다기보다 어떻게 설명할지 살피는 듯한 침묵이 둘 사이에 끼어들었다.

"마음은 알겠습니다. 하지만 이제 그만두시지 않겠습니까."

잠시 후 도미시마가 말을 꺼냈다. "사이타마 중앙은행 이에나가 지점장의 의견은 저번에 들은 것에서 변하지 않겠지요."

"다른 은행은요?"

미야자와가 물었다. "가끔 적극적으로 영업하는 신규은행이 있지 않나요? 그런 곳에서 자금을 조달할 수는 없을까요?"

"은행은 여전히 논리로만 움직입니다, 사장님. 특히 지방은행은 더욱 그렇습니다."

도미시마는 잘 알아듣도록 말했다. "은행 업계 논리상 설비 자금은 주거래 은행에서 지원하는 걸로 되어 있습니다. 상당히 실적이 좋은 회사라면 어떨지 모르지만, 지금까지 거래가 없던 은행에서 저희 같은 회사에 설비 자금을 빌려주지는 않을 겁니다."

"그럼 그 사람들은 뭘 하러 온 거죠?"

미야자와는 약간 발끈해서 물었다. 고하제야에도 은행 명함을 가지고 영업직 은행원이 찾아오는 일이 드물지 않다. 대개는 문전박대이지만 때로 도미시마가 직접 만나는 일도 있다.

"그 사람들이 생각하는 건 모두 같습니다. 우선 작은 금액을 융자하는 데서 시작해, 문제가 없으면 이삼 년 상황을 보며 서서히 거래를 넓혀가는 거죠. 간판은 달라도 내용은 사이타마 중앙은행과 크게 다르지 않습니다. 생각이 같다면 융자하는 태도도 다르지 않겠지요."

"말이 안 되잖아요."

미야자와가 옆을 보며 내뱉었다.

"원래 그런 겁니다. 앞으로 이 회사가 성장할 것인가. 은행은 그런 건 모릅니다. 장래성으로 회사를 평가하지 않습니다. 이미 쌓아올린 실적을 평가할 뿐입니다." 도미시마는 알아듣게 말했다.

"다시 한번 물을게요. 은행에서 자금을 조달할 가능성이 전혀 없다고 단정할 수 있나요?"

미야자와는 진지하게 물었다.

"예, 그렇습니다."

도미시마는 단언했다. "우리 사업 규모와 재무 내용을 보고 1억 엔이나 되는 자금을 융자해줄 은행은 없습니다."

미야자와는 한동안 입을 다물었다. 도미시마를 응시한 채 들이닥친 현실의 감촉을 마음속으로 음미하고 자신에게 이해시키려 애썼다. 기대한 가능성을 단념하기 위한 노력이다.

"그렇군요."

얼마 후 미야자와가 한숨 같은 답변을 내놓았다. 그제야 도미시마는 "사장님, 조금 전의 그 이야기는 아무쪼록 잘 부탁드립니다" 하는 말을 남기고 방을 나갔다.

미야자와는 혼자 고민했다. 아니, 고민은 하지만 마음 어딘가에서는 답을 알고 있다.

자금 조달 과제를 극복하고 육왕을 계속 제작한다. 그를 위한 단 하나의 가능성이 있다면, 미소노의 제안을 받아들이는 것이다.

미소노 말처럼 나쁜 제안이 아니다. 아니, 오히려 고하제야에 천재일우의 기회일지도 모른다.

'백 년의 포렴이 대체 뭐란 말인가.'

자신을 타일렀다. 살아남는 게 훨씬 중요하지 않을까, 하고.

바지 주머니에서 휴대전화를 꺼내 사카모토에게 전화를 건다.

"여러 가지로 고심해봤는데, 제안을 전향적으로 검토해보려 하네. 미소노 씨한테 전해주겠나?"

전화 저편이 순간적으로 조용해졌다.

"알겠습니다. 그렇게 전하겠습니다. 아, 그리고……."

전화를 끊으려는데 사카모토가 말했다. "실은 한 가지 새로운 사실이 판명되어서요."

무언가 생각하는 듯한 틈을 두고 사카모토가 말을 이었다.

"요전에 미소노 사장 이야기에서 좀 마음에 걸리는 게 있어서 이후에 본인한테 물어봤습니다."

"마음에 걸리다니?" 미야자와가 되물었다.

"실크레이 말씀입니다. 미소노 사장은 실크레이 제작 노하우를 얻기 위해 고하제야를 매수하고 싶다고 했습니다. 그게 아무래도 마음에 걸려서요."

미야자와도 걸린 부분이다. 실크레이 제작 노하우를 얻고 싶으면 고하제야를 매수할 필요는 없다. 이야마 한 사람을 헤드헌팅하면 끝날 일 아닐까. 그게 훨씬 싸고 빠를 것이다. 미소노의 이야기는 명확한 설명이 되지 않았다.

"미소노 사장이 처음에 이야마 고문에게 이야기한 모양입니다. 실크레이 특허를 팔라고요. 하지만 거절했다고 합니다."

"거절? 그게 정말인가?"

"틀림없습니다."

사카모토가 대답했다. "자기가 특허를 팔면 고하제야에 피해를 주게 된다. 지금 고하제야에 신세를 진 처지인데 그럴 수 없다, 이런 말과 함께 거절당했다고 합니다."

"그랬단 말인가……."

앞뒤가 맞는다. 미소노는 실크레이 제작 설비의 고장을 이미 알고 있었다. 누구에게 들었는지 의문이었는데, 이야마와 직접 교섭했다면 우연히 고장 이야기가 나올 수도 있었으리라.

"미소노 씨는 고문한테 대체 언제 그런 이야기를 했을까?"

"한 달쯤 전이라고 합니다."

미야자와는 이야마의 배려에 몹시 감격했다.

미소노는 분명 큰돈을 제안했을 것이다.

하지만 이야마는 거절했다.

고하제야를 위해 거절해주었다. 그렇게 하는 데는 상당한 정신력이 필요했을 것이다. 그런데도…….

시치미 뗀 얼굴로 평소대로 고하제야에서 일을 계속하던 이야마가 떠올랐다.

"알았네. 알려줘서 고마워."

전화를 끊고 나서도, 미야자와는 너무 뜻밖의 일을 만나 한동안 움직일 기력도 없었다.

2

"이야마 고문님, 끝나고 잠깐 함께 가주시겠습니까?"

그날 저녁, 미야자와가 이렇게 말하며 이야마를 불러냈다.

"마침 오늘은 아내가 외출했는데 타이밍이 좋군."

저녁 6시가 지난 시각, 이야마와 함께 회사를 나섰다. 행선지는 늘 가던 소라마메가 아니라 교다 역에서 가까운, 미야자와가 가끔 접대에 이용하는 일식당이었다.

이야마는 편한 술자리를 예상하고 있었는지 회사 근처에서 택시를 잡은 미야자와가 가게 이름을 말하자마자 뭔가 눈치챈 듯 말수가 적어졌다. 대범해 보이지만 내면은 세심한 사람이다.

"뭔가 할 말이 있는 거 아니었나?"

이야마가 이렇게 말을 꺼낸 것은 별 의미 없는 이야기가 끊겼을 무렵이었다.

"실은 그렇습니다."

미야자와는 구이 요리로 뻗던 손을 멈췄다.

"내 계약 얘기인가?"

이야마는 눈치 빠르게 물었다. "슬슬 그런 말이 나올 때라고 생각했지. 계약을 중단할 생각이라면 기탄없이 말해주시오. 나도 지금 이대로 괜찮다고는 생각하지 않으니까."

실크레이 제작이 멈춰서 이야마는 야스다를 보좌하는 형태로 노무나 공정 관리 일을 하고 있었다. 물론 회사에는 도움이 되지만 이야마에게 지불하는 금액에 어울리는 내용이라고는 말하기 힘들다.

"그 반대입니다. 계속 도와주셨으면 합니다. 앞으로도 잘 부탁드립니다."

미야자와는 깊숙이 고개를 숙였다. "그렇지만 앞으로의 일은 그렇게 간단하진 않을 거라 생각하고 있습니다."

이야마는 눈썹을 치켜올리며 앞에 놓인 잔을 단숨에 비운다. 미지근하게 데운 술이다.

"어떻게 할 생각이오? 실크레이를 제작할 수 없으면 나와 계약한 의미도 없을 텐데."

"여러 가지로 생각했습니다만 꼭 고문님 의견을 듣고 싶어서요."

미야자와는 정색을 하고 말을 꺼냈다. "저는 이 신규 사업을 계속하고 싶습니다. 그렇게 하기 위해서는 고문님 말씀처럼 1억 엔이 넘는 설비 자금이 필요합니다. 하지만 저희는 그만한 돈을 조달할 수 없습니다."

이야마는 잠자코 다음 이야기를 재촉했다. 미야자와가 말을 이었다. "저희 두 사람만 알았으면 하는 이야기인데, 사실 매수 제안이 들어왔습니다. 고하제야를 사고 싶다는 회사가 있습니다."

미야자와는 잠깐 틈을 두고, 뭔가 탐색하는 듯한 시선을 이야마에게 보냈다. 이야마는 그 회사가 어디인지 짐작할 것이다. 하지만 조금도 내색하지 않고 이쪽을 똑바로 보고 있다.

"그래서?"

이야마는 빈 잔에 자작으로 술을 채웠다.

"매수에 응하면 자금난은 해결할 수 있습니다. 실크레이 설비 투자가 가능해지고 신규 사업도 계속할 수 있습니다."

"아울러 나하고의 계약도 이어갈 수 있다는 거로군."

이야마는 이렇게 말하며 술잔을 테이블에 탁 놓았다. "잘된 것 아니오."

얼마간 짜증이 담긴 표현이었다. 부아가 치민다고 말하고 싶은 듯한 눈으로 미야자와를 보고 있다.

"고문님은 어떻게 생각하십니까?" 그 눈을 향해 미야자와가 물었다. "저는 제안을 받아들일 생각입니다."

이야마의 눈에 분노의 빛이 떠올랐다.

"그런 걸 물어보려고 날 불렀나? 그건 사장인 당신이 생각할 문제일 텐데."

"맞습니다. 하지만 저희는 고문님에게서 실크레이 제작 허가를 받았습니다. 그리고 고문님은 그 회사…… 펠릭스의 제안을 거절하셨다고 들었습니다."

이야마의 표정에는 미동조차 없었다.

"그런 건 아무래도 좋은 거 아니오?"

이윽고 이야마가 말했다.

"아무래도 좋은 건 아닙니다."

미야자와는 고개를 가로저었다. "거액을 받고 펠릭스에 특허를 매각하실 수도 있었습니다. 하지만 그렇게 하지 않고 저희한테 기회를 주셨지요. 배려에 정말 감사드립니다. 저도 여러 가지로 생각했습니다. 그리고 애써 얻은 그 기회를 헛되이 하지 않고 살려나가고 싶습니다."

물론 이야마도 같은 의견일 거라고 미야자와는 생각했다.

"정말 검토해보고 내린 결론이오?"

이야마가 물었다.

"얼마 전 미소노 사장을 만났습니다."

미야자와는 그때 일을 이야기해주었다. "매수 제안을 거절하고 일개 다비 제작업체로 돌아가는 방법도 생각해봤습니다. 하지만 저는 역시 신규 사업을 계속하고 싶습니다. 고문님이나 무라노 씨, 그리고 개발팀과 함께 좇아온 꿈의 뒷이야기를 보고 싶습니다. 그러려면 매수 제안을 받아들이는 게 유일한 선택지입니다. 물론 그때는 실크레이를 적용하는 품목도 늘어나기 때문에 고문님께 가는 로열티는 당연히……."

이야마의 바늘 같은 시선이 미야자와를 거리낌 없이 쏘아보는 것 같았다.

"당신은 바보요."

생각지 못한 한마디가 미야자와를 가로막았다.

어안이 벙벙해진 미야자와에게 이야마가 말을 잇는다.

"그렇게 간단히, 백 년을 이어온 포럼을 파는 거요? 그 정도 회사이고 그 정도 경영자냐 이 말이지."

신랄한 말이 득달같이 튀어나온다.

"하지만 이 제안을 받지 않으면 우리 신규 사업은⋯⋯ 게다가 고문님께도 그 편이—."

"그게 아니오."

이야마가 내뱉듯이 말했다. "당신은 왜 그렇게 사람이 좋은 거요? 왜 그렇게 고지식하고? 왜 더⋯⋯ 좀 더 발버둥 치려 하지 않소?"

"발버둥⋯⋯."

미야자와가 중얼거리듯이 되풀이했다.

"자, 잘 들어보시오. 상대의 노림수는 실크레이겠지."

이야마는 검지를 미야자와에게 들이댔다. "나는 실크레이 슈즈에 관한 제작 허가를 고하제야에만 주었소. 다시 말해 지금은 고하제야 이외에 실크레이 밑창을 제작할 수 있는 업체는 없다는 뜻이지. 미소노는 당신이 가진 그 권리를 노리는 거요. 그럼 달리 할 수 있는 게 있을 텐데."

미야자와는 호흡조차 잊고 이야마를 응시했다.

말이 나오지 않는다.

이야마가 무슨 말을 하려는지, 그 윤곽이 드디어 미야자와 안에서 떠올랐다.

"그런 일인가……"

지금까지 전혀 깨닫지 못하던 새로운 선택지가 미야자와 눈앞에 열렸다.

3

"당신에 대한 평가가 상당히 높은 것 같군요."

중앙에 앉은 초로의 남자가 서류에서 얼굴을 들더니 노안경을 벗고 다이치를 봤다. "지금은 어떤 일을 하고 있습니까?"

"지난 일 년여, 가업인 다비 제작업체에서 신규 사업을 진행해왔습니다."

"신규 사업은 어떤 겁니까?"

남자의 좌우로 한 사람씩 앉아 있다. 사전 정보에 따르면 지금 발언하는 사람이 이사이자 인사부장인 가와다, 왼쪽에 앉은 사람은 제작부장 난바라, 오른쪽이 기획부장 기리야마. 실질적으로 이 회사를 움직이고 있다 해도 좋은 중진들이다.

최종 면접 장소는 오테마치에 있는 메트로 전업의 회의실이다. 텔레비전 드라마나 영화에서나 보던 타원형 회의용 테이블에서, 다이치는 중역들과 마주 보고 앉아 있었다. 테이블 오른쪽 끝에는 다이치를 여기까지 끌어올린, 인사부 부장대리 우치야마가 있었다.

"러닝슈즈입니다."

다이치가 말했다. 그러고는 백문이 불여일견이라는 듯이 가져온 종이봉투에서 육왕을 꺼내 보여주었다.

"아버지인 사장이 러닝슈즈 업계 진출 기획을 했고, 수많은 시행착오를 거친 끝에 이 신발을 만들었습니다. 특징은 이 밑창입니다. 실크레이라고 하는데 원료는 누에고치입니다. 내구성이 좋으면서도 얇고 강한 신소재입니다. 손으로 들어보면 보기보다 가벼워서 깜짝 놀라실 겁니다."

우치야마가 다가와 다이치에게서 육왕을 받아들고는 세 명에게 건넸다. 희미하게 놀라는 소리가 새어나왔다.

"뭐라고 했지요? 실크레이? 이 기술은 특허가 있습니까? 회사 보유 특허인가요?"

제작부장 난바라가 흥미를 갖고 물어왔다.

"아닙니다. 회사 고문인 이야마라는 분의 특허입니다. 거의 사장되어 있던 특허인데, 밑창에 최적이 아닐까 하는 조언이 아버지에게 들어왔고, 이야마 씨를 고문으로 초빙해 이 밑창을 개발했습니다."

"지금까지 어떤 기업에서도 이 소재를 몰랐다는 말인가요?" 기획부장 기리야마가 물었다.

"그렇습니다. 사실 밑창으로 전용할 수 없을까 하는 발상 자체가 혁신이었습니다. 그렇지만 사장되어 있던 특허입니다. 러닝슈즈 밑창에 최적인 경도를 도출해야 했고, 동시에 유연성이라는 상반된 필요성에도 부응해야 했습니다."

개발 경위에 대해 열렬하게 이야기하는 다이치에게—반쯤 예상하던 일이지만— 세 중역은 귀를 기울였다. 담담하거나 고개를 끄덕이거나 웃음을 짓는 등 귀담아듣는 표정은 다양해도, 다이치의 이야기를 호의적으로 받아들였다.

구직 면접이라서가 아니라 지금까지 인생에서, 누군가 이토록 흥미로워하며 들어줄 만한 일을 했다는 사실이 솔직히 기뻤다.

이야기는 슈피터 무라노와의 자문 계약, 아틀란티스와의 경쟁, 스핀오프 제품인 보병대장 개발을 지나, 새해역전마라톤에서 활약한 모기와의 후원 계약에 이르렀다.

"신규 사업으로 거기까지 해냈다면 대성공한 셈이네요."

제작부장 난바라의 말에는 만족스러운 듯한 울림이 담겨 있었다. "매출도 상당히 늘었겠군요. 순풍에 돛 단 듯하겠어요."

"아니요. 그건 아닙니다."

그 대답에 난바라는 눈을 동그랗게 뜨고 입을 다물었다. "예상외의 문제가 일어났습니다. 처음에는 갑피 소재 납품처가 이탈했습니다. 그 부분은 얼마 전 가까스로 대체 업체를 발견해 극복할 가망이 생겼는데, 실은 아직 해결하지 못한 중요한 문제가 있습니다."

"뭔지 물어봐도 됩니까?"

인사부장 가와다의 물음에 다이치는 고개를 끄덕였다.

"실크레이를 제작하던 기계가 고장났습니다. 새 설비를 구축하는 데는 자금이 1억 엔 이상 필요한 탓에 제작 자체가 중단되었습니다."

"그 문제에 관해 어떻게 생각합니까?"

흥미진진한 표정으로 가와다가 묻는다. "지금껏 일을 해왔으니 어떻게 하고 싶다는 개인 생각은 있겠지요? 들려주겠어요?"

"물론 가능하다면 개발을 계속하고 싶습니다. 하지만 그러려면 해결해야 할 문제가 많습니다. 예컨대 자금 조달이 있습니다. 저희 회사 현황을 보면 은행에서 융자를 해줄 것 같지 않습니다. 그래서 요즘은 신규 사업의 어려움을 느낍니다. 일시적으로 성공한 듯이 보여도 리스크는 여러 곳에 숨어 있습니다. 예측이 가능한 것도, 불가능한 것도 있습니다. 제게 반성할 점이 있다면, 기계가 고장 날지 모른다는 리스크를 사전에 좀 더 검토해두지 않았다는 겁니다."

다이치는 입술을 깨물었다.

"좋은 경험을 했군요."

가와다가 말했다. "조심성 없는 말 같긴 하지만, 당신의 경험은 그 회사에는 불행한 일이었어도 채용하려는 우리한테는 행운 같군요. 성장시켜주었으니까요. 다만 한 가지 확인차 묻겠는데……."

가와다는 거기서 잠시 말을 끊었다. "사실 그 일을 계속하고 싶은 거 아닌가요?"

한마디가 다이치의 의표를 질렀다.

"아니요. 이미 경험은 충분히 했습니다."

다이치가 말했다. "꼭 이 회사에서 그 경험을 살리고 싶습니다."

"좋은 면접이었어요, 미야자와 다이치 씨."

사십 분에 이른 면접을 끝내고 나오자 우치야마가 만족스러운 듯한 웃음을 띠며 말했다. "결과가 나오는 대로 알려드리겠습니다. 오늘 수고 많았습니다."

"정말 감사합니다."

허리를 구부리고 고개를 숙인 다이치는 오테마치에 있는 사옥에서 나와 도쿄 역으로 향했다.

꿈꾸는 기분이 될 줄 알았다. 그런데 가와다에게 들은 말이 아무래도 마음에 걸렸다.

─그 일을 계속하고 싶은 거 아닌가요?

분명히 재미있는 일이다. 밑창을 개발하느라 밥도 잠도 잊고 이야마와 몰두하던 나날, 새해역전마라톤에서 모기가 육왕을 신고 달렸을 때의 감격, 갑피 소재를 찾아다니느라 괴로웠던 영업의 나날.

어릴 때부터 다이치는 가업으로서 고하제야를 당연한 것처럼 보고 있었다.

하지만 막상 사원이 되자 고하제야는 어릴 때 알던 것과는 전혀 다른 모습으로 보였다.

백 년의 포렴, 이라고 안온하게 자리 잡은 줄 알았던 노포 다비업체는 자금 융통과 싸우며 하루하루 살아남기 위해 분투하고 있었다. 거친 바다에 농락당하면서도 어떻게든 자세를 유지하며 떠 있는 배를 방불케 한다.

다이치는 그 배의 선원 중 한 명이다.

싸우는 나날을 통해 다이치가 배운 것은 일의 묘미이고 진짜 재미였다. 순수하게 뭔가를 만들고 남을 위해 공헌하려는 자세. 과묵하고 한결같은 작업의 연속에서 배운 것은 도전하는 즐거움이었다.

고하제야에는 그런 것이 있었다.

그리고 지금 자신은 그 회사를 떠나 새 길로 걸어가려 하고 있다.

아마 새로운 일을 하게 되면 매일 보게 될 열차 창밖 풍경을 바라보았다. 과연 이게 정말 잘하는 일일까. 다이치는 새로운 의문을 품었다.

"인생은 한 번뿐이야."

언제였던가. 이야마가 다이치에 이런 말을 한 적이 있다. "좋아하는 걸 해. 허세 부리고 폼 잡느라 정말 좋아하지도 않는 일을 하는 인생만큼 후회되는 것도 없지."

아직 그 말을 실감할 만큼의 경험은 없다. 하지만 이야마가 하려는 말은 다이치도 알 수 있다.

이것으로 되었다. 나는 좋아하는 길을 택한 것이다.

자신을 이렇게 타이르는 다이치에게 3월의 도시는 너무도 살벌해 보였다.

4

"겐 씨, 할 이야기가 좀 있는데요."

미야자와가 이렇게 말하며 등 뒤의 사장실을 획 가리키자 도미시마는 서류에서 얼굴을 들더니 노안경을 손에 든 채 일어섰다.

이야기가 새지 않도록 문을 닫고, 도미시마가 소파에 앉기를 기다린 미야자와는 "어떻게든 실크레이 제작을 계속하고 싶은데 어떨까요?" 하고 말을 꺼냈다.

도미시마가 아주 살짝, 지긋지긋하다는 표정을 보였다. 그러지 않으려 했는데 어떻게도 하기 힘들어 겉으로 드러난 것 같았다.

"어떻게 해도 현 상황에서 자금 조달은 힘듭니다. 저번에 말씀드리지 않았습니까."

"조달처를 찾아주면 되잖아요."

"그런 은행은 없습니다."

"은행에서 빌리는 게 전부가 아니잖아요."

도미시마의 표정이 갑자기 굳어지더니 "상공인 대출은 안 됩니다" 하고 못을 박았다.

상공인 대출은 은행보다 훨씬 이자율이 높은, 비은행권의 융자다. 박리다매하는 영세기업에서는 임시방편의 융자를 받는 정도가 고작이고, 자칫 장기간이 되었다가는 수익마저 이자로 날아간다. 제 목을 스스로 조르는 일이다.

"상공인 대출에 손댔다는 걸 은행에서 알면 그 사실만으로도 빌려주지 않게 되니까요."

"그런 데 손댈 생각은 없어요."

미야자와는 안심시키려고 이렇게 말하고는 몸을 내밀며 목소리를 죽였다. "실은 우리 실크레이에 흥미를 보인 대기업이 있어요. 거기서 자금을 끌어올 수 있을지도 몰라요."

곧바로 대답은 없이, 경계하며 눈을 가늘게 뜨고는 차가운 시선을 보낸다.

도미시마의 자세는 철저하게 보수적이다. 특히 돈이 관련되면 더욱 확고하다.

'돈을 빌린다면 은행'이라고 정해놓은 뒤 그 밖의 대출은 설령 자신의 부모에게서라고 해도 반대한다.

"그 대기업이라는 데는 어디입니까?"

도미시마가 굳은 표정으로 물었다.

"알 거라고 생각하는데, 아웃도어 관련 어패럴 사업을 하는 펠릭스입니다. 미국에 본사를 두고—."

"어떻게 알게 되신 겁니까?"

"사카모토 씨가 전해줬어요. 고하제야를 매수하고 싶다는 게 최초 제안이었습니다."

매수라는 말을 듣고 도미시마는 눈을 크게 떴다. 입술이 움직였지만 말은 없고 내심의 동요만이 무언 속에서 전해져온다.

"목적은 펠릭스에서 만드는 제품에 실크레이를 사용하는 것이지요. 타사 제품과 차별화할 수 있겠죠. 하지만 그 정도면 매수할 것도 없이 우리와 업무 제휴만 해도 됩니다. 독점적으로 실크레이 제작 하청을 하는 대신 설비 투자를 지원받는 겁니다. 가능성 없는 이야기는 아니라고 생각하는데요."

"지원 이야기는 그쪽에……?"

"아직 하지 않았습니다."

미야자와가 고개를 가로저으며 대답했다. "그 전에 겐 씨에게 말해두어야 할 것 같아서요."

도미시마는 몸의 힘이 빠진 것처럼 소파 등받이에 기댔다. 깊은 한숨을 내쉬더니 시선이 갈팡질팡한다.

"사장을 한 번 만났는데 신용할 수 있는 사람 같았어요."

들리는지 안 들리는지 도미시마는 반응이 없다. 화가 났을까, 뭔가 다른 생각이라도 하는 것일까. 잠시 후 감정이 표백된 듯한 표정을 보았을 때, 미야자와는 둘 중 어느 쪽도 아니라는 사실을 알았다.

굳이 말하자면 도미시마가 내비친 것은 실망이다.

"솔직히 제가 감당할 수 있는 이야기가 아닙니다."

천천히 대답한 도미시마는 어딘가 슬퍼 보였다. "제가 뭐라 말하든 진행하실 생각이지요? 그렇다면 할 말은 아무것도 없습니다. 무책임하게 들릴지도 모르지만, 저는 찬성도 반대도 아닙니다. 판단할 수 없기 때문입니다. 사장님이 스스로 생각해 판단하셔야 할 문제입니다. 저는 그렇게 생각합니다."

"펠릭스의 미소노 사장한테 일단 이야기를 해볼 생각입니다."

미야자와가 말했다.

"상대가 응하지 않으면 어떻게 하실 겁니까?"

도미시마가 가장 중요한 점을 물었다. "매수에 응할 생각도 있는 건가요?"

"그럴 가능성도 있습니다."

미야자와가 확실히 말했다. "하지만 그 경우에는 고용 유지가 최소한의 조건입니다. 피해는 끼치지 않겠습니다."

무슨 말을 더 하려나 했지만 도미시마는 잠자코 일어나 살짝 목례만 하고 방을 나갔다.

찬동의 말을 듣고 싶었던 것은 아니다.

반응이 어떻든 도미시마에게만은 알려두고 싶었다. 지금껏 인생의 대부분을 고하제야를 위해 진력해준 도미시마에 대한 최소한의 예의라고 생각했기 때문이다. 그러나.

누가 뭐라고 하든, 마야자와에게는 자신이 고하제야를 가장 진지하게 생각한다는 자부심이 있다.

'결정하는 사람은 나다.'

미야자와는 그 사실을 가슴에 새겼다.

5

3월인데도 한겨울이나 다름없이 몹시 추운 날이었다. 바니시를 칠한 듯이 맑게 갠 파란 하늘에서 겨울의 약하디약한 햇빛이, 북풍이 휘몰아치는 교다 거리에 쏟아지고 있었다.

미야자와는 정오가 지나 집을 나섰고 다이치가 역까지 바래다주었다. 다카사키 선으로 한 시간쯤 걸려 우에노로 갔다. 거기서 다시 지하철로 사카모토의 회사가 있는 니혼바시로 향한다.

미야자와는 미소노와 만나 이야기를 어떻게 진행할지 가는 내내 고심했다. 역에 도착할 때까지도 생각은 정리되지 않은 채였다.

어떻게 할지 생각해본들 결국 어떻게든 될 수밖에 없지 않은가. 그렇다면 정면으로 마주하고 성실히 이야기할 수밖에 없다.

알려준 층까지 엘리베이터로 올라가 접수처에서 이름을 말했다. 자못 도심의 사무실 같은 평온함으로 가득 찬 가운데서 기다리고 있으니 곧 사카모토가 나타나 응접실로 안내했다.

약속 시각 십 분 전에 왔는데도 미소노는 이미 기다리고 있었다.

"사카모토 씨에게서 전향적으로 검토하신다는 이야기는 들었습니다. 정말 감사합니다."

악수에 응하며 미야자와는 은밀한 긴장을 느꼈다. 미소노는 만면에 웃음을 짓고 있지만 이제 꺼내놓을 미야자와의 아이디어가 상대에게도 전향적인 것이라고 말하기는 힘들다.

그러나 그 불안을 얼굴에 드러내지는 않았다.

"오늘은 그 일로 의논드릴 게 있어서 시간을 내달라고 했습니다."

미야자와는 곧바로 본론을 꺼냈다. "일단 펠릭스의 신발류에 실크레이를 사용한다는 발상에는 전면 찬성합니다. 꼭 그렇게 해주셨으면 합니다. 명확한 차별화를 꾀할 수 있을 뿐 아니라 기능성이나 환경적 관점에서도 틀림없이 전세계에서 많은 팬이 생길 겁니다. 실크레이 밑창을 가진 아웃도어 슈즈가 세상에 침투해 하나의 브랜드로 인지될 수 있다니 저희에게는 꿈같은 이야기입니다. 미소노 씨 안목에 감사하고 있습니다."

미소노는 만족스럽다는 듯이 고개를 끄덕였다. 미야자와는 거짓없이 솔직한 생각을 말했다. 문제는 여기부터다.

"말씀을 듣고 나서 진지하게 검토해봤습니다. 오늘은 제 역제안도 포함하여 툭 털어놓고 이야기할 생각입니다."

"매수 조건을 말하는 건가요?"

아니요, 하며 미야자와는 고개를 가로저었다. "저희 회사를 매수하겠다고 제안하셨는데, 저는 전제부터 다시 생각했습니다. 솔직히 말씀드립니다. 매수가 저희 모두, 그러니까 펠릭스와 고하제야에 정말 최선일까요?"

대답이 없다. 미야자와의 얼굴에 시선을 고정한 채 미소노는 몇 초간 침묵하며 다음을 재촉한다. "실크레이 채택이 목적이라면 매수까지 할 필요가 있을까요. 실제로 매수가 결정되면 기업 정밀 조사에 몇 달이나 되는 시간과 큰 비용이 들 겁니다. 자회사가 되면 미국 상장 기업인 펠릭스의 회계 제도에 맞춰 저희도 시스템을 모두 바꿔야 합니다. 자회사 하나가 늘면 주주에 대한 설명 의무도 늘어납니다. 게다가 이후에는 항상 합병 효과를 따지게 될 겁니다. 저희도, 펠릭스도 부담이 되는 거 아닐까요?"

미소노는 팔걸이의자에 기댄 채 손가락으로 미간을 누르며 입을 다물고 있다. "목적에 부합한다는 의미에서는, 매수보다 업무 제휴가 훨씬 간단하다고 생각합니다. 아웃도어용 신발류에 사용하는 실크레이를 귀사에 독점 공급하겠습니다. 그런 계약을 체결하면 펠릭스는 소기의 목적을 충분히 달성할 수 있습니다. 어떻습니까?"

"그건 저도 생각했습니다."

몇 초의 시간을 두고 미소노가 대답했다. "그런 계약을 체결할 수 있다면 합리적이고 빠를 겁니다. 하지만 이 사업을 전체적으로 보면 그런 계약만으로는 일이 진행되지 않습니다. 중요한 걸 해결할 수 없기 때문입니다."

미소노가 지적을 이어간다. "일단 고하제야의 설비 문제가 있습니다. 그리고 실례지만, 사업 규모가 커질수록 귀사의 재무 체질도 마음에 걸릴 겁니다. 100퍼센트 확실히 공급해줄 수 있을까……. 물론 미야자와 씨의 마음을 의심하는 것은 아닙니다. 그것과는 다른 이야기입니다. 세상에는 하고 싶어도 할 수 없는 게 많지 않습니까. 다양한 사정으로, 또는 예측하지 못한 사태로 지속하기 어려워지는 일도 있습니다. 매수를 제안한 것은 그런 리스크를 최대한 배제하기 위해서입니다."

온화한 표현이기는 했지만, 이치를 따지는 발언에서 카리스마 넘치는 경영자로서 미소노의 다른 면모가 비쳐 보였다.

"말씀은 알겠습니다. 하지만 과감히 그 리스크를 없애주실 수 없을까요?"

발언의 의도를 헤아리려는 시선이 미야자와를 향했다.

"고하제야 측에서 설비 투자를 받겠다는……?"

"아니요, 저희만으로 귀사의 요청에 응할 수 있을 만한 설비 투자는 어렵습니다."

미야자와가 미소노를 똑바로 마주 보며 말했다. "그 투자를 지원해주실 수 없겠습니까. 어떤 형태든 상관없습니다. 펠릭스에서 설비를 구입하여 저희한테 대여하는 형태도 상관없습니다."

곧바로 대답은 없었다.

아니, 머리 회전이 빠른 미소노다. 어쩌면 답은 정해져 있고, 단지 미야자와를 어떻게 설득해야 할지 생각하고 있을 뿐인지도 모른다.

테이블 옆 의자에서 사카모토가 숨을 죽이고 있다. 사카모토에게도, 그리고 미소노에게도 미야자와는 상상도 할 수 없는 금융 실무 경험이 있을 테고, 그에 따르는 가치관이나 판단 기준 또한 있을 것이다. 그 평가 기준에 비춰봤을 때 미야자와의 제안이 과연 어느 정도 수준인지 전혀 알 수 없었다. 검토는커녕 일고의 가치도 없을지 모른다.

"솔직히 융자는 별로 내키지 않습니다."

잠시 후 미소노가 말했다. "저희가 설비를 준비하고 생산을 위탁

한다면, 고하제야에 융자를 해주고 변제 자금까지 저희가 내는 것과 그다지 다르지 않습니다. 그렇게 번거로운 일을 할 바에는 처음부터 매수하는 쪽이 알기 쉽고 간단합니다."

지당한 말이지만 여기서 반론하지 못하면 진다.

"미소노 씨 제안이 합리적이라는 사실은 인정합니다."

미야자와는 분명히 말했다. "하지만 저는 백 년의 포렴을 짊어지고 여기 있습니다. 증조부부터 연면히 이어져온 회사를 그렇게 간단히 팔 수는 없습니다."

"한 가지 확인하고 싶습니다. 미야자와 씨는 신규 사업을 계속하고 싶으시죠?"

잊고 있던 중요한 사항을 일깨우듯이 미소노가 말했다.

"그렇습니다. 저는 어떻게든 육왕을 성공시키고 싶습니다. 펠릭스 산하로 들어가면 간단할지도 모릅니다. 하지만 간단해서 망설임이 생깁니다. 고작 다비입니다만, 그것을 백 년이나 계속 만들어온 고하제야의 포렴은 그렇게 가벼운 것이 아닙니다."

강한 어조가 되었다. 평소 가슴속 깊은 곳에 잠들어 있는 고하제야에 대한 애정과 자부심이 차올라 말이 되어 나왔다.

"노포의 포렴에 집착해서 어떡하겠다는 겁니까."

미소노가 얼굴을 찡그리며 희미하게 짜증을 드러냈다. 상체를 확 기울여 눈을 들여다보듯 하며 말을 이었다. "보세요, 미야자와 씨. 포렴. 노포. 귀에는 기분 좋게 들릴지 모르지만, 거기에 가치가 있다면 현시점에서도 성장하고 발전하고 있어야 합니다. 회사의 가치가 뭐 겠습니까?"

미소노는 고하제야의 악화되는 상황을 암암리에 지적했다. 한편 펠릭스는 창업 후 십수 년 만에 비약한 신흥 기업이고, 오히려 역사를 부정하는 데에 존재가치가 있다. 역사가 있는 회사가 훌륭한가, 포렴이 그렇게 귀중한가. 미소노의 질문은 무언중에 미야자와에게 전해져 회사의 가치란 무엇인가 하는 근원적인 질문으로 귀착했다.

"작은 회사이긴 하지만, 이 세상에는 저희 다비가 마음에 들어 계속 신어주는 고객이 있습니다."

미야자와가 대답했다. "러닝슈즈 업계로 진출하려 하고 있지만, 그렇다고 다비 제작을 잊는 일은 없을 겁니다. 바로 거기에 고하제야의 아이덴티티가 있으니까요. 백 년이라는 시간에 가격을 매길 수는 없습니다. 하지만 가격을 매길 수 없는 것에도 가치는 있습니다. 이익은 적어도 저희는 그렇게 이 세상 한구석에 좁지만 살아갈 수 있을 만한 영역을 얻어왔습니다. 그것에 가치가 없을까요?"

"그렇게 말씀하시는 이상, 아마 뭔가 있겠지요."

미소노도 부정하지 않는다. 하지만 어딘가 빈정거림이 가로지르고 있기도 했다. 기세 날카로운 경영자로서의 반골 정신이 그런 말을 하게 만들었을지도 모른다.

"하지만 전통을 지키는 것과 매수를 진행하는 것은 전혀 모순되지 않습니다."

"제가 사장을 계속 맡고, 다비 제작 또한 계속해도 된다고 하셨지요. 그걸 말씀하는 겁니까?"

미야자와가 이렇게 묻자 미소노가 고개를 끄덕였다.

"그렇다면 다시 묻겠습니다. 그건 어느 정도 진짜일까요?"

미야자와는 본질을 물었다. "다비 제작의 본업이 더 힘들어졌을 때, 실크레이의 생산 가치가 없어졌을 때 또는 그것을 대신할 만한 소재가 개발되었을 때 펠릭스 입장에서 고하제야의 가치는 뭘까요? 그때 펠릭스 안에서 고하제야의 위치는 어떻게 될까요? 목표 이익률도 달성하지 못하는 짐짝이라 낙인찍혀서 차라리 없애버릴까, 매각할까 하는 논의가 나오지 않는다고 말할 수 있을까요?"

"미래의 일은 알 수 없습니다."

무표정해진 미소노가 나직이 말했다. "그렇게 되지 않도록 노력하는 게 기업 경영입니다. 고하제야도 지금 이대로 좋다고는 생각하지 않으시겠죠. 이익률로 잘리는 게 싫다면 이익률을 높일 궁리와 노력을 해나가야 합니다."

"제 말은 이익률을 최우선으로 한다면 다비 제작을 그만두어야 한다는 것입니다. 다비 제작의 이익은 펠릭스에서 표방하는 고수익 체질과는 거리가 멉니다. 이것만은 어떻게 해볼 수가 없습니다. 이익 경쟁에서 벗어난 곳에 있는 덕에 지켜진 것도 있습니다."

"그럼 계속 거기 있으면 되지 않습니까?"

결국 미소노에게서 이런 발언이 튀어나왔다. "수익을 추구하지도 성장하지도 않는 그것을 역사다 노포다 하며 미화할 거라면 거기 머무르면 되는 겁니다. 그걸 뭐라고 할 생각은 없습니다. 하지만 거기서 탈출하고 싶어 러닝슈즈 개발을 계획한 거 아닌가요? 유감스럽게도 그 업계는 미야자와 씨가 생각하는 것만큼 어수룩하지 않습니다. 스피드, 경영 자원, 그리고 기획력과 판매력이 좌우하는 세계입니다. 그곳에 승부를 건 이상 이유가 어떻든, 낮은 수익도 괜찮다는 체질 같은 건 논할 가치조차 없습니다."

미소노는 문제의 근본을 입에 담았다. 이것이 본심일 것이다.

"물론 이익 추구를 부정할 생각은 없습니다."

미야자와는 조용히 단정했다. "하지만 저희 존재 의의는 그게 전부가 아닙니다. 그 점을 이해하느냐 하는 것입니다."

숨 막히는 침묵이 이어졌다.

사카모토도 끼어들려고 하지 않았다. 수습한다 해도 의미가 없음을 알기 때문이다.

"펠릭스의 제안은 물론 고마운 이야기입니다."

미야자와가 말을 이었다. "하지만 경영 합리성이라는 관점만으로 곧바로 같은 그룹이 될 수 있는가. 그런 간단한 문제가 아니라고 생각합니다."

미소노는 기업 매수를 가볍게 생각하는 것이 아닐까.

어젯밤 늦게까지 컴퓨터 앞에 앉아 펠릭스와 미소노에 관한 온갖 정보를 수집하다가 그 사실을 깨달았다.

기껏해야 십수 년의 사력社歷에, 미국과 일본을 중심으로 시장을 개척해 급성장한 펠릭스라는 회사에 대해 알아갈수록 미소노의 경영 감각이 어떤 것인지도 깨닫게 되었다.

브랜드 전략이나 유통에 대해 속속들이 쌓은 경험과 지식, 창업 전까지 구축한 다양한 인맥을 이용해 시작한 여명기. 자본금이 그다지 많지 않았던 미소노는 틈새 산업을 주전장으로 삼음으로써 그 시기를 멋지게 벗어났다. 그리고 작은 회사를 여러 번 매수하여 부족한 것을 보강했다. 시간과 성장의 가능성을 돈으로 해결해온 것이다.

몇 년도에 어떤 회사를 매수했는지 정리된 목록에 기재된 회사 수가 많았다. 고하제야 역시 거기 이름을 올리는 회사 중 하나가 될 거라는 사실에 섬뜩함을 느꼈다.

미야자와 나름대로 미소노의 발상을 해석해보면 '뭔가 부족해? 그럼 사와'다.

부족한 부분에 접착제로 살을 붙여나가듯 회사를 이상적 모습으로 만들어가는 경영 수법은 어떤 의미에서 미소노가 뛰어난 바이어임을 증명했다. 물품 바이어가 아니라 회사 바이어다. 거기에 회사 매수에 대한 미소노의 '일상성'이 숨어 있는 것 같았다.

미소노에게 작은 회사를 사는 행위는 드문 일도 아닐 것이다.

하지만 제안을 받은 미야자와에게는 일생일대의 전기이고, 직원들에게는 그야말로 인생을 좌우할지 모르는 큰 문제다.

제안 내용이 이치에 맞는다 해도 메울 수 없는 틈이 있는 이상 매수되는 회사는 그저 흡수되는 것만으로 끝나버린다. 최초 조건에 따라 미야자와가 한동안 사장을 역임해도 어느새 펠릭스 사람이 위에 서서 펠릭스식 합리주의로 고하제야를 평가할 것이다.

다비 제작 현장은 그런 평가의 눈으로 보면 틀림없이 별 가치가 없어 보일 것이다. 전통 복식 문화를 떠받쳐왔다는 사명감도, 고객에 대한 책임감도 이익률이라는 계산식 앞에 쓸데없는 것으로 배척되지 않을까.

미야자와가 지켜야 하는 포렴은 단순한 시간의 축적이 아니다. 하물며 단순히 경제 합리성이라는 척도로 평가할 존재도 아니다.

팔짱을 낀 미소노에게서 긴 한숨이 새어나왔다.

"아무래도 경영에 대한 생각이 서로 상당히 다른 것 같네요."

듣기에 따라서는 결별의 말로 들릴 수도 있는 한마디가 이어졌다.

"다른 것은 당연하지요."

미야자와가 조용히 대답한다. "급성장한 귀사와 십 년을 하루같이 살아남은 저희 회사가 같을 수 없지요. 하지만 저희는 그런 회사입니다. 그리고 생각이 다르기 때문에 매수가 아닌 편이 좋다고 생각합니다."

미야자와는 다시 미소노를 마주 보았다. "우리를 지원해주시겠습니까? 그 대신 펠릭스를 위해 실크레이를 확실히 공급하겠습니다."

"융자 같은 것은 흥미 없습니다."

미소노의 대답은 쌀쌀맞았다. "그런 거라면 우리가 독자적으로 설비 투자를 하는 게 훨씬 낫습니다."

그때였다.

"펠릭스에서 할 수 있습니까?"

결국 미야자와가 정면으로 물었다 "말씀처럼 하는 편이 펠릭스에는 최선일 겁니다. 하지만 그걸 할 수 있습니까?"

"할 수 있다면 고생하지 않겠지요."

분노 띤 눈으로 말한 미소노는 오른손으로 무릎을 탁 쳤다. "그럼 이 이야기는 없던 것으로 하지요. 그래도 괜찮겠지요?"

교섭은 결렬되었다.

"미소노 씨."

생각대로 되지 않음을 안 순간 재빨리 교섭을 중단하려는 상대에게 미야자와가 말했다. "조금 전 말씀드린 대로 실크레이를 공급하는 데는 아무 문제도 없습니다. 지금 결론을 내는 일은 간단하지만, 과연 좋은 계책인지 잘 생각하시는 게 좋습니다."

"우리는 우리 방식이 있으니까요."

미소노는 한 발짝도 물러서지 않았다. "이해받지 못하는데 어쩔 수 없지요. 중요한 기회를 놓치시는 겁니다. 이후에 후회해도 그때는 늦습니다."

"그건 다르지 않습니까?"

미야자와는 상대를 응시하며 조용히 말했다. "비즈니스란 원래 균형을 이루는 겁니다. 실크레이의 가치와 저희에 대한 매수 제안도 마찬가지입니다. 균형을 이루니까 성립하지요. 제가 나중에 후회할 거라 여기는 듯한데, 자금 융통에 어려움을 겪고 있다고 가볍게 보시는 거 아닙니까?"

"실제로 귀사는 설비가—."

"무시하지는 말아주시죠."

미야자와는 확실히 말하며 미소노를 노려보았다. "분명 지금은 설비 투자를 할 자금이 없습니다. 하지만 실크레이를 소재로 받고 싶은 요구는 다른 데도 있겠지요. 비즈니스 상대가 귀사만 있는 게 아닙니다. 우리는 반드시 찾아낼 겁니다. 그때 후회하는 건 당신일지도 모릅니다."

축축하고 무거운 시선이 미야자와를 쏘아보고 있었다.

맨 처음 악수를 나눌 때의 표면적인 온화함도 우아함도 없이, 지금 미소노는 비난하는 듯한 시선을 보내고 있었다.

"제가 말하고 싶은 것은 이것뿐입니다."

미야자와는 일어나 오른손을 내밀었다. "오늘은 정말 감사했습니다. 만나 뵙게 되어 저도 여러 가지로 공부가 되었습니다."

미소노는 건성으로 악수를 받았다.

"그건 다행이네요."

짧게 말한 미소노는 미야자와에게서 눈을 떼고는 아무 관심 없다는 듯이 일어났다. 그러고는 미야자와가 방을 나갈 때까지 언짢음을 감추려 하지 않았다.

"끝났군."

방에서 나온 순간 미야자와는 나직이 중얼거렸다. 미소노가 말한 후회와는 조금 달랐다.

마음 한구석에는 미소노가 구제해줄 거라는 기대가 숨어 있었다. 하지만 미소노는 그렇지 않다는 것을 확실히 느꼈다.

육왕은 무슨 일이 있어도 계속하고 싶다. 아니, 계속할 것이다. 그렇게 하는 데 펠릭스가 유일한 해답은 아닐 것이다.

"미안하네."

엘리베이터 홀까지 배웅하러 나온 사카모토에게 사과했다. "서로 양보할 여지가 조금은 더 있을 줄 알았는데 협상 결렬이군."

"사과하실 일이 아닙니다."

엘리베이터 버튼을 누르고 사카모토가 말한다. "사장님 말씀을 듣고 저도 납득했습니다. 지금 융통을 위해 매수에 응하는 것은 애초에 잘못됐습니다."

"이걸로 육왕 제작 재개는 공중에 떠버렸네. 제대로 계속할 수 있을지도 모를 기회였는데 말이야."

"비관할 일은 아니라고 생각합니다."

사카모토가 위로하듯이 말했다. "사장님 말씀처럼 펠릭스에서 촉수를 뻗쳤다는 것은 실크레이의 가치를 인정하는 회사가 또 존재할 거라는 중요한 증거니까요. 두 분 대화를 듣고 저도 눈이 뜨인 것 같습니다."

"다만 시간과의 싸움이네."

미야자와가 말했다. "빨리 그런 회사를 찾아야 하는데."

"어떻게 되었소?"

회사로 돌아가자 이야마가 불쑥 나타나 물었다.

"안타깝게도요."

미야자와는 이렇게만 말하고 고개를 가로저었다.

이야마는 사장실 입구에서 가만히 미야자와를 보며 몇 초간 서 있었다.

"일이 늘 잘되는 건 아니니까."

그렇게 한마디를 던지고는 문 저편으로 사라진다. 이야마다운 위로지만, 미야자와에게 잘된 기억이 있는가 하면 그것도 아니었다.

팔걸이의자에 앉은 채 눈을 감으니 부지에 도착한 듯한 트럭 엔진 소리가 들려왔다. 디젤 엔진 소리에 후진음이 겹치고 잠시 후 그것이 멈췄을 때, 매너모드로 해놓은 휴대전화가 진동하고 있음을 알았다.

모르는 상대였다. 화면에 표시된 번호를 잠깐 보던 미야자와가 통화 버튼을 누르고 전화기를 귀에 댔다.

"미소노입니다."

미야자와는 숨을 죽였다. "한 가지 아이디어가 있습니다. 검토해 주셨으면 합니다."

6

일주일 후, 미소노의 제안을 듣기 위해 다시 사카모토의 회사로 향했다. 그 정도 시간이 걸린 것은 미소노가 떠올렸다는 아이디어를 두고 펠릭스 사내에서도 검토와 조정이 필요했기 때문이다.

"미소노 사장의 제안은 어떤 내용이었소?"

이야마는 미야자와에게 험한 눈을 보냈다.

해가 완전히 저물고 사장실 창으로 부지를 비추는 상야등이 보인다. 작업을 끝내고 봉제과 직원들이 귀가하는 모습을 언뜻 본 미야자와는 이야마에게 시선을 돌렸다.

"우선 펠릭스의 생산 계획에 상응하는 설비 투자 자금으로 3억 엔을 우리한테 융자한다."

금액으로 인해 이야마 눈에 미세한 긴장이 감도는 것을 보며 미야자와가 말을 이었다. "융자 기간은 오 년, 금리는 펠릭스의 조달 금리와 동등한 수준, 즉 굉장히 저리라는 뜻입니다."

"그래서?" 이야마는 다음을 재촉했다.

"삼 년간은 펠릭스의 발주 보장이 붙습니다."

최소한 그만큼은 발주한다는 약속이다. "그 기간 동안에는 펠릭스 납품만으로도 금액 변제가 가능한 정도의 주문이 있을 거라 생각해주세요."

"그 이후는?"

"보증은 없습니다."

미야자와는 이야마의 눈을 똑바로 보며 대답한다.

이야마는 말이 없다.

"그 이후 발주는 삼 년 실적에 기초해 결정합니다. 팔리면 늘릴 것이고, 팔리지 않으면 축소 또는 중단하게 되겠지요."

"진가가 문제시될 것이다?"

이야마가 물었다. 실크레이의 진가다. 과연 세상에 받아들여질지. 친환경 고기능 소재로서 세계에서 인정받고 정착할지.

"맞습니다."

"만일 삼 년 후에 발주가 끊겨 변제할 수 없게 되면?"

이야마가 중요한 것을 물었다.

"그때는 변제하지 않습니다."

미야자와의 한마디에 이야마는 얼굴을 들었다. 그 얼굴에 뚜렷한 의문이 떠올랐다.

"변제할 수 없게 되면, 융자 잔금을 그대로 우리 자본금으로 받아들입니다."

미야자와를 가만히 응시하는 이야마의 머릿속에서 다양한 생각이 돌아갔다.

"몇 가지 물어보고 싶군."

잠시 후 이야마가 말했다. "삼 년 후 잔금이 1억 엔이라 치고, 그

시점에서 변제가 불가능해져서 부채를 자본금으로 받아들인다는 것은 펠릭스 산하로 들어간다는 뜻인가?"

"맞습니다."

미야자와가 말했다. 현재 고하제야의 자본금은 1000만 엔이다. 거기에 1억 엔이나 되는 자금을 자본금으로 받아들이면 고하제야는 펠릭스의 완전한 자회사가 된다.

"발주 보증이 끝나는 삼 년 후에 의도적으로 발주를 줄일지도 모르지. 그 점은 생각해봤소?"

"미소노 사장을 신뢰할 수밖에 없습니다."

미야자와가 말했다. "의도적인 발주 감소 같은 건 절대 없을 거라고 분명히 말했습니다. 저는 그 말을 믿고 싶습니다."

"이상하지 않소?"

이야마는 의자 등받이에 몸을 기대며 의문을 드러냈다. "의도적이 아닌데 삼 년 후에 발주할 수 없게 된다는 것은 그때쯤 실크레이에 대한 요구도 없어진다는 거겠지. 쓸데없어진 회사를 펠릭스가 산다는 거요?"

그 점은 미야자와도 생각했기에 미소노에게 같은 질문을 했다. 미소노의 생각은 아주 간단했다.

—처음부터 매수했다고 해도 같은 거니까요.

그리고 미소노는 자못 당연하다는 듯이 덧붙였다. 비즈니스란 원래 그런 겁니다, 라고.

"그렇군."

그제야 납득되었다는 듯이 고개를 끄덕인 이야마가 "그런데 내

라이선스료는?" 하고 물었다.

미야자와는 바로 옆 메모지에 금액을 써서 건넨다.

"일단 삼 년 계약으로 부탁합니다."

노안경을 쓴 이야마는 몇 초간 미야자와가 쓴 숫자를 바라보더니 메모를 정성껏 반으로 접어 가슴 주머니에 넣었다.

"괜찮습니까?"

미야자와는 진지한 얼굴로 물었다. 미소노가 다시 제안해온 이 내용도 이야마가 고개를 끄덕이지 않는 한 성립하지 않는다.

"좀 싸긴 하지만 됐소."

이야마 특유의 뻬딱한 대답이다. 미야자와가 그제야 가슴을 쓸어내리는데 이야마가 정색하며 말을 이었다. "그런데 회사 사람들 설득은 어떻게 할 거요? 사장인 당신이 정한다고 그걸로 되는 건 아닐 텐데."

바로 그랬다.

"이제 겐 씨에게 말할 생각입니다. 고문님 의향을 묻기 전에는 이야기할 수 없었으니까요."

사장실 문에 끼워진 유리로 사무실 불빛이 보인다. 아마 도미시마는 아직 남아서 미야자와가 말을 걸어오기를 기다리고 있을 것이다.

"힘껏 설득해주시오. 내 라이선스료가 걸려 있으니까."

이야마가 자리에서 일어나 천천히 방을 나간다.

미야자와는 그 모습을 지켜본 뒤 깊게 숨을 내쉬었다. 그러고는 사장실 문을 열어 도미시마를 불렀다.

도미시마는 서류에서 얼굴을 들더니 노안경을 든 채 사장실로 들어온다.

지난번 교섭은 실패로 끝났다는 것, 그리고 새 제안을 듣기 위해 오늘 다시 미소노를 만나러 간다는 것은 이미 말해두었다.

"오늘 미소노 회장을 만나고 왔어요."

응접세트 테이블을 사이에 두고 말을 꺼낸 미야자와는 잠자코 듣는 도미시마에게 제안 내용을 소상하게 이야기했다.

도미시마는 침묵으로 답했다. 가만히 미야자와를 향하고 있던 무척이나 맑은 눈이 갑자기 비키는가 싶더니 도전하듯이 말했다.

"전 반대입니다."

서로 생각을 할 시간이 끼어들었다.

"왜죠?"

"결국 흡수 합병되고 말 겁니다. 포럼을 내리게 되겠죠." 달관한 듯한 의견이 나왔다.

"왜 그렇게 단정하는 건데요?"

미야자와가 반박했다. "해보지 않으면 모르는 거고, 난 할 수 있다고 생각해요. 가치가 없다면 미소노 씨가 그런 이야기를 해올 리도 없습니다. 가치가 있으니까, 다시 말해 세상의 요망에 부응하는 거니까 우리를 지원하는 거겠죠. 안 그래요?"

"일이 잘 안 되었을 때를 생각하셔야죠."

경리 담당답게 완고했다. "펠릭스 산하로 들어가 미국식 경영을 하게 되면 다비는 순식간에 내팽개쳐질 겁니다. 우리만이 아닙니다. 지금까지 고하제야를 위해 열심히 일해온 아케미 씨를 비롯해 봉제과 사람들도 슬퍼하겠지요. 그 사람들한테 뭐라고 설명하실 겁니까?"

대충 예상한 일이지만 미야자와는 출구 없는 대화에서 피로감을 느꼈다.

"모두에게는 제가 얘기해볼 생각입니다."

"꼭 그렇게 해주세요."

도미시마는 분노를 억누른 딱딱한 어조로 내뱉었다. "그리고 그 사람들 마음 좀 이해해주세요. 이 회사의 토대를 지탱하는 것은 그 사람들이니까요."

7

"오늘, 일이 끝나고 잠깐 전체회의를 할 거니까. 작업은 4시 반까지만 하고 휴게실로 모여주세요."

그날 아침 야스다가 봉제과를 비롯한 모든 사원에게 말하고 다녔지만 의제가 무엇인지는 밝히지 않았다. 정작 야스다도 모르기 때문이었다.

5시가 지나 사원들이 줄줄이 휴게실로 들어왔다. 직원이 수백 명에 이를 때 식당으로 쓰던 공간이다.

각각 자리에 앉기를 기다리던 미야자와는 새롭게 들어온 사람을 보고 고개를 숙였다.

이야마가 말을 했는지 무라노가 왔다. 미야자와에게 손을 들어 보인 무라노는 비어 있던 이야마 옆자리의 의자를 당겨 앉았다.

전원이 집합했음을 확인하고 미야자와가 천천히 일어났다.

"다들 바쁠 텐데 미안합니다. 실은 모두에게 하고 싶은 말이 있어서 이렇게 모이라고 했습니다."

미야자와가 이런 식으로 전 사원을 소집한 일은 지금까지 한 번도 없었다. 대체 무슨 일인가 싶어 반쯤은 흥미 삼아 바라보는 사람들을 향해 미야자와가 말을 이었다.

"다들 아시는 대로, 작년에 시작한 신규 사업이 설비 고장으로 계속할 수 없는 상황이 되었습니다. 설비를 다시 갖추는 데 우리 힘으로는 감당하기 어려운 비용이 들어 솔직히 저도 망설였습니다. 하지만 보병대장이 순식간에 인기 상품이 되고, 주력인 육왕은 모기 히로토 선수를 통해 새해역전마라톤에서 공식 데뷔까지 했습니다. 이제부터가 중요한 시점입니다. 저는 어떻게든 설비 투자를 해서 사업을 재개하고 싶습니다. 그래서 여러 가지로 노력을 해오다가 최근에 한 가지 타개책을 발견했습니다. 오늘은 그 이야기를 들어주었으면 합니다."

미야자와는 바로 옆에 준비해둔 자료를 배포했다.

"지금 나눠드린 것은 펠릭스라는 회사 개요와 제품 팸플릿입니다. 미국에 본사를 두고 세계 12개국에서 사업하는 브랜드라서 이미 아는 사람도 있을 겁니다. 실은 이 펠릭스에서 실크레이를 납품한다면 설비 투자 자금을 지원해주겠다는 제안이 들어왔습니다. 금액은 3억 엔이고 기간은 오 년."

그 액수에 술렁거림이 일었다.

"이런 세계적인 브랜드가 우리한테 흥미가 있나요?"

한가운데쯤 앉은 아케미는 믿을 수 없다는 표정을 지었다. "굉장하네요."

주위에 있던 봉제과 직원들이 고개를 끄덕였다.

"그런데 여기에는 조건이 있습니다. 모두 모이게 한 것은 그에 대해 설명하고 싶었기 때문입니다."

미야자와는 일단 말을 끊고 등 뒤 화이트보드에 '3억 엔, 오 년'이라고 적었다.

"이 돈을 빌리는 건데, 기간 내에 변제할 수 없게 되면 우리는 펠릭스 산하로 들어갑니다. 다시 말해 자회사가 된다는 뜻입니다."

놀라는 소리가 일었다. 실내가 술렁거리고 서로 얼굴을 마주 본다. 불안한 듯한 표정을 짓는 사람, 심각하게 생각에 잠기는 사람, 미야자와 쪽을 향해 그저 멍하게 있는 사람. 반응은 제각각이다.

"저기, 사장님. 만약…… 만약에 자회사가 되면 그때 우리는 어떻게 됩니까? 모두 해고인가요?"

야스다가 새파래진 얼굴로 물었다.

"아니, 그렇게 되지는 않을 거네. 모두 없어지면 이 회사는 그냥 상자나 다름없어. 하지만 지금까지와 같은 방식은 아닐지도 모르지. 나도 그때 사장으로 있을지 어떨지 모르니까."

"사장님, 그만두는 건가요?"

아케미가 놀란 얼굴로 물었다.

"자회사가 되었을 때 이야기입니다. 그만두지 말고 계속해달라고 할지도 모르고, 곧바로 그만두라고 할지도 모릅니다. 저도 모릅니다. 그리고 사실 이게 가장 중요한 일인데, 고하제야라는 백 년의 포렴도 끊길지 모릅니다."

충격이 파동처럼 실내를 베어 눕혀간다.

"그럼 고하제야가 고하제야가 아니게 될지도 모른다는 건가요?"

아케미가 미간을 찌푸렸다.

"그럴지도 모르지요. 어떻게 될지는 그때가 되어봐야 압니다. 그때 펠릭스가 어떻게 생각할지에 달려 있습니다. 필요하다고 생각하면 남길 테고, 그렇지 않다고 생각하면 버릴 가능성도 있습니다. 자회사가 된다는 건 그런 뜻입니다."

"설비 투자를 그만두고 다비를 계속 만드는 선택지는 없나요?"

봉제과에서 가장 젊은 나카시타 미사키가 물었다.

"지금 이대로 다비만 계속 만들면 회사는 발전하지 않을 겁니다. 매출은 해마다 감소하고 있고, 언제 어디서 바닥을 칠지 모릅니다. 그때 살아남을 수 있을지도 알 수 없습니다. 그러니 신규 사업을 미래의 주축으로 키워서 십 년, 이십 년 발전해갈 회사의 기초를 만들고 싶습니다. 그러려면 거액의 자금이 필요한데, 지금 우리 상황에서는 은행도 돈을 빌려주지 않을 겁니다. 그래서 이렇게 펠릭스의 지원을 검토하는 거고요."

"고하제야의 역사를 위험에 빠뜨리면서도 말인가요? 상무님은 어떻게 생각하십니까?"

봉제과의 무라이가 물었다.

전원이 맨 뒷줄에 앉은 도미시마를 돌아다본다.

갑작스럽게 시선을 받아 좀 압도된 듯한 도미시마는 턱 언저리에 대고 있던 손을 내리고 말했다. "어떻게든 포럼을 계속 이어갔으면 좋겠습니다. 내가 할 수 있는 말은 그것뿐입니다."

겉으로라도 미야자와에게 반박하지는 않았다.

작은 회사다. 그렇게 하면 인간관계가 어색해진다. 도미시마다운 배려지만 찬성이 아니라는 것은 은연중에 알 수 있다.

"사장님, 이미 결정된 겁니까?"

이렇게 물은 야스다에게 미야자와는 고개를 가로저었다.

"아직 답은 하지 않았습니다. 답하기 전에 모두의 의견을 들어보고 싶어서 모이라고 한 겁니다. 어떻습니까, 여러분. 다 함께 신규 사업을 열심히 해주시겠습니까."

실내에 묵직한 침묵이 찾아왔다.

실패하면 자회사가 된다. 그 사실에 전원이 주눅 든 것 같았다.

그때였다.

"역시 다들 이 고하제야가 좋은 겁니다."

도미시마가 천천히 말했다. "백 년을 이어온 포럼입니다. 다들 지금까지와 마찬가지로 계속 일하고 싶은 겁니다. 그렇게 생각하는 거 아닙니까?"

"마음은 알겠습니다. 하지만 어떻게든 오 년 안에 구체화할 테니 힘을 빌려줄 수 없을까요?"

미야자와가 계속해서 호소했다.

"사장님 회사니까 우리한테 일부러 물으실 일은 아니지 않습니까? 우리는 사장님 결정대로 하시면 된다고 생각하는데요."

야스다가 이렇게 말했다. 하지만 미야자와는 고개를 가로저었다.

"이 회사가 내 소유물이라 생각하지 않습니다. 그런 생각으로 경영해오지도 않았고요."

가슴속 이야기를 솔직히 꺼낸다. "지금까지도 힘든 일은 있었지만 여러분 덕분에 극복해왔습니다. 감사하고 있습니다. 여러분을 가족같이 여기고 있으니 여러분 의견을 듣고 싶습니다. 거리낄 것 없습니다. 절대 반대한다면 제 생각을 바꿀 겁니다. 솔직한 마음을 들려주었으면 합니다."

"저는 고하제야가 없어지는 건 싫어요. 다들 그렇죠?"

아케미가 일어나 말했다.

주위에 있는 봉제과 직원들이 각자 고개를 끄덕인다.

역시 안 되는 건가.

미야자와가 그렇게 생각하는데 아케미가 말을 이었다.

"하지만 우리 역시 이전에 비하면 일이 상당히 줄었다고 생각해요. 동료가 그만두어도 인원을 보충하지 않아요. 하지만 그래도 돌아가지요. 일이 점점 줄어든다는 뜻이겠죠. 사장님이 개발팀에 힘을 빌려달라고 했을 때 실은 모두 찬성해주었어요."

뜻밖의 이야기였다. "힘내요, 회사 좀 키워주세요. 다들 이렇게 말하면서 미팅 때문에 자리를 비울 때는 제 몫의 일을 대신 해주기도 했어요. 육왕 디자인도 후쿠코 씨가 디자인을 몇 장이나 그리고 나서 한 사람 한 사람한테 의견을 물었어요. 아무도 싫은 내색 한 번 하지 않았어요. 겐 씨."

아케미는 도미시마를 돌아보았다. "포럼을 지키고 싶은 그 마음, 우리도 같아요. 하지만 지금 이대로 계속한다고 지킬 수 있을까요? 그게 정말 걱정돼요. 그러니까 뭔가 시작해야 한다고 생각해요. 방금 사장님의 이야기, 실패한다고 생각하면 엄청나게 무서워요. 그렇다고 도망친다면 우리는 계속 이대로일 거예요. 일이 적어져 동료가 한 사람, 또 한 사람 줄어가고 언젠가 아무도 남지 않는 건 아닐까, 그런 생각이 들어요. 그런 건 질색이에요."

아케미는 분명한 어조로 말했다. 봉제과 리더다웠다.

"돈 빌려줄 사람이 있으면 해볼까요? 빌린 돈은 갚으면 되잖아요. 다 같이 열심히 일해서 갚는 거예요. 어때요, 다들?"

박수 소리가 들렸다.

후쿠코다.

몇 번이고 고개를 끄덕이며 후쿠코가 박수를 쳤다.

"그래요, 우리가 열심히 할게요."

"해봐요."

이런 목소리가 차례로 나오기 시작했다.

"겐 씨, 어때요? 함께 해주실래요?"

목소리가 떨렸다. 도미시마의 시선이 테이블 위 손끝에 떨어졌다가 위로 올라 천장을 향한다.

문득 어깨를 흔들며 웃나 싶었다.

"아니, 신념 굳건한 아가씨들이 이렇게까지 얘기한다면 더는 할 말이 없지요."

무슨 귀신이라도 씐 것처럼 미소를 지었다.

"사장님, 열심히 할게요."

아케미가 일어나 말하고는 동료들 쪽을 향해 목소리를 높였다.
"백 년의 포렴, 모두의 힘으로 지킵시다. 어디 질 성싶으냐!"

환성이 일었다.

미야자와는 사원들을 향해 뭔가 말하려 했다.

하지만 할 수 없었다.

복받치는 게 있어 목이 메어 말이 나오지 않았다.

이것이 고하제야다.

미야자와는 그렇게 생각했다. 사원 한 사람 한 사람의 마음이 똑바로 앞을 향하고 있다. 재주는 없지만 뜨겁고 따뜻한, 이것이 우리 회사다.

고하제야의 포렴을 지켜내겠다.

미야자와는 굳게, 또 굳게 맹세했다.

최종장

로드 레이스의 열광

1

오전 7시 반, 기온 8.5도. 습도 37퍼센트. 하늘은 구름 한 점 없이 쾌청하지만 바람이 강하다.

"풍속 5미터라고 합니다."

출발 지점인 시나가와 역 앞의 특설 회장에서 뜨거운 커피가 든 컵을 들고 야스다가 말했다. 미친 듯이 날뛰는 정도는 아니지만 가로수 가지가 끊임없이 흔들리고, 설치된 텐트 아래쪽도 펄럭였다.

"어려운 레이스가 되겠군."

미야자와는 마음에 떠오른 예감을 그대로 입에 담았다. "아케미 씨 일행은?"

이날을 위해 모인, 봉제과 멤버를 중심으로 한 응원단은 모두 열네 명이다. 고하제야로서는 '대'응원단인 셈이다.

"조금 전까지 근처 카페에서 차를 마시다가 응원할 장소를 찾으러 갔습니다."

출발 예정 시각은 9시 10분이다.

일반인도 많이 참가하는 대회라서, 기록을 다투는 일류 선수뿐만 아니라 다수의 시민 러너도 밀려들었다. 참가자는 2만 명이다. 전철이 도착할 때마다 시나가와 역에서 속속 토해져 나오는 사람들이 계속 유입되어 대회장은 몹시 북적거린다. 그 소란에 안내원의 핸드마이크 소리가 뒤섞인다.

대회장을 헤엄치듯이 나아간 미야자와 일행은 시나가와 역 앞에 있는 호텔 로비로 향했다. 초청 선수 대기실이 있고, 그 외 실업팀 육상부에도 방이 배정되어 있다. 일반 참가자와는 별도 기준의 워밍업 공간도 확보되어 있어 축제 기분과는 분명히 구별되는 긴장된 분위기가 감돌았다.

"어떻습니까?"

미야자와는 관계자로 흘러넘치는 로비에서 무라노를 발견하고 말을 걸었다. 정보 수집을 위해 한발 앞서 와 있던 무라노는 못마땅한 얼굴로 오른손을 획 들며 다가온다.

"모기를 찾았는데 얘기는 하지 못했습니다."

"하지만 아틀란티스 놈들은 기뻐하겠군요." 야스다가 말했다.

"이 레이스에서 뭘 신든 상관없네. 그건 사소한 일이야."

미야자와가 반쯤은 자신을 타이르듯이 말했다.

"하지만 사장님, 애써 육왕을 신게 했는데 분하지 않습니까?"

"그야 분하지. 하지만…… 오늘은 지러 왔네."

미야자와가 단언했다. "허울 좋은 소리로 들릴지 모르지만, 모기 선수가 기분 좋게 뛸 수 있다면 그걸로 됐어. 하지만 이번에 졌다고 늘 지는 건 아니야."

"그건 그럴지도 모르지만요."

미야자와는 인파 저편에서 이쪽을 보는 시선을 느꼈다.

아틀란티스의 사야마다.

히죽거리며 느긋한 걸음으로 다가온다.

"아, 안녕하세요. 오늘은 무슨 일로 오셨습니까?"

미야자와가 아니라 무라노를 향한 말이었다.

"선수들 응원하러 왔네."

무라노가 조금도 웃지 않고 대답했다.

"소문을 듣자 하니 제작을 할 수 없게 되었다면서요. 잘은 모르지만 소재 공급이 끊겼다고 하던데."

사야마가 우쭐한 표정을 지었다. 다치바나 러셀과의 일을 말하는 것이리라.

"당신들이 뒤에서 손을 썼겠지. 하는 짓이 지저분하잖아." 야스다가 항의했다.

"남부끄러운 소리는 그만두시지."

사야마가 번뜩이는 눈으로 보며 나지막이 말했다. "우리는 다치바나 러셀과 깔끔하게 거래를 하지. 물론 합법적으로. 그 결과 그쪽이 어떻게 되든 그쪽 책임 아닌가?"

"당신, 진심으로 말하는 거야? 대기업이 그런 짓을 해도 되냐고."

야스다의 항의를 뿌리치듯이 사야마가 손을 내저었다.

"시골 회사는 이래서 상대하기 힘들다니까."

발끈해서 다가서려는 야스다를 제지하며 미야자와가 말했다.

"좋은 레이스를 기대합시다. 그걸 위해 온 거니까."

깔보는 듯한 웃음을 한 번 지어 보이고 사야마는 발길을 돌려 다시 인파 속으로 사라졌다.

"뭐야, 저 자식."

야스다는 분노를 참기 힘든 모양이었다.

"저런 녀석은 얼마든지 있어요."

무라노가 사야마가 사라진 쪽을 힐끗 보고 말했다. "대기업 간판 아래 책상다리로 앉아 일의 내용보다는 회사 이름이나 직함에서 자부심을 느끼는 놈들, 일의 질이나 성의보다 이익을 우선시하는 놈들은 세상에 널려 있지요. 오히려 다수파일지도 모르고."

"맞아요. 우리 고생 같은 건 전혀 모를 겁니다."

"그래서 녀석들은 안 되는 거죠. 고생을 모르는 사람만큼 다루기 어려운 것도 없으니. 선수들을 위해서도 저런 녀석한테 질 수는 없지요. 우리는 러닝슈즈를 만들지만 진정한 목적은 제품 판매가 아니에요. 그걸 신는 선수를 떠받치는 것. 그리고 함께 꿈을 좇는 것. 그걸 이해하는 사람과 그렇지 않은 사람은 하늘과 땅 차이인데 저놈은 아직 그걸 모르죠."

사야마가 보이지 않게 된 쪽을 턱으로 가리킨 무라노는 온화한 어조와는 반대로 무서울 정도로 긴장된 표정이었다.

"무슨 일이야?"

사야마의 얼굴을 보자마자 뭔가 감지한 듯한 오바라가 물었다.

"아니, 고하제야 놈들이 있어서요."

오바라가 뭔가 묻고 싶다는 시선을 보내왔으므로 사야마는 말을 이었다. "저희 짐작대로 육왕 생산이 일시적으로 중단된 모양입니다. 모기도 질려서 RⅡ로 바꿔 신는다고 하고요."

"좋은 징조야." 오바라는 고약한 웃음을 지었다.

"고하제야에 대한 선수들 신뢰는 땅에 떨어진 거나 마찬가집니다. 제작을 할 수 없게 되는 건 성능 이전의 문제니까요."

"그런데 뻔뻔하게 잘도 여기까지 왔군."

어처구니없어하는 오바라에게 "대체 무슨 생각인 건지, 정신 상태가 의심스럽네요" 하고 사야마도 동조한다.

"게즈카의 컨디션은 보고 왔나?"

오바라가 화제를 바꿨다.

게이힌 국제마라톤의 관심사 중 하나는 게즈카의 경기다. 그가 달리는 모습이 텔레비전 화면에 오랫동안 비칠 것은 거의 확실해서 아틀란티스에는 좋은 선전이 될 것이다.

"컨디션은 좋은 것 같습니다."

사야마가 대답했다. "새해역전마라톤의 설욕을 하겠다고 주위에 선언한 모양인데, 자신도 있어 보였습니다."

오바라가 그만큼 예민해진 데는 이유가 있다.

RⅡ의 판매 실적이 다소 좋지 못하기 때문이다. 영업부 내에는 시장을 잘못 파악했다는 의견도 있지만, 그렇다고 목표를 밑돌아도 어쩔 수 없다는 논리는 통하지 않는다. 신발에 구멍이 뚫려 있어도 팔라고 하면 파는 것이 영업이다. 그 성적은 모두 오바라의 실적으로

평가되고, 향후 위치나 보수의 판단 근거가 된다. 물론 인사 평가는 오바라 한 사람에게 그치는 것이 아니다.

RⅡ에 거는 아틀란티스 본사의 기세는 상당했다. 뒤집어 말하면 그만한 개발 자금이 들어갔다는 것이다.

절대 실패가 허락되지 않는 사정에 오바라도, 사야마도 마음이 움직였다. 선수는 회사를 위해 존재한다. 그리고 무슨 수를 써서라도 라이벌을 때려눕히고 실적을 올려야 한다.

"이제 분하다고 울상을 지어도 늦었어, 무라노."

인파 속에 서서 물끄러미 한곳을 바라보는 사야마의 눈은 어두운 땅속 도랑 같았다.

2

대기실로 배정된 호텔 홀 한구석에서 모기는 스트레칭을 하며 레이스 전 특유의 긴장된 떠들썩함 속에 몸을 두고 있었다.

마라톤을 특집으로 다룬 오늘 아침 신문의 제목은 '게즈카, 게이힌 국제마라톤에서 일본인 최고를 목표로'였다. 대대적으로 공표된 기사 어디에도 동세대 러너의 이름은 없었다. 물론 모기 이름도.

우승 다툼을 차치하고 보면, 이번 레이스는 게즈카 대 그 외 선수의 대결이라고 해도 과언이 아니다.

그래도 된다고 생각한다.

애초에 시작은 이 년 전의 이 대회였다.

너무 괴로워 도움을 구할 때 자신을 떠나간 많은 사람들. 모기는 어쩔 도리 없이 그 등을 봐왔다.

절망이 어떤 것인지 배웠다. 고독의 진정한 의미도 알았다. 그 밑바닥에서 기어올라 지금의 자신이 있다. 누구에게도 주목받지 않고, 수많은 러너 중 한 사람으로 출전할 시간을 기다리고 있다.

지금 모기에게 자신이 스타일 필요는 없었다.

지난 이 년간 모기는 알게 되었다.

인기를 얻거나 세상의 칭찬을 받기 위해 달리는 게 아니라는 사실. 자신이 달리는 이유는 그것이 인생 그 자체이기 때문이다. 그리고 무엇보다.

달리는 것이 좋으니까.

다시 한번 가슴에 새겼다. 오늘 달릴 수 있어 행복하다, 라고.

그때까지 신고 있던 신발을 벗었다. 모기는 배낭을 열고, 이번 레이스를 위해 만반의 준비 끝에 선택한 러닝슈즈를 꺼냈다.

실업팀 관계자와 만나고 있던 사야마가 시야 끄트머리에서 오바라를 포착했다.

선수 대기실로 쓰이는 홀의 문이 활짝 열려 있고, 바깥쪽 플로어에서는 레이스 직접 관계자가 아닌 언론과 업체들이 선수 또는 감독과 이야기하려 기다리는 중이었다.

조금 전까지 실업팀 감독과 대화하던 오바라가 혼자 꼼짝 않고 서서 대기실 상황을 응시하고 있었다.

사야마가 무언가 마음에 걸린 것은 그 옆얼굴에 험악한 인상이

떠올라 있었기 때문이다. 그것은 순식간에 더 험악해졌다. 얼른 오
바라의 시선을 쫓아간 사야마는 언짢음의 이유를 단번에 알아채고
안색이 변했다.

"잠깐, 실례."

가벼운 이야기를 나누던 상대에게 한마디 건넨 뒤, 사야마는 대기
실 구석에서 천천히 신발을 신는 모기를 매섭게 쏘아보았다.

RⅡ가 아니다. 발칙하게도 모기가 발을 넣고 있는 러닝슈즈는 선
명한 짙은 감색이다.

시야 한쪽 구석에서 오바라가 돌진하듯이 사야마에게 다가왔다.

"사야마! 어떻게 된 거야?"

숨죽인 소리로 날카롭게 물었다.

"죄, 죄송합니다."

사야마는 날카로운 시선에 움츠러들어 황급히 사과했지만, 마음
속에서 분노가 소용돌이쳤다.

대체 무슨 생각이야!

할 수만 있다면 대기실로 뛰어들어가 모기에게 호통치고 싶었다.

영세기업의 러닝슈즈로는 미래가 없다고 그만큼이나 설명해주었
는데. 그뿐만이 아니다. 저번에는 모기를 위해 일부러 RⅡ 특유의 핑
크색인 한 켤레를 건네기도 했다.

모기는 그 후의를 무시하고 짓밟는 선택을 했다.

"RⅡ를 신는다고 하지 않았어? 네 말은 어디까지가 진짜야?"

오바라가 내던진 말에서 부하에 대한 불신이 드러났다.

"진짜입니다. 진짜인 게 당연하지 않습니까?"

간원하듯이 말한 사야마의 안면은 굴욕감과 초조함으로 확 열기를 띠었다. "고하제야 일도 단단히 얘기했습니다. 이제 러닝슈즈를 제작할 수 없다고ㅡ."

"그럼 왜 저 녀석은 RⅡ를 신지 않은 거지?"

묻고 싶은 사람은 사야마다.

모기가 왜 저런 행동을 하는지 합리적인 이유는 하나도 떠오르지 않는다.

끈을 다 묶은 모기가 천천히 일어났다.

대기실에서 나와 사야마와 오바라가 있는 플로어 쪽으로 나온다. 사야마는 사람을 헤치고 모기에게 돌진했다.

"이봐, 모기. 그거 뭐야?"

사야마가 언성을 높였다.

멈춰 선 모기는 다소 놀란 듯이 사야마를 보았다. 시뻘게진 얼굴로 어깨를 으쓱한 채 위압적 태도로 길을 가로막고 있다. 오바라도 다가와 사야마 옆에 섰다.

"우리 RⅡ는 어떻게 된 거야?"

힐문한 사야마를 모기는 정면으로 응시했다.

"그건 레이스에서 사용하지 않습니다."

"그게 무슨 의미인지 알고 하는 소리인가?"

사야마는 큰 소리 때문에 주변 이목이 이쪽을 향하는 것도 개의치 않고 말을 이었다. "그런 신발은 곧 없어진다고 했을 텐데? 신어봤자 자네한테 경력은커녕 마이너스밖에 안 돼."

그러자 모기가 어딘지 차가운 눈으로 사야마와 오바라 두 사람을 번갈아 보았다.

"이제 충분합니다."

모기에게서 냉담한 말이 흘러나온다. "지난 이 년간 자기 사정에 따라 떠나간 사람을 여러 명 봐왔습니다. 좋을 때는 바싹 다가와놓고 나빠지면 눈 깜짝할 사이에 사라집니다. 아틀란티스도 그러지 않았습니까? 후원 계약을 중단한 건 제가 아닙니다. 그쪽이죠. 그런데도 레이스에 복귀하자마자 손바닥 뒤집듯이 도로 다가왔고요. 넌더리가 납니다."

"넌더리를 내든 말든 그건 자네 마음이고."

사야마가 말했다. "우리가 자네 평가를 잘못했는지도 모르지. 사과하네. 하지만 고하제야 같은 회사는 이제 아예 제작 자체가 불가능해졌어. 그래도 좋아?"

"후원 계약을 맺은 러닝슈즈가 없어지면 곤란하지요."

모기는 침착하게 대답했다. "하지만 지금 고하제야는, 말하자면 이 년 전의 저와 같습니다. 위기로 몹시 곤란을 겪고, 기어오르려 필사적으로 몸부림치고 있죠. 그걸 이유로 이 러닝슈즈를 신지 않는다면, 제가 괴로울 때 저를 등진 사람들과 똑같은 짓을 하는 셈입니다. 그러고 싶지 않습니다. 저는 믿겠다 결심한 것을 계속 믿고 싶습니다. 이걸 신지 않는 건 저 자신을 배신하는 겁니다."

"이봐요, 당신들."

뭔가 말하려는 사야마를 가로막고 거친 목소리가 끼어드나 싶더니 기도가 눈을 부라리며 앞을 막아섰다.

"이쪽은 장삿속을 빼고 싸우는 거요."

기도는 당장이라도 달려들어 물어뜯을 것처럼 이를 드러냈다. "더 이상 선수를 방해하면 쫓아낼 거니까 냉큼 꺼져요!"

시퍼런 서슬에 사야마는 말을 잃었다. 주변에서 이야기 소리가 끊기고, 기도와 사야마가 주고받는 말에 숨을 죽인다.

"실례했습니다."

당황한 사야마를 대신하여 오바라가 사과했다. "죄송합니다. 레이스 전에 방해를 했군요. 이봐, 가세."

오바라는 발길을 돌려 재빨리 그 자리를 떠났다.

기도에게 머리를 한 번 숙인 사야마는 멀어지는 상사의 등을 쫓아 마치 도망치듯이 뒤를 따라가 금세 보이지 않게 되었다.

그 자초지종을 약간 떨어진 인파 속에서 가만히 지켜보는 사람들이 있었다.

미야자와와 무라노였다.

미야자와는 입술을 깨문 채 인파 속에서 그저 망연히 서 있다.

그 옆에 선 무라노는 워밍업하러 밖으로 나가는 모기를 눈으로 쫓고 있다. 얼마 후 그 모습이 인파 속으로 사라지자 서서히 미야자와를 돌아보았다.

"모기의 기대에 부응해야죠. 부응할 수밖에 없지요."

무라노의 말에 미야자와는 그저 고개를 끄덕일 수밖에 없었다.

지금껏 이렇게까지 사람의 신뢰를 깊고 명확히 느껴본 적 있을까.

쌍방의 신뢰 위에 비즈니스가 성립한다지만 입에 발린 말일 뿐이라고 여겼다. 그런 경험만 해왔다.

표면적으로는 잘해왔는데 막상 실적이 악화하면 눈 깜짝할 사이에 사라진다.

미야자와가 아는 신뢰란 기껏 그런 정도였다. 비즈니스에서 타인의 신뢰 같은 건 믿을 수 없다고 생각했다.

하지만 미야자와가 방금 눈앞에서 본 것은 진짜 신뢰였다.

"배신할 수 없지요. 어떻게 배신하겠어요?"

미야자와는 열뜬 듯이 중얼거렸다. "모기 선수의 기대에 꼭······ 반드시 부응해 보이겠습니다."

무라노는 미야자와의 어깨를 탁탁 두드리고 걸어가기 시작했다.

3

출발 지점을 지배한 것은 불과 몇 초의 침묵이었다.

흰 선 뒤에 북적거리는 2만 명의 러너들이 숨을 죽이고 있다. 눈에 보이지 않는 덩어리가 된 예민해진 감각들이 급속하게 팽창해 극한에 달하려던 그때, 마른 총소리가 울려 퍼졌다.

연도의 환성과 땅울림처럼 겹치는 무수한 발소리가 공기를 진동시켰다. 맨 앞줄 중앙에 나란히 서 있던 초청 선수들이 단거리 달리기라고 오인할 정도의 기세로 뛰쳐나간다.

그 스피드에 허를 찔려, 상상하던 레이스 전개가 파란을 예감하며 부서진 순간이었다.

모기는 나는 듯이 달려나가는 한 자릿수 번호표에서 떨어지지 않으려 달리기 시작했지만 순식간에 무리에 삼켜졌다.

시나가와의 빌딩 숲 사이를 빠져나온 거센 북풍이 러너들 바로 옆에서 세차게 불고 있다. 모기의 눈앞에서 마라톤 일본 기록 보유자인 재패닉스 육상부 다나카의 번호표가 흔들린다. 그 대각선 앞에서 달리는 선수는 팀메이트인 다치하라. 시바우라 자동차의 히코다가 그룹을 이끌고, 히코다와 다치하라 사이의 공간을 달리는 선수는 아시아 공업의 게즈카다.

스타트 대시로 레이스를 이끄는 케냐 선수들의 선두 그룹은 세 명이다. 30분쯤 지난 시점에서 그들과의 차이는 약 15미터다. 시간으로는 3초가 안 된다고, 모기는 냉정하게 분석했다.

마음에 걸리는 것은 페이스다.

1킬로미터를 2분 30초가 조금 안 되는 시간에 달린다. 내리막길도 아닌 평지치고는 너무 빠르다.

대체 어디까지 페이스를 유지할 셈일까. 모기는 선두 그룹이 달리는 모습을 본다. 마라톤 코스 전체를 이런 페이스로 달리는 것은 도저히 불가능하다. 페이스를 떨어뜨려야 하는 순간이 올 것이다. 과연 그곳이 어디일까……. 밀고 당기기는 이미 시작되었다.

"아아, 모기 선수가……."

아케미가 절망적인 소리를 내며 손수건 쥔 손을 입가로 가져갔다.

고하제야 응원단은 출발 지점에서 50미터 부근에 진을 치고 현수막을 내걸어 배웅한 후, 대회장에 설치된 대형 모니터로 경기를 관전중이었다.

두 번째 그룹의 중간에 있는 모기가 조금씩 뒤처지고 있다.

"아직 10킬로미터야. 경기는 길어."

이야마가 다소 한가한 목소리로 말했다.

응원을 위해 소형 버스까지 마련해 도쿄로 왔다. 휴일이기도 해서 도미시마까지 아케미에게 이끌려 응원단으로 왔는데, 지금은 좀 못마땅한 얼굴로 모니터를 올려다보고 있다.

"우리 육왕을 신어준 거야. 게즈카한테는 지지 않았으면 좋겠어. 아틀란티스 걸 신은 선수한테 지면 안 되지."

아케미가 기세 좋게 말했다.

"아케미 씨가 달리는 게 아니잖아요."

야스다가 쓴웃음을 지었다. "지고 싶지 않은 건 모기 선수도 마찬가지겠죠. 게다가 아직은 여유 있는 표정이잖아요. 지금부터야, 지금부터."

이렇게 말하고 손뼉을 치며, 옆에서 함께 상황을 지켜보는 무라노의 옆얼굴을 살핀다.

무라노 또한 레이스 초반의 열세는 상정하지 않았을 것이다. 입을 꾹 다문 채 카메라가 바뀔 때마다 번갈아 비치는 각 그룹의 달리기를 관찰하고 있다.

"페이스가 너무 빠른데요."

무라노가 말했다. "이대로 케냐 선수의 도발에 넘어가면 나중에 스태미나가 문제될지도 모르겠네요."

"모두 같은 조건으로 달리는 거잖아요. 여기서 뒤처지면 안 되는 거 아니에요?" 아케미가 물었다.

"러너한테는 각각 레이스 계획이라는 게 있거든요. 어디를, 1킬로미터를 몇 분에 달릴지, 어디 내리막에서 페이스를 올릴지, 오르막에서 어느 정도 페이스를 유지할지, 어디서 스퍼트를 할지……. 지금 대부분의 선수가 그 계획에서 벗어나 달리고 있을 겁니다. 초반치고는 오버페이스지요."

"왜 그렇게 생각해요? 이대로 계속 달리면 어떻게 되는데요?" 아케미가 다시 물었다.

"이 페이스로 끝까지 달릴 수 있는 인간은 없어요." 무라노의 대답은 단도직입적이었다.

"분명히 인간이죠, 게즈카도. 저 케냐 선수도." 야스다가 말했다.

"우리도요. 그럼 인간은 어떤 페이스로 달리면 돼요?" 아케미가 거듭 물었다.

"가장 빠른 속도가 1킬로미터를 평균 3분 조금 못 되게 달리는 거지요."

무라노는 구체적인 숫자를 말했다. "그 페이스로 계속 달리면 우승 경쟁을 할 수 있습니다."

"그럼 왜 다들 저런 페이스로 달리는 거죠?"

아케미는 소박한 의문을 입에 담았다. "버티지 못하고 쓰러지는 건가요?"

"그게 레이스입니다, 아케미 씨."

무라노가 깨우치듯이 말했다. "이렇게 달리며 다양한 밀고 당기기를 하는 겁니다. 스피드를 올려 선두 그룹에 들어가야 할까, 이대로 두 번째 그룹에서 페이스가 떨어지기를 기다릴까."

"그럼 모기 선수는 어떤가요? 설마 이미 밀고 당기기에서 진 건 아니죠?"

"물론 아니에요."

무라노는 멀리 선수들이 보이지 않게 된 쪽으로 시선을 향했다. "모기는 확실히 오버페이스라는 걸 자각하고 있어요. 그래서 스스로 제어할 수 있는 데까지 페이스를 떨어뜨리는 겁니다. 지금은 승부처가 아니라고 생각한 거지요. 그런 걸 냉정히 판단하는 게 모기의 장점입니다. 모기가 장거리에 적합한 선수인 건 안정적 달리기 능력뿐만 아니라 독해력도 갖추었기 때문이지요. 다시 말해 레이스 전개를 읽어내는 능력이 있는 겁니다."

"달리며 생각하는 건가? 그거 재미있군. 한편으로는 처음부터 마구 밀어붙여 교란 전법으로 나오는 선수도 있겠네." 이야마가 턱 언저리를 어루만지며 말했다.

"생각하기에 따라서는 그렇지요."

무라노는 그것도 부정하지 않았다. "어쨌든 재미있는 전개네요. 선두 그룹이 어디까지 이끌고 나갈지, 그들의 스태미나가 어디까지 이어질지. 그리고 두 번째 그룹 내 밀고 당기기도 재미있군요. 자, 누가 그룹 중심에 있는지 보세요."

모니터에 비친 그룹 한가운데에 있는 선수는 게즈카였다. 무라노가 말을 이었다. "대대적인 선전을 하기도 했지만, 지금 베테랑까지 게즈카를 의식하고 있어요."

"게즈카는 1만 미터에서도 좋은 기록을 냈잖아요. 평범하게 달리면 이 중에서는 최정상일 테니 경계할 만하네요." 야스다가 말했다.

"1만 미터 트랙 경기 기록도 중요하지만, 마라톤은 딴 세계지요."

무라노가 단언했다. "평탄한 트랙과 달리 여기에는 삶의 현실이 있어요. 아스팔트 도로에 오르막과 내리막이 있고, 스탠드도 없고 지붕도 없고 바람은 직접 불어오죠. 그게 가장 영향력을 발휘하는 것은 35킬로미터를 지난 무렵입니다. 거기서부터 어떻게 싸우는지가 승패를 결정하니까요."

무라노는 화면에 비치는 두 번째 그룹을 매섭게 노려보았다.

게즈카의 선명한 핑크색 러닝슈즈가 두드러지게 눈에 띄었다. 아틀란티스의 RⅡ다. 그 밖에도 같은 러닝슈즈를 신은 선수가 있다.

모기가 신은 육왕의 선명하고 짙은 감색은 그 뒤쪽에서 이따금 아물아물 비치는 정도다.

"모기 선수, 조금 더 앞으로 나와주면 안 되나? 난 육왕이 아틀란티스를 제치는 장면을 보고 싶다고요." 야스다가 말했다.

여기 있는 모든 사람이 같은 마음이다.

"모기는 알고 있습니다."

무라노의 말은 어딘가 본인을 향해 하는 것처럼 들렸다. "그 신발에 얼마나 많은 마음이 담겨 있는지 말이죠. 그러니까 우리도 알아주어야 합니다. 지금 모기가 어떤 마음으로 달리고 있는지를."

이 년 전, 이 대회에서 모기는 부상으로 첫 번째 좌절을 맛봤다.

"모기는 그저 이기기 위해 달리는 게 아닙니다."

무라노는 하늘을 힐끗 쳐다봤다. "과장된 이야기가 아니라, 이 달리기에 인생을 겹쳐 보고 있다고 생각해요. 도망치지 않고 정면으로 싸우고, 지난 이 년간의 분함을 이겨내려 하고 있습니다. 지금 우리는 한 인간의 인생을 건 도전을 보고 있습니다. 시련에 홀로 맞서고 있는 거지요."

"혼자가 아니에요."

아케미가 이렇게 말하고는 모니터를 향해 외쳤다. "모기 선수! 힘 내! 우리가 뒤에 있으니까!"

4

15킬로미터 부근에서 그룹이 점차 흐트러지기 시작했다.

선두를 달리는 외국인 선수들은 아직도 속도를 유지한 채 두 번째 그룹의 30미터쯤 앞을 달리고 있다.

지금 페이스는 1킬로미터에 3분 30초쯤일 것이다.

강렬하게 맞바람이 불고 완만한 오르막길에 이르자, 밀집해 있던 두 번째 그룹에 틈이 생기기 시작했다.

마라톤 일본 기록 보유자 다나카가 적극적으로 나섰다.

그룹 뒤쪽에서 상황을 살피던 모기가 그 사실을 깨달았을 때, 다 나카는 두 번째 그룹의 선두를 달리던 다치하라를 제치고 몇 미터 앞까지 나가 있었다.

연도에서 환성이 일고 무수한 파도가 밀려드는 것처럼 작은 깃발 이 휘날리는 가운데 스퍼트를 했다.

로드 레이스의 소요가 코스에 소용돌이쳤다.

그때, 그룹에서 또 한 명이 튀어나가는 것을 알 수 있었다.

게즈카다.

이 이상 떨어지면 쫓아가기 어렵다.

그렇게 판단했을지도 모른다.

모기는 그 뒤를 따라가려다가 스스로 의식해서 페이스를 억제했다. 치고 나가기에는 너무 이르다.

페이스를 올리는 대신 앞을 달리는 선수의 등 뒤에 붙었다. 맞바람의 저항을 최대한 피하기 위해서였다.

오르막길을 다 오른 뒤 이어지는 완만한 내리막길에서 페이스를 올려간다.

20미터쯤 앞에서 게즈카의 등번호가 흔들리고 있었다.

생각만큼 체력은 소모하지 않았다. 장거리 레이스를 타인의 페이스로 달리는 것은 그 자체가 모험이다. 그렇다고 자신의 페이스를 지키기만 하면 이길 수 있을 만큼 만만하지도 않다.

이기는 것은 타인을 이기는 일이기 때문이다.

하지만 타인을 이기려면 또 하나의 승부에서 이길 필요가 있다.

자신과의 싸움이다.

모기는 앞쪽 그룹의 상황을 살폈다. 달리는 모습을 관찰하고 자기 페이스를 확인하며 초반에 무너질 뻔한 레이스 계획을 재구축했다.

게즈카와 거리가 점차 벌어지는 것을 보고, 따라갈 수 없게 되기 직전에 페이스를 약간 올렸다.

그때, 직선도로에서 선두 그룹과 자신의 거리를 확인한 모기의 머리에 새로운 정보가 추가되었다.

선두 그룹의 페이스가 조금 떨어지기 시작했다. 스퍼트를 한 것으로 보인 다나카도 속도가 떨어져 다시 두 번째 그룹에 삼켜졌다.

바람의 영향도 있겠지만, 초반의 오버페이스가 보디블로처럼 영향을 미치기 시작한 것이다.

3월의 바람은 강하지만, 한겨울 같은 날카로운 심이 없었다.

탄력마저 느껴지는 맞바람을 정면으로 받으며, 모기는 햇빛에 반짝반짝 빛나는 도로를 선글라스 너머로 보고 있었다.

일진일퇴의 레이스가 되었다.

25킬로미터 부근. 새롭게 스퍼트를 한 다치하라가 앞쪽에서 게즈카와 앞서거니 뒤서거니 치열한 접전을 벌였다.

한쪽이 앞으로 나갈 때마다 연도의 환성에 비명이 섞여들었다.

20미터 뒤쪽에서 모기는 상당히 길게 느껴지는 시간 동안 그 모습을 관찰했다.

페이스를 올려 두 선수와의 간격을 유지한다.

그대로 30킬로미터 지점 간판을 곁눈으로 보고 지나갔다.

고통스러운 시간대이기도 했다.

기온이 상승하고 체감 온도가 어지럽게 변하고 있다. 급수 페트병을 집어 들고 한 모금 머금었다가 내뱉었다. 모기는 앞쪽을 직시하며 자신과 마주하기 시작했다.

피로가 체력을 갉아먹고 있다. 신중하게 레이스 계획을 짜왔지만 예정 조화가 성립하는 세계가 아니다.

마라톤에는 체력이 떨어져 자기 한계와 맞서야 하는 시간대가 반드시 존재한다. 고통 속에서 자칫하면 꺾일 것만 같은 기력을 북돋우며 그래도 팔을 흔들고 발을 앞으로 내디뎌야 하는 시간.

지금부터는 굳이 말하자면, 도박이다.

이대로 게즈카와 다치하라에게 뒤쳐진 채 골인하는 선택지도 있을 것이다. 부상당한 후 첫 마라톤. 그 복귀전이라고 생각하면 나쁘지 않은 결과일지 모른다.

하지만 그래서는 아무것도 바뀌지 않는다.

바꾸기 위해 달리는 것이다.

모기는 자신을 타일렀다. 자기 힘으로 변화를 쟁취하기 위해.

흔들리는 시야 안에서, 다시 다치하라가 게즈카 앞으로 나아가려 했다.

게즈카가 피치를 올린다.

모기는 몸 안쪽 깊은 데서 들려오는 다양한 비명을 버려두고, 오로지 발을 앞으로 내딛는 것만 생각했다.

각오가 다듬어져간다.

자신에게 남은 체력이 얼마인지, 기력의 한계가 어디에 있는지.

자신이 믿을 수 있는 것은, 아니 믿어야 하는 것은 자신뿐이다.

모기는 러닝슈즈가 지면을 차는 소리를 들었다.

환성에 지워질 것 같으면서도 어디까지나 가볍고 강력하며 부드러운 소리다.

부상으로 버림받아 가장 괴로웠을 때 후원을 제안해준 미야자와. 고하제야 사람들의 그저 솔직하고 사심 없는 응원. 열심히 후원해주는 무라노⋯⋯.

그들의 육왕이 지면을 박차고 있다. 그 마른 소리 하나하나가 자신을 지탱해주는 사람들의 성원이다.

혼자가 아니다.

그 강렬한 마음이 모기의 등을 밀었다. 나는 혼자가 아니다.

힘을 다해 쓰러지지 않으려고, 자신을 위해, 그리고 그들을 위해 달린다.

단지 골인하기 위해 달리는 것이 아니다.

이기기 위해 달린다.

그리고 잃어버린 뭔가를 되찾기 위해 달린다.

갑자기 강해진 바람이 환성을 높이 올려 3월의 하늘로 퍼뜨렸다.

'눈부시다.'

정면에서 쏟아지는 햇빛을 선글라스 너머로 힐끗 보며 모기는 입을 꼭 다물었다.

맞바람이 비스듬히 뒤에서 부는 바람으로 바뀐다. 북풍에서 남풍으로.

'좋은 바람이다.'

모기는 지면을 차는 피치를 올리며 자신을 격려했다. '가자!'

"시동을 걸었어."

무라노가 중얼거리듯이 말했을 때, 멀리서 환성이 바람을 타고 들려오는 것 같았다.

미야자와를 비롯한 고하제야 응원단 전원이 이동하여 35킬로미터 지점 부근 연도에 진을 쳤다. 현수막을 내걸고 모기를 기다렸다.

모두 야스다가 손에 든 태블릿피시로 중계 방송을 지켜보았다.

그 작은 화면으로도 모기가 착착 가까이 다가오는 것을 알 수 있었다. 얼굴을 들고 앞을 똑바로 응시하는 시선은 게즈카의 등, 다치하라의 등, 아니면 더 먼 곳으로 이어져 있다.

짙은 감색 러닝슈즈가 도로에 비친다.

환성이 일어 모기의 스퍼트를 뒤에서 밀어주는 것처럼 보였다. 30킬로미터 부근에서의 역주는 일찍이 대학역전마라톤에서 이름을 떨친 모기의 당당한 모습을 떠올리게 하기에 충분했다.

맹렬하게 스피드를 올린 모기는 순식간에 게즈카와 다치하라를 따라잡았다. 나란히 달리나 싶더니 차츰 앞으로 나아가려 한다.

소름이 끼쳤다.

"힘내!"

미야자와는 주먹을 꽉 쥐었다.

"모기 선수! 아자! 모기 선수!"

아케미가 외쳤다. 응원단에서도 성원이 터져나오기 시작했다.

"승부다!"

이야마가 소리친 것과 동시에 선두 그룹을 형성한 외국인 선수들이 눈앞을 달려 지나갔다.

케냐 선수의 컴퍼스 같은 보폭을 지켜보던 미야자와는 기온이 오르고 한순간 바람이 그친 노면에서 3월의 아지랑이를 봤다. 흔들리는 대기의 커튼 너머, 사람 그림자가 떠오른 것은 바로 그때였다.

"왔다!"

가드레일 위로 몸을 내밀 듯이 야스다가 소리쳤다.

모두 응시하는 가운데 선명하게 짙은 감색 러닝슈즈가 강력하게 지면을 차고 다가온다.

모기였다.

육왕이다.

"저기 봐! 앞을 달리고 있어, 모기 선수가!"

흥분한 아케미는 이미 울먹이고 있다. "우리 육왕이 달려와요."

미야자와가 보는 앞에서 모기는 확실하게 게즈카와 다치하라 앞을 달리고 있었다. 얼굴에는 드러나지 않지만 피로가 극한에 달했을 것이다.

무라노가 35킬로미터 지점에서 응원하자고 한 이유는 바로 그것이었다. 가장 힘든 곳이기 때문이다.

"모기!"

야스다가 소리쳤다.

"힘내요, 모기 선수! 모기 선수!" 아케미가 목청껏 외쳤다.

"모기 선수!"

봉제과 직원들이 차례로 성원을 보냈다.

"모기!"

"모기, 힘내!"

기다리는 시간은 길지만 지나치는 것은 눈 깜짝할 사이다.

"엄청난 속도구나."

이야마가 경탄했다. 35킬로미터를 달려왔다고는 생각할 수 없는 스피드로 미야자와 일행 앞을 통과하고, 이어서 게즈카와 다치하라가 달려 지나갔다.

"5초 차이인가."

손에 든 스톱워치를 보고 무라노가 중얼거린다.

그 직후, 차이가 벌어지기 시작했다. 모기가 한층 더 스퍼트를 한 것이다.

근처에 세운 소형 버스에 올라타 황급히 결승 지점으로 향하는 동안 차내 텔레비전 중계가 모기의 역주를 계속 전했다. 멋진 쾌주, 아니 그야말로 격주激走였다.

"아직 저런 힘이 남아 있었나?"

이야마가 눈이 휘둥그레진 것도 무리는 아니다. 무라노조차 놀라움을 감추려 하지 않았다.

지금 모기는 국내 선수 중 선두를 달리고 있다.

짙은 감색에 잠자리를 새긴 디자인. 모기가 신은 육왕이 화면 속에서 약동하며 빛난다.

"대단한 녀석이야." 무라노도 흥분하여 목소리가 높아졌다.

"서두릅시다."

미야자와가 모두에게 말했다. "모기 선수를 맞이합시다. 육왕의 골인을 다 같이 지켜보는 겁니다."

"미야자와 씨, 이건 드물게 보는 명레이스네요."

무라노가 중얼거린 한마디에 만감이 담겨 있었다.

그리고.

사원들에게 둘러싸인 채 골인 지점에 서서 환성 속에 떠오른 모기의 모습을 봤을 때, 미야자와는 그때까지 숨기고 있던 감정이 둑이 터진 듯이 흘러나왔다.

저릿저릿한 감동의 소용돌이로 내던져진다.

모기 히로토의 강렬한 복귀전이다.

야단법석인 고하제야 응원단은 서로 어깨를 싸안고 뛰어오르며 기쁨을 폭발시켰다. 그 안에서 미야자와는 깨달았다.

이 결승점이 새로운 출발 지점이 되리라는 것을.

환성이 흩날리는 열광의 로드 레이스로, 그리고 경영이라는 이름의 끝없는 경쟁으로, 미야자와의 도전이 다시 시작된 것이다.

5

그날 아침 미야자와가 출근하고 얼마 지나지 않았을 때 다이치가 사장실로 찾아왔다.

"무슨 일 있어?"

얌전한 얼굴로 사장실 문을 노크한 다이치에게 소파를 권하고 맞은편 팔걸이의자에 앉았다. 미야자와는 이야기를 듣기도 전에 취직 문제로군, 하고 짐작했다.

다이치 나름대로 자신이 빠지면 그 구멍을 어떻게 메울지 고민한 뒤 의논하러 온 것이 아닐까. 그렇게 생각했다.

"메트로 전업에 가지 않을 생각이에요."

다이치의 발언에 미야자와는 무심코 눈을 동그랗게 떴다.

"지금껏 고생해서 겨우 붙은 거잖아?"

"여러 가지로 생각해봤는데, 고하제야 일을 계속하고 싶어요."

미야자와는 다이치를 물끄러미 쳐다보았다. "우리 회사는 조그만 회사고—"

"회사가 크고 작은 건 상관없잖아요."

다이치가 그 발언을 막았다. "숱한 회사에서 면접을 보면서, 지금까지 대체 내가 무슨 일을 해왔으며 그 회사에서는 뭘 하고 싶은지 계속 말했어요. 하지만 사실은 그게 틀린 게 아닐까 하는 생각이 들었어요. 정말 그런 일을 하고 싶은 건가, 하고요. 입으로는 듣기 좋은 말을 해왔지만, 결국 육왕을 개발하고 러닝슈즈 업계에서 싸우는 일보다 재미있는 일은 사실 없지 않을까 해서요."

뭐라고 해야 좋을지 알 수 없어서 미야자와는 그저 말없이 다이치를 바라봤다.

"고하제야에서 계속 일하고 싶어요. 게다가 제가 빠지면 이야마 고문님도 힘들 거잖아요. 앞으로 더 바빠질 거고요."

기뻤다.

자신이 해온 일에 대한 최대의 찬사다.

펠릭스의 지원이 결정된 뒤, 이야마를 중심으로 한창 새로운 설비 계획을 세우고 있다.

앞으로 몹시 바빠질 때 지금도 중요한 전력인 다이치가 곁에 있어준다면 사업에 얼마나 보탬이 되겠는가. 하지만.

"아냐, 넌 메트로 전업에 가."

미야자와가 말했다. 필시 승낙하리라 믿었는지 다이치는 기습이라도 당한 사람처럼 놀라는 표정이었다.

"일을 해봐서 너도 잘 알잖아. 우리는 너무 영세해서 부족한 것투성이야. 게다가 솔직히 뭐가 부족한지도 모르고, 설령 그걸 안다고 해도 어떡하면 좋을지 난 그만한 노하우도 없다."

미야자와가 평소 역부족이라 느껴온 속내를 입에 담았다. "너는 지난 삼 년간 고하제야 사원으로 일해왔어. 메트로 전업에서 일해보면 아마 우리한테 뭐가 부족한지 알게 될 거야. 고하제야로 돌아오는 건 언제든지 할 수 있어. 하지만 메트로 전업 같은 우량기업에서 일할 기회는 좀처럼 없다. 거기서 마음껏 일하고 우리 회사에서 얻을 수 없는 경험과 지식을 축적하고 와. 세계를 보고 오라고, 다이치. 그리고 그 크기를 우리한테 가르쳐줘. 그때까지 기다릴 테니까."

다이치는 잠시 대답하지 않았다.

실망한 듯이 고개를 숙인 채 입술을 깨물며 생각에 잠겼다.

"알았어요."

다이치가 고개를 들었다. "세상을 보고 올게요. 저 나름대로 힘껏 공부하고 올게요. 하지만 일단 나간 이상 돌아올 생각으로 일하지는 않을 거예요. 그러면 메트로 전업에 실례니까요."

"그거면 충분해. 열심히 해라. 설사 실패한다 해도 열심히 한 일에는 뭔가 남을 거야. 원래 그런 법이거든."

다이치는 천천히 일어나더니 고개를 깊숙이 숙였다.

"지금까지 신세 많았습니다."

언제 이렇게 늠름해졌을까. 놀라움과 함께 아들을 바라보며 미야자와도 일어났다.

"정말 열심히 해주었어. 고맙다."

진심 어린 말이었다. "앞으로가 진짜 싸움이야. 나도 너도. 어떤 경우에도 승리를 믿어라."

"어떻게 된 거야!"

회의실에 오바라의 성난 목소리가 울려 퍼졌다. 내동댕이친 자료가 테이블에서 미끄러져 떨어졌다. 격분한 탓에 안면은 창백하다.

소리 내는 사람 한 명 없고, 다들 얼어붙은 듯이 움직이지 않는다. 실내에 가득한 답답할 만큼의 긴장감 속에서 사야마는 굳은 표정으로 침을 꿀꺽 삼켰다.

방금 시바우라 자동차의 히코타에게서 후원 중단 요청이 있었다고 발표한 참이었다.

그렇지 않아도 오바라의 역린을 건드릴 듯한 이야기인데, 실은 히코타 이외에 이번 달에만 주요 후원 선수 가운데 일곱 명이 아틀란티스와의 계약을 중단하는 이상 사태가 벌어졌다.

일찍이 이 정도 이반이 일어난 적은 없었다.

게다가 옮겨간 곳은 고하제야다.

"이유가 뭐야!"

오바라의 질문을 받고 사야마는 더욱 궁지로 몰렸다.

"무라노가 배후에서 움직인 것 같습니다."

그 이름이 나오자 오바라의 안색이 파란색에서 빨간색으로 변해
갔다. "여러 가지로 RⅡ에 대해 미리 말해 꼬드겼는지도 모릅니다."

내가 아니라 무라노 때문이다. 사야마는 이렇게 발뺌하려 했다.

"여러 가지라는 게 뭐야?"

오바라가 추궁했다.

"아, 아니, 그…… 거기까지는 좀…….."

순식간에 난처한 변명이 되었다.

무라노를 자른 것은 자네 판단 미스 아닌가.

저번 중역회의 석상에서 오바라의 상사에 해당하는 일본 지사장
이 그런 의문을 제시했다는 이야기는 사야마도 들어 알고 있었다.

일개 다비업체 아닌가.

처음에는 오바라도 고하제야를 얕봤다. 그러나.

고하제야는 펠릭스의 지원 아래 단숨에 업계에서 존재감을 키워
나가고 있다.

실크레이라는 신소재가 이목을 모으면서, 무라노가 피팅을 맡은
육왕은 정상급 선수들에게 주목받는 러닝슈즈가 되었다.

분하지만 무라노를 존경하고 따르는 선수가 적지 않다. 앞으로 육
왕으로 갈아타는 선수는 더 늘어날 거라는 것이 대체적인 예상이다.

"무슨 수를 써서라도 후원 계약 되찾아와. 반드시."

오바라의 격앙에 압도당해 그저 고개만 끄덕이는 사야마의 가슴 속에 공허한 패배감이 퍼지기 시작했다.

"아직 6월인데 이 더위는 뭐야?"

부하인 오하시와 함께 거래처를 나선 이에나가는 거래처 현관 앞에서 기다리게 해둔 지점장 차에 올라타서는 누구에게랄 것도 없이 푸념을 늘어놓았다.

이날 교다는 30도를 넘는 한여름 날씨로, 가만히 있어도 삐질삐질 땀이 흐를 정도였다.

"겨울은 춥고 여름은 덥습니다. 아무래도 여기는 교다니까요."

에어컨이 빵빵한 뒷자리에 앉은 이에나가에게 오하시가 조수석에서 말을 걸었다. 그러고는 움직이기 시작한 자동차 앞유리 너머로 하늘을 올려다보았다.

부하를 데리고 융자해준 기업을 도는 것은 이에나가의 주된 일 가운데 하나다.

자동차는 교다 시내를 천천히 달리다가 다음 거래처를 향해 주택가 뒷길로 빠져나가는 참이었다.

"그러고 보니 고하제야는 어떻게 됐어?"

잠깐의 침묵이 흐른 후, 갑자기 생각났다는 듯이 이에나가가 물었다. "요즘은 운영 자금을 요청하지 않네? 슬슬 부족할 텐데."

"뭐, 좋지 않습니까?"

오하시의 목소리에는 어딘가 내치는 듯한 울림이 있다. 고하제야 담당이긴 하지만 적극적으로 대응할 상대가 아니라고 생각하는 것이다.

"러닝슈즈를 개발한다고 했던가. 뭐라고 했더라."

"육왕 말씀인가요?"

"맞아, 그거. 그건 어떻게 됐어?"

"자금이 부족해서 암초에 걸려 있을 것 같은데요."

그러고 보니 지난 몇 달 동안 고하제야를 방문하지 않았음을 깨달으며 오하시가 대답했다.

이에나가에게는 실적이 순조롭다고 할 수 있는 회사가 아니기 때문이라고 변명 같은 말을 했지만, 소원해진 데는 이유가 있었다.

오하시가 소개한 다치바나 러셀이 갑자기 고하제야와 거래를 중단했기 때문이다. 그 이래로 거북한 마음에 고하제야를 찾아갈 마음이 들지 않았다. 선불리 갔다가 추가 융자라도 요청받으면 곤란하다는 생각도 있었다. 이에나가는 고하제야의 융자 요청에 소극적인 태도로 일관해서 운영 자금 하나도 처리가 쉽지 않았다.

"회사가 이 근처였던 것 같은데."

이에나가가 말하자 오하시는 "저 모퉁이를 돌면 나옵니다" 하고 떨떠름하게 대답했다. 들렀다 가려는 걸까. 약간 걱정스러워서 이야기가 빨리 딴 데로 흘러가기를 기대했을 때 전방에 고하제야의 간판이 보였다.

"이봐, 좀 멈춰주게."

지점장의 한마디에 남모르게 탄식했다. 그러나 회사 입구 근처, 차창 너머로 보이는 광경을 본 오하시는 여우에 홀린 듯한 기분이었다.

"뭐야 저건?"

이해할 수 없는 울림을 지닌 이에나가의 물음에 오하시도 그저 멍하니 입을 다물고 있을 수밖에 없었다.

"잠깐 들어가주겠나?"

운전기사에게 명하여 부지 안으로 들어선 뒤 이에나가는 직사광선이 강하게 내리쬐는 차 밖으로 나갔다. 서둘러 조수석 문을 연 오하시는 아직도 눈을 믿을 수 없었다. 뭔가 나쁜 꿈이라도 꾸는 것이 아닐까 의심했다.

대체 언제 건설했을까. 고하제야 부지 안에 2층짜리 공장이 세워져 있었다. 바삐 일하는 작업복 차림의 직원들이 창으로 보였다. 무엇보다 오하시를 깜짝 놀라게 한 것은 아주 새것인 대형 기계가 플로어를 채운 광경이었다.

"이봐, 설마……."

이에나가가 말했다. 전부 말하지 않아도 알 수 있다. 사이타마 중앙은행이 융자를 거절한 설비 투자를 어떻게 해서든 받아낸 것이 아닐까. 미야자와가 지금 1억 엔이 필요하다고 했는데, 새 공장을 보면 훨씬 큰 금액을 투자했음을 쉽게 알 수 있었다.

"어떻게 된 거지……."

오하시가 놀라서 누구에게랄 것도 없이 중얼거렸다. 그러다가 공장 내에 있던 미야자와와 거의 동시에 알아보았다. 이에나가가 현관으로 다가가자 미야자와가 나왔다.

"아니, 사장님. 깜짝 놀랐습니다."

이에나가는 비위를 맞추며 과장되게 놀라는 모습을 보인다. "이 설비는 어떻게 된 겁니까?"

"아, 전에 설명하지 않았나요? 실크레이 설비인데."

미야자와는 담담하게, 사뭇 사람을 깔보는 말투다.

"물론 들었습니다. 하지만 자금이 꽤 필요하셨을 텐데요."

과연 그 돈을 어떻게 한 걸까. 이에나가의 의문은 지당했다.

"조달했습니다."

너무 당연한 대답에 두 사람 다 자기도 모르게 입을 다물었다.

"조달했다고요?"

이에나가의 표정이 어두워지더니 오하시에게 추궁하는 듯한 시선을 보낸다.

"듣지 못했습니다만, 어디서 빌리셨습니까?"

오하시가 당황해서 물었다.

"펠릭스라는 회사는 아시죠? 아웃도어 쪽 어패럴 사업을 하는 회사인데, 그곳 사장이 실크레이를 높이 평가해줘서요. 업무 제휴를 맺었습니다."

예상조차 하지 못한 이야기다. "펠릭스 전용 신발 부품을 공급하는 대신 자금 원조를 받아 설비 투자를 했습니다."

"그런 이야기가 전부터 있었습니까?"

이에나가가 놀라움을 감추지 못한 어투로 물었다.

"세상이라는 게 마치 꼬아놓은 새끼줄 같더군요."

미야자와는 질문에 제대로 대답하지 않고 당장 주문받은 금액에 대해 간단히 설명했다.

그때까지 매출의 다섯 배를 가볍게 넘어서는 금액이었다. 오하시는 기겁하여 안면에서 핏기가 가셨다.

"사, 사장님. 실례지만 그런 매출액, 저희 예금 계좌에는 들어오지 않았는데요."

오하시가 물었다. 큰 입금이 있으면 바로 알았을 것이다.

"펠릭스 측 조언이 있어서요. 도쿄 중앙은행 본점에 계좌를 열었습니다."

미야자와가 대답했다. "죄송하지만 앞으로는 그곳이 주거래 계좌가 될 겁니다."

"섭섭하네요, 사장님."

그 자리에서 멋지게 변심한 이에나가가 억지웃음을 지었다. "주거래 은행은 우리 아닙니까? 펠릭스와 그런 제휴를 하신다면 말씀해주세요. 얼마든지 융자해드릴 테니까요."

"참 감사합니다."

미야자와가 빈정거리는 웃음을 띠었다. "하지만 지금은 마음만으로 충분합니다. 바쁘실 텐데 먼저 실례하겠습니다, 지점장님."

미야자와는 가볍게 오른손을 들어 보이고는 거대한 기계가 자리 잡은 공장 안으로 돌아간다.

언짢음을 드러내며 분한 듯이 공장을 바라보는 이에나가에게 여름 햇볕이 사정없이 내리쬐었다.

"이봐, 가지."

차량으로 돌아가는 이에나가를 서둘러 뒤따라간 오하시는 다시 에어컨이 빵빵한 조수석에 앉았다.

고하제야 부지 옆 수로에 연꽃이 피어 있다.

아, 곧 연꽃의 계절이군.

왜일까. 오하시는 그런 상관없는 일을 생각하며 앞유리 너머로 올려다본 하늘이 눈부셔서 눈을 가늘게 떴다.

陸王

육왕 트랙의 왕, 러닝슈즈의 왕

1판 1쇄 인쇄 2023년 1월 13일 **1판 1쇄 발행** 2023년 2월 13일
지은이 이케이도 준 **옮긴이** 송태욱
펴낸이 고세규
편집 박정선 백경현 **디자인** 유상현
마케팅 이헌영 **홍보** 반재서 이태린

발행처 김영사
주소 경기도 파주시 문발로 197(문발동) 우편번호10881
등록 1979년 5월 17일(제406-2003-036호)
주문 및 문의 전화 031)955-3200 **팩스** 031)955-3111
편집부 전화 02)3668-3291 **팩스** 02)745-4827 **전자우편** literature@gimmyoung.com
비채 블로그 blog.naver.com/viche_books
인스타그램 @drviche **트위터** @vichebook
ISBN 978-89-349-6200-7 03830
책값은 뒤표지에 있습니다.

비채는 김영사의 문학 브랜드입니다.